11. 11. 19

Salamander

Jürgen Lodemann

SALAMANDER

Ein Roman

KLÖPFER&MEYER

Seliger ist es zu beschreiben die Nymphen
denn zu beschreiben die Ordnungen

– schrieb Paracelsus

So bin ich.
Und so bleibe ich.
So bin am ganzen Leibe ich

– sang Zarah Leander

Solch seltne Frauen nennt der Mensch Undinen

– sang Lucia Popp

Spiel eins

Notizen, 1. Oktober 2010 Heimkommen, im Kopf noch »Heil Freiheit«, aber schon von weitem die blau zuckenden Polizeilichter, unten vor meinem Eingang. Schock, da ist was passiert. Im Kopf Freiheitsgesänge, Jubel der »Arbeiter von allen Klassen«, und nun: Kein Zutritt.

Ich wohne hier. – Wo? – Im siebten Stock, hier sehen Sie meinen Namen, Holterhoff. – Thomas, dieser Herr sagt, er wohnt in Sieben, »Holterhoff«. – Bring ihn hoch.

Im Blaulichtgezuck zum Lift. – Bitte, was ist passiert? – Ich hab hier nichts zu sagen, schon gar nichts Falsches. Oben leitet Ben Funke, Hauptkommissar. Dies ist nun Stock sieben, also? Wo wohnen Sie? Hinter welcher Tür?

Hinter jeder.

Zum Bücherraum steht die Tür halb offen, dahinter Helligkeit, der geht da rein, in grell beleuchteten Papiersturz, Bücher quer über den Berber. Ich greife zum Türrahmen, brauche Halt. – Ben, dies ist ein Herr Holterhoff.

Aha, kommen Sie, nehmen Sie Platz, am besten hier hinten. Wo waren Sie?

Im Theater. Hier wollten drei Freunde auf mich warten. Was ist passiert?

Herr Holterhoff, setzen Sie sich. Keine gute Nachricht. Tut mir leid. Eine Person ist tot. Eine zweite stark verletzt. Aber der Täter ist gefasst und geständig.

Und seh ihn nun liegen, vorm bodentiefen Fenster. Bob. In sich gekrümmt, Arme vor der Brust. Blut. Bob Goldberg.

Marie, kümmer dich um den alten Herrn. Haltet den fest, der kippt, kollabiert. Auf die Liege mit ihm, ja, Seitenlage, die Beine höher. Kaltes Wasser, den Kragen auf.

Ich höre das genau, bin keineswegs ohnmächtig, sondern in einem Hirn-Halo, das dreht sich nun alles um das zu helle Licht, im grellen Kreis aus Himmelsrind und Freiheitstrompeten, Frau mit Körpertäuschung, Tarnkappe, die »brüstetragende« Stadt, die Welt als Vorstellung …

Die reden jetzt wie von fern, das sind die Spurensicherer. Von Stichen redet jemand. – Drei Stiche. Dieser hier tödlich. – Ein anderer wiederholt das, wohl fürs Protokoll, ohne dass mir was erklärt worden wäre. Bin keineswegs abwesend, dies ist die Nacht vom dreißigsten September auf den ersten Oktober in Freiburg. – Lasst den erst mal liegen. – Die Funke-Stimme.

Eine weibliche Stimme sagt Schocklähmung. Teilt aber mit, dass der Kreislauf zurückkommt. Dann wieder der Funke, der verlangt Personalien. Jemand nennt meinen Namen, Geburtsjahr, Geburtsort. Witwer. Wohnt hier oben seit sieben Jahren. – Puls erholt sich, sagt die Frauenstimme. – Herr Holterhoff, hören Sie mich?

Zum Antworten reicht's noch nicht. Vorerst brauchen wir ihn auch nicht. Und damit kein Irrtum aufkommt: Millimetergenau der Ist-Zustand, von allen Räumen hier. Quer durch den Stock.

1. Oktober 2010 In Deutschland gibt es auf der Landkarte tief unten links einen Ort mit einem Namen wie ein Programm. Städte hießen einst Burg. Hamburg, Magdeburg, Duisburg, Augsburg, Straßburg. »Freiburg« war ein Ort, der Frei Sein versprach.

Hinter den sieben mal sieben Bergen des Gebirges, das die Römer *silva nigra* nannten, »Schwarzwald«, und das sie weiträumig umgingen, zwischen diesem schwarzen Wald und den sehr ähnlichen Vogesen dehnt sich Europas zentrales Abseits, der Oberrhein. Zwischen Frankfurt und der Schweiz ist da eine weite, eine fast schon mediterrane Freifläche, mit Orten wie Speyer, Worms oder Straßburg, da ist kein Köln in der Nähe, kein München. Auch Paris, Wien oder Berlin sind weit weg. Nur hier konnte so etwas entstehen wie Freiburg.

Den Ort verglich Holterhoff gern mit dem afrikanischen »Freetown«, wie er überhaupt zum Vergleichen neigte, auch dann, wenn es hieß, etwas sei nicht zu vergleichen. Mit Vergleichen, sagte er gern, beginne das Sinnvollste, das Erkennen.

In einem einzigartigen, in einem unmäßigen Stadtgebilde war Holterhoff aufgewachsen, in der Fünf-Millionen-Fünfzehn-Großstädte-Stadt Ruhr. Das gut hundert Jahre lang schwerindustrielle Ruhrrevier und Freiburg, diese beiden Gegenwelten liebte er. Und noch in seinem achtzigsten Lebensjahr leitete ihn der Wunsch des Heinrich Heine: »Macht die schwarz-roth-goldene Fahne zur Fahne des freyen Menschthums … mit den zehn Geboten des neuen Weltglaubens, mit der Erklärung der allgemeinen Menschenrechte.« Nur wenn »Schwarz-Roth-Gold« die Menschenrechte meinten und für »alle« gelten, nur dann würde sogar er, Heine, eine Fahne schwenken.

So viel zum Weltglauben des Georg Harry Holterhoff. Wenn es ihm gut ging, dann waren Freiburg und der Oberrhein die sonnige Mitte Europas. Wenn es dagegen düster wurde, und nirgends konnten im Herbst und Winter die Eisnebel so dick lasten wie auf dem Ort mit dem wunderbaren Namen, dann lag Freiburg im hintersten Abseits, dann war dort nur in wochenlangen Mühen so was herzustellen wie die Ahnung, diese Rheinebene sei eigentlich das uralte Zentrum des Erdteils.

Wer von Berlin oder München aus blickte, für den lag Freiburg hinterm Schwarzwald. Nach 1945 war in diesem Wald ein Sender entstanden, für »Kultur«, und für diesen Sender hatte Holterhoff drei Jahrzehnte lang Filme gemacht und Literaturprogramme. Und hatte dann, als Rentner, am Südrand des südlichen Freiburg eine Wohnung gefunden, die er für so schön hielt, dass er nur noch alle sechs Wochen in seine Gegenwelt pendelte, in Deutschlands größte

Stadtlandschaft, in das fast immer missdeutete und missbrauchte Ruhrgebiet. Von wo es ihn freilich stets zurücklockte nach Freiburg, in die neue Wohnung dort, als sei die ein Luftschiff, von dem aus alles anders aussah. Aus dem Luftschiff blickte er von vier Balkonen. Von jedem in eine andere Himmelsrichtung.

Vom Ostbalkon sah er die tausend Meter hohen Schwarzwaldhänge. Vom Südbalkon entzückte ihn der nahe »Schönberg«, dessen Wald am Morgen nach dem Mord herbstlich zu funkeln schien. Vom Westbalkon sah er über die Ebene zum Rhein hin, zum Kaiserstuhl, einem erloschenen Vulkan, und dahinter zur langen Kette der Vogesen. Im Norden schließlich glitzerte *Green City*, die begrünten oder verglasten Dächer der »Ökohauptstadt« Freiburg. Direkt vorm Schlossberg stand dort täglich der zweifellos schönste aller gotischen Türme, seit langem ummantelt von Gerüsten und Holzwänden, als sei das Turmwunder verletzt. Die filigrane Höhe brauchte Schutz.

Als Holterhoff vor sieben Jahren mit Olga Lenzen von diesen vier Balkonen geblickt hatte, war ihnen klar, schöner könnten sie nie mehr wohnen, und so nahm er Kredit und nahm die Wohnung. Aber die Freundin war gestorben. Seitdem lebte er allein, trauerte und sinnierte, in präzisen Träumen. Und fand sich wohlverwahrt. So hatte im Ruhrrevier eine Kohlenzeche geheißen, »Zeche Wohlverwahrt«. Wohnte liebend gern dort oben, hoch über einem neuen Stadtviertel, in dem es hieß, man solle »achtsam« miteinander umgehen, Probleme »abspüren« und »körperbewusst gehen«. Die Bewohner im Viertel »Vauban« waren oft so nett, dass Holterhoff gern auch wieder wegfuhr, in sein Fakten- und Sachenland Ruhr.

Nun aber dieser dreißigste September. Schock. Blutige Tat. Unter drei jungen Freunden. Von den drei ungewöhnlichen Menschen war einer tot, die junge Frau schwer verletzt. Und die Untat in seinem Bücherraum. Tags mit dem Blick bis Frankreich. Nachts bis ins Unfassbare.

Bis zum frühen Morgen des ersten Oktober blieb Holterhoff nicht vernehmungsfähig. Dann wollte überm Schwarzwald die Nachtschwärze violett werden und rostrot und abermals abenteuerlich schön, da hat er die Augen geöffnet, hat sich aufgerichtet und konnte dann langsam durch den dämmernden Raum zu einem der Sessel tappen. Die Lampenlichter waren weggeräumt. Kreide und Klebkrepp markierten die Stelle, an der Bob Goldberg gelegen hatte. Und nun sah er in der anderen Sesselschüssel den Ben Funke.

Wie geht es Ihnen jetzt?

Holterhoff konnte nichts sagen. Erst nach Minuten. – Sie lebt?

Verletzt. Unschön verletzt. Kam umgehend in die Klinik. Einer der Schnitte an der Schläfe. Links runter. Der andere an der Hüfte. Mit dem Dolch, mit dem er Goldberg erstach.

Langes schweres Atmen. – Korasmar?

Funke nickte. Hielt einen Notizblock auf den Knien. – Die Mutter der jungen Frau fuhr mit ihr in die Klinik.

Irene Brandes war hier?

Ihr Hotel hat die Tochter noch nennen können. Von der Mutter wissen wir, dass im Theater eine Feier war.

Der Alte schloss die Augen. – Eine Premiere.

Herr Holterhoff, darf ich fragen, wie alt Sie sind? – Geboren 1931. – Frau Brandes ist Ihre Nichte? – Der Alte schien zu nicken. – Und die drei jungen Leute wollten hier weiterfeiern? Warteten hier auf Sie?

Holterhoffs Nicken war eher ein Zittern. – Undine wohnte hier.

Als Namen hab ich notiert: Alexa Undine Brandes, dreiundzwanzig. Tansel Korasmar, neunundzwanzig, deutsch und türkisch, aus Hamburg. Bob Goldberg, dreiunddreißig, aus Berlin, oder vielmehr aus Santa Barbara. – Funke beobachtete den Alten, wartete auf eine Korrektur. – Die beiden Männer mit doppelten Staatsbürgerschaften. Drei Leute, drei Nationalitäten. Eine bunte Truppe. – Zittrige Kopfbewegungen. – Knapp eine Stunde nach der Tat waren Sie hier. Haben Sie so was wie eine Erklärung?

Der Alte kniff die Lippen.

Zwischen den Dreien gab es Spannungen?

Holterhoff schien Zustimmung zu zittern.

Hatte es im Theater Probleme gegeben?

Sah dort nach dem Gegenteil aus. Jubel. Freiheitsoper von 1848. Eine Entdeckung. »Leiden soll kein Mensch auf Erden ... Frei geboren sind wir alle.«

Bei der Premiere war auch der Vater der Alexa Undine?

Alexander Brandes aus Hamburg. Und Berlin. Die Mutter aus Berlin.

Funke notierte. – Alexander Brandes, der Name kommt mir bekannt vor. Herr Holterhoff, klar, Sie stehen unter Schock. Aber ich muss weiter fragen. Zum Wort »Spannungen« haben Sie genickt. Sie werden Vermutungen haben. Kennen Hintergründe. Was könnte kurz vor der Tat passiert sein? Hier, in diesem Raum? Sie kannten ja alle drei.

Nur eins ist nun klar. Dass ich sie unzulänglich kannte.

Neben einer jungen Frau zwei Männer, Goldberg und Korasmar. Beide, wie man so sagt, im besten Alter. Sieht fast aus wie ein sehr üblicher Fall. Die Frau, offenbar attraktiv. Der Täter ein Orientale. Im Eifersuchtswahn? Sie müssen jetzt noch gar nichts sagen, wenn Sie nicht wollen.

In der Oper agierten ebenfalls zwei heftige Männer, neben einer jungen Frau. Auch da ist die Frau mit einem der beiden verlobt.

Undine Brandes war verlobt?

Tansel Korasmar hielt sie für seine Verlobte.

Wie sah das die Frau?

Anders.

Und hatte als neuen Lover den anderen? Den Goldberg? Wie endet das in der Oper?

Auch da ist am Ende einer der beiden tot. Erschossen. Einen ihrer beiden Verehrer erschießt die Frau. In Notwehr. Weil der eine ein Selbstmordterrorist ist. 1848. Falls Ihnen das Jahr was sagt.

Schon doch. Abi 2001, *Heuß*-Gymnasium. Herr Holterhoff, es ist jetzt spät. Oder vielmehr sehr früh. Wir sollten uns hier sehr bald wiedersehen, zum Beispiel um siebzehn Uhr, ist das recht?

Auch um siebzehn Uhr werde ich nichts erklären können.

Sie könnten einfach dieses oder jenes bestätigen. Der Täter zum Beispiel behauptet, er sei Student.

Sind oder waren sie alle drei.

Der Täter ließ seine Tasche ungeöffnet, ließ sein Schweizer Messer ungenutzt. Auf dem Tischchen hier stand eine Obstschale. Die ist requiriert, auch das alte Messer. Die Tat geschah offenbar spontan, ohne Vorbereitung, ohne Plan.

Sagen Sie.

Wie sehen Sie das? – Funke wartete. Der Alte schwieg. – Ihre Nichte wohnte hier nebenan? Im anderen Wohnteil? – Seit April. – Hatte Schlüssel zu Ihrem Wohnbereich?

Zu allem.

Darf ich Ihnen was zu trinken holen aus der Küche?

Danke, ich helfe mir selbst.

Dann lasse ich Sie jetzt allein. Bin um siebzehn Uhr wieder hier. Wie geht es Ihnen? Wir haben eine Psychologin, dürfen wir die schicken?

Bitte nicht. In drei Stunden kommt Berta Siebenrock. Die bringt Brötchen.

Notizen, 1. Oktober 2010 Lähmung. Oder wie sonst ist zu begreifen, dass, bevor dieser Funke kommen will, dass ich mich zehn Minuten oder länger vorm Spiegel hin und her verrenke mit der kleinen Schere und offenbar nichts Besseres tun kann, als zu sehen, wie ich in meinen Mundwinkeln Barthaaren beikomme. Die wachsen nun schier aus den Lippen heraus. Und in die Lippen hinein. Freuden des Alters. Verhornung.

KörperPoPörper, lallte der Weise aus Mülheim an der Ruhr. Das ist es. Wir sind in Körpern, in Häuten. Und die machen anfangs Tempo. Dann schaffen sie sich ab. Verhornen, bei lebendigem Leib. Der

Körper ist das Drama. Der Terror. Von wegen autonom. Abhängige sind wir. Von Hornstäbchen.

Dieser dreißigste Neunte war ein Tag der Gewalt. Die Nachrichten melden, dass auch auf der anderen Seite des Schwarzwalds, hinten in Stuttgart, Gewalt tobte. Staatsgewalt. Mit Truppen aus Bayern.

Und notiert ist noch nichts. Und was denn wohl und wie denn? Unbeschreiblich. Nur diese Mundwinkelverhornung.

1. Oktober 2010 Am späten Nachmittag, es war fünf, da saß der alte Holterhoff im Bücherraum vor einem *Earl Grey*, und es erschien nicht Kommissar Funke, sondern einer, den er nahezu unerträglich fand, ein Doktor Jonathan Merz, der sich und seinen Assistenten in nuscheligem Schnellton vorstellte, er, Merz, leite das Koordinierungsbüro zwischen der Bundesanwaltschaft und dem Bundeskriminalamt. – Holterhoff blickte in seinen Tee. Mit Krawattenträgern hatte er seit Jahren nichts zu tun gehabt, in Freiburg schon gar nicht. – Die Sache Korasmar habe an Karlsruhe übergeben werden müssen.

Warum?

Aus Gründen, deretwegen Sie jetzt leider zurechtkommen müssen mit mir und meinem Mitarbeiter, Jörg Eggendörfer. Ben Funke lässt Sie grüßen, auch die Frauen Brandes. Mit Mutter und Tochter gelang noch ein kurzes Gespräch. Sind beide vom Airport Basel nach Berlin. Die Wunden zwar übel, aber nicht lebensbedrohend. Nur hässlich. Frau Brandes wollte ihre Tochter in der Nähe haben, in Berlin laufen nun Untersuchungen in der Charité.

Wieso Bundesanwaltschaft? – Haben wir Ihnen zweifelsohne zu erklären. – Probleme zwischen Ausländern? – Der Grund ist nicht die Beteiligung von Ausländern. Es gibt Fakten, die nahelegen, dass mehr im Spiel war als Gefühlskonflikte. Korasmar selbst war es, der die Polizei rief, noch von Ihrer Wohnung aus. Telefonierte zunächst mit seinem Vater. Danach mit Notarzt und Polizei.

Jonathan Merz tat, als wollte er rauchen. Sah Holterhoffs Blick, steckte die Schachtel zurück. – Der Tathergang ist weitestgehend klar. Nicht aber die Motive. In Funkes Notizen lese ich was von Eifersucht. Das war wohl Ihre Äußerung. »Zwei Männer, eine Frau«. Auch hätten Sie gesagt, das Theater gestern Abend handelte von Parallelen. Im ersten Verhör redete der Täter von Mobbing. Von Respektlosigkeit. Von Ihnen lese ich, Sie hätten für die Tat keine Erklärung. Bleiben Sie dabei?

Ja.

Haben Sie Momente beobachtet, die man Mobbing nennen könnte?

Goldberg liebte ironisches Reden. Manchmal amüsant. Meist unnötig. Oft anmaßend.

Korasmar begriff Goldbergs Ironie nicht?

Bob war Sprachwissenschaftler. Lektor an der Uni hier. Wörterfex. Spielernatur. – Holterhoff schluckte vom Tee. Eggendörfer notierte.

Und Bob Goldberg hatte dem Täter die Freundin ausgespannt?

Für Korasmar war die junge Brandes mehr als eine Freundin. Sie war seine Verlobte. Mit ihr wollte er in die Türkei.

Und sie?

Lassen sie mich was trinken. – Sie hatte Angst. Obwohl es zu ersten Gesprächen kam. Die ich zu vermitteln versuchte.

Der Täter sagt, er studiere Betriebswirtschaft. Goldberg und Frau Undine studierten offenbar Deutsch und Politik. Sieht nicht sehr nach Gemeinsamkeit aus. Ökonomie gegen Literatur?

Die Brücke war die alte Oper. Eine Fabrikoper. Über die wurde heftig diskutiert. – Worüber genau? – Freiheitsoper von 1848. Dokument von unserem ersten deutschen Republikversuch. 1848 als verpasste Chance. Was denn Freiheit heißen könnte. Im Islam anderes als im Westen. In Europa anderes als in den USA.

Merz machte Fingerzeige, Eggendörfer sollte notieren. – Im Internet fand ich, die Oper *Regina* handelt von Arbeitern?

Ist die einzige klassisch-romantische Oper mit Arbeitern. In allen

Hauptrollen Arbeiter. Beginnt mit einem Lohnstreik. Danach das Übliche, Männerkonkurrenz.

Diskutiert wurde das Politische auch aktuell? Ich lese bei Funke das Wort Terror. »Selbstmordterror«.

Schon die Oper handelt von Terror. Religion plus Macht macht Terrorismus. Sollten Sie in Karlsruhe wissen. Mit Undine Brandes ging es um alles. Kirchen als weltweite Angstpflege. Als Denkhemmung. Ungefähr so. Bisweilen sehr drastisch.

Und wenn es drastisch wurde, worum ging es dann?

Um Folter. Hinrichtung, Steinigung. Um Anschläge, die Frauen und Kinder zerfetzen, wozu die Glaubenshelden behaupten, da seien die USA gemeint oder die Taliban. Drastisch geredet wurde über die Hirnrisse der Religionen. Der Ideologien. Des Freiheitswahns.

Wer wurde besonders gern drastisch?

Undine. Auch Korasmar. Gelegentlich ich. Was eigentlich, Herr Merz, wollen Sie ermitteln?

Wie gesagt, der Tathergang scheint klar. Nicht das Warum.

Sie interessieren sich ernsthaft für Motive?

Welch ein Misstrauen. Und je mehr ich von Ihnen zu hören bekomme, Herr Holterhoff, desto mehr wird mir klar, was wir uns von Ihnen wünschen sollten. Das wäre, angesichts eines offenbar verwickelten Falls, ein Bericht. Etwas schlicht Chronologisches. Über Sie und diese drei jungen Leute. Sie sind doch Autor. Ihre Beobachtungen, Ihre Erfahrungen mit drei ungewöhnlichen Youngsters. Seit April, so lese ich, wohnte Ihre Großnichte hier.

Frühestens ab Seite siebenhundert bildete ich mir ein, ich berichtete Zutreffendes.

Uns geht's nicht um Literatur. Es gibt doch Abläufe, die sich darstellen lassen. Was alles sich hier abspielte, seit April. Worüber geredet wurde, Probleme zwischen den drei jungen Leuten, Spannungen. Wie spannend für einen Autor.

Das gelänge höchstens Mephisto. »Kennte der Jüngling die Welt genau, er würde im ersten Jahre grau.«

So vertrackt sehen Sie das? wie Goethes Teufel?

So müssten kluge junge Leute »die Welt« heute sehen. – Holterhoff schwieg eine Weile und sagte dann, dass in diesem Raum letzte Nacht ein Mensch ermordet wurde. Ein anderer schwer verletzt. Ob da Gedanken an teuflisch Deprimierendes ganz und gar abseitig seien. Ob nicht ein »einfacher Bericht« über Abgründe nichts weiter sei als eine Zumutung aus Karlsruhe.

Merz blätterte in Papieren. – Funkes Notizen entnehme ich, dass die junge Frau aus Berlin kam. Solch ein Fakt lässt sich schlicht mitteilen. Lässt sich auch präzisieren, als genauer zeitlicher Ablauf. Eine ganz offensichtlich schöne, eine grazile junge Frau wohnte bei einem betagten Herrn. Warum? Und dann tauchten die beiden Jüngeren hier auf, ebenfalls aus Berlin. Warum?

Korasmar aus Hamburg.

Aus Hamburg? Ist alles mitteilbar, sind Fakten. Die Tat bleibt für Sie sicher unfasslich, klar. Aber es gibt Umstände, die sollten wir wissen. Und die sollten Sie uns beschreiben, präzise. Damit wir vergleichen können mit unseren eigenen Ermittlungen, im BKA, im Verfassungsschutz. – Merz griff sich seine Zigarettenschachtel, steckte sie wieder weg. – Auch der Hamburger Korasmar hatte in Berlin studiert. Insofern kamen also alle drei aus Berlin. Warum gingen die drei nach Freiburg? Schildern Sie uns doch, was immer Sie beobachten konnten. Studenten haben Pläne. Studienpläne, Zukunftspläne. Was war da zu hören? Befragen Sie Ihr Gedächtnis. – Merz ließ sich von Eggendörfer ein anderes Papier geben. – Finden nicht auch Sie merkwürdig, dass diese sogenannten Studenten sehr viel älter waren als die junge Frau? Undine Brandes dreiundzwanzig. Der Deutsch-Türke neunundzwanzig. Goldberg dreiunddreißig. Studiert man mit dreiunddreißig?

Goldberg, Doktor der Philosophie, war hier Lektor geworden am Englischen Seminar. Lehrbeauftragter. Mit miesem Gehalt.

Mit miesem Gehalt, aber auffallend häufig in den USA. Verehrter Herr Holterhoff, was wir uns von Ihnen wünschen, das wären schlicht

Einzelheiten, so wie Sie jetzt die Tätigkeit des Ermordeten skizziert haben. Keine Lyrik, sondern ein Bericht. Am besten chronologisch. Gewiss führen Sie ein Tagebuch?

Der Alte wendete sich in seiner Sesselschüssel nach links, nach rechts, als wollte er entkommen. Murrte dann, ja, er führe so was wie ein Tagebuch, glaube aber nicht annähernd, Entscheidendes festzuhalten. So was sei Aufgeblasenheit, wie solle »Festhalten« je funktionieren in chaotischen Verwerfungen. Abends habe er noch nie gewusst, was an einem Tag der Dollpunkt war. Notiere immer nur Nebensekunden. Könnte freilich sein, am Ende war die Nebensekunde der Knackpunkt. Jeder werte eh anders. Nur eins sei ihm klar, was einer wie er spannend finde, das würde die, denen klar sei, was den Staat gefährde oder schütze, nicht im Geringsten interessieren.

Halten wir fest, Sie führen eine eigene Sorte Tagebuch.

Mit extrem sicherheitsrelevanten Fakten. Statt die vergangene Nacht zu schildern, machte ich mir Notizen über meine Barthaare. Die wachsen seit kurzem krumm in mich hinein, in die Mundwinkel. Ist das für Deutschland von Belang?

Verehrter, wir sind bestens geübt, Unbrauchbares auszusieben. – Merz war aufgestanden, blickte eine Weile aus den bodentiefen Fenstern. – Lassen Sie sich Zeit. Der Täter ist gefasst, ist geständig. Dankbar wären wir, wenn einer, der mit den Beteiligten eng zu tun hatte, im Alltag oder in bewegten Diskussionen, wenn der uns helfen könnte mit seinen Beobachtungen. Auch mit scheinbar nebensächlichen. – Merz begann, im Bücherraum hin und her zu gehen, sah auf die Allee hinunter. – Warum gingen die drei jungen Leute von Berlin nach Freiburg? Von wem ging das aus? Von der jungen Brandes? Die Probleme zwischen ihr und den Männern begannen erst hier? Schon in Berlin? Wie kam es überhaupt zu dieser »bunten Truppe«? Und warum nun hier, im Vauban, in einem exmilitärischen Gelände. Zwei Ausländer, eine Deutsche.

Merz wendete sich zum Westfenster, ein Fahrzeug der Vaubanbahn kurvte unten durch die Wendeschleife. Schaute dann wieder zurück auf Holterhoff. – »Zumutung« sagten Sie? Und bleiben beim volkstümlichen Schnellschuss? Eifersucht ist halt die Leidenschaft, die mit Eifer sucht, was Leiden schafft? Punkt. Aus. Fall geklärt? Weiter keine Erkenntnis?

Korasmar war extrem eifersüchtig. War sogar das, was heute als »Stalker« gilt. Belauerte die junge Brandes auf unerträgliche Weise.

Berichten Sie die Einzelheiten! Und schließt das alles andere aus? Politisches? Geschäftliches? Wäre es ganz abwegig, dass es da um mehr ging als um die schöne Frau?

Da wissen Sie mehr als ich.

Eggendörfer, haben wir Herrn Holterhoffs Handynummer? – Haben wir nicht. – Warum nicht?

Weil Holterhoff, kodderte Holterhoff, kein Handy besitzt. – Ach? – An Handys klebt Blut. Elend der Armen weltweit. Wussten Sie das nicht? Außerdem hasse ich jede Form von Kontrolle. Vor allem die anonyme, die staatstragende.

Als Schriftsteller meiden Sie Handys?

Auch »informelle Mitarbeit« bei Behörden.

Merz betrachtete den Alten, nickte. – Wenn Sie bei dieser Haltung bleiben, dann müssen Sie künftig häufig mit uns rechnen. Werden wir Sie konfrontieren müssen mit dem, was der Täter aussagt. Und es wäre äußerst peinlich, wenn wir uns gezwungen sähen, Einblick zu nehmen in Ihre täglichen Notizen. Um Daten zu vergleichen. Auch wir respektieren Datenschutz. Aber es gibt Momente, da wird der Schutz des Einzelnen relativ.

Schützt es den Staat, wenn Sie lesen, dass Korasmars mediterranes Gesicht bisweilen nervöses Zucken zeigt?

Vielleicht konnten Sie beobachten, in welchen Momenten?

Immer dann, wenn ich versucht habe, mit ihm über seine für ihn irrsinnige Liebe zu reden. Über seine Illusionen über Undine Brandes. Mit Politik hatte das schier nichts zu tun.

Jonathan Merz setzte sich und betrachtete den Schriftsteller. – Ich respektiere, dass Sie im Fall Ihrer Großnichte intime Daten schützen wollen. Aber damit Sie vielleicht doch noch zu ahnen beginnen, in welche Dimensionen unsere Arbeit geht, bitte ich nun meinen Mitarbeiter, Ihnen etwas zu zeigen. Ein geheimes Blatt. Bitte, Jörg.

Eggendörfer zog aus einer Mappe ein Papier, gab es dem Merz, der legte es dem Alten auf die Knie. – Zweifellos erkennen Sie da einen Grundriss. Zwei Wohnungen. Eine größere, eine kleinere. Das ist dieses Stockwerk hier. Vaubanallee 77, siebente Etage. Und im Schwarz-Weiß fallen Ihnen Pünktchen auf. Sieben grüne Pünktchen. Die hat vergangene Nacht das Team des Ben Funke eintragen müssen. An diesen sieben Stellen fanden sich nämlich intelligente Einrichtungen. Ihnen wahrscheinlich geläufig als Wanzen. Peilpunkte fürs GSL-System. In neuester Mikro-Technik. Kaum größer als Zehn-Cent-Stücke, modernste kalifornische Entwicklung. Die freilich seit kurzem, in Lizenz, auch in Deutschland produziert wird, und zwar, denken Sie, von einer Firma hier in Freiburg. Die Freiburger produzieren sogar, heißt es, die weltbeste Version.

Holterhoff zeigte keine Bewegung.

So, das wäre nun raus. Und ich muss Sie darauf aufmerksam machen, dass Sie ab jetzt Träger eines Geheimwissens sind. Sie haben mich zu diesem Schritt gezwungen. Weil Sie uns nicht helfen wollten. – Eggendörfer protokollierte.

Auf jedem der vier Balkone hier erkennen Sie so einen grünen Punkt. Und auch dort, wo hier geschlafen wird. Auch drüben in der Nebenwohnung, wo ja wohl Ihre Großnichte schlief. Das siebente Teilchen fand sich dann in Ihrem hoch geschätzten Festnetztelefon.

Holterhoff schlug auf die Polsterlehnen, links wie rechts. – Hören Sie! – Er schnappte nach Luft. – Tansel Korasmar, der war vor dieser Mordnacht kein einziges Mal in meiner Wohnung. Und als er gestern das erste Mal hier war, da waren Goldberg und die junge Frau um ihn herum. Wie sollte er da solche Dinge tun?

Wieso meinen Sie, dass Korasmar es war, der die entzückenden Dinge einsetzte? Wieso nicht Goldberg? Oder sonst jemand? Etwa

Frau Undine, die ja hier alle Schlüssel hatte und die sich mit ihrem neuen Lover auch drüben traf? Dort wo geschlafen wird? Sie schweigen? Wir prüfen derzeit die Herkunft der HiTec-Wunder. Kalifornien oder Freiburg.

In der Tat. Sie wissen andere Dinge als ich.

Merz erhob sich. Ging durch den Raum, nun bis vor die Glastür zum Westbalkon. Und redete dann so, als müsste er einen Deprimierten wieder aufrichten. – Georg Harry Holterhoff, bevor ich zu Ihnen kam, hab ich mich ein wenig informiert. Google und Wikipedia geben gut Auskunft. Als Ihr Hauptwerk gilt Ihre Nibelungen-Erneuerung. Vom erstaunlich üppigen Medien-Echo hab ich mir kopiert, was in Zürich rezensiert wurde. In der Zeitung, die für manchen die beste deutschsprachige ist. Bitte, Eggendörfer, lesen Sie's vor, nur dies.

»Was die Germanistik gern umging, das erzählt er lustvoll, auf fast neunhundert Seiten, nämlich, wie der Motor für die bekanntlich hochgradig verwickelte Nibelungenhandlung zum einen die extreme Leidenschaft des Xanteners für Krimhild war, zum anderen, ebenso elementar, Europas größte politische Wende, die Völkerwanderung.«

Merz öffnete die Hände. – Da sieht ein kluges Blatt Ihre Hauptleistung darin, dass Sie beides wahrgenommen hätten, Privates wie Politisches. Hätten beides beschrieben als »Motor«, für hochgradig verwickelte Taten, für Irrationales wie für Politisch-Gesellschaftliches. – Merz schritt die bodentiefen Fenster ab. – Die Freiheit, die Sie sich im archaischen Fall herausgenommen haben, offenbar aus ältesten Quellen, die sollten Sie sich ungeniert auch herausnehmen aus jüngsten Quellen. Aus Ihren Beobachtungen Ihrer drei jungen Freunde. So dass die flammenden Gefühle des Levantiners für Ihre schöne Undine keineswegs dem widersprechen müssen, was wir von unserer Seite beitragen werden. Am Ende ergänzen sich Intimes und Politisches nicht nur bei den Nibelungen, sondern auch in diesem aktuellen Mord. Könnten Sie das akzeptieren?

Holterhoff starrte den Merz an wie jemanden, der ihm zu den fünf Teppichen in diesem Bücherraum einen sechsten aufgeschwätzt hatte. Und plötzlich schien es der Mann aus Karlsruhe eilig zu haben, nach kurzem Blick zum Assistenten schritt Merz zur Treppenhaustür. Drehte sich dort aber um. – Und Sie dürfen mir glauben, Typen wie ich sind in Sachen Geheimhaltung entsetzlich abgebrüht. So dass alles, was Sie je Ihrem Notizbuch anvertraut haben und was Sie für uns nun gesondert darstellen werden, dass dies alles unter Verschluss bleibt. Ist das klar? – Er kam einen Schritt näher und sprach leiser. – Nicht mal Eggendörfer weiß, welche VIPs unserem sogenannten »Einheitskanzler« und seiner Partei hohe Summen spendiert haben gegen »Ehrenworte«. Und weder ich noch Eggendörfer wissen, wer damals mit wem geschlafen hat. Schrecklich, nicht wahr? Auch die Bundesanwaltschaft ist auf widerwärtige Weise verquickt mit Geheimdiensten. Ist zum Teil selber nichts anderes als ein *Secret Service,* freilich mehr oder weniger intelligent. Und Sie, Doktor Holterhoff, erhalten aus Karlsruhe demnächst die schriftliche Zusicherung, dass Ihre Mitteilungen außer mir und meinem Assistenten keiner zu lesen bekommt. – Er wendete sich zum Treppenhaus, Eggendörfer stand auf, notierte noch im Weggehen weiter.

Merz aber drehte sich abermals um und füllte die Wohnungstür. – Ich fürchte, Holterhoff, am Ende werden auch Sie einsehen, dass am dreißigsten September um Mitternacht die Untat in diesem Bücherraum, selbst wenn es da um Intimstes ging, eine Sache war, die uns alle etwas anging. Sogar aus Gründen, denken Sie, aus Gründen deutscher militärischer Sicherheit. Ein bisschen ums Gemeinwohl hätte sich Bürger Holterhoff durchaus kümmern dürfen. Von Grund auf. Einstweilen besten Dank. Sie hören von uns.

Notizen, 3. Oktober 2010 Weiterhin Lähmung. Erst recht nach dieser Penetranz aus Karlsruhe. Zumal der Staatschützer ärgerlich recht hat. Ich hätte mich »kümmern« dürfen. Aber worum? Um Militärisches? Islamismus? Von Grund auf?

Und nun diese fatalen sieben Punkte. Minisender? Peilpunkte? Von Bob? Von Tansel? Oder von »sonst jemand«? Aus Kalifornien? Verbessert ausgerechnet in Freiburg?

Darüber ist es nun zu einer Fälschung gekommen. Alles hier bis jetzt über die Schocknacht Geschriebene kam erst heute in den PC. Nicht schon am Tag drauf, nicht im Delirium, sondern heute. Dieses lächerliche »Festhalten«. Als schlotterte nun nicht alles. »Festhalten«, dies verdammte Preußenwort. Naziwort.

Eine »spezielle Reinigungskraft« haben Sie mir geschickt. Der »Klump«, sagt der Kerl im ortseigenen Ton, der sei nun polizeilich und fotomechanisch festgehalten. Schon wieder festhalten. Schmutz und Spuren könne er nun »bereinige«. »Klump« klang bei ihm wie »Gelump«. Hab mir seinen Ausweis zeigen lassen. Kümmere mich ab jetzt.

Rudi Dold, netter Alter, zwei Stunden hat er gerackert. Den Bücherraum »richte« sei seine Aufgabe. Aber nicht die Spuren auf den Bücherrücken, Bücher seien ja wohl mein Revier. Schreiben sei »ebbes Speziells«. Recht hat er, der Dold. In Freiburg sei er »dohäme«, daheim. Schiebt Dienst nach dem Motto »Numme net hudle«. Seit je gäbe es allerhand, »selli Beamte azmeckere«, was er sich freilich »verkniffe hätt«, seit er selber einer sei. – Dold ist nun wieder weg. Schon als GroßGoethe Alemannisches las, wusste der von »neckischer Sprachweise«. Hocke nun immer noch da, wo ich dem Kerl zusah und zuhörte. Kurioser Infinitiv. »Richte«.

Und sehe, wie sich die Spuren auf den Bücherrücken wandeln. Jetzt, im roten Abendlicht, das mal wieder wie von unten durch die Fenster glüht. Nun scheint das Rot sich einzugraben in die gilbenden Papiere. Blutspuren. Rot glimmt da in Rot. Geronnenes. Von Bob. Von Undine.

Womit, verdammt, hatte ich zu tun in den letzten Monaten. Mit Studenten? Mit konkurrierenden Agenten? Mit beidem? Jedenfalls mit digitalen Geheimgeräten. Auch »dort, wo geschlafen wird«. Und für diesen Merz ist das Vauban »ein exmilitärisches Gelände«.

Undine seit drei Tagen in Berlin. Irreparabel.

Irre Parabel. Und meine Notizen gehen Behörden nichts an. Nicht umsonst entrüstet sich so einer, wenn er hört, ich hätte kein Handy. So einer will Kontrolle. Inquisition. Rüstung.

4. Oktober 2010 Am nächsten Tag notierte er nichts mehr. Der empört trauernde Georg Harry Holterhoff schrieb weder für andere noch für sich. Redete zwei Tage lang kein Wort. Zum Mittag ging er nicht in die Vaubankantine. Sein Telefon stand hinter schalldichter Tür.

Auch am zweiten Tag nach dem Merz-Besuch hockte er lange auf dem Morgenbalkon. Nur mit Zwieback und Tee. Hat dann auch den *Earl Grey* nicht mehr gemocht, weder den noch den grünen, Marke *Morgentau*. Betrachtete Freiburgs blinkende Dachlandschaft. Die begrünten oder die gläsernen Flachdächer. In der Ferne die Stadttore. Den verletzten Münsterturm.

Wendete sich schließlich zum Schauinsland, zum 1280 Meter hohen »Hausberg« der Stadt. An den Hängen nun Oktoberwälder, bewegte Farben. Mehrere Stunden sah er dort hinauf, als sei dies der wahre Tee und Zwieback. In der Höhe geisterten quer hin weiße Streifen, warfen um den Bergbrocken helle Kragen auf, um den breiten Buckel, der mit seinem Silber die Stadt früh reich machte. Die Geisterstreifen wollten weiter hinauf, schienen zu tanzen, im Zeitlupentempo. Hatten aber nach oben nur zu zergehen.

Sah im wechselnden Licht den Wald nun als Zauberwald, sah in Irrlichtern das Gekrieche durch die Baumschatten, in Schwarz und Gold die Salamander. Und hörte blitzende Glissandos für Wasserfrauen, für Rheintöchter, für Sirenen und Undinen. Sah nun endlich auch das Spiel, um das sich alles gedreht hatte, sah nun diese alte wahre Warnung: »In Feuers Flammen spielen Salamander«. Und da war es, als spüre Holterhoff das Ungeheure, die sich beschleunigende Ausdehnung des Weltalls.

Schlief ab und zu. Blinzelte dann wieder zum Hausberg hinauf, als würde ihm dort was entgehen. Unter der wandernden Sonne wechselten die Färbungen, da tönten nicht nur Glitzermusiken, sondern auch all die Wörter seit April. Da sprangen Stimmen herum und Rufe wie »erklärbärbar«. Immer noch mal »Körpertäuschung«. Auch »einverleiben« und »quinquilieren«. Und »das man dir tu«. Und »Endknall«. Und am Schluss dann die singenden Millionen: »Heil Freiheit dir, du Völkerzier!«

Damit schlief er wieder eine gute Weile. Und blickte dann von den herbstlichen Waldbewegungen zurück über die Dächer von *Green City*. Bis hin zum Schlossberg. Dicht hinter dem einhundertsechzehn Meter hohen Turmwunder drängte dort hinten sofort der erste dunkle Brocken Grundgebirge.

Ihn freute auch jetzt, dass nicht nur Deutschlands Südwestwinkel mit Freiburg anders war als die übrige Republik. Sondern auch, dass in diesem Freiburg das Viertel Vauban abermals sehr anders war. Im exmilitärischen Extraquartier für gut fünftausend Neusiedler gab es hier bei jeder Wahl die höchste Wahlbeteiligung und die meisten Stimmen für die Grünen. In einer alten, in einer seit je katholisch beherrschten Stadt, in der auch jetzt noch der alte Türkenschlächter Bernhard von Baden in allem Ernst heilig gesprochen werden sollte, da übersprang im Viertel Vauban die »Christen«-Partei nicht mal die Fünf-Prozent-Hürde. Obwohl Freiburg fünfhundert Jahre lang österreichisch gewesen war, ein Hort, Tor und Turm des Katholischen. Und nun, seit vielen Jahren, die erste deutsche Großstadt mit »grünem« Oberhaupt.

Wie gern hatte sie solche Geschichten gehört, aus ihm herausgefragt. Hatte wissen wollen, warum sie es gut finden sollte, dass sich dieses Viertel nach einem Kriegsstrategen nannte. Das hatte er korrigieren müssen, Frankreichs barocker Festungsbaumeister *Sébastien Le Prestre de Vauban* habe mit seiner Ummauerungstechnik mehr als dreihundert Städte vorm Alleridiotischsten bewahrt, diese Orte habe der dermaßen klug umfriedet, dass sie seit 1648, seit dem Jahr des »Westfälischen Friedens« uneinnehmbar wurden. Und die Kriege seien damals mindestens so mörderisch gewesen wie die heutigen, nur nicht so maschinell, mehr metzgerhaft.

Erst als der Planet sich gegen zwölf Uhr so weit gedreht hatte, dass Holterhoffs Morgenbalkon in den Schatten geriet, tappte er durchs Wohnterrain, schlappte durch die Küchenecke und sank auf der Südveranda in den dortigen Balkonsessel. Und besah sich in der wärmenden Sonne nunmehr den Schönberg. Unten weit gebreitet die Obstbaumwiesen, darüber, im Steileren, der dunkle Wald, jetzt in den ersten Feuerfarben des Herbstes.

Gegen drei, als er wieder geschlafen hatte und die Sonne auch die Südseite zu verlassen begann, wechselte er auf einen der Abend- oder Westbalkone, nahm aber nicht den, der zum kleineren Wohnteil gehörte, mied auch jetzt den Schlafbereich der Olga Lenzen oder der Undine, sondern ging durch den Bücherraum dorthin, wo er mit der Brandestochter abends und nachts am liebsten gesessen hatte, mit der jungen, mit der besonderen, mit der nun übel Verletzten. Mit der »Grazilen«, laut Doktor Merz.

Nahm sich auch dort einen der bequemen wetterfesten Sitze, legte die Füße dorthin, wo die Berlinerin gehockt hatte, zog von einem dritten Stuhl die irische Wolldecke über sich und verfolgte, wie auch dieser Tag strahlend dahinging, auch diesmal unter glühenden Wolkenzeichen über dem Rhein.

Über den Vogesen, über dem französischen Waldgebirge kreisten Strahlenkränze, schneckenhaft langsam. Als sie im Sommer hier gesessen hatte, hautnah neben ihm, da war das Glutmonster weiter im Norden abgetaucht, hinter dem Kaiserstuhl. Und als müsste extra hingewiesen werden auf den nahenden Winter, inszenierten sich die Lichtspiele an diesem Abend übertrieben glanzvoll und in unbeirrbarer Langsamkeit. – Schade, dass sie's nicht sieht. Sie war so gut zu begeistern.

Wann immer ihn genieren wollte, dass er so wunderbar wohnte, halfen ihm Erinnerungen an seine früheren Absteigen, die waren eng gewesen und schräg. Wie fing das alles an, hatte dieser Merz gefragt. Befragen Sie Ihr Gedächtnis. Als hätten nicht Anfänge ebenfalls Anfänge, als sei nicht auch Undines Mutter einst in Freiburg gewesen, als hätte nicht auch Sirene Irene einst bei ihm gewohnt. Damals unter den Dachschrägen.

Das »bei mir gewohnt« hat er dann gar nicht weiter verfolgen wollen, verstieg sich statt dessen ins Allerfrüheste, ins Zentrum des Ruhrgebiets, in seine Ängste von Grund auf, in den Tod aus dem Himmel, als Menschen Menschen bombardierten. War er nicht schon immer nur angstvoll?

Schon damals sah er am Nachthimmel im Sternbild des gefährlichen Jägers Orion sein Spielzeugbild, seine kindliche Steiftierkuh. Die leuchtete nach wie vor als Friedensgedanke. Damals wurde das Himmelsrind umzingelt von den Greifarmen der Suchscheinwerfer, die alles Sternengefunkel wegstrahlten für die Flugabwehrkanonen, die suchten in der Nachtschwärze mit bleichem Lichtstrahl den »Feind«, den »Luftterror«, über den am anderen Morgen der Vater unbedingt die Nachrichten hören musste vom »Oberkommando der Wehrmacht«. Da hatte die Familie vollkommen still zu sein, »Meldungen« wurden immer wichtiger, meldeten aber nur selten was von Angriffen auf Essen und das Ruhrgebiet, nur was vom »Terror gegen die Berliner Bevölkerung«.

Der Anfang von allem, klar, war Angst. Und die Angst wurde zur Sprechhemmung. Zur Schüchternheit. Dann aber begann die Entdeckung der Anderswelten, der Geschichten, der Bücher und des Harry Heine und des präzisen Phantasierens. Schließlich das Gegenleben im Schwarzwaldsender und, noch sonderbarer, im Literaturbetrieb. Mitten im wachsenden Fernsehlärm der Schüchterne vor der Kamera, dieser Linkische. Was Frauen entzücken mochte.

Erst hier in Freiburg endeten die VIP-Wirbel, hier nervte kein Stress mehr, nach allem Büchervermitteln und Filmemachen blühte hier ungestört das Schreiberglück, lustvoll das Erneuern der zentralen Europageschichte, das Verwandeln des Nibelungenstoffs in seinen Ursprung, in die folgenreichste unter Europas historischen Wenden. Die späte Stille im vielstöckigen Vaubanturm versprach Sicherheit und Dauer. Aber dann, im letzten April, da kam der Anruf aus Berlin. Die Nichte. Wie hatte sie sich gemeldet?

Mehrere Stunden grübelte Holterhoff an der Rekonstruktion dieses Gesprächs. Ja, dies war wohl der Anfang von dem, was nun, in der Nacht vom September zum Oktober, ein blutiges Ende fand. Schließlich hat der Alte sich aus der Erstarrung und aus der irischen Decke gewickelt, ist aufgestanden, musste sich festhalten an Wand und Tür, im Bücherraum am Regal mit den Ruhrbüchern, bewegte sich über den roten Berber vor das Stehpult, hob dort das »Kontobuch«, die schwere Buchhaltungsschwarte des Großvaters, des kaiserlichen »Leibgardehusaren« und nachmaligen »Reichsbankkassiers«, schleppte das zum Sessel und ließ sich mit dem Papiertrumm ins blaue Polster fallen. Mit dem, was seit April Notizbuch war. Und seufzte und begann zu blättern.

Vorn noch immer die ersten Notate des wilhelminischen Alten, der sein kaiserliches Gardehusarenleben zuletzt doch noch hatte »festhalten« wollen und der über die Aufzählung all der Herrschaften, denen er »gedient« hatte, nicht hinausgekommen war. Wer denn auch außer Robert Walser hätte ein so vielfach beherrschtes Dasein je erzählen können, als Diener von bombastischen Größen und staatlichen Massenmördern, als Untertan, als Ordonanz, als Solljunge.

Blätterte wieder in die eigenen Notizen hinein, in den März und April. Und sah, dass es zum langen Telefongespräch mit Irene nur Kürzel gab. Das war damals sehr viel winkelreicher gewesen, vertrackter, diese seltsame Anfrage, diese fast tückische Annäherung der einst sehr geliebten Nichte. Alles immer noch mal anders. Und nun, von der Tat des Tansel her, endgültig anders. Wie ahnungslos, wie leichtfertig hatte im April noch geredet werden können. Mit der

Familienrechtlerin, mit der vormals so beflügelnden Freundin. Mit der es dann etliche Jahre keinen Kontakt gab, fast keinen.

Ein Anruf zur angemessenen Zeit war das gewesen, nachmittags, etwa um siebzehn Uhr, zur Teezeit. Um die Zeit ruft an, wer sich lange nicht gemeldet hat.

Notizen, 4. Oktober 2010 Vor dem PC hocken und »festhalten«. Neben dem Laptop das Kontobuch des Großvaters. »Rekonstruieren« wollen. Das Gedächtnis und die Notizen nutzen. Aber nur für mich. Seit Irenes Anruf, damals im April, diese Notizen. Als ob ich sofort geahnt hätte, dass nun alles sehr anders werden würde.

Rückblick: 5. April 2010 Seinen Namen sagte er am Telefon inzwischen ganz gern. Den hat er auch damals gewiss gut knacken und pfeifen lassen, Verschlusslaut, Zischlaut. Deutlich war ihm noch im Ohr, wie sich einst der Dichter vom Bodensee zu melden pflegte, der seinen Namen klingen ließ wie einen Seufzer, wie mit letztem Hauch – »Wal – ser – « –

Er dagegen gab ganz gern Auskunft, knackend und pfeifend: »Holterhoff.« Und dann folgte das vermeintlich harmlose Gefrage »seiner« Irene. Wie es ihm denn weiterhin so gehe »im niedlich lieblichen Freiburg«. Ein Ostermontag war das gewesen.

Er wird geantwortet haben, dass an diesem zweiten Ostertag, bei so gutem Wetter, fast alle Freiburger unterwegs seien, im Schwarzwald oder im Elsass. – Letzte Irre auch nebenan, auf Schweizer Gletschern, so weit die noch nicht geschmolzen sind. An solch sonnigen Sonntagen herrscht hier endlich Stille. Am Südrand der südlichsten deutschen Großstadt, die in gutem Licht wie die nördlichste Italiens tut. – So, wortreich, wird er die Überraschung überspielt haben, den gelinden schönen Schrecken, dass er sie wieder hörte, die immer noch verzaubernde Nichte.

Lungerst auf deinem Abendbalkon? In Sonne und Südwind?

Nein, wandere in meinem Turm umher, hochtrabend.

Sofort wolle sie wieder mitwandern, hochtrabend. Wolle alle Weitblickwünsche sofort erfüllt bekommen. – Schon das Frühstücken auf deinem Morgenbalkon, schon die aufsteigende Sonne überm Schwarzwald, phantastisch. – Dann komm doch. – Ich stör ja nur. Garantiert lebst du in neuen Schreibgeschichten. – Naja. – Wieder altsprachlich? Drachenkämpfe?

Neusprachlich. Die alten Erzählkämpfe.

Wenn du schreiben kannst, geht´s dir nach wie vor gut?

Tun wir doch alle. Macht doch jeder. Wir versuchen, das Verquere in eine Reihe zu kriegen. Es zu »erzählen«.

Ich nicht. Mich haben die Fakten.

Auch Fakten musst du dir denken, dir vorstellen. Und alles und jedes wird uns zum Roman. Wie geht es dir?

Auch ich bin über Ostern zuhause. Zuletzt nur Fahrereien, von Senftenberg bis Zarrentin.

Kenne weder Senftenberg noch Zarrentin. – Kannte auch ich nicht. – Ärger mit Alexander dem Großen? – Alexander Salamander hat mich nicht mehr nötig, zum Glück. Dafür nervt umso mehr die Göre. Die und dieses Berlin. – Nervt? – Unsere brillante Hauptstadt liegt allzu sehr im Abseits.

Abseits? Das hört man sonst eher von Freiburg.

Freiburg am einen Ende der Republik, Berlin am anderen. Und für Fliegenschisse muss ich bis Poznan, Danzig, Ruhrgebiet, Hamburg, Frankfurt. Oder nach Senftenberg und Zarrentin. Und nun genieße ich Ostern, lottere durch meine Gartenwohnung im Pankower Weg, liege in der Sonne und bin froh, dass Alexa unterwegs ist mit ihrem neuen Lover.

Alexa? Hieß sie nicht auch anders?

Undine.

Was macht sie? Studiert?

Siebtes Semester.

Wahrscheinlich Germanistik. Ich weiß, du hast es mir irgendwann geschrieben.

Deutsch, Geschichte, Politik.

Ich höre ein Aber?

Ehrlich gesagt, das ist der Grund, weshalb ich anrufe.

Wegen Deutsch und Geschichte?

Hast du'n Moment Zeit?

Für dich immer. Wo klemmt's bei der Göre? Sie ist natürlich hübsch?

Irene schwieg. Er genierte sich für seine Männerbemerkung, selbstverständlich war Alexa Undine hübsch. Er erinnerte sich an Fotos von einer dünnbeinigen Elf- oder Zwölfjährigen, kess, spirrelig und frech grinsend. Eine Pipi Langstrumpf stand da neben Alexander dem Großen.

Wohnt noch bei dir? – Meistens. Gut behütet und verwöhnt, von einer viel zu toleranten Mama. – Tolerant gegenüber welchen unglaublichen Übeln? – Ich sehe immer weniger, dass sie was schafft.

»Schafft«? Schaffen ist doch der Spieß der wackeren Schwaben, die den Hasen Profit jagen. Und worüber die badischen Freiburger nur lustvoll lästern.

Vielleicht telefoniere ich deswegen Richtung Freiburg.

Insgeheim beneiden sie aber die Schaffer in Stuttgart. Die ihrer Landesregierung die Geschäfte ebnen. Oder frisieren. Derzeit verkleinern sie ihren Hauptbahnhof zum Nadelöhr, wollen ihn vergraben für viele Milliarden Euro. Dann kommen sie nämlich elf Minuten schneller nach Ulm, vor allem Frau Verkehrsminister. Händelten dazu seit Jahren Verträge aus, geldscheindemokratisch. Ach Irene, nach Lesungen in Stuttgart, Reutlingen, Tuttlingen fahr ich sehr gern zurück nach Freiburg. Oder ins Ruhrgebiet. Was, bitte, »schafft« deine Tochter nicht?

Folgte eine längere Pause, und es kam dann die Bemerkung, Undine liebe halt das Undinen-Leben. – Und das heißt? – Ich seh keinerlei Fortschritt. Auch nach dem siebten Semester nicht. Nirgends Erfolg. – Fortschritt? Erfolg? – Harry, die Zeiten mit dem alten »Staatsexamen« sind längst vorbei, heute geht's um »Module«, nach denen man Bachelor macht oder Master. Und wenn du meinst, Fortschritt und Erfolg sei etwas, was zu Berlin nicht passt, dann muss ich dir recht geben. Der Dollpunkt für Undine ist dieser sexy Berliner Zeitvertreib.

Klingt streng. Wie ein Urteil aus Stuttgart. Und da soll ausgerechnet ich Rat geben? Wie deine zweifellos süße Göre in die Pötte kommt?

»In die Pötte«. Oh Ruhrpott, oh Heimat.

Undinen wollten seit je nur spielen. Liebten Abenteuer, Märchenwelten. In welche Pötte soll sie denn?

Da ist kein Plan, kein Ziel. Da seh ich keinen Schein, irgendwas für eine Zwischenprüfung, für ein Referat. Null Leistung, null Punkte, weder Richtung Bachelor noch Master. Nichts als verpasste Termine. Es gelingt ihr, fast jede Zwischennote zu meiden. Kombiniert sich Fächer auf eigene Faust. Du warst dabei, als in Freiburg mein achtes Semester lief. Da kurvte ich in die Zielgerade.

In dem Winter wollte ich dich mitnehmen auf die Hütte hinterm Feldberg, zum Langlauf, du sagtest ab.

Und mit Recht. Du Schuft.

Irgendein Tutor war dir wichtiger. Oder ein Seminarschein.

Beides. Aber das lassen wir jetzt mal. Undine umgeht sämtliche Anmeldungen, Kurse, Abschlüsse. Mit entsetzlich klugen Argumenten, wie ach so verschult heute das Studieren sei. Keine Freiheiten mehr, von Humboldts Ideal, von Schillers Erziehung nirgends Reste. So tönt sie, mit Argumenten vom neuen Freund, einem Ami. Studieren sei nun wie in den USA, elendes Auswendiglernen, Abfragen und Pauken. Abhaken von Kursen, Punktesammeln. Selbst in der Literatur kein Erkunden mehr, kein Abenteuern. Der US-Boy sagt, hüben wie drüben verkommt Hochschule zum Fastfood, zum verlängerten Arm der Wirtschaft. Zur Verkaufsstrategie. Nirgends mehr altmodisches Versinken in Lektüre, Suchen oder Zweifeln an Sinn und Form. Alles Gepaukte sei schnellstens wieder zu vergessen, um Platz zu schaffen für die nächsten Fakten oder Punkte, fürs stressige »Modularisieren«. Ob USA oder China, Uni sei abhängig von Wirtschaft oder Militär. Bei uns heiße das dann »Drittmittel« oder gar »Exzellenz«. So was wie Sprache und Geisteswissenschaft sei inzwischen so abseitig wie unnötig.

Das sollte deine Undine alles so aufschreiben und an die *ZEIT* schicken, schon macht sie Karriere.

Karriere? Sie ist auf bestem Weg in endlos spaßiges Bummelstudium. – Wie heißt der Kerl? – Lenk nicht ab. Natürlich hat sie Verehrer. Einen kompletten Fanclub. Ich denke, ich hab gesagt, worum's mir geht.

Deine Juristerei, meine ich zu wissen, lief schon immer schulmäßig. In Deutsch und Geschichte dagegen braucht, wer auf gute Wege will, Dickicht. Irrwege. Das sagt dir nun ein Schreiberling mit relativ schnellen Abschlüssen. Bei mir musste ja alles rasch gehen, meine Alten waren nicht annähernd so betucht wie deine. – Was willst du mir damit sagen? – Dass sich für die Fächer deiner Tochter nichts anderes gehört als Umweg und Wildnis. Wer Sprache und Geschichte ernst nimmt, schwimmt hinaus ins Weltmeer.

Du wärst für Alexa eine fatale Adresse. – Fatal? – Vielleicht die fatal richtige. Sie will dich besuchen.

Von deiner Göre weiß ich immerhin, dass ihr Abitur hervorragend war. Wie wär's mit mehr Geduld? Demnächst kommt sie heim mit einem exzellent benoteten Versuch über »Das Polizei- und Spitzelsystem des Vormärz«. Oder über »Die Natur als Goethes hilfreichste Ausrede«.

Red nur weiter so. Redest dich um Kopf und Kragen. Mindestens um deine schöne Einsamkeit in Freiburg. Sieht so aus, als bekämst du Besuch. – Was hast du vor? – Ihr Problem ist nicht nur ihr Studium. – Klar, die Kerle.

Nein, Berlin, dieses in aller Breite virtuelle Berlin. Nach wie vor randvoll mit Schlössern, die im Monde liegen. Berlin ist es, was meine Göre zerstreut, verzettelt, ablenkt, blendet. Diese tausenderlei Flitter-, Zwitter- und Twitter-Stadt.

Und du glaubst, ausgerechnet Freiburg bietet Realität? Wie alt ist sie jetzt? – Dreiundzwanzig. – Geniales Alter. Hirn wie Körper in Hochform. Alle Genies neben Heine waren dreiundzwanzig, denk an Büchner, an Hauff. Und die Mama grämt sich? He, Irene Sirene, deine Tochter kurvt durch ihr aufregendstes Lebensalter. Sammelt im irrealen Berlin Antikörper für ein Erfolgsleben.

Körperlich allerdings ist sie in Hochform, weiß der Teufel. Und das bemerken ständig neue Herren. Mit fast all diesen zielsicheren Gestalten ist sie, sagen wir, befreundet.

Lernen läuft am besten interpersonell.

Plaudere nur weiter so. »Interpersonell«! Das heißt Himmelfahrt und Absturz. Und ich kann jedesmal sehen, wie ich sie wieder aufstelle. Mir reicht's. Hab ich dir nie ein Foto geschickt? Wahrscheinlich nur Kinderbilder. Jedenfalls hab ich schlicht keine Lust mehr auf die nächste Undinentour. Und dachte, für literarische Irrgärten, da haben wir doch, tief im Süden, fast schon in Italien, so einen wundersamen Onkel.

Meine Onkelweisheiten sind Luftnummern, sind Locken auf der Glatze. Deine Undine erfindet das Erwachsenwerden mal wieder ganz neu. Schon der sagenhafte Wasserfürst Kühleborn schickte seine elementare Nichte Undine aus purem Ehrgeiz in die Menschenwelt, in die Welt der Tüchtigen. Willst du das imitieren? Was eigentlich ist dein Problem? Woran leidest du?

An Ängsten. An unterschiedlichen Ängsten. Undine ist, das wird mir immer klarer, in Gefahr. Extrem. Mindestens einer dieser Verehrer treibt ein Feuerspiel. Tansel Korasmar. Ein Schönling.

Kein amüsanter Junge? Kein beflügelnder?

So beflügelnd wie beklemmend. Ich durchschau das nicht mehr. In der letzten Woche kamen vormittags mehrere Anrufe auf mein Festnetz. Ich nahm ab, jedes Mal legte jemand auf. Dann hab ich ermittelt. Die Anrufe kamen von der Nummer eines Geheimdienstes. Mehr Auskunft war nicht zu kriegen.

Geheimdienste haben doch in letzter Zeit nur noch versagt. Haben 2001 die Attacke aufs *World-Trade-Center* verschlafen. Verschliefen auch die Banken-Blase 2008. Und weigerten sich von Beginn an, Afghanistan als Variante von Vietnam zu erkennen. Verpassten, Politiker in den Aufsichtsräten reihenweise einzulochen als Kriminelle, wegen Tiefschlafs, bei heillosen Risikospielen mit unserem Steuergeld. *Real Estate* heißt die oberste Pleite-Bank, die Milliarden verplemperte, weil sie keine Ahnung hatte just von dem, womit sie sich brüstet, von *Real Estates.*

Du beruhigst mich zutiefst. Was ich andeuten wollte: Dieser Tansel, vielleicht auch der US-Boy Bob und andere, die spielen Vabanque.

Freiburg ist aber keine Insel. Hier unten ist Dreiecksland, mit Schweiz und Frankreich. Ideal für Drogen, Schmuggel, Menschenhandel. In der Kriminalstatistik steht dein »niedlich liebliches Freiburg« auf Platz eins. He, Freiburg ist Baden-Württembergs kriminellste Stadt. Und liegt außerdem im Windschatten eines altersschwachen, eines rasant zerfallenden französischen Atommeilers.

Dann rede ich jetzt nicht länger herum. Meiner Göre fehlt: Nein. Ich lasse das. – Was fehlt ihr? – Eine männliche, eine alterserfahrene Figur. – Kein Kontakt mehr mit Alexander?

Nicht mal mehr geschäftlich. Seinen Laden in Hamburg schmeißt er erfolgreich, mit Import-Export. Mit dem türkischen Tansel als Schwiegersohn wäre der sehr zufrieden.

Wenn ich alles einigermaßen begreife, dann willst du vermeiden, dass deine Göre demnächst gefeiert wird als Berlins Superpartygirl.

Ist sie längst. Ein *It-Girl.*

Dann lies doch mal wieder *Krieg und Frieden*, schon da geht's auf den Tausenden Seiten um Partys, die hießen »Fest« oder »Ball«, und schon damals ging's um keine Weisheiten oder Studien oder Erkenntnisse, sondern ums Vorwärtskommen, Einschleichen, Verkuppeln, Karrieremachen. Und um Familienstress. Warum genießt du nicht, dass deine Tochter lebhaft kommuniziert? Im Grundkurs Leben. Liest sie?

Schon gar nicht *Krieg und Frieden*.

Schrumpft auf Rumpfsprache? – Irene schwieg. Schien zu resignieren. – Dreiundzwanzig? Irene, das sind die vitalsten Momente in unserem einmaligen Vorhandensein. Willst du ihr das wegbremsen?

Wegbremsen will ich dieses asozial unwirkliche Berlin. Diesen Betäubungszirkus. Alexa verpasst und verpatzt reihenweise Vorlesungen, Übungen, Termine, Anmeldungen. Und ich weiß einfach nicht mehr, wie gegen dieses infantil aufgeblasene Berlinleben, wie da Literatur je wieder eine Chance haben soll. Die sie in der Schule noch so geliebt hat.

Soll sie ins Kloster? in ein Labor?

Wie wäre es mit Freiburg?

Freiburg ist weder Kloster noch Labor.

Harry, hier in Berlin höre ich nur hämisch Resignatives. Die Welt zerfällt, und meinst du, das juckt hier jemanden? Kann man sich in Berlin einen Jean Ziegler vorstellen? Einen Mandela? Ein kluger Autor sagte mir, für Berliner gebe es nur drei Parteien: Solipzismus, Zynismus, Eskapismus. – Nenn mir diesen klugen Autor. – Von Büchner, Kleist, ETA Hoffmann, Heine, Tolstoi, auch von akuter Tagespolitik weiß ich als Juristin mehr als meine Germanistin im siebten Semester.

Geschlampt haben wir doch anfangs alle. Und erst nach Schlammschlachten schätzen wir feste Ufer. – Danke, Onkel Dichter. – Warum rufst du mich an?

Weil ich es wunderbar fände, wenn sie nicht nur endlich ganz bei mir auszöge, sondern auch von Berlin weg. So weit weg wie möglich. Raus aus dem Sog der Partys. Allen voran zündelt nun Deutschtürke Tansel, mit Feuer und Flamme ist der hinter ihr her und ist drauf und dran, sie zu verschleppen. Nach Ankara, Beirut oder Adana, weiß der Teufel wohin. Und deswegen fände ich es optimal, sie käme nach Freiburg, und zwar heimlich, ohne dass auch nur einer dieser Herren das bemerkt. Und darauf zielt jetzt meine Anfrage, Harry. Sonst schösse ich morgen diesen Tansel auf den Mond. Korrekter Konjunktiv?

Schössest du, stürbe er. Was macht ihn so unausstehlich?

Setzt ihr Flöhe ins Ohr. Laufsteg. Model. Film. Popkarriere, so ziemlich jeden modischen Zickendraht. Tolles Leben in Istanbul, in Beirut. Ein Levantiner ist der, so aktiv wie attraktiv. Ich weiß nicht, wie weit du mitbekommst, wie junge Leute heute in Scheinwelten ticken. *EgoShooter* empfehle ich dir als Buchbeichte. Leben per Computer, Ipad, Smartphone. Den ganzen Tag im Netz und trotzdem ahnungslos, was in der Welt los ist. Zum Glück merke ich, wie neuerdings auch Alexa genervt ist. Zumal der feurigste ihrer Verehrer nun behauptet, er sei mit ihr verlobt. He, Harry, sie braucht dringend, wie heißt das in der Schweiz?, einen Unterbruch.

Break, sagt der aktuelle Schweizer.

Meinetwegen *break*, auf jeden Fall radikal und rasch. Von dir hatte sie immerhin einiges gelesen, fand das sogar »Klasse«.

Ich spüre, du arbeitest mit allen Mitteln. Nur sollte dir klar sein, auch in Freiburg wird abgestürzt. Hier natürlich tiefsinnig und idyllisch. Als einst Goethe von Schwaben her Richtung Freiburg blickte, da begann er seine Tagesnotiz sehr präzise: »Ganz hinten … im Grunde … bei Freiburg … die Berge quervor«.

Du warnst vor Freiburg? Mit Goethe?

Warnen will ich vor Naturtrottelei. Vor diesem Sonnenaufgang in den Augen. Am Ende beginnt deine Alexa Undine, den Wald zu durchschauen und den heilig heidnischen Heidegger. Und den Vögeln zu predigen. Dann lebt sie nur noch von den »inneren«, den »wahren« Energien, rein im »Schöpferischen«. Eine der schönsten unter allen schönen Ecken hier heißt Predigerwiese. He, Irene, jeder zweite wählt hierorts seit langem grün und sie glauben daran, zutiefst. – Woran? – An die Natur. – Na und? – Natur wird hier absturzdummes Eiapopeia. Die trinken Wasser nur »levitiert«,

»energetisiert«, erst dann, wenn es lange in der heiligen Sonne stand. – Mit dann genügend Bakterien und Keimen? – Freiburg ist wie ein homöopathisches Kügelchen, hierorts keimte immer auch Idiotisches. Auch Mörderisches. Zum Beispiel über Rassen. Zum Glück gab's meist Gegenkräfte. Jedenfalls, die Gegend hier, die ist glaubensstark.

Wäre meine Göre esoterisch begabt, hätte sie auch am Müggelsee vergessen können, dass Natur das ist, wo eins das andere frisst.

Oder das andere das eine. Aber wenn in diesem Moment auch mich jemand fressen will, dann meine Nichte in Berlin.

Wir beide, Harry, wir an den Rändern der Republik, wir müssen zusammenhalten. Sollten öfter und gründlicher miteinander reden. Sag mir zum Beispiel, du Ruhrpottcrack, wie ist das zu verstehen, dieses »bisse vonne Pötte«?

Da sehe ich meine Mutter. Am archaischen Ort der Mütter. Am Herd, vor ihren Töpfen. Und wenn dann im Haus oder auf der Straße Außergewöhnliches passiert, zum Beispiel mit einer Göre aus Berlin, dann reißt es sie »von den Pötten«, dann muss sie raus auf die Straße, zum Ort des Geschehens.

Harry, entschuldige, aber ich weiß zu wenig über dich. Über dich und deine Olga. Stimmt es, dass sie an Krebs starb? Pardon. Ich möchte wissen, wie es dir wirklich geht.

Krebs entdeckten sie bei uns gleichzeitig. Wurden beide operiert. – Und nun? Geht es dir gut? – Viele Reparaturen. Fast alles am Kopf. Hören, sehen, beißen. Sonst aber, ja, sonst geht es mir unverschämt gut. Bin dankbar. Und trauere.

Olga war dir die wichtigste, ich weiß. Und ich weiß auch, wie du dich schon vor 68 hast steril machen lassen. Um ab dann ungeschützt und lange vor Aids, mal hier, mal da …

… Frauen ganz kennenlernen zu können.

Ja, so hast du geredet. Ich denke noch jetzt oft nach über dich.

Wenn du wirklich mein Wohlbefinden meinst: Die Krebstests bleiben negativ. Die Pest scheint spurlos weg.

Harry, wie wäre es? – Wie wäre was? – Wenn Undine schon ziemlich bald, wenigstens vorübergehend, bei dir auftauchte. In deinem Glücksturm. Und würde sich von da aus was suchen, eine Dachschräge. Neulich las ich in der *Tageszeitung taz*, von allen deutschen Städten fühlten sich die Einwohner Freiburgs am wohlsten. Olgas Wohnung ist noch frei?

Alexa Undine käme noch jetzt, zum Sommersemester?

Nur für wenige Tage. Bis sie was gefunden hat. Sag's ehrlich. – Die Stimme der Irene hatte jetzt den Schmeichelton, dem er schon vor Jahrzehnten selten gewachsen war. – Du zögerst?

He, Mutter Irene, derzeit sind hier irre Dopes im Spiel. Üble Mixturen. Soll ich so was wie Aufsicht führen?

Gleich ihre erste Erfahrung ging so daneben, dass sie die einzige blieb. Da hat sie kein Problem.

Sie erzählt dir alles?

Und das schon deswegen, lieber Harry, weil bei ihr einiges anders läuft. Sehr anders. Sehr viel komplizierter. Und darum braucht sie womöglich einen wie dich. Ich würde sie dir gern schicken, mit dem ICE. Da fährt täglich einer von Berlin-Ost quer durch die Republik. Ohne Unterbruch, bis Freiburg. – Wie wär's mit 'ner »Studentischen Mitfahrgelegenheit«? – Was das bringt, weiß ich inzwischen. Ein Kerl nimmt sie mit, und dann flackert's. Der kann gar nicht anders, der lodert dann, hemmungslos. So lief's schon bei ihren Fahrten nach Hamburg, zum großen Alexander. Die Folgen bin ich inzwischen endgültig leid.

Im ICE passiert das nicht?

Im Großraum sitzen auch andere, das kann helfen.

Na dann. Also gut. Willkommen im Südwestwinkel. Dann wohnt sie halt mal nebenan. Und organisiert sich, was sie braucht. Kommt ohne dich?

Meidet Mamas Händchen. – Gut so. Schick sie einfach los. – Einfach, mein Lieber, wird das nicht. – Wieso nicht? – Es kann Überraschungen geben. Eine auf jeden Fall. – Welche? – Wenn sie will, erklärt sie dir das. – Erklär doch du mir's. – Muss sie selber wissen, ob du das wissen sollst. – Mach's nicht so spannend.

Mehr kriegst du aus mir nicht raus. Persönlichkeitsrecht.

Heilig's Blechle.

Komisch ist das nur scheinbar. Da geht's um Rechte, in die nicht mal die Mutter einzugreifen hat.

Ist sie Schlafwandlerin? Schubweise depressiv? Schnarcht?

Meine Verrückte braucht Vertrauen. Sogar Schutz.

Mach's nicht zu mysteriös.

Das ist nicht mysteriös, sondern sehr konkret. Falls sie dir vertraut, sagt sie's dir, irgendwann. Wenn ich noch alles richtig erinnere, dann hast du dich in Harry umgetauft, weil du den Heine so sehr verehrst, der ja wohl Harry hieß. Auch für mich ist der neben Büchner der beste. Bin gespannt, wie sie mit dir klarkommt. Und mit Freiburgs Eiapopeia-Leuten. Die gewiss in allem fürchterlich recht haben. Schon weil sie so lieb Hausmusik machen.

Die Eiapopeias verspottete schon Heine, und Heine ist mein Liebling, weil er so liebevoll die Liebe verulkt. Und die geliebten Frauen. Und sich selbst und den Staat. Aber für wen glüht denn im Moment deine Süße wirklich? Wenigstens das sollte ich ja wohl wissen, schonend, »schützend« …

Jedenfalls nicht für Tansel Korasmar. Den flieht sie. Erwärmen kann sie sich sehr für den Kalifornier Bob. Heftig hitzig dagegen ist ihre Liebe zu Miriam. Zur »Mi«.

Wie schön. Eine Freundin. Wie sehr ich das verstehe. Diese Miriam wird sie wohl in Berlin lassen?

Die Mädels organisieren bereits einen Besuch. – Hier? bei mir? – Neulich sahen wir Fernsehbilder über euer Vauban. »Freiburgs Vorbildviertel«. Anregend ansehnlich. Mit alternativem Wohnen, »generationenübergreifend« …

Sag mir gelegentlich die Ankunftszeit von dem ICE aus Berlin.

Notizen, 6. Oktober 2010 Diese Luftschiffwohnung ist jetzt viel zu weiträumig. Unerträglich groß. Da ist wieder mal jemand von uns gegangen. Und wie oberflächlich war im April mein Gerede mit Irene. Erst gegen Schluss irritierend, ihr Ernst. »Vertrauen«. »Schutz«. »Persönlichkeitsrecht«.

Und darüber soll ich nun berichten. Einer Behörde. Über das, was sich von Stunde zu Stunde in anderes Licht schiebt. In faszinierendes oder in blutiges. Oder in sonnige Vergnügtheit. Zwischen Amüsement und Horror. »Die Mauern stürzen ein«. So summt's mir die *Undinen*-Oper ins Ohr. In diesem entsetzlich kalten Oktober.

Und beschließe, allein für mich will und muss ich das versuchen. Das Rekonstruieren. Aus den Notizen. Was denn sonst bleibt mir. Nur das Unmögliche. Das Festhalten.

Olga würde auf die Blutspuren zeigen, auf das Rostrot quer über den Bücherrücken. Bei den Autoren G bis H. Die hab ich nun in die hintere Reihen gerückt, und die hinteren nach vorn. Olga hätte gesagt, typisch, die Blutspur nach hinten. Vorn die alte Edelkultur, die unbefleckte.

Wie sehr das selbst in eine wie Olga eingebissen war, das Reine der »Hochliteratur«. Als wäre nicht selbst Schiller, den sie nun wieder als »Idealisten« verkaufen, rüder Realist: »Eh den Bau der wirren Welt / Philosophie zusammenhält / erhält sie ihr Getriebe / durch Hunger und durch Liebe.«

Rückblick: Notizen 13. April 2010 Hier oben in deinem Turm, bei dir verschlafenem und empfindlichen Alterstrottel, da will eine Studentin wohnen, eine offenkundig attraktive, eine lebenslustvolle. Wieso hast du nicht wenigstens, stammelnd, um Bedenkzeit gebeten.

Diese Göre las was von mir. Fand das »Klasse«. Irene beherrscht noch immer ihre eingreifenden Methoden. Und nun naht, nun kommt da was auf mich zu, etwas komplett Gegenläufiges. Ich höre das schon. Restsprache. Partygelaber. SMS-Slang. Dazu »Überraschungen«. »Mindestens eine«.

Mitten in meine seit Jahren bestens organisierten Witwer- und *Wohlverwahrt*-Tage, fern vom Radau, hier hinein schiebt sich nunmehr ein Fremdkörper. Was Schrilles. Etwas in jedem Fall Junges, ergo Lautes. Energisch Unfertiges. Wieso fiel dir nicht wenigstens der weise alte Ire ein, der wusste, oh ja, Jugend ist was Zauberhaftes, aber die Katastrophe bleibt, dass damit Kinder ausgestattet werden.

Olga aber hätte sofort gerufen, soll kommen! – Ach Olga.

Und Olga hätte mal wieder meine »Unwirklichkeit« angeprangert, würde wieder auf den Bücherkopf des Arcimboldo gezeigt haben, den ich ja wohl nur in einem Moment tiefer Selbsterkenntnis in meine TV-Sendungen gehängt hätte, in mein *Café Größenwahn*, und nun hier übers Klavier. Hätte auf den vierhundert Jahre alten Kopf gezeigt mit nichts anderem im Kopf als Bücher, Bücher, Bücher.

Rückblick: 21. April 2010 Aber erst mal kam im April ein weiterer Anruf aus Berlin. Die Nichte Irene teilte ihm mit, am kommenden Montag treffe der ICE um 16.59 Uhr in Freiburg ein. Um 10.21 Uhr starte der in Berlin-Ost, und es wäre schön, wenn nach mehr als sechs Stunden der Großonkel in Freiburg am Bahnsteig stehen könnte.

Irene, denk dir, Freiburg hätte auch einen Flughafen. Zusammen mit Basel. Auf französischem Boden.

Langsam, zum Mitschreiben.

Ist halt sehr viel »multi« hier, im Dreiecksland.

Und im Flugzeug sitzen dann neben ihr von allen Gestalten die übelsten. Sämtlich saugut geübt in den Tricks, die meine Süße immer erst dann durchschaut, wenn's zu spät ist. Beim Flug zum Daddy nach Hamburg hieß das vorletzte Drama Korasmar. Der klammert bis heute. Ich weiß, was ich sage. Es bleibt beim ICE, Großraum.

Ich hol sie ab, mit der Straßenbahn. – Wie bitte? – Falls Straßenbahn erlaubt ist. – Hast keinen Wagen mehr?

Keinen Wagen, kein Handy, keine Krawatte. Deine flotte Göre wird in *Green City* vor allem Straßenbahn fahren. Ich besorge ihr ein Regioticket, mit dem hat sie die ersten vier Wochen alle Touren umsonst, den Oberrhein rauf und runter, Freiburg plus Hochschwarzwald und Höllental, per Bus, Bahn oder Straßenbahn. Und die Miezenschleuder, tut mir leid, ist seit langem weg.

Straßenbahn.

Vom Hauptbahnhof aus kurvt Linie 3 durch die Innenstadt und direkt ins Vauban. Falls sie mich am Gleis 3 nicht gefunden hat, das Wort »Vauban« liest sie vorn überm Fahrerfenster. Und ICEs aus dem Norden halten am Gleis 3. Also Gleis 3 und Linie 3. Und die Vaubanbahn endet unter meinem Wohnturm. Sobald die 3 nicht mehr weiterfährt, ist sie angekommen. Die Linie 3 hat *Freetown* extra für mich angelegt, mach ihr das klar.

Bin gespannt, wie sie mit dir klarkommt. Meine Egomanin mit dem Egomantiker. Und mit *Freetown*. Wird sich umgehend ein Zimmer suchen.

Undinen gerieten seit je in Gegenwelten. Und kamen dann zu tiefen Einsichten. In des Menschen Kümmerlichkeit, Egozentrik, Megalomanie.

Harry, mein freundlicher Rat: Lass auch du dich von ihr nicht plattmachen.

Im Süden Frankreichs gefällt mir immer sehr das Straßenschild *Risque d'inondation*. – Langsam, noch mal. – *Risque d'inondation*. »Überflutungsgefahr«. Hört sich doch sirenisch an, nicht wahr? »Überundinisierung«.

Dies Schild solltest du dir übers Bett hängen. Oder sprich das täglich als Bitt- und Abendgebet. Tu das als rote Mahnung zwischen deine Kreditkarten. Hast du eine Haushälterin?

Jeweils um 8.30 Uhr bringt Frau Siebenrock Brötchen und alles Nötige. Alle zwei Wochen kommt sie als Putzteufel, entstaubt mein Stockwerk. Mittags esse ich in einer Kantine. – Ökokantine? Vegane Pampe? – Täglich hinreißend vegetarisch, wahlweise auch Fleisch, von glücklich erdrosselten Tieren. Übrigens zündete der uralte Arzt Paracelsus das Gerücht, Undinen oder Sirenen seien untenherum »Monstra«. Seien »Mißgewechse«. Ist da bei deiner Göre alles okay?

Schon der uralte Arzt wusste offenbar, wo unsere Kurzschlüsse lauern. Harry, sobald dir alles zu viel wird, bei »Überflutung« ruf mich an. Schick sie auf Zimmersuche.

Vielleicht spreche ich zuvor mit ihr?

Wäre wunderbar. Montag also, um 16.59 Uhr, Gleis 3. – Woran erkenne ich deine Tochter? – Am roten Rollkoffer. – So einen rollen jetzt viele. Freiburg ist überundinisiert. Überall diese jungen Frauen. Da kann ich unmöglich auf eine zugehen und fragen, ob sie die Undine ist. Ich höre schon, nee, ich bin 'n Fußball.

Soll Alexa ein Buch von dir hochhalten? Siebenhundert Seiten Lortzing? Neunhundert Seiten Nibelungen? Und alle Seiten, so war ja zu lesen, »so erotisch wie politisch«?

Sag ihr, ich werde am Gleis 3 der Alte sein, der auch nach der Abfahrt des ICE hocken bleibt auf 'ner Bahnsteigbank.

Sei lieb zu ihr. Und streng.

Rückblick: Notizen 22. April 2010 Morgen also. Ich erwische mich bei Rollenspielen. Bei deprimierenden. Einer Dreiundzwanzigjährigen gebe ich den, der nun »angesagt« ist. Übe Steherqualitäten, Pokerface. »Voll cool«. Bravo, Georg Harry Holterhoff.

Dabei weiß ich über sie nichts. Nur Unterstellungen. Reklame ihrer Mutter. Auskünfte einer Willensstarken. Weiß über Alexa Undine dreiste Behauptungen, verpackt in flehentliches Bitten. Um Schutz.

Und die Rollenspiele laufen dann fast immer so, dass mich die junge Frau am Ende heftig beschuldigt. Von meinen Fernblickbalkonen ist sie alles andere als begeistert, fragt, wie ich es schaffe, dermaßen schamlos zu wohnen. Rings die Mörderwelt, rings auf dem Hungerplaneten Megakrisen und Diktaturen, Religionswahn, Notleidende in Massen und du, Großonkel, auf deiner Turmhöhe spinnst du dich ein und bastelst dir nach ältesten Quellen einen archaisch klugen, einen unheimlich freiheitlichen Nibelungen, schaffst dir die alte rassistische deutsche Gemütslast vom Hals und lebst paradiesisch gepolstert. Weltweit gehen Nahrungsvorräte zu Grunde, unsere Stromkonzerne ruinieren mit »BioMais« die Biowelt, und die Finanzwelt ruiniert sich selbst und uns alle, du aber leistest dir hier erhabenen Lebensstil. Dieses Freiburg samt Oberrhein, das ist doch so was von total verquer, zum Davonlaufen. Die atomare Müllwelt, die ist euch natürlich viel zu grauenvoll, mit der wollt ihr hier unten nichts zu tun haben, just so wie da oben unsere Teflonpfanne, unsere Atom-Kanzlerin.

So und immer neu macht sie mich fertig, die Phantomfrau. Und finde dann im alten Kontobuch des Großvaters Olgas Kampfartikel. Irgendwann war auch ihr alles unerträglich geworden, hatte sie ihren Zorn auf wenige Zeilen konzentriert und an die Sonntagszeitung geschickt, und siehe, die hat das gedruckt. Ihre Schreie gegen Freiburgs »Puppenstubenwahn«, gegen Freiburgs »Bionade-Biedermeier«. Gegen diese »Zufriedenheitsdiktatur«. Dabei liege der Ort exakt im Südwestwindschatten eines zerfallenden Atommeilers, nur wenige Kilometer weg. Wo bleibe der Aufschrei. Aber seit je gefalle Freiburg sich am allermeisten selbst. »Sufer isch's un glatt«. Sauber, glatt und selbstgerecht. – Wirklich? Ach, Olga.

6. Oktober 2010 Bis tief in die Nacht nutzte der plötzlich allein gelassene Autor seine Tagesnotizen. Notizen seit April. Und nach einer unruhigen, nach einer weiteren fast schlaflosen Nacht kam am Montag ein Brief vom »Bundesanwaltlichen Koordinierungsbüro, 76131 Karlsruhe, Schlossplatz«. Da wurde er nun auch schriftlich ermahnt mit dem Hinweis, »dass Dinge, die Sie bislang für privat haben halten dürfen, nationale Sicherheitsinteressen« berührten.

»Nachdem wir Ihnen sieben brisante Punkte in Ihrer Wohnung hatten nachweisen müssen, hatten Sie zugesagt, unsere Ermittlungen zu unterstützen mit dem, was Sie beiläufig ›Erinnerungsarbeit‹ nannten. Dazu finden Sie anliegend aufschlussreiche Informationen aus nachrichtendienstlicher Quelle. Die hier ins Deutsche übersetzte Protokollpassage verdeutlicht die Notwendigkeit einer solchen ›Erinnerungsarbeit‹. Im Übrigen können wir mitteilen, dass Bob Goldbergs sterbliche Überreste inzwischen von Ramstein nach Kalifornien überführt wurden.«

Dazu folgende »denkwürdige Anlage«. – »... da sich die genannte B. für den K. als höchst praktikabler Zugriffsweg erwies auf die Entscheidungen in B., ist davon auszugehen, dass K. sich ebenfalls in oder bei Freiburg aufhalten wird, sobald er weiß, dass die Person seines Herzens sich keineswegs für Florida entschied, sondern für Freiburg. Für diesen Fall sollten auch in Freiburg alle Kontrollmöglichkeiten bereit stehen, wofür sich die Mitarbeit der bewährten Dienste anbietet.«

Als Holterhoff das zweimal gelesen hatte und zu begreifen begann, schlurfte er aus der Küche ins Vorratskämmerchen, griff sich in Benommenheit die Zwiebacktüte und brühte sich Grünen Tee, Marke *Morgentau*. »K.« war also Korasmar? Und B. war Brandes? Oder Berlin? oder Bob? Wer hätte im April und Mai solche Hintergründe ahnen können.

Undine am Ende eines »Zugriffswegs«. Für K.? Für B.? Welche Zugriffe hatte sie zu eröffnen? Zugriff »auf die Entscheidungen in B.«? Und was meldete Merz nun von Bob? Die »Überreste überführt«, von Ramstein aus? Von der US-Militärbasis in Europa?

Von nun an versuchte Holterhoff nach und nach konsequent zurückzufinden in das halbe Jahr mit der Berliner Studentin. Da hatte es offenbar Phasen gegeben und Zuspitzungen, die ihm entgangen waren. In beängstigender Ahnungslosigkeit.

Bei Tee und Zwieback starrte er lange und verzagt auf Arcimboldos *Bibliothekar*. Bärtiger alter Mann, vierhundert Jahre alt. Ein Kopf aus nichts als Büchern und altmeisterlich gemalt. Und im Hirn nur das Gelesene, Gedachte, Geträumte? Die Welt als Wille und Vorstellung? Oder wie der Philosoph das dann noch genauer formuliert hat: »Ich bin, und außer mir ist nichts. Denn die Welt ist meine Vorstellung.«

Rückblick: Notizen 22. April 2010 Zwei Nächte vor ihrer Ankunft war sie schon hier. Im Traum streite ich mit ihr, wische ihre Widerworte beiseite. Doch sie erhebt ihre Stimme und ist nun so, wie Irene vor 1968 gewesen ist, nun redet Irene als Undine auf mich ein, scheint zu drohen, mit Aufdeckung, mit Entblößung. Als ich endlich aufwache, höre ich sie noch immer, die nächtliche Undinen-Irene. »Pass nur auf, auch Eier können explodieren!«

Mir fällt ein, gelesen zu haben, dass auch Hühnereier, anhaltend gekocht, nachhaltig explodieren können, das wurde detailliert beschrieben. Rings ums immer noch kochende Restwasser waren da Pott und Küchenwände gelb entstellt, nicht mehr sauber zu kratzen. – Eier.

Und an dem Abend, bevor sie kommt, schalte ich die Tagesschau ein. Als könnte mir Hamburg sagen, was aus Berlin auf mich zukommt. Und höre, die Kanzlerin habe »den Opfern gedacht«. Nachdem auch dies sofort weggeschaltet ist, geht das nicht mehr aus dem Hirn. Auch »Respekt für«. Unsere Regierenden haben »zutiefst Respekt für«.

Willy Brandt kniete noch »vor«. Vor und unter dem Denkmal in Warschau. Weh, was kommt nun aus Berlin. Aus Hamburg. Das wächst nun alles nicht bloß in die Lippenwinkel.

Rückblick: 23. April 2010 Am Tag ihrer Ankunft wehte wieder, wie zum Willkommen, samtweicher Südwind durch Freiburg, diese kaninchenwarme Luft strömte aus der Burgundischen Pforte, durch die Offenheit zwischen Vogesen und Jura, gewiss aus dem Rhonegraben wehte das oder aus noch fernerem, aus subtropischem Süden. An der Endhaltestelle der Linie 3, unter seinem Wohnungsturm, ging

Holterhoff unruhig auf und ab, tappte im sommerlichen Wind hierhin und dorthin, hätte längst zum Hauptbahnhof abfahren können, alle sieben Minuten startete hier eines der langen Gliederfahrzeuge der Vaubanbahn.

Am liebsten fuhr er mit einem der älteren Wagen, in denen es genügend Sitzplätze gab und Platz für die Füße und unter den Fenstern Tischchen, fast geräuschlos glitten die alten Fahrzeuge dahin. Die neueren Elektrokutschen mied er, die von der »Weltfirma« Siemens hielt er für missraten, in aufdringlich platzraubendem Zuschnitt fuhren die mit übel heulenden Motoren, in den Kurven mit krachenden Gelenken, neuerdings mit Lärmschlägen wie bei Kollisionen. Auch wurden die Fenster gern überklebt mit Reklame, der geliebte Blick nach draußen versperrt. Immerhin setzte man diese misslungenen Wagen auf der Vaubanlinie seltener ein, möglichst nicht auf der Strecke ins »Vorbildviertel«. Holterhoff war sich sicher, solche Missgebilde konnten nur mit Bestechung gekauft worden sein. Auch für Bestechungen war ja die Weltfirma berühmt, weltweit.

Unmutig tigerte er auf und ab, viel zu früh wäre er jetzt am Hauptbahnhof. Im Hin- und Hergehen beruhigte er sich ein wenig und fand immerhin gut, dass er Frühlingsblumen in Olgas Wohnung gestellt hatte. Gäste war er gar nicht gewohnt. Und nun ein Besuch aus Berlin. Eine Göre, eine Party-Queen. *It-Girl!*

Olgas Bereich hatte Frau Siebenrock noch mal gründlich gesäubert und durchlüftet, auch hatte er Kaffee besorgt und drei Stücke vom besten Kuchen beim befreundeten Bäcker von der Gegenseite der Vaubanallee, zweimal Kirsch, einmal Schokolade, also für ihn selbst gewiss einmal ein Stück mit den knackigen Kirschfrüchten. Hatte dann noch lange in Olgas Wohnraum gesessen. Auf ihrem Drehstuhl. Mit ihrem Blick nach Frankreich.

Nahm endlich doch eine Bahn, ein stilles Fahrzeug, eines mit Tischchen, und musste sich fragen, warum er eigentlich seine dunklen langen Lederhosen trug, enge »Beinkleider«, in sanftem Schwarz, als Leder kaum zu erkennen. Oh Holterhoff, wie alt bist du jetzt?

Linie 3 querte zentral Freiburgs Altstadt, fuhr auch an diesem Tag durch das hohe scheingotische Stadttor hindurch zum Bertoldsbrunnen, von dem die Ansage weiterhin beherzt mitteilte, hier sei die Stadtmitte. Dann an der Universität vorbei und am Opernhaus und schließlich zum Halt auf der Brücke überm Hauptbahnhof. Praktischer Halt hoch über den Geleisen der wichtigsten deutschen Bahnstrecke, der Güter- und Schnellstrecke zwischen Mailand-Genua-Zürich-Basel und Frankfurt-Köln-Ruhrgebiet-Rotterdam-Hamburg.

Von dieser Brücke rings wieder die Schwarzwaldhänge, leuchtend, nun in den Frühlingsfarben. Mal sehen, ob die Brandestochter für so was überhaupt ein Auge hat. Er vermied es, in der Haupthalle die Essener WAZ zu kaufen, stieg die Treppe von der Brücke hinab zum Bahnsteig und hockte sich auf einen der Holzgittersitze, ließ die Sonne angenehm warm sein und wollte sich Mut machen. War es nicht auch denkbar, dass nun eine kuriose Abwechslung kam? Auch für ihn ein »Unterbruch«, ein »*break*«? »Altenbespaßung«?

Fast hätte er beim Versuch, Erfreuliches herbeizudenken, die Ansage überhört, zunächst die Gleisnummer 3, verschiedene Uhrzeitzahlen, Herkunftsorte, Zielorte, die genaue Nummer des ICE-Zuges und ganz zum Schluss nun, dass der Zug, nein, nicht Verspätung habe, sondern einfahre, pünktlich. – Hat Einfahrt in Gleis 3.

Die hellgraue Dreihundert-Meter-Schlange dröhnte heran, vorn, vibrierend, das Kraftwerk, dann durchlaufend das rote Gürtelband, die Tonhöhe des zitternden Geheuls sank, die lange Rakete kam zum Stehen, mit klackenden Schlägen taten die Türen sich auf, aus schwarzen Löchern geschwinde Leute, dieses Herausspringen ins Licht wie Fluchtbewegungen, hier und dort Mühen von Älteren und von Frauen mit Kleinkindern und Kinderwagen, Begrüßungen, Umarmungen, das Fortrennen der Einzelgänger, fast alle zur Treppe und Rolltreppe hinauf auf die Stadtbahnbrücke, mal sehen, mal sehen, sagte sich der Alte und hatte Mühe, sitzen zu bleiben, sie wird ja wohl gehört haben, wie sie mich hier findet.

Und sah an einer der Türen zwei Jüngere, lebhaft im Gespräch. Da hatte einer einen roten Rollkoffer hinausgereicht und redete nun auf eine junge Frau ein, war sie das? also doch wieder eine Reisebekanntschaft? Groß schien sie, schlank, schulterfrei, zurückgewendet zur offenen ICE-Tür, sprach mit dem Menschen, der nun ganz auf den Bahnsteig kam und dringend was loswerden musste und lachen und gestikulieren. Unter ihrem bloßen Arm klemmte eine Jacke, die hatte sie wohl erst jetzt ausgezogen, erst im stets viel wärmeren Freiburg. Der Kerl wedelte mit einem Zettel, zweifellos seine Adresse, mindestens seine Mailanschrift, sie zögerte, griff dann doch zu und nickte, sein Lachen nun übertrieben heftig. Ziemlich groß schien diese Nichte, langes helles Wellenhaar und eine Figur wie, ja wie? »Türen schließen selbsttätig«, der Kerl musste die Stufen rasch rückwärts in den dunklen Wagen zurück, seine weiße Wedelhand noch Sekunden in der Sonne, bis die schließende Tür das wegwischte. Auch sie hatte die freie Hand ein bisschen gehoben, lächelnd, ließ die Wagenschlange samt rotem Band an sich vorüberdrängen, mit hoher Beschleunigung lärmte und zitterte das Richtung Basel-Zürich-Mailand, sie blickte nun aber nicht länger hinterher, sondern in die Gegenrichtung, zur Treppe nach unten und schien dort jemanden bemerkt zu haben. Schien überrascht. Erschrocken?

Als hätte sie da jemanden entdeckt. Ihr Haar, lang über den freien Schultern, als Oberteil was Weißes, was Tailliertes, so meinte Holterhoff das gesehen zu haben, genauere Blicke wollte er sich noch nicht erlauben, nun sah er, wie die junge Frau den Blick wieder wendete, zum Gedränge vor der Treppe und Rolltreppe, von dort aber dann doch zur Bank, wo sie ihn entdeckte und auf ihn losging, lächelnd, groß, schlank, in einem sehr kurzen, einem abenteuerlich bestickten Rock.

»Klar, det isser, musser ja wohl sein, der berüchtigte Verwandte«, so, mit berlinischem Gerede, so kam sie, er erhob sich, sie war größer, umarmte ihn mit »Hallo Harry!«, »Willkommen«, murmelte er, und sie, unter hellem Haarschwung, redete, und ihm spukten unpassende Fragen durchs Hirn, ob sie nicht irgendwie aussah wie die unerreichbare Grace Kelly, nein, wie die junge Nicole Kidman, noch ungepudert, noch naturbelassen, größer noch als die Australierin, die Augen aber nicht graugrün, sondern braun wie bei Kubanerinnen, Nina Hoss?, was spinnst du, hör ihr zu, die beschwert sich, dass es in Freiburg nicht nur auf den Wetterkarten heißer ist als anderswo, sondern auch in der Wirklichkeit, sie blickt zur Seite, weil du nicht zuhörst, »zehn Grad mehr als Berlin«, sieht ein weiteres Mal zur Abwärtstreppe und er erklärt ihr, sie sollten die Leute erst mal fortziehen lassen, bis die Schlange vor der Rolltreppe verschwunden ist, hocken wir uns doch hin, willkommen in Freiburg.

Und so hockten sie dann auf den Holzgittersitzen, zwischen trennenden Armlehnen, die verhinderten, dass hier in den Sommernächten Penner lagerten, saßen auf Bahnsteig 3 und betrachteten sich, verlegen albern. – Diese Wärmestube ist Freiburg? – Seit neunhundert Jahren. – Und du? Bist mein Onkel? – Großonkel. Und du, als Großnichte, tatsächlich größer als ich, sicher drei Zentimeter. – Eins zweiundachtzig. – Willkommen große Nichte. – He, Harry, ehrlich gesagt, ich hatte mir vorgenommen, dich nett zu küssen, aber was soll diese Kussbremse quer durchs Gesicht?

Unbedingt nötig, du glaubst nicht, wie Dichter sich schützen müssen. Hattest nicht auch du soeben jemanden abzuwehren?

Oh, dieser Typ im Zug, mir brummt der Kopf, was der alles an mich hingekaspert hat, seit Magdeburg. Unbedingt besuchen soll ich ihn in Zürich, im Joyce-Institut, alles vom Jahrhundertdichter Joyce will er mir zeigen und die reichste Stadt der Welt und die teuerste aller Straßen, Beat heißt der Typ, wie Beate, nur ohne End-»e« und das Beat nicht etwa *beat*, sondern Be-At, Akzent auf Be und das -At paar Töne tiefer, du siehst, ich hab versucht, mir alles zu merken. Und nun? Mit dir auf 'ner Bahnhofsbank, das find ich eigen. – Tat die Beine übereinander. – Und hier schon total Sommer. – Zog den Jeansrock zu den Knien, das brachte nichts, das romantisch Bestickte blieb Mini. – Harry, heftig grüßen soll ich dich von Irene und von Mi, herzzerreißend war das heute früh am Bahnhof.

Danke, aber den Beat solltest du unbedingt besuchen.

Ja, die Weltgeldhauptstadt und die Spiegelgasse, was immer das sein soll. Aber jetzt besuche ich dich, der Beat war jenseits jeder Berlin-Norm. – Wie geht die, die Berlin-Norm? – Mit Grimm im Blick, mürrisch männlich, wie wenn einer soeben Morde beging und sofort den nächsten tun muss.

Schon James Dean ging auch im Hochsommer in hohem Kragen.

Berliner ducken sich in Kapuzen, auch bei Hitze, für Irene ist das die »Burka der Verdrossenen«. Und Kapuze schreibt sie »Kaputt-se«. Hat geschimpft, viel zu leicht sei ich angezogen, aber ich wusste doch, ich komme ins Sonnige. – Sie dehnte die Beine, das Bestickte schien samtig, sie sah ihn nun wieder an mit diesen großen Augen in Braun. – Und das also bist du?

Kann ich nicht bestreiten. Und verstehe nun die Sorgen deiner Mutter. – Sorgen? – Er antwortete nicht, sondern mochte nur lächeln. Und ein wenig den Graukopf schütteln, betrachtete sie freundlich, quer über den schönen Körper.

Und du? Sollst nun auf mich aufpassen?

Könnte dir so gefallen. Als Schwerhöriger, Kurzsichtiger. Mehr als fünfzig Jahre älter. Bewachen musst du dich schon selber.

Da danke ich doch sehr. Und zum zerknitterten Bartgesicht ein schickes Hemd. Wirklich neunundsiebzig? Kess siehste aus.

Nur heute, für dich. Das Hemd hat noch Olga besorgt. War mal Mao-Look.

Hinten in deinen Büchern sieht man nur deinen Kopf und ich dachte, wer so dicke Sachen schreibt, muss auch selber ein Klotz sein.

Zum Glück macht mich das Ungesunde nicht zum Balzac. – Das Ungesunde? – Nichts ungesunder als lebenslang über dicken Sachen brüten. Ruiniert Kreislauf, Hirn und Leben. Aber schau, jetzt ist die Rolltreppe leer.

Auch der zweite ICE Richtung Schweiz und Italien war davon und die Leute gleichfalls, einige hatten neugierig geblickt auf die zwei sehr Verschiedenen. Nun schwebten der Alte und die Junge hinauf zur Stadtbahnbrücke, oben wehte wieder der Südwind und Alexa Undine sah nun tatsächlich über die Dächer zu den Waldhängen hin und hat das Richtige gemurmelt, »Schwarzwald«. Er wies noch auf die Einrüstung des Münsterturms, wollte von Notoperationen reden, doch schon kam die passende Bahn, vorn groß »Vauban«, seitlich »Fährt mit Strom aus Biomasse«.

Querten die altertümliche Arkadenstadt, die belebten krummen Sträßchen und das übertrieben hohe Stadttor Martinstor. – Um 1900 »romantisch« überhöht, sagte er, als hätten sie im Mittelalter blödsinnig Türmchen auf Türme türmen müssen.

Die Berlinerin amüsierte an dem Torturm die Inschrift *Mc Donald's*. – Sogar korrekt. Mit Besitz anzeigendem »s«, damit das mal ganz klar ist, dieser Turm gehört uns.

Notizen, 6. Oktober 2010 Erster Versuch, im Pankower Weg anzurufen. Besetzt. Zehn Minuten später erwische ich Miriam. Sie hat es eilig, hütet im Moment Irenes Haus, müsse jetzt sehr rasch in die Klinik, da ende soeben die erste große OP, Vollnarkose, Irene sei bei ihr, Alex habe sich aber gewünscht, dass im »Aufwachraum« ihre Mi sei, und nun sei Irenes Anruf gekommen, es sei geschafft, offenbar gelungen, Undine werde in den Aufwachraum geschoben, sie müsse sofort los.

Zwei kurze Augenblicke, gleich zu Beginn, die hätten mir denn doch auffallen dürfen. Im April, auf dem Bahnsteig, da gab es den Moment, in dem sie, noch auf den Holzgittersitzen, plötzlich näher an mich heranrückte, als hätte sie sich ducken müssen. Der Bahnsteig war schon fast menschenleer, der letzte der beiden stündlichen ICE-Züge nach Süden fuhr dröhnend weg, aber im Abstieg zum Hauptausgang stand da einer, für Sekunden, auf der halben Treppe. Der sah sich um, und den schien sie zu kennen.

Kommt ja vor, dass Leute sich auf Hauptbahnhöfen verfehlen und suchend herumtappen. Der auf der Treppe ging wieder nach unten, und sie tat, als müsste darüber nicht geredet werden. Wir hatten ja Wichtigeres, hatten unsere Nettigkeiten und Neuigkeiten, und ich, in jeder Weise angenehm enttäuscht, konnte seit den ersten Minuten mein Entzücken kaum tarnen. Wenn ich über den Mann auf der Treppe überhaupt noch Gedanken fabrizierte, dann den, dass eine wie diese Schöne tatsächlich ständig mit Nachstellungen zu tun haben musste.

Damals hat sie auch irgendwas gemurmelt. Was Knappes. Das könnte ein mehrfach blubberndes »b« gewesen sein. So was wie »Sag bloß Bob.« Etwa so. Damals für mich ganz unverständlich. Kam der Kalifornier schon im selben ICE aus Berlin?

Rückblick: Notizen 23. April 2010 Sehr angenehm lässt sich das alles an, offen, unproblematisch. Da kam zum Glück eine Erfreuliche. Kein Geschmolle, dass die Mutter sie einem weltfernen Greis ausliefert, womit sie ja recht hätte. Der Wechsel von Berlin hierher war wohl nicht nur der Wunsch der Irene, auch ihr eigener.

Mit diesem so offensichtlich hübschen Wesen kann das kurzweilig werden, jedenfalls lebhaft. Offenbar will sie Alexa heißen oder Alex, so heiße sie bei ihrer Mi. Wann und warum der Zusatz »Undine« kam, werde ich erfragen. Gleich zu Beginn will sie wissen, ob denn ich mich vormals wirklich Holtermolch genannt hätte. Weih, was ich alles vergessen habe und wie erfolgreich.

Rückblick: 23. April 2010 Oben in der Turmwohnung lief das eingermaßen anders, als er sich's ausgemalt hatte. Schon unten, vorm Lift kramte sie aus dem Rollkoffer, was sie Smartphone nannte, unbedingt sei Mi zu informieren, das sei versprochen, »authentischer Bericht«. Mi und sie seien siamesische Zwillinge, untrennbar, das müsse Harry Holtermolch akzeptieren.

Und als sich dann der Lift in Stock Sieben öffnete, hatte sie bereits Kontakt mit Berlin, und da passierte nun, was dem bedächtigen und grübelstarken Witwer neu war, nun ging diese junge Frau neben ihm her durch seinen geliebten Besitz und teilte der Freundin in Friedrichshain Schritt für Schritt mit, was sie sah, aber auch, wie sie das bewertete. Vom ersten Blick bis zum Kommentar vergingen nur Sekunden, quer durch die Republik wurde dieser Mi klar gemacht, was von der Freiburger Behausung zu halten war im Einzelnen wie im Ganzen, und, noch toller, zeitgleich gingen Fotos in die Hauptstadt, nein, keinen ersten Eindruck verpasste diese Frau Mi.

Die bekam reihenweise klare Einschätzungen und nicht etwa »toll« und »Spitze«, sondern sachgerechte Beschreibungen. Von den vier Balkonen hatte die Brandestochter schon gehört, da waren nun Urteile der Mutter zu verbessern, ich sag dir, die Blicke hier, ich versuch das jetzt mal halbwegs zu sortieren, mal Stadtblick, mal Fernblick, was heißt hier »langsam«, hier musst du ja nur den Kopf drehen, schon ist alles wieder anders, »heute enorme Weitsicht«, sagt Klimakenner Harry, und da hinten, das sei nun schon Frankreich und was dort oben unter weißen Wolken extra stark leuchte, das sei immer noch Schnee, sagt er, Schnee in den Vogesen, da drüben weiterhin Winter und hier unten alles irre warm, zum Glück ständig Südwind, aus der Burgundischen Pforte, sagt der Dichter, weiß der Teufel, wo da eine Pforte ist, aber der hat ja Geologie studiert, muss so was wohl wissen und tief unter uns wieder ein ICE pfeilschnell nordwärts, Richtung Berlin, sagt er, zu deiner Mi, tut so, als kennte er dich, der wird sich wundern, und drüben, vor den Vogesen, das sei der »Kaiserstuhl«, ein Vulkan, zum Glück erloschen. Luxuswohnung? Das nicht, zwar üppig Platz, aber fast nichts als Bücherregale, jedes Brett gefüllt mit doppelten Reihen, sortiert alphabetisch nach Autoren, querbeet Sachbücher und Romane, davor olle Sesselschüsseln, saugemütlich. Lebenslang hätte er in engen Buden gehaust, sagt er, erst seit die Nibelungen Geld brachten, könne er sich so ein Wohngelände leisten.

So redete sie. Den Blick vom Südbalkon zum Hochschwarzwald

fand sie grandios, auch dort oben noch immer Schnee, blendend hell, tausend Meter höher als hier, sagt er, »Schauinsland« heißt die Höhe, bequem könnten wir dorthin, in Gondeln, so sagt er, und dann, total in Gegenrichtung, auch das schick ich dir als Foto, da steht zwischen kuriosen Stadttoren die reinste Gotik, so nennt er das, enorm spitzer Turm, einzig, sagt Harry, aber angefressen von neuer Säuernis, und das Riesending direkt vorm Black Forest, skurril, wohin du schaust, Bilderbuchblicke, nun übergeb ich an den Fachmann, frag ihn selbst, wieso der Spitzturm »einzig« ist.

Der Turm, pardon, sagte Holterhoff, ist einzig, hallo Mi, weil er unten quadratisch ist, darüber oktogonal und oben zwölfeckig und 116 Metern hoch und filigran, ein neunhundert Jahre altes Hochhaus, das der Erbauer Erwin statisch keineswegs berechnen konnte und das trotzdem stehen blieb, in allen Kriegen und Erdbeben. Wahrhaft einzig, Freiburgs Weltwunder.

Da hast du ihn gehört, Irenes »Erklärbär«, und jetzt ist er nicht mehr zu halten, nun legt er los mit fettem Kommentar, Mutz hat ja gewarnt, hinterhältig politisch sei der, nun hetzt er über die Bahn da unten, die Strecke dort sei Europas stärkst ausgelastete Schiene, wie sagt er?, ich muss aufpassen, das ist also die »Rheinschiene«, die bindet Chemie und Geld aus Basel-Zürich-Mailand-Genua an Hamburg-Rotterdam plus Ruhr-Köln-Frankfurt mit permanent Güterzügen, obendrein mit ICs und ICEs samt Regionalbahnen und S-Bahnen, und all dies auf bloß zwei Gleisen, total überlastet, doch die Dorfregierung in Stuttgart, die verplempere Milliarden fürs Vernichten ihres tadellos funktionierenden Kopfbahnhofs, den wollen die da für irres Geld vergraben und zerpressen zum Nadelöhr, ich mach dir ein Foto, eben jetzt rasen da unten zwei ICEs aneinander vorbei, als wenn Kopfbahnhöfe nicht Paris schmückten, Frankfurt, Leipzig, München, aber die Dorfstrategen, sagt Harry, »die verstehen halt nur Viehverkehr und Vetterlesverträge«.

So lief das, lief multimedial, und noch am selben Abend machte sich Holterhoff Notizen und Gedanken darüber, ob für die Reaktionen der Irenentochter ein Wort wie »Begeisterung« zutreffe. Bei Begeisterung hatte er eher an Pathetisches gedacht, an Metaphysisches gar, nie an solch mehrmedial Gleichzeitiges.

Rückblick: Notizen, 23. April 2010 Nicht nur wortreich ist sie. Ab und an doch auch sehr still. In der Vaubanbahn schaute sie genau und amüsiert, als sei Freiburg ein Raritätenkabinett, als durchquere sie eine modisch verputzte Wunderkammer aus fernen Jahrhunderten.

Unerklärliches Gerührtsein. Wie können Menschen nur so schön werden. Dieser hier scheint nicht nur dauerhaft vergnügt, sondern auch vertrauensvoll, offen. Wie eine wiedererstandene Irene. Und »Begeisterung« hab ich nun neu zu bedenken. Das, was im Deutschen so gnadenlos verdummt und missbraucht worden ist, und, wie ich fürchte, bleibend.

Rückblick: Noch 23. April 2010 Auf dem Nachmittagsbalkon gab er ihr die Schlüssel zum Haus und zu den Wohnbereichen, an jedem Eisen ein Schildchen, beschriftet noch von Olga. Und dann gab's da Schokolade und zweimal Kirsch, Knackiges also auch für ihn. Aus der Küchenecke brachte er den *Morgentau*-Tee. Und versuchte zu entschuldigen, dass ausgerechnet an diesem Tag noch ein anderer Besuch seit langem verabredet sei, ab achtzehn Uhr, leider nicht mehr zu verschieben, Undines Einquartierung sei ja ein wenig überraschend gekommen, nun erwarte er hier vier Leute vom Theater: Dirigentin, Regisseurin, Dramaturgin und Chordirektor, da gehe es um ein unbekannt gebliebenes Freiheitsspiel, das im Herbst in Freiburg Premiere habe, eine Oper aus dem Jahr 1848, sie könne bleiben oder fliehen, wie sie wolle.

Opern hab ich bislang weiträumig umfahren, schon weil Irene die so liebt. Auch Bob behauptet, deutsches Dichtergemüt beginnt mit Opern. Bob, der Ami.

Dann ist der ungewöhnlich informiert. Ältere Poeten kapierst du tatsächlich nur, wenn du ahnst, was Oper kann. Wie gesagt, du kannst nun einfach bisschen zuhören, dich wundern oder abhaun.

Im hinteren Bücherraum hockte sie sich in eine der verblichenen blauen Schüsseln, wurde den Theaterleuten als »interessierte Studentin« vorgestellt, und hatte dann in der Tat zu staunen, worüber die Runde redete. Das Stück aus Europas Aufruhrjahr 1848, so hörte sie, das handele von Liebe, von Angst und von »frühem Freiheitsfuror«.

Der Gastgeber wendete sich an die Zuhörerin. – In *Regina* geht es um zwei energische Liebhaber einer Regina. Beide sind, das ist einzig in einer klassisch-romantischen Oper, Arbeiter. »Fabrikarbeiter«. »Leiden soll kein Mensch auf Erden«, so singt der Vernünftigere der beiden, aber auch der andere erträumt ein »irdisch Paradies«. In allen Hauptrollen einer alten Oper »Arbeiter«. Und alle erhoffen sich 1848 »eine dauernd schöne Zeit«.

Und wenn dann die schöne Regina, Tochter des Fabrikbesitzers, von dem Unvernünftigen entführt werde und verschleppt und wenn am Ende Regina befreit und der kidnappende Verehrer tot sei, dann, im Finale, in diesem Punkt waren sich die fünf Experten einig, dann müsse die Bühne ein Meer sein in den Farben der alten Freiheitssehnsucht Schwarz, Rot und Gold. Nie glühe Freiheitslust so vital wie nach Jahrzehnten der Unterdrückung und Demütigung, und das sei im »Vormärz« in Deutschland der Fall gewesen, also vor dem März dieses Jahres 1848. Die Bühnenanweisung verlange, dass im Finale der Oper von allen Seiten »Freiheitsboten« nahen, also gewiss mit der damals geschaffenen deutschen Trikolore, und am Schluss sängen »Arbeiter von allen Klassen«, hymnisch sängen die von Freiheit und Frieden: »Nun kommt der Freiheit großer Tag«, »So kommt dem Volk die Herrlichkeit«. »Und einig seid! Heil Freiheit dir, du Völkerzier!«

Verrückt. Und wieso unbekannt?

Ja, wieso. Der Kontrast zwischen modernem Anti-Terror-Konzept und altromantischer Musik, das wurde als Pointe nie begriffen. Bleibt in der Tat rätselhaft, dass ausgerechnet dieser erste aktuell politische Opernversuch ignoriert blieb in dem Land mit den meisten Opernpalästen. – Wer schrieb das? – Einer, dessen komische Sachen hundert Jahre lang im Deutschen die meist inszenierten Opern waren, Lortzing. Der endete kurz nach 1848 im Elend, hatte in *Regina* das loswerden wollen, um das es ihm schon immer gegangen war. – Die Dirigentin ging ans Klavier und spielte »wichtige Passagen«. Fern jeder Heiterkeit, sagte sie, gebe es da doppelte Arbeiterchöre, Radikale gegen Gemäßigte, in schwerem Neun-Achtel-Takt. »Entsetzen und Schrecken!« war da zu hören, da flehten alle »um Fassung und Mut«. Holterhoff ergänzte: Als 1848 nach mehr als dreißig Jahren Zensur und Polizeistaat für wenige Monate Freiheit war, da wollte Lortzing, der zu seinen Opern auch den Text schrieb, dass den Deutschen der erste Republikversuch unbedingt gelingen sollte.

Eine Revolutionsoper? – Just das nicht. Keine Revolutionsoper, sondern was Schwereres. Ein Freiheitsspiel. Revoluzzerei, hirnloses Aufhängen und Totschlagen verdient keine Oper, fand er, aber »Freiheit für alle«, schon 1848 für »Arbeiter von allen Klassen«, das ist für diese frühe Zeit tatsächlich einzig. Und war dann auch prompt den preußischen Theatern unbegreiflich, sogar verdächtig. Kam auf keine Bühne, erst 1899, aber total entstellt, als Hass-Oper auf Frankreich. Im Finale sangen die 1899 nicht »Heil Freiheit«, sondern »Hoch Blücher«.

Da wurde nun über Chöre und Doppelchöre geredet, über »Extrachöre«, Tenöre und schwierige Szenen in diesem Spiel von Gewalt, Angst und Terror. Von Selbstmordterror war die Rede. Holterhoff redete wie mit roten Backen, aber das Rot leuchtete wohl durch die tiefen Fenster als der übliche abendliche Widerschein aus Richtung Frankreich.

Die Wendung von »der Freiheit großem Morgen«, die hat der Textschreiber und Komponist schon als junger Mann in seinem allerersten Spiel singen lassen wollen, was 1830 die Zensur dem Lortzing prompt verbot. Im *Regina*-Finale inszeniert er das nun lustvoll, nutzt aber leider auch eine wüste Strophe dieses freiheitstrunkenen Jahres, ich bin sehr gegen diese Strophe, die einzige, die der Komponist nicht selber schrieb. Lortzing war Pazifist, hier aber rutschen ihm in der Erregung Worte durch wie »rüstet euch!«, »Tod«, »Blut«, »Schwert« und »Herzensschlag«.

Die Debatten im Bücherraum erhitzten sich und niemand merkte, wie nach zwei Stunden die junge Frau den Raum doch noch verließ, still für sich. Öffnete sich mit den neuen alten Schlüsseln den Wohnbereich der Olga Lenzen, sah im bodentiefen Fenster rotgolden den Sonnenuntergang über den schwarzen Vogesen, entdeckte unterm Fenster den Osterglockenstrauß, daneben Prospekte, Theaterprogramme, das aktuelle Vorlesungsverzeichnis und auch die Monatskarte für die Bahnen und Busse in und um Freiburg herum. Telefonierte dann ausführlich mit Berlin, nahm sich die Schlüssel und das Regioticket und fuhr in die nächtliche Stadt.

Notizen, noch 6. Oktober 2010 Neues Gespräch mit dem Pankower Weg, jetzt mit Irene. – Nun ist Mi im Aufwachraum, sagt sie. Die Operation nannte Professor Alboga »gelungen«. Alboga gilt als Kapazität, allerdings für ältere Kundschaft. Als er aus dem OP kam, hörte ich ihn murmeln: »Bei jedem Schnitt und Stich: Jung! Jung!« Junges Gewebe. Die zweite Verletzung, die an der Hüfte, sei zum Glück harmlos. Aber rätselhaft. Kein Organschaden. – Da könne ich ganz beruhigt bleiben.

Rückblick: 24. April 2010 Erst nach neun Uhr erschien sie auf dem Morgenbalkon. Er hatte längst gefrühstückt, hatte Zeitungen gelesen. Vor dem bunt gedeckten Tisch blieb sie stehen, bewunderte den Tisch und dann den Rundblick. Auf Kaiserstuhl, Innenstadt und Schwarzwald. Um den Hals hing ihr das mobile Gerät, das baumelte nun vor einem hellen Hemd, offenbar ein Männerhemd, lang, in einem schmalen schwarzen Gürtel, die Ärmel lässig hochgekrempelt. Machte Fotos vom Tisch und vom Panorama, setzte sich und gestand, gestern sei sie noch »ausführlich auf Trebe« gewesen, bis weit nach Mitternacht. Zwischen hohen Stadttoren und kuriosen Kinos und ulkigen Kneipen. Habe sich von interessanten Typen abschleppen lassen, schadensfrei, in unterschiedliche Kaschemmen. *Crash*, *Tacheles*, *KGB-Bar*, *Klub Kamikaze*, *My Way*. – Immer mal wieder rumst es da im Keller irgendeines uralten Hauses. – Und habe dann in Harrys siebentem Stock traumhaft geschlafen. Ein freundlicher Älterer, offenbar ein Professor, weil um drei Uhr keine Stadtbahn mehr fuhr, habe sie aus dem *Räng-Täng-Täng* ins Vauban gebracht. – Wie gesagt, schadensfrei. – Ein Älterer? – Klein, stabil, agil. Hieß Hermann.

Holterhoff bat um Nachsicht für die gestrige Opernrunde. Da hätte sie gleich zu Beginn Freiburgs alte geistige Mitte um die Ohren bekommen, die hiesige Musiklust, vereint mit skeptischem Menschenrechtsdenken, und er fürchte, nein, er sei sich sicher, ob sie das nun möge oder nicht, ein Studium der deutschen Literatur funktioniere nicht ohne Kontakt mit dem, was sich durch Jahrhunderte in Europas Opern entwickelt habe und immer neu tummele. Wenn sie da Wissenslücken habe, wer habe die nicht, dann solle sie fragen, Fragen zu Opern und zur Geologie beantworte er mit endloser Geduld. Für Olga wie für Irene sei er nicht nur der »Holtermolch« gewesen, sondern auch »Erklärbär«.

Überm Schwarzwald war die Sonne stark aufgestiegen, ein grüner Schirm steckte an dem Balkongeländer, für zwei war gedeckt, die Zeitungen hatte er beiseite geschoben und hörte nun, dass sie die Runde der vier Opernleute keineswegs vertrieben habe, sondern in gute Stimmung versetzt, endgültig dann freilich ein Film von Fathi Akim, *Soul Kitchen*, und danach die Altstadt, die auch nachts gut belebt sei, als konkurrierten da miteinander mehrere Konzerte. Holterhoff pries, dass nach dem Krieg die relativ große Uni nicht ins Grüne abgeschoben wurde, zum Rhein hin oder in den Schwarzwald, sondern dass Uni und Innenstadt nun untrennbar seien. – An diesem

Vormittag werde sie sich anmelden, danke fürs Vorlesungsverzeichnis und überhaupt, die älteren Herren hier, auch die seien schon mal erfreulich.

Sie hatte begonnen, auf zwei Brötchenhälften sanften Quark und Marmelade zu schichten, auf das sahnige Weiß die rote Konfitüre mit den »knackigen ganzen Kirschen«, baute offenbar Schwarzwälder Kirschtorte in eigener Version. Und sagte beim Schichten, inzwischen habe sie sieben mal sieben Fragen. – Zu dir und Olga. Und zu dir und Irene. Glaub nur nicht, du kommst undurchlöchert davon. – Biss in den rot-weißen Turm, betrachtete ihn kauend und vergnügt, wischte sich den Mund. – Was war mit dir und Irene?

Was möchtest du hören? Wie wir armen Ruhrmenschen hier als Migranten fremd waren und leiden mussten in der unwirtlichen badischen Einsamkeit? Nein, ich sag einfach dies: Irene war anders. – Anders? – Hab damals nie bemerkt, dass sie so was wie Erfolg wollte, Examen, Karriere. Ihr Jura-Studium lief hinter meinem Rücken.

Und was lief davor?

Tolles und Schönes. Partiell Irres. Produzierte ständig neue Einfälle. Liebte die Waldberge ebenso wie die Münster in Basel, Straßburg, Freiburg und Colmar. Und hielt Religion für fatal und Familie für ein ernstes zwischenmenschliches Gebrechen.

So denkt sie noch jetzt. Als Familienrechtlerin.

Damals wollte und konnte sie mich wirksam ablenken von dem, was mir am Ende trotzdem gelungen ist. – Wovon? – Ich wollte in den Sender hier. Und gar ins Fernsehen. Damals startete das Dritte Programm, ausdrücklich als »Kulturprogramm«. Wobei sie in Baden-Baden glatt vergessen hatten, zwischen den Neubauten des Senders auch was zu errichten für das, was Regierende für »Kultur« halten. Eigentlich fordern die Staatsverträge für »öffentlich-rechtliche« Sender drei Leistungen: Information, Unterhaltung, Kultur. Und für einen Hinterwaldsender wie den »Südwestfunk« hieß das, so meinte ich, in erster Linie Kultur. Zumal Künstler und Dichter diesen Sender gezündet hatten, Carlo Schmid, Alfred Döblin, Friedrich Bischof.

Das Gegenteil wurde Wirklichkeit. In den Aufsichtsrat kamen keine Dichter. Die gibt's da bis heute nicht. Statt dessen Politiker und Lobbyisten. Und unter denen mach mal »Kultur«. Das ist permanenter Verstoß gegen die alten Staatsverträge. Nicht Künstler, nicht Filmemacher oder Schriftsteller haben da das Sagen, sondern Leute, von denen es in Essen heißen würde, den tiefen Teller haben die nicht erfunden.

Und das wollte Irene dir ersparen? War doch nicht so dumm?

Vor allem deshalb nicht dumm, weil dann Kanzler Kohls »geistig moralische Wende« kam, als Wende ins Kommerzfernsehen, nach US-Vorbild, dem dann auch das »öffentlich-rechtliche« hastig nacheiferte, mit dem Quotenkampf. Das sperrte »Kultur« hinter Ghettogitter. Aber all das, die »Bildungsferne« der leitenden Leute, das reizte mich erst recht. Fürs »kulturelle« Dritte Programm gab's weder Fachleute noch Gebäude. Im »Weltbad« Baden-Baden hauste die Abteilung Fernsehen-Kultur in Baracken, hinter der alten Stadthalle, in der Brecht einst seine *Badener Lehrstücke* inszeniert hatte. Die Halle wurde weggebaggert. Brecht war in Baden-Baden sowieso verboten. Irene warnte vergebens vorm Haifischbecken, und behielt leider recht, inzwischen lähmt massenhaft Verblödung. Und gilt »Segregation«, Zertrennung, worauf sie sich besonders viel einbilden. Jeder von nun an in seinem eigenen Soundkäfig. Zum Beispiel Klassik für fast alle nie. Für wenige andere immer.

Papiertiger seist du, sagte mir Irene. Einzelgänger. – Immerhin, im »christlich« kontrollierten Sender des CDU-Landes entdeckte ich Nischen. Literarische Unterwanderwege. Irene warnte damals, die Politischen seien am Ende stärker, da würde auch ich noch zum Schwarzen im schwarzen Schwarzwald. Und mahnte mit Theodor Storm, ja, die Juristin kam mir mit Storm. »Aber hüte deine Seele vor dem Karrieremachen«. Ich sag's ja, Irene war anders. Hat mich geführt und gefesselt, sozusagen aus Leibeskräften. Während andere Männer längst seriös wurden und Familien gründeten, zog mich deine wunderbare Irene aus dem Spektakel immer wieder raus ins

Schreiben und Spinnen und Zweifeln, ja, in die »Litteratur« mit doppeltem »t«, in meine Abfalltexte, in damals noch sehr Eigenes, in erste Ruhrliteratur. Trieb das so lange, bis aus Essen ihr Vater anrückte, mein Brüderchen Walter Holterhoff schleifte sie nach Bochum, wo sie ihren Abschluss machte, mit »sehr gut«. Zum Glück traf ich dann Olga. Was genau arbeitet Irene heute?

In einer Gruppenpraxis, da macht sie die Frauenfälle. Erbrecht, Scheidung, Familienkram. Missbrauch. Auch Zwangsheiraten. Die Übergriffe exotischer wie teutonischer Männer.

Als sei in Berlin mitgehört worden, hatte sie nun zum Schmuck am Hals zu greifen und hörte ihre Mutter. Deren Fragen parierte sie sofort mit Gegenfragen, wollte dringend wissen, ob sich Tansel Korasmar gemeldet habe. – Mutz, ich fleh dich an, konzentriere dich. Kein einziges Mal, auch nicht aus Versehen das Wort Freiburg. Rutscht dir das raus, kommt die Katastrophe. Tansel würde hier sofort den Dichter heimsuchen, weil sich ja denken lässt, bei wem ich zwischenlagere. Falls der anruft oder aufkreuzt: Seine Flamme ist hinterm Atlantik, klar? So schwer es dir fällt, lösch das Wort Freiburg. Mi ist die einzige, die Bescheid weiß. Ob's mir hier gefällt, fragst ausgerechnet du? Also in diesem Vauban gibt es die schönsten Hunde, und fast so viele wie in ganz Berlin. Und wenn ich von diesem Morgenbalkon blicke, dann seh ich da unten eine breite Berliner Allee, in der Mitte ein satter Grünstreifen, darauf alle sieben Minuten die Bahn in die Stadt, und auf den seitlichen Promenaden in Mengen winzige Kids. Windelärsche. Mutz, lösch das Wort Freiburg. Lösch es! – Nach dem Gespräch mit der Mutter musste sie den Brötchentisch umrunden, sah gestikulierend zu den Bergen hinauf, als könnte sie so ihre »Mutz« beschwören, »Freiburg« zu löschen. Sank dann zurück auf den Stuhl.

Du hast deinen Verehrern gesagt, du bist in Amerika?

Bin bei Mutters Lieblingsbruder. Doziert Völkerrecht an Floridas Staatsuniversität, in Gainesville. Der hat verstanden. Spielt mit.

Freiburg als Versteck? He, erzähl mir von diesem Tansel. Und von dem anderen, von Bob, von dem Opern-Ami.

Meine Problemboys. Die Feurigsten. Fast wie in deiner *Regina*, der eine schlau, der andere wild. All das erzähl ich dir baldmöglichst und haarscharf. Der *Morgentau* übrigens, das ist mal guter Grüntee, mit Zack und Zunder.

Und Vater Alexander? Ist der nun Politiker oder Banker?

Beides. Die sitzen ja nicht nur in den Aufsichtsräten von Sendern. Auch das erzähl ich dir gern genau. Aber nun hau ich ab, zur Uni. Zum Alexander befrag doch schon mal Google.

Am liebsten dich.

Harry, heute Abend. – Zwei schnelle Küsse, je einen auf jede stachlige Backe. – Danke, für alles.

Notizen, 10. Oktober 2010 Die Heilung verlaufe optimal, sagt Irene. Bleibe die Frage, wie und warum im Moment der Messer-Attacke, als Undine den Bob habe schützen wollen, warum da der rasende Tansel nicht nur ihr Gesicht verletzte.

Widerwärtig kalt ist es jetzt. Die Luft scheint zu glitzern. Keine Wolke am Himmel, die Sonne klar überm Schönberg, aber alles glitzert. Wie von Schnee. Freiburg schwebt durch eine getarnte Wolke, winzige Eispartikel ziehen am Turm vorüber, blitzen in der Sonne. Wo denn nur bleibt sie, diese verdammte Klimaerwärmung. Irgendwer hat hier doch den völlig falschen Film eingelegt. Ich bin erkältet. Bin allein. Und beginne mit diesem unmöglichen »Bericht«. Für mich.

Rückblick: Notizen noch 24. April 2010 Wie sie sich davonschwingt, schon dieses Geschmeidige: unbeschreibbar. Sicherheit im Körper? Sind denn mir solche Sicherheiten je gelungen? Und was weiß ich denn von ihr. Wie kann ich behaupten, sie sei »sich« sicher. Lass dich nicht blenden von diesen fließenden, von diesen Delphinbewegungen.

Heute Abend »gründlich reden« will sie. Mit wem? Mit einem, der, obwohl schon fast außer Betrieb, nun doch noch mal entzückt ist, als wäre er dreißig, vierzig. »Mit Zack und Zunder.«

Immer noch mal der Körper. Der ist das Wunder. Und ist der Terror. Dieses pure »Jung«-Sein, das durchblitzt nun einen längst Ausrangierten. Das prangt, betäubt.

Und wo, bitte, lauert eine Überraschung? Dass sie schön ist, dass sie braune Augen hat zum Blondhaar, geschenkt. Irene meint da etwas, das zu schützen sei, und zwar vom »Persönlichkeitsrecht«. Da wird sie fast feierlich, redet von Vertrauen. War nie ihre Gangart.

Jeder Aspekt dieser jungen Figur, außen wie innen, scheint gelungen. Nirgends Makel. Schlankheit, federnd wippend. Im Sport wäre sie gewiss ein As, im Hochsprung, im Sprint. Die Brüste wahrscheinlich zu üppig fürs pfeilschnelle Vorwärts. Aber üppig, das gilt ja nur wieder als Vorzug.

He, Irene, was unkst du über dein Tochtertier.

Notizen, 11. Oktober 2010 In diesem arktischen Oktober will ich jenen hellen April rekonstruieren, und dann den Mai, aus Notizen, aus Resten im Gedächtnis. Aus der Klinik kommt ein kleiner Brief. Handgeschrieben.

»Du siehst, schreiben kann ich schon wieder. Die Augen hat er nicht erwischt. Und auch nicht das, was als Seele gilt. Was ich ja laut Undine-Überlieferung sowieso nicht besitze. Das Wichtigste: jetzt ist endlich passé, was als mein »Schön-Sein« gilt. Schluss mit diesem elenden Gerede. Mit dem Du mich zum Glück verschont hast. Du siehst, ich denke an Dich. Und wünsche Dir, dass Du so gut über alles wegkommst wie ich. In aller Ratlosigkeit grüßt Dich Deine Bettgenossin. Und Seelenfreundin U.«

Rückblick: 25. April 2010 Am Abend ihres zweiten Tags in Freiburg bummelten der Alte und die Junge im tiefen Sonnenlicht die Vaubanallee hinauf. Zum Alfred-Döblin-Platz, zum Restaurant *Süden.* Gleich auf den ersten Metern merkte er, dass er sein bequemes, sein längst eingeschliffenes Getappe zu verändern suchte, dieses lässige Schlappen, dies Fallen von einem Fuß auf den anderen. Er erschrak fast. Dass er jung zu gehen versuchte, federnd.

Nur kurz mal seitwärts geblickt, auf diese zauberhaft fließenden Bewegungen und schon war klar, wie lächerlich. Einen Schwung zu imitieren, den er nie mehr erreichen würde, sanft gleitend, strömend. Die jugendliche Gestalt hier neben ihm trug heute eine Art Tenniskluft, ging auf flachem leichtem Sportschuh. Warum, zum Geier, beschäftigte ihn überhaupt der Körperaspekt. Dieses Anscheinende. – In seinen Notizen findet sich die Mahnung, zu genießen, dass die Distanz zu diesem jungen Menschen derart riesig sei. Dass zum Glück kein einziges Partner- oder Partykriterium mehr gelten müsse. »Solch seltne Frauen nennt der Mensch Undinen« hörte er aus der alten Oper, und auch, dass »die viel schöner als die Menschen sind«. Fern sang da die Lucia Popp.

Was sie unterwegs redeten? – Du bist in Freiburg, weil du dich hier versteckst? – Kann man so sagen. – Erzähl mir von den Kerlen, die du offenbar fliehst. Sind die so unerträglich? – Mindestens einer. Voll im Wahn. – Erzähl. – Nein, das geht hier nicht. Nicht auf der Straße. Ist viel zu nervig. Da brauche ich Konzentration. Muss auch erst was gegessen haben, getrunken. – Einverstanden. Essen wir, trinken wir. Ich bin gespannt, auf den Liebeswahn. Erzählbar nur nach Stärkung.

Wovon sie statt dessen redeten? In Google-Earth, sagte sie, zeige sich das Vauban in streng quadratischen Grundrissen. Wieso?

War Kasernengelände. Gebaut 1938. Als »Schlageter-Kaserne« der Nazis, streng auf Linie. Ab 1945 französisches Militärquartier, »Vauban-Kaserne«. Nach 1989 entstand dann fast alles neu, auf den alten Grundrissen. Als der Marktplatz getauft wurde auf den Namen des pazifistischen Dichters Döblin, da, zur Taufe, obwohl es kalt war und regnete, da erschien aus Paris, achtzigjährig, der letzte noch lebende Sohn des Döblin. Der erklärte über Lautsprecher mit schönstem Akzent, wie sehr sich sein Vater gefreut haben würde über »Alfred-Döblin-Platz«. Über ein altes Kriegsgelände, das sich verwandelt habe in friedliches Wohnland für viele junge Leute mit vielen Kindern.

Ja, die Leute hier, die wirken sehr friedlich, nicht annähernd so rüde wie die Berliner. Dieser Professor Hermann gestern Abend, der hat im Taxi erzählt, Freiburg habe auf diesem Planeten die größte Dichte an Psychiatern und »Psychos« und »Anthros«. Und die höchste Biolädendichte.

Und die geringste Autodichte. Autos bleiben grundsätzlich am Rand des Quartiers, in Sammelgaragen, so dass Kleinkinder und Alte ungefährdet herumschusseln können. Und statt der Kasernen die vielerlei Passivhäuser, die Fernheizung und statt Blech- und Abgasverkehr die Fußgänger, die Radler und unentwegt die Bahn zur Innenstadt. – Er blieb kurz stehen für ein Aber. Schon weil sie ihm zu schnell ging. Und redete von Freiburgs Nettigkeitsmasken. Auch ihn entzücke hier auf dem autofreien Grüngelände der Kinderbetrieb, das Zwergengewusel. – Allüberall quietschfrohe erste Schrittchen, auch mit Vätern, die mitwippen, mitschaukeln, mitrollern. Irgendwo plärrt ständig eins. Mit kuriosen Namen, Ismail verhaut den Benjamin, Sarah rächt sich an Ali und umgekehrt. Aber in Freiburg gab es auch einen Doktor Alfred E. Hoche, Autor richtungsweisender Aufsätze. »Die Freigabe der Vernichtung lebensunwerten Lebens«. Nazis nutzten seine Wortschöpfungen. »Lebensunwert«. »Ballast-Existenz«.

Und an wen erinnert dieses hier? – Im seitlichen Grün zeigte sie auf eine hohe hölzerne Säule. Die hatte die Form eines Bohrers und war bestückt mit kleinen Rädern. Zahnrädchen, Uhrengehäusen.

Dies war lange die einzige deutsche Erinnerung an Georg Elser. Der hat in dem Jahr, in dem diese Kasernen entstanden, eine Bombe gebaut. Gegen Hitler. Hat die Bombe sorgfältig eingebaut in einer

Steinsäule, vor der Hitler im Münchner Bürgerbräukeller reden würde. Sie explodierte wirksam. Mehrere Tote. Hitler hatte den Saal soeben verlassen. Wenige Minuten früher als geplant. Die Weltgeschichte hätte einen anderen Verlauf genommen.

Einer aus Freiburg?

Kam aus der Gegend um Heidenheim. – Holterhoff ging zwei, drei Schritte. – Handwerksmann Elser war sich sicher, Hitler bedeutete Krieg. Etwas, was unsere berühmte deutsche Intelligenz lieber nicht hat realisieren mögen. Diese Holzsäule, nun schon verwittert, erinnert an Nächte in Lebensgefahr. Elser wollte nach der Tat in die Schweiz. An der Grenze bei Konstanz ließen sie ihn nicht rein. Wurde ermordet, im KZ Dachau. – Holterhoff blieb stehen. – Und ist wohl auch fürchterlich, das sagen zu müssen.

Was?

Hätte Elser Erfolg gehabt, 1938, gäbe es heute, staatlich anerkannt, einen deutschen Nationalhelden und Märtyrer namens Hitler.

Wow. – Sie umrundete die Säule. – So dumm sind wir Deutschen?

Wir Menschen. In den Massen. – Der Alte steuerte auf eine Bank zu, setzte sich, atmete einige Male. – Das Demokratische ist Großhirnleistung. In Massen schwer machbar. Lass mal Vernunft »lodern«. Entzünde mal vernünftiges »Wirgefühl«. Nicht umsonst blieb im Opernland eine frühe Oper zum Komplex Freiheit ignoriert.

Auf dem breiten Gehweg der Allee zogen vier Elfen vorüber. Vier Mädchen, sechs- oder siebenjährig, alle balancierten auf Einrädern, Hand in Hand, hatten sich an den Händen gefasst, schienen zu schweben. Er bemurmelte das lächelnd.

»Zum Heulen schön«, sagst du? Bist Melancholiker?

Ach. Unsere Massenhaftigkeit überfordert uns. Sieh die elenden Massenprogramme unseres »moralisch gewendeten« Fernsehens. Ich könnte dich auch einschüchtern mit Goethe, der schon 1787 seufzt: »Warum sind wir Neueren so zerstreut, warum gereizt zu Forderungen, die wir nicht erfüllen können.« All das Geblogge und Getwittere: Weltweit idiotisches Geschrei nach Durchgreifen, Taten,

Hass, Hohn, Hitlerei, jedenfalls in der Masse. Gekeife in Richtung Missbrauch, Terror. Und strotzend vor Unkenntnis. Gebirge an Ahnungslosigkeit, an Fremdenhass. Rassenhass. Massenhaft versagend vor allem, was anders ist.

Sie widersprach. – Den Digitaldschungel sehe ich so nicht. Nicht so negativ. Da entsteht eine neue Sorte Demokratie, sagt mein Ami-Freund, eine anarchische. Diktaturen wie China oder Iran ärgert das.

Einschub im Oktober 2010 Dies sagte sie im April. Jetzt, im Herbst, rumort *WikiLeaks*. Nun startet, heißt es, neue Opposition.

Rückblick: Noch 25. April 2010 Und so redete sie weiter. – Im Internet, sagt Bob, brodelt digitales Kommunizieren ungelenkt, ohne verschnarchte Politiker, die zugleich Banker und Aufsichtsgrößen sind. Blogger entlarven Filz, geheime Absprachen. Zum Beispiel, wie Regierende sich verkauft haben an Energiekonzerne, auch in eurem Stuttgart, wo sie für Privatprofite Steuermilliarden vergeuden beim Vergraben eines guten Hauptbahnhofs. Im Internet, sagt Bob, da zündet weltweit Widerstand gegen Unrecht.

Aber durch die Netze, murrte Holterhoff, kurven massenhaft auch Hass und Schwachsinn. Präsident Obama zum Beispiel ist wie Hitler oder ist ein Moslem, und wer Moslem ist, der hat in den USA plötzlich eh die Schuld am Attentat *Nine-Eleven*. Durchs Netz wandern Gebirge an Schrott und Infantilität. Schlicht zu dumm sind wir fürs Demokratische. Fürs Menschen- und Sachgerechte.

Das funktioniert nur mit Kenntnissen?

»Politik« kam von »Polis«, von »Stadt«. Und Stadt hieß anfangs »Burg«, woraus »Bürger« wurde. Menschrenrecht begann als Bürgerrecht. Auch in Freiburg. Politik war die Kunst des Miteinanders in kleinen Bürgerstädten. Jenseits von Massen. Politik ist von allen Künsten die sinnvollste. Und schwerste.

Künstler, die das können, siehst du nirgends?

Nur noch »zerstreut«, »gereizt«. Oder betäubt und blind. Narkotisiert von Massenprogrammen. Wie kann es sonst sein, dass Leute, die als intelligent gelten, 2008 massenhaft schrottreife Häuser orderten. Für Tausende Milliarden Dollar. Das ruinierte diese Tausende Milliarden. Kippte die Weltwirtschaft endgültig in den Pump. In die kriminelle Logik der Kettenbriefe, die Schulden nur noch mit Schulden begleicht. Kapital-Verbrechen im Wortsinn. Im *Faust* lässt Goethe den Teufel das Papiergeld erfinden. Weißt du, wie lange du zählen musst, bis du bei einer Milliarde bist? Wenn du jede Sekunde eine Zahl weiterzählst, eins, zwei, drei, Sekunde für Sekunde und zählst Tag und Nacht, bei einer Milliarde bist du wann?

In drei Monaten?

In dreißig Jahren. Längst aber geht es weltweit um Tausende Milliarden. Für diese Dimensionen haben wir weder Hirn noch Nerven. Wir Ich-Thiosaurier. Wir wurden Hasardeure, leben weit jenseits der wunderbaren Ameisen- oder Bienenbegabung, jenseits der Genialität fürs Ganze. Machen im Demokratischen nur verdrossen mit, in diesem allzu umständlichen Sorgfalts- und Rücksichtssystem. Überfordert. Ahnungslos.

Siehst keine Lösung?

Lösungen machen mir Gänsehaut. Schon Wilhelm, unser letzter Kaiser, wusste »Lösungen«: »Am besten wäre Gas«, schrieb der, und meinte die Juden. Schon Wilhelm. Mein PC-Meister wusste, in guter Science-Fiction sei die Lösung aller Welträtsel die Zahl 42. Und längst weiß ich nicht mehr, ob in unseren Schulen je noch so was leben kann wie die alte Poliskunst, in Mobbing, Konkurrenz, Leistungsstress. Ob den elektronisch Betäubten reales Miteinander-Klarkommen noch vermittelbar ist. Der alte Traum vom gelingenden Wir, der 1848 noch so begeistert hat.

Wer dich so reden hört, muss fast fürchten, du wirfst dich vor den nächsten ICE.

Am besten hinter den nach Zürich. Keine Sorge, ich denke an die armen Lokführer. Und muss noch das Spiel aus dem Jahr 1848 auf die Bühne bringen. Noch mal was entfachen von der alten Vernunftglut. Solidaritätsfeuer. In Stuttgart mogeln sie und drücken in der Tat mit Gewalt, Betrug und Erpressung durch, dass Milliarden vergeudet werden für den ganz und gar unnötigen Tiefbahnhof. In altertümlicher Geld- und Fortschrittsgier. Und ohne jeden Sinn fürs Reisen. Bislang erreichte man Stuttgart mit menschenfreundlichem Blick auf Weinberge und mächtige alte Bäume. Nun soll von der Stadt nichts mehr zu sehen sein. Und wer sich wehrt, wird bedroht. Mit Gericht, mit 500.000-Euro-Strafen. Auch mit bayerischer Polizeigewalt. Uralte Machtpraxis im Südwesten, fremde Truppen zu Hilfe holen gegen die eigenen Untertanen. Diesmal zum Beschießen mit Wasserkanonen, hammerhart und mit Spray, ätzend verletzend.

Im Grün neben ihrer Sitzbank bewegte sich ein Vier- oder Fünfjähriger, mit einer Botanisiertrommel und einer großen Lupe. Betrachtete durch die Lupe offenbar keimendes Grün, kleine Lebewesen, einen Marienkäfer an der Elser-Säule. Blieb dann aber vor Holterhoff stehen, nahm das Forschergerät vom Auge und blinzelte den Weißbart an, kritisch. Als habe er eine Seltenheit entdeckt.

Bist du alt?

Ja, ich bin alt.

Dann stirbst du bald.

Hoffentlich nicht. Aber sicher viel eher als du. Was erforschst du hier?

Neue Heuschrecken. Zebraheuschrecken. Und was machst du?

Ich? Naja. Stell dir vor, ich quinquiliere.

Quin – ? Was?

Quinquilieren heißt alles, was Freude macht. Musikmachen, Forschen, Singen, Spielen, Nachdenken, Reden. Wie heißt du?

Leon.

Und wie alt bist du?

Am fünften fünften werde ich fünf.

Sag deiner Mutter oder deinem Vater, sie sollen mal im Computer dieses ulkige Wort suchen. »Quinquilieren«.

Leon nickte ein wenig, zögerte aber.

Ich schreib es dir auf, das Wort ist selten. – Holterhoff zog aus seiner Seitentasche seinen Zettelblock, schrieb das Wort in Großbuchstaben und gab dem Vierjährigen das Papier. Leon hielt die Lupe über die Schrift. – Vielleicht finden deine Eltern im Computer zu Quinquilieren ein schönes Gedicht. Das sollen sie dir dann aufsagen, zum Geburtstag.

Der Junge nickte ein wenig, ging langsam weiter, die Allee hinab. Dort balancierten nun wieder die Elfen, jetzt in der Gegenrichtung.

Wie kommst du auf Quinquilieren?

Er hatte gefragt, was ich »mache«. Zusammenfassend kann ich sagen, ich quinquiliere. Wilhelm Busch erzählt von einem Vogel, der festklebt auf einem geleimten Ast. So wie ich hier im Vauban. Bin diesem Viertel auf den Leim gegangen. Buschs Vogel jedenfalls, der kann nicht mehr weg, und es nähert sich ein Kater. »Die Krallen scharf, die Augen gluh«. Der Vogel folgert: »Weil das so ist und weil mich doch der Kater frisst, so will ich keine Zeit verlieren, will noch ein wenig quinquilieren.« Zu diesem Quinquilieren bekenne ich mich. Will noch bisschen für Musik sorgen, für Vernunftglut. Fürs ignorierte Freiheitsspiel. Auch wenn es oft melancholisch klingt und immer wieder angstvoll seufzt.

Dann, nach einer Pause. – Auch diese 1848er Oper schwankt zwischen Begeisterung und Angst. Auch Europas Freiheitsrausch im März 1848 war umzingelt von Blutbädern, von Furcht und Terror. Oper war immer Ventil, auch für mich. Als Student um 1950 rannte ich hier in Freiburg wie in Trance wochenlang jeden Tag ins Kino *Kurbel*, nur um wieder und wieder den Salzburger *Don Giovanni*-Film zu sehen. Begeistert von der Freiheitsfrechheit des Don Juan. In dieser traumhaft einmaligen Musik lauerte ich immer neu auf den Schluss, wie da der Juan sich auflehnt gegen das Ungeheuer, gegen das riesige moralische Über-Ich, das eiserne Todesmonster, »die Krallen scharf, die Augen gluh«. Das Ungeheuer fordert Reue und Umkehr, droht mit Horror, Tod und Hölle. Aber Juan wird nicht weich, unvergesslich der schöne Cesare Siepi als Juan, wie dieser Feuerkopf dreimal Mozart/da Pontes NEIN herausschleudert, gegen die Unterwerfung.

Wendete sich zur Seite, schien aufstehen zu wollen. Schaute dann aber lieber sie an. – Schriftsteller sollten Neinsteller sein.

Woran schreibst du gerade?

Bevor deine Mutter dich ankündigte, war ich so verrückt, an einen Freiburgroman zu denken. Diese Stadt schafft mich. Die befeuert und die stillt mich. Und scheint mir immer unbeschreiblicher. Ist dir dabei ziemlich ähnlich.

Mir? He, dann erklär mir dein Freiburg.

Liegt an Europas rheinischer Nord-Süd-Achse. Offen nach Frankreich, aber auch offen zum spinnerten Schwarzwald und Schwaben. Also gut gemischt. Als erzkatholischer Ort immer neu heimgesucht von Eigenständigem, von Kreuz- und Querdenkern. Von Erasmus und Humanismus, mit Zündfunken in Richtung Rechtsstaat, in Richtung Freiheitsbewegung. Immer neue Gegendarstellungen zu Sein und Zeit. Dies einlullende Freiburg bleibt unberechenbar. Und furchtbar fruchtbar. Nicht nur Schlemmerstadt, Musikstadt, Naturstadt. Bei aller Pingeligkeit notfalls aufrührerisch. Vielleicht schon wegen seines Namens, wegen dieses zeitlosen Programms: »Freiburg«.

Und jetzt verdirbt dir die Berliner Göre die Pläne?

Wird sie verändern. Beflügeln. Weiß der Geier. Oder weiß der Kater. Ich weiß nur, jetzt habe ich Hunger. Und bin neugierig auf das, was deine Verehrer so treiben.

Richtete sich auf und stapfte los, weiter die Allee hinauf. Neben Holterhoffs ruckendem Tappen und Vorwärtsfallen ihr Schwingen, ihre fließende Eleganz.

Du grollst und knurrst so schön. Von »Horror«, von »Hasardeuren«. Hört sich an wie Gruselkino.

Ist leider kein Kino. Die Haut des Planeten hat Krebs. Geldhändler spekulieren bewusst mit Elend und Tod der Massen. Unsere Kanzlerin fördert maßlose Konzerne und Banken. Fördert mörderischen Müll. Sieben Millionen Analphabeten in Deutschland. Hühnerfabriken. Kuhfabriken. Schweinefabriken. Atomstrom. – So redete er, sie „federte“ neben ihm. Bis er vorm Döblin-Platz kurz ihre Hand berührte und um Pardon bat. Horror wolle er nicht verbreiten. – Jammerst ja nicht über dich.

Er war stehen geblieben. – Bewusstsein ist wohl ein Irrläufer der Natur. Wie kann das gut gehen. Massenhaft geriet Materie ins Leben und beginnt zu denken. Sorry, bin schon wieder rückfällig. Und bevor wir jetzt gut essen, sag ich dir mal was verzweifelt Positives. Ich sehe keine Figur, die am Ende so positive Folgen hatte wie ausgerechnet die verbrecherischste. Erst nach Hitler war Europas Einigung möglich und die UNO. Erst nach ihm kam über Deutschland und Frankreich in nie gekannter Dauer friedliche Nachbarschaft. Komm, lass uns schlemmen! Und dann erzählst du mir von deinen Liebeswahnsinnigen.

Hinterm Döblin-Platz leuchteten im Abendlicht die Terrassen des *Süden*, die Tische schon jetzt alle besetzt. Ein junges Paar auf der oberen Ebene verließ aber seinen Ecktisch, den okkupierte die Berlinerin, und von dort gab's nun den Blick über die raunenden und sumsenden Esser, Trinker und Lacher, freien Blick über den Platz unter den mächtigen Lindenbäumen mit vielen spielenden Kindern auf Einrädern und neuesten Wipp- und Rollgeräten. Dieser Platz, murmelte Holterhoff, sei eine von Freiburgs tausendunddrei magischen Meilen.

Einige an den Tischen hatten ihm zugenickt mit »Hallo« und »He Harry«. Rings wanderte Glänzendes und Duftendes zu den Weintrinkern. Diese Düfte, maulte sie, seien gemeingefährlich. Hielt dann »Brägele« für Hirn und nicht für Bratkartoffeln, wünschte sich Französisches, den *Salat Chèvre* mit rotem Pfeffer, mit honiggratiniertem Ziegenkäse, und wollte »zum erstenmal Ökowein«, in Berlin gelte der als »kastriert«. Als dann Holterhoffs spezieller Spätburgunder bestellt war, wollte der »präzise« wissen, wie und warum Verehrer sie verfolgten.

Sie betrachtete ihn, als studiere sie seine Runzeln wie ein Vexierbild. – Bevor ich mich aufrege über die Jungs, sag mir, warum du nicht weltberühmt bist. – Entsetzlich. Fürchterlich. Alptraum. – Im ICE war ich in deinem Irlandroman auf den letzten fünfzig Seiten, unausstehlich spannend. Fand auch Irene, aber ab Magdeburg kam dieser komische Zürcher, auch in Irland ging's doch schon um eine Frei-Burg, um eine Modellstadt, die blühte paradiesisch und stürzte dann ab, und ich will jetzt wissen, ob und wie sie den jungen Lynch retten werden und wieso aus dieser Geschichte das Wort »Lynch-Justiz« kommen konnte, und überhaupt, eine Frau mit zwei Liebhabern, das kenne ich ein bisschen, vorm Schluss aber kam dieser Zürich-Clown und gestern Abend war's fürs Lesen zu spät, jetzt sag, warum ist das Buch nicht längst in den USA, da geht's doch schon vor Columbus um eine »Neue Welt« und um Kapitalismus, oder hab ich mich verlesen?

Kein Kommentar.

Du bist ein Querklotz, nicht wahr?

Schon haben wir den Fall geklärt. Und nun bist du an der Reihe. Warum fliehst du und vor wem?

Vorweg verrat ich dir, dass ich nicht nur in eurer Uni abtauchen werde, sondern auch bei den *Eisvögeln*, das ist Freiburgs sehr guter Basketballclub der Frauen, die sind Spitze, die wollen mich haben. Gestern Nacht war die Trainerin im *Schlappen*, Mann, ich brauch Bewegung, wenn schon nicht die beliebteste, dann die mit dem Ball, die ist ähnlich gesund. – Es kam der rote Wein, es kam ihr Mix *provençal* und für ihn ein »Flammenkuchen à la Vauban«. Er hob das große Glas. – Auf deine Flucht hinter den schwarzen Wald. – Sie tranken und aßen, sie mit lobendem Geschnurre. Und wollte dann wissen, ob er mittags hier esse, in diesem *Süden*.

Mittags esse ich in einer sogenannten Kantine. Da trifft sich alles, was Handwerk treibt. Tischler, Heilpraktikerinnen, PC-Künstler, Musikerinnen, Fahrradmonteure, Yogalehrer, Ärzte, Seelenklempner, stillende Mütter. Warum nicht auch Schreiber. Im Vauban fällt es schwer, einsam zu bleiben.

Mit Hingabe aß sie, bat aber auch um eine Probe Flammenkuchen, er schob ihr ein Viertel auf den Teller. – Und nun sag mir, woran ich deine Wahnsinnigen erkenne, falls sie hier auftauchen. Dann muss ich ja wohl warnen oder retten oder?

US-Boy Bob ist groß und blond und stark. Und Tansel Korasmar ist teuflisch schön. Pechschwarzes Haar. Gleichfalls groß, drei Zentimeter mehr als ich. Dunkler Teint, mediterran. So ziemlich das, was sich jede blonde Gans als Märchenprinz träumt. Er ist Erbprinz des Hamburger Großhandelskaufmanns Kemal Korasmar. Vier Töchter, Kronprinz ist Tansel. Behütet von der starken Mutter Yasemin. Residieren in einer Villa über der Elbe. Feiern da »orientalische« Feste. In Hamburg-Nienstedten, mit Blick durch hohe Buchenstämme auf den Strom, auf die Schiffe. Dort feiert seit langem auch Alexander der Große.

Irene sagt, dein Vater sei in Hamburg auch geschäftlich aktiv.

Zum Beispiel mit den Korasmars. Was er genau treibt, hab ich nicht rausbekommen. Höchstens ironisch informiert er unsereinen. Frauen sind inkompetent. Transaktionen Männersache. Alex, der Unerreichbare.

Seinetwegen heißt du Alexa?

Hatte eigentlich ein Alexander werden sollen. Als klar war, die ist leider ein Mädchen, wurde das gekappt zu Alexa. Und ergänzt mit Undine.

Und wie fing das an mit dem Tansel?

»Tansel« heißt wörtlich »Überflutung am frühen Morgen«. Und just so fing das an. Als ich bei denen übernachtete, erschien am sehr frühen Morgen in meinem Zimmer der Schöne. Und deine blöde Großnichte war leider entzückt. Und anfangs irre glücklich. Schon weil der Prinz wusste, dass »Undine« was Ähnliches bedeutet wie Tansel. Undine, »die aus den Wellen«. Mein Wassername, so hatte ich mal gedacht, der muss jedes Feuer löschen. Es erwies sich das Gegenteil. Ich loderte. Und er noch mehr.

Und die Herren Brandes und Korasmar, die fanden das gut?

Nicht nur als Väter. Wenn ich über ihren Handel was wissen wollte, hörte ich immer nur »Import-Export«. Und irgendwas in Sachen Sicherheit. In Terrorzeiten, hieß es, geht nichts über Sicherheit. Die Väter verstanden sich blendend, und zwar so sehr, dass nach dem Abi bei meinem Flug von Berlin nach Hamburg, dass da im Sitz neben mir Prinz Tansel Platz nehmen konnte, der Juniorchef. Lernte mich zufällig schon mal vor Beginn der Party kennen. Woher wohl kamen die Daten zu meinem Flug, zu meinem Sitzplatz? Und so läuft das noch jetzt. Ferngelenkt. Tansel ist meist bestens informiert. Irgendwann findet er mich auch hier. – Sie blickte sich um, als sähe sie ihn bereits.

Oh, Harry, dieser Süße. Wärst du schwul, auch du wärst ihm verfallen. Wenigstens mal kurz, für eine Nacht. Dann allerdings müsste er dich wahrscheinlich umbringen. Weil schwul für diese netten Menschen unmöglich ist. Und obwohl mein Bilderbuchmann in fast allem irre begabt ist, auch, und vor allem, pardon, beim Entscheidenden. Mich jedenfalls hat er überzeugt. – Sie funkelte ihn an, belustigt. Schien ihn nun mit ihren starken Braun-Augen zu prüfen, als müsse sie, bevor sie weiterredete, wissen, wieviel er ertrug. Sah sich um, beugte sich dann weit zu ihm vor, ziemlich dicht. – Dir kann ich so was hoffentlich sagen. Legst ja Wert auf Künste und Kenntnisse. Freund Tansel war nicht bloß amüsant. Auch lernfähig. In allem. – Nahm einen langen roten Schluck aus dem dickbauchigen Glas.

Nur tags, leider, gab's Probleme. – Welche? – Er meinte zum Beispiel, mich ausführen, mich vorführen zu müssen in Schickeria-Restaurants, dort, wo die Barbies hocken, Botoxpuppen, der Lifestyle mit Pokerface und rasierten Beinen. In jeder Weise das Gegenteil von dem, was ich hier so sehe. Am liebsten zog er ins *Eleganza*, sündhaft teuer, schon beim Reinkommen im großen Aquarium dies wunderbare Vielgliedertier, der Zehnfußkrebs mit mindestens zehn zehnfach zerteilten Gliedern und Fühlern, grauweiß gemustert, sogar die Augen auf langen Stielen, ein Bewegungswunder, das stolzierte da elegant über den Sand, die Steinbuckel rauf und runter, wurde aber plötzlich gepackt und kam ins kochende Wasser. Für Tansel. Weil er vor den Augen seiner Neuen vom Gliederwunder das Hinterteilchen verspeisen wollte.

Und du? Hast protestiert?

Bin rausgerannt. Er hinterher. Mein Master of Desaster.

Hast aber bei denen gewohnt.

Gleich beim zweiten Besuch mehrere Tage. Mein Hauptfehler.

Er spricht deutsch?

Perfekt. Kam schon als Kleinkind an die Elbe. Eines Tages entdeckte ich, dass unter allen Frachtschiffen Europas noch immer ein Segler fährt. Ein letzter Frachtsegler. Und dass dieser Frachtsegler nicht nur in Hamburg liegt, sondern, halt dich fest, *Undine* heißt. Auf dem wollte ich natürlich fahren. Jungen Leuten wurde das sogar empfohlen, aus pädagogischen Gründen, zum Zusammenraufen, zum wirklichen Kennenlernen. »Um sich selbst zu begegnen«. Tansel fand das unmöglich. Wenn ich irgendwo exquisit fahren wollte, dann doch bitte nicht so kläglich, *Undine* habe bloß Platz für 45 Tonnen, elend, er könne mir schwimmende Hochhäuser vermitteln, Fünf-Sterne-Traumschiffe mit dreihundert Metern Länge und allem Komfort. Inklusive Superküche für Gliederwunder. Ach, der Segler *Undine*. Der hatte für Tansel und mich die passende Tour. Den Test, ob unter uns beiden nicht jeder Kahn absaufen müsste.

Über Tansel, sagte die Berlinerin, könnte sie Haarsträubendes erzählen. Nicht nur von Gliedertieren oder Undinen. – Gleich in meinem ersten Semester in Berlin tauchte auch er dort auf. Er studiere jetzt an der TU.

Und was?

Märchenkunde. Er finde mich einfach märchenhaft.

Ist das so ganz falsch?

Ihr seid doch alle gleich, ihr Luftnummern. Sobald es um Frauen geht, seid ihr die lächerlichsten Windbeutel. Wann immer ich den Junor fragte, was er wirklich studiere, platzten Luftblasen, »Volkskunde«, »Kommunikation«. Schließlich immerhin »Volkswirt«. Fand ich ähnlich informativ wie »Import-Export«.

Und du, ganz klar, hast dich kein bisschen verehren, begehren, studieren lassen.

Oh Harry, sag's nur. Kapierte einfach zu spät, dass er aus einer anderen Gegend kommt. Gab sich ja betont hanseatisch, kreuzte auf im Lamborghini. Kam als Hanseprinz, als Alstergockel. Und hatte bis dahin Mädels, die es mit Tricks in viel zu enge Jeans schaffen oder hinter braune Visagen. Hinter Silikon-Titten. Die nicht Ökowein trinken, sondern Champagner Rosé, Hauptsache teuer. Seine Letzte hieß Lola. Ich sei seine verbesserte Lola. Firlefanz in Permanenz. Und ich sein neuester Zickenzauber. Wir würden, tönte er und ich hab das 'ne Weile geglaubt, blendend zueinander passen, schon wegen der Namen. Überflutung liebt Überflutung. Hielt nicht nur mich für einzig, sondern vor allem sich selbst. Ach, er sah ja auch blendend aus. Und war, wie gesagt, gelehrig. Sorry, nun red ich mit dir wie mit der besten Freundin.

Danke fürs Vertrauen. Wir Indianer müssen ja nun auch zusammenhalten. Du bist ihm abgehauen, hast ihn getäuscht. Und liebst in Wahrheit deine Mi, sagt Irene. Und obendrein deinen Ami, diesen Bob, oder?

Mi findet er endgültig unmöglich, Sex zwischen Frauen. Für ihn ist Schwulsein ein Abgrund. Mi wird übrigens kommen, Ende Mai. Da lernst du sie kennen, mein hauptsächliches hauptstädtisches Miststück. Sieh dich vor, die ist heftig deftig.

Und was lief mit Tansel in Berlin?

Fand raus, in welche Kurse ich ging, in welche Seminare, Übungen. Tauchte da einfach auf, als Kontrolletti, klar. Da passierte zum Beispiel Folgendes. Bei den Politik-Leuten ging's am Beginn des dritten Semesters um »Menschenrecht und Stammesgesellschaften«, Spezialthema des großen Hegenbarth. Bob erklärte, das beträfe durchaus auch meinen Prinzen. Gleich beim ersten Termin war die Aula rappelvoll, wie beim Hegenbarth schon immer. Ich saß neben SnobBob, und dann …

… erschien der Prinz? Sag mir vorweg was über Bob.

Bob stellte mir gleich zu Beginn Fragen, die ich nicht beantworten konnte, Fragen zu Afghanistan, Irak, Iran, Palästina. Es heißt doch, US-Leute kennen außerhalb ihrer Staaten wenig, wissen schon in Europa kaum Bescheid, Bob aber ist ein As, und mir dämmerte, dass es auch andere Kontakte geben kann als zu Lamborghini-Hengsten. Goldberg steuert einen süßen alten VW-Käfer, grün, mit schwarzem Verdeck. Auch Irene kam bei Bob wieder in Laune. Und hoffte, über dem Bob würde ich den Türken vergessen.

Bob studiert Politik?

War einer der Assis des großen Hegenbarth. Hatte Politik studiert und Literatur. In diesem dritten Semester sollte es also um moslemische Gesellschaften gehen, in denen bekanntlich Familie, Sippe, Stamm und Religion die Hauptrollen spielen und nicht individuelle Rechte und Freiheiten, womöglich für Frauen. Und da erschien nun auch mein Alsterprinz und Volkswirt und dann passierte es. Er kam bisschen zu spät, Hegenbarth redete schon. Mein Schöner blieb neben der Tür, für alle gut sichtbar, blickte sich suchend um, fand dann noch einen Platz, vorn, vor der ersten Reihe. Der Juniorchef auf dem Fußboden. Und der große Hegenbarth, laut Bob ein Uralt-Achtundsechziger, schütteres Langhaar, VIP und eitel, stets scharf auf interessantes Äußeres, kaum hatte der den Tansel gesehen, der sich da vorn hinhockte, da ging der auf den Ärmsten zu, in der Hand ein Stück Kreide, und bat den jungen Mann, er möge doch bitte mal an die Tafel schreiben, wie unsere Verfassung beginne, »bitte deutlich lesbar«.

Hm. Möglicherweise sinnvoll bei Übungen mit Anfängern.

Aber mein Schöner konnte nur scheitern.

War wohl auch boshaft vom Hegenbarth, wieso greift er sich einen heraus, der erkennbar war als Migrant.

Tückisch, das fand auch ich. Aber Bob hat's verteidigt. Tansel kriegt's oft zu tun mit Leuten, die dem Schönling Kante geben müssen. Mi sagt: Die konkurrente Männerharke.

Auf Mi bin ich gespannt. Wie lief das mit der Verfassung?

Mein Lover war in keiner guten Verfassung. Er nahm halt die Kreide, hielt die in der Hand, ging dann zur Tafel, drehte sich um, schaute zum Hegenbarth, zum Publikum. Da wurde schon blöd gekichert, einige säuselten »Würde!«. Und Tansel musste sich schließlich vom Prof fragen lassen, mit welchen Vorsätzen er eine solche Übung besuche und wie man sich erklären könne, dass ein Student der Geisteswissenschaften oder wie überhaupt ein Bürger im deutschsprachigen Raum und im ausgewachsenen Alter offensichtlich keine Ahnung haben könne von dem, was entscheidend sei fürs Zusammenleben nach westlichem Gesellschaftsideal. Kam noch allerhand saukluges Zeugs vom Hegenbarth, der putzte ihn arrogant runter, meinen Märchenprinzen. Kann denn nun jemand dem jungen Herrn beispringen? – Eine Blondine, Jeans, weiße Bluse, sprang bei, nahm die Kreide und schrieb's an die Tafel, schön lesbar. Würde des Menschen, unantastbar.

Und Tansel?

Ist aus dem Saal. Dunkelroter Kopf.

Hatte immerhin einiges riskiert. Dir zuliebe.

So isser. Riskiert ständig was. Stets auf Überholspur. Meist unnötig. Und so nervös, wie er ist, wird er auch rausfinden, dass ich kein bisschen in Florida bin, sondern hinterm Schwarzwald. Fliegt notfalls bis Gainesville oder surft so lange durchs amerikanische Netz, bis ins *German Department* an Floridas Staatsuni und weiß irgendwann alles.

Wieso hast du dich überhaupt auf ihn eingelassen?

Sie nahm einen neuen Schluck. – Weißt du das nicht mehr? He, Harry. Wenn Irene recht hat, dann warst auch du mal ziemlich entzündlich. Wie sagt sie? »Entflammbar«. Nicht bloß für Mozarts Don Juan oder ignorierte Freiheitsopern. Mann, he, ist halt verdammt umwerfend, wenn so einer dich begehrt. Ein so Anderer, Großzügiger, Schöner. Ein Spendabelbär. Und ums »Mich-Einlassen« ging es schon bald nicht mehr, nur noch ums wieder Freikommen. Von meinem, wie Mi sagt, elementaren Kurzschluss. Irene maulte, das passe halt zu Undinen. Die stolperten gern in »Gegenwelten«.

So sagt das die Juristin?

»Gegenwelt« hat sie bestimmt von dir. Aber jetzt will ich mal ehrlich sein, wenigstens hilfsweise. – Wieder beugte sie sich vor, obwohl rings viel geredet wurde und niemand an ihren Ehrlichkeiten interessiert schien. – Einem Oldie wie dir darf und sollte ich das getrost stecken. Seine Machotour, im Bett war sie weg. Die Mannesmann-Tour. Auch dies Wort hat Irene von dir. Mannesmann war wohl 'ne Ruhrfirma. Mutz sagt, Mannesmann-Tour, das hätte vor vielen Jahren ein gewisser Holterhoff in die Welt gesetzt, als Ruhrwort für Machismo. – Sie schluckte aus dem weiten Glas, kam ihm dann wieder näher. – Mannesmann Tansel jedenfalls war erstaunlich mobil. Spielfreudig. Und das beweist, auch mit Kerlen in uralter Mannestradition muss nicht alles aussichtslos bleiben. Selbst Molche und Windhunde erweisen sich als wandelbar. – Sie balancierte das große Glas mit dem Spätburgunder und glitzerte ihn an.

Um es abzukürzen, am Ende wollte er präzise das, was ich wollte. – Ihre Vergnügtheit zielte nun mitten in sein Knittergesicht. – Pardon. Jetzt rede ich mit dir ungeschützt, wie mit Mi. Wollte dir eigentlich nur sagen, dass die ersten Fehler in Sachen Tansel von mir kamen. Anfängerfehler. Einfach scharf zu sein auf den Typ. Gelegentlich erklär mir doch mal, warum seit je vom besten Mannesalter geredet wird. Wieso nie vom besten Frauenalter. Und du solltest wissen, dass meine Fehler weitergingen, nun mit Bildungsdünkel. Wollte ihm demonstrieren, dass für mich anderes wichtig war als Rennwagen oder Lifestyle. Und bat meinen Großen Alexander, ein Buch zu erwerben, ein sauschönes, einen imposanten und teuren Klassiker, als Geschenk für den Schönling. Und Alex war sofort bereit. Kaufte mir eines der wunderbarsten Bücher, die je in Hamburg entstanden sein dürften, Shakespeares *Venus und Adonis*, handgeschöpft und handgemalt von der Verlegerin und Autorin Roswitha Quadflieg. Prachtpräsent für meinen Prinzen, als er siebenundzwanzig wurde. Undine als Bildungsschnalle. Vorn ins Wunderbuch schrieb ich ihm einen der Venusverse, warte, nun weiß auch ich mal was auswendig. – Sie senkte den Kopf, konzentrierte sich. – *O learn to love, the lesson is but plain.*

And once maid perfect, never lost again. – Sah ihn eine Weile lauernd an und raunte dann ins Rotweinglas. – 1593! »Oh lerne lieben! Leicht nur ist die Müh'. Und kannst du's einmal, du vergisst es nie.«

Dann war's mit Tansel aber anfangs doch auch schön?

Anfangs sah sogar Irene alles positiv. Als ich mit ihm aufkreuzte am Pankower Weg, gleich im ersten Semester, war sie beeindruckt. Hochgewachsen, schlank, redete kein Türkkanak, sondern charmant schwingendes Norddeutsch. Auch für Irene ein echter Hecht, jedenfalls auf den ersten Blick. Und auf den zweiten immer noch, denn der Hecht kannte ja unseren Alexander und alle sogenannten besseren Kreise an Alster und Ballindamm. Mutz sah womöglich schon, wie ihre Göre Champagnerflaschen gegen Traumschiffe knallte. War sichtlich froh, dass ich keinen Sozialfall aus Neukölln angeschleppt hatte.

Und wieso fliehst du ihn nun?

Weil ich vereinnahmt werde. Nicht nur von Tansel. Von seiner Sippe. Von diesem erfolgreichen, von diesem entzückenden Import-Export-Klan. Zutiefst von Mama Yasemin. Die drückte mich bei jeder Begrüßung so an ihren breiten Busen, dass mir schon körperlich klar war, die Korasmars hier, die lieben mich alle gemeinsam, unter Mamas Fuchtel. Die sehen mich als kollektive Eroberung. Auch die vier Töchter, eine süßer und pfiffiger als die andere. Schon nach der ersten Übernachtung in der Elbvilla war ich so was wie ihre gemeinsame Errungenschaft. Und Tansel und ich ab jetzt unter Aufsicht. Anfangs unter wohlwollender. Und Junior hatte Ideen, entwickelte kühne Pläne, schleppte mich in Foto-Studios, phantasierte mich auf Laufstege, in Schickimicki-Karrieren, Mann, Harry, das war Narkose.

Und dann kam Bob?

Der war schon auf der ersten Party. Und erschien dann auf jeder. Sonnyboy aus Santa Barbara. Ist zum Glück nicht bloß sonnig, sondern bisschen heller als der Prinz. Brachte mich zur Besinnung.

Ganz und gar uneigennützig.

Kannte die Korasmars seit langem. War befreundet mit denen.

Auch Bob ahnt nun nicht, wo du steckst?

Auch dem trau ich zu, dass er's rauskriegt. Und das wäre das kleinere Übel. Oder gar nicht so übel. Mit dem hockte ich am Ende in Santa Barbara, am Pazifik.

Darfst nun also wählen zwischen Feuer und Flamme?

Wählen ist nicht mehr möglich. Das ist mir klar seit Anfang April. Damals rief Irene bei mir an.

Ende März teilte Tansel mir mit, in vierzehn Tagen kämen seine Eltern nach Berlin. Und die würden sehr gern auch meine Irene kennenlernen. Da nahte Horror. Der Horror, der Familie heißt. Tansels Eltern planten Verlobung. Ein exotisches Fest. Grauenvoll zielgenau. Panik. Zum Glück jedoch kannte Irene einen uralten Onkel hinterm hintersten deutschen Hinterwald. Prost oller Onkel!

Sie hob das gut klingende, das inzwischen zum dritten Mal gefüllte Glas. Trank und meinte dann, er solle nun nicht etwa glauben, sie hielte nichts von Türken und anderen Exoten. Tansel trage schwer an seiner Sippe. Der Juniorchef stehe unter Druck. Müsse nicht nur geschäftlich Leistung bringen, auch privat. Hätte heimlich versucht, im Libanon eine Alternative zu finden für sich und sie, spinne da eine Art Wolkenkuckuksheim, fasele von einer Traumwohnung am Mittelmeer, in Beirut. – Auch ihm wurde es eng mit der lieben Familie. Es wurde alles immer komplizierter. Am Ende beängstigend. Wann immer ich mit Irene in Essen war, sind wir rüber, zu den Zauberstücken der Pina Bausch. Bei denen hätte ich zu gern mitgemacht. Aber mit einem wie Tansel nun undenkbar. – Beugte sich wieder vor. Holterhoff vermutete neue Enthüllungen, blickte sich gleichfalls um, hörte dann aber, wie sie ihn fragte, ob es möglich sei, mitzuwirken in der Freiheitsoper.

Wie bitte?

He, ich brauche Schlupfwinkel. Tarnungen. Solche, die wirklich funktionieren. Hinter Opernkulissen sucht der mich nie. Bei deinen Fachleuten gestern, da ging es ständig um Zusatzkräfte, um »Extrachöre«. Die müssten verstärkt werden, das »Volk« sei am wichtigsten in diesem Spiel, und zwar junges Volk. Wo finde man heute noch opernfähige Youngster. Wenn ich alles richtig verstanden habe, wart ihr euch einig, im Aufruhr 1848 spiele nun mal das Volk die entscheidende Rolle, und zwar junges. Da gebe es Doppelchöre, Chor mit Zusatzchor, mit rabiatem Extrachor, das waren gestern eure ungelösten Probleme. 1848 sei Freiheitswut keine »Alteleutekiste« gewesen. Das hab ich doch noch im Ohr. Wie stöhnte die Dramaturgin? »Schluss mit der Zahngoldoma in der dritten Reihe.«

Nun war es der Alte, der »Wow« sagte. – Als Versteck also nicht nur Freiburg und *Eisvögel*? Auch 1848? Und ist ja wahr, im Operngedöns lauert die Basis alles dessen, was du studierst. Urdeutscher Gemütsmüll. Stimmt, da sucht dich dein Stalker zuletzt. Ich telefoniere mit der Dramaturgin. Werde dich anpreisen als Revoluzzerin, blendend blond. Freiheitssüchtig.

Die hat mich ja gesehen. Sag ihr, ich agiere überzeugend widerspenstig, aufsässig, rebellisch. Was immer sie brauchen.

Obwohl das 1848er-Stück keine Revoluzzerei will, sondern das Schwierigere.

Hab ich kapiert, Erklärbär. Deine *Regina* inszeniert das viel Kompliziertere: Freiheit.

Es ist nicht meine Oper, es ist Lortzings. Freiheit sollte sein für »alle«, für »Arbeiter von allen Klassen«. »Frei geboren sind wir alle« singt da der Robert Blum. Nicht Freiheit bloß für Banker, die, wenn sie Milliarden in die Pleite kippten, Millionen Abfindung kriegen und mindestens 500.000 Pension, notfalls von uns Eseln, von uns Steuerzahlern.

Was du »Kapital-Verbrechen im Wortsinn« nennst. Du siehst, ich hör dir genau zu.

Schon 1848 sollte in *Regina* gesungen werden: »Hinaus mit jedem schlechten Rat, der nie des Volkes Wohl vertrat, der, mit gestohlnem Glanz umhüllt, nur stets den eigenen Säckel füllt.«

Wieso wundert dich, dass deine Oper auf keine Bühne kam?

Nochmal, es ist nicht meine, auch wenn ich mich noch so für sie einsetze. Aber jetzt sieh dir mal dieses Licht an, Abend für Abend macht der Himmel hier eine Feuer- und Untergangsoper.

Beim Heimweg schien das goldfarbene Abendlicht schräg die Allee herauf in die riesigen Lindenbäume. In guter Stimmung bummelten sie durch die Seitensträßchen des Vauban, durch Kinderspiele, Nachbarschaftsrunden, Zeugnisse eigensinnigen Wohnens unter den vorgegebenen geraden Linien. Die ließen sich hier immer wieder neu und bunt umspielen von blühendem Grün und wechselnden Hausbau- und Bauhausideen. Zwar in den Grundlinien der Kasernen, aber voller wechselnder Ideen, je nach Wohngruppen mit Varianten des Zurückweichens oder Vorspringens ins Gegenteilige.

Legte ihm den Arm über die Schulter. – He, Glück für mich, Pech für dich: Hier gefällt's mir.

Rückblick: Notizen 26. April 2010 Seit zwei Tagen deckt Frau Siebenrock für zwei Personen, auch heute auf dem Morgenbalkon, unter klarem Sonnenhimmel. Die Berlinerin erscheint in Mini-Jeans. Die Schrift auf ihrem engen schwarzen T-Shirt, exakt über den Rundungen, teilt mit: »Geist ist geil.« Nach erstem Schrecken beschließe ich, nicht zu reagieren. Oldie Harry, beruhige dich, diese hier ist einfach ein schöner Mensch. *O learn to love.* Welch ein Vorzug, bei ihr gelernt zu haben. Tansels Brennen für sie, ist das so schwer zu kapieren?

Schiebe die Zeitungen zur Seite und sage, inzwischen hätte ich mit dem Theater telefoniert. – Die freuen sich, du sollst dich melden, am besten noch heute. – Noch heute, sagt sie. – Während sie wieder ihre Sorte »Kirschtorte« schichtet, will sie wissen, ob es nicht auch über Undinen Opern gebe. Irene habe da manchmal was gesungen.

Von dem, der 1848 die Politoper machte, existiert auch eine über Undine. – Worum dreht die sich? – Um die Natur des Mannes als Naturkatastrophe.

Sie kaut. Wiederholt dann leise: Die Natur des Mannes als Naturkatastophe. Gefällt mir. Ich sollte Undinen studieren.

Am Ende siehst du womöglich dich selber neu. – Und brumme

dann dies und jenes vor mich hin. Der Komponist von *Undine* und *Regina* sei Berliner gewesen und der erste Musiker, der seine Operntexte selber schrieb. Obwohl Berlins Theater mit seinen komischen Stücken hundert Jahre lang viel Geld gemacht hätten, sei dort von den drei Opernpalästen komplett ignoriert worden, dass Lortzing 2001 zweihundert Jahre alt wurde.

Natur, murmelt sie. Natur des Mannes.

Wohl wahr. Auch der Kunstbetrieb ist Natur. Haifischbecken.

Sie schichtet und isst und will wissen, wie die *Undine* des 1848ers endet.

Im Finale ist große Angst. »Es rast der Sturm, die Mauern stürzen ein. Allmächtiger, du mögest gnädig sein.«

Sie, zwischen zwei Kirschhappen: »Allmächtiger«?

Unter allen Hilfsnamen für das Unsagbare gefällt mir dieser Name am ehesten. Lässt wenigstens Dimensionen ahnen. Den Macher von Atomen wie Universen. – Und brummele weiter, inzwischen müsse der »Allmächtige« aber auch Fußballspiele regeln. – Mal trifft er für Dortmund, mal für Schalke. Und hüben wie drüben danken ihm die Spieler mit Handkuss. Ähnlich eng inszenierte man zuletzt *Undine*. Kürzte alles Entscheidende weg. Die Oper endet in »Kristallgewölben« und dort, in der Urwelt, da träumen und hoffen Lortzings Elementarwesen vom »ewigen Frieden«, beschwören den anhaltend. Und, wie man weiß, anhaltend vergeblich. Und wenn der *Regina*-Macher 1848 einen Arbeiter singen lässt, »leiden soll kein Mensch auf Erden«, dann ließ Büchner wenige Jahre zuvor seinen »Lenz« sagen: »Ich aber, wäre ich allmächtig, wenn ich so wäre, ich könnte das Leiden nicht ertragen. Ich würde retten! retten!« Auch Büchner musste dann erst umständlich ausgegraben werden.

Rückblick: 3. Mai 2010 Erstaunlich rasch fand sie Zugang zur kleinen Großstadt hinter dem Schwarzwald, Zugang zu den *Eisvögeln* wie zum Extrachor in der unbekannten, aber real existierenden

Freiheitsoper. Und in der Universität zu Politik, Geschichte, Deutsch.

Bei den nächsten Treffen auf dem Morgenbalkon beschrieb sie Dozenten. Bewertete auch die mit Entschiedenheit. Für einige schien sie sich zu erwärmen, für einen sogar zu begeistern. Kritisierte andere aber sehr, sprach von Autisten. Und fand im Keller des Alleehauses 77 das Fahrrad der Olga Lenzen, rot, verstaubt, luftlos, aber alsbald nutzbar, fuhr im sommerlichen Wetter nicht mehr mit der Stadtbahn, sondern mit dem Rad zu den Sportstätten wie zu denjenigen Dozenten, die sie kompatibel fand. Auch im Opernhaus spielte sie auf Anhieb und herzhaft mit, besonders gern zu den Gesängen der »Arbeiter von allen Klassen«: »Nun kommt der Freiheit großer Morgen!«

Rückblick: Notizen 4. Mai 2010 Beim heutigen Morgentreff baut sie wieder Quark-Früchte-Schichten, isst und erzählt, was sie gestern beobachtet habe beim Heimkommen in der sommerlichen Abenddämmerung. Da habe auf der breiten Vaubanallee ein kleines Mädchen gestanden, wohl sechs Jahre alt, im bunten Schlafanzug, barfüßig, habe zu einem Fenster hinaufgeschaut und gerufen, zum Hochparterre hinauf, wo die Rolläden schon runtergelassen waren, von wo dann aber eine Kinderstimme geantwortet hätte: Ich komm!

Dann sei ein kleiner Junge über die Außentreppe herunter und durch den Garten auf die Straße, gleichfalls fünf oder sechs, kam wohl direkt aus dem Bett, die Eltern nicht zu Hause, am Leib nur ein knappes blaues Frottéhöschen, rannte zu dem Mädchen im Schlafanzug, die klatschten ihre Hände gegeneinander und hüpften die Allee hinauf, warfen die Arme hoch, fassten sich im Rennen an den Händen und kreischten Schritt für Schritt »He!« und nach dreimal »He!« zu einem extra langem Sprung »Hau!«, dann wieder dreimal »He!« und wieder »Hau!« und bogen nach links ins Georg-Elser-Sträßchen. Sie, die Fremde aus Berlin, sei vom Rad, um sich das anzuschauen, was sie für undenkbar halte in Berlin oder Hamburg. – Von fern immer noch die Kinderrufe, das Jubelgejuchz ging ganz um den Elser-Block herum, dann kamen sie wieder zur Allee mit HeHeHe! und Hau! Am Schluss über die Gartentreppe hinauf ins Haus. Und still war's. Da hab nun auch ich fast sagen müssen »zum Heulen schön«.

Oh dieses Freiburg, seufzt sie. Eigentlich zu schön. Und, als müsste sie von ihrer Rührung weglenken: Und viel zu heiß. – Redet von der Hitze unter langem Haar, sie benötige Lüftungstechniken. Greift sich hinter den Kopf, hebt das Haar und bindet es mit einem schwarzen Band so, dass Nacken und Hals frei bleiben. Der hohe schmale Hals. Nun ungeschützt?

Notizen, 13. Oktober 2010 Anruf aus Karlsruhe. Jörg Eggendörfer. Ob es mit meinem Bericht gut vorwärts gehe. Bislang, sage ich, wisse ich nicht, aus welcher Sicht das, was passiert sei, zu schildern sei.

Eggendörfer schweigt, denkt nun gewiss nach über die richtige Sicht. Sagt schließlich, vorweg müsse man schon jetzt ein paar Einzelheiten wissen, Dinge, die mir womöglich nebensächlich erschienen. Nämlich welche Tatbeteiligten bei der Theaterpremiere anwesend waren. – Nennen Sie bitte die Namen.

Alle drei »Tatbeteiligten« waren im Theater. Bob Goldberg, Tansel Korasmar. Alexa Undine Brandes.

Es heißt, die Oper besuchten auch die Eltern des Korasmar.

Tansels Eltern sind, so viel ich weiß, keine Tatbeteiligten. Das sollten Sie mir sonst erklären. Die Korasmars waren aus Hamburg gekommen, weil sie ihre Schwiegertochter auf der Bühne sehen wollten, die Brandestochter.

In der Begleitung der Korasmars war Doktor Brandes?

Kam aus Berlin. Ebenfalls kein »Tatbeteiligter«. Soviel ich weiß.

Wer nahm teil an der Premierenfeier? – Anfangs alle. – Die fand statt im Opernhaus? – Im »Winterer-Foyer«, benannt nach einem Freiburger Bürgermeister. – Von dort entfernten sich die drei?

Kurz nach der Dank- und Lobrede der Intendantin, die noch mal sehr schön das Einzigartige der Freiheitsoper herausgestellt hat. Ja, dann haben sich die drei jungen Leute verzogen. Wollten sich mit mir treffen.

In Ihrer Wohnung im Vauban?

Die im Sommer auch die Wohnung der Undine Brandes war. Wo sie dann auch im Wintersemester wieder hätte wohnen wollen.

Ungefähr um welche Uhrzeit zogen sich die drei zurück? – Etwa eine Stunde vor Mitternacht. – Sie folgten ihnen wann? – Etwa um Mitternacht. – Warum erst eine Stunde später?

Undines Mutter hatte mich aufgehalten, Irene Brandes, meine Nichte, die ich lange nicht gesehen hatte. Dann wollte auch Korasmar Senior mit mir reden, wollte sich bedanken. – Bedanken? Wofür? – Seinem Sohn Tansel sei ich ungewöhnlich freundlich begegnet. Als dann auch Alexander Brandes dazukam, ging's um Geschäftliches, und ich verzog mich. – Um welche Geschäfte ging es? – Um Dinge, die ich nicht verstand. Neue Technologien in Sachen Ortung, Orientierung. Das interessierte mich nicht, und die Korasmars und der Politiker wollten auch noch woanders hin in Freiburg, in ein Hochrestaurant am Hauptbahnhof, mit Blick über die Stadt.

Es heißt, in der Oper *Regina* gehe es um Politisches. Wurde über die Oper geredet?

Opernbesucher reden nie über Opern. Höchstens über diesen oder jenen Mitwirkenden und sein Organ. – Sein Organ? – Pardon, seine Stimme. Reden so gut wie nie über das Stück, also über die Gründe, weswegen die Stimme so sehr hatte erhoben werden müssen. Weshalb also eigentlich gesungen wird. Manchmal reden sie über die »moderne« Regie. Fast immer aber darüber, wo man nun noch »gemütlich« was trinken, was essen könnte.

Fiel im Gespräch mit Brandes ein Firmenname?

Das Gespräch interessierte mich so sehr, dass ich Namen, wenn da welche zu hören gewesen wären, sofort vergessen hätte. Ich wollte nun auch dringend zu den drei jungen Leuten in meiner Wohnung. Hätte ja sein können, die redeten tatsächlich über das Stück. – In dem alle drei mitgewirkt hatten? – Nur Bob und Undine. Tansel Korasmar war Zuschauer gewesen, nahm aber sehr Anteil. – Woran nahm er Anteil?

Daran, dass die Oper eine Dreieckssituation bot. Die seiner persönlichen Lage sehr nahe kam. Eine Frau zwischen zwei Männern. Eifersucht und Politik.

Was am Politischen interessierte den Täter?

Versöhnung der Gegensätze. Zwischen oben und unten, arm und reich. Insider und Outsider. In *Regina* kommt es zu einer Verlobung zwischen Fabrikantentochter und Vorarbeiter. Tansel interessierte besonders die Rolle des Wortes »Waffen«. Das ist tatsächlich in *Regina* auffallend oft zu hören.

Welche Rolle spielt da dieses Wort? Nach Ihrer Meinung? – Die Rolle der Gewalt. – Danke, Herr Holterhoff, das scheint alles schon wieder recht hilfreich. Gutes Gelingen beim Erstellen Ihres Berichts.

Rückblick: 5. Mai 2010 Den Georg Harry Holterhoff irritierte, dass seine alte Haut seit kurzem immer mal wieder Haut berührte. Nur rasch, aber real. Ihre Finger in seiner Hand, ihre Hand an seinem Arm, auf seiner Schulter. Ab und zu ihr großer Mund auf seiner Bartbacke. Fremdhautkontakte.

Schon nach den ersten Tagen schien klar, dass sie sich kein Zimmer suchen müsste. Schon ihr Erscheinen auf dem Morgenbalkon, ihre lebhafte Präsenz in seinem gut eingewöhnten Tagesritual, ach, diese Irenentochter war ihm von Grund auf willkommen. »Kein Gehirnraubtier«, notierte er sich.

Sie nutzte nun Olgas Fahrrad und überraschte ihn mit der Überlegung, dass die Romantiker ja wohl nie Rad gefahren seien. In der Fahrradstadt Freiburg könne sie sich das endgültig nicht vorstellen. – Denk dir, Goethe und Schiller: Nie auf einem Rad! Und dann die Romantiker, niemals! Ist das nicht skandalös?

In Heiterkeit sah er sie dann die Allee hinauffahren, oben beim

Elser-Denkmal bog sie nach links ab. Manchmal erst hinterm Quartiersladen. Kaufte auch gern noch was beim Bäcker Benny. Zurück kam sie meist in der Nacht. Er war fast immer eingeschlafen, hatte nichts gehört, obwohl in seinem Wohnteil fast alle Türen und Wände fehlten. Nein, er habe nichts bemerkt, auch wenn sie am Morgen beteuerte, sie sei noch beim Kühlschrank gewesen.

Der Greis hatte beschlossen, seiner Großnichte diese Zeit in Freiburg so problemlos wie möglich zu machen. Würde ihm jemand gesagt haben, dass er sich auf verkappte Weise verliebt hätte, würde er das empört zurückgewiesen haben. Um dann vergnügt zu schmunzeln.

Rückblick: Notizen 12. Mai 2010 Im Traum seh ich sie fliegen. Halb liegt, halb sitzt sie in der Mitte einer kreisrunden Pizza, wie auf einem fliegenden Teppich, bestens gelaunt. Hockt in der Mitte meiner Lieblingspizza, ich erkenne die Kapern. Und die große schräge Scheibe dreht sich in grandioser Langsamkeit, wie zum Wiener Walzer die Raumstation in *Odyssee im Weltraum*.

Auf dem Morgenbalkon erzähl ich ihr das. Sie muss lachen, auch das gefällt ihr. – Ich in der Mitte deiner Träume? Unerhört. Was du so alles quinquilierst. Hat sich die Pizza tatsächlich gedreht?

Flog und drehte sich majestätisch langsam. Drehte sich um dich. Wie jetzt alles hier, oder?

Gut gelaunt schichtet sie Weißes und Rotes. Im sommerlichen Morgenlicht sehe ich an ihren Schultern Spaghettiträger, denke gerade noch nach über das Wort »Spaghettiträger«, da fragt sie ohne Vorbereitung: Irene sagt, du hattest Krebs?

Reagiere schnell mit »Ja«. Hab das Thema wohl abschütteln wollen. Sage dann aber, weil ich nicht kneifen will: Das ominöse Innending ist raus. Komplett raus.

Das Innending?

Dieses folgenreiche Ding, das dem Männersamen die Transportflüssigkeit liefert. Ist weg, seit fünf Jahren. Keine Komplikationen.

Ein Mediziner hat mir mal erklärt, dies Ding mit dem ulkigen Namen, das säße eng zwischen allen möglichen anderen Organen. Wäre ohne Beschädigungen nur schwer entfernbar.

Mein Freiburger Entferner war in Hochform. – Ich schlucke vom *Morgentau.*

Und? Fühlst dich wohl? – Ich nicke, will mutig bleiben und ergänze: Fühle mich nicht mehr reduziert, auf die simple Mechanik. – Aufs Rein-Raus? – Und nicht mehr auf die entsprechende Richtung. – Auf welche Richtung? – Auf die, die weltweit, auch bei Frauen, als männlich gilt. Auf dieses schräge Empor. Auf die Richtung nach oben, auf die Richtung der Gewehre und der Gitarren. Der Kruppkanonen und des Hitlergrußes. Heldenrichtung. Freie Fahrt und kühner Blick. Beim hospitalistischen Gitarrengewichse kann ich diese Richtung nur noch selten ertragen, müssen schon sehr gute Musiker sein.

Und nun? Die Lust, die Freude?

Siehst doch, wie gut es mir geht. Welch dreiste Träume ich produziere.

Ja. Und ich mittendrin.

Danach wieder, beim Weggehen, ihr warmer Wangenkuss. Die Backe über dem Bart, über der »Kussbremse«, die hab ich jetzt rasiert. Oh Holtermolch.

Notizen, 14. Oktober 2010 Kommt heute, genau zwei Wochen nach der Tat, wieder ein Anruf aus der Residenz des Rechts, nun Jonathan Merz, abermals mit penetranten Fragen. Mit wie viel mehr Misstrauen, mit wie viel weniger Naivität ich die Anmutung Undine hätte begleiten dürfen in der »Idylle« Freiburg.

Merz erkundigt sich nach meinem Wohlbefinden und fragt dann ebenfalls, ob meine Rekonstruktion der Vorgänge Fortschritte mache. Fortschreiten, knurre ich, kann man auch im Nebel. – Im Herbst ist

Nebel typisches Freiburger Wetter. Kann wochenlang dauern. Unten im Rheingraben die kalte Nässe. Auf den Tausend-Meter-Höhen Wärme und Fernsicht, furioser Blick bis zur Alpenfront.

Was, bitte, wissen Sie über Doktor Brandes?

Was Sie garantiert viel besser wissen. Lebt in Hamburg. Laut Undine einer von denen, an die man kaum herankommt.

Sie wussten, dass Brandes in der Berliner Administration als graue Eminenz gilt? Als entscheidende Figur in Sachen Sicherheit?

Muss ich verpasst haben.

Seine Tochter traf sich mit ihm wiederholt in Hamburg.

Soll vorkommen, dass eine Tochter den Vater trifft.

Was erzählte sie Ihnen von diesen Treffen?

Von Partys erzählte sie. Vom Politiker nichts. Nur, dass Brandes sich gern mit ihr zeigte. Dass er ihr ein wertvolles Buch schenkte, damit sie das dann schenken konnte an Korasmar junior. – Ein Buch worüber? – Über Liebe und Schönheit. Shakespeare.

Was meinen Sie, warum veranstaltete die erfolgreiche Familie Korasmar für Vater und Tochter Brandes »orientalische Feste«?

Ist daran was schlimm?

Die Fragen, erlauben Sie, stelle ich. Der junge Korasmar sagt uns, er habe mit Ihnen ausführlich über alles reden können. Bemühen Sie Ihr Gedächtnis, ging es da nie um die Treffen in Nienstedten?

Traf sich in Nienstedten Hamburgs Unterwelt?

Wie kommen Sie auf »Unterwelt«? Machten Ihre drei jungen Freunde entsprechende Bemerkungen? Was redeten die über »Alexander den Großen«? Auch über neueste Technologien?

Ist für mich alles von Herzen fremd und uninteressant. Und wenn Alexander Brandes tatsächlich »graue Eminenz in Sachen Sicherheit« ist, dann ist der ja wohl Ihr Vorgesetzter. Wer hätte sich dann um den zu kümmern?

Ich beende hiermit unser Gespräch. Aber unter uns: Höchste Zeit, dass Sie Ihre Interessen überprüfen.

Er legt auf, grußlos. – Wehe, was lief ab in diesem Sommer und hier in diesem Turm. Und ich begriff nichts. Und ahnte nicht, dass Irene ihre Undine aus einem Minenfeld hatte retten müssen. In das vermeintlich sichere Freiburg.

Rückblick: Notizen 14. Mai 2010 Diesmal erzählt sie auf dem Morgenbalkon nichts von Dozenten oder Eisvögeln. Baut und verspeist ihren Kirschturm, schaut mich dann erwartungsvoll an. – Zwei Fragen habe ich. Zuerst *Regina*. – Warum? – Gestern gab es vor und nach dem Schlusschor eine heftige Diskussion. Was eigentlich 1848 gemeint war mit der Formel, wonach wir alle im Finale des Stücks »Arbeiter von allen Klassen« seien. Ein besonders Schlauer meinte, offenbar sei schon 1848 das Ende des Klassenbewusstseins gekommen. Bevor es sich überhaupt habe bilden können. Da gab es Streit, und ich versprach, meinen Großonkel zu befragen, der sei Stellvertreter Lortzings auf Erden. Also, wie kam es damals zu so einer Formulierung?

Regina entstand 1848 in Wien, und auch und sogar in Wien liefen in Europas Aufruhrjahr heftige Diskussionen, zum Beispiel um die Frage, was wird mit dem Adel. Was machen wir mit diesen Herrschaften, nachdem sie endlich entmachtet sind? In Paris war das bekanntlich mit Guillotinen getan worden. In Wien aber wollte man nun human bleiben, erst recht ein Pazifist wie Lortzing. Und dann wurde in Wien öffentlich entschieden: Auch Adlige haben ein Existenzrecht, »jedoch nur, sofern sie arbeiten«. So ist das überliefert, wörtlich. Wohl aus dieser Diskussion heraus gibt der Autor und Komponist diese denkwürdige Anweisung für sein Finale: »Arbeiter von allen Klassen«.

So sag ich's unserem Extrachor. Und jetzt die andere Frage: Wie war sie, deine Olga?

Und da ich merke, wie ernst ihr auch diese Frage ist, stammele ich ein wenig, erzähle dies und jenes, und dann bewegt mich das plötzlich sehr. Und da kommt mir nun, ohne dass ich das noch lenken kann, ein Schwall von Erinnerungen, überstürzen sich Bilder und Worte, so dass ich unsicher werde, zumal unter ihren großen braunen Augen. Denn in Fülle fällt mir nun ein, was alles Olga Lenzen mir bedeutet hat, welches Glück ich mit ihr hatte.

Irene sagt, sie war keine Sozialmammi.

Stimmt. Nie Hausmutter, sondern hellwach und wunderbar wortwitzig. Für mich die Verkörperung von Geistesgegenwart. Und von Praxisnähe.

Zum Beispiel?

Ach, lies ihre Sachen. Wenn es zum Beispiel im Vauban nachts laut wurde, weil wieder mal die Halbgaren im ach so klugen Paradies nicht recht wussten, wohin mit Hormonen, Kraft und Alkohol, wenn nachts die Allee rauf und runter geschrieen wurde »Scheiß-Vauban!« und der Lärm nicht enden wollte und die ersten Scherben klirrten, dann war sie es, die hinunterging. Die reden konnte mit den Radaubrüdern. Und das konnte sie, weil sie die nicht als Pöbel sah aus den »schlechten Nachbarvierteln«, sondern weil sie mit den Kraftprotzen und Saufnasen wirkliche Gespräche führte, Gespräche unter Migranten. Sie als die Russlanddeutsche. Wobei dann die Dialoge gern ins Absurde kippten, ins von Olga geliebte Surreale, mit saukomischen Wendungen: »wir sind halt alle Sozialfälle«. Was sie mir dann gern erzählte, ach, der Schatz. Am anderen Morgen bin dann auch ich runter auf die Allee, um die Bierglassplitter zusammenzukehren. Wenn die Gefahr weg war, dann war ich immer ziemlich tapfer und half.

Hast sie geliebt.

Sagt sie, ohne Fragezeichen. Da kann ich mich dann nur noch ein wenig zur Seite drehen und nicken. Als hätte nicht längst Augennässe geantwortet. Im Alter kann ja sogar der Mann fast wieder weinen wie in Kinderzeiten.

Notizen, 13. Oktober 2010 Ein erster Brief aus dem Pankower Weg, handgeschrieben. »Nach und nach fällt mir ein, was ich alles geplant hatte in deinem Turm. Erstaunliches. Hast mir ja nun die Papiere geschickt, die Entwürfe. Literatur als Vorortgespräch. Als Vor-Ort-Gespräch. Und hast deine Wohnung manchmal Luftschiff genannt. Im Wolkenschieben waren wir unschlagbar, nicht wahr? Und was lief in Wirklichkeit? Wie gut, dass man nie seine Zukunft kennt.«

Rückblick: Notizen 15. Mai 2010 Sie gesteht mir, dass sie ihre Vorlesungen und Uni-Termine mit Absicht auf die Zeit nach zehn Uhr gelegt habe, weil die Morgengespräche auf meinem Hochsitz über den Dächern gute Starts böten und fit machten. Überhaupt, wenn es nach ihr ginge, müsse sich eine Universität als Gespräch realisieren und hätten Gedrucktes und Internet nur Hilfsdienste zu leisten. Nur als Gedächtnisstützen seien Bücher gut und auch der neue Schnickschnack aus Sankt Digitalien. – Das Lernen geht, finde ich, nur im Dialog. Und am besten in Vororten. Vor Ort.

Und was du jetzt gesagt hast, das sollte ich zu Papier bringen. Oder in meinem PC versenken. »Sankt Digitalien«? Das höre ich zum ersten Mal. So was ist doch festzuhalten, oder?

Rückblick: 16. Mai 2010 Mitte Mai hatte es zwei Tage und Nächte stürmisch geregnet. Das Flüsschen Dreisam machte sich mächtig groß und produzierte Torrentegetöse, turnte über Felskugeln durch die Stadt und aus der Stadt hinaus, dem Rhein zu. Und dann erzählte die Irenentochter, dass sie, als der Regen endlich nachgelassen habe, dass sie da mit einem befreundeten Dozenten, ja, mit einem Freund, gelegentlich werde sie den vorstellen, dass sie mit dem an der Dreisam hinaufgewandert sei bis weit hinter das Fußballstadion des SC Freiburg und von dort wieder zurück zur Uni, und die springenden Wellen hätten da eine so gut rauschende und rumpelnde Stimmung gezischt und geschäumt, dass in all dem Getöse ein sehr witziges

Gespräch möglich war. – Und zwar, denk dir, über Romantik. Und, halt die Luft an, über Opern. Sagenhaft gut ging das mit dem Typ, und spaßig. Den bring ich dir demnächst mit. An der wild gewordenen Dreisam war im Wasserkrach auch vom Autolärm fast nichts zu hören, obwohl links und rechts eine Fernstraße parallel läuft, die »Straße zwischen Frankreich und dem Balkan«, so definierte der Freund das, der Ami, ja, mit einem Ami war ich unterwegs, parallel zur B 31. Die Straße geht von Freiburg durchs Höllental und durch den Schwarzwald weit nach Osten, der LKW-Lärm drang aber nicht durch den Wasserkrach, und solcher Krawall zwingt zum klaren Argumentieren, zwingt zu Konzentration und zu markantem Sprechen, ich ertrag die Nuschler nicht, die nicht zu dem stehen, was sie sagen. Spree, Havel oder Dahme, die schleppen sich durch Berlin stumm und melancholisch, die blasen Trübsal, hier aber, unter eurem Schwarzwald, da rauscht ab und zu freches Gedonnere und puscht und belebt das Diskutieren. – So redete sie und sagte, dass sie noch in diesem Semester etwas zum Thema Romantik schreiben werde. Dieser Freund wolle ihr dabei helfen.

Holterhoff gratulierte zur neuen Vorstadtbeziehung.

Schon in Berlin sei sie durch fast alle Vororte gezogen, und nur bei Katastrophen zurück in Irenes Pankower Weg. Auch Berlins Vororte bewertete sie nun energisch, unterschied »entsetzliche« von »verrückten« und berief sich auf Wirtsleute, Wohngruppen, Kaschemmen und zweifelhafte Bekanntschaften.

Von Irene weiß ich, du warst Kind im Essener Vorzugsviertel »Stadtwald«. Und dein Fernsehleben lief dann in Baden-Baden, und nun lebst du offenbar auch dein drittes Leben privilegiert, am Realen immer schön vorbei? He, Harry, die Masse Mensch haust in tödlichen Vororten.

In meinen dreißig Fernsehjahren wohnte ich nicht im »Weltbad«, sondern nebenan, preiswert, in Weindörfern. Und war und bin alle vier Wochen in der Gegenwelt, im Ruhrgebiet. Und mein erster Ruhrfilm begann mit grauen Häusern, mit Dreck und Müll, dazu zitierte ich Städtebauer und Heinrich Böll, die sich einig waren, das Ruhrgebiet sei »ein Brei«. Und brach dann ab und teilte mit, der Trübsinn, den Sie bisher sahen, verehrte Zuschauer, das waren ausschließlich Bilder aus Baden-Baden. Über das »Weltbad« wüssten wir ja alle seit langem ganz Anderes. Und zum schwungvollen Start der Italienischen Sinfonie von Mendelssohn zeigte der Film dann Prunkvillen, sonnige Idyllen und Waldberge und der Zuschauer bekam zu hören: Und dies, pardon, war nun keineswegs Baden-Baden, sondern die Mitte des Ruhrgebiets, Essen.

Und erzählte ihr dann von den Buchenbaumriesen in seiner Kinderwelt in Essen, im »Pott«, im »Brei«. – Für meine Kindheit überm Ruhrtal, zwischen Burgresten und urigen Bäumen, bin ich meinen Eltern dankbar, die waren nie reich, aber in die teure Wohngegend investierten sie, als sei das unerlässlich in Europas größter Bergbaustadt und Kruppstadt, die dann radikal bombardiert wurde als »Waffenschmiede des Reichs«. Von den Stadtwaldhügeln herab sah ich dann nachts die Innenstadt brennen, den Himmel im roten Widerschein.

Sie kaute an einem Schreibstift, hatte einen Schreibblock mitgebracht, notierte Stichworte, offenbar erste schriftliche Versuche. Ideen wolle sie sammeln zum Thema »Interkulturalität in Vororten«. Wollte sofort aufs Ganze gehen, wollte gute Literatur definieren als Vorortgespräch. Wusste aber bald nicht weiter und schien fast zu erschrecken vor den eigenen Ideen.

Rückblick: 17. Mai 2010 Am nächsten Tag strahlte gleich morgens wieder eine starke Sonne und heizte gewittrig. In dieser sommerlichen Hitze erschien sie in sehr kurzen Jeans, so kurz, dass am Schenkel eine graue Hosentasche herauslappte. Und sie zog sich dann, mit einer Beschwerde über die Freiburger Temperaturen, ihr T-Shirt über den Kopf und dehnte die Jeans-Beine über den nächsten Stuhl. Er solle Einspruch erheben, wenn ihn bloße Haut irritiere, sie wisse ja, im Katholischen gelte, was Freude oder Lust mache, als

Befleckung. So redete sie, angriffslustig fröhlich. Und er dachte nun doch wieder an die Mahnung »*Risque d'inondation*«.

Holterhoff konnte dann erstaunlich konzentriert in seine Zeitungen blicken, in die regionale und in die überregionale, als irritiere ihn tatsächlich nicht, wenn sie von nun an auch anderswo hautnah an ihm vorüberwehte und sich in seinem siebenten Stock spürbar wohlzufühlen schien.

Dir macht's wirklich nichts? – Wirklich nichts. Kürzlich freilich las ich in den letzten Notizen des alten Dichters Max Frisch, auch auf Impotenz sei kein Verlass mehr. – Ach. Auch darüber will ich irgendwann Auskunft. – Und ich will Auskunft über den Ami an der rauschenden Dreisam. Der sich auskennen soll in Opern.

Sorry, ich sollte ehrlich sein. Da handelt es sich um Bob. Um Bob Goldberg. – Um deinen anderen Verehrer? – SnobBob wusste von Anfang an, dass ich in Freiburg verschwinde. – Könnte es sein, dass ich den schon bei deiner Ankunft am Bahnhof sah? Am Gleis 3? Da sah es für Sekunden so aus, als hättest du jemanden entdeckt. Der tauchte dann ab.

Der kam dann aber nochmal zurück und sah, wie ich auf der Bank neben einem Oldie hocke. Ja, das war er. Den musst du unbedingt kennenlernen. Sportsfreund Bob. Spitze in Literatur und Politik. Zum Glück vollkommen anders als Tansel.

Wär das nicht die Lösung? Bob schützt dich vor Tansel?

Und denk dir, der Spielteufel macht nun ebenfalls mit in der Arbeiter- und Freiheitsoper. Als wilder Freischärler. Findet das Stück gut, voller Ohrwürmer, »nur alles viel zu kurz, zu nervös«. – Ihr fröhliches Grinsen. – Hatte sich von Berlin aus hierher beworben und betreut nun die Englischkandidaten, als Tutor oder Lektor. Bob ist nicht nur das kleinere Übel. Sondern gar kein Übel.

Vor ihr auf dem Tisch lag wieder ihr Schreibblock mit den neuen Stichworten, zur Literatur als Vorortgespräch. Und wollte nun von ihrem Erklärbären wissen, wie seiner Meinung nach einst das Denken in Gang gekommen sei. – Jedenfalls nicht mit Papier und Begriffen. –

Womit dann? – Mit Bildern. Mit Ereignissen. Mit Geschichten von Tieren, von Höhlen, von Flammen, von Brunnen. Eine der schönsten Geschichten erzählt vom Denker Aristoteles.

Erzähl!

Aristoteles war Erzieher des wirklichen Alexander, von Alexander dem Großen, dem legendären Feldherrn. Und der Philosoph musste sich Sorgen machen. Denn Schüler Alexander zeigte sich uninteressiert an Frauen. Fand Gefallen ausschließlich an Helden, Ruhm und Gewalt. Aristoteles meinte, das korrigieren zu sollen und überredete die schöne Hetäre Phyllis, ihre sagenhaften Verführungskünste doch auch mal am wahrhaft größten aller Feldherrn auszuprobieren. Das tat Phyllis, tat es hingebungsvoll. Leider ohne Erfolg. Auch der Siegreiche liebte einzig seine »höheren Zwecke«, wie Heine lästert. Einen anderen Erfolg allerdings gab es. Nämlich den, dass nun der Philosoph selber höchst angetan war von Phyllis. Die neue brennende Liebe des alten Denkers sprach sich bei Hofe rasch herum. Und dann geschah es, als eines Nachts, als die Schöne durch den fürstlichen mazedonischen Garten ritt und zwar auf dem Rücken des Begründers der abendländischen Philosophie und als beide da ganz und gar nackt waren und fröhlich, dass dieses Glück plötzlich von allen Seiten mit Fackeln beleuchtet wurde. Die Schöne auf dem Rücken des Denkers. Da konnte Mazedoniens Hofgesellschaft hemmungslos das anstimmen, was berühmt geworden ist als homerisches Gelächter.

Und so was, das zündet dann Gedanken? – Am besten zündet, was mit Gelächter zu tun hat. Oder mit Tränen. Siegfried von Xantens erste Äußerung, als er in Worms erschien, war ein riesenhaftes Gelächter.

Sie blickte misstrauisch, fast lauernd. – Wird das deine nächste Erzählung? Eine Geschichte vom Lachen? Mit Phyllis und dem Philosophen?

Die hab ich ja nun schon erzählt. Im Vorortgespräch.

Rückblick: Notizen 19. Mai 2010 Auf dem Abendbalkon sind wir beim Lesen, schauen uns wie zufällig an und da frage ich sie endlich nach dem kleinen Ring an ihrem Finger. Schon am Gleis 3 hätte ich den bemerkt.

Mi, sagt sie. Mi mache solche Silbersachen. – Auch du hast da was Glitzriges am Finger. Zeig mir erst dein Schmuckstück.

Irisch ist das. Silber vom Westrand Europas. Aus Galway. Wo die erste Lynch-Geschichte passierte.

Sie dreht den Ring an meinem Finger und beginnt zu deuten. – Das Herz in beiden Händen? Nur so einer kriegt die Krone?

Olga wünschte sich das als mein Motto. Offenheit. Mut. Nicht nur im Sender.

Dann gibt sie mir Miriams Silberdraht. Der trägt eine zierliche Inschrift, die ich mühsam entziffere: »*Unde? Inde!*« Wie übersetzt du das?

Du bist doch hier der Klassiker.

Wohl ein Wortspiel, mit *unda*, mit »Woge«, aber jetzt plagt mich Ehrgeiz. Mal sehen, ob ich's rauskriege ohne Wörterbuch. Selbst meinen Xantener lasse ich ja Latein reden. Wer damals aktiv war, redete Latein. Attila konnte es. Auch Arminius, der sogenannte »Hermann«. Dein Ring fragt: Woher? Und antwortet: Daher!«

Sie nickt, sieht mich dann eine Weile streitlustig an. Mit Signalen, die durch meine alte Haut direkt in den Quermuskel rieseln. Ins Zwerchfell, ins zweite Gehirn. Und als hätte mich ihr Blick tatsächlich zentral erwischt, schaue ich altes Nervenbündel auch jetzt lieber seitlich fort, zum abendlichen, zum neuen purpurnen Wolkengetümmel über den Vogesen.

Rückblick: Notizen 20. Mai 2010 Wie ich ihr Ungeheuer inzwischen finde, fragt Irene am Telefon. – Lebhaft. Ich bin sicher, dass sie ernsthaft studiert, wenn auch sehr vielseitig. Sie ist neugierig. Und ist schön anzusehen. Nur von einer »Überraschung« hab ich bislang nichts bemerkt, da bin ich begriffsstutzig, da musst du mir helfen.

Das muss ich nicht. Das entscheidet sie. Du erträgst sie?

Bestens. Und schätze sie inzwischen etwas anders ein, anders als du sie geschildert hast.

Ach Harry. Dieses »das sehe ich anders«, das ist die Formel, die ich ständig um die Ohren kriege, wenn mir Scheidungswillige gegenüber sitzen. Wie siehst du sie inzwischen?

Ehrlich gesagt, mit einer Luxustussi hab ich gerechnet. – Und was ist sie? – Wissensdurstig. Verwickelt mich in gute Gespräche. Will Boden unter den Füßen. Kenntnisse. Auch in der Uni.

Wie schön. Das kann ich im Moment gut gebrauchen.

Was ist los? Was läuft schief?

Damit muss ich allein fertig werden.

Erzähl, lass raus. Ich verrate ihr nichts, wenn du nicht willst.

Ich merke, es war richtig, meine nervige Süße in den Südwestwinkel zu schicken. Zum melancholischen Träumer von 1848. So wie es richtig war, dass ich damals gegen den Willen von Alex erst mal zu Ende studiert hab. Mit Kind. Trotz Kind. Wozu er sich lieber scheiden ließ. Schon weil unser Gör ach so anders und eigensinnig wurde. Inzwischen hätte er es sehr gerne, wenn es zwischen Tansel und Undine was würde. – Dein Ex Alex? – Alter Indianer, ich fürchte, wir müssen nun eng zusammenhalten. – Was ist passiert? – Obwohl ich ahne, dass auch dieses Gespräch abgehört wird, erzähle ich dir jetzt Folgendes: Er erschien im Pankower Weg unser mediterraner Adonis. Korasmar junor. Nach mehreren wütenden Anrufen und Beschimpfungen per Mail und Phon kam er persönlich. Wieso sich seine »blauschwarze Rose« so ganz ohne Abschied habe davonstehlen können. Wir hätten doch wohl begreifen dürfen, aus welchen Gründen seine Eltern mich hätten besuchen wollen. Ob nach der Zustimmung meines geschiedenen Mannes etwa nicht deutlich gewesen sei, dass hier eine Verlobung fällig sei. Wieso ist die fällig? hab ich gefragt. Da holt der Kerl aus, überschüttet mich mit einem Gemisch aus Vorwürfen, Drohungen, Abmahnungen. Ob bei deutschen Frauen noch Werte gelten, ob da noch Gespür sei für Spirituelles, für Treue, für Familie.

Solche Sachen sagt er?

Ungeheuer dicke Wörter. Sitte, Anstand, Respekt, Treue. Und immerzu Familie.

Ausgerechnet der Familienrechtlerin.

Danach kamen Anrufe aus Hamburg, noch schlimmer. Mit Vater Kemal wurde es hart. Ich als die Brandeshexe. Hätte zunächst jahrelang meinen großen Alexander kleingemacht, den erfolgreichen, den liebenswerten, den ehrenwerten Doktor Brandes. Und hätte dann meine Tochter ins Feuer geschickt, in üble Spielchen in der Villa der Korasmars, in Spiele mit seinem Sohn Tansel, mit dessen aufrichtigen Gefühlen, vor denen nun mein Früchtchen geflohen sei in die USA.

Hast das Wort Freiburg brav zurückgehalten?

Das mit Florida und Gainesville, das sitzt. Auch unter Kemals Attacke hielt ich dicht. Ob mir nicht sein Sohn Tansel mit seinen hoch anständigen Absichten habe deutlich machen können, weswegen er, Kemal, an dem bewussten Wochenende mit Yasemin nach Berlin hätte kommen wollen, zu mir in den Pankower Weg oder, wenn das wirklich so problematisch sein sollte, auch in ein Restaurant am Kudamm oder in Berlin Mitte. Und was solch ein Besuch normalerweise zu bedeuten hätte. – Normalerweise was? – Das hab auch ich gefragt. Das hätte bedeutet, dass sie ihrem guten Sohn den Weg ebnen wollten zum Glück, zu einem normalen Verhältnis. Zu einem dauerhaften und ehrbaren Band zwischen den Familien Brandes und Korasmar.

Deine Undine als Band? Zwischen Kleinasien und Europa?

Mach dich nur lustig. Mir war's eher, als hauten diese Korasmars sich Schneisen frei, mit hochmoralischen Keulen. Meine Tochter hätte ich benutzt, um eine gutherzige Familie unglücklich zu machen. – Unglücklich? – Der Vater redete von Reinheit, von Säuberung. Harry, die spekulieren heftig mit dem regierenden Alexander. Und verfügen über beste Anwälte. Ob, so fragte mich das Oberhaupt, ob nun eigentlich meine Tochter die charakterlose Person sei oder doch eher die Mutter. Als ich darauf eine ziemlich charakterstarke Antwort gab, stellte er fest, dass ich offenbar nichts weiter sei als die typische deutsche Hexe, für die Treue und Familie und Ehrlichkeit und Vertrauen und Anstand keine Rolle spielten. Solche Keulen schwang der Alte, wüster noch als sein schöner Sohn. Und nun weißt du, wer ich bin. Ohne Sinn für »Geistiges«. Frauenhass pfiff da durchs Telefon. Mein Flittchen sei ohne Abschied nach Amerika, diese Schlange. – Flittchen? Schlange? – »Blond« war auch dabei, und »Gift«. Meine blonde Schlange hätte sich fast zwei Jahre lang mit seinem Sohn und mit Korasmars Reichtum amüsiert, aber in dem Moment, in dem alles normal werden sollte und ehrbar und verbindlich, da habe sich das Fräulein verdrückt und gehe nun dort auf die Jagd, wo der Kapitalismus herkomme. Auf Partys in Miami, bei Milliardären. Ich ließ ihn reden, hab aufgelegt.

Warst anfangs nicht auch du irgendwie stolz auf deine Anglerin?

Harry, der Frauenversteher. Und zum Glück kenne ich mich ein bisschen aus mit Heiratsversprechen. Mit Verlobung und solchem Sittenklimbim. Kann sein, Korasmars Anwälte werden reden von »versuchtem«, sogar von »vollendetem Betrug«. Meine wilde Mathilde habe sich in Hamburg einschleichen wollen, um Eigentum zu ergaunern, Abfindungen, womöglich Geld für Entjungferung. Bei den Deutschen hieß das einst Kranzgeld. Von wegen »Jungfernkranz«, Herr Romantiker. Aber keine Sorge, das Juristische kriege ich hin. Musste jetzt nur mal was rauslassen. Weil du's hast wissen wollen. Sag nichts der Süßen.

Ist dir ein Bob Goldberg bekannt? – Aber ja. Warum fragst du? Ist der etwa in Freiburg? – Ja. – Das muss kein Unglück sein. Bob scheint mir erfreulich. Nicht so überhitzt, so besitzergreifend wie der Prinz und sein Klan.

Goldberg hat hier eine Stelle an der Uni.

Ich sag's ja, cleverer Typ. Schau ihn dir bitte an.

War noch keine Gelegenheit. Diskutiert mit deiner Tochter im Regen, über Romantik.

Na bitte, endlich Unikram. Ich bin erleichtert. Und Undine heimlich bei dir in Freiburg, ich sehe, das war die richtige Idee. Harry, erzähl mir immer alles.

Rückblick: Notizen 21. Mai 2010 Zerschneidet auf dem Morgenbalkon eine gut gereifte Avocado, löffelt den kugelrunden Stein aus dem sanften grünen Fleisch und lässt den auf den Teller rollen. Verteilt das Fruchtige auf zwei Brötchenhälften, salzt das und meint dann, mit ihrer Mutter rede sie fast über alles.

Was würdest du jetzt mit ihr reden?

Darüber, dass ich heute Nacht bei Bob war.

Ich vermute, sie wäre sogar erleichtert.

Sähe ihr ähnlich.

Worüber redest du mit ihr nicht?

Ihre Zeigefingerspitze rollt das glitschig Runde über den Teller. – Nicht unbedingt über das, was mit diesen rolligen Avocadokugeln machbar ist.

Was wäre damit machbar?

Sie beißt in das Avocadobrötchen. Mit ihren braunen Augen betrachtet sie mich eine Weile, scheint mich mal wieder zu prüfen. Offenbar will ich mir nun eine Antwort verdienen und sage: Auch ich finde diese Kugeln zum Wegwerfen viel zu schön. Diese hier sieht aus wie poliert. Mitten im Weichen das Blanke und Harte.

Ja, zu edel für den Müll. Sagt auch Mi. – Was habt ihr mit denen gemacht? – Spezialität Miriam. – »Rollig« hast du gesagt?

Sie scheint überrascht und lacht. – So? Hab ich das gesagt? – Sie beißt wieder ins Brötchen und kaut. Und sagt dann: Beckenboden trainieren. Muskeln.

Beckenbodentraining? Das kenne ich. Aus den Ratschlägen für Senioren. Training gegen Inkontinenz. Unsereiner gilt ja als nicht ganz dicht.

Dies Ding ist auch für Kontinente gut. Jedenfalls für weibliche.

Der Vorteil der Höhlen. – Sie kaut weiter. – Mi nennt das Basisarbeit. Männern entgeht da was.

Nehme ich zur Kenntnis. Basisarbeit. Mit kernigen Kugeln.

Mann, Harry, worüber rede ich mit dir. Mit einem Typ. Statt mir von dir Kultur runterzuladen und Studienberatung, schwätze ich mit meinem steinalten Großonkel über Vaginawollust. Sorry. Wo bleibt mein Benehmen. Meine angeborene Schüchternheit.

Steht schließlich auf, wäscht die Fruchtkugel unter heißem Wasser. Hält im Weggehen das blank glänzende Stück zwischen Daumen und Zeigefinger hoch. – In fünf Tagen ist sie hier. Mi!

Rückblick: 22. Mai 2010 Und erschien am nächsten Morgen mit einem langen Kerl. Mit einem fast zwei Meter großen Blondling, mit Bob aus Kalifornien. Lässig schlenzte sich dieser raumgreifende Mensch auf den Balkon. Undines Nachtgenosse.

Holterhoff streckte ihm die Hand hin, ließ sie sich schütteln. – Dieser hier, Harry, der ist unter allen Dozenten mein liebster. Bob Goldberg. Nur mein Großonkel hier oben über den Dächern, der bleibt natürlich mein allerliebster.

Der Großonkel holte aus der Küchenecke ein drittes Gedeck und Besteck und sah bei der Rückkehr, wie der US-Boy mit ihr am Balkongeländer stand. Sein Arm über ihrer Schulter, so blickten sie die Allee hinauf, zu den Bergen hin und über die Flachdächer und Sonnenschirme bis zu den Türmen der Altstadt. – Dies also ist Deutschlands Hauptstadt für Klimaschutz. Ich glaube, dies ist ein prima praktikabeles Mittelalter. – Bob lachte dann laut und küsste die Irenentochter.

Die bestand darauf, dass sich ihre beiden Dozenten auf der Stelle zu duzen hätten. Die nickten, Holterhoff schenkte *Earl Grey* ein und beobachtete, wie der Kalifornier weiträumig Platz nahm und auf einer Biobrotscheibe ebenfalls Quark zu schichten begann, dann aber nicht Kirschkonfitüre, sondern den guten französischen Honig aus dem Quartiersladen des Vauban.

Und weil Holterhoff dann wissen wollte, wie Goldberg an sein akzentfreies Deutsch gekommen sei, begann der zu erzählen. Berichtete ausführlich und offenbar sehr gern von seinen Großeltern, abenteuerlich hätten die alten Goldbergs aus Hamburg dem deutschen Rassenwahn entkommen können, in verrückten Irrfahrten bis Marseille. Deren Kinder, seine Eltern also, die wären darüber leider nie zu befragen gewesen, schließlich hätten nicht sehr viele andere jüdische Familien so viel Spürsinn und Glück und Abenteuerlust entwickelt, allzu viele andere hätten auch Pech gehabt, entsetzliches Pech oder seien zu gutgläubig gewesen, das Unfassbare nicht fassend, seien ahnungslos als Deutsche unter den Deutschen geblieben und seien ermordet worden. Über Irrtümer und Niederlagen rede man halt ungern, den Verlierer träfe unbewusst Verachtung, warum nur habe man nicht rechtzeitig den Wahn und das Mörderische durchschaut und sich klüger verhalten und cleverer. Er aber, Bob, habe aus seinem Großvater, so lang der noch lebte, habe aus dem sehr alten Samuel Goldberg und dessen Papieren und Fotos die komplette, die unsägliche Geschichte herausgefragt und rekonstruiert. Und dann lobte Bob etliche Autoren, vor allem von Amos Oz die *Geschichte von Liebe und Finsternis*, die all diese schier unbeschreiblichen Vorgänge kenntnisreich und intim korrekt und direkt erzähle, aber auch die aktuelle Situation in Palästina, so dass am Ende jeder Leser, auch ein jüdischer, erfüllt sei von Zweifeln wie Kenntnissen und Trauer, zugleich aber auch, gegebenenfalls, von Dankbarkeit und Stolz auf die eigene, auf die überlebende Mischpoke.

Holterhoff kannte das Oz-Buch, stimmte gern zu, wollte dann aber wissen, ob es stimme, dass Bob mitmachen werde bei der ignorierten Freiheitsoper von 1848.

Aber ja, und wie gern, voll entflammt! – Bobs lange Gestalt räkelte sich im Balkonstuhl, lag nun fast quer, der Kopf an der Schulter der Studentin, so aß er den Rest seiner Honigmischung und erzählte, wie es dazu kam, dass er wahrscheinlich als einziger Amerikaner von Lortzing wisse und sogar ziemlich viel. – Als sie mich initiiert haben als kleinen Jungen, im Herbst 1989, kurz vor eurer berühmten Wiedervereinigung, die ja wohl eine Art Annektion gewesen ist, da haben mir meine lieben Großeltern von diesem feierlichen Tag die *New York Times* aufgehoben, weil darin mein Name angezeigt war, hinten irgendwo, in einem Meer ähnlicher Anzeigen. Das ist so Sitte, die Zeitung vom bewussten Tag, die kommt halt in Grundsteine, in die Familientruhen, in Foto-Alben, und das bewahre ich nach wie vor gut auf in Santa Barbara. Und in dieser *Times* lag damals auch das berühmte *Literary Supplement*. Und vorn auf der superklugen Literaturbeilage, da gab es auf Seite eins im großen Textfeld eine einzige winzige Annonce. Ganz unten auf Seite eins ein seltsames winziges Kästchen. Eine Wissenschaftlerin aus eurem lippischen Detmold, eine Frau mit dem romantischen Namen Irmlind, die stellte da eine Frage. Fragte in dieser einsamen klitzekleinen Annonce mitten im großen literarischen Essay auf Seite eins, ob denn nicht irgendwer in den *States* noch Briefe habe vom *German composer* Lortzing.

Er lachte, wiederum raumgreifend. Vom Morgenbalkon verbreitete sich ungewohnter Lachkrach, scholl bis in die Allee hinab. – Ist das nicht verrückt? Aber es ist wahr. Und ich sollte euch beim nächsten Mal diese Seite mitbringen, wenigstens als Kopie. Die Frontseite vom Literaturblatt Oktober 1989. Scannen sollte ich das und mailen, auch an euer Theater, für die *Regina*-Premiere. Aber das ist noch immer nicht alles. Das Wunderliche geht weiter und wird immer wundersamer. Jedes Mal, wenn mir diese Zeitung in die Hand kam, hab ich mich gefragt, wer denn wohl die da unten auf dem Blattrand gewesen sind, diese Irmlind und dieser Lortzing. Und dann kam eines Tages in unser Santa Barbara eine kluge alte Lady, eine deutsche Jüdin aus Boston, die hielt einen Vortrag über deutsche romantische Musik, mit Musik von CDs. Zu dem Vortrag ging ich hin, denn ich hatte entdeckt, wow, die redet ja nicht nur über Weber und Wagner, sondern auch über den, nach dessen Briefen damals von einer deutschen Wissenschaftlerin gefragt wurde. Vielleicht referiert da nun diese Irmlind? Nein, die war's nicht, die Lady aus Boston hieß anders, hatte aber ebenfalls einen romantischen Namen, die hieß Agneta. Ihr seht, es sind immerzu gefühlvolle und romantische Mädchen, die mich an den Lortzing hinbringen. Erst die Irmlind. Dann die Agneta. Und nun diese hier, die Undine. – Lachte abermals groß und breit, umgriff die Schöne und versetzte ihr Honigküsse.

Frau Agnetas Vortrag hatte einen deutschen Titel, schon deswegen kamen vor allem viele alte deutsche Juden und Jüdinnen. Der Vortrag hieß: »Solch seltne Frauen nennt der Mensch Undinen«. Damals hörte ich zum erstenmal was über die Opern von dem Kerl vorn auf dem *Supplement*, hörte was von »Feuers Flammen«, die er besingen ließ von seiner Undine, und dass er ein kosmopolitischer Freiheitsmann war. Aber seine Freiheitsoper, die werde in Deutschland verschwiegen. Und inzwischen sehe ich ja ein, dass seine Sachen für professionelle Operngenießer ungenießbar sind. Weil er als erster die Librettoworte selber schrieb, deswegen geht es bei ihm ebenso sehr um die Worte wie um die Töne. So dass man bei ihm Worte und Töne nie trennen kann, so wie im deutschen Volkslied. Den Lortzing kann nur kapieren, wer deutsch kann. Und hat aber zum Beispiel das Wort »deutsch« nie verwendet, sagte Frau Agneta. Der war früh europäisch, ein Menschenfreund, kosmopolitisch.

Holterhoff starrte den Riesen an. Schien bewegt.

Mit großen Ohren hörte ich Frau Agnetas Vortrag über Frühromantiker, auch über die beiden deutschen Undinen-Opern. Lady Agneta sorgte dafür, dass Romantik eine meiner Spezialitäten wurde. Denn ich wollte endlich rauskriegen, wieso diese zentralen Europäer, die als klug gelten, als kulturell wertvoll, wieso die zweimal den idiotischsten allen Schwachsinns entfacht haben: Weltkrieg. Sehr wahrscheinlich aus lähmend mythischer Benebelung. Im Ich- oder im Wirwahn. In Europas Nationalwahn, nicht wahr? Auch in seiner ignorierten *Regina* kommt das Wort »deutsch« nirgends vor. Statt dessen Hohn auf »Freischärler«, die sich selbst »freier als frei« nennen und in Wahrheit Terroristen sind. Ja, schon 1848. Die Oper *Regina* ist in der Tat kosmopolitisch, wie damals die Mehrheit in eurem ersten Parlament, in eurer Paulskirche. *Regina*, so wusste ich nun von Frau Agneta, die dreht sich um »Völker«, und da musste ich mich erst recht fragen, warum wurde und wird dies Freiheitsspiel ignoriert? Wo man hier doch sonst Lortzings komische Sachen immerzu inszeniert hat, von München bis Hamburg. Nur weil die Musik in *Regina* noch kein Wagner ist, noch kein Verdi? Ist doch umso wunderlicher, wenn ältliche, wenn altmeisterliche Töne wie von Haydn oder Albrechtsberger schon demokratische Gedanken trällern. Arbeiter und Haydn? Wagners Bayreuth kriegt von eurem Staat jährlich Millionen Stütze. Und wozu? Sein Lohengrin verführt das Volk, und der Herrenmensch verbietet dann, dass man ihm, dem Führer Lohengrin, irgendwelche Fragen stellt. Dafür jährlich Millionen? Lortzing bekam nie einen Heller. Nie einen Cent. Und musste verrecken. Endete mit seinen vielen Kindern im Elend, im Hunger. Lebenslang in Not, und am Ende in Riesenschulden, obwohl seine Spielopern überall liefen. Alle starren hier immer mit Recht und im Schock auf euren staatlichen Massenmord, aber kaum einer bringt es mal fertig, in den Hintergrund zu blicken, in die Ursachen, in die Irrtümer im deutschen Operngemüt. Zu fragen ist doch endlich mal, woher, aus welchem Denken, aus welchem Größenwahn oder Ersatzglauben kam denn zum Beispiel dieser Hass auf Frankreich, dieses 1870 und 1914, oder der Hass auf diejenigen, die anders sind. Dieses 1933. Und 1942. Doch wohl nie von so fidelen Menschenfreunden wie Lortzing.

Bob hatte eine neue Quark-Honig-Montage gebaut, biss nun auch dort hinein. Holterhoff suchte nach Worten. – Ich fasse es nicht. Und du kennst das alles? Auch *Undine*?

Frühe Romantik, zart melodiös, volkstümlich. Wie gesagt, alles noch vor Wagner, im Finale schwebt lang und zart die Sehnsucht nach einem Ort, »wo nur ewiger Friede wohnt«. Lortzing ist nicht nur der erste Komponist, der seine Texte selber machte, sondern auch, was wohl niemand bemerkt hat, Pazifist. Sowas fand nur beim Publikum Sympathien, nie aber bei der Obrigkeit, für die war das wohl »unwürdig«. Lortzing war Freimaurer, wie Mozart. Sein Zimmermann in *Zar und Zimmermann* ist Deserteur.

Die Brandestochter und ihr Großonkel beobachteten sein neues Kauen, gespannt auf die Fortsetzung des Vorortvortrags. – Und als nun in Hamburg dieses Fräulein Brandes auftauchte mit Namen Undine, hab ich mich natürlich kümmern müssen. – Wieder bekam sie Honigküsse. – Und nun erzählt sie mir beim Wandern am Hochwasser, dass ihr alter Onkel in Freiburg alles von Lortzing wisse und dass der erklärt hätte, in *Undine* gehe es um die Natur des Mannes als Naturkatastrophe. Prima. Das trifft's. Die malträtierte Natur hat in dieser Geschichte den Namen Undine. Aber Undines Ritter, der besingt am Ende nicht Undine, sondern seine andere Geliebte, seine »menschliche«: »Du bist für mich geboren«! So entscheidet das dieser Teutone, selbstherrlich. Das Naturwesen, die Elementarfrau ist für ihn minderwertig, ist nur verführerisch, eine »Schlange«. Die verstößt er, großartig. Und da erzählt mir nun hier eine wirkliche Undine am tobenden Wasser, demnächst käme in Freiburg die einzige Oper auf die Bühne, die dieser Lortzing 1848 ohne Polizei und ohne Zensur hätte schreiben können.Und sie lieh mir die Chornoten. Traumhaft, *Regina* ist ein Paulskirchen-Dokument. Die Chöre enorm aktiv, sind halt »Volk« und »Völker«, sind die »Arbeiter«, die in anderen Opern nie was zu sagen hatten. »Freiheit, du Völkerzier« singen die und »das Volk lässt sich nicht spotten«, im Höhepunkt intonieren die das ganz ohne Orchester, »inbrünstig«. »So kommt dem Volk die Herrlichkeit«! In *Regina* aber erscheinen nun auch schon sehr früh diejenigen, nach denen ich gesucht habe, da kommen mitten in eurem Opernkrempel radikale Bewaffnete, nennen sich »Freischärler«, also wörtlich so wie die, die dann eure Rosa Luxemburg ermordet haben und den Liebknecht. Und diese Mörder, diese deutschen Freizeithelden, die verspottet bereits Lortzing, die lässt er grölen: »denn mit Waffen / lässt sich schaffen / alles, alles in der Welt / Ruhm und Ehre, Freiheit, Geld!«. Ihr seht, ich kann das inzwischen fast auswendig, was die da loslassen, diese Selbstherrlichen, wieso merkte niemand, dass dieses wüste Programm, dass dieses »alles, alles in der Welt« auffallend ähnlich klingt wie euer fürchterlich missbrauchtes »Deutschland über alles, über alles in der Welt« in dem Fallerslebenlied. »Alles, alles« klingt schon so wie das, was nach 1848 quer durch Deutschland hallte bis 1945, mit den entsprechenden Katastrophen. In Freiburg komm ich endlich an diese Ichromantik, an diese Ich-Thiosaurier, die sich als Wir-Meute hochbrezeln, »wir werden Recht uns jetzt verschaffen, wenn nicht mit Worten, dann mit Waffen«. Und wenn ausgerechnet in Freiburg diese Freiheitsoper auf die Bühne kommt, da mache ich doch mit, schon 1848 wollte der sogenannte Komiker Lortzing Terror vorführen, sogar Selbstmordterror, mit der Botschaft *Empört euch!*, ja, aber *restore sanity*, kommt dann wieder zu Verstand. Warum denn wird *Regina* weggeschubst bis heute? Wo sonst hat Politisches je so deutlich und früh und aktuell auf die Bühne kommen sollen, »hinaus mit Stock und Reisesack das ganze Jesuitenpack«, hier ist es, das Maßlose, das ich immer gesucht hab in eurer vielerlei Romantik. Statt dessen Kniefall vor Heldenbrunstgeschrei, vor herrischen Verführern wie Lohengrin, mit dem man nicht diskutieren darf und im *Ring* sechs Harfen, so seufzte Mutter Irene. Einen Armen, einen Herumgeschubsten wie Lortzing, den habt auch ihr abgeschoben. Als wüsste man nicht, dass gute Komiker Melancholiker sind, die früh Unheil wittern. He, Harry, meine Süße sagt, auch du bist Melancholiker, zum Glück lebenslustig?

Ich kann dir jetzt nur sehr gerührt zustimmen. Diese Arbeiteroper wollte 1848 den Freiheitsbesoffenen exakt das entgegenhalten, was damals das Vernünftige hätte sein müssen, »Verstand«, nicht mehr bloß »heißes Blut«, sondern »milde Wege« und »Recht soll euch werden« und »leiden soll kein Mensch auf Erden«, »des Volkes Wohl«, und dann, im Finale, als »Völkerzier«: »Heil Freiheit!«

Ja, Harry, und nicht »Heil Hitler« oder Heil Lohengrin oder Heil sonst ein Irrer und Heilloser. Sondern diese verdammt schwierige Freiheit für »alle«, die sollte es sein. »Frei geboren sind wir alle!« und nicht etwa allein die Deutschen.

Nun konnte der Alte nicht mehr anders, nun stemmte er sich hoch, Nässe in den Augen, und sagte: Ein Mirakel. Wo gibt's das, unmögliches Amerika, ich muss dich umarmen, Goldberg! – Da stand auch der Lange auf und nun lagen sich diese beiden sehr Unterschiedlichen auf dem Morgenbalkon eine Weile in den Armen, beklopften sich die Schultern, und Alexa Undine hatte neu zu rätseln über die sehr wechselhaften Naturen des Mannes.

Danach stammelte der Alte noch dies und jenes und wusste, dass Lortzings Frau ebenfalls Regina hieß, elf Kinder habe sie geboren, und ja, der Komponist sei im Elend gestorben. Und erzählte zuletzt, wie oft er, Holterhoff, schon Intendanten habe überzeugen wollen vom solitären Musikspiel *Regina* und immer vergeblich.

Rückblick: 22. Mai 2010 Den nächsten Morgen fehlte sie. Holterhoff hatte Fotos zurechtgelegt, weil sie mehr über Olga hatte wissen wollen. Von der gab es nur wenige Bilder. Aber die Berlinerin kam nicht, hatte bei Bob übernachtet.

Erschien dann am Nachmittag, er saß schon auf seinem West- oder Abendbalkon, neben ihm auf dem Tisch ein Teller mit Kuchenkrümeln. Er hatte die alternative Zeitung gelesen, zwischendurch immer neu in die Ferne blicken müssen, westwärts, wo über den düster buckelnden Vogesen neue Wolkentürme aufstiegen, von dunklen Goldfarben durchstrahlt, als präsentiere sich dort ein riesenhafter Paradiesvogel. So dass der Alte seine Zeitungen schließlich ganz beiseiteschieben musste.

Da kam sie, ohne Gruß. Hockte sich neben ihn, auf einen der wetterfesten Stühle.

Ist was?

Ich verschwinde hier. Nach Zürich. – Was ist los? – Beat Rüsen wollte mir ja Zürich erklären. Und Joyce. – Wieso jetzt? Jetzt, wo dieser Goldberg hier ist? Von dem scheinst du begeistert. – Du ja wohl auch. – Was ist passiert?

Oh, Harry. Ja, es ist was passiert. Auch der andere ist aufgetaucht.

Wer?

Tansel Korasmar.

In Freiburg?

Wo Bob wohnt, im Rieselfeld-Viertel, da wollte ich heute Morgen aus dem Haus. Da stand er, an der anderen Alleeseite. Eindeutig Tansel. Wartete auf Bob. Mit mir hatte er gar nicht gerechnet. – Sie sprang auf, ließ sich aber wieder fallen. – Mit dieser neuesten Peiltechnik, digital hat er rausgetüftelt, wo Bob steckt. Seit langem liefern die sich, sagt Bob, einen Digitalkrieg. Waren mal Freunde. – Und nun? – Nun fand Tansel in Freiburg nicht bloß ihn. Sondern zugleich mich.

Hast mit ihm geredet?

Hab gehofft, das ist bloß eine Einbildung. Seit ich hier bin, seh ich in jedem großen Schwarzhaarigen meinen Stalker. Zum Glück kam im selben Moment die Stadtbahn, bin da vorn rein, er aber in letzter Sekunde ebenfalls rein, hinten, und bin gleich an der nächsten Station wieder vorn raus, zum *Kepler*-Gymnasium, wo ich zu Fuß sowieso hin wollte, wo die *Eisvögel* trainieren. Hatte nicht damit gerechnet, dass ich gleich wieder rausgeh, bin im *Kepler* zu den Umzugskabinen der Frauen, zum Training fürs nächste Punktspiel. Bin da eingesetzt, gleich morgen. – Und wie weiter? – Oben, im Schatten, auf der hinteren Tribüne, da saß er. Hab die Mädels gefragt, ob sie wüssten, was ein Stalker ist. Klar, wussten die das, ob ich Probleme hätte, wollten mir helfen. Meiner, hab ich gesagt, sitzt da oben, wird mich abfangen, sobald ich hier rausgehe. Da meinten gleich mehrere, dann fährst du mit mir, gehst nicht vorn raus, sondern mit mir nach hinten zum Parkplatz. Am besten mit mir, meinte Rick, auch sie wohne im Vauban. Nee, sag ich, er muss auf 'ne falsche Spur, am besten fahr ich mit Lilly nordwärts, nach Zähringen. Lilly hatte mir schon in der ersten Nacht im *Schlappen* erzählt, sie wohnt im Norden. Und so haben wir's gedreht. Bin deshalb erst jetzt zurück. Zur Uni hab ich heute gar nicht gehen wollen. Hab einiges verpasst. Bin erst mal zu dir. – Sie schien zu zittern.

Wann ist morgen das Punktspiel?

Um drei. Im *Kepler* hängen Plakate. Die wird er gesehen haben.

Ich werde kommen. Oder nicht? Soll ich mit ihm reden?

Vorsicht.

Wo ist jetzt Bob?

Musste nach Berlin. Und deshalb verschwinde auch ich, nach Zürich, gleich morgen, sofort nach dem Spiel.

Langsam. Komm erst mal zur Ruhe, entspann dich. Schau dir diesen Horizont an, diesen Sonnenuntergang.

Phantastisch. Ja, so was brauch ich jetzt. Erzähl mir Phantastisches. Stark Ablenkendes.

Lass dich nicht kleinkriegen von Digitalkriegen. Da, wo jetzt die Wolken sich öffnen, als ob sie einen Abgrund machten, der in die Höhe klafft, genau dort, unten am Rhein, nur zwanzig Kilometer von hier, steht ein maroder Atommeiler, gegen den Olga und ich seit Jahren geredet und demonstriert haben. Sieh, wie dort der Abgrund nun besonders himmlisch gähnt. Und du siehst, wie die Sonne nun scheinbar von tief unten heraufscheint, gegen den oberen Schwarzwald. Der Schauinsland strahlt wie in Goldlicht, das leuchtet nun maigrüne Hänge hoch, das ist Schwarzwaldglühen. Und würdest du jetzt dort oben stehen, sähst du nicht nur Vogesen, Rheingraben, Burgundische Pforte und das phantastische Untergangstheater, sondern zur anderen Seite auch die Alpen. Da sähst du die als eisige Zackenkette, in breiter Front, über hunderte Kilometer. Wie ein Planetengebiss. Und wärst dann romantisch beeindruckt. Würdest Ewigkeitsdinge denken.

Ja und? Hättest du was dagegen?

Wo heute die Alpen stehen, war vor kurzem Tiefsee.

Tiefsee? – Ozean. – Vor kurzem? – Reduzier die Zeit des Planeten auf vierundzwanzig Stunden. Dann wogte vor zwanzig Minuten da, wo jetzt Alpen ragen, die Tiefsee *Thetis*. Und wo nun eisige Gipfel schimmern, scheinbar ewig und immerdar, da dürfte in zwanzig Minuten wieder Tiefsee sein.

Lenkst wirklich gut ab.

Erdgeschichte hilft über Gram und Grimm. Schon im Studium brauchte ich Geologie. Wollte auch in der Literatur Fakten, Materielles. Bewundere sehr die Rosa Luxemburg. In einem ihrer letzten Briefe, kurz bevor »Freischärler« sie ermordet haben, schrieb die, nichts läse sie mit solcher Spannung wie Geologisches.

Geologisches? Rosa Luxemburg?

Eben jene Rosa. Hat im Knast intensiv gelesen und gearbeitet. Und schreibt von einer Felsschicht, die einen Regenguss bewahrt hat. Einen Platzregen vor gut fünfhundert Millionen Jahren. Bei einem heftigen Gewitterregen wühlten sich einst dicke Tropfen in den Wüstenstaub, mit winzigen Gruben für jeden Tropfen. Und weil nach dem Regen aus einer anderen Richtung wieder Sandwind und Staub wehten, deckten die das Gelöchere zu, legten neuen Staub über die Tropfenspuren. Machten mit der Bedeckung so was wie einen Abdruck, ein Negativ. Von einem Platzregen vor fünfhundert Millionen Jahren. Wenn sowas dann in aller Ruhe versteinern kann, konserviert das einen realen Augenblick, auch einen aus der Urzeit. Wie eine archaische Fotographie. Sowas hat sie begeistert, die Rosa.

Die Kommunistin?

Begeistert auch deinen spätburgundischen Großonkel.

Opern und Geologie. Ich dachte immer, ich treff 'nen Dichter.

Rein Dichterisches ist für mich Taube-Nüsse-Knacken. Und Erdgeschichte korrigiert fast alles. Entlarvt unser klägliches Zeit- und Raumdenken. Zeigt das, was heute ist, als Pipikakafurz. Pardon, dies Wort hörte ich gestern im Vauban, von einem dieser vielen Windelwinzlinge.

Harry, mach mich nicht strubbeliger als ich schon bin.

Dass es mal eine Menschheit gab, darauf weist irgendwann nur noch eine Veränderung im Fels. – Sie starrt mich an. – Was derzeit »Freiburg« heißt, wird eine gewisse Verfärbung sein im Gestein.

Mach mich nicht noch kleiner als ich eh bin.

Nicht kleiner, nur realer. Und darüber wird alles noch phantastischer. Denk dir, Materie wollte das machen, was wir Leben nennen.

Was mal Sternenstaub war oder Gas, das begann zu fühlen, begann zu denken. Planetenmaterie war unterwegs in Richtung Bewusstsein. War drauf und dran, Kenntnisse über sich selbst zu erlangen. »Wie sich die Menschen plagen«, wundert sich Teufel Mephisto im *Faust* und tut sehr gerührt.

Weil der weiß, der Mensch kann höchstens quinquilieren?

»In jeden Quark begräbt er seine Nase«, sagt der Kerl bei Goethe. Ich seh immer mit Vergnügen, wie du morgens deine Quarkschichten baust. Was bleibt uns letztlich übrig. Weil uns ja doch der Kater frisst. Wir leben auf den Knochen von Milliarden, die gefühlt haben, die zu denken versuchten. Haben fast alle gehofft. Und was dann bleibt, ist einzig das Ungeheuer Zeit. Dies Monster aber, das können wir immerhin minimal verschieben, in Perspektivwechseln, in Erzählungen. Erzählend können wir das Ungetüm zerteilen. Dann sind wir, kurzfristig, kleiner Gott ganz groß. Leider nur im Träumen. Beim Dichten, beim Komponieren. Zeitverschiebend. Raumteilend.

Und deine Träume, die holst du dir aus Fakten?

Daraus, dass eins das andere bedrängt, verfolgt, verwandelt. Dass die Alpen »vor kurzem« Ozean waren. Und dass der tiefste Atlantik demnächst wieder Hochgebirge wird. Im Atlantik macht Island schon jetzt imposante vulkanische Anfänge. Ja, Fakten sind das irrste. Und das eigentliche Monster sind Raum und Zeit. *Sein und Zeit*. Sieh dir diese grüne Zeitung an, die vergnügt sich an neuer Science-Fiction, da gaukeln und beamen sich Leute von Galaxie zu Galaxie, entdecken Universen.

Ist doch Erzählen und Dichten. *Fiction*. Quinquilieren gegen das »Ungeheuer Zeit«?

Aber auch im All gelten die Regeln von Raum und Zeit. Und erst die machen das, was ist, phantastisch. – Wie zum Beispiel? – Reduzier unser Sonnensystem auf die Größe dieses Kuchentellers. Tu die Sonne in die Mitte, nimm als Sonne meinetwegen deine Avocadokugel. Die Kuchenkrümel drumherum, das sind die Planeten und Kometen. Tellerrand ist Rand des Sonnensystems. Was meinst du, wie weit weg von diesem Teller ist der nächste Kuchenteller? Wie weit ist im All das nächste Sonnensystem? Wann kommt der nächste Fixstern, die nächste Sonne mit Planeten? An der Tischkante? Beim Balkongeländer? Oder erst da unten, an der Wendeschleife der Stadtbahn?

So wie ich dich allmählich kenne, noch weiter weg?

Wenn unser Sonnensystem so klein wäre wie dieser Teller, dann wäre der nächste Teller drüben hinterm Rhein, in Frankreich. Zwanzig Kilometer weit weg.

Lenk mich nur weiter ab, mit Wahnsinn.

Wahnsinnig sind die Fakten. »Weil das so ist.« Nicht Visionen sind das Irre, sondern das Vorhandene. Die Materie. Und das Tollste ist, wir sind Materie. Sternenstaub. Das eigentliche Wunder ist, dass überhaupt etwas ist. Sorry, nun stoppe ich mein Ablenken und verspreche dir, morgen komm ich in die *Kepler*-Halle. Ausgerechnet *Kepler*. Und rede mit deinem Stalker, einverstanden?

Sie nickte. An diesem Abend blieb sie im siebenten Stock der Allee 77. Traute sich nicht aus dem Haus.

Tansel Korasmar war in Freiburg.

Und auf dem Westbalkon liefen dann weiter die Gespräche bis tief in die Nacht, beim Spätburgunder. – Was dich alles umtreibt. Einer meiner Schlaumänner in Berlin wusste, ein deutscher Geistesriese hätte erklärt, Gedanken, die in einem Sessel entstehen, die taugten nichts.

Hat er in der Tat gesagt, der Riese Nietzsche.

Und auch der blieb nicht im Sessel?

Ungern. Wanderte am liebsten oberhalb der Baumgrenze, in den Schweizer Alpen. – Und? Seine Gedanken taugen was? – Sind hinreißend. Oder entsetzlich. – Zum Beispiel? Sag mir auch Entsetzliches. – Sein berühmtes »Gott ist tot« finde ich kläglich. Als wäre der Unsägliche ein Großvater, der sterben musste. Ein Allmächtiger, falls es ihn gibt, hat Macht. Auch über die Zeit. Übersteigt eh alle unsere Denkdimensionen. Vom Unendlichen sollten wir Zeitlichen die Klappe halten. Das kostete schon allzu viele Leben. Myrriaden Mal Leid und Tod.

Sag ruhig mehr Entsetzliches. So was brauch ich jetzt.

Fünfzig Jahre nach »Heil Freiheit«, also nach jener kosmopolitischen Paulskirche von 1848, da forderte Großdenker Nietzsche, was ich wörtlich auswendig weiß und was ich auch deinem Bob noch sagen werde, weil er ja so dringend nach denen sucht, die den Wahn in Europa zündeten. Nur fünfzig Jahre später forderte unser Hochgebirgsdenker »eine neue Partei des Lebens, welche die größte aller Aufgaben, die Höherzüchtung der Menschheit in die Hände nimmt, die schonungslose Vernichtung alles Entarteten und Parasitischen«.

Holterhoff hob seinen Spätburgunder, auch sie ließ sich einschenken und meinte, dieses »Parteiprogramm« sei ja wohl exakt das, was dann realisiert wurde. Nietzsche werde aber bewundert. – Lohengrin auch. – Nun ahne ich, woher mein Horror kommt vor philosophischen Spitzenkünstlern.

Nicht nur die Kirche hat die da unten fast immer im Stich gelassen. Ausgeliefert den Machthabern. Und obwohl du jetzt lieber neue Ablenkungen willst, will ich jetzt einfach mal Folgendes wissen: Morgen versuche ich, mit deinem hanseatischen Türken zu reden. Da muss ich wissen, ob du das wirklich gut findest. Eigentlich mische ich mich nicht gern ein in privat Intimes. Willst du, dass ich dir helfe?

Ja. Binnen kurzem kennt er auch dies Versteck im Vauban. Im Rieselfeld hatte er mit mir gar nicht gerechnet, ist aufgeregt hinter mir her in die Bahn, verpasste dann fast den Ausstieg, die automatische Tür hinten in der Bahn hatte sich schon wieder geschlossen, hat Geschrei gemacht, erst dann ging die Tür noch mal auf, ist er raus und mir nach.

Du willst ihn nicht mehr, ist das sicher?

Sicher.

Weil du den Bob willst.

Mit dem Goldberg geht alles problemlos. Nichts Beklemmendes, kein Familienstress. Alles spielerisch. Nie das Gefühl von Falle.

Nun will und muss ich mich also hineindenken in einen muslimischen Kronprinzen. In den Vizechef einer Erfolgsfirma. Auch

Tansel steht ja wohl unter Druck. Und fühlt sich, seit seine Verlobte ihm abgehauen ist, beleidigt, gedemütigt. Oder?

Das mit der Verlobung hätte er sich gar nicht erst anschminken müssen. Hab ihm im letzten halben Jahr mindestens fünfmal gesagt, dass es aus ist.

Kann es sein, dass er sich nie traute, dieses Aus seiner Familie klarzumachen? Und auch sich selbst? Oft reden auch bei uns Frauen hörbar umsonst. In Talkshows, wenn eine Frau redet, siehst du manchen Herren noch immer milde lächeln. Als ich Kind war, waren Frauen Gebärmütter, basta.

Umso besser, wenn jetzt du ihm, als Mann, mein fünfmaliges »Schluss!« zum sechsten Mal sagen würdest. – Sie trank einen langen Schluck. – Auf Dauer konnte das mit ihm nie klappen. Im Bett ja, aber nicht mit seiner Sippe.

Anfangs warst du begeistert. Wie großartig der Wohnsitz über der Elbe, wie elegant der schöne Kerl, morgenländisch elektrisierend, auch körperlich keine Kröte.

Anfangs war für mich alles absolut neu und ich zu blöd, zu merken, wie anders das tickte.

Insofern echt Undine. Schon die begriff die Anderswelt erst, als es zu spät war. Und was ist, wenn Tansel mir versichert, er liebt dich aufrichtig? brennend? unabänderlich?

Dagegen steht fünfmal mein Nein. Und zur Liebe gehören ja wohl zwei.

Dann bleibt mir nur, ihm von Mann zu Mann zu sagen, dass wir Männer ein solches Nein zu respektieren haben. Weil sonst am Ende nicht nur eine oder einer unglücklich ist, sondern alle. Und das sag ich ihm nicht nur als Mann, sondern als alter Mann. In seiner Tradition müsste es so was geben wie den Respekt vor dem Greis. Vor dem Familienoberhaupt. Der mehr Erfahrungen hat als Jüngere. Mit dir bin ich ja blutsverwandt. Bin sogar dein Sippenhäuptling.

Wunderbar. Häuptling Harry. Oh ja, versuch das!

Kann sein, einer wie Tansel sieht mich sogar nur so, als Ältesten in einem Klan. Und nur einer wie ich kann ihm dann was erklären.

Phantastisch. – Holterhoff spürte im Dunkeln einen Wangenkuss, dort, wo die Stacheln nun rasiert waren.

Noch was anderes, Häuptling. Du solltest ihn an seine sehr gute Ausbildung erinnern. Auf die ist er stolz. Sein Abi machte er auf einer Privatschule mit bestem Ruf, auf der Internationalen Schule Hamburg-Othmarschen. Darauf legt er Wert. Vater Kemal, sagt er, hätte immer befolgt, was schon »Onkel Sabanci« forderte, auch Staatsgründer Atatürk. Türken sollten das Lernen lernen. Und auf die Schule in Othmarschen gehen die Kids berühmter Leute. Zum Beispiel die vom Boxweltmeister Doktor Vitali Klitschko. Allerdings auch die vom Box-Hai Ahmet Öhner. Das sagt dir nix, aber Hamburgs Halbwelt schätzt den.

Will ich alles bedenken. Und auch, dass Türken eine ältere Kultur haben als wir. Aber eines der am weitesten verbreiteten Urteile der Machos heißt »Schlampe«. »Hure«.

Klar, ich hab's mit ihm getrieben. Und trotz Lust, Wonne, Freude, Orgasmus, ich hab Schluss gemacht. Weil es im Kopf vorbei war. Angst verjagt Lust.

Für ihn ist das so klar sicher nicht. Für seine Familie erst recht nicht. Du hast gleich zu Beginn in der Villa der Korasmars übernachtet. Damals war ja wohl klar, dass du mit ihm im Gastzimmer nicht bloß die Sterne bestaunt hast, so wie wir hier.

Und ich Esel, auch das solltest du »bedenken«, ich hab ihm das wunderbare Buch geschenkt, *Venus und Adonis*, Shakespeare über die Liebeskunst. Mein Bildungsdünkel. Vielleicht von meinen Fehlern der größte.

Seit du mit Bob »gehst«, dürfte denen in Nienstedten klar sein, was du für eine bist.

Huren machen es gegen Bezahlung. Tansels Einladungen in Restaurants, auf Partys, auf Orientfeste, war das Bezahlung? – Hat er auch dir was geschenkt? – Hat er. Vor einem halben Jahr sogar was

Teures. Brillantring. Scheußlich. Hab den keinmal getragen. Irene rief sofort, schick das zurück. Letzten Januar ging das nach Nienstedten. Mit deutlichem Bescheid, handgeschrieben.

Wie hieß der Bescheid? Gibt's da 'ne Kopie?

Irene hat es kopiert. Und ich hab es im Kopf. »Tansel, es war schön mit dir, sogar phantastisch. Leider endet irgendwann auch das Schönste. Leb wohl!«

Für Tansel, fürchte ich, war der Ring ein Verlobungsring.

Für mich war nie Verlobung. Nie. Mit jemandem lustvoll zu vögeln, ist das Verlobung? Und wenn tatsächlich *Venus und Adonis* so missverstanden wurde, dann ist das inzwischen geklärt. Aus die Maus! Spätestens seit der Ring zurückkam.

Holterhoff hatte zu seufzen, tonlos und mit tiefem Atem. – Mir scheint, es läuft alles drauf hinaus, dass ihr endlich miteinander mal reden müsst. Vernünftig reden. Soweit ich dabei helfen kann, tu ich das, mach den Moderator, den Schlichter. Schon im *Undine*-Märchen gab's mit dem Ritter nur Aneinandervorbei. Als wenn Ritter und Undine nicht sehr viel von einander hätten begreifen können. Als wenn nicht im Mann auch die Frau wäre, in der Frau auch die »Natur des Mannes«.

Verdammt wahr. – Sie zündete die Kerze im Windlicht, zog sich eine von Holterhoffs filzgefütterten Wolljacken über, aber dann meldete sich an ihrem Körper das Handy, da war nun mit Bob in Berlin zu reden. Sie verzog sich in den hinteren Teil der Turmwohnung.

Notizen, 15. Oktober 2010 An diesem trüben Vormittag bin ich es, der in Karlsruhe anruft, erreiche den Jonathan Merz tatsächlich und will von ihm hören, ob Tansel Korasmar jetzt, vierzehn Tage nach der Tat, seine Motive erklärt hat.

Der Täter sagt nicht nur nichts zu seinen Motiven, er redet überhaupt nicht mehr. Umso dringender, Herr Holterhoff, sind wir angewiesen auf das, was Sie uns dokumentieren wollten. Glauben Sie, Sie kommen weiter?

Vor Rätseln stehe ich. Was hat diesen Menschen dermaßen die Fassung verlieren lassen. Ich hatte gehofft, Sie haben erste Aussagen.

Hätte er uns seine Motive erklärt, würden wir Ihnen das vorenthalten. Uns interessieren Ihre unbeeinflussten Beobachtungen, aus authentischer Nähe. Die nur Ihnen gegeben war. Ihnen und dem Opfer, das die Tat überlebte.

Sie wollten mir schriftlich zusichern, dass mein Bericht geheim bleibt.

Bekommen Sie.

Rückblick: Notizen 23. Mai 2010 Ungewöhnliche Nacht, frühsommerlich. Kein Schlaf. Weit nach Mitternacht höre ich ein Geräusch, werfe mir den Frottémantel über. Es ist kurz vor drei. Tappe durch die Wohnung, finde nichts Auffälliges, öffne die Tür zum Treppenhaus. Kein Licht. Aber drüben die Tür zu Olgas Wohnteil steht offen. Ich schalte das Treppenlicht ein und sehe sie vor der Tür stehen. Blickt mich an wie in Schmerzen. Könne nicht schlafen. Sei noch mal unter der Dusche gewesen. Hat sich ebenfalls in großes weißes Frotté gewickelt. Sie scheint hilflos. Fragt, ob sie, noch jetzt, zu mir rüberkommen darf.

Drinnen gehen wir auf den Abendbalkon, in der warmen Sommernacht. Schauen »zur Ablenkung« wieder westwärts. Nun zum ersten Mal tief nachts. Weil auf den Straßen die starken Lichter ausgeschaltet sind, zeigt sich in seltener Pracht der Sternenhimmel. Und weil sich derzeit ein Tief entwickelt, ist der Blick extrem klar. Im Warmsektor des Tiefs weht sanfter Südwind.

Im Westen schwarz die Umrisse des Kaiserstuhls. Wie eine breite Oberlippe, wie mit der Schere ausgeschnitten steht der Doppelbuckel gegen den mondlosen Himmel. Hinter dem alten Vulkan die Vogesenschatten. Und in üppiger Lichterfülle die »Heimatgalaxie«, die Milchstraße. Das blinkt in dieser Nacht wie eine wuselige Ameisenstraße. Und nun auch noch einmal, sehr tief am Horizont und jetzt, um drei Uhr, wohl nur kurz, mein alter Liebling, der Orion. Und darin rechts unten, da leuchtet mein Kinderwunsch, das Steif- oder Holztier, die Spielzeugkuh. Der frühe Trost, im Irrsinn, in Bombennächten.

Wir stehen am Geländer und schauen.

Sie hat Probleme mit Bob. Der reagiere unnötig aggressiv. – Will sich den Tansel »zur Brust nehmen«, ihn »fertig machen«. Da hab auch ich übertrieben reagiert, hab geredet von typischem USA-Verhalten. Ob er Kommandeur einer Eingreiftruppe sei. – Sie setzt sich, wickelt sich im Sitz eng in ihr Tuch. – Zum Glück hab ich nichts gesagt vom Basketball morgen. Sonst käm er früher zurück, rechtzeitig zum Spielbeginn. Das Feld morgen, das gehört dir.

Wir schweigen. Ich setze mich neben sie, blicke zum Horizont, und hoffe, dass sie meinem Blick folgt.

Sonst freu ich mich immer, wenn er kommt. Über dem Tansel-Terror wird noch jeder sauer. – Setzt sich bequemer hin und betrachtet nun ebenfalls, endlich in Ruhe, das Firmament. Sagt dann, in Berlin habe sie nie so viele Sterne gesehen. In Berlin sei zu viel Reklame. – Zu viel Gelichter. Alles nur Werbung, »Zerstreuung«. Wer beobachtet in Berlin schon den Himmel.

Selbst von diesem großartigen Himmel sollten wir uns nicht benebeln lassen. Kirchenlateiner nennen ihn »Firmament«, »Befestigtes«. Pustekuchen, das scheinbar Gefirmte treibt dahin in tumultuösen Umstürzen. Nichts ist da fixiert, am wenigsten die Fixsterne. – Ich frage sie, ob sie die Kuh sieht. – Welche Kuh? – Ich winke sie ans Geländer.

Dort siehst du das einzige klar umrissene Tierbild des Himmels. In dieser Jahreszeit erscheint es nur spät und nur kurz und dicht über dem Horizont. Taucht nun schon wieder ab in die Burgundische Pforte. Und weil das Bild nur eine Kuh zeigt, erlangte das nie die Weihe eines Sternzeichens. Ausgerechnet im Orion, im Bild des »Großen Jägers«, eines wilden Supermanns und Totschlägers, ausgerechnet da zeigt sich in der unteren Hälfte deutlich der Umriss eines Rindviehs. Steif und brav, wie ein erstes Kinderspielzeug. –

Wo? – Neben dem Schönbergschatten siehst du drei Sterne in grader Reihe. – Seh ich. – Das ist die starke Stirn der Steiftierkuh, sie blickt nach links. Heute Nacht sieht man sie sehr klar. Morgen wird der Himmel bewölkt sein und wird es regnen. Jetzt aber zeigt sich das strahlend, das einzige klar umrissene Himmelbild.

Sie erkennt es. – Tatsächlich. Hab ich nie bemerkt.

Kann sein, das ist inzwischen längst verglüht. Aber es ist noch immer zu sehen, noch für ein oder zwölf Millionen Jahre.

Sie will wissen, seit wann ich dies so sehe.

Seit 1943. Da ging's Nacht für Nacht zum nahen Bergwerk. In hundert Metern Tiefe war Schutz vorm Luftterror. Bergwerk als Bunker gegen die Bomben. Zeche *Wohlverwahrt*. Und da rannten wir mal wieder, weil alle Sirenen heulten und die Greifarme der Flak über die Sterne geisterten, da rief ich der Mutter zu, ich säh am Himmel eine Kuh. Und höre noch, wie sie und was sie geantwortet hat. »Auch ich hab das mal geglaubt. Als Kind.« Die Situation dieser Mutter. Ihre Aussichtslosigkeit in der Nazizeit, verheiratet mit einem verzweifelt gläubigen Nazi. Sie selber realistisch misstrauisch. Mit drei Kindern abhängig von dem weltfern glaubensstarken Ehemann. Auch Kühe sind bekanntlich relativ groß und schwer, haben sogar Hörner, spitze kräftige Stößer, die man ihnen oft wegbrennt. Sie könnten sich wehren, mit ihrem Gewicht und mit den Hörnern.

Wehren sich aber nicht.

Manchmal streikt auch eine Kuh, kurz vorm Schlachthof. Als würde ihr plötzlich irgendwas klar. Immer nur die Friedliche hatte sie zu sein, die Nährende, die Ausgenutzte. Früher standen Kühe noch auf einer Wiese, fraßen Gras, waren keine Klimakillermaschinen, die im Stall Mais und Soja fressen müssen, sondern jedes Rind war eine Wohltat auch fürs Klima. Und am Himmel bleibt dies als Alternative. Mitten im Bild des Siegreichen, des erfolgreichen Jägers Orion, ein immer ignoriertes Signal. Ignoriert wie *Regina*. Zwei Bilder für alle, die sich fast nie wehren. Trotz ihrer spitzen Hörner. Die sich nie hinreißen lassen zu Attacken. Fast nie.

»Habe auch ich mal geglaubt, als Kind«?

So rief sie. Deine Urgroßmutter. Als Kind glaubst du fast alles. Bist ihnen ja ausgeliefert, den »Großen«. Träumst wohl auch irgendwann davon, es könnte statt der bewunderten Krieger und Sieger auch mal was anderes geben. Und warum soll ich's dir nicht sagen: Was immer ich geschrieben habe, es sind alles Versuche für diese Kinder- und Kuhhoffnung. Immer neu ist zu entdecken und zu erzählen, wie Alternativen ignoriert werden, weggeschoben, entstellt. Und ob nicht in Wahrheit alles ganz anders sein könnte.

Andere Wahrheiten? Reginen, Undinen?

Dass der Mensch nicht unbedingt Orion sein muss. Nicht Krieger, nicht Prinz, nicht Lohengrin. Könnte auch Rind sein, oder Kristall, Straßenbahn, Spiel, Baum. Weih, das Thema ist endlos, ich lass das jetzt. Es ist halb vier. Morgen sind wir im *Kepler*.

Ich verlasse die Frühsommernacht. Sie bleibt im Balkonsessel. Ihr Körper im sanft weißen dicken Tuch. Jetzt, da ich dies notiere in meiner Schlafecke, weiß ich nicht, ob sie dort draußen bleiben wird. Sieht so aus, als ob ihr bereits der Treppenhausflur Angst macht. Angst vor ihrem Hanseprinzen.

Notizen, 16. Oktober 2010 Steht da plötzlich in der Tür zum Treppenhaus ein Joseph Schächtele, Anwärter oder, allzu deutlich kann er mir das gar nicht sagen, bereits designierter Verteidiger des Tansel Korasmar, im kommenden Mordprozess in Hamburg. Die Verhandlungen in Sachen Korasmar, sagt er, beginnen Ende Januar 2011 und er sei verläufig benannt als Pflichtverteidiger.

Schächtele mit seinem Alemannendialekt wird da unmöglich bestehen können. Den wird Kemal Korasmar abservieren, wird mit Hamburgs Stars aufkreuzen, mit Sylt-Anwälten.

Treuherzig bekennt er, die behördliche Anfrage, ob er zur Verteidigung bereit sei, bereite ihm Schlaflosigkeit. Der Hintergrund der Tat sei rätselhaft. Von Doktor Jonathan Merz habe er gehört, ich sei zwar kein Tatzeuge, jedoch Dokumentarist der Hintergründe, sei dabei, einen authentischen Bericht zu erstellen mit besonderen Beobachtungen und Wertungen, und so frage er mich nun, ob es möglich sei, schon jetzt teilhaben zu dürfen an meinen Erkenntnissen, denn da gehe es offenkundig um ein Geflecht zwischen privaten Motiven und internationalen Interessen.

Ich sage dem Schächtele, in dieser allerdings verwickelten Sache taste auch ich mich noch immer erst durch Anfänge und Rätsel. Da führe kein Weg vorbei an sorgfältiger Sichtung aller Perspektiven, auch an einer Einbeziehung, ich sage »Einbeziehung«, von Dokumenten, von denen der Doktor Merz offensichtlich auch ihm Andeutungen gemacht habe. Selbstverständlich erhalte am Ende auch die Verteidigung meinen Schreibversuch. – Aber erst Anfang 2011. Noch weiß ich nicht mal, wie ich den Bericht anlegen könnte, in welcher Sichtweise, ob rein subjektiv. Oder rotzfrech objektivierend.

Er blickt erschrocken. Ich hatte ihn um seine Ausweise gebeten, nun macht er ein entschlossenes Gesicht. Auch er bedenkt jetzt zweifellos Sichtweisen. Und »rotzfrech«. Ein »Motivprofil«, so drücke ich mich aus, sei vorläufig nicht zu erkennen, nicht mal als Schatten.

Das sei nun schon die dritte Zurückweisung, klagt Schächtele. Sowohl sein Gesuch, den Täter bereits jetzt sprechen zu dürfen, als auch sein Gesprächsersuchen in Hamburg-Nienstedten, alles sei vorläufig abgewiesen worden. Auch von mir höre er nun nichts Ermutigendes.

An Ihrer Stelle würde ich mir weder Hoffnungen machen noch Ängste. Auch für die Wahrheitsfindung verfügen die Wichtigen in Hamburg über eigene Leute.

Resigniert geht er davon. Hat mir seine Karte hinterlassen. Vorname Joseph. Das Büro ist in der Kaiser-Joseph-Straße.

Rückblick: Notizen 24. Mai 2010 Auf den Morgenbalkon kommt sie diesmal spät. Am Dorfbach sei sie hinuntergejoggt, an einer der vielen Freiburger Waldorfschulen vorbei durch Sankt Georgen, von dort wieder herauf, immer unter den Bäumen am Bach entlang, dann unter die Dusche. Trägt wieder eines dieser hellen weiten Männerhemden, umgürtet von schwarzem Leder. Die Ärmel hochgekrempelt, unterschiedlich hoch. Kurz vor ihrem ersten Punktspiel kann sie nur Tee trinken.

Als Tansel oben auf der Tribüne saß, wie das gewesen sei, frage ich, ob er dann runter gekommen sei ans Spielfeld.

Schlimmer noch. Er erschien vorm Kabinengang. Und traf da auf Rick, die wissen wollte, was er hier zu suchen hätte. – Das geht Sie nichts an. – Und Sie geht dieser Umkleidebereich nichts an, hier ist Frauenrevier. Wenn Sie auf jemanden warten, draußen beim Eingang sind Bänke. – Warten werde ich hier.

Auf Rick wirkte er »partiell irre«. Dann kamen wir anderen und ich hab gerade noch loswerden können, ja das ist er, der Stalker und bin zurück, nach hinten raus, mit Lilly, ins Büro. – Bleib hier, das machen wir ohne dich. – Das Hausmeisterbüro hat Sichtfenster nach drei Seiten, und ich bekam dann gut mit, wie mein Adonis plötzlich umzingelt war von ziemlich wendigen Weibern und wie Rick sich sein schickes Ledertäschchen schnappen konnte, wütend dreht er sich um, sie wirft das Leder zur Lena, Tansel hinterher, Lena schlenzt es zur Jen, der Prinz kurvt zur Jen, die zuckt die Tasche zurück zu Rick und immer so weiter, und wenn die Mädels eines perfekt beherrschen, dann den Wurf mit dem Leder, das hatten wir gerade mal wieder zwei Stunden geübt, Tansel war chancenlos, bot wütende Komik, zuletzt öffnete Jen die Tür zur Halle und ließ sein kostbares Ding auf dem Parkettboden dahinsegeln, schwungvoll, mit Schmackes, das rutschte tief rein in den Turnsaal, wo inzwischen Männer zu üben angefangen hatten und wo Korasmar Junior sein feines Teil nun unbedingt holen wollte und im edlen Zwirn über den gepflegten Boden trampelte, der Schönling seiner Tasche hinterdrein, lächerlich, im tiefen Mantel, in hochpreisigen Tretern, unterm Gebrüll vom Hausmeister. – Runter hier!

Nie ohne die Tasche. Wir Proleten haben ja keine Ahnung, was der globale Herr von heute so mit sich führt, zumal in einer

Weltstadt wie Hamburg. – Laptop? – Nix Schlepptop, sondern das je neueste Smartphone mit tollsten Techniken. Harry, deine gesammelten Werke, ob zwanzig oder dreißig Bände, die passen allesamt auf ein einziges Etwas in Briefmarkengröße, Tansel nutzt den je besten Zauber *worldwide*, dazu natürlich Kreditkarten, Kondome, dezent im seitlichen Reißverschluss, tolle Tabletten, beruhigende wie aufmöbelnde, After Shave und Männerduft und das raffinierteste aller Schweizer Messer. Auch ein knackiges Foto von mir und ein liebes von Kemal und Yasemin vor dem Nienstedtener Palast im Tudor-Stil. Im *Kepler* aber musste er nun sehen, wie er unverprügelt davonkam. Und ich, in Lillys Corolla erst mal in die Nordstadt, nach Zähringen.

Du hältst ihn für ansprechbar?

Auf die Mädels wirkte er »gestört«. Wenn er jetzt Goldberg träfe, das gäb Kurzschluss. Orionmänner. Salamander untereinander. Ansprechbar? Höchstens von einem wie dir. Wenn, dann respektiert er einen Graukopf. Setz dich auf der Tribüne neben ihn, red mit ihm über Fairness, und wie schön die Türkei ist. Du warst doch, sagt Irene, mehrmals da, als Filmemacher, hast da Dokumentarfilme gemacht. Bin gespannt, was du rauskriegst.

Sieht ganz so aus, als ob er brennt, lodert.

Eh mir dieser Lodernde nun auch noch Freiburg verbrennt, versuch es bitte. Rede mit ihm. Mach's mit Körpertäuschung. Ohne Körpertäuschung geht sowieso nichts. Bei jedem Spiel.

Und nun stellt sie sich dicht vor mich hin, hemdsärmelig, mit täuschenden Bewegungen, als wollte sie mich umdribbeln. –Teamspiel ist die Kunst der Gleichzeitigkeit und der Täuschung. Bei jeder Aktion zugleich die des Teams sehen, ebenso die der Gegnerinnen. Was heißt »sehen«, voraussehen, spüren, wittern, synchron und blitzartig, permanentes *multi tasking*, und aus dem Voraussehen zackschnell die richtige Aktion. Die Trainerin in Berlin sagte nicht »Team«, sondern »Ensemble«, als wären wir Theaterleute. Mann Harry, jetzt gilt Täuschung, vor meinem Prinzen spielst du den besorgten Großonkel.

Den interessierten Völkerkundler. Und falls nötig, den Patriarchen, den Sippenchef.

Danke, Trainerin. Nun sieg mal schön.

Notizen, 19. Oktober 2010 Erst jetzt fällt mir ein Zeitungsschnipsel in die Finger. Zwei Tage nach der Tat erschien das in der *Badischen* auf der Seite »Aus aller Welt«. In den Medien über die Nacht zum ersten Oktober sonst nirgends was.

Tödliche Stiche

Zu einer blutigen Auseinandersetzung zwischen Ausländern kam es in der Nacht zum ersten Oktober in einer Wohnung im Stadtteil Vauban. Ein Streit zwischen zwei jungen Männern uferte zu einer Messerstecherei aus. Das aus den USA stammende Opfer war nach Angaben der Polizei sofort tot. Eine Studentin aus Berlin, die schlichten wollte, wurde im Gesicht und an der Hüfte verletzt. Weil es sich beim Täter wie beim erstochenen US-Bürger um Ausländer handelt, ging der Fall an die Bundesanwaltschaft.

Rückblick: 24. Mai 2010 Mit der Stadtbahn gelangte Harry Holterhoff pünktlich zum großen *Kepler*-Gymnasium im Stadtteil Rieselfeld. Die Halle war gut gefüllt mit Leuten und Lärm, Holterhoff verzog sich auf die hinterste Tribünenreihe, kam sich fremd vor hier, die Zuschauer jung, in Sportkluft, mit wilden, rüden Tönen, Frauenstimmen, Kindergeschrei, Mütterrufe, vielerlei starkes Gelächter.

Im schattigen Hintergrund der Tribüne ein dunkelhaariger Jüngerer. Im Mantel. Der Prinz? Hielt sich ähnlich abseits wie Holterhoff. Aber Holterhoff zögerte und war nun auch sehr rasch fasziniert von dem Spiel dort unten, von diesen fieberhaft schnellen Aktionen und rasanten Abläufen, häufig unterbrochen durch energische

Schiedsrichterpfiffe, ohne dass er begriffen hätte, wegen welcher Verstöße gegen welche Regeln da immerzu gepfiffen werden musste. Fußballregeln kannte er seit je, das lief simpel, kein Wunder, welcher Sport Massenspiel wurde.

Undine sah er auf einer Bank am Spielfeldrand gegenüber, das Haar hochgesteckt, im grünroten *Eisvogel*-Dress. Und war plötzlich eingewechselt, nun stritt, warf und schnellte auch sie und griff ein, beherzter als die anderen, fand er, da drängte und täuschte nun auch sie, in Angriff wie Abwehr, die langen schmalen Arme wie gemacht zum Wegschnappen, beim Vorwärts so engagiert wie bei der Verteidigung oder beim Quer und Seitwärts, traumhaft sicher die Tempowechsel, die Tricks, die atemberaubenden Drehungen in diesem Ballett um den Ball herum, elegant, intelligent, bewegend, Holterhoff kam im Hin und Her nur noch zum Augenaufreißen, nahm den Fremden längst nicht mehr wahr. Der aber saß nun knapp einen Meter neben ihm.

Schon führten die *Eisvögel*, wenn auch mit geringem Vorsprung, zum Glück meldete eine Tafel die Spielstände, ohne diese Tafel hätte Holterhoff den Überblick verloren, dann kam eine Auszeit, hüben wie drüben standen die Teams in engen Gruppen, hier wie dort gestikulierten und redeten Trainerinnen.

Erst jetzt bemerkte er neben sich den jungen Mann. Das Spiel ging weiter, der Dunkelhaarige hielt den Blick auf die Ballwechsel gerichtet, stellte aber eine Frage. Ob er richtig vermute, dass er neben Georg Harry Holterhoff sitze, neben einem interessanten Verwandten dieser stürmischen Frau dort unten.

Das klingt kurios, »interessanter Verwandter«. Sie aber sind offenbar Tansel Korasmar aus Hamburg. Über Sie erzählt man sich Aufregenderes. Zum Beispiel, dass Sie an dieser stürmischen Frau heftig interessiert seien, beängstigend heftig. – »Beängstigend«? Sagt sie das so? Da frage ich doch einfach mal, was denn Sie von dieser schnellen Lady halten. Finden Sie nicht auch, dass sie blendend täuscht? – Ja, Körpertäuschungen beherrscht sie perfekt.

Hat leider auch mich getäuscht. Glatt belogen. Sie studiere in Florida. Ist dies hier Florida? Wie finden Sie das? Eine jahrelange Beziehung beenden mit Betrug?

Sie hatte Ihnen ein »Lebe wohl« geschickt, sagt sie mir.

Und hat geredet von einem Studium in Gainesville in Florida. In Wahrheit finde ich sie zufällig hier, hinterm Schwarzwald. Bei einem Herrn Goldberg.

Mag sein, dass nur Sie das als Täuschung sehen.

Wie sehen Sie das?

Als Flucht, als gut begreifbar. Sie sagt, sie habe Ihnen mehrmals deutlich erklärt, dass es zwischen Ihnen aus ist. Dass sie sich von Ihnen bedrängt fühlt. Geflüchtet sei sie vor Ihren Zumutungen. Gerade noch rechtzeitig, bevor eine Falle zuschnappe, ein Familienkäfig.

Zumutungen? Familienkäfig? Meinen Sie etwa die Familie Korasmar? Da wurde der gute alte Großonkel aber sehr einseitig informiert. Und es kann sein, dass mancher die Chance nie begreift, in einer Superliga zu spielen statt in Freiburg.

Könnte es sein, dass mancher sich für Superligen kein bisschen interessiert?

Darüber sollten wir uns unterhalten. Auf Ihrer Homepage las ich, einer Ihrer Filme heißt *Bagdadbahn*. Waren Sie da auch in Adana?

Aber ja, die Bagdadbahn fährt übers Taurusgebirge, danach auch durch Adana.

In Adana bin ich geboren. Wir sollten uns kennenlernen.

Sehr gern. Und wann und wo? – Unten in der Halle stand das Spiel kurz vor Schluss unentschieden, das Spektakel steigerte sich. Der schöne Mensch neben Holterhoff stand plötzlich auf und ging fort, Holterhoff folgte ihm und erwischte ihn erst beim Seitenausgang. – Ja, wir sollten reden. In Ruhe, dort, wo man ungestört ist.

Ich lade Sie ein. Sonntag um zehn ins *Colombi*, zum Brunch. Da könnten wir gründlich reden. Ohne Lärm. Ohne Lügen. Übrigens, von nun an studiere ich hier. In Freiburg.

Der elegante Mann ging weiter, Holterhoff eilte neben ihm her. – Ja, ich komme, obwohl das *Colombi* nicht gerade eine typische Studentenkneipe ist. – Der lächelte nicht, der sprang über eine Treppe nach unten, stumm, ohne Gruß.

Holterhoff setzte sich dann im hintersten Tribünenwinkel auf den Platz, der am weitesten entfernt war vom Spiel. Unten in der Halle fiel jetzt die Entscheidung, tobten die letzten Minuten, aber er fühlte sich verstört, bemerkte auch nicht, dass die Berlinerin dort unten gar nicht mitspielte. Die hockte plötzlich neben ihm. – He, wie findest du ihn? – Ungewöhnlich finde ich ihn. Keineswegs »gestört«. Sondern konzentriert. Beherrscht.

Oh ja, das versteht er. Benimmt sich zur Not bestens. Aber mir hat er da unten noch zugerufen: Bravo, Lola! Dieser blöde Sankt-Pauli-Name, Kino-Name. Mit Undine wollte er nie was zu tun haben. Nur mit der, die er sich einbildet. Eine seiner Schwestern hat mir verraten, seine erste Freundin hieß Lola. Die ist neben ihm verunglückt, auf dem Beifahrersitz. Ich bin seine erneuerte Lola.

Mir scheint er ziemlich klar. Studiert ab jetzt in Freiburg.

Im Ernst?

Sagt er, und hat mich eingeladen, ins *Colombi*. Zu einem gründlichen Gespräch. Ist überzeugt, die Betrügerin bist du.

Ja, natürlich. – Sie sprang auf, rannte wieder hinunter, zurück ans Spielfeld. In den letzten Sekunden führten unten die *Eisvögel*, da gab es Fouls, Gebrüll, Proteste.

Rückblick: Noch 24. Mai 2010 Inzwischen lag das regenreiche Tiefdruckgebiet *Nora* über dem südlichen Schwarzwald. Und Freiburg, als wollte die Stadt sich doch noch als Wasserstadt erweisen, gab sich brausend, bekam von mehreren Seiten Sturzbäche. Wild tobte der Großbach Dreisam.

Am runden Tisch in der Küche war sie früh zur Stelle. Wollte aber nichts essen, wollte über den Prinzen reden.

Sonntag seh ich ihn im *Colombi*. Erstes Hotel am Platz. Da war ich noch nie.

Der dürfte im *Colombi* sogar wohnen. Und will hier studieren? – Ab sofort. – Darüber hab ich fast nicht geschlafen. Schock, bis auf die Knochen. Jetzt hilft nur noch, ja, was hilft jetzt. Ein Flug zum Mond. Eine Burka. Ich brauche eine Burka. – Sie aß nicht, ließ auch den Tee stehen. Und fragte dann leise, ob es nicht irgendwo in den Schwarzwaldhängen eine Hütte gebe. Und unterm Schlossberg Geheimgänge, verborgene Gänge bis zur Uni. Sie stand auf, redete lauter und tigerte umher. Ihr sei's jetzt sehr nach einer ganz anderen Sorte Sport. Auch der Basketballstress nerve sie. Einen Sport wolle sie, so friedlich komisch wie deine Kinderkuh, einen Genießsport.

Für mich warst du gestern am heftigsten engagiert. Eine trickreiche Kämpferin.

Da gerätst du in einen Sog. In Siegesstress. Und das verdirbt alles. Alles Spielerische. Stress produziert Fouls. Aber würde ich so was laut sagen, wäre plötzlich ich die Durchgedrehte. Dann schickten sie mich vom Platz. Ich wechsle zum Fußball.

Wie bitte? Fußball ist doch viel schlimmer. Ist kapitalisiert, da geht's ums Geld, wo ist da noch Genuss und Spielerisches, wann wird da gelacht, höchstens gegrinst. Ich seh da nur verbissene Gesichter. Kampfgesichter. Allein Zinedin Zidane war souverän, ein Könner. Der konnte lächeln, mitten im Spiel.

Bob kennt einen Alternativfußball. Da könne man lachen. »German Gemütlichkeit«. So hat er geredet. Es gebe natürlich Leute, die schießen schon aus weltanschaulichen Gründen keine Tore. – Sie setzte sich wieder und holte tief Luft. – Ach Harry, ich verschwinde aus Freiburg. Ich hau ab nach Zürich, zu diesem Beat. Der mailt täglich, ich soll kommen, er zeigt mir die Weltgeldstadt. Und im Ernstfall bin sogar ich »beherrscht« und »konzentriert«. Hab alles Nötige bei mir, Tek-Wan-Do-Griffe, Kondome, alles. Die Betrügerin, sagt er, bin ich?

Da ist er sich ganz sicher.

Im *Undine*-Märchen ist die Frau die Betrogene, nicht wahr?

Nicht immer. Bei Goethe zum Beispiel ist es ein junger Fischer, den eine elementare Wasserfrau verzaubert. Der verfällt einem »feuchten Weib«.

Ist Verführen Betrügen? – Dichter Goethe will uns sagen, es ist elementar. – Das Verführen? – Peinlich genau weiß ich noch, wie ich in der Schule sein Gedicht vom Fischer hab aufsagen müssen, als Dreizehnjähriger, vor der Klasse. Blieb stecken und musste noch mal anfangen, und ein drittes Mal, und kam immer nur bis zu dieser Stelle, bis zu dem »feuchten Weib«, das den jungen Mann in die Tiefe zieht. Die Klassenkumpel kugelten sich vor Lachen.

Auch sie freute sich. Und meinte dann, Undinen und Wassergeister passten zu Freiburg wahrscheinlich gar nicht.

Hast wohl recht, der Rhein strömt distanziert vorbei, die Stadt hat nur den Tollpatschbach Dreisam und in den Gassen »Bächle«. Böse Zungen sagen, das reicht nicht mal für Kobolde, höchstens für Gartenzwerge. Elementares gibt's hier nur in der Ebene, in zauberhaften alten Rheinarmen und romantischen Tümpeln, in einem grünen Urwald. Der reicht rheinab bis Straßburg.

Sie war aufgestanden, drehte eine ihrer Basketballpirouetten. – In Zürich droht mir kein Ölprinz und kein Verzauberer. Da entkomme ich dem Tansel wie dem Bob. Bob ist im Moment nervig und hektisch. – Was macht er in Berlin? – Übersetzungen. Hat Termine mit einem Verlag. Übersetzt Techniksprache. Geh du bitte morgen ins *Colombi* und versuch, Tansel zu verstehen. Noch besser wär's, er verstünde mal mich.

Ihr warmer Mund auf seiner rasierten Backe. – He, ich brauche Veränderung. Geheime Gänge, einsame Schwarzwaldhütten, Tarnkappen!

Holterhoff rief ihr noch nach, er wisse, wie man an eine Tarnkappe komme. Sie schien das nicht mehr gehört zu haben.

Rückblick: Notizen 25. Mai 2010 Tief in der Nacht schon ist sie aus Zürich zurück. Für einen Moment der Gedanke, sie käme jetzt an mein Bett. Hätte ja wohl einiges zu erzählen, von Zürich und von diesem Beat. Es knistern Schritte, danach nur noch die Tür, die Tür ins Treppenhaus. Ich male mir aus, wie auch dieser Beat ihre Ängste schwerlich beruhigen konnte.

Am Morgen erscheint sie am Küchentisch, sieht mich unternehmungslustig an, will erzählen. Es regnet immer noch, sie setzt sich neben mich, hockt im Schneidersitz auf einem der alten Stühle. Diesmal bin ich es, der nur Tee trinkt, *Morgentau*. In einer Stunde soll ich im *Colombi* sein, zum Brunch. Würde ich da nichts essen oder wenig, wäre das wohl unhöflich.

Sag mir, was das eigentlich ist, was einem die klaren Kommandos gibt. – Kommandos? – Diese eindeutigen Signale. Mit dem nicht. – Mit wem nicht was? – Tu nicht zu bieder. Mit dem Beat nicht ins Bett. – Aha? Und warum nicht?

Das sei eben das, was sie irritiere. Dieses klare Signal. Der Beat Rüsen sei nämlich sehr sympathisch. Habe wunderbar Bescheid gewusst, alles detailliert erklärt in der Geldweltstadt, sei sogar witzig, charmant, immer liebenswürdig. Begeistert wäre Irene, würde sie mit diesem klugen Knubbel im Pankower Weg aufkreuzen und sagen: Mutz, der isses.

Wo war das Minus?

Wenn ich das wüsste. Ob es die quieksige Stimme war oder die blonden Härchen auf seinen Fingern, die Sommersprossen, ich weiß es nicht.

Saß ihm Teufels Großmutter im Nacken?

Leider nicht. Die hätte vielleicht alles rausgerissen. He Harry, was ist es, was da entscheidet? Elementares? – Und sagt dann, seit der Prinz hier aufgetaucht sei und seit ihrem Streit mit dem aggressiven Goldberg, da sei sie sowieso neben der Spur gewesen, hätte mit überhaupt niemandem schlafen wollen. – Und dann diese Zürcher Frohnatur, dieser Kauz mit seinem umständlichen Gelächter. Kichernd fiel der sich selbst immerzu ins Wort, sobald nur halbwegs was Interessantes zu erzählen war. Damit ich auch unbedingt merke, wie lustig und interessant das war. Dabei hätte ich gern ungestört zugehört. Kannte sich gut aus. Allein über diese kleine Gasse in der Niederstadt, über die Spiegelgasse, wer da alles auf bloß dreihundert Metern gewohnt hat und wo genau, Goethe, Lavater, Keller, Robert Walser, Büchner, Lenin und der komplette Dadaistenklüngel. Die DADAs waren im Ersten Weltkrieg nach Zürich geflohen, starteten in der Spiegelgasse ihr Freiheitscafé *Voltaire*, verrückte Pazifisten, mitten im ersten Krieg voller Hohn und Zorn auf die Siegesritter und Kriegstreiber und überhaupt auf alle Bescheid- und Besserwisser und Lohengrine, exakt gegen den Stress, den auch ich nun endgültig hasse. Aber Beat Rüsen, dies knollige Kerlchen, weiß der Geier, der war verknotet. Unterm Schirm gestikulierte und lachte der sich ständig krumm, geriet beim Erzählen immer wieder ins Hintenrum, kannte zum Beispiel das DADA-Manifest auswendig, trug das sogar vor, mit groteskem Gerudere der dicken Arme: Alles Heutige sei verrottet, sei missbraucht, alle Wörter müssten neu erfunden werden, alles, jede Silbe, komplett unsere Sprache, jedes Wort neu, im Grunde unser Bewusstsein. Und mein Komiker freute sich dann auch vor dem Spiegelgassenhaus, in dem Lenin 1917 wohnte, bevor er die Sowjetunion erfand, wohnte da Wand an Wand mit Büchners Sterbezimmer, scheinbar kolossal ulkig, dies Nebeneinander. DADA hätte klar gemacht, wie hohl, wie korrumpiert wir seien, unser Gerede verraten und verkauft, jedes Wort verbraucht, jede Melodie, alles nur noch verlogen und bestochen, das führe, wenn man es nicht ändere, immer nur in Abgründe und neuen Krieg, jeder Mensch sei schleunigst zu erneuern, in seinem Denken, in seinen Hirnzellen, wie gut, dachte ich, stimmt ja alles, ist ja hinreißend richtig, aber warum grinst der immerzu, und dachte wieder an deine Kuh, die zwar groß am Himmel leuchtet wie sonst kein anderes Biest, wird aber wie *Regina* nicht wahrgenommen, ist halt bloß ne Kuh und kein Stier, kein Held. Und warum nun dieses gutherzige Gerudere und Gehechele, das ist doch nicht zum Lachen, sondern zum Weinen, wurde schon tausendunddreimal gesagt, die Freundlichen aber, die Klugen, die Mitfühlenden und die Kühe kommen nie und nimmer aufs Treppchen.

Jetzt bin fast ich es, der dir einen Kuss geben sollte. Was wusste der Beat vom »Jahrhundertdichter«, vom Joyce?

Schwindelerregend viel. Und einen Kuss könntest auch du ruhig mal geben. – Sie sieht mich an, mit ihrem schönsten Lachgesicht. – Jedenfalls sei ihr sofort deutlich gewesen, dass es mit diesem Beat nichts würde, nicht an diesem Tag oder in der kommenden Nacht. Aber warum? Weil der so übertrieben linkisch, so unnötig albern tat? So übertrieben fickrig, wohl ebenfalls an nichts anderes denkend als an seine ungewissen Chancen an diesem Tag oder in der kommenden Nacht. Und schon deshalb hab ich das Gespräch von seinen Eltern weggelenkt, über die er mir einiges hat erzählen wollen, und hab ihn aufs Thema Joyce gebracht.

Da sei es gerade achtzehn Uhr gewesen und von Zürichs Kirchen hätten die Glocken geläutet. – Und der Kerl fing wieder an mit einem Lachanfall, weil ihm einfiel, also das, was er nun sagen wollte, das brachte er aus seinem Lachkrampf erst mal gar nicht raus, hat wieder blöd stolperig gewiehert und dauernd ein Wort loswerden wollen, was schlicht nicht zu kapieren war. Erst beim dritten oder vierten Anlauf hab ich's verstanden, das Wort war »Sechseläuten«. So heiße halt in Zürich das Glockenläuten um sechs Uhr und über diesen Ausdruck, wusste er, über den hätte schon Joyce sich nicht einkriegen können, weil sich das ja irgendwie anhöre wie Sexläuten, also »in Richtung auf die männlichen Kronjuwelen oder Glocken«, so wörtlich mein ulkiger Züricher, vom »Familiensilber« hat er gefaselt und neue Unklarheiten produziert und sich dermaßen gewunden und verhaspelt in Wörtern und Bedeutungen und Lachen und Husten, dass diese blöde Posse ums »Sechseläuten« tief drin in mir das Stopp betoniert hat, zum endgültigen Aus.

Seien dann noch in eine spanische Pinte im Niederdorf, wo zum Glück vielfältig und gut zu essen war, all diese schmackhaften Tapas. Immerhin habe der dann von Nora erzählt, von des großen Dichters lebenslanger Geliebter, die dem Joyce alle Wünsche erfüllt hätte, auch die verrücktesten, nicht nur Mutter seiner Kinder sei sie gewesen, sondern zuletzt, in Zürich, nach Jahrzehnten in wilder Ehe sogar seine amtlich beglaubigte Ehefrau. Da ging es nun um Joyce-Anekdoten, zum Beispiel darum, dass eines Abends bei Tisch mit Freunden, noch 1940, dass da dem Dichter plötzlich mal wieder die Phantasie durchgegangen sei und er den Hitler gepriesen habe als Europas passenden Eroberer, der ein halbwegs intelligentes und jedenfalls volkreiches Volk nach seiner idiotischen Pfeife tanzen lasse und der demnächst garantiert nicht nur Frankreich kassieren werde, sondern auch die Schweiz. Ja, Joyce habe Hitlers Eroberungen bewundert, gewiss tief ironisch, aber nur so lange, bis seine Gattin, bis die Irin Nora Barnacle sich erhob und erklärt hätte: Noch weiter solches Gerede über diesen ekelhaften »Führer« und ich verlasse auf der Stelle meinen Mann und rette meine Kinder.

Dieser Beat, sage ich, war offenbar bestens informiert.

Am Ende der spanischen Mahlzeit sei vom Beat die erlösende Frage gekommen, ob er sie zum Bahnhof begleiten dürfe. Oh ja, das durfte er, und endlich war die verklemmende Ungewissheit weg, was denn die kommende Nacht bringen könnte und wie das Distanzhalten im Elternhaus des Beat durchzuhalten sei. Der sei nämlich drauf und dran gewesen, sie zum Übernachten einzuladen zu seinen Eltern. – Schon im ICE damals ab Magdeburg, da hatte der ständig was zu raunen von seiner Kunst, die er mir zeigen wolle, sein wichtigstes Werk heiße »Schattenspiele«, wenn man das von links beleuchte, dann werfe das als Schatten ein Christenkreuz, beleuchte man es von rechts, dann zeige das ein Dollarzeichen, kämen aber Licht und Sicht von vorn, sähe man die Buchstaben DADA. Beat, vielleicht ein Genie? Dieser Perspektivspaß jedenfalls, der ist mir nun leider entgangen, aber auf dem Weg zum Bahnhof wurde er fast normal, sogar locker. Hauptsache, er hat mich fünf oder sechs Stunden lang nicht mehr an meine Lurche denken lassen. Wie kommst du jetzt zum *Colombi*?

Aus Stilgründen sollte ich ein Taxi nehmen. Fahre aber mit der Vaubanbahn. Von der Haltestelle Oper sind's nur noch hundert Meter. Und hoffe, ich kann mit dem Feuersalamander was klären.

Notizen, 17. Oktober 2010 Rätselhafter Anruf aus Karlsruhe, wieder von Jonathan Merz. Ob mir an Alexa Undine Brandes eine Besonderheit aufgefallen sei. – Besonderheit? – Im Punkt aller Punkte. – In was? – In Sachen Sexualität. – Was sehen Sie da als Besonderheit?

Was wissen Sie in diesem Zusammenhang?

Da würde ich jeden, der sich anmaßt, er wisse die Norm, weiträumig meiden.

Sie fanden die junge Frau ganz und gar weiblich? im landläufigen Sinne?

Jesses, was ist für Sie nun weiblich? Oder landläufig?

Sie bevorzugte den Amerikaner?

Was heißt bevorzugen, sie mochte den, hatte Sex mit dem. Ist das was Besonderes?

Hatte auch andere Sexpartner?

Soll vorkommen. – Merz schweigt nun, ich ebenso. Offenbar erwartet er, dass ich Namen nenne, von anderen Sexpartnern.

Hören Sie, zu Ihrem »Punkt aller Punkte« verweigere ich jede Mitarbeit. Namen jedenfalls bekommen Sie von mir keine.

Namen könnten entscheidend sein. – Wofür? – Für das Motivgeflecht, durch das wir seit Wochen stolpern. – Erlauben Sie, dass ich auflege.

Rückblick: Noch 25. Mai 2010 Als die Stadtbahn an Theater und Universität hielt, hatte der Regen aufgehört. Mit geschlossenem Schirm tappte Holterhoff Richtung Spitzenhotel. Und glaubte schon nach gut hundert Schritten, den Korasmar Junior zu erkennen, ja, schon als er beim *Colombi*-Park die Ringstraße überquerte, aus knapp zwanzig Metern Distanz sah er ihn, hockte da hinter Glas, hatte direkt am Fenster einen Restaurantplatz, speiste wie im Freien, auf dem Präsentierteller. Öffentlich residierend an einem Zweiertisch, der Platz ihm gegenüber noch frei, zweifellos frei gehalten für Holterhoff.

Der zögerte, blieb stehen. Der junge Mann hatte ihn noch nicht bemerkt, hob in diesen Sekunden Rührei auf eine Brötchenhälfte. So lange der das balancierte, war noch die Chance zur Flucht. Aber das durfte nun nicht sein, Holterhoff hatte zu helfen versprochen. Eine Blockade war aufzuheben, eine Lähmung, womöglich eine gefährliche.

Betrat also das Hotel, Glaswände, Holztäfelungen, viel Goldgeschnörkel und Spiegelgelüstere, Personal nahm ihm Schirm und Mantel ab und geleitete ihn ins Restaurant, dort sah der Junior nun den eskortierten Besucher, sprang auf und übernahm energisch die Gastgeberrolle.

Sie sind gekommen, wie gut, ich fürchtete schon, Sie seien zu stolz, sich einladen zu lassen von einem wie mir, hier ist der Platz für Sie, herzlich willkommen, was kann ich für Sie tun, was sollte ich machen, damit Sie sich wohlfühlen, Kaffee? Tee? Vorweg erst mal besten Sekt, klar, und in diesem Haus wird mir auch schon morgens am Tisch serviert, alles, was immer Sie wünschen, Herr Holterhoff, nennen Sie Ihre Wünsche.

Danke, vorweg auch von mir aus danke, aber ich streune gern zu den Buffets, wähle mir mein Futter eigenhändig.

Vorerst setzte er sich und bat um Grünen Tee, Marke *Morgentau*, Tansel orderte, bestellte auch Sekt und hob, nachdem alles Höfliche geredet schien, sein Brötchenfragment, ließ es aber wieder sinken, um reden zu können. – Und nun sagen Sie mir doch als erstes: Was denn bindet Sie an meine Lola?

Kellner brachten Gläser und Sekt, öffneten, schenkten ein. – Undine ist die Tochter meiner Nichte. – Sie sind also der Großonkel, und da Sie Schriftsteller sind, darf ich endlich hoffen auf präzise Informationen. Aus erster, aus qualifizierter Hand. – Er hob sein gefülltes Glas.

Informationen? – Holterhoff griff ebenfalls zum Glas, hob es dem Junior kurz entgegen, trank und fand, dass der nervös war, »qualifiziert« nervös.

Auskunft zum Beispiel benötige ich über meine hindernisreiche Liebe. Und über diese rätselhafte Mutter. Die leider nichts zu halten scheint von altbewährten Traditionen. – Von welchen? – Von der uralten Tradition der Liebe. Von dieser ältesten aller spirituellen Sensationen. Erklären Sie mir meine Lola!

Erklären kann ich Ihnen nur, dass Undine keinerlei »Lola« ist und schon gar nicht Ihre. Gehört jedenfalls nicht zu Ihrem Besitz. – Der schöne Dunkle blickte ratlos. Ein Kellner brachte *Morgentau.*

Sie sind sehr schroff. Ich glaubte, Dichter äußern sich sensibler. Von »Besitz« habe ich nicht geredet. Wie wäre es, wir redeten von »Bindung«? Zwischen Ihrer Verwandten und mir existiert nach zwei gemeinsamen Jahren so etwas wie eine Bindung.

Das macht es nicht besser. »Bindung« lässt mich an Fesseln denken. Womöglich an Verletzungen, die »verbunden« werden müssen. So wie unser wunderbares Münster hier in Freiburg, das schon seit Jahrzehnten immer neu repariert werden muss, immer neu verschwindet der einmalige Turm hinter Wundverbänden.

Schade, ich hatte Sie mir anders vorgestellt. – Wie? – Mit mehr Sinn für Geistiges. – Oh, die Verletzungen des Münsters sind nicht bloß äußerlich. Auch die meiner Großnichte ließen sich ohne Mühe als geistig beschreiben.

Sie reden von »Verletzung«? Hören Sie, diese phantastische Frau, nenne ich sie also nicht Lola, sondern Undine, sie hat gut zwei Jahre lang sehr gern die schönsten Dinge mit mir geteilt. Und hat sich dabei offenbar höchst wohlgefühlt. Als sichtbares Zeichen dafür, dass ich jetzt nicht spinne und mir Undines Liebe nicht einbilde, könnte ich nun aus meinem Zimmer hier im Hotel was Wunderbares holen,

Shakespeares Buch über die Liebeskunst, *Venus und Adonis*, das sie mir geschenkt hat, in der Mitte dieser Jahre.

Nicht ungewöhnlich, dass sich Menschen in der Liebesverzauberung Großartiges sagen, sich verloben und Kostbares schenken. Nur kann die blinde Begeisterung so rasch, wie sie kam, wieder verschwinden. Nicht ungewöhnlich.

Ich sollte Leute wie Sie schätzen, Menschen mit groben, aber offenen Worten. Immerhin sagen Sie »Begeisterung«. Und Sie glauben, ich bin blind? Warum?

Weil Sie offenbar nicht spüren, dass diese Frau mit Wörtern wie »Bindung« oder »Verlobung« andere Vorstellungen verbindet. – Welche? – Beklemmende. Beengende. – Wieso ist sie mir dann gefolgt? Gut zwei Jahre lang?

»Gefolgt«. Nun nutzen Sie wieder so ein beklemmendes Wort. Eine wie Undine folgt einem guten Fremdenführer, einem guten Scherpa womöglich bis auf den Mount Everest, einem Stadtführer durch Zürich. Aber jedem? Jedem folgt sie nicht.

Ich bin nicht »jeder«.

Wir Deutschen haben kollektive Erfahrungen, die alles »Folgen« fragwürdig gemacht haben. »Führer wir folgen dir«, so riefen wir massenhaft. Mit den entsetzlichsten Folgen. Dies Gebrüll hab ich noch selbst gehört, als Kind. Und dieses »Folgen« und die Folgen des Folgens hatten die Deutschen hart zu bezahlen, andere Völker noch härter. Das hat zum Glück sehr vielen hier alles »Folgen« fast ganz abgewöhnt.

Ich bin nicht jeder. Und erst recht nicht Hitler.

Klar. Aber über alles Folgen und Gehorchen denken hier viele nun überaus kritisch und ich finde das gut. Das sollten Sie beherzigen, der Sie wahrscheinlich gern und seit je ein folgsamer Sohn ihrer Eltern sind. Hier jedenfalls waltet nun ziemlich viel Misstrauen gegen jede Sorte Gehorsam. Obwohl wir immer mal wieder neu reinfallen auf Gurus, Stars, Medienmonster.

Zwei Hotelfiguren baten um Bestellungen, Holterhoff bat, sich selbst bedienen zu dürfen. – Dass Sie meine Großnichte sehr lieben, das glaube ich Ihnen. Aber glauben müssen Sie mir auch, dass Undine von Grund auf und liebend gern in Freiheit lebt. Was nicht ausschließt, dass sie liebend gern tolles Fremdes erforscht, interessantes Anderes, so wie Humboldt den Orinoco, Livingstone den Kongo, Armstrong den Mond. Und in Sie hatte sie sich sogar verliebt.

Wie brenzlig für sie. Bislang hörte ich, ich käme aus seriösem Haus. Für Sie komme ich aus dem Urwald? Vom Mond?

Meinetwegen vom Jupiter oder aus einem Zauberwald, wenn Ihnen das lieber ist.

Auf dem Stuhl neben ihm, im dunklen Ledertäschchen, meldete sich ein Handy, er griff ins Täschchen, fand den Ausknopf auf Anhieb. – Die Brandestochter wollte mich also nur erforschen? Interessant. Das sollten Sie mir genauer erklären.

Erkläre ich gern. Zuvor aber erforsche ich hier die Brunch-Landschaft. – Er stand auf, wollte sich von den Buffets ein Frühstück holen, vor allem aber die Gedanken ordnen. Das Gespräch hier lief ihm zu schnell, geradezu waghalsig. »Für Sie komme ich aus dem Urwald? vom Mond?« Ungeschickt hatte er das angefangen, verwirrend ging das, wirbelte ungenau um zentrale Punkte. Würde er es schaffen, diesen jungen Mann aus seinen Illusionen zu holen? War je ein heftig Liebender zur Erkenntnis seiner Lage in der Lage? Zumal einer wie dieser hier, dieser zweifellos Attraktive, vielleicht sogar Ritterliche? In der Tat, der hatte nicht von Besitz geredet, sondern von einer »hindernisreichen« Liebe. Von diesen Hindernissen wäre nun zu reden. Weih, worauf hatte er sich eingelassen.

Mit appetitlichen Fundstücken kehrte er zurück, mit fruchtigen Yoghurtmischungen, auch mit Merguez, mit Bratkartoffeln und Bibbeleskäs. Tansel bestaunte, was Holterhoff »badischen Teller« nannte. – Ich weiß, ich esse zu viel und zu gern. Und bewege mich zu wenig. Sie dagegen treiben gewiss Sport.

Und nicht etwa Golf, wie Sie denken, Tennis oder Segelsport. Übrigens guten Appetit! Ich treibe *Futsal*. – Futsal? – Neuen Hallenfußball. Gibt's erst bei wenigen Vereinen, der HSV in Hamburg betreibt Futsal mit dem Sponsoring meines Vaters. – Korasmar junior hatte sich Oliven bringen lassen. – Futsal läuft ohne Rempeleien, auch ohne Tricks, nicht mal über die Bande. Mit einem weicheren Ball, der nicht so sprunghaft, der genauer zu kicken ist, am Fuß besser zu beherrschen, da spielen fünf gegen fünf und es kommt auf Intelligenz an und Teamwork und auf keine Aggressivitäten, Futsal fordert Selbstbeherrschung, Fairness. Grätschen ist absolut verboten, und nach fünf Fouls kommt es zum Penalty. Konzeptionell bleibt das frei von Körperkontakten, fordert blitzschnelle Übersicht, zeitigt elegante Methoden und auch unter Stress keinesfalls Grobmotorik. Kombinationen um den Gegner herum, Tore fürs Team, nicht fürs Ego.

Wenn Sie das so beredt schildern, leuchtet mir immer weniger ein, wie Sie solchen Sport lieben können und gleichzeitig ihre Exfreundin dermaßen verfolgen. So dass ich fast »rempeln« sagen müsste und »unfair«. Glauben Sie mir, Undine leidet. Und fürchtet sich vor Ihnen.

Ach, dann sollten Sie mir erklären, warum sie mich hinterging. Nachdem sie mich gut zwei Jahre lang intensiv begleitet hat, um das Wort »folgen« zu vermeiden. Begleitete mich nicht nur gern, sondern auch, bleiben wir beim offenen Wort, lustvoll.

Haben Sie da nicht einiges übersehen? Sie machte Ihnen mehrfach klar, dass Schluss ist.

Dieser mattschwarze Blick. Die dunkelrote Färbung des mediterranen Teints. Holterhoff hatte nun offenbar Unpassendes gesagt. Etwas Demütigendes?

Ein Wort wie »Schluss« hat sie nie ausgesprochen.

Dann müssen Sie das erfolgreich überhört haben. Auch das ist nicht ungewöhnlich. In meinem Autorenleben hatte ich etwa 964 sogenannte Dichterlesungen. Da sammelt man Erfahrungen mit Taubheit, mit Missverständnissen. Und weiß am Ende ganz gut, wo in Deutschland deutliche Worte üblich sind. – Wo? – In Berlin und im Ruhrgebiet. Da geht's jedenfalls deutlicher zu als im gebildeten Hanse-Hamburg. Wo wohnen Sie in Hamburg?

Besuchen Sie uns, kommen Sie nach Nienstedten. Liegt auf hohem Ufer über der Elbe, auf grünem Geestrücken. Feine alte Villa, Tudor-Stil, bisschen so wie dort drüben dieses *Colombi*-Schlösschen. Durch hohe graue Buchenstämme haben wir freien Blick auf den Strom, auf die Schiffe. Und niemand dort hatte je den Eindruck, dass Undine »verfolgt« würde. Oder »unfair gerempelt«. Oder dass da deutliche Worte verpönt gewesen seien oder gar verboten.

Offenbar war sie in Nienstedten sprachlos.

Warum hätte sie sprachlos sein sollen?

Angesichts der ungewohnten weltfernen Pracht.

Weltfern? Sie servieren mir Rätsel über Rätsel. Unser Firmenbetrieb ist modern. Global erfolgreich. Da ist nichts von Jupiter oder Mond oder weltfern, das ist alles hoch aktuell, ist sogar spezifisch hamburgisch.

Eben. Das könnte sensible Leute sprachlos machen. – Wieso? – Die Welt taumelt, zuckt, krebst. Menschen hungern in Massen, krepieren an Giftluft, an Ätzwasser. Sie aber genießen großbürgerlich Luxus? Hauptsache Karriere, Profit?

Sollen auch wir hungern? Krepieren?

Prunken mit Ihrem Reichtum.

Ach, mein Herr. Zugegeben, wir sind wohlhabend. Wurden es aber auf reale und sehr ehrliche Weise. Ich weiß, bei Migranten rechnet man mit Prekariat, mit Hungerfamilien. Wir Korasmars genießen unseren Wohlstand, und zwar mit Freuden und mit vielen Freunden. Und mit guten Gründen. Sind stolz auf unsere Leistungen. Durch sehr viele Generationen Fleiß und Ausdauer hat das so werden können und unter wunderbaren Vorbildern. Sie dagegen? Herr Holterhoff, ich habe im Internet geforscht. In diesem Eins-A-Hotel lassen Sie sich zwar nicht bedienen, da tun Sie bescheiden, geben sich sozial und holen brav Ihr Futter selber, aber auch Sie hatten Erfolge. Beim Fernsehen, beim Bücherschreiben. Ganz so übel kann es Ihnen kaum gehen. Im ICE aber fahren Sie gewiss zweiter Klasse. Und in Freiburg lieber mit der Straßenbahn, hab ich recht? Im Jet garantiert *economy-class.* Und hier im Hotel bitte keine Sklaven.

Hier und jetzt schmeckt es mir schamlos. Aber Sie haben interessant beobachtet, Kompliment. Auf Hamburgs Mond lebt eine kluge Spezies. Wird Zeit, dass ich die endlich kennenlerne.

Sie mit ihrer Mondmetapher. Und schon wundern Sie sich, dass ich solch eine Vokabel benutze, Metapher. Meine Eltern haben ihre vier Töchter und mich auf bestmögliche Schulen geschickt, mein Vater und meine Mutter kommen nicht vom Mond, sondern aus Adana. Südliche Türkei. Von dort, wo auf dem Atlas das Mittelmeer rechts oben diese Ecke hat. Kommen zwar von weit her, haben aber viel gelernt. Zum Beispiel deutsch.

Pardon. Was ich mit »sprachlos« sagen wollte, das ist das, was wir doch eigentlich alle wissen müssten. Dass die Masse der Leidenden derzeit ungeheuer wächst und alles Elend rasend größer wird, Armut und Ungerechtigkeit. Dieses bedrückende Ungeheuer, dieses weltweite Leiden, das würde mir jeden Reichtumsgenuss verderben. Höchstens gönne ich mir einen guten Wein. Oder schmackhaftes Frühstück. Und Sie staunen nun, dass ich dieses Ei beklopfe und pelle, statt es zu köpfen?

Denken Sie, auch ich köpfe nicht. Herr Holterhoff, wir sollten netter sein miteinander. Türken sind, sollten Sie wissen, eine Spezies, die sehr gern menschlich miteinander umgeht. Und die Versprechen einhält. Zum Beispiel Verlobungen.

Da gab's offenbar Probleme der Verständigung. »Menschlich miteinander umgehen« hört sich gut an. Um es aber deutlicher zu sagen: Rings in der Welt gelten Frauen noch immer selten als Menschen. Undine, diese freiheitsverliebte Frau, die fand sich bei Ihnen nicht wirklich wahrgenommen. Und wenn ich Undine richtig begreife, dann wird mir klar, dass diese Frau gar nicht zu »verloben« ist. Im Zweifelsfall organisiert sie sich eine Beziehung selber. Und würde dann brennend gern darüber reden wollen, diskutieren. Bloße Gesten, stumme Signale, Traditionen, mag sein, das hat sie übersehen. Was nicht zur Sprache kam, existiert für sie nicht.

Ich bin sicher, meine Wörter, unsere Signale waren deutlich.

»Unsere«? In Ihrer Familie?

Alle Voraussetzungen für eine Verlobung waren erfüllt. Sind es noch jetzt.

Wohl nur für Ihre Begriffe. Für Begriffe aus Adana.

Ach, Herr Dichter, wir Korasmars leben seit gut zwanzig Jahren im Westen. Ich kam nach Hamburg als Zweijähriger. Und war in einem der besten Gymnasien. Abi mit guter Note. Auch für Ihre westlichen Begriffe ist das, was in Nienstedten lief zwischen ihr und mir, eine sehr enge Verbindung. Das würde auch bei Ihnen als »Verlobung« gelten.

Weil Sie Undine daheim ausführlich vorführten, auf Partys, auf Empfängen, Vernissagen? Da wurde, meinen Sie, jedem klar, diese Frau gehört Ihnen?

Nirgendwo war sie gegen ihren Willen. Sondern stets, wie heißt das bei euch, »in gegenseitigem Einvernehmen«. Ja, in bestem Einverständnis auch mit meinen sehr geliebten Eltern. Auch das sollten Sie wissen und respektieren. Mit Eltern, die vormals noch ziemlich hart gegen meine frühere Lola geschimpft haben. Die aber dieser neuen Frau aus Berlin alle Sympathien erwiesen. Die hatten sich entschieden.

Die Eltern hatten sich entschieden? »Im besten Einvernehmen«? Die Prinzessin war bei Hofe akzeptiert?

Ihr Spott ist mir sehr fremd. Undine wurde nicht bloß akzeptiert, sondern wurde daheim unheimlich gern gesehen. Aufs Gastfreundlichste bewirtet. Und von mir heiß geliebt.

Hören Sie, junger Mann, Undine ist ein neugieriger, ein eifrig studierender Mensch. Und die türkische Erfolgsfamilie im höheren Hamburg, die erschien ihr wie ein ungewöhnlich brisantes, wie ein staunenswertes Abenteuer und, ich bleibe dabei, das war für sie ein hoch interessantes Forschungs- und Lebensgelände. Gewiss auch ein lustvolles. Zumal eine wie diese junge Frau mit Lust nichts verbindet, was unehrenhaft oder unrein sein könnte. Erfahrungen zu machen in einer fremden High Society, das ist spätestens seit Marco Polo beliebt, spannend, aufschlussreich. Das ist sogar die uralte Undinengeschichte. Eine Elementarfrau in einer Anderswelt.

»Elementarfrau« finde ich gut. So viel ich weiß, erging es der Undine im Märchen übel, und das zeigt den entscheidenden Unterschied: Ihre Verwandte wurde bei uns nicht als Fremde behandelt, sondern wurde von Beginn an herzlich und hoch geschätzt und anerkannt, als meine Freundin, Geliebte, Braut, Eroberung, wie immer Sie das nennen wollen.

Gern würde ich das auch Trophäe nennen.

Oh, vielleicht sah Undine auch mich als Trophäe? Haben Sie das »erforscht«?

Sie haben recht. Kann durchaus so sein. Anfangs gab es wohl auch bei ihr so was wie den Stolz der Jägerin. Aber eines scheint doch klar zu sein, es gab Verständigungsprobleme. Und die gibt es noch jetzt. Warum verfolgen Sie Undine?

Verfolgen? – Der Junior spießte eine gefüllte Olive und schob sie sich in den Mund. – Herr Dichter, haben Sie etwa vergessen, wie das ist, wenn die Liebe brennt?

Nichts ist vergessen, bleibt immer neu verwirrend. Nur hoffe ich, es gelang mir, nie das zu fabrizieren, was nun viele nervt und ängstigt. – Was? – Besitzansprüche.

Ich will Ihre Undine weder kaufen noch verkaufen. Sie ist keine Ware, sondern meine verbesserte Lola. Eine schwarzblaue Rose, die ich liebe, jawohl, brennend!

Sie aber liebt Sie nicht mehr. Das Anfangsfeuer ist tot. Asche.

So platt kann das unmöglich wahr sein. Hören Sie, wir träumen voneinander! Und wenn Sie den Namen »Lola« verabscheuen, sage ich Ihnen, Ihre Undine ist seit langem meine »schwarzblaue Rose«, nämlich etwas Phantastisches, was es eigentlich gar nicht gibt und was dennoch existiert. Wo bleibt der Respekt dieser Frau auch mir gegenüber? Gegenüber meinen Gefühlen, meiner Seele, meiner Person?

Stimmt, auch sie träumt von Ihnen. Leider nur noch Alpträume.

Bin ich ein Monster?

Hören Sie, was Sie jetzt erleben, ist eine uralte Geschichte. Eine Geliebte wählte sich einen anderen. Und wir Männer, da hilft nichts, wir müssen damit klarkommen. Und wir sind nicht deswegen Esel, weil uns eine Frau verlassen hat. Sondern sind nur dann Esel, wenn wir deswegen durchdrehen, Unglück verbreiten oder gar Terror. Ich ahne, mein Lieber, wie es in Ihnen brennt.

Zwei Jahre, murmelte er. Zwei Jahre Feuer.

Das Feuer stahl der Mensch dem Kosmos, und er beherrscht es bis heute nicht. Und dass eine junge Frau einen Mann verlässt, davon erzählt Heinrich Heine: »Das ist eine alte Geschichte. Doch bleibt sie ewig neu. Und wem sie jüngst passieret, dem bricht das Herz entzwei.« Muss aber so ein Unglücklicher auch noch andere ins Unglück stürzen?

Holterhoff hatte seine Hand auf die des anderen gelegt. Korasmar zog seine Hand von der Altershand weg. Starrte seitwärts, holte Luft. Und redete dann sehr leise. – Sie verstehen mich nicht. Können das unmöglich wissen. Was zwischen ihr und mir lief und läuft, das, so muss ich das jetzt sagen, das ist so ungewöhnlich, so schwarzblau phantastisch, dass es ein Heiligtum ist. Und das geht andere nichts an, auch einen Verwandten nicht. Reden Sie hier als Agent Ihrer Mutter?

Nicht Irene Brandes hat mich geschickt, sondern Undine. Bat mich sehr, ihr zu helfen. Was Sie von der neuen Sportsorte Futsal sagen, von Selbstbeherrschung, Übersicht und Teamgeist, das, finde ich, sollten Sie auch gegenüber Undine fertig bringen.

Ich rempele nicht. Und erschrecke und schädige keinen. Schon gar nicht Ihre Großnichte.

Sie bedrängen sie. Sie hat Angst. Vor Ihnen. – Ach, und wer hat getäuscht, betrogen, gelogen? Auch ich habe Angst, habe Verlustangst. Dass ich sie verliere an einen Geier aus Kalifornien. – Tansel

Korasmar stand kurz auf, blickte nach links und nach rechts, als wollte er fliehen, ließ sich dann wieder auf seinen Sitz zurück. Betrachtete seine Ledertasche, dann die Serviceleute, die den Tisch abdeckten. Dann seinen Gast.

Einschub 19. Oktober 2010 Das Gespräch mit diesem Juniorchef Korasmar wäre anders gelaufen, hätte ich zwei Umstände gekannt. Wenigstens diese zwei. Zum einen die Sache mit den Wanzen oder Peilgeräten. Zum anderen Undines »Besonderheit«. Und, davon abhängig, das extrem Exzessive des Tansel.

Erst jetzt, beim Rekonstruieren des Gesprächs aus fast zehn Seiten Kürzelnotizen, erst jetzt wird mir klar, wie merkwürdig dieser junge Mann reagiert hat, als ich ihn nun fragte, ob nicht auch er unter Druck stehe. Wahrlich, er stand unter Druck. Und unter »besonderem«. Hatte sich über Undines »Extra« in das Wort »Heiligtum« geflüchtet.

Aber davon hatte ich halt keine Kenntnis. Und so leben wir. In Unkenntnissen. In Projektionen. De facto im Wahn.

Das weckt immer neu die Gedanken an meinen Vater. An einen menschenfreundlich Begeisterten. Anfangs faszinierter Nazi. Sehr bald in heftigen Problemen. Nach 1945 zerrüttet, schockiert, verstummt. Von all dem, wie die Welt stattdessen gewesen ist.

Rückblick: Noch 25. Mai 2010 Tansel Korasmar betrachtete ratlos den alten Holterhoff. – Das sollten doch gerade Sie wissen, Sie als Poet, dass Liebessachen nicht rückrufbar sind. Nicht einfach zu stornieren wie Geschäftssachen. Als Kaufmann annulliert man, was nicht in Ordnung ist. Gefühlssachen sind so nicht handelbar.

Was Angst macht und Alpträume, sind das Liebessachen?

Er sah aus dem Fenster, als suche er Hilfe von denen, die da vorübereilten. – Im Deutschen gibt es ein hilfreiches Wort. »Leidenschaft«. Das meint Liebessachen.

Wenn Sie, Herr Korasmar, eine unternehmungslustige junge Frau dermaßen nerven, dass die aus Berlin fliehen muss in das am weitesten entfernte deutsche Großstadtnest, dann ist für diese Frau Ihre »Leidenschaft« nicht Liebe, sondern nur noch Schrecken. Und es könnte sein, das ist sogar »unehrenhaft«. Gilt gesetzlich inzwischen als Mobbing. Als Stalking. Ist strafbar. Als »Nachstellung«.

Unehrenhaft? Hören Sie, wollen Sie jetzt wirklich Streit? Wer denn hat hier nicht ehrlich geredet, hat respektlos getäuscht und getrickst? Mir zu sagen, sie habe ein Stipendium in Florida.

Und warum hat sie zur Notlüge gegriffen? Um sich zu schützen vor dem, was Sie nun Leidenschaft nennen. Seit Abrahams Zeiten gehören zu Liebessachen zwei, und wo einer der beiden nicht liebt, wird Leidenschaft unzumutbar, unfair, nervend, beängstigend.

Bin nun ich der Lügner? Offenbar ist nicht nur Ehrlichkeit verschwunden bei den Deutschen, sondern auch Feuer und Flamme, ja, wo sind bei euch noch Begeisterte, Leidenschaftliche?

Den Deutschen ist das zum Glück vorerst vergangen. Mit einseitiger Leidenschaft hatte sich fast ein ganzes Volk vergangen. – Vergangen? – Ja, an Mitmenschen. In massenhaftem Missbrauch.

Er spießte eine Olive, ließ sie aber liegen. – Und Sie, statt Gefühle zu respektieren, sprechen von Zumutung. Sogar von Gerichtsnotorischem. Hören Sie, ich studiere zwar keine Literatur und solche Weisheiten, nur Betriebs- und Volkswirtschaft und praktiziere das auch, aber bin ich deshalb Prolet? Eine Zumutung für Intellektuelle? Immerhin weiß ich so viel, dass ich sagen kann, Hitler ist kein Musical von ETA Hoffmann.

Das hätte hohe Literaturqualität.

Sie dagegen wohnen in einem Viertel, das seinen Namen hat von einem, der Kriege perfektionierte.

Nein, der Kriege verhinderte. Indem er dicke Mauern baute. Hunderte Orte machte der uneinnehmbar für damalige Kriege. Hören Sie, am liebsten würde auch Undine in ihrer Verzweiflung eine Mauer bauen um sich herum. Gegen das, was Sie Leidenschaft nennen. Respektieren Sie diese Frau, ihre Gefühle, ihre Würde.

Ach. Auch das scheinen Sie also zu wissen. »Würde«. Oh ja, Herr Schriftsteller, ich habe mir inzwischen eure Verfassungssache genau angeschaut, euren ersten Artikel. Obwohl auch bei euch Politiker gesagt haben, sie könnten nicht jeden Tag herumlaufen mit dem Grundgesetz unterm Arm. Inzwischen kann ich den Artikel an jede Tafel schreiben. Und muss sagen, wir Korasmars, wir leben weder auf dem Mond noch auf Jupiter, sondern könnten euren Artikel Eins jederzeit unterschreiben. Und zwar dann, wenn da, wo »Würde« steht, »Ehre« stünde.

»Die Ehre des Menschen ist unantastbar«? Ich bin beeindruckt. Und »Ehre« meint dann ja wohl nicht die »des Menschen«, sondern die des Mannes?

Was haben Sie gegen »Ehre«? Und was haben Sie gegen die Ehre von Frauen und Familien, in denen der Mann Verantwortung trägt? Was stört Sie am wunderbaren Zusammenhalt in Familien unter dem Schutz des Mannes?

Lieber Korasmar, »Ehre« lieferte Europas Dichtern unendlich viele düstere Romane und Dramen. Und wir Deutschen haben mit unserem »wunderbaren Zusammenhalt« und mit unserem Ehrennebel blutigste Kriege geführt. Mit breiter Brust und flachem Hirn. Seitdem ist »Ehre« bei uns zum Glück ähnlich außer Kurs wie das Folgen und Gehorchen. »Ehre« ist höchstens noch was für antiquierte Kanzler, die damit Geldbetrug kaschieren.

Und was haben Sie gegen Familie?

Familie ist literarisch anerkannt als Ort intimster Schrecken. Ohne Erfahrungen in Familien hätte keiner unserer Großen seine Romane und Dramen schreiben können. Familie ist die Ordnung, an der immer wieder stirbt, was Glück sein könnte. Freiheit. Und Würde. Freiheit für alle, nicht nur für Männer.

Mir wäre lieb, wir redeten nicht von Literatur, sondern von dem, was mich hier und jetzt plagt. Wenn eine Frau aus einer Liebesbindung flieht in eine Lüge, dann, so meine ich und dabei bleibe ich, dann ist sie es, die ihre Ehre verliert.

Und ich meine, wenn eine Frau Wert legt auf Selbstbestimmung, also auf ein zentrales Menschenrecht, dann verliert sie nichts, sondern gewinnt. Und wenn ein Mann einer Frau Fesseln anlegen will, dann wächst nicht etwa seine Bedeutung wie ein Orden an seiner Brust, sondern in meinen Augen schrumpft dann und schrumpelt dieser Mann. Für mich schrumpft er zum Pfaffenknecht. Weil er letztlich nur befolgt, was Priester sich ausklügelten.

Oh, dieses Ausgeklügelte, mein Herr, das ist bewährt. Das macht unser Leben klar und rein und sicher. Und zum Glück haben wir Korasmars fröhlichere Vorstellungen von Familie.

Leider kriegt auch bei uns Familie noch immer von sehr weit oben ihren Segen. Familienregeln haben auch bei uns letztlich immer noch zu tun mit unwägbar Unendlichem. Wenigstens in ländlichen Gegenden dominieren nämlich weiterhin Familien-Oberhäupter und über denen waltet sehr hoch oben noch immer was Allerhöchstes, irgendwo im Metaphysischen, im Spirituellen, ja, aus dem Ewigen holt sich so ein Oberhaupt seine Vorschriften, und im Zweifel mit Härte und Strenge. Und mit Gewalt. Auch bei uns kommen Familienvorschriften irgendwie noch immer aus heiligen Höhen, da ist dann mit Argumenten wenig zu machen. Da sitzt am Ende eine Tochter oder ein Sohn nicht bloß in Psychofallen, da ist das plötzlich nicht mehr ein Seelenproblem, sondern »Sünde«. Dann schauen junge Leute in sturzgefährliche ewige Abgründe, wenn zum Beispiel das Oberhaupt glaubt, Gehorsam, Disziplin, Treue und Anstand oder auch Reinheit rigoros durchsetzen zu müssen. Da ist dann, wie bei magischem Zauber, gar kein Entkommen mehr in Richtung Fairness, Lust, Glück und zu all dem, was sich auch ohne Gott als hilfreich erwies für ein gelingendes Miteinander. Fürs Zusammenleben von uns ach so Unterschiedlichen und Freiheitsliebenden.

Während Holterhoff so redete, löffelte Tansel eine badische Kartoffelsuppe, hastig, in Nervosität. Da versuchte Holterhoff es mit einem anderen Thema. – Sie, Herr Korasmar, Sie studieren die Ökonomie nicht nur, Sie praktizieren sie auch?

Bei Korasmar und Co KG.

Und womit handelt sie, diese Kommanditgesellschaft? – Import, Export. – Mit welchen Waren, wenn man fragen darf? – Mit allem, was der Markt bietet. Maschinen, Futtermittel, Düngemittel, Saatgut, Turbinen, Zentrifugen, LKWs. Mit allem, was verkäuflich ist und was alsdann transportiert werden muss.

Auch mit Waffen?

Tansel hielt den Suppenlöffel zwei Sekunden still. Unter seinem rechten Auge ein leichtes Zucken. – Sind sehr gut verkäuflich. Auch in Deutschland. Weltweit. Wäre bei den Deutschen allerdings manchmal illegal. Geht hier nur mit Erlaubnis vom Staat. Und wird dennoch gemacht. Derzeit gern bis nach Dubai. Wohin es von dort dann weitergeht, weiß man oft nicht. Kann sein, nach Iran, Pakistan, China. Falls Sie das wissen wollen.

Und diese Erlaubnis vom Staat, die kommt aus Berlin, von Doktor Brandes? Zu dem Sie und Ihr Vater gute Kontakte haben?

Korasmar schüttelte den Kopf, als müsse er resignieren. Setzte den leeren Suppenteller beiseite und fragte, welches Misstrauen seinen Gast eigentlich bewege. – Sind wir Korasmars Hütchen-Trickser aus dem Libanon? Kommen wir aus Israel? – Und bezeichnete sich dann leise, aber in trauerndem Tonfall als vollkommen integriert. Als »westlich integriert«. – Hob den Suppenteller dem Ober entgegen. – Keine Sorge, wir beachten sämtliche Gesetze. Und meine Schwestern tragen keine Kopftücher. Selbst die Mutter nicht. Vielleicht schockierten den Herrn Dichter neueste Gerüchte von einem schlecht integrierten deutschen Banker mit dem orientalischen Namen Sarrazin. Oder es schockierten ihn grässliche anatolische Redensarten. »Eine Frau braucht ein Kind im Bauch und den Knüppel im Rücken«. Auch ihr hier, ihr hattet als Nazis verdammt mörderische Sprüche. Nicht wahr? Vielleicht schockten auch neue Schreckensgeschichten von libanesischen Muslimen in Gelsenkirchen oder Essen, wo Mädels schon mit dreizehn oder vierzehn verschachert werden an Ehemänner und wo eine, die das

Abitur geschafft hat, trotzdem unter die Burka muss. Und wo sie nicht unter zehntausend Euro kostet.

Schreckensgeschichten gibt es für Frauen auch auf sehr viel dezentere Weise. – Etwa durch einen wie mich? – Auch durch einen so sympathisch klugen Menschen wie Sie.

Der Schöne holte Luft. Er, Korasmar junior, sei für den Herrn Holterhoff offensichtlich immer noch nur Orientale. Und er mache deshalb einen Vorschlag. Die *Colombi*-Küche biete im Brunch eine pikante Orient-Ecke, die solle er sich nicht entgehen lassen. Gutes Essen besänftige fast jeden Zwist.

Schöne Idee, aber ich bin satt. Mein Frühstück war reichlich.

Warten Sie, dann hole ich Ihnen kleinste Häppchen, wenigstens von den Fleischbällchen, die sind hinreißend, oh ja, wie Haremmädels, zum Reinbeißen, einmalig, mit Minzjoghurt, wie Milch und Blut, warten Sie, ich entzücke Sie. – Und war schon unterwegs.

Holterhoff genierte sich. Dieser Mann schien ehrlich bemüht, der stritt um seine Liebe mit altritterlichem Ehrgeiz. Und der kam dann zurück mit fast vergnügtem Lächeln, hatte für sich selbst »pikante« Mischungen erstellt und für den Gast auf kleinerem Teller eine Probe. – Das, Dichter, müssen Sie kosten. Orientzauber, das schmeckt auch dem, der meint, er kenne schon alles und sei satt. – Und so aßen sie eine Weile, Holterhoff lobte die Mitbringsel.

Seien Sie beruhigt, Doktor, es ist lange her, dass unsereiner Töchter hätte kaufen wollen oder verkaufen. Gegen Kamele, nicht wahr? In unserer Sippe war das nie üblich, davon wurde nie erzählt. Wir Korasmars sind kemalistisch. Das heißt, wir verehren den Staatsgründer Kemal Atatürk, leben in seinem Sinn. Und sind gerade deswegen Europas Gewohnheiten sehr nahe. Fast lückenlos. Und was die Geschäfte betrifft, ja, da bin ich weiterhin auch im Handel meines Vaters, wo ich den Auslandshandel steuere. Außer türkisch kann mein Vater zwar deutsch, aber nicht fehlerfrei. Und auch das Englische zu wenig. Wer in anderen Ländern lebt, klar, der sollte die Sprache des Landes können. Und die Gebräuche. Und der Hauptgebrauch in

Deutschland: das ist der Erfolg. Und man kann nicht sagen, dass die Korasmars wie Sozialfälle leben. Und kann nicht behaupten, dass sie hier nichts gelernt hätten und betteln müssten. Zum Beispiel leben wir nicht im Wüstenzelt. Kommen Sie nach Nienstedten. Mein Vater heißt nicht umsonst Kemal. »Atatürk« bedeutet »Vater der Türkei«. Der hat, wie Sie ja wohl wissen, das Land geöffnet in Richtung Westen. Und mein Großonkel Sabanci in Adana hat uns gelehrt, was schon der Prophet Mohamed lehrte: Eine Stunde Wissenserwerb ist wichtiger als zwölf Stunden Gebet.

Das kannte ich nicht. Finde ich sehr interessant.

Sie glauben nicht an Gott?

Falls es ihn geben sollte, hätte ich zu viel Respekt vor dem Schöpfer von Atomen und Universen. Hätte ich zu viel Ehrfurcht, als dass ich ihn je mit meinen Kläglichkeiten belästigen wollte. Als dass ich mir einbildete, wir könnten in seinen ewigen Dimensionen je irgendwas begreifen. Leider spielen sich aber immer neu Leute auf, als säßen sie beim Allgewaltigen in der Westentasche.

Der Weltgeist Allah ist für jeden da. Und ist hilfreich für alles.

Das halte ich für einen schönen Wunschtraum. Bei Katastrophen danken die Geretteten ihrem Gott, doch was machte der mit den Zerquetschten? Mit den Erstickten? Es scheint mir sehr hilfreich, ohne Wunschträume zu leben. Die werden seit je missbraucht, von Machthabern. Dieser wie jener Gott wird benutzt und missbraucht. Zum Beispiel wird die Mohamed-Weisheit, die Ihr Onkel wusste, von den Imamen nicht verbreitet. – Holterhoff wiederholte leise das Mohamed-Wort. – Ich vermute, mein Lieber, Sie, Korasmar junior, stehen unter Druck? Unter Leistungsdruck, oder?

Der sah ihn nun merkwürdig irritiert an, fast erschrocken.

Macht es nicht enormen Erfolgsdruck, einziger Sohn zu sein? Kronprinz, Erbe einer blühenden Firma? Eines erfolgreichen Vaters? Künftiger Beschützer einer Familie?

Fleiß und Leistung sind nichts Neues für uns. Klar, auch Tellerwäscher hätten wir werden können, Händler mit Autoschrott oder mit Gemüse. Straßenkehrer, Müllmänner, Fließbandleute wie viele andere. Aber Druck bringt vorwärts. Als bestes Vorbild haben wir unseren sehr ehrbaren Großonkel Haci Ömer Sabanci. Und seinen Sohn Sakip Sabanci. Am Ende waren beide die reichsten Männer der Türkei. Und nicht nur reich, sondern klare Kemalisten. Haben beide jederzeit westlichen Fortschritt studiert, stets die neuesten Techniken. Und haben für Schulen gesorgt, für Universitäten. Nicht nur in Adana. Sabanci-Holding ist heute im Wirtschaftswunderland Türkei führend. Wegen Urgroßonkel Haci Ömer kam ich als Kind nach Deutschland. Und kam in Hamburg sofort in einen Kindergarten zum Deutschlernen. Das Türkische, hat Vater gesagt, lernt Tansel mit Yasemin sowieso. Aber für unsere Geschäfte brauchen wir deutsch und englisch.

Deutsch sprechen Sie fehlerfrei.

Gelernt hab ich in einer sehr guten Schule in Hamburg-Othmarschen. Aber worüber reden wir hier. Sie wollen wissen, was ich mit Ihrer Nichte plane? Und womit ich Geld verdiene? Frage ich Sie nach Ihren Frauen? Ihren Nebenverdiensten? Ihrem Privatleben? Ob auch Sie eine phantastische Rose verehren? Oder ob Sie vielleicht Bücher heimlich in der Schweiz verkaufen, am Finanzamt vorbei? Hören Sie, wie mein Vater und ich Profite machen, das geht Sie nichts an, auch nach westlichen Regeln nicht. Arbeiten Sie für die Polizei? Fürs Finanzamt? Für den Verfassungsschutz?

Für die Verfassung grundsätzlich schon. Eine bessere hatten wir noch nie. Nicht nur wegen Artikel Eins. Die USA haben uns ein Grundgesetz aufgenötigt, das kluge Deutsche schon 1848 hatten erlassen wollen. Für ein friedliches und demokratisches Miteinander. Ich bin kein Vaterlandspatriot, ich bin Verfassungspatriot. Kosmopolitisch. Für ein Grundrecht für alle. – Holterhoff holte Luft. – Sie aber? Sie handeln, notfalls, auch mit Waffen?

Nicht nur notfalls. Sondern regelmäßig. Und legal. – Holterhoff bemerkte das Zucken unter Tansels Auge.

Waffenhändler sind für mich, pardon für meine neue Offenheit, sind Mörder an Schreibtischen. Noch mal pardon. Und das sage ich einem, der mich hier zu einem fabelhaften Frühstück geladen hat, mit orientalischen Leckerbissen und mit guten offenen Worten.

Haben Sie »Mörder« gesagt?

Pardon, aber wir sollten und wollten uns Deutliches sagen.

Dann sage ich Ihnen Folgendes. Waffen sind das, was man mit ihnen macht. Mit Waffen ist viel Fürchterliches zu machen, aber mit überlegenen Waffen schafft man auch Frieden. Ist Ihnen das neu? Haben Amerikaner und Russen den Hitler und seine leitenden Mörder samtweich angefasst? mit Handschuhen aus Ziegenleder? Hören Sie, wenn etwas auf mich weltfremd wirkt, dann pazifistisches Gesäusel. Ja, auch ich bin für offene Worte. Und wenn Sie wollen, dann führe ich Sie hier in Ihrem friedlichen Freiburg durch ein Unternehmen nur wenige Schritte neben Ihrem Vauban, dann zeige ich Ihnen eine Firma, in der Techniken entstehen, denen Ihr Deutschen seit nun bald siebzig Jahren Frieden verdankt. Die Peiltechniken, die dort entwickelt wurden, die sind verbunden mit *Starfighter*, mit *Tornado*, mit Drohnen, mit *Leopard* und *Eurofighter*, ja, Herr Dichter, auch vor solchen sehr hilfreichen Techniken schreckt der Handel von Korasmar und Co KG nicht zurück. Auch Undine wollte mich mal kritisieren und fragte, womit wir eigentlich unser Geld verdienen, da hab ich ihr schließlich aus meinem Abi-Aufsatz einen klugen Deutschen zitiert, euren Wilhelm Busch. Den liebt ihr ja alle. Und der war ja vielleicht tatsächlich so weise wie unser Nazim Hikmet.

Was haben Sie ihr zitiert?

Ein Gedicht auf einen Igel und seine Stacheln. »Und allsogleich macht er sich rund, schließt seinen dichten Stachelbund. Gewappnet, doch als Friedensheld.« – Tansel blickte wie im Triumph. – Bewaffnet, doch als Friedensheld.

Auch Monsieur Vauban nutzte die Igeltechnik. Aber eigentlich wollte ich nicht über Weltpolitik reden, nicht über dieses seit je Verquere und Absurde, wo man statt zu reden, schändet und mordet, sondern über Undine. Sie sollten wissen, seit kurzem wünscht auch sie sich nichts so sehr wie einen wirksamen »Stachelbund«. Eine Vaubanmauer, eine Tarnkappe. Vielleicht sogar eine Burka.

Gegen die Korasmars? Wie lächerlich. Wirklich absurd. Als ob Undine bei uns ins Unglück käme. Herr Holterhoff, in meiner Heimat war schon Kultur, als ihr Deutschen noch, nun ebenfalls pardon!, auf Bäumen lebtet. Als ihr euch noch mit Bäumen geprügelt habt. Und noch bis 1945 galten hier ja wohl ganz andere Gesetze als euer wunderbares Grundgesetz, das 1848 noch keine Chance hatte und erst durch die Amis möglich wurde. Bis vor kurzem galten hier ja wohl absolut Hass, Mord und Größenwahn. Und solche Leute wollen nun unsereinen belehren. Ach. Dabei sind einige eurer Besten vor der Hitlerei ins Türkische geflohen und haben da nicht nur überlebt, sondern gut gelebt. Zum Dank dafür darf die Türkei nun nicht nach Europa, so entscheidet eure Atom-Kanzlerin. Seit die Türkei kein Bollwerk mehr ist gegen den alten Ostblock, seitdem sind wir auch bei den USA im Verruf und bei den konservativen Deutschen. Bis 1945 habt ihr staatlich versucht, das Judenvolk zu ermorden und wolltet zugleich und ebenso mörderisch den Kommunismus erledigen. Das war alles ein bisschen viel auf einmal, ging prompt schief. Ihr Herr Vater dürfte da mitgemacht haben, vom Alter her käme das hin. Der hatte garantiert andere Ziele als sein Sohn heute, oder?

Stimmt. Auch der glaubte an Familie. An »Stolz«, »Treue«, »Reinheit«, »Ehre«. – War Nazi? – Holterhoff nickte. – Anfangs mit Begeisterung, dann im Schock. Kommt halt immer mal wieder vor, dass eine Idee sich erschrecken muss, wenn sie sieht, wie sie verwirklicht wird. – Welche Idee Ihres Vaters? – Nebelgeschosse. Vaterland, Familie, Gemeinschaft, Kameradschaft, Treue. Alle Briefe an mich unterschrieb er mit »dein treuer Vater«. Da schrieb eine Denkweise, die Ihrem Familiendenken sehr nahe war.

Na bitte, und nun billigen Sie einem, der nicht vom Mond kommt, sondern aus einer sehr alten Kultur und aus uralten Erfahrungen, nun billigen Sie dem doch gnädigst eine eigene Denkweise zu. Auch im Umgang mit Frauen und Familie.

Diese Denkweisen sind nie Frauen eingefallen. Sondern Männern, die, das wird immer klarer, sich vor Frauen fürchteten. Männern, die gleiches Recht für Frauen letztlich furchtbar finden. Finden das so verhängnisvoll wie unsere Katholikenführer.

Wofür es Gründe gibt. Weil Frauen anders sind, normalerweise.

Frauen sind anders? Auch das kommt aus Religionen, die gestiftet wurden von Männern. Erst vierhundert Jahre nach Jesus kam die Christenkirche auf die Idee, in den Himmel der Heiligen müsste auch eine Frau. Da wurde Maria zur »Gottesmutter«.

Wir halten Frauen seit je in hohen Würden.

»Wir halten«? Neben Hühnerhaltung gibt es Frauenhaltung? In Familienkäfigen?

Da sprang er auf. Am schweren Tisch schien er sich festhalten zu müssen, die harte Kante war im Weg, das sah nun aus, als müsse er aus dem Erker heraus, seine Hände krampften sich um die Tischplatte. Ließ sich dann auf den Stuhl zurück. – Mein Herr Poet. Obwohl ich sehr interessiert wäre an einer Freundschaft mit Ihnen, sehe ich, wir kommen nicht zusammen. – Wendete sich nach links, nach rechts. – Sie, Herr deutscher Dichter, Sie wollen Einzelfreiheit. Ichfreiheit. Für jeden, auch für Frauen: Ichfreiheit. Wir aber, wir wollen Wirfreiheit. Nicht Selbstbestimmung, sondern Wirbestimmung. Familienbestimmung. Nationbestimmung.

Da kommen wir tatsächlich nicht zusammen. So was wie Selbstbestimmung klingt Ihnen offenbar wie eine Drohung. Sie verfügen über Frauen, als seien die von Natur aus keine Individuen, als seien nicht auch Frauen einmalige Menschen, sondern Sachwerte, so was wie kostbare Pokale, Trophäen, die ein erfolgreicher Mann erobert und dekorativ und mit Würde herzeigt, wie Villen oder Lamborghinis. Undine Brandes war da gewiss ein rasantes Stück, ein Wahnsinnsschlitten. Den man aber, weil er so irre Stärken hat, umso mehr sichern muss, einspannen in Traditionen, in Ordnungen.

In Haltungen, die dann spirituell weit hinaufreichen, am Ende bis hin zum Allgewaltigen. Und gegen den kann natürlich niemand argumentieren. Stimmt, da kommen wir nicht zusammen.

Tansel sah ihn mit großen Augen an. Nicht einmal unfreundlich. Begann dann zu rauchen, obwohl das Rauchen auch im *Colombi* nicht erlaubt war. Nahm ein paar schnelle Züge, drückte die Zigarette wieder aus. Die großen dunklen Augen in seinem schönen braunen Gesicht, in diesem für Holterhoff markant mittelmeerischen Seelengelände, diese Augen blickten den Alten an wie in Erschöpfung. – Mit Ihnen, Herr Holterhoff, werde ich mich endlos streiten müssen.

Warum nicht. Am besten so offen wie jetzt. Reden ist in jedem Fall besser. Und Streit bin ich gewohnt. Hab da dreißig Jahre Erfahrungen.

Als Fernsehmann?

In einem unserer gepriesenen Sender. In einem »christlich« kontrollierten, hier nebenan, im schwarzen Schwarzwald.

Ärger hatten Sie sicher deswegen, weil Sie Ihr Ego und Ihre Einzelfreiheit wichtiger fanden als Familie und Religion und Deutschland.

Just so sahen das auch meine Kontrolleure. Werteten immer noch ein bisschen so wie die Inquisiteure der Kirchen. Das brachte mir drei Jahrzehnte Nervenverschleiß.

Sie armer ohnmächtiger Einzelmensch.

Arm? Wir beide sind immerhin dabei, uns ganz gut kennenzulernen. Nur sollten wir eine der ältesten und besten Weisheiten nicht ignorieren. Die seit je weitergereicht wird als märchenhafte Geschichte, als Sage von *Hydra*.

Hydra? Die kennen wir auch im Türkischen.

Fast jeder kennt sie, aber welcher Regierende hat sie je begriffen. Die Geschichte vom Scheusal mit den grässlichen Köpfen, die immer irgendwer meinte abschlagen zu müssen. Zuletzt immer wieder gern die USA. Herkules schlug sie als erster radikal ab und sofort wuchsen die noch grausigeren Schädel, und alles wurde noch entsetzlicher.

Was wollen Sie mir damit sagen? Dass man nie streiten, sich nicht wehren soll?

Die *Hydra*-Wahrheit wäre unendlich oft segensreich, fürs Politische wie fürs Private. Zum Beispiel, wenn Sie demnächst hier in Freiburg dem neuen Freund der Undine begegnen.

Dann, so meinen Sie, soll ich mich beherrschen?

Weil Aggression immer nur eines schafft, noch mehr Aggression. Das lehrt *Hydra*. Lehrt die uralte Sage genauso wie zum Beispiel das Duell Palästina-Israel.

Ach, Sie liebenswerter Mensch. Wenn das Streiten wegfiele, das Kämpfen, der Wettbewerb, dann, so sagt Hikmet, dann verschwände das Leben.

Da denke ich just anders herum. Leben verschwindet im *Hydra*-Schraubstock, zwischen Gewalt und Gegengewalt.

Sie und ich, lieber Holterhoff, wir leben nach verschiedenen Regeln. Die pazifistischen zum Beispiel meiden wir. Sie müssen wissen, eigentlich sind wir sogar Kurden. Meine Eltern sind aus Adana, aber die Ahnen sind aus dem ferneren Osten. Die hatten sich über Generationen zu wehren. Der kurdische Osten reicht tief ins Persische.

Undine nannte Sie »meinen schönen Mittelmeermann«. – So redet sie? – Sie war und ist von Ihnen, trotz allem, beeindruckt. Und war fasziniert. Nur ihre Liebesgefühle sind erloschen.

So wie meine Gefühle nicht verglüht sind, so sind es auch die der Undine nicht, ich bin sicher. Was mal loderte, ist unmöglich tot. Ja, ich kenne die *Hydra*-Geschichte und kämpfe nicht mit Gewalt. Es gibt wirksamere Mittel. Nicht nur neuen Technikzauber. Sondern Gewissheit.

Gegen tote Liebe, glauben Sie's einem Greis, hilft weder Festigkeit noch Zauber noch List. Noch neueste Technik. Zwang sorgt immer nur für neuen Zwang, am Ende für Panik.

Seine Stimme wurde wieder leise. – Kann sein, dass ich Ihre Nichte überschwemmt habe. Überflutet mit zu viel Liebe. Sie wissen das noch nicht, »Tansel« bedeutet Überflutung. So heiße ich ganz ähnlich wie Undine. Passe zu ihr phantastisch, »wie angegossen«. Trotz allem, mein lieber Dichter, Sie gefallen mir. Weil Sie immer so offen sein wollen. Nirgends Pokerface. Und nun sind wir uns wenigstens darin einig, dass wir uns uneinig sind. Darauf sollten wir was trinken. Was Exzellentes, was auch bei euch als Bestes gilt.

Er winkte den Kellnern, bestellte Champagner. Und erzählte dann seinem »Herrn Dichter«, auch er, der Volkswirt, studiere neuerdings Literatur. – Weil ich ratlos war, las ich auch eure alte Undinen-Geschichte. Auch da geht es um ein Dreierproblem. Wo ein Drittes ausgeschlossen bleibt. Und im Märchen *Undine* beweist der Ritter, wie eine Liebe wunderbar wieder auflodern kann.

Und dann erzählte der Junior das *Undine*-Märchen des Barons de la Motte-Fouqué auf eine Weise, wie Holterhoff es nie gehört und verstanden hatte. Erzählte vom Ritter, der eine Geliebte hatte, dann aber in die Welt hinauszog und im Zauberwald an das Elementarwesen Undine gerät. – Kommt der dann wieder in die Stadt, dann erschrickt er über seine untreue Natur, die sich an ein Lustwesen vergaß. Dann schämt er sich und findet reumütig zurück zu seiner alten Liebe. Exakt so wird es auch Ihrer Nichte ergehen.

Da hatte Holterhoff nun einiges zu bedenken. Die Irenentochter als untreuer Ritter? Der sich eines Besseren besinnt und zurückkehrt zum Tansel? Aber nun kamen Kellner und zeigten Champagner-Flaschen, der Junior hatte zu wählen, entschied sich rasch, offenbar fürs Teuerste. – So, mein Lieber, und nun glauben Sie mir, so wie dem Ritter, so ergeht das auch Ihrer rasanten Nichte. Die nicht ich, sondern die Sie einen Lamborghini genannt haben. Am Ende geniert sich auch diese Frau, schämt sie sich für ihren amerikanischen Tolpatsch und für ihre Lüge und ihre Flucht nach Freiburg und kommt zurück zu den Korasmars, zu den sehr westlich und sehr modern denkenden Korasmars mit den kurdischen und persischen Ahnen und der sehr alten Kultur. Auf Ihr Wohlbefinden, Herr deutscher Dichter, aber auch auf Undines und auf meines.

Harry Holterhoff fand sich nun vielfach verwirbelt, nicht nur von Tansels überschwemmender Werbe- und Zaubergewissheit, auch vom Champagner, wobei der »Herr Dichter« im Wirbel nicht vergaß, auch die orientalische Heilkunst zu preisen und dass Kultur im Orient schon in Zeiten blühte, in denen die alten Deutschen sich in der Tat noch mit Bäumen geprügelt hätten und nicht annähernd ahnten, dass sie irgendwann »Deutsche« sein würden.

Was eigentlich heißt das: »Deutsche«? Mir hat das Wort nie jemand erklären können.

»Deutsche« hieß ursprünglich und wörtlich »Leute«. Meinte die Menschen, die nur Volkssprache sprechen. Kein Latein, kein Griechisch, keine Herrschaftssprache.

Phantastisch. Solche Leute sind heute doch wir! Solche ursprünglich »Deutschen«, ohne Herrschaftssprache, das sind doch alle »Zuwanderer«, Migranten sind heute die wahren Deutschen! – Tansel lachte und schenkte nach. – Wunderbar, wir, so lerne ich von Ihnen, sind von Grund auf und im Wortsinn »Deutsche«. – Seine großen dunklen Augen glänzten vor Vergnügen.

Und beim Abschied im Foyer, als Tansel dem Alten in den Regenmantel half und den Schirm reichte, da beteuerte der bei langem Händedruck, er habe noch nie ein so wechselhaftes Gespräch geführt mit einem Deutschen. – Und mit so viel deutlichen Worten. Ganz und gar »deutsch«, nicht wahr?

Schüttelte die Hand ausdauernd, Holterhoff fühlte sich von Grund auf durchgeschüttelt, und da kam nun hinzu, dass dieser junge Mann also zu tun hatte mit einer waffentechnischen Firma »dicht neben dem Vauban«? Ja war dies alles hier orientalische Gastfreundschaft oder lief da irgendein Spottspiel? Mitleid mit einem »Weltfremden«? Oder was oder wie?

Und bekam zum Händeschütteln im gläsernen Eingang des Hotels abermals die sanfte, die werbende Stimme des jungen Korasmar zu hören. – Obwohl wir sehr vieles verschieden sehen, *Hydra*, Wilhelm Busch, Familie, Undine, wir sollten uns nicht bekämpfen. – Der

Handgeschüttelte nickte und meinte in seiner Verwirrung, den Junior nun ebenfalls, wie es sich gehörte, einladen zu sollen. – Kommen auch Sie getrost mal zu mir, ins Vauban. Lernen wir voneinander, tauschen wir die Brillen!

Zu Ihnen komm ich gern. Aber nicht zum US-Boy.

Oh, auch Goldberg erzählt vieles interessant. Es lohnt sich, auch den zu verstehen. Erwerben wir Wissen, so wie der Prophet es gewünscht hat, weil es vernünftig ist. Alles andere wird *Hydra*.

Mit Goldberg vertrage ich mich nicht.

Wenigstens reden sollte man können. Sich kennenlernen. Und das ist machbar, Herr Nachbar. Denken Sie an Sabanci, an Atatürk!

Und nun kommt aus Berlin die freche Miriam und macht Hass.

Woher wissen Sie, dass die kommt? Woher wussten Sie überhaupt, dass ich im Vauban wohne?

Merken Sie denn nicht, dass ich zaubere? – Er zog aus seinem Ledertäschchen ein dunkles Gerät, kaum größer als eine Zigarettenschachtel, und spielte dran herum. – Hier: da sehen Sie Ihre Adresse. Ihre Telefonnummer. Ihre E-Mail-Anschrift. Auch Zaubern lässt sich lernen. Erzählen Sie Ihre alten Sachen, ich zeige Ihnen die neuesten.

Steckte das Gerät in die Ledertasche, ergriff wieder Holterhoffs Hand. – Zwischendurch gerieten wir ganz schön aneinander, wie? Andere, die mir so reingeredet hätten, mit Zumutung und mit Familienkäfig, die hätte ich nicht ertragen. Da sehen Sie, wie sehr ich Sie schätze. Alte Geschichtendichter soll man erzählen lassen, sagt Hikmet. Sagt auch Yasemin. Und beim nächsten Mal sollten wir »du« sagen, oder? Klingt doch zu blöd: Sie Ahnungsloser. Sie Frauenverfolger. Wie gut dagegen: du Anfänger, du da in deiner Wolke Vaubanallee 77, siebenter Stock.

Von all dem und vor allem von den exakten Daten endgültig verwirrt, versuchte Holterhoff zu lachen. – Also gut, ja, auch das Du, das sollten wir versuchen, beim nächsten Champagner.

Spiel zwei

Rückblick: Notizen, 25. Mai 2010 In der zurückzottelnden Vaubanbahn ein Gerumpel von hundert Fragen. »Du da in deiner Wolke Vaubanallee 77, siebenter Stock«. Dieser Zauberprinz hat mich im Griff. Diese »Überschwemmung in der Morgenfrühe«, die entlarvt meine Ahnungslosigkeit. »Du Anfänger«. Und in Freiburg produziert eine waffentechnische Firma Spitzenqualität? Und wie er Waffen verteidigt hat. Abwehrwaffen. Und wie unbeirrbar er an seine Liebe glaubt.

Notizen, 20. Oktober 2010 Abermals ein Anruf des Merz. Entschuldigt sich, dass er mich störe und auf das gewisse Thema zurückkommen müsse, wie hätte ich das genannt, *punctum punctorum*? Er selbst hat das so genannt. Es habe sich ergeben, dass zwischen den drei am Mordfall beteiligten jungen Leuten eine sexuelle Irritation virulent gewesen sei müsse. – Eine Irritation? virulent?

Ein Umstand, der einen Mann, den wir zweifellos als Macho bezeichnen müssten, zutiefst demütigt. Weil er glauben muss, das ruiniere seine Ehre, als Mann.

Und wer soll da jetzt wen gedemütigt haben?

Der Täter hat glauben müssen, er mache sich lächerlich. Die Korasmars kamen aus Adana. Es heißt, im hintersten Anatolien gehöre es nun mal zum Mann, dass die Frau gehorcht. Auch sexuell. Dass sie ihm zu Willen ist oder wie immer wir das nennen wollen.

Wollen wir das? Und was soll das? Ich weigere mich auch jetzt, für Mann und Frau Normalitäten zu denken.

Ihr Widerwillen in Ehren. Doch hier geht's um die Normalität für Leute aus Adana. Von Ehrenmorden haben Sie wahrscheinlich schon gehört. Das Selbstbild solcher Männer ist hohl, ist ständig in Gefahr, zu explodieren. Sie, als Gastgeber und Verwandter Ihrer Großnichte, Sie können das kaum übersehen haben.

Zwischen den drei Beteiligten lief ein ungeheuer üblicher Fall. Neid, Eifersucht, Kränkung eines ausgeschlossenen Dritten. Das ist so alt wie die Zeiten, seit denen Menschen Liebe machen und Sex. In denen sie dann plötzlich auch »Schluss« machten. Was schon zwischen Mensch und Neandertaler passierte.

Herr Holterhoff, wir gehen hier einer Spur nach, die uns sagt, dass es im Umgang der ausländischen Herren mit der jungen Frau zu etwas kam, was man dann wohl zu bezeichnen hätte als Unverträglichkeit. Als Demütigung.

Beim großen Theweleit, was sind das für Wörter. Unverträglichkeit?

Obendrein gibt es Hinweise, dass Alexander und Irene Brandes keineswegs zwei Kinder hatten, zunächst einen Alexander, dann eine Alexa. Sondern dass da nur ein Einzelkind war und ist. Das hieß anfangs Alexander, später Alexa Undine.

Na und? Da kam nicht der erhoffte Bub, der Alexander heißen sollte, sondern eine Maid, da haben sie den Vornamen gekappt. Anderswo kam was hinzu, aus Martin wurde Martina. Wo ist da ein Problem? Unverträglichkeit?

Merz benötigt eine Pause, ich hatte ihn offenbar abgelenkt, und nun fällt mir ein, dass vor gut zwei Jahrzehnten, damals drehte ich meine US-Filme, weswegen ich's kaum beachtete, dass da aus Berlin eine Geburtsanzeige eingetroffen war mit dem üblichen Frohsinn. Zu Alexander dem Großen gebe es nun einen kleinen. Der Anruf des Herrn Merz belästigt mich, stört mich in der Endphase einer schwierigen Abhandlung übers Ruhrgebiet, ein schon im Januar bestellter Vortrag ist morgen Abend in Dortmund fällig, da werde ich Deutschlands ältestes Kulturland präsentieren, werde fragen, wo, was meinen Sie, verehrte Zuhörer, wo herrscht in Deutschland die größte Burgendichte? und werde sagen, die finde sich zwischen Duisburg und Dortmund, vierhundert Schlösser und Burgen, in einem ewigen Durchgangsland mehrheitlich nur noch Ruinen, nein, mir fehlt jetzt die Lust, mit Herrn Merz Mutmaßungen herumzuschieben über Bob-Undine-Tansel, wer da wen dominiert haben könnte, erpresst, gekränkt, gedemütigt. Hole also Luft und sage, ich könne auf seine Spekulationen weder mit Ja noch Nein antworten, sondern müsse ihn bitten, meinen Bericht abzuwarten, der in der Tat zu ungewöhnlichen Schlüssen führe, aber keinesfalls zu Plattheiten wie »normal« oder »unnormal«.

Sie verstehen Ihren Bericht als schriftstellerische Arbeit?

Anfangs wollten Sie von mir sogar Hinweise auf »Außenpolitisches«, auf Irak, Iran, nun zielen Sie in radikaler Spitzkehre auf Intimstes. Vorerst, mein Herr, nur dies: Sie haben die junge Frau doch noch selber sehen und sprechen können, als sie freilich stark verletzt war, ist sie Ihnen noch in Erinnerung? – Aber ja. – Mir fiel sie drei Monate lang auf als, wie sage ich das jetzt ermittlungstechnisch korrekt, als sehr schön.

Doch, doch, aber ja.

Na bitte.

Er atmet tief, holt dann aber noch mal aus. – Wer klugen Rezensenten klarmachen kann, dass die vielleicht komplizierteste aller Verwicklungen, dass der Nibelungenstoff ebenso intimste Leidenschaft dokumentiert wie die Wende aller politischen Wenden, der, dachte ich, könnte ein solches Zugleich auch aktuell wahrnehmen. Wir Beamten hier in unserem prosaischen Alltag, wir schwanken im Fall Brandes/Korasmar seit nun zwanzig Tagen zwischen konträrsten Erklärungen. Na gut, umso gespannter sind wir auf Ihren poetischen Sachbericht. Verehrung.

Zum Glück legt diesmal er auf. Sieht in Irenes Tochter gewiss längst eine Männerverschlingerin. Nymphomanin. »Feuchtes Weib«.

Rückblick: 26. Mai 2010 Wie war's im *Colombi*, erzähl! Jedes Wort will ich wissen. – Spät abends rauschte sie an ihm vorüber und verschwand erst mal hinter den Bücherwänden in der Duschkammer, mit den *Eisvögeln* sei ein letztes Auswärtsspiel zu überstehen gewesen in einem trüben Nest, hätten dort keinen Augenblick länger bleiben wollen, hätten außerdem verloren, knapp und ärgerlich, und seien nach Spielschluss in den Bus geflohen, hätten sich das Duschen gespart für Freiburg.

Kam dann aus der Kabine in seinem weichen weißen Morgenmantel, auf dem Kopf ein Handtuchturban, sank neben ihm in die Sesselschüssel. »Jedes Wort. Alles.«

Erstaunlich war's. Mit Tansel ist sehr gut zu reden. Gründlich und manchmal wild. – Wild? – Gestern Mittag hätte ich dir alles sofort und haarklein erzählen können, aber da warst du nicht hier, wohl wieder in Kalifornien. Hab mir das Wichtigste notiert. – Er zog vom Schreibtisch mehrere Blätter, blickte zwischen Papier und Turbanfrau hin und her, bis sein Blick dort blieb, wo sich der Frotémantel geöffnet hatte.

Ja, Harry, sieh nur hin, und für dich reiß ich mir doch alles auf, da, nun hast du, was den Mann aus den Gleisen schubst, offenbar bis zuletzt. – Schob sich den Mantel von oben her bis zum Gürtel auseinander, überm Geöffneten strahlte sie ihn an, komisch belustigt. – Mi hat erzählt, was eine ihrer Mumien noch auf dem Sterbebett wünschte. Als Allerletztes eben dies. – Sie schloss das Textil, klappte es aber nur nachlässig aneinander. – Was meinst du mit »wild«?

Lebendig. Dein Schönling ist in der Tat schön, aber du hast das Entscheidende verschwiegen. Er liebt dich brennend. Und ist intelligent.

Hab ich nie bestritten. Ja, sauschlau ist er. Erzähl!

Das pendelte vom Privaten ins Politische und zurück. Und immer zwischen Aggression und Umarmung. »Wir halten Frauen in Ehren«, hatte er gesagt und als ich fragte, ob es neben Hühnerhaltung also auch Frauenhaltung gebe, da hätte er mir fast eine gescheuert. Ich vermute, mein weißes Haar hat mich gerettet. Aber es gab auch Augenblicke, da hätte ich ihm das »Du« anbieten können. Zum Schluss bestellte er tatsächlich Champagner, und wir tranken auf Freundschaft und auf künftiges »Du«. Tranken aber auch auf dich. Und dass wir alle Probleme friedlich angehen wollten, weil wir die *Hydra*-Sage achten: Zoff vermehrt nur Zoff.

Stattdessen was?

Kennenlernen.

Also hat er nun auch dich um seine schönen Finger gewickelt.

Er bewundert dich, liebt dich, begehrt dich, findet dich einmalig, ist besessen von dir. – Das ist ja das Elend. – Ist nicht nur amüsant und unterhaltsam, sondern, finde ich, weder Windhund noch schräger Vogel noch Blender. – Ach? – Mit allen Fasern ein ernsthafter Mensch. – Puh! Ach ja, das ist er. Und zwar so ernsthaft, dass mir das die Luft nimmt und den Schlaf.

Von Beginn an habt ihr aneinander vorbeigelebt, scheint mir.

Sieht auch er das so?

Für ihn ist keineswegs alles vorbei. Redet von Leidenschaft. Was für dich Neugier war oder Abenteuerlust oder Sexlust, das war für ihn von Beginn an so was wie ein Lebens- und Zukunftsschwur. Aus tiefer Familientradition.

Huch. So haben wir nie geredet. Religiöses nie.

War ein Fehler. Reden hättet ihr sollen. Über alles. Über euch beide, über eure Familien. Für dich war er offenbar nur schön, sexy und blendend, und da du für ihn ebenfalls so was bist wie ein Paradiesvogel, kam ein Bewusstsein von eurem Miteinander nie zustande. Nur Hitzigkeit. Mit voller Kraft aneinander vorbei.

Sie ruckte am Frotté. – Und das sagst du mir alles erst jetzt. Beim nächsten Lover frage ich immer erst dich.

Er bleibt hier in Freiburg. Will dich überzeugen, bannen, verzaubern. Obwohl ich mir große Mühe gab, ihm klarzumachen, dass das nicht funktionieren kann. Dass deine Gefühle für ihn erloschen sind.

Hast du das gesagt? »Erloschen«? – Hab ich. – Danke. – Aber das fordert ihn nur heraus. Die Konkurrenz mit dem »US-Tollpatsch«, die reizt ihn, da wirkt er unbeirrt. Ist voller Hoffnung.

Sie drehte sich zum Fenster, atmete tief, redete dann fast flüsternd. – Voller Hoffnung. Auf Sieg. Sag, ist Siegenwollen unser genetisches Handicap? Anfrage von Phyllis beim Philosophen. Siegesstress bin ich endgültig leid. Wenigstens das ist mir klar.

Sie stand auf, zog sich den Handtuchturban vom Kopf, rieb und trocknete sich das Haar, wobei die lange Pracht sich in diese und jene Woge verwandelte, unter ihren Zugriffen formte sich das zum Vorhang quer übers Gesicht und dann zum neuen Hinterkopf, drachenhaft oder auch vogelköpfig. Und so, als Drachenvogelkopf sagte sie, inzwischen habe sie mit Miriam und Irene absolutes Abtauchen verabredet. Auch das mit den *Eisvögeln* stecke sie auf, tauche ab in Bibliotheken, in Seminaren. – Nach der Schwarzwaldtour mit Mi werde ich nur noch lesen, schreiben, lesen, schreiben.

So tönte das aus dem weißen Frotté. Warf dann das Tuch vom Kopf und ließ sich zurückfallen in die Sesselschüssel. – Sag mir, was mir anderes übrig bleibt.

Er ist nicht nur deinetwegen hier. Hat in Freiburg wichtige Kundschaft.

Hör auf mit Schreckensmeldungen. Mann, Harry, ich kann doch nicht auch noch aus Freiburg flüchten, das ich inzwischen ja schon liebe. Nicht nur wegen Autokennzeichen wie FREI, FROH, FREU. Soll ich etwa nach Zürich, zum Beat? Oder nach Innsbruck? Neuerdings gehen viele nach Österreich, weil da Studierfreiheit sein soll wie Anno Tobak. Ich will nicht schon wieder aufgeben. Es gefällt mir hier. Auch und gerade mit dir in deinem Turm. Harry, bastele mir eine Tarnkappe. Du bist doch der Nibelungen-Experte.

Im Ernst, ich kenne jemanden, der bastelt so was. Am anderen Ende der Stadt, ein alter Freund. Einst betrieben wir gemeinsam geophysikalische Erdkunde, machten Exkursionen in die Alpen. Mein Herbert. Der wurde dann zum optischen Nano-Experten, hat sich in Freiburgs Nordweststadt Garagen zum Labor kombiniert und schraubt an etwas herum, was, wenn es funktionieren würde, Tarnkappe wäre. Der uralte Alberichzauber, der Siegfriedtraum.

Bring mich zu diesem Herbert. Aber vorher sag mir wörtlich, was Tansel noch über mich geredet hat.

Hättest ihn getäuscht. Belogen. – Hab ich. – Hab gesagt, du hättest dafür gute Gründe. Angst vor seinen Nachstellungen, seinen Tricks. Auch vor seiner Familie, seinen Traditionen.

Stimmt alles. Danke. Vor allem, weil du Familie gesagt hast.

In seiner Familie würden Frauen seit je verehrt und geschützt, sagt er. Familie verehrt er, vor allem seine Mutter.

Oh ja, als wäre sie heilig. Ein Schwergewicht ist die, hat mich jedes Mal an sich gepresst, ich sag dir, da spürte ich schon körperlich Zwangsehe. Und du solltest die Töchter sehen, auf den Partys, beim Tanzen, Schlangenleiber, in raffiniertesten Kleidern, Delphinkörper. Aber alle Delphine an Mamas langer Leine.

Neulich sagte im Fernsehen ein Delphinforscher, Delphine seien die Menschen der Meere. Seien sogar viel schöner als die Menschen. Der konnte nicht wissen, dass dieses »viel schöner als die Menschen« wörtlich auftaucht in der *Undine* des 1848ers.

Soso, und mit Tansel hast du auf »Du« getrunken?

War am Schluss ein bisschen benommen. Er hat längst meine Adresse, Telefonnummer, E-mail-Anschrift. Ja, und ich hab ihn eingeladen. – Eingeladen? – Hilft nichts, wir müssen reden mit ihm. Wir alle. Alles andere wird Horror. Er nutzt neue digitale Tricks. Als mir klar war, wie sehr er alles im Griff hat, hab ich ihm gesagt, er darf mich gern besuchen. Auch Bob lade ich ein. Auch die beiden müssen miteinander klarkommen, wie Erwachsene.

Sie sprang auf, lief nun an den Bücherwänden und Fenstern hin und her. – Und du erzählst uns dann zu Tee und Kuchen all die klassischen Fälle, in denen drei sich irgendwann hätten einigen sollen, ohne das zu schaffen. Am Ende sind wir dann literarisch entzückt und gebildet und jeder umarmt jeden, klar, so machen wir das.

Egal, auf welche Palmen du jetzt steigst, es muss geredet werden. Wäre aber gut, wenn du vorher, zur Besinnung, einige Tage im Schwarzwald abtauchtest. So ist es mit Mi ja wohl geplant? Sonst hilft tatsächlich nur noch eine Tarnkappe. Oder, falls die versagt, der mobile Einzelkerker, die Burka.

Den Schwarzwald hab ich mir jetzt auf Karten genau angeschaut. Am liebsten würde ich abtauchen zwischen Gutachschlucht und Wutachschlucht. Mi mailte mir einen Dylan-Song. *I'll walk to the depths of the deepest black forest, where the executioner's face is always well hidden.*

Donnerwetter. Dylan als Programm. Wunderbar. Aber selbst wenn du dich im *black forest* bei einer einsamen Greisin einquartierst und dort dein Studium online betreibst, hinter Hexenlöchern und Geisterdobeln, jedoch mit W-Lan-Anschluss, auch hinter steinernen Meeren und Wasserstürzen wird er dich finden, der Prinz aus Digitalien.

Harry, mach mir weiter so zauberhafte Stimmung.

Er ist kein *executioner*. Ich baue auf seine Intelligenz. Auf sein erstaunliches Wissen, auf seine solide Vernunft. Großen Wert legt er darauf, »westlich« integriert zu sein. Redet eindrucksvoll von Atatürk und von zwei reichen Verwandten, von Onkel und Großonkel Sabanci, die schon seinen Vater Kemal dazu gebracht hätten, einzusehen, was von allem das Wichtigste sei: das Lernen. Zehnmal wichtiger sei das als Beten. Und deswegen hoffe ich, dieses Denken wird ihn lenken.

Am Ende dominiert das Yasemin-Denken. Wonach die Frau zum Mobiliar des Hauses gehört. So ist das nun mal. In Afghanistan wie in Anatolien.

Diese denkwürdigen Onkel Sabanci, die machten den Korasmars klar, das Entscheidende seien Kenntnisse. Westliche Technologien.

Zauberhaft, und zwischendurch hütet die Intelligenzbestie dann »Ehre« und »Familie«.

Um Respekt bat ich ihn, um Respekt vor deinen Gefühlen, auch vor erloschenen. Es sei eine üble alte Methode der Religionen, zu verbreiten, bei Frauen handele es sich letztlich um nicht vollgültige Menschen. Was unmenschliche Aktionen erlaube. – Bravo. – Aber das »erloschen«, das hat er gekontert. Unter der Asche bleibe Glut, die werde er entfachen. Will dich zurückgewinnen.

Er gewinnt, er ist siegessicher. – Sie ächzte, lag nun quer über dem alten Polstersessel, auf den wulstigen bleich-blauen Lehnen. – Harry, was kommt da auf mich zu?

Tief drinnen beherrscht ihn wohl wirklich das alte Regelwerk der Mutter, die Mitgift aus Kurdistan oder Persien. Sippen- und Stammesdenken. Du und Tansel, ihr beiden hattet als Küken wahrlich konträrste Prägungen. Und beide durch starke Mütter. Unbeirrt sieht er dich als seine Verlobte. Und selbst wenn er begreift, dass sein Wolkenkuckucksheim geplatzt ist, dann sieht er das als Herausforderung. Eine so tolle Beziehung wie die mit der Brandestochter, die vor die Wand zu fahren, das ist Schande, ist Idiotie, das lässt ihm keine Ruhe. Da ist er nach dem archaischen Regelwerk ein Verlierer, ein Schwächling. Ich hab versucht zu sagen, wirklich mannhaft fände ich, Verlust und Verzicht ertragen zu können, ohne Kurzschlüsse.

Sie kauerte sich tief in die Sesselhöhle. – Irgendwas wird er tun.

Und sehr gern würde er hier auftauchen. Mit dir und mit mir reden. Notfalls sogar mit Bob. Weil er immerhin akzeptiert, dass reden in jedem Fall besser ist als ausrasten. Da geht's jetzt nur noch um einen passenden Termin.

An dem Termin verschwinde ich, tief in eurem Wald, bis weit hinter Hinterzarten, hinter »Notschrei«. Geredet hab ich mit ihm eigentlich nie lang. Kam dann halt immer das andere, das Irre, das Hitzige. Das er nun, wie heißt es in *Venus und Adonis*?, das er nun nie mehr vergessen kann.

Bauen wir auf seine Lernfähigkeit.

Sie warf sich das Turbantuch über die Schulter, ging wieder zu einem der bodentiefen Fenster und sah zur Allee hinunter. Und redete dann sehr leise. – Beim Sex, Harry, da hatte er seine Machorolle zurückzunehmen. Herren glauben ja bekanntlich, das

Aktive sei ihr Job. Für ihn war da einiges sehr neu. Das solltest du wissen. Und wie gesagt, er begriff. Also gut. Bauen wir auf seine Lernfähigkeit. – Vom Fenster drehte sie sich weg, schlug mit dem Frottétuch durch den Raum. – Morgen kommt Miriam. Hat alles perfekt organisiert, per Internet. Über Pfingsten latschen wir über eure Hochschwarzwaldbuckel, sieben Tage lang. Unterkünfte, Abendessen, alles ist geregelt. Keine Tagesstrecke länger als zwanzig Kilometer. Und immer der Blick in die Rheinebene, bis Frankreich, zu deiner Burgundischen Pforte oder auch zu den Alpen. In den nächsten sieben Tagen bin ich unerreichbar. Für Stalker. Für Ehrenmänner. Für total Fixierte.

Sie wollte hinüber in die andere Wohnung, machte aber noch mal kehrt. – Mein interkulturelles Romantikreferat ist akzeptiert. Das beackert einen konkreten Stoff. Denk dir: *Undine*. Ja was denn sonst. Fouqués Märchen liegt bereits im Rucksack. Unterwegs lese ich der Mi das vor. Und weißt du, was die Brüder Grimm zu Sirenen und Undinen sagen? »Sie sollen oben Jungfrauen gleichen, unten Vögeln oder Fischen«. – Pirouette in der Mitte des Bücherraums. – Und bevor nun auch dir irgendwelcher Männernebel ins Hirn steigt, begreif einfach Folgendes. Auch mit Mi läuft Sex. Mit Schmackes und mit Liebe. Ja, so ist das. Garantiert finden wir im finsteren Hinterwald eine Hexenpension, irgendwo zwischen Gutach und Wutach, eine mit W-Lan-Anschluss. – Und verließ, Handtuch wirbelnd, den Bücherraum.

Rückblick: Notizen 27. Mai 2010 Am späten Nachmittag erscheint diese Miriam. Nein, kommt nicht mit dem Zug, sondern per »Mitfahrgelegenheit«, ein blonder Sven habe sie bis vor die Nummer 77 gefahren. Herzhaft burschikos tut sie, kumpelhaft. Undine ist für sie »Alex«. Kumpel mag ich aber lieber in der Männerversion, am liebsten von den Ufern der Emscher. Da kann Mi noch so oft »heftig deftig« sagen.

Sie kommt in Wanderkluft, in lockeren Regensachen, in langen Thermohosen. Ihr Sieben-Tage-Programm beginnt morgen früh, da geht's im Bus auf tausend Meter Höhe. Nicht durch Himmelreich und Höllental, sondern über Zarten nach Sankt Peter, ab dort zu Fuß südwärts, immer in Tausend-Meter-Höhen, über Hinterzarten und Titisee zum Feldberg, zur »höchsten deutschen Höhe außerhalb der Alpen«. Dann über Notschrei und Belchen und die weiteren Wald- und Wiesenrücken, zum Schluss zum Rheinknie, nach Basel.

Mi fragt nach Neuigkeiten von der »Tansel-Front«, ich beanstande »Front« und bitte für Tansel nun schon fast um Gnade. Auch der Juniorchef habe es nicht leicht, nicht nur in seiner auf Erfolg gedrillten Karriere, sondern auch mit seiner schweren Mutter und mit archaischen Sippensitten, wie sie nicht mal mehr im hintersten Schwarzwald herrschten. – Dieser Schöne, sage ich, ist chronisch vernarrt in deine »Alex«. Eine wie du sollte das am besten verstehen.

Die Mädels hören sich das an, stärken sich auf meinem sonnigen Abendbalkon an *Morgentau*-Tee und Kirschtorte.

Miriam mault und sagt, dass auch sie es »nicht leicht« habe, ihre Alex sei ständig belagert von interessanten Herren, einer blendender und egozentrischer als der andere, da habe auch sie einiges auszuhalten, zumal sie keineswegs Männer grundsätzlich unmöglich finde, nein, da gebe es reihenweise Begabungen, aber ständig flögen die Talentvollsten hirnlos auf diese schreckliche Schlampe. – Sieht mich dann frech an. – Von solchen Schmerzen ist ja wohl einer wie du glücklich befreit, oder? Alex nannte dich »Spätburgunder«. Und »Alt-Achtundvierziger«.

Undine will ablenken und erklärt, so wie sie sich jetzt von den *Eisvögeln* befreie, so werde sie von nun an jeden Sieges- und Männerstress meiden und das pflegen, was ihr alle armen unterdrückten Prinzen fernhalte. Darum tauche sie von nun an total ab in der Uni, in Harrys Freiheitsoper und ab morgen früh mit Mi im deutschen Romantikwald.

Romantikwald? frage ich und sage, ob ihnen eigentlich klar sei, dass sie mit einem völlig verdrehten, mit einem dumpf dummen Bild vom Schwarzwald loszögen. Dieser Wald sei bevölkert von Tricksern und Tüftlern, die nichts weniger fertig gebracht hätten, als die Welt zu verändern.

Oho, da wollen sie nun Belege, essen weiter ungerührt Torte, wollen aber Belege. Mi vermutet, ich meine den Jogi aus dem Schwarzwalddorf Schönau, der derzeit deutschen Fußball weltmeisterlich mache.

Schon Freiburg als Stadt, sage ich, ist trickreich. Nie Reformation, Jahrhunderte unter Österreichs Kirchenknute, bis 1806 Österreichs Westende. Aber immer gut fürs Umcodieren von fast allem. Nicht umsonst wurde hier das Pulver erfunden, vom Mönch Bertold Schwarz. Schwarzpulver. Erste Explosion in Freiburg. Auch Papst Benedikt, anerkannt als Stilist, besucht der etwa Stuttgart? Er macht Staatsbesuch in Freiburg. – Die Mädels widmen sich Tee und Kuchen, scheinen aber zu lauschen. – Schon Prinzessin Marie Antoinette, reiste die von Wien nach Paris über die Geislinger Steige? Nein, über Höllental und Freiburg. Oben im Wald entspringen Donau und Neckar. Vom obersten Neckar kamen im Ersten Weltkrieg 80 Prozent des von Deutschen verschossenen Pulvers. Für Frankreich gut verborgen, hinterm »romantischen« Gebirge. Und aus derselben schwäbischen Waldseite kam Kepler, der Weltbild verändernde Planetenberechner. Und die früheste Durchleuchtung des Kapitalismus, die nutzte den Schwarzwald. *Das kalte Herz* des 23-jährigen Schwaben Wilhelm Hauff erzählt, wie der Verkauf des Waldes endet, Profit endet im Versteinern. Wobei Hauff zart zu unterscheiden wusste zwischen »badenschem« und schwäbischem Geschäft. Und wahrlich weltverändernd, für Frauen wie für Männer, entwickelte sich oberhalb Freiburg der Lockenwickler, just dort oben unterm Gipfel des Schauinsland. Außerdem erfand ein Schwarzwälder für alle Schraubenden dieser Welt das Unerlässliche, den Dübel. Und ein anderer, er hieß Himmelheber, fand die Verwertung allen Holzes als Spanplatte.

Mi brummelt, kaut Kuchen und zählt auf. – Schwarzwald als Spanplatte, Dübel, Weltbild, Papst, Geldgier, Pulver, Lockenwickler.

Selbst das Wort »Amerika«, es kam zum ersten Mal hier aufs Papier. Kartograf Waldseemüller suchte für die neu entdeckte Welt einen Namen und hatte gehört, dass ein Amerigo Vespucci erklärte, er sei der Entdecker. Da malte der Meister auf seine neue Weltkarte quer übers heutige Florida das Wort »America«. Unter einem gefälschten Namen also, unter einem Namen aus dem Schwarzwald ändert Amerika die Welt. Aber der Welt wirksamstes Schnellfeuergewehr kommt noch immer vom obersten Neckar. Das Ding aus Oberndorf übertrifft für die Kenner alle Kalaschnikows.

Ich hole Luft, nehme vom *Morgentau.* – Und seit kurzem weiß ich, dass zu den Kunden von Korasmar & Co KG ein HiTec-Betrieb gehört mit neuesten und einzigartigen militärtechnischen Tricks. Findet sich gut fünfhundert Meter von hier, dicht neben dieser süßen pazifistischen Insel Vauban mit diesem netten Kuchenbalkon.

Mi betrachtete mich kritisch. – Bemerkst du eigentlich auch, wer seit April hier wohnt? Nimmst du eigentlich Alex zur Kenntnis? Wie einmalig die ist? He, weil ich will, dass dir und ihr nichts passiert, verrate ich dir jetzt ihr Handicap. – Undine scheint zu erschrecken. – Was Triebhafteres als Alex hattest du in deiner Wohnung nie.

Alex tut erschrocken, scheint etwas verhindern oder sich rächen zu wollen und erzählt, was ihre Mi, nachdem sie ein halbes Jahr auf der hochpoetischen grünen Insel Irland gelebt hätte, was Mi danach als einziges von irischer Literatur nach Berlin mitgebracht habe. – »Da war der Bischof von Clifden, der ließ ihn sich liften, das macht's nur noch schlimmer, nun steht er ihm immer. Da ging ihm sein Lustknabe stiften.«

Fatal realitätsnah, sage ich.

Ein astreiner Limerick, sagt Mi.

Undine geht in den Bücherraum, wendet sich in der Tür zurück, rafft sich ihr Haar zum Schwanz. – Harry, glaub dieser Frau kein

Wort. Drüben packe ich jetzt meinen Rucksack. – Und lässt mich mit Mi allein.

Die beobachtet mich eine Weile. – Harry, gegen dieses Unweib waren bislang alle meine Kerle Einfaltspinsel. Und darum wüsste ich jetzt zu gerne von dir, den sie mir als sehr freundlich geschildert hat und als im Grunde gutmütig und geduldig und nur manchmal ein bisschen grantig gegen Gott und die Welt, was gut zu verstehen sei – sie unterbricht sich. Denn nun kommt die Brandestochter zurück, hält in der einen Hand ihren hellgrünen Anorak, in der anderen, zwischen den Fingerspitzen, etwas Metallisches. Und blickt entsetzt. Tippt auf die Windjacke, auf ein kleines Täschchen. – Erst hab ich gemeint, da hätte ich nur ein Geldstück vergessen.

Wir gehen mit ihr in den Bücherraum. Das Ding glänzt silbrig, ein Metallplättchen, nicht größer als ein Zehn-Cent-Stück. Den Anorak wirft sie über einen Sessel. – Aber dies ist ja wohl nichts anderes als eine verdammte Wanze. Was sagt dazu mein weiser Onkel? Ist das nun wieder typisch Schwarzwald?

Wo warst du mit der Jacke zuletzt?

In den *Kepler*-Kabinen, in der *Eisvögel*-Garderobe. Wo auch er herumgestreunt ist, dieser westlich integrierte Junior. Bis ihn dann die *Eisvögel*-Frauen rausfeuerten.

Von Wanzen weiß ich nur, die werden immer winziger und immer perfekter.

Nämlich so perfekt, sagt Miriam, dass Prinz Tansel jetzt auf seinem PC-Schirm nicht nur die Straßen von halb Europa sehen kann, sondern auch den Ort, an dem sich seine Heißgeliebte bewegt. Als Leuchtkäfer auf seiner elektrischen Landkarte.

Wow. Hört er auch, was wir hier reden?

Da will Mi der Freundin das Ding aus der Hand reißen, doch sie dreht sich weg und redet intensiv auf das Metall ein. – Wer denn nun ist hier der Täuscher und Trickser? Raff das endlich: unsere Kiste ist aus, vorbei, ex! Das sag ich hier unter Zeugen, Miriam und der Dichter hören mit, lass mich wenigstens in Freiburg in Ruhe! Dieser

Wanzenkack, das ist jetzt der Gipfel! Das zwischen uns ist kaputt, insolvent, Aus, Basta, Pleite!

Es sei denn, so rufe ich noch, Undine hält mir das Ding vor den Mund, es sei denn, wir lernen die ältesten Geschichten neu und reden, statt zu terrorisieren!

Da krallt Miriam sich das Plättchen, knallt es auf den Boden und trampelt darauf herum, dass es knackt und knirscht. Schaut mich dann an wie im Triumph und will wissen, was ich gemeint habe mit ältesten Geschichten.

Ich muss mich setzen. Stottere von Hydra und Herkules, bis Undine unterbricht und nach meinem »Tarnkappenphysiker« fragt. Ob das ernst gemeint sei. Exakt so was brauche sie jetzt, totale Tarnung, egal, ob Oper, Schwarzwaldhütte oder Alternativfußball, von jetzt ab sei jedes Mittel recht. – Oder ich lass mich einmauern von einem neuen Herrn Vauban.

Mit dem Tarnkappenphysiker hab ich telefoniert. Der lädt euch ein. Sobald ihr zurück seid, könnt ihr ihn besuchen, zur Anprobe. Will an euch testen, was er entwickelt hat, als Tarntechnik.

Undine steht auf und blickt Richtung Vogesen, als gebe es auch dort Fluchtwege. – Da fällt mir nun was ein. Jetzt begreife ich, was ich in Berlin nicht verstehen konnte. – Sie hockt sich in meinen »Kaiserstuhl«, wendet den drehbaren Thron hierhin, dorthin, sieht hier das Münster, dort das andere, das elsässische Waldgebirge.

Das war ein Donnerstagnachmittag. Die Übung beim großen Hegenbarth war vorbei, Bob war nicht gekommen. Plötzlich stoppt neben mir im weißen Lamborghini der Junior. Ob er mir irgendwie helfen könne. Ich steige ein und er sagt, ich warte hier ja wohl auf den Herrn Goldberg. Er bringe mich hin. – Steuert los und fährt mich dorthin, wo Bob an diesem Tag tatsächlich zu tun hatte, zum Institut für Techniksprache. Parkt dort rund fünfzig Meter vor dem Eingang und fragt, ob mir nicht dort drüben der niedliche grüne VW auffalle. Vorm Institut steht da in der Tat Bobs Oldie, der gut sanierte Käfer. Grün, schwarzes Verdeck.

Und dann, damals rätselhaft, woher er das hatte wissen können, dann verlässt tatsächlich Bob das Institut, besteigt sein VW-Blech und fährt davon. – Wolltest du den nicht treffen? – Ich nicke. Prompt spurtet der los, fährt eine andere Strecke, im Affenzacken die Avus runter, Richtung Clay-Allee und hält dann in einer der kleinen Zehlendorfstraßen, irgendwo bei *Onkel Tom*, wahrscheinlich *Fischerhütten*. Ich frag ihn, wieso hier, hier wohnt doch Bob nicht. – Arbeitet hier aber. Ob mir nicht rings die edlen Kutschen auffielen mit Kfz-Zeichen K, D oder E. Diese Schnörkelvilla sei Bobs neue Eins-A-Adresse, Lobbytreff der Landesregierung NRW. – Was sucht Bob bei denen? – Das frag auch ich mich.

Und dann nähert sich tatsächlich der kleine grüne VW mit dem dunklen Dach und stoppt neben dem Lobbytreff. Ob ich diesen Herrn denn nun nicht begrüßen wolle? – Er hält mir die Seitentür auf. »Seit wann so schüchtern?« – Bin also raus, Bob entdeckt mich, freut sich, hat seinen VW gerade verlassen mit 'ner schwarzen Tasche, nun tut er den Laptop zurück, schließt die Karre wieder ab und begrüßt mich vergnügt. Warum er nicht beim großen Hegenbarth war? – Neue Geschäfte. *Sprache im technischen Zeitalter*. Süffiger Auftrag. – »Süffig« sagt er immer dann, wenn's um Geld geht, und ich wusste ja, er macht Übersetzungen von Techniktexten, lebt davon gut. Sind dann zu Fuß Richtung Grunewald, bei dem sonnigen Wetter zu einem dieser Seen, war wohl die »Krumme Lanke«.

Miriam mahnt. – Bring die Pointe. – Am nächsten Tag in der Uni ist Bob stinkwütend. Sein VW-Cabriolet, das schwarze Verdeck, als er zurückkam, war das aufgeschnitten. Und der kleine Computer weg, mit Adressen »enorm wichtig«. Doch das war noch nicht alles. Zwei Tage später, Bob hatte die Schnittstelle noch gar nicht reparieren lassen, da war die Schnittstelle ein weiteres Mal benutzt worden. Und unten vor der Rückbank, als wäre nichts gewesen, steht sein Rechner. Dazu ein Brief auf Hotelpapier: »Du hattest die falschen eingetauscht.« Ja. Bob und Tansel waren mal Freunde. Dann offenbar Geschäftspartner. Inzwischen dämmert mir, wie das alles hat laufen können. Dieses »eingetauscht«. Kombination aus Netz und Navi. Tansel wusste in jedem Moment, wo sich sein Partner bewegt, und was der tut und treibt. Vielleicht auch, was er redet. Neuestes Navi plus Netz im Smartphone, das heißt perfekte Kontrolle. So konnte ihm auch nicht entgehen, dass Bob in Freiburg war und wo da genau. Rieselfeld, Ingeborg-Drewitz-Allee.

Steckte der im *Colombi* etwa auch dem Harry was ins Kostüm?

Beim Abschied half er mir in den Mantel.

Verdammte Hacke, höre ich, und schon durchsuchen die Frauen in Garderobe und Schrank alle meine »Kostüme«, durchtasten Mäntel, Jacken, Taschen, Stoffe, Innenfutter. Finden Papiertücher, Verpackungen, Ritter-Sport, Pfefferminz, Eintrittskarten, zweimal Kino, Fati Akim, Tom Tykwer, Lortzing in Chemnitz, Behälterreste von *Concor 5 plus*, wovon ich eigentlich jeden Morgen je ein halbes Herzchen schlucken sollte. Sie finden aber kein weiteres Kontrollmetall.

Nur die Stimmung, die ist dahin. – Ab in den Wald, ruft Mi.

Rückblick: Notizen 28. Mai 2010 Vor ihrem Start hocken wir zu dritt auf dem Morgenbalkon, in strahlendem Sommerwetter. An den Hängen schimmern die Frühlingswälder. Von Sankt Peter bis nach Basel wollen sie von einem Gasthaus zum nächsten und sind Sonntag zurück. Miriam bedauert, zu meinem Tarnkappentechniker nicht mitkommen zu können, gleich Montag habe sie wieder Berlins Alte zu pflegen. Beim Frühstück ging es nun um Undines Unipläne, bei den Germanisten sei von einem jüngeren Dozenten mal wieder der Begriff Romantik zur Diskussion gestellt worden, »Romantik oder Romantizismus«, gleich in der ersten Stunde habe der ein großformatiges Bild herumgehen lassen, ein Foto vom sehr hohen Freiburger Martinstor, davor Touristen, die diesen türmchenreichen Turm fotografierten und wie in diesem Moment unter dem »Mittelalter«-Tor zwei Stadtbahnen hindurch und aneinander vorbeifuhren. Und wo am Turm deutlich zu lesen war: »Mac Donald's«.

Romantik? fragte der Dozent. Um 1900 hätten die Erneuerer der Stadt Freiburg proklamiert: »Dörfer haben Dächer. Städte haben Türme«. Und haben dem alten Tor die Höhe verdoppelt. Der Dozent wollte aber nicht Architektur, sondern Texte untersucht sehen und bat um Vorschläge.

Da habe sie, Undine, ihren eigenen Namen gerufen. Den Titel von Fouqués Märchen. Kein Student kannte Fouqué, der Dozent aber sei sehr einverstanden und hätte ihr empfohlen, sie solle mal nachlesen, wie Heine den Baron Fouqué beschrieben habe. Noch am selben Tag habe sie im Deutschen Seminar gefunden, was offenbar gemeint war, laut Heine klappere bei Fouqué die Romantik hohl mit den alten Rüstungen.

Da habe dann auch jeder mal sagen sollen, was für ihn »romantisch« sei. Die Resultate waren sehr unterschiedlich. Nach langem Palaver galt als romantisch erst dann etwas, wenn sich eine Anderswelt öffne und wenn dies Andere oder Verquere nicht abgeblockt würde, sondern als Erweiterung aufgenommen, als »Abenteuer«. So, mit dem alten Wort »aventiure« von »advenire«, so hätten schon um 1800 auch die Romantiker operiert, entzückt von dem, was schon das Mittelalter gepriesen hätte. »Romantik« sei »Leben wie im Roman«, mit Offenheit fürs Ungewöhnliche, fürs Fremde.

Und diese Elementarfrau Undine, sagt Undine, die musste ja wohl die Menschenwelt verkraften.

Auch ihr Ritter, sage ich, auch der trifft auf Fremdes.

Und wer von den beiden macht es romantisch? fragt Mi.

Sie, sagt Undine. – Aber erst mal muss ich's genau lesen. Der Ritter verstößt die Wasserfrau. Der sogenannte Abenteurer kehrt lieber wieder heim zu seinen alten Gewohnheiten. Auch zu seiner Ex. Mir scheint, dieser Ritter ist ein Kleinbürger.

Fouqués Märchen, sage ich, war Bestseller. Goethe und viele andere lasen das gern, meist mit Entzücken. Bin gespannt, wie das bei euch ankommt.

Mi sieht mich an. – Wie kam es bei dir an?

Fouqués Ritter erinnert mich an heutige Leute auf Kreuzfahrt, die eines ganz sicher nie tun, nämlich sich Anderswelten öffnen. Die durchqueren wunderbar Karibik oder Antarktis, aber in schwimmenden Luxushäusern. Mir erzählte ein Kapitän, der in der Antarktis Ausflüge anbot, auf kleinen Booten zwischen die Eisberge: Keiner hätte sich gemeldet. Fünf Mahlzeiten pro Tag, Friseurtermine, Kino, Quiz, Unterhaltung, das war wichtiger.

Vorm Abschied preist Miriam die Funklöcher. Funklöcher würden im Schwarzwald für ungestörte Tage sorgen. Mit Lob auf die Funklöcher gehen sie los, ziehen davon in wolkigen langen Hosen, die scheinen nur aus Taschen zu bestehen. *Utility wear*, sagt Mi. Das Märchen *Undine* wollen sie sich unterwegs vorlesen. Bei diesem Sommerwetter am liebsten draußen. Auch nachts.

Notizen, noch 25. Oktober 2010 Von unterwegs schickten sie von dort, wo kein Funkloch war, Mails. An Irene. Kopien an »Holtermolch«. Die erste Post kam vom Feldberg, den hätten sie auf dem Felsenweg umrunden wollen, seien aber schon bald auf eine der Kuppen gestiegen und hätten oben den Blick auf die »ewigen« Alpen hinreißend gefunden, über hunderte Kilometer »schneebedeckte Zacken, vor kurzem Tiefsee«.

Damals erschien bei mir Bob Goldberg. Überrascht war ich, als er mir im Treppenhaus, im siebenten Stock plötzlich gegenüberstand und gut gelaunt zugab, dass Undine ihm ihre Schlüssel gegeben hätte, das sei ja wohl erlaubt? Ich lud ihn zum Tee auf den Südbalkon und erzählte auch ihm vom Gespräch mit Tansel. Hab gefragt, ob nun nicht auch er mit seinem früheren Freund reden sollte. Da tat er resigniert und uninteressiert. Sinnlos, fand er das. Und fachsimpelte sehr viel lieber wieder über die »einzigartige« *Regina,* meinte nun ebenfalls, die männliche Hauptfigur sei wohl wirklich eine Verkörperung des Robert Blum, des 1848 wirksamsten Redners der Freiheitsbewegung und des Parlaments der Frankfurter

Paulskirche. Gern erzählte er von der Arbeit im Theater, die Szenen der »Freischärler« im Extrachor würden professionell trainiert, vor dem letzten Akt nutze man da eine wunderbare Kampfmusik des pazifistischen Lortzing.

Zum alternativen Fußball solle ich unbedingt mitkommen, auf den Sportwiesen im Stadtteil St. Georgen starte ein uriges Turnier, wenn ich das verfolgt hätte, sähe ich ein, dass sogar Fußball witzig sein könne, wozu er dann selber wieder lautstark lachen musste und den Arm um meine Schulter legen. – Ich weiß, das passt nicht zu eurem Bild vom Erfolgs-Ami, der im Football die Gegner umrennt. Aber lassen wir doch mal die alten Bilder, auch in den Staaten gab es lange genug massenhaft Blödes über euch Deutsche, immer nach der Gleichung Deutsche gleich Nazis gleich Verbrecher. Das funktionierte in tausend platten Filmen. Schrauben wir die Bilder mal neu zusammen.

Da hab ich dann doch auch wissen wollen, was in Berlin-Dahlem passiert sei vor der Nordrhein-Westfalen-Lobby, welche »enorm wichtigen Adressen« Tansel Korasmar sich dort aus Bobs Laptop »eingetauscht« hätte. Er schien überrascht, dass ich die Geschichte kannte, hat wieder laut losgelacht und ratterte dann eine lange Reihe Namen herunter von deutschen Firmen, die neueste Techniken produzierten, Maschinen, Turbinen, Sensoren und zwar mit amerikanischen Partnern, wo es dann in der Kooperation darauf ankomme, dass die Verständigung mikrogenau funktioniere, ja, nano-genau fehlerfrei, und da helfe einzig die Kenntnis von *Sprache im Technischen Zeitalter*, er zitierte den Titel der alten Berliner Zeitschrift, schon geringste Unkorrektheit beim Übersetzen sorge bekanntlich für Kurzschlüsse, Pannen oder gar Katastrophen, und da sei einer wie er ständig gefordert, einer, der Deutsch so gut beherrsche wie amerikanisches Englisch, von Beginn an auch im Technikbereich. Damals in Berlin habe sich aber gezeigt, dass an seinen Adressen auch Freund Tansel sehr interessiert war, wohl weniger, damit Texte korrekt übertragen würden, sondern als Adressen für neue Geschäfte von Korasmar &

Co KG. – Und dann schickte mir dieser Kerl die süße Undine als Lockvogel. Schickte mich mit der Guten in den Grunewald, so dass er sich in Ruhe vergreifen konnte an meinen Dateien.

Hab ihn damals eindringlich gefragt, ob er mit dem Junior je wieder zu einem entspannten Verhältnis kommen könne, so locker verspielt, wie er, Bob, offenbar das Leben liebe. An diesem schönen Nachmittag auf dem Südbalkon ahnte ich halt nichts von den sieben Geräten im siebenten Stock, unvorstellbar, dass einer wie er sie angebracht haben könnte. Ach, unser gemütlicher Alltag. Immer neu läuft das wie der Ritt über den Bodensee, über verborgene Tiefen, über gefrorene Ansichten.

Er hat dann geantwortet, seit dem Peilsender in Undines Anorak sei Spielerisches mit Tansel endgültig unmöglich. – Unsere Freundschaft hat er immer nur strapaziert.

Ich traute mich dann zu fragen, ob er eigentlich reiche Eltern habe oder mit Hedgefonds spekuliere, riskant, aber erfolgreich, oder was ihn eigentlich zu einem immer so gut gelaunten Menschen mache. Oh, er verdiene mit dem besonderen Übersetzen sehr gut, zum anderen dürfe man halt diese Welt unmöglich ernst nehmen, wolle man nicht verrückt werden. – Harry, wir werden beherrscht von Blackouts. Deutsche wie Amerikaner. Überall grassiert kollektiver Schwachsinn, in Europa am besten zu verfolgen in den TV-Sendern des Berlusconi, dort, wo Europas Kultur einst begann. Neuerdings auch unter eurem Stuttgarter Talkessel, wo der wunderbare Hauptbahnhof für Milliarden in die »Kristallgewölbe« versenkt werden soll, in das Quellengelände der Undinen. Dort unten, so habe man jetzt erklärt, dort sei gegen Überflutungen alles »tausend Jahre lang« gesichert durch ein »totales Pumpsystem«. Dieses »tausend Jahr lang« und dieses »totale Pumpsystem«, beides hätte ihn fatal erinnert nicht nur an das System der Hedgefonds und Banken und ihren totalen Pump, sondern auch an jenes andere Tausendjährige, das dann nur zwölf Jahre gedauert habe. Pump mit Pump zu sichern, sei inzwischen der weltweite Wahn, da flüchte er, Goldberg, sehr gern in Musik und

Spiel und Sprachzauber. – Auch in Liebeszauber? hab ich damals noch gefragt, so dass er mich wieder überschütten musste mit einem neuen Lachkrawall.

Heute Morgen war wieder Merz am Telefon. Wieso ich ihnen nichts gesagt hätte von der Bewerbung der Frau Sackmann. Es braucht eine Weile, bis mir was dämmert. Anfang Juni, als die Mädels auf Wandertour waren, da hatte sich eine Viktoria Sackmann gemeldet, telefonisch, mit resoluter Stimme und mit der festen Ansicht, dass einer wie ich eine Schreibkraft benötige. Wer so dicke Romane schreibe wie ich, so maulte sie mannheimerisch, der könne das unmöglich alleine stemmen, sie sei bereit, zur Probe eine Woche lang kostenlos zu tippen, ältere Sachen, die ich garantiert noch mechanisch gebunkert hätte, Sachen, die doch nun rasch in solide Speicher gehörten. – Mit 79 ja wohl höchste Zeit, wie?

Zur Probe mache sie das eine Woche lang »für umme«, also umsonst und erst mal kostenlos, auch Handschriften lese sie »wie eine Blindschleiche und 'ne Woche echt für umme«, und gab mir dann endlich Gelegenheit, zu sagen, dass ich Texte nie abschreiben lasse, abschreiben gehöre zum Wichtigsten beim »Dichten«, so belehrte ich die Gute, auf den Prozess des Verdichtens könne ich nie verzichten. – Oh je, ich seh, da bin ich an der falsche Adress, tut mir ja jesusmäßig leid, will doch 'nem Dichter nedde es Dichte nämme.

Wieso ich den Karlsruhern dies hätte melden sollen? – Weil Frau Sackmann in Wahrheit Aische Ajram heißt und tatsächlich so was ist wie eine »Blindschleiche« und ihr Versuch, meine Schreibkraft zu werden, offensichtlich ein geheimdienstlicher Auftrag. – Merz bat, nunmehr meine Erinnerungslücken zügig zu füllen und eine Antwort zu finden auf die Frage, warum ein türkischer Nachrichtendienst bei mir habe spionieren wollen.

Und Sie? Wissen Sie inzwischen, wo die sieben Mikrowunder hergestellt wurden? Fällt da der Verdacht auf Korasmar oder auf Goldberg? – Ihren Bericht formulieren Sie am besten unvoreingenommen. – Sagt er und hängt ein.

Meinen »Bericht«. Von einem der seltenen Momente, der ein Hinweis hätten werden können auf die Katastrophe, die dann kam, von einem dieser seltenen Vorzeichen fand ich inzwischen Notizkürzel. Und versuche, das zu rekonstruieren. Ebenfalls ein Telefongespräch. Ende Mai, ich war allein, da meldet sich eine joviale Herrenstimme, Typ Anlageberater, ich will sofort auflegen, aber der Kerl ist aalglatt, raunt hinterhältig von meinem »Werk«, nennt mit Kennerstimme Titel, sogar korrekte Untertitel, tut, als kenne er mein Material, nennt Irland, Ruhrgebiet, Lortzing, Nibelungen. Gut vorbereitet, der Hund.

Im Autoradio habe er mich reden gehört über neue Pläne. Nach Völkerwanderung, Irland und Ruhrrevier gehe es mir nun wohl um einen Versuch mit Freiburg und dem Schwarzwald, ich wolle da, wenn er's richtig verstanden habe, historisch faktisch vorgehen, sogar politisch. Das müsse er loben, ausgerechnet der Schwarzwald politisch, das sei gegen jeden Trend, ach, gänzlich außer Kurs seien derzeit die historischen und die zeitgeschichtlichen Dimensionen.

Da hatte er mich an der Angel, gut zugehört habe er, sage ich und bin dann so blöd, mit dem Argumentieren zu beginnen, weise seine Vermutung »Problembuch« zurück, nein, auch von Freiburg wolle ich altmodisch erzählen, freilich unter konträren Perspektiven, die sich wechselseitig widerlegten. Schon ergeht er sich in Ratschlägen, einhängen hätte ich sollen, aber er lobt mein Schreiben als Fallenstellerei, dieser »Doktor Arad Török«, so hatte er sich gemeldet, der operierte mit K.O.-Tropfen für Autoren. Sehr gut helfen könne er mir mit ökonomisch-ökologischen Fakten über das Dreiländer-Eck Schweiz-Deutschland-Frankreich, über dessen vitale Kontakte zu den aufstrebenden Ostrevieren, besonders zum neuen Wirtschaftswunder in der Türkei. – Zum Glück musste er dann Luft holen und ich konnte fragen, wer er überhaupt sei.

Er lachte, wiederholte seinen Namen, wieder mit Titel, und meinte, bei ihm sei durchaus von Kultur-Attaché zu reden, Deutsche liebten ja nach wie vor Titel, zumal französisch klingende, auch im Türkischen dominiere weiterhin das Französisieren. Er arbeite in Stuttgart fürs baden-württembergische Konsulat, seit meinem Film über die *Bagdadbahn* und seit meinem Izmir-Porträt verfolge er meine Arbeitsweisen, den Schwarzwald gelte es in der Tat endlich zu entdecken als Region der Zukunftstechnologien, aus dem alten harmlosen Kuckucks-Uhren-Gewerbe hätten sich Potenzen entwickelt bis zu neuesten Raketen- und Tellerminen-Techniken, was nun mal, darauf hätte ich schon früh hingewiesen, nie ohne exakte Zeitmessung gelinge. Nun jedoch, er zögerte, nun beobachte er mich bei Kontakten, die ihn bedenklich stimmten, meine bislang »so ergiebige Einsamkeit«, die sei offenbar beendet.

Wovon reden Sie? Lassen Sie mich überwachen?

Was heißt »lassen«, ich persönlich hörte Ihnen bislang immer gern zu, auch schon in Stuttgart, bemerke aber, dass Sie sich neu orientieren, unter Einflüsse geraten, die Sie abhängig machen.

Ließ den Kerl nicht mehr weiterreden. Massiver Fehler. So weiß ich nun fast nichts über den. Statt zu fragen, knurrte ich, rund dreißig Bücher und dreißig Dokumentarfilme hätte ich ohne dachgesellschaftliche Bevormundung erstellt und ohne Kultur-Attachés. – Die Triole »Attaché« eignet sich prima für kantiges Aufknallen des Hörers.

Hat sich nicht mehr gemeldet. Ein »Doktor Török« war beim Stuttgarter Konsulat unbekannt. Den hakte ich damals einfach ab, unter Fangeschwätz. Aber allmählich dämmern Zusammenhänge. Sah der mich im *Colombi*? Sah der den Goldberg ein- und ausgehen im Vaubanturm? Was war für den »bedenklicher« Kontakt? Der Kalifornier? Der Korasmar-Junior?

Rückblick: Notizen 5. Juni 2010 Selbst Humboldt, nein, nicht der Naturforscher Alexander, sondern der Universitätsgründer Wilhelm ging in jeder neuen Stadt zuerst in die Bordelle. Auch dann, wenn seine Frau inzwischen ebenfalls in Paris eingetroffen war oder in Rom oder Berlin.

Des Mannes Handicap? Schwanzlurch zu sein? Seit nun auch Miriam zu sehen war, beide zusammen, diese eleganten, diese fließenden Bewegungen, diese unbeschreiblichen kleinen Vertrautheiten zweier Liebender, seitdem fasziniert mich mein Gast aus Berlin endgültig. Und wenn dies alles ein »präzises Erinnern« auslöst, was denn denkst du dann eigentlich, uralter Harry?

Seit ich zwanzig war, ist nach einer Kleist-Lektüre eine Wortwendung nie mehr im Hirn verschwunden. »Und dies alles nur wegen eines Kitzels«. Inzwischen weiß ich nicht mehr, wo das bei Kleist steht, wahrscheinlich in einem seiner Briefe, denn ähnlich reagiert er in einem anderen Brief, bei einer Reise schrie unterwegs ein Esel, die Pferde scheuten, warfen die Kutsche um, Kleist hätte sich den Hals brechen können. »Und an einem Eselsgeschrei hängt nun ein Leben?« Leben an Ketten aus Zufällen und Nichtigkeiten. Und Wesentliches nur wegen eines »Kitzels«. Daran ist nun seit vielen Jahrzehnten herumzudenken. In der Tat, wieviel Gewese, nur weil *homo sapiens* immer mal wieder nichts Besseres wusste als Nachbars Lumpi?

Gestern wieder ein gutes Gespräch mit Goldberg, über Undines Untertauchen, über ihr Wegducken in Terrains, die für den Junior unwegsam sind, nicht nur wegen der Funklöcher. Ihr intensives neues Arbeiten in Bibliotheken, ihr Verschwinden in den Proberäumen des Opernhauses für die frühromantische Arbeiter- und Paulskirchenoper. Und am kommenden Wochenende nun der Spaßfußball drüben auf den Wiesen von Sankt Georgen. Tansel sei derzeit gar nicht in Freiburg, sei für Geschäfte mit Afghanistan und Pakistan im Ausland, wahrscheinlich in Dubai.

Woher weiß das der Kalifornier? Auch er kennt sich gut aus beim Konkurrenten, nimmt aber auch das eher locker, findet Undines Tansel-Affäre nur absurd, nur zum Lachen. Die Hamburger Partys rund um Alexander Brandes, den er den »Paten« nennt, auch diese »Halbwelttreffen« erscheinen ihm grotesk. Er fragt mich, ob ich denn Alexander Salamander nie im Fernsehen gesehen hätte als »Staatsminister Brandes«, fast immer betraut mit wichtigen Aufgaben, zu denen Firma Korasmar das Passende liefere.

Immer rätselhafter wird mir, wer eigentlich in diesem realen Zaubermärchen um Undine die lenkende Rolle spielt. *Risque d'inondation.* Und nun, am gestrigen Abend, an einem Freitag, ein Zwischenfall, gewiss nur kleinkriminell, obwohl das übel hätte enden können.

Nach den Gesprächen mit Goldberg und nach neuem Überdenken von 1848 und Robert Blum viel zu unruhig, um schon schlafen zu können, fahre ich in der frühsommerlichen Nacht mit der Bahn in die Innenstadt. In die »brüstetragende« Idylle. Auch Bob hat sich gebührend gefreut über dies Wort aus uralter Zeit von einem uralten Berühmten. Streune dort an Buchhandlungen vorüber und an der Uni, dann auch durchs »Bermuda-Dreieck«. Im Gegensatz zum gleichnamigen Kneipenrevier in Bochum gilt auf Freiburgs Gassen immer mal wieder Alkoholverbot. Das Kleinparadies der Sauf- und Raufbolde hat sittsam zu bleiben, auch Zocker und Zecher bitte nur als Folklore. Was dann aber gern ausrastet, über Diskodoping, Hirnbetäubung, Schallbeschuss.

Lasse mich aus den kichernden oder krakeelenden Schüben hinaustreiben ins Abseits, streune hinter der »gotischen« vormaligen Bibliothek davon, auf Seitenwegen. Am Gewerbekanal scheint es ruhig. Aber das ist ein Irrtum, im Lärm des vorbeischießenden Schwarzwaldwassers muss ich sie glatt überhört haben, die mich da plötzlich zu viert oder fünft umzingeln, alle im schlagkräftigen Alter. »Geld raus!« ist gut zu verstehen, auch die Griffe an Arme und Schultern und dorthin, wo der Geldbeutel steckt in enger Hose.

Für solche Fälle hatte ich mir vorgenommen, nicht geschockt zu schweigen und passiv zu bleiben, sondern zu reden, die Angreifer zu irritieren mit Witzen oder Fragen. »Ist euch klar, dass ihr jetzt Scheiße baut?«

»He, Alter, Schnauze.«

Im Lärm des Gewerbebachs beeindrucke ich die weder mit Ironie noch mit Slang, mein »Ihr vergreift euch an einem Rentner« bleibt ohne Wirkung, ich habe schon aufgegeben, sehe, wie mein dunkler Geldbehälter in schnellen Händen wandert, sehe Fünfziger in fixer Verteilung, aber dann ändert sich plötzlich alles. Einer der Kerle hat sich meinen Ausweis gegriffen, hält ein Feuerzeugflämmchen drüber und ruft »Stop!«

Ruft dann einiges in Türkisch, in Kurdisch? Der gibt jedenfalls Informationen, in denen mein Name vorkommt, »Holterhoff« holpert da unüberhörbar, und siehe, mit dem gleichen Elan, mit dem sie über mich herfielen, bitten sie plötzlich um Verzeihung, geben die Geldtasche zurück, und wer schon Scheine hatte, nötigt mir den seinen geradezu auf, mit übertriebenem Bitten. Und weg sind sie, diese vier oder fünf Freiburger aus Kleinasien.

Eine Weile versuche ich zu begreifen, was ablief. Gehe ins *Räng Teng Teng*, doch da ist es zu laut, ich ziehe um ins stille *Sinneswandel*. Noch auf der Heimfahrt in Linie 3 sind die akuten Schlechtigkeiten der Welt ebenso zu bedenken wie Kleists Erschrecken über alle gründliche Gebrechlichkeit. Rätselhaft, wie es zur plötzlichen Wende kam. Da spielte mein Name irgendeine Rolle, aber doch wohl keine Kenntnis des Literaturbetriebs. Offenbar wusste der Kerl mit dem Feuerzeug von speziellen Fahndungen, so wie schon die Mannheimer »Blindschleiche«. Hatten die Jungs Weisungen von Doktor Arad Török? Und dieser Török wiederum arbeitete für die Korasmars? Für Goldberg?

Rückblick: 9. Juni 2010 Auf dem Abendbalkon, unterm dunkelnden Himmel erschien sie mit Hallo, kehrte von der Waldwanderung allein zurück. Küsste sportlich, hockte sich und streckte die Beine über einen Schemel und rühmte »sieben Tage Tanselfreiheit«. – Soll dich unendlich grüßen von Mi, von der hast du hundert Punkte. Als Erklärbär wie als Spätburgunder. Für dein Alter seist du »furios kurios«.

Und betastete an Knien und Schienbeinen verkrustete Stellen. In der Sommerhitze hätten sie die langen Hosen rasch in die Rucksäcke gestopft, seien nur noch in Minis und Shorts marschiert und so auch abends in den Gasthäusern aufgetaucht, noch gestern in Basel. – Am Schluss mussten wir uns natürlich verirren, die angebliche Abkürzung endete in Brennnesseln und Brombeeren.

Trotzdem, herrschaftsmäßig sei alles gelaufen, ja, »herrschaftsmäßig«, das sei eines der Wörter, die neu zu lernen waren, denn mit diesem Kommentar hätte die Wirtin in einem der drei »Adler« die abendliche Adlerplatte serviert, herrschaftsmäßig sollten sie futtern, gutsherrenhaft, und so, nämlich tatsächlich herrlich war auch noch gestern Abend in Basel zu toben in drei Zappelbunkern, kuriose Typen in Mengen, oh ja, aber es gehe eben nichts über Mi, die »silberdrahtige«. Heute Vormittag seien sie erst nach elf Uhr wieder betriebsbereit gewesen, hätten aber doch noch das zentrale alte Basel heimgesucht und am Nachmittag brav auch die Fondation Beyeler, gern wären sie am Rheinknie länger geblieben, da locke vieles, aber Miriam habe zurück gemusst nach Berlin, morgen früh starte wieder ihre Altenpflege, obwohl sie doch Erzieherin sei, so laufe das nun mal im »vergreisenden Stadtgetüm« Berlin, nicht Zwerge und Frischlinge seien da zu pflegen, sondern Mumien. – Gibt's Neues vom Hanse-Türken?

Ist im Ausland. – Und Bob ist wieder hier? – War mehrfach hier, lädt mich ein zum Turnier der Gegenfußballer.

Magst du denn Fußball?

Als Ruhrmensch sowieso. Fußball erscheint mir wie eine Massenmetapher. Krieg und Mord virtuell. Als Wir-Spiel mit dem, was so rund ist wie das Glück und auch so unberechenbar. Nur für wenige beherrschbar. Aber käuflich.

Fußball als Lyrik für alle? Bist tatsächlich furios kurios.

Massenfußball liefert doch laufend Bilder, Dramen, just jetzt, beim Lärm um die Weltmeisterschaft in Südafrika. Da trauere ich still für mich um meinen alten Proleten- und Lieblingsverein Rot-Weiß-Essen, längst abgestürzt in unterste Klassen, der rote Arbeiterclub im Essener Norden, der Deutschlands erste Nachkriegsfreude lieferte, über den lauernden Konjunktiv eines Reporters: »Rahn müsste schießen!«. Kurz danach: »Rahn schießt!« Und dann, dreimal enthusiastisch: »Tor! Tor! Tor!«. Und »Deutschland ist Weltmeister!«. Das war 54. Als wäre 54 ein Ersatz für 45. Als wäre alles nur ein Zahlendreher. Diesen Berner Doppelschützen Helmut Rahn hab ich für Essen immer wieder dribbeln gesehen, unwiderstehlich vorwärts, mit Körpertäuschung und Treffsicherheit, bei der WM in Schweden sogar mehrfach von der Grundlinie her. Und der rote Verein jetzt, im heutigen Getöse ist der überhaupt kein Thema. Auch das ist Metapher und ist zugleich real. – Holterhoff lachte und wollte, dass sie vom Schwarzwald erzählte.

Sie holte Leitungswasser, ein Glas auch für ihn, trank, rollte sich das kühle Glas über die Schläfen. – Du liebst sie, die Stadt Essen?

Die ist deutsche Geschichte, im Konzentrat. Ich vermeide jetzt faktenreiche Erklärungen. Nur dies: Essen schrumpft. Lässt sich zur Einflugschneise machen. Für den großen Flughafen, dessen Name kein Englischsprachiger je wird aussprechen können.

Düsseldorf?

Die meisten Passagiere dort kommen aus Duisburg, Oberhausen, Gelsenkirchen, Essen, Dortmund, Bochum, Mülheim.

Ein besserer Name als »Flughafen Düsseldorf« wäre was?

Flughafen Heinrich Heine.

Er solle endlich zugeben, dass er ein Querbesen sei. Man wisse doch, wie sehr sich Düsseldorf gewehrt habe gegen den Namen »Heine-Universität«.

Erzähl mir von eurem wilden Wald.

Auch Mi ist reale Metapher. Erlösungszauber. Unendlich haben wir reden können und müssen. Auch über dich. Praktisches wie Grundsätzliches. Immer neue Fragen zu *unde* und *inde*. Und wussten nie eine Antwort. Weder aufs Woher noch aufs Wohin und Wozu. Ja, wozu das alles, zu welchem Ende. Arbeit für Kinder? für Alte? Ich einst als Lehrerin? Wozu?

Wie wär's jetzt mit einem Gang zum *Süden*?

Hab schon gegessen, zuletzt beim Bahnhof, ausführlich mit Mi. Dich soll ich heftig grüßen, heftig und quer.

Aber wir haben meinen Spätburgunder. – Er holte den, und als eingeschenkt war, fragte sie, was er täte, wenn er Politiker wäre. Wieso er keiner sei.

Unmöglich. – Wieso? – Mit oder gegen Massen? Nun gegen Internet-Orgien? Mit Figuren, die Hunderttausende Tonnen ewig strahlenden Atommülls zugelassen haben? Und die Unkosten zahlen nicht etwa die Atomkraftprofiteure, sondern wir? Politiker wollen gewählt werden, beliebt sein, müssen souverän tun. Sind verdammt zur Show, zum Auftritt, zur Lüge. Zweifler und Querbesen sind da chancenlos.

So beinhart ist für dich Politik?

Noch härter. Versteinernd. – Er trank. – Geredet oder geschrieben hab doch auch ich seit je gegen Atomöfen, nicht nur gegen den, in dessen Südwestwindschatten dies schöne Freiburg steht. Schon Griechenlands Götter bestraften den kosmischen Feuerdiebstahl. Und schon vor Jahren hielt ich auf Stuttgarts Schillerplatz eine Rede gegen die Milliardenvergeudung beim Vergraben des wunderbaren Hauptbahnhofs. Nicht nur, weil der just dort in die Erde soll, wo elementare Quellen zerstört werden. Sondern weil das auch Geld für Theater vergeudet, für Bücher, für Erkenntnisse. Was half's. Nie fühlte ich mich so chancenlos wie damals auf dem Schillerplatz. Obwohl da am Ende gut dreihundert Leute stehen geblieben sind.

Er trank. – Und als Schock bleibt in den Knochen die Schulzeit in Essen. Unser Klassenlehrer warb unverblümt für Wiederbewaffnung. Bei uns Bombenkriegskindern. Und als Wiederbewaffnungskanzler Adenauer in Essens »Saalbau« erschien, da waren drei von uns ebenfalls dort, die »kritische Fraktion«. Wir hatten uns eine extra böse Wahrheit gebastelt. Mitten im feierlichsten Moment, in der Schweigeminute für einen Verstorbenen riefen wir das von der Galerie. Wer hat Christus verraten? Christ-Demokraten! Empörtes Gebrüll, handgreiflicher Rausschmiss aus der »christlichen« Versammlung.

Prägend. Vergesse nie die Namen der beiden anderen. Peter Knoch, Helmut Salzinger. Wurden zeitweilig tapfere Kommunisten. Damals verließ die CDU in Essen auch der Heinemann, der spätere Bundespräsident. Und inzwischen weiß ich, dass meine Vorstellungen vom Richtigen allzu weit weg sind vom Möglichen.

Vorstellungen vom »Richtigen«? Erzähl! – Auch sie schluckte vom Roten.

Für mich ist der Beruf, der am meisten zu fördern wäre, der, der junge Menschen in Kenntnis setzt. In den Massen wächst jetzt nichts so stark wie die Flucht vorm Wissen. Die gehen unter in einem immer gigantischeren Betäubungszirkus. Und jeder, der da gegensteuert, der verdiente beste Ausbildung, beste Bezahlung. Und keinesfalls diejenigen, die den Planeten fortschrittlich ruinieren. Mit »totalem Pumpsystem«. Am Ende werden sich besessene Idioten auch noch die A-Bombe »pumpen«.

Das Flämmchen im Windlicht spiegelte und vergrößerte sich sehr schön im Rot des Burgunders.

Kenntnisse? Wissen? Weißt denn du ein Wovon, ein Wozu?

Holterhoff nahm einen langsamen Schluck. – Träumen muss ich immer mal wieder, trotz allem, von einem gelingenden Miteinander. In und trotz allem Massenwahn. Von einem gelingenden Zugleich all der vielen Verschiedenen. Und wenn ich lange genug hin und her denke über das Massenhafte, dann läuft das immer hinaus auf, ja, auf was. Auf das Allgemeine des Bürger- und Einzelrechts. »Allgemein« hieß das schon 1789. Leider wurde das Adjektiv sofort guillotiniert. Enthauptet. »Allgemein« hätte heißen sollen »universell«. Für alle gleich. Damals für Fürsten wie für Bettler. Schon lange vor 1848 schrieb mein Harry Heine, dass für diese »allgemeinen« Menschenrechte sogar er eine Fahne schwenken würde. Schwarz-Rot-Gold. Aber nur dann, wenn das nichts anderes meine als eben dies, die für alle und jeden geltenden Grundrechte. Was immer wieder verhindert wird von Frommen, Schlauen und Mächtigen. Von Kirchen und anderen Erlösern.

Sie umarmte ihre aufgestellten Knie. – Miriam kommt aus einem frommen Elternhaus. Frommsein empfand sie als Terror.

Der Fromme, der halbwegs konsequent ist, der muss wollen, dass auch alle anderen so erlöst sind wie er. Und so missioniert er. Offen oder getarnt. Am Ende mit Terror. Terror kommt anfangs auf sanften und frommen Pfoten.

Es heißt, die Opposition in der DDR sei von den Kirchen ausgegangen.

Den stärksten Widerstand leisteten Künstler, Kabarettisten, Dichter, Theaterleute. Die nutzten dann gern auch Kirchengebäude, weil die so schön groß sind. Kirche aber duckte sich fast immer. War Gehilfe der Herren. Auch Foltergehilfe. Nicht nur bei Hexenverfolgung und Inquisition. Auch bei der Abschlachtung von Millionen sogenannter Heiden in Afrika oder Amerika. Kirche war Terror noch in Francos Spanien. Ist es noch jetzt in Irland.

Geht denn Religion nicht auch ohne Kirche?

Religion wozu? Ein Philosoph murrte schon 550 vor Christus, wenn die Kühe malen könnten, dann sähen die Götter der Kühe aus wie Kühe. Wann endlich hören wir auf, dummdreist Menschliches zu schwätzen vom Unendlichen. Wann fangen wir an zu schweigen im Respekt vorm *totaliter aliter*, vorm ganz und gar Anderen, vorm absolut Unfassbaren.

Aber wer was anbeten möchte, der will handfest was greifen, mit Händen, mit allen Sinnen. Will mit Greifen was begreifen. Oder?

Und macht dann die Unendlichkeit oder Gott zur Mammi oder zum Opa. Manchmal denke ich, gegen die Lähmung durch Ideologien und Glaubenswahn müsste ich, mit allen Sinnen, eine einleuchtende Geschichte stellen. Als Schrift-Steller. Eine Grundgeschichte. Mein »Wozu«.

Eine »Grundgeschichte«?

Die müsste kurz, spannend und einleuchtend sein. Magisch. Müsste vom Menschenrecht erzählen, vom »allgemein« geltenden. Müsste keinen Gegentempel errichten, nicht mal einen »Tempel der Vernunft«, auch nicht einen »der Sinne«. Gar keinen Tempel. Sondern wäre nur eine Erzählung von der real existierenden, von der allen gemeinen, von der in uns allen existierenden Freundlichkeit. Keine neue Wahrheit, keine neue Weltformel, sondern nicht mehr und nicht weniger als Ehrfurcht davor, dass jeder Mensch so phantastisch ist wie unfassbar.

Eine »Grunderzählung« vom Unerzählbaren?

»Grund« deswegen, weil diese Erzählung, wenn sie wirken soll, simpel bleiben muss, auf Anhieb begreifbar, weltweit verständlich. Im fernsten Urwald wie in hinterster Wüste, sofort einsehbar, für Eskimos wie für Aborigines. So wie schon jedes Kind diesen wunderbar einfachen Grundsatz sofort kapieren und akzeptieren kann: »Was du nicht willst, das man dir tu, das füg auch keinem anderen zu.« So was wirkt wie Zauber. Wie Artikel Eins. Nicht etwa »keinem anderen Deutschen« füg was zu, auch keinem anderen Muslim oder Christen, sondern schier »keinem anderen«. So wie »Würde« in Artikel Eins schlicht die »des Menschen« ist. Nicht die des deutschen oder sonst besonderen Mitmenschen. Zaubersätze gelten in klarster Knappheit allseits. Universell. Mit keiner Einschränkung, etwa bloß für Juden, Weiße, Schwarze, Heteros, Homos. Nichts dergleichen. Die Magie des Humanen gilt dem Wunder, dass es den Menschen gibt.

Sie dehnte die Schultern, die Arme. Sah in den blinkenden Nachthimmel. – Wäre doch zum Beispiel brillant, die Sterne da oben in der Milchstraße, die sortierten sich zu Buchstaben. Und würden quer über den Himmel genau diesen einen Satz bilden. Jedem, der da hinaufblickte. Jedem in seiner Sprache. Was du nicht willst, das man dir tu, das füg auch keinem anderen zu.

Da entwirfst du sie ja schon, so eine Grunderzählung.

Wie sähe die bei dir aus?

Genau so. Ohne Anmaßung. Ohne die Vortäuschung, man kenne das All und das Metaphysische und irgendein Personal da oben.

Warum ohne Metaphysisches?

Weil Mächtige sich daraus ihre Verfügungsgewalt holen. Leihen sich Macht von dem, was als heilig gilt. Oberhäupter von Familien, von Sippen, von Nationen missbrauchen, worüber es nichts zu sagen gibt. Es sei denn, man ist respektlos und anmaßend. Nein, eine Grunderzählung muss vom Unsäglichen schweigen. Weil unser Denken und Sprechen hilflos bleibt schon vor dem Wunder, dass wir vorhanden sind. Und hätte endgültig zu verstummen vor »Gott«. Kant hatte das früh umständlich erklärt in seinen ungeheuren »Kritiken«. Reden von Gott wird zur hirnlähmenden Anmaßung, wird zum Missbrauch. Machthaber leiten sich von dort ihr Recht her, zu lenken, zu unterdrücken. Womöglich zu steinigen. Immer neu narkotisiert da irgendein Monopol. Ein alleinseligmachendes. Und nicht nur Jenseits und Unendlichkeit bleiben unfasslich, schon unser Hier und Jetzt. Wir brauchen gar keine Jesus-Wunder, schon unser Vorhandensein ist unsäglich. Ist es denn nicht unfasslich, dass Sternenstaub ins Denken geriet?

Ihre Beine umarmend, senkte sie den Kopf, die lange Mähne zwischen den Knien. – Viele halten das für Gottes Schöpfung. Und können offenbar gar nicht leben ohne märchenhafte Opa-Religion.

Ist höchste Zeit fürs Erwachsenwerden. Sonst rempeln sich all diese Allwissenden gegenseitig ins Aus. Und den Planeten gleich mit. Ich weiß, so eine Hoffnung auf Respekt und Freundlichkeit und auf ein allgemein geltendes »Das füg!«, das gilt als blauäugig. Real sei die Welt voller Verstellung, voller altjesuitischer Verlogenheit. Aber ebenso genau sehe ich, zu helfen wäre der Welt nur so. Allein so. Das füg. Auch der kluge Brecht wünschte am Ende nur noch: Freundlichkeit.

Ihr Kinn auf dem vorderen Knie. Von dort blickte sie nun auf und richtete die großen Braunaugen in die Sternenhöhe. – Alle, die so märchenhaft naiv glauben, die leben gesünder, habe ich gelesen. Die werden viel älter.

Sei unbesorgt, ich glaube ja. Ans Unglaubliche. Und bin damit auch schon ganz schön alt geworden. Und halbwegs gesund. Ach, was wirklich sein wird am Ende von allem, das werden wir nach dem Tod in weniger als einer einzigen Sekunde wissen. Denn die Ewigkeit, in der unser Staub ja dann unendlich umherstauben wird im All, diese Ewigkeit dauert jenseits jeden Bewusstseins nicht ewig, sondern kürzer als eine Sekunde, weil sie eben jenseits jeden Bewusstseins bleibt: Kurz nach dem Tod ist die Ewigkeit vorbei. Und mit dieser »Berechnung«, damit lässt sich doch geradezu neugierig sterben, oder?

Irre Überlegung.

Kann freilich sein, dass dann der Endknall da ist und dass der nichts anderes ist als das Nichts. – Endknall? – An den Urknall glaubt inzwischen fast jeder Wissenschaftler. Ach, wie wunderbar war das, was ich kürzlich zufällig zu hören hatte, im Januar in Essen, als da »Europas Kulturhauptstadt« eröffnet werden sollte. Das lief unter freiem Himmel, es war kalt, da stürmte Nordostwind mit wüstem Schneetreiben über die große Versammlung in der monumentalen »Zeche Zollverein«. Ja, Eiswind wirbelte über die Menge der Politiker und Bürgermeister und Kulturgrößen und VIPs und TV-Teams, und drei Reihen hinter mir saß jemand, der lauthals bezweifelte, ob der enorme Festakt in diesem Schneesturm überhaupt gelingen könnte. Da hörte ich, wie sein Nachbar sagte, in reinem Ruhrton: »Wieso globbse dat nich? Globb domma wat.«

Glaub doch mal was? – Sie hob den Kopf von den Knien, lachte. – Und der andere?

Der andere sagte: »Mit dem Glauben hab ich so meine Probleme.« Darauf der Ruhrmensch: »Irngswat glaum musse abba. Egal an wat. Is leemstechnisch nötich.«

Danach, beim stundenlangen prächtigen Festakt im Schneesturm, da hab ich mir dann diese Antwort immer mal wieder aufgesagt. Still für mich. »Glaum.« »Is leemstechnisch nötich.« »Egal an wat.«

Und dies »leemstechnisch Nötige«, was ist das für dich?

Bleibt im Kern das Menschenrecht. Das »allgemeine«. Weder Denkverbot noch Kollektivbetäubung.

Du liebst dein Ruhrgebiet? Mehr als Freiburg?

Freiburg ist doch viel zu schön, um wahr zu sein. Alle paar Wochen nutze ich meine Gegengegend, wo »hart im Raume stoßen sich die Sachen«, laut Schiller. Ruhrleute sagen knackig knapp, was anderswo philosophische Bibliotheken füllt. Leemstechnisch nötich.

Und das »Nötige« ist für dich der Respekt vorm Unsäglichen?

Vorm Menschen. Wer mir sogar den »Allmächtigen« und gar »Gottes Willen« schildert, vor dem lauf ich davon. Wie vor jeder Anmaßung. Flüchte hierher, ans untere Ende der Vaubanallee.

Vor dem Junior bist du zum Glück nicht davongelaufen. Hast mit ihm geredet. – Sie zog ihre Knie noch enger, umschlang ihre Beine wie einen besten Freund.

Hab mit dem Tansel gut streiten können. Und werde das ein weiteres Mal tun, jetzt, nach dem Schockmetall im Anorak. Du sagst oft »Junior«. Ist er inzwischen nicht längst der Firmenboss?

Nein. Und ich ahne, dass er das im Grunde gar nicht sein will. – Wieso? Was ahnst du da? – Dir kann ich's vielleicht sagen. – Was? – Erschrick nicht. Inzwischen reden wir ja über fast alles. – Sie stand auf. Setzte sich wieder. – Beim Sex gefiel diesem Vizechef alles. Auch das, was nicht als »männlich« gilt. Nicht als herrschaftsmäßig. Bei manchen noch immer als »weibisch«. Insgeheim ist halt auch dieser Mann namens Tansel sehr anders. – Sie stand wieder auf, ging zum Balkongeländer, sah einem Zug hinterher, einer leuchtenden Zugschlange. Die Lichter stürmten nach links ins Dunkel, Richtung Basel, Zürich, Mailand.

Erzähl mir von seiner heimlichen Chefin. Von Yasemin.

Sie hockte sich wieder hin. – Mit der Familie zu reden, das wär's. Das könnte die Lösung sein. – Welche Lösung? – Das Ende der fixen Idee, ich sei für ihren Prinzen die einzig Richtige.

So dass Yasemin ihrem Tansel klarmacht, gib sie auf, die Hexe?

Sie nickte heftig. – Nur diese blöden Väter lenken den Junior dorthin, wo er, das spür ich doch, gar nicht hin will. In den Plänen von Kemal und Alexander muss er Held sein, Gewinner. Und Boss.

Was meint Irene, wenn sie sagt, dein Vater sei ein »Hohes Tier in Berlin«?

Vom Berliner Regierungsladen hab ich zu wenig Ahnung. Sehe selten Nachrichten, lese kaum Zeitung. – Sie drückte ihren Mund wieder auf die aufgerauten Knie. – Weiß nur, es gibt rings ums Kanzleramt ein Rudel gut bezahlter leitender Herrschaften, Staatsekretäre oder so. In jedem Ministerium drei, so viel ich weiß. Und zu jedem dieser drei dann weitere drei Leitende. Und denen zugeordnet noch sehr viele mindestens ebenso Wichtige.

»Hintergrundhyänen«, sagt Bob. Einer von denen ist halt mein Vater. Und nach allem, was ich weiß, ist er dort aktiv, wo die Verfassung geschützt wird.

Und die schützt man neuerdings mit dem, womit die Korasmars handeln? Mit digitalen Techniken?

Die Distanz zu meinem Erzeuger war mir immer sehr recht. Den Ex-Alex konnte ich unmöglich sympathisch finden. Bob hat gemault: Alle Gewalt geht vom Innenminister aus.

In Hamburg hattest du aber wieder Kontakt?

Bei den orientalischen Gartenfeten war er plötzlich anwesend. Alexander der Große. Hat mich zunächst gar nicht erkannt, tat dann aber hoch erfreut, fand offenbar, dass seine Tochter sich ansehnlich entwickelt hatte, jedenfalls für seine Sichtweise. Ich weiß noch, wie er beim Gruppenfoto dicht neben mir so tat, als seien wir ein Paar. Flüsterte mir ins Ohr, wie sehr er meinen Geschmack bewundere, der Juniorchef sei ein »heißer Hecht«. Hab mir damals die Einladungsliste geschnappt und die Namen der Gäste gelesen, wollte dann vom Junior wissen, was das alles bedeutete. Deutsche Gesellschaft für Wehrpolitik, Förderkreis deutsches Heer, Atlantische Gesellschaft.

Waren alles Gängelbänder für deinen Tansel.

Sag bitte nicht »deinen« Tansel.

Was du so schön in die Milchstraße schreiben möchtest, das würden diese Herren nie lesen. Würden das nicht mal entziffern können, geschweige denn begreifen.

Stimmt nicht. In meiner »Grunderzählung« liest jeder die Botschaft der Milchstraßensterne in seiner Sprache. Also in der, die er lesen kann. Betonväter bekommen Betonwörter.

Als müsste sie von Vätern und Beton endlich frei kommen, erzählte sie nun von den Höhenpfaden des Schwarzwalds, beschrieb den »Westweg«, schilderte Baumriesen, gestürzte Ungeheuer, die man liegen lasse zum Verrotten, so dass auf den höchsten und einsamsten Höhen »Bannwälder« wüchsen, ein Urwald, ein deutscher Dschungel, mit ungehemmtem Pflanzenwildwuchs und Tierbetrieb. Nur eines habe ihr dort wenig gefallen. – Am Beginn fast jeder urigen und naturigen Strecke hing der Gefolterte. Der an die Balken Genagelte. Fast immer vor den schönsten Waldpartien: die Leidensbotschaft. Und meine Schweinebacke Mi, die meinte dann eines Nachts, kurz vor drei, nun scheine der Mond doch ach so romantisch, blasser Vollmond im finsteren Tann, das sollten wir auf keinen Fall verpassen. Sind also raus, sind auf eine dieser abseitigen Höhen hoch hinaus, irgendwo in der Ferne leuchteten da ganz gewiss auch die Alpen, egal, in der Sommernacht war nirgends digitale Belauerung oder Folter oder Terror und Fragen wozu das alles, sondern süffige Sekunden, ach, da hatten Füchse, Gämsen oder Rehe sich ziemlich zu wundern über das, was da im Wiesentau die beiden mondscheinbleichen Weiberleiber trieben.

Sie leerte das Glas mit tiefem Schluck. – Jenseits aller Jäger und Sieger und Orions. Oder Lohengrins. Harry, mit Mi ist das tatsächlich unsäglich, das wechselseitige Einverleiben. Dies durchtriebene Stück, das raunte von »kommunizierendem Röhren«. In der Besoffenheit erneuerte die auch die Wörter schamlos schön und die sind ja zum Glück nicht aus Beton. Hauffs Kaltes-Herz-Märchen hatte ich ihr erzählt, von einem, der beim Schreiben so alt war wie wir dort oben, doch, so einer hätte sofort mitmachen dürfen, heftig deftig.

Immer neu hätten sie auch zu grübeln gehabt über das *Undine*-Märchen, in »Bannwäldern« und auf Waldwiesenbuckeln, mit Blick über den Rhein bis in die Schweiz oder nach Frankreich. Und hätten beim Vorlesen lachen müssen, hätten Herrn Fouqués Text höchst »sittiglich« gefunden, oh ja, alles Einverleibliche oder Röhrenkommunizieren bleibe da schamhaft getarnt. »Sittiglich« sei eine der vielen wörtlichen Zimperlichkeiten des Barons Fouqué.

Er hob seinen Spätburgunder. Von der letzten kurvenden Stadtbahn kamen gelbe Lichter herauf, kleine Blitze und Schatten wanderten über die Hauswand, bis hinauf zum siebenten Stock.

Er trank, und öffnete dann einen neuen Spätburgunder. – So wie Fouqué, so hatte auch sein Ritter mit der Wassernymphe allerhand Mühe. Und so hat, glaube ich, auch dieser Korasmar Junior Ängste und Mühen mit dir. Mit der quersinnigen Brandestochter. Die für ihn mindestens so begehrenswert wie fremd ist.

Ach Harry, wenn du wüsstest, wie fremd ich ihm in der Tat sein muss. – Das wüsste ich sehr gern. – Irgendwann erklär ich's dir. Da gibt es noch einiges zu erzählen. Hat er gesagt, er hatte mit mir Mühe?

»Lust« hat er gesagt. Und denk dir, er hat inzwischen nicht nur Artikel Eins Grundgesetz im Kopf, sondern auch Fouqués Märchen. Deinetwegen. Wollte wissen, was und wer Undine ist oder sein könnte. Kam zu erstaunlichen Schlüssen. Als ich ihm erklärte, erloschene Liebe sei nie mehr zu entfachen, bestritt er das entschieden. Auch das *Undine*-Märchen erzähle von neuer Glut. Der Ritter hätte am Ende die wahre Leidenschaft wieder entdeckt, die frühere Geliebte. Auch an dir werde sich erweisen, dass aufrichtige Liebe unvergänglich sei, neu entflammbar, wie unter der Asche die Glut. Er als deine neu zu entdeckende Liebe.

Und ich also soll nun der Ritter sein, der neu entflammte? Puh! Gleich morgen tauche ich ab in die Bibliothek. Und am Wochenende in alternativen Fußball. Dass es mit Tansel aus ist und Schluss, das erlauben ihm offenbar weder Vater noch Mutter noch die Ahnen. Also seine Traditionen. So einen willst du hier einladen? Zum Diskutieren? Wie soll das gehen? – Das läuft mit ihm fast immer aufschlussreich. – Sie stand auf, blickte über den Himmel und fragte, wie lange sie noch warten müsse, bis Orion samt Himmelskuh über den Horizont steige.

Im Juni erscheint Orion erst spät in der Nacht und nur kurz. Auch liegt hier der Schönberg quervor.

Es war kühl geworden, sie schüttelte sich, zog ihr Bolero-Jäckchen enger. Er löschte das Kerzenlicht, sie gingen hinein. Drinnen kuschelte sie sich in die Sesselschüssel vor der Musikanlage, zog sich ein großes silbergraues Heidschnuckenfell über den Körper und bat ihn, eine Musik aufzulegen, von der er überzeugt sei, die sei romantisch.

Da ist das Angebot ungeheuer vielfältig.

Nimm was aus der Zeit, in der Fouqués Märchen entstand.

Ich wüsste was zwischen Fouqués *Undine* und Eichendorffs *Taugenichts*. Zwischen 1811 und 1826. Da gibt es von einem jungen, von einem schönen Zwanzigjährigen, von einem hübschen Taugenichts ein Konzert für Horn und Orchester. In den letzten Takten klingt das, jedenfalls für mich, wie Eichendorff-Lyrik.

Von einem schönen Zwanzigjährigen?

Man könnte sagen, von einem musikalischen Taugenichts. Der das komponierte, hat nie eine Schule besucht, geschweige denn eine Akademie. Wird geschildert als sehr hübsch und sehr gesellig, als »beliebt bei den Damen«, als »Zierbengel«, mit dunklen Locken, »schelmischem Blick«, was immer das heißt. So liest man es jedenfalls. Gehörte zu einer Theatertruppe, spielte und sang da den Papageno, den Don Juan, war Publikumsliebling. Als Naturbursche, als jugendlicher Liebhaber und Bonvivant. Nannte sich selbst »Gaukler«. Sein größter Erfolg auf der Bühne war freilich ein Ungeheuer: der Narr im *King Lear*.

Und der komponierte?

Schrieb anfangs Schauspiele mit Liedern. Und als Frühestes eine Musik für Horn und Orchester, sein einziges Konzert. Dauert nur dreizehn Minuten. Voll früher romantischer Stimmungen. Am Schluss wirkt das so, als hörte man die berühmten Worte von der »prächtigen Sommernacht«. Die kann ich auswendig. – Holterhoff war in die andere blaubleiche Sesselschüssel gesunken, der legte sich nun die Hände an die Stirn und sprach leise. – »Es schienen so golden die Sterne / am Fenster ich einsam stand / und hörte aus weiter Ferne / ein Posthorn im stillen Land / Das Herz mir im Leibe entbrennte / Da hab ich mir heimlich gedacht / ach, wer da mitreisen könnte / in der prächtigen Sommernacht.«

Das graue Fell hatte sie sich bis ins Gesicht gezogen. Mit großen Augen blickte sie durch die Heidschnuckenlocken.

Für mich sind diese Worte wie letzte Augenblicke vor dem Sturz, in die Industriezeit. Die begann damals. Begann als laute, als brutal stinkende Kohle- und Stahlzeit. Heute sind Industrien digital automatisiert. In der frühen Romantik wälzte sich das unförmig heran, wie ein Drache, als Dreck, Gefahr und Krach. Und damalige Gedichte und Musiken klingen, so scheint mir, wie letzte Grüße ans Vergehende. Auch an die bedrohte Natur. Sehnsuchtsvoll. Da wurde geträumt und gehofft, die Natur werde überleben, werde sich wehren. Für die Schändung der Natur erscheinen *Das kalte Herz* und auch *Undine* wie Gleichnisse.

Von der Musik des Zwanzigjährigen hast du eine CD? – Habe ich. – Hatte der Hübsche auch einen Namen?

War ein demokratischer Kopf. Konnte aber unter der Polizeizensur seinen Quersinn nur indirekt loswerden, als Komik. Als witzig improvisierender Akteur auf der Bühne. Beliebt machten ihn seine überraschenden Extempores, die man vorweg nicht zensieren konnte. Und beliebt machten ihn dann seine Spielopern. Und nun weißt du, wer's war?

Der 1848 die Freiheitsoper schrieb? Das Fabrikstück?

Frühester Komponierversuch war dieser Waldhorntraum. Die letzten Takte klingen da wie *Unanswered questions*. Wie *Unde inde.* Aus weiter Ferne, ein Posthorn im stillen Land. Ach, wer da mitreisen könnte.

Er hatte die CD in die Anlage geschoben, zögerte aber mit dem Start. – Die CD fand ich in Irland, in einem Laden, in dem alles nur ein irisches Pfund kostete. Manchmal höre ich das still für mich. Wenn die Tage dunkler werden. Die Erinnerungen an Olga zu schwer. Das Unfassbare. Das Nicht-Mehr-Vorhanden-Sein. Olga ist in jener entscheidenden Sekunde Ewigkeit. Dann hilft mir Musik so wie das Kinderrind am Himmel. Töne, die mit Techno-Ohren wohl gar nicht mehr zu vernehmen sind. Fürchte ich.

Sie schmiegte sich unterm Schaffell tief in die Sesselschüssel. Er drückte den Start. Und nun wehten durch den dunklen Bücherraum weiche Streichertöne, aus diesem Schwärmen und Schweben sprangen dann die Hornklänge und wechselten vom Kräftigen in melancholisches Fragen. Aber nach dem Schwermütigen kam neuer Aufschwung, tänzerisch verspielt und übermütig. Wurde dann wieder zart und wehmütig, wie verwehend wandelte sich das in den letzten Takten in ein rätselhaftes Rufen. Durchs nächtliche »stille Land«.

Wirklich eine Anderswelt, meinte sie. – In großer Ferne.

Welche Musik hörst du?

Selten Melancholisches. Gern fetzig Rhythmisches. Poppig Angejatztes. Im Augenblick sind meine Verrücktesten die *Vampire Weekend.* Witzig, charmant, einfallsreich. Das hilft auch mir.

Als sie dann hinausgegangen war, auffallend langsam, den Kopf immer noch unterm Heidschnuckenfell, da schlurfte auch er zu seinem Nachtlager, an das hintere Ende der lang gestreckten Wohnung. Sah aber, dass sie die Tür zum Treppenhaus ein wenig offen gelassen hatte und dass im Treppenflur noch Licht war. Er schob die Tür weiter auf und sah, wie sie beim Lift stand und sich zögernd umblickte. Das Heidschnuckenfell noch immer über Kopf und Schultern, als müsste sie sich verstecken. Oder schützen.

Was ist?

Ich glaub, ich muss das jetzt einfach loswerden.

Komm noch mal rein.

Saßen dann am Küchentisch. Er kam mit dem Spätburgunder. – Was musst du loswerden?

Das ist neu. So kenn ich mich nicht. Schier Angst.

Die traurige Traummusik? Der Tansel-Terror?

Das ist jetzt konkret dieser Lift. Den kann ich gar nicht gut finden. Der reicht runter bis in die Tiefgarage. Und wenn irgendwer sich auskennt in krummen Touren, dann der Prinz. Problemlos kann der, wenn da unten jemand reinfährt in die Tiefgarage, mit reinkommen. Und problemlos kommt er dann an den Lift. Und kann hierher.

Ich fand ihn nicht nur klug. Sogar besonnen.

Ja, du. Aber auf mich ist er fixiert. Wie ein Irrer. Ich sollte dir seine Mails zeigen. Schon morgens, wenn ich zu dir rübergehe, an der Treppe und am Lift vorbei, schon wenn ich drüben die Tür nur aufmache, irgendwann wird er da stehen. Dann hörst du meinen Schrei. Das hallt dann gut durch alle Stockwerke. – Sie wollte keinen Wein mehr, nur Wasser. – Inzwischen ist er mir unheimlich. Total fremd. Spätestens seit diesem GSL-Metall. Seitdem verfolgt er mich auch dann, wenn er mich nicht verfolgt. He, Harry. – Er spürte ihre Hand an seinem Arm. – Am Ende deiner langen Wohnung, drüben beim Abendbalkon, da steht eine Liege. Lässt du mich da schlafen? Heute Nacht? Von mir hörst und siehst du nichts. Und wir tun uns nix. Nur Gutes.

Er trank ihr zu. – Hol dir dein Zeug. Klar, wir tun uns nix. »Nix«, sagt die Nixe. Seit Olga fehlen hier fast alle Innentüren. Zwischen dir und mir liegen dann gut dreißig Meter. Und fünfundfünfzig Jahre. Auch hast du da hinten eine eigene Dusche.

Und so kam sie herüber, auf dem Kopf ein Bettwäschenturm in hellem Violett, und so schliefen sie nun zum ersten Mal im selben Raum. Der war im Grundriss ein L, die Schlafstellen an den Endpunkten. Und dazwischen die fünfundfünfzig Jahre und gut dreißig Meter übers Eck. Möbliert mit bücherfreundlichem Holz.

Holterhoff teilt in seinen Notizen mit, er habe in dieser Nacht anfangs noch nachzudenken versucht über die neue Situation und warum er hatte sagen müssen, »auf altjesuitische Weise«, aber er sei dann wieder hängen geblieben bei dem, was Irene als »Überraschung« angedeutet hatte und was nun Undine gemeint haben könnte mit dem »Fremden«, dem Tansel bei ihr ausgesetzt sei und worüber sie ihm noch »einiges« zu erzählen habe.

Sie hat dann, so hörte er das aus der Ferne, noch mal die Waldhornmusik gestartet. Die Klänge aus der Zeit des *Taugenichts*. Den melancholischen Traum des schönen Zwanzigjährigen, der nie in einer Schule war.

Rückblick: 10. Juni 2010 Am nächsten Morgen hörte er früh von dort, wo der L-Grundriss den Knick hat, hörte er aus dem Küchenwinkel Geklapper, da redete sie leise mit Frau Siebenrock. Er ließ sich Zeit, und als er auf dem Morgenbalkon in die Sonne trat, trug sie zu ihren Hotpants ein T-Shirt in blassen Farben und hatte im sommerlichen Licht die zerkratzten Beine. Traumhaft habe sie auf seiner Liege geschlafen, bat ihn jetzt aber, über das Geländer auf die Allee hinunterzuschauen. Ob drüben in den Hauseingängen jemand stehe?

Er tat ihr den Gefallen, sah unten niemanden. Griff zum Telefon und rief im feudalen Hotel an, bat um ein Gespräch mit einem Gast des Hauses, mit Herrn Tansel Korasmar. Umgehend kam der Bescheid »abgereist«.

Beim *Earl Grey* und beim Schichten ihres Quark-Kirsch-Turms erzählte sie, worum sich ihre zweite Uni-Arbeit drehen werde. Mit Mi habe sie schon beim ersten Bummel durchs Vauban entdeckt, dass dieses Gegenviertel so was wie ein Gegengegenviertel habe, am oberen Ende der Allee gebe es »autonome« Wohnprojekte, darunter Leute, die sich »Wagenburgler« nennen, die dort ein »antibürgerliches« Gelände einrichteten in alten Bussen und in Eigenbaufuhrwerken. Über das, was diese Leute da praktizierten und dächten, was die wünschten oder träumten, über ihre Geschichten und Pläne, darüber wolle sie Daten sammeln, da gehe es ja wohl um konkretes Gegenleben.

Schon unterwegs im Wald war ich mir mit Mi klar, auch die Wagenburg ist ein Versuch mit einem anderen Wozu und Miteinander. Noch mal ein anderes »Freiburg«. In Freiburg, so hörten wir, hätten nur noch 40 Prozent der Einwohner ein Auto, im Vauban bloß noch 15 Prozent. Und die Leute in der Wagenburg verwandeln die Autos in Wohnungen. Wenn Freiburg oder *Green City* zur Bundesrepublik ein Gegenmodell bilde und das »autofreie« Vauban ein Gegenbild zu Freiburg, dann probiere die Wagenburg einen Gegenversuch gegen den Gegenversuch zum Gegenversuch.

Dann schaute sie selber übers Balkongeländer, nein, keiner lauerte da unten, um zehn Uhr wolle sie im zeitgeschichtlichen Seminar die Wagenburg als Semester-Arbeit vorschlagen, wolle da eine alternative Lebensweise erkunden, und das sei abermals ein Feld, auf dem einer wie der Hanse-Junior sie unmöglich finden würde. – Er lobte die Idee, sie blickte pfiffig, stand auf, küsste dem »Altachtundvierziger« die Schläfen und schwang sich davon.

Er sah, wie sie auf Olgas rotem Rad aus dem Tiefkeller heraus auf die Allee fuhr, die Straße hinauf, oben an der Wagenburg vorbei, zur Stadt. Und wiederholte leise ihre Verwunderung über den Umstand, dass Goethe und Schiller nie Rad gefahren seien, und, noch seltsamer, auch die Romantiker nie.

Er rief Irene an und pries die Aktivitäten ihrer Tochter. Das Unternehmen Freiburg scheine zu gelingen. Und berichtete, was er gegen den Stalker tun werde, gegen den Junior.

Sei vorsichtig. Du kennst ihn nicht. Kennst nicht die Techniken eines frustrierten Besessenen, eines sehr gewitzten HiTec-Freaks. Ich hab gehört, du willst ihn einladen? Zusammen mit Bob?

Das ist erst möglich nach gründlicher Vorarbeit. Du hast mir den Hanse-Tansel fast als Hallodri geschildert. Ich fand ihn sehr ernst. Der kommt aus einer Welt, die wir viel zu wenig kennen. Obwohl diese Leute seit Jahrzehnten neben uns leben. Und die Korasmars sind keineswegs solche, die sich abschotten, die mit uns nichts zu tun haben wollen. Ich finde, da ist Kennenlernen überfällig.

Das hatte sich auch Undine gedacht. Ging ziemlich daneben.

In diesem Alter leben sie mit zu viel Dampf im Ranzen. Im rein Eigenen. Wenn, dann schaffen den Kontakt am ehesten Ältere. Wenigstens unsere Nachbarn sollten wir doch kennen, oder?

Oh du Guter. Das sagt nun einer, der sich in den hintersten Winkel verzog.

Der aber ständig zum Beispiel ins Ruhrrevier pendelt. Und Freiburg ist kein hinterster Winkel, sondern eine neu-alte Mitte des Kontinents. Geh hier mal durch die Innen- und Altstadt, nirgends so viele Hautfarben, Sprachen, junge Gesichter. Für mich ist der Oberrhein zentral.

Träum nur schön weiter. – Dann schwieg sie, sieben Sekunden lang oder länger. – Und ruf mich bitte öfter an.

Rückblick: Notizen 11. Juni 2010 Am Tag vor dem Turnier der alternativen Fußballer ruft Undine aus dem Rieselfeld an und entschuldigt sich. – Wofür? – Für alles. Ich hab noch immer diese wehmütige Waldmusik im Ohr. Die müssen wir unbedingt noch mal gemeinsam hören. – Du bist bei Bob? – »Das Herz mir im Leibe entbrennte«. Ist das nicht verrückt?

Wohl wahr. »Entbrennte« war bei Luther nicht vorgesehen. Mutwillig Konjunktiv.

Bei den Chorproben wird mir klar, die Musik zu *Regina* ist so melancholisch wie das Waldhornstück. Und ich begreife nicht, wie man von Revolutionsoper reden konnte. Diese Leute haben Angst. Regina betet ausführlich.

Regina wurde nie wahrgenommen. Früheste Sorte Stimmungsmusik, fast noch Haydn, und dennoch »Heil Freiheit!«. Komponiert von einem Autodidakten, in kontrollierten Zeiten, mit ärmsten Mitteln. Und die Melancholie scheint das Scheitern von 1848 vorweg zu ahnen. Bemerkt wurde nie, was da der Robert-Blum-Tenor zu singen hat, zu einem Motiv, das von der Ouvertüre an die Oper durchzieht. »Ich glaube kaum den schönen Traum.« Im Frühlingsrausch 1848 spürt Lortzing, dass die Wende so hirnlos unmöglich gelingen wird. Aber jetzt, wie geht es dir?

Wenn ich hier aus dem Haus gehe, dann nur mit Bob.

Bob als Bodyguard? Und dein neuestes Projekt, die Wagenburg?

Der Dozent tat begeistert. Als ich sagte, da würden kritische junge Leute Autos mal nicht verbrennen wie in Berlin, Paris oder Straßburg, da würden die aus Autos das machen, was sie für sinnvoll hielten, Wohnburgen, da meinte er, das Wogegen und das Wofür sollte ich sorgfältig herausfragen, in Interviews. Da hausen knapp dreißig Typen. In gut zwanzig Wagen. Wenn mir Einzelinterviews gelängen, sagt der Dozent, schon dafür ein Bravo.

Und? Gelingen sie?

Schwierig. Die hocken sofort beisammen, kollektiv. Und das fälscht die Antworten, sagt der Dozent. Harry, entschuldige, dass ich dich erst jetzt anrufe. Aber Bob ist meine zweitschönste Ablenkung. Und morgen um zehn starten die Alternativspiele. Du kommst? – Aber ja.

Hab kaum das Gerät ausgeschaltet, da ruft er an, er, der Junior. Mit herzhaftem »du«. – Hallo Schriftsteller! Der Betriebs- und Volkswirt, der ist dir momentan sehr nah, am oberen Ende der Allee, beim Döblin-Platz, im *Süden*. Kommst du? Ich lade dich ein!

Nach kurzem Schrecken sage ich, erstens wäre mit dem Einladen ich an der Reihe. Zweitens hätte ich mir vorgenommen, auf Distanz zu gehen zu einem, der seine Ex quält mit Geheimdienstmethoden.

Was höre ich? Weiterhin grobe Offenheiten? Geheimdienst? Ex? Quälen? Harry, das gefällt mir fast schon wieder und ich darf doch weiter du sagen, nicht wahr? Darauf hatten wir uns geeinigt. – Ich erinnere mich. – Und über das, was du jetzt sagst, darüber müssen wir sofort reden.

Im *Süden* sitzt er innen, an einem kleinen Zweiertisch. Die großen bunten Gasträume sind mal wieder übervoll, der Lärmpegel stark, Familiengelächter, Kleinkindgequiek, die Verständigung akustisch nur möglich, wenn man die Köpfe eng aneinander rückt. Ich bitte ihn nach draußen in die Sonne, an den Terrassenrand. Er nimmt sein Mineralwasser, kommt mit hinaus, der hanseatische Türke oder Kurde. – Harry, was magst du essen und trinken?

Mit dem Einladen bin ich dran. – Und sage ihm, nun sei seine Beziehung zu Alexa Undine endgültig kaputt.

Kaputt? Beziehung? Hatten wir nicht über Liebe geredet? Über Glut? Feuer?

Deine frühere Freundin ist bis auf die Knochen erschrocken. Und mit Recht. Über ein Metallplättchen, winzig, aber enorm leistungsstark.

Presst sich seine Faust unters Kinn. Jetzt, beim Aufschreiben ist mir klar, in diesem Moment hat er überlegt, ob er zugeben soll, dass er es war, der das Ding gelegt hat. Oder ob er von fremden Mächten flunkern soll oder von sonst was. – Ein hoch sensibles Gerät, sage ich. Und ihr Anorak hing zuletzt in der Frauengarderobe im *Kepler*-Gymnasium.

Da nickt er, kaum wahrnehmbar. Und redet dann sehr leise, sehr langsam. – Dieses leistungsstarke, dieses sehr sensible Ding, mein Lieber, das ist ein korrekter Ausdruck meiner Sehnsucht.

Wenn Sehnsucht solche Methoden benötigt, ist sie ein Fall von Irrsinn.

Es kommt die Kellnerin, ich bestelle meinen ökologischen Spätburgunder, dazu »Flammenkuchen à la Vauban«. Er schließt sich an. – Wie mein Freund. – Biegt sich dann auf den Ellenbogen hierhin und dorthin. – Höre, Harry. Was sagst du da. Redest von solchen Methoden. Hast du vergessen, welche Methoden deine Nichte anwendet? Mir vorzulügen von Florida?

Das war korrekter Ausdruck ihrer Angst. Ihrer Panik. – Panik? – Angst vor dem Zuschnappen eines Familienkäfigs.

Oh, Harry, wie kannst du so reden. Ich dachte, wir beide hätten uns im *Colombi* einiges ganz gut erklärt. Und ich hätte dir erzählt von der Familie Korasmar. Du solltest wirklich mal erleben, wie es ist, wenn ich zuhause bin, in Nienstedten. Dann wüsstest du, was ich da nun alles zu hören bekomme, vor allem von meinen schönen Schwestern. Sind alle vier blitzgescheit, aber das, was sie im Gymnasium am besten gelernt haben, das sind die deutschen Schimpfwörter. Das solltest du hören, wie spitz das klingt, was hast du gemacht, du Trottel, du Null. Meine vier Lieben beherrschen die giftigsten Wendungen, und im Deutschen reimt sich lästern auf Schwestern. Du Esel, du Lackaffe, du Lahmarsch, Hornochse, du hattest die schönste deutsche Frau und lässt sie laufen. Von einem Amerikaner hast du sie dir wegschnappen lassen, so eine elegante Lady, groß, blond, langes Haar, hell ohne alle Kunst, prächtig wie eine Märchenfee, eine Prinzessin hättest du haben können, hast dich blamiert, hast uns blamiert, du Träne, du Tranfunzel, du trübe Tasse, merkst du denn nicht, du Stümper, wie du uns alle beschämst, erniedrigst, du Dünnbrettbohrer, du Depp, oh Tansel Schlammpansel, Hamburgs allertollste Braut und Hochzeit hätten wir haben können, ein wochenlanges Fest mit fünfhundert Gästen und Fernsehen und du lässt sie los, diese tolle Brandestochter, und das wissen nun alle hier, dass die Frau nicht in Florida ist, sondern in Freiburg, hast sie entwischen lassen, machst Schmach und Schande. Erst gibst du dick an mit deiner Wunderdame, wie edel sie ist, ihr Körper, jaja, haben wir gesehen, und oho, klar, auch im Bett, und dann? Kommt dieser hochnäsige, dieser arrogante SnobBob, und weg ist sie, die hochhackige Märchenfrau. Bist du ein Anfänger? Ist das deine erste Freundin? Eine Null bist du. Hast ihr keine Liebe gemacht, keinen Kitzel? Du Schlappschwanz. So geht das, Harry Holterhoff, solche Nettigkeiten höre ich dann, vierstimmig.

Er wendet sich weg, ist sehr erregt, hat beim Reden mit den Fingern getrommelt, trommelt nun noch immer. – Was sagst du, mein lieber Schriftsteller. Solche Viren hauen sie mir um die Ohren, meine Süßen, Hohn und Bissigkeit. Und Yasemin und Kemal kriegen das mit, verstehen zwar nicht jede Einzelheit, ist auch besser so, aber die Eltern schweigen mich an mit traurigen Augen, vorwurfsvollem Blick. Sohn, wo bleibt deine Selbstachtung. So sagt mir der Elternblick. Und das ist fast schlimmer als das Gezicke von den vier verdammten Zuckerschnuten.

Er beugt sich wieder zur Seite, macht Platz für den Wein und die Flammenkuchen. – Wohnt meine Rose noch bei dir?

Das wirst du ja wohl wissen. Kannst das ja nun täglich erschnüffeln. Mit Methoden, schärfer als Stasi und Mossad.

Oh lass bitte die Politik. Methoden hab ich wie ein dummes Kind. Ein Liebeskranker. Sag meinetwegen »irre« oder »krank«, sag meinetwegen »kaputt«. Eine Woche lang war sie jetzt unauffindbar. Verrat mir, wo sie die letzte Woche war.

In Funklöchern. – Hat sich versteckt? – Und was meinst du wohl, warum? Mein lieber Korasmar, wenn einer glaubt, eine Frau zu lieben, dann sollte er sich hineindenken in die, die er liebt, in ihre Gefühle, in ihre Ängste. Und sollte ihr genau zuhören. Oder er liebt sie nicht wirklich.

Erzähl mir von ihr.

Da erzähle ich ihm nun von Miriam und von der Wanderung, sage aber nichts vom Fußballturnier und von der Wagenburg, auch weiterhin nichts von der Opernarbeit. Undine arbeite inzwischen intensiv für die Uni, unternehme textkritische Versuche über das Romantische.

Oh, Dichter, inzwischen beschäftige auch ich mich textkritisch. Hab mich nun in dich hineingedacht. In deine Dichtergedanken, über Internet. Dreißig Bücher gibt es von dir und du bist, trotz großem Lob, nicht berühmt. Warum nutzt der berühmte Stuttgarter Verlag das nicht? Hast du kein Büro? Keine Agentur? Verstehen die nichts von Marketing? Wie ist es möglich, »großer Wurf«, »Europas Zentralgeschichte«, aber international kein Echo? Harry, das muss anders werden, lass ab Januar mich das machen, ich weiß gute Wege, kenne tausend Leute. Auch Literatur ist Import-Export.

So geht das eine Weile, er redet mich schwindelig, ich versuche, ihn zu beruhigen, preise meine *splendid isolation* im deutschen Südwestwinkel. Hier im Vauban blühe mir schönstes Rentnerleben, ungestörtes Schreiberleben, hier nenne man sich beim Vornamen, höchstens zwei hätten hier was von mir gelesen, hier ließe sich unbehelligt arbeiten oben in meinem Turm. Kritiker könnten eh nicht fassen, wieso einer über die Nibelungen schreibe und zugleich über Lortzing und das Ruhrgebiet und über Queen Elisabeth.

Egal, was du schreibst, du bist Menschenfreund.

Schönen Dank, aber der Betrieb ist überschüttet. Jedes Jahr gibt's neunzigtausend neue deutsche Buchtitel, die Kritiker müssen, statt zu lesen, Bescheid wissen. Müssen tun, als würden sie kennen, was sie auch in hundert Jahren unmöglich gelesen haben können. War selber mal so einer.

Oh, Bescheidwisser gibt es auch in meiner Branche, solltest sie hören, die Experten in HiTec: neueste Sensoren, Navigatoren, Ortungs-, Zünd- und Spürgeräte, unbemannte Flugapparate, Drohnen, bewaffnet oder nicht, ständig ist da zu entscheiden. – Er legt mir seine Hand auf den Arm. – He, ab Januar 2011 kümmere ich mich um dich.

Bitte lass mich in meinem Turm. Sinnvoller wäre, ich kümmerte mich um dich.

Willst du immer noch, dass wir da oben miteinander debattieren, zu dritt, zu viert? Über alles?

Reden ist hundertmal besser als Spionage. Nur weiß ich seit dem Geheimgerät nicht mehr, wie das jetzt noch gehen soll.

Weiß auch ich nicht. Schon seit zwei Jahren, seit meinem ersten Streit mit SnobBob. – Was war da? – Das ging mal wieder um den Horror, dass Terrorgruppen die A-Bombe haben, in Afghanistan oder Pakistan. Bob tönte großartig, dass die USA dies Problem lösen würden. Und wie? Digital, US-Spezialisten lähmen im Iran die Uran-Zentrifugen, die Uran anreichern, bis es waffenfähig wird, und die Zentrifugen, klar, deren Umdrehung ist digital geregelt, in dies Programm kommt der Störfall, der Virus, und dieses Hacken, das gelinge längst, okay, in Ordnung, aber dann, so hab ich ihn gefragt, was dann? Wenn es nach euch ginge, kämen also alle A-Bomben weltweit weg, alle bis auf die amerikanischen? Und unter eurer Aufsicht beginnt dann wieder alles von vorn und so lustig wie bei den Kreuzzügen, mit dem Pfählen und den Halskrallen und Gemetzel bis zum Stellungskrieg bei Verdun oder Stalingrad, nun aber unter US-Aufsicht, wo immer mehr Verrückte und Idioten hausen, die einen von denen, den Dabbelju, zweimal sogar zum Präsidenten machen, wo sie massenhaft den Obama für Hitler oder Stalin halten und wo sie Menschen staatlich zu Tode foltern, jahrzehntelang in Todeszellen. Oh, da hättest du ihn sehen sollen, mit dem reden? Das geht nicht. Nur wir zwei hier, wir reden zum Glück offen und stundenlang und über alles und ohne Gift. – Er nimmt einen tiefen Schluck vom Roten. – US-Leute halten sich für die wahren Herrenmenschen. Und einen wie mich für behindert.

Er verzehrt dann, ohne weiter zu reden, den knackig würzigen Flammenkuchen, startet aber, als alles gegessen ist, eine neue Suada. – Das Sprechen miteinander, nicht wahr, das ist eure »Aufklärung«. Wissen, Denken, Kommunizieren, das ist das Rezept im Westen. Ist auch dein Rezept, spür ich doch in deinen Büchern. Hab dein Irlandbuch angefangen, spannend, wird viel geredet. Und jetzt sagst du wieder, Reden ist besser als alles andere. Aber mit einem wie mir wollen sie nicht mal mehr reden. Geschweige denn feiern, trinken, Freundschaft halten.

Ich nicke. Und sage dann, ich wolle trotz allem ein Treffen organisieren, obwohl seine Methoden fast alles zerstört hätten.

Undines Lügen ebenso.

Fragt sich, wer mit dem Lügen begann. – Wir schweigen. Er schluckt wieder vom Roten.

Vielleicht weiß ich etwas, worüber wir vier zunächst mal und trotz allem ganz gut reden könnten. – Und erzähle ihm nun von der »Völker«-Oper, in der gesungen werde, »das Volk lässt sich nicht spotten«. Erzähle von Robert Blum, vom Paulskirchen- und Freiheitsspiel, das Ende September in Freiburg Premiere habe. Und verschweige, dass Undine und Bob da mitwirken. Erzähle vom verdrängten Friedfertigkeitsspiel aus dem Jahr 1848, nenne *Regina* ein

Freundschaftsspiel. Das überbrücke Gegensätze für »eine dauernd schöne Zeit«.

Da meint er, so ein Menschenfreundspiel sei vielleicht wirklich eine Chance. Zum Diskutieren, über Vernunft. Ob ich ihm Karten besorgen könne, für die Premiere? Ja, er bittet schon jetzt um drei »sehr gute Karten«. Zwei auch für seine Eltern. Die werde er aus Hamburg holen.

Ich brauche eine Weile, um zu begreifen, was er gesagt hat und was ich nun angerichtet habe. Dann aber, in meiner Verwirrung, sage ich: Gute Idee. Eigentlich sehr gut. In dem Spiel geht's ums Versöhnen. Und in der Tat um Vernunft. – Und versuche mir vorzustellen, wer nun am dreißigsten September im Publikum sitzen wird. Auch Irene kommt aus Berlin. Wohl auch der große Alexander. Alle beim frühesten deutschen Arbeiterlehrstück?

Auch Menschen aus Adana, sagt Tansel, lieben Freiheits- und Freundschaftsspiele. Machen Gastfreundschaftsspiele. – Und erzählt mir eine eigenartige Geschichte, erzählt von seinem Start ins Leben. Als er geboren wurde in Adana, nach zwei Töchtern als erster Sohn, als Kronprinz, da habe Vater Kemal ihm, dem Säugling, unter das Kissen vier silberne Münzen gelegt. – Sondermünzen. Jede im Nennwert von zehn D-Mark. Für uns damals sehr viel. Eine deutsche Silbermünze mit Prägung Adenauer, eine mit Kanzler Erhard. Und eine persische mit Schah Rehza Pahlevi und eine türkische mit Kemal Atatürk.

Mit dem Schah?

Mit Teheran machen wir gute Geschäfte.

Und wieso die Münzen?

Sollten zeigen, wohin wir streben. Reichtum des Kaufmanns. Alte Familiensitte. Legst du dem Kind einen Hobel unters Kissen und ein kleines Beil, wird es Handwerker, Tischler.

Die Münzen sollten dich zum Kaufmann machen?

Geschäftsmann, erfolgreich. Hat Yasemin gewusst.

Kann es sein, sie hätte sich gern was anderes gewünscht unter dein Kopfkissen?

Nein.

Wirklich?

Da entscheidet der Mann.

Sagt Yasemin?

Das ist Tradition. Weil Männer mehr Erfahrung haben, draußen im Leben.

Und nun stehst du unter Druck? Erfolgsdruck? Kann es sein, dass auch du viel lieber was anderes machen würdest? Bücher lesen? – Er schweigt. – Tansel, wir müssen uns noch viel besser kennenlernen.

Ja, besser kennenlernen. – Er trinkt vom Roten. – Und deshalb muss ich jetzt meinem alten Dichter etwas sagen. Etwas, worüber ich sonst mit niemandem rede. Bis jetzt mit niemandem. – Er wendet sich um. Die Leute an den Nachbartischen haben ebenfalls gut zu reden. Er blickt mich prüfend an. – Worüber ein Mann eigentlich nie sprechen sollte, nur mit dem besten Freund. So etwas muss ich dir jetzt sagen. Denn du bist nicht jung. Und bist ein Menschenfreund. Dir will ich vertrauen. – Atmet tief, blickt wieder misstrauisch zur Seite. – Will dir sagen, was speziell mich beschäftigt. Was meine Sehnsucht ist. – Er beugt sich vor. – In eurem Wort Sehnsucht, so habe ich gelesen, darin sind zwei Wörter. Die Wörter »sehr« und »Sucht«. – Er blickt sich um, es sieht weiterhin so aus, als würde rings keiner was von ihm wissen wollen, dennoch beugt er sich weit vor. – Harry, höre. Mein Sex mit Undine, der ist so, wie ich nie einen hatte. Auch mit Lola nicht. Nie. Mit Alexa Undine, mit der schwarzblauen Rose ist alles vollkommen anders. Nichts wie bisher.

Er schweigt. – Inwiefern anders? – Zum Verbrennen. – Warum? – Unbeschreiblich. – Das sagt in der Liebeshitze jeder. – Aber hier ist es tatsächlich so. Einmalig. – Bist du dir sicher, du meinst wirklich Undine? – Er sieht mich groß an. – Und nicht irgendetwas beim Sex, was womöglich anders ist als bei anderen, was für dich aber neu ist und extrem aufregend?

Oh, du bist so nüchtern. – Und nun schweigt er, schluckt, und bewegt die Lippen, sucht nach Worten, hebt die Hände, schaut wieder umher. – Will dir nur klarmachen, dass meine Sucht sehr »sehr« ist. Übermenschlich. – Greift zum Spätburgunder.

Und nun, so willst du mir sagen, nun bist du das Opfer einer Sucht? Wie bei einer Droge? Einer Droge mit Namen Undine?

Blickt auf den leeren, auf den überkrümelten Flammenkuchenteller, nickt. – Droge mit Namen Undine. Stimmt. Bin auf Entzug. So ist es. Und das solltest du berücksichtigen.

Und was du nun ebenso berücksichtigen solltest: Undine ist keine Droge. Der Mensch Alexa Undine Brandes ist keine Chemie und kein Metall und keine Pille und kein Joint. Sondern eine Person. Mit der du sprechen kannst. Da würde ich dir gern helfen. Diese so sehr Ersehnte, die ist keine Zauberin, sondern ein Mensch mit eigenen Gedanken. Und mit eigenem Willen, der ebenso wichtig ist wie dein Wille. Vielleicht ähnlich stark. Oder noch stärker. – Er schweigt. – Höre, Freund, mit deinem Wahn bist du nicht der Erste und Einzige. Immer wieder sind Menschen »auf Entzug«. Und machen dennoch keine unmöglichen Sachen. Keinen digitalen Terror. Werfen sich auch nicht vor einen Zug oder in ein Feuer.

Harry, du kannst mir nun viel Vernünftiges sagen, vieles von freundlich und friedlich und sozial und all das, was du so drauf hast, du Menschenfreund. Aber du kennst diese Frau nicht. Die ist tatsächlich eine Zauberin. Die hat, das ist unsäglich und du kannst es nicht wissen, die hat Mittel, die machen dich fertig. Das sind Hämmer, wirksam für immer. Sei froh, dass du alt bist. Frei von Sucht. Von dem, was den Mann umwirft. Was deine schöne Nichte kann, das ist irre. Das ist, wie sagt ihr manchmal? Teufels Küche.

He! Die Undine kenne ich inzwischen ziemlich genau, die ist weder irre noch teuflisch. Sondern, ich bleibe dabei, eine sehr Normale. Bestens ansprechbar.

Ja, ein guter Mensch, aber einzig.

Mit eigenem Willen, den du unmöglich ignorieren kannst. Oder nur konsumieren. Oder digital mobben. Das macht uns alle nur unglücklich. Auch dich selbst.

Unglücklich bin ich längst.

Da nehme nun auch ich einen langsamen Burgunderschluck. – Ich versuche, dich zu verstehen.

Und? Zu welchem Schluss kommst du? Bin ich verrückt? Sag mir deinen Schluss, Harry.

Das Beste wäre, du würdest dieser, wie sagst du?, dieser Zauberfrau weiträumig aus dem Weg gehen. Würdest dich so weit wie möglich entfernen von dem, was dich umwirft. Am besten wäre, du würdest woanders leben, mit ganz anderen Leuten. In Norddeutschland oder Berlin. Oder in Istanbul oder Adana. Hier aber, wo du weißt, in dieser Stadt lebt Undine mit dem Bob, da wirst du womöglich wirklich durchdrehen. Wirst eher verrückt oder gehst in Flammen auf, als dass uns zu viert je ein vernünftiges Gespräch gelingt. Über Romantik oder Opern oder Waffen oder Weltwirtschaft. Oder darüber, wie Fremdheit überbrückbar ist.

Ich sehe Tränen in seinen Augen. Er beißt sich die Lippen.

Sag, gehst du in Moscheen? zu eurem Freitagsgebet? Von Goethe gibt es die wunderbare Weisheit: Wenn Islam »Gott ergeben« heißt: Im Islam leben und sterben wir alle.

Wie schön. Aber wer weiß denn so was. Zum Glück habe auch ich Vorbilder. Sogar vier. Vier phantastische. Zwei heißen Kemal. – Kemal Korasmar? Kemal Atatürk? – Und der Dritte und Vierte, das sind die klugen Sabancis. Haci Ömer und Sakip Sabanci. Und »Dem Westen sich öffnen«, das war die Devise von all den vieren. Und ist auch meine Devise.

Nun bin ich es, der Champagner bestellt. Es kommen zwei junge Serviererinnen mit Flasche und Gläsern, entfalten aber beim Öffnen nicht allzu viel Geschick. Der Pächter kommt und übernimmt den Akt, ich sei der erste in diesem Jahr mit einem Wunsch nach Champagner. Von den Nachbartischen sehe ich irritierte Blicke. Dieser alte Harry, mit einem so schönen Jungen? Hm.

Nachdem eingeschenkt ist, flüstere ich: Wir trinken jetzt auf den Zauber einer Frau, die wir beide verehren. – Da sagt er, auch er verehre und respektiere diese Frau. Auch ihren eigenwilligen Willen. Ich aber hätte es da sehr leicht, ich kennte ihre Kraft nicht wirklich. – Er hebt das Glas.

Von Liebe, sage ich, habe ich präzise Erinnerungen. – Ein bisschen kann er dann lächeln und wir können trinken. Und sagt nun einen Vers des Liebesdichters Mevlana. Erst auf türkisch, dann auf deutsch. »Links und rechts von dir hat die Trennung Fallen gestellt. Alles was du suchst, das liegt in dir.« Ich lobe den Vers und den Mevlana und kann ihm sagen, dass ich in Hoch-Anatolien Mevlanas Moschee gefilmt habe, in Konja. Und frage ihn, ob er den alten Rat kenne: Was du nicht willst, dass man dir tu …

Da spricht er den Satz zuende. Und nennt das den besten Spruch im sprüchereichen Deutschland. Schon im Kindergarten habe er den gelernt. Auch in der Schule in Hamburg-Othmarschen sei das diskutiert worden, im Fach »Ethik«, beim Vergleich mit Kant. Ähnliche Weisheit gebe es auch im Türkischen, nicht erst seit Atatürk, schon weit vorher, vor eurem Mittelalter. – Auch Mevlana war Menschenfreund. Völkerfreund. Ein Liebessänger. Ein Liebestänzer. – Er gibt mir eine Visitenkarte mit seiner E-mail-Adresse. Termine solle ich ihm mailen, wann immer zu reden sei, mit allen, über alles, als erstes und am besten wohl über diese Freundschaftsoper.

Und da nun alles so vertrauensvoll scheint, frage ich ihn, wie es wohl wäre, er fände jetzt in seinem gut geschnittenen Jackett, in seinem fein taillierten Teil oben, wo das Herz sitzt, ich bohre ein bisschen in sein oberes Jackentäschchen, er fände dort ein Metallplättchen und wüsste, dass alles, was wir bis jetzt geredet hätten, mitgehört worden sei und gespeichert, auch das über den Sex mit seiner phantastischen »Rose«. Mitgehört vielleicht mit kalifornischem Know-How. – Das füg auch keinem anderen zu?

Er holt tief Luft. – Harry, wir machen Fehler. Und ich nun extra viele. – In Tränen fasst er mich mit beiden Händen um meinen Nacken, zieht mich zu sich hinüber, küsst mich auf den Mund.

Notizen, 28. Oktober 2010 Am Telefon Irene Brandes. Ihrer Unverwüstlichen gehe es inzwischen erstaunlich gut. Ich merke, wie sie sich vom Gerät abwendet und in den Hintergrund fragt, ob sie mit mir sprechen will. Das Ja kommt deutlich.

Und höre nun, zum ersten Mal wieder, ihre Stimme. In veränderter Tonlage? Nichts mehr vom überschießend Fröhlichen oder vom Skeptischen? Vorerst?

Zunächst gedämpft Belangloses. Noch mal, wie es ihr gehe, wie wirklich. Erst danach, fast unvermittelt, ihre Beteuerung, die Zeit in Freiburg sei, trotz allem, einzig gewesen. Stolz sei sie zum Beispiel auf ihre Undinen-Referat, noch rechtzeitig sei das fertig geworden. – Das andere, das über die Wagenburg, das lief schwer an, blieb liegen.

Und dann kommt sie fast ein wenig zurück in ihre Direktheiten. Redet von Laserverfahren, vom Zusammenbinden, Nähen und Fädenziehen. Zum Glück zeige ihre ach so oft gepriesene Babyhaut endlich Ecken. – Er hat mir mein Handicap gekappt. Nicht das, was du nun meinen wirst. Bis dorthin ist dein Großvaterdolch zum Glück nicht gedrungen. Nein, ich meine dieses verdammte, dieses ständig angeschmachtete Schönsein. – Darüber habe sie mit mir nie reden können, weil ich zum Glück Süßholz nie geraspelt hätte. – Doch geredet hätte ich darüber ganz gern, mit dir. In Ruhe, auf deinem Abendbalkon, mit Kuhblick und mit Wehmutsmusik. Heben wir uns auf fürs nächste Leben, oder?

Fang ruhig schon mal damit an. Versetz dich in hormongeplagte Kerle, die einen Anblick wie den deinen auszuhalten haben. – Hatten. – Und die sich dann gut benehmen sollen, unterm Testosteron.

Dieser elende Stress »attraktiv«. Diese vergeudete Zeit der Mädels vorm Spiegel. Als wollten sie selber nie gemeint sein.

Hast nicht auch du einen wie Tansel reduziert? Auf »Schönling«, auf »Märchenprinz«?

Da war wohl ich die, die jemanden nicht ernst nahm.

Jetzt geh aber nicht in Sack und Mülltüte. Jeder darf sich vor den Spiegel stellen und sich freuen oder amüsieren. – Folgt eine Pause.

Dann die Mitteilung, dass sie nun hätte lachen müssen oder wollen, über Sack und Mülltüte. Nur mache das Lachen noch Schmerzen, im Mundwinkel.

Rückblick: 14. Juni 2010 Das Sommerwetter blieb mild, die Südluft strich sanft über Holterhoffs Runzelgesicht. In guter Stimmung erreichte er die Wiesen im Südrevier der südlichsten Großstadt und begriff seine gute Laune rasch als den Zustand, der auf diesen Wiesen offensichtlich alle erfasst hatte.

Vor dem dörflichen Sankt Georgen tummelten sich da vielerlei Frauen und unterschiedliche Männer, etliche in violetten Haaren oder in grünen, manche mit roten Strähnen, auch Rasta-Männer unter struppigen Nordlandkapuzen, manche halbnackt, viele üppig tätowiert, die Köpfe unter wulstigen Mützen, als trügen sie Kaffeekannenwärmer.

Die Spiele hatten bereits begonnen, Spaßspiele mit rätselhaften Regeln. Es lief da die »Vierundzwanzigste Deutsche Alternative Fußball-Meisterschaft«. Beim ersten Spiel, dem Holterhoff sich näherte, war soeben Halbzeit und die zweiten dreißig Minuten sollten beginnen, eine Schiedsrichterin pfiff energisch, aber eine der beiden Mannschaften hielt noch innige Einkehr, ließ gregorianisches Gottgewimmer hören. – Wer betet da? fragte Holterhoff eine junge Frau. – *Vorwärts Bethlehem*, das Team der Evangelischen Hochschule Freiburg. – Da war ergreifend zu sehen, wie sich die elf Frommen umarmten und in Stimmung brachten, tatsächlich gregorianisch, indem sie einander im Wechselgesang beteuerten, sie würden nunmehr ihren Gegner »hemmungslos deklassieren«. Die Antwort tönte noch metaphysischer, »So es der Allmächtige will, Halleluja!« Was aber die Frage auslöste: »So gnadenlos wie nie zuvor?«, als Antwort kam ein »Wahrlich ja« und ein doppeltes »Halleluja« und »Jetzt und immerdar und in herzloser Entschlossenheit, Amen«.

Dann entbrannte wilder Ballkampf, die Gegner von *Vorwärts*

Bethlehem waren die *Grobmotoriker Eisenhüttenstadt*, die ihrem Namen sofort Ehre machten und mehrere evangelische Hochschüler beiseite säbelten, was die Schiedsrichterin gebieterisch unterband mit schrillen Trillern, mit Strafstößen und mit herzlosem Elfmeter. Einer der Gefällten, noch auf den Knien, dankte dem grauhaarigen Grobmotoriker aus Eisenhüttenstadt: Fürwahr, Erich, du bist ein Fußballgott!

Holterhoff, der ja noch Helmut Rahn hatte dribbeln sehen, den mehrfachen Torschützen beim Endspiel im Stadion mit dem denkwürdigen Namen *Wankdorf*, 54 statt 45 (Wir sind wieder wer), Holterhoff fühlte sich hier auf Anhieb wohl, in ein solches Abseits würde Undines Stalker nie geraten, rings sprangen Bierflaschen auf, frohlockten Kinder und Frauen, war alles hautnah und schweißglänzend und roch nach Sonnenöl, Pommes, Falaffel und Knoblauch.

Entzückend fand er, wie hier auch Greise zur Geltung kamen, auch Korpulente, auch Frauen, ja Omas stürzten sich ins Getümmel, Abseits- oder Strafraumregeln schienen unbekannt, besonders beim Kampf der *Großmütter Bielefeld* gegen *Muttersöhne Magdeburg*. Furchtlos bedrängte *Rote Latte Hamburg* die Damen von *Lok Libuda Köln*, die Kölnerinnen nannten sich »Frauschaft«, unüberhörbar Frohnaturen. Die *Niedlichen Nullen Nürnberg* dagegen lagen deprimierend zurück, Null zu Fünf gegen ihren Erzfeind *Traktor Bukowski Regensburg*, auf deren Hemden der bärtige Großsäufer zu sehen war, der auch von Holterhoff zutiefst verehrte Dichter Bukowski.

Dann kam er zu entzückenden Wienerinnen, zu den *Soccer-Sissis*, die wurden soeben hemmungslos besiegt von den *Aal Vibrators* aus Bremen. Ein wenig gruselte er sich vor diesen Vereinsnamen, hörte aber, dass bei den *Aal Vibrators* zwei neue Spitzenkräfte mitwirkten, ja, und das waren nun die Brandestochter und der US-Boy Bob. Ein Greis klärte ihn auf, diese Neuen seien leider allzu siegeswillig. Er selber habe noch als Siebzigjähriger mitgewirkt bei *Glasnost Gelsenkirchen-Bulmke*, das gegen *Schalke* nie hochkam, weil in Bulmke das Wesentliche die Wurschtigkeit sei und nicht Sieg und Tor und

Heimtücke, aber diese beiden hier, er meinte Undine und Bob, vor allem diese aalglatte Schlange, die zeige fürchterliches Tempospiel, ekelhaft ehrgeizig, die habe den Sinn der Veranstaltung noch gar nicht begriffen, nämlich die Befreiung von der alles ruinierenden Gier nach Punkten und Piepen.

Immerhin, wie diese Neue mit Körpertäuschungen die *Soccer-Sissis* aus Wien immer neu ins Leere laufen lasse, das sei schon virtuos. Ob Holterhoff hier neu sei und wie er denn eigentlich heiße. – Holterhoff. – Och, dat kommt mich abba knollich vor, bisse also onnich von hier? – Nee, außem Pott. Aus Essen. – Na toffte, er heiße Willi Brauksiepe und Holterhoff solle lieber mal das Spiel nebenan verfolgen: da kämpfe *Kurzschluss Siemens Freiburg* gegen *Halbwelt Untertürkheim*, ausnahmslos ältere Strategen und in schönster Gelassenheit, da mache auch Senilität wieder Freude.

Holterhoff drehte sich mit dem Kenner um und sah auf dem Rasen gegenüber, wie *Kurzschluss Siemens* in der Tat gewieft Stehfußball durchhielt, reife bedächtige Herren, schon im ersten Spiel heute früh seien die Sieger geblieben gegen *Prost Potsdam*. Eben jetzt trat der Torhüter von *Halbwelt Untertürkheim* einen sehr weiten Abschlag, den aber der breit gebaute Libero von *Kurzschluss Siemens* volley zurückschlug, ein gewisser Detlef, der sich an der Mittellinie aufgebaut hatte, der also donnerte den Abschlag postwendend zurück, drosch das Leder eindrucksvoll himmelwärts, von wo es schließlich doch wieder zurückfiel und auf den sommerharten Boden knallte, nämlich dort, von wo der Ball soeben weggetreten worden war, also dicht vor dem Tor, in das der *Halbwelt*-Torhüter noch gar nicht wieder zurückgekehrt war, weil er sich nach seinem ungeheuren Abschlag lieber zu seiner Flasche begeben hatte, der Ball jedoch sprang vom harten Boden zielbewusst unter die Querlatte, ergo ins Tor. Dessen Hüter tat verdutzt, die Menge jauchzte, und es waren sich alle einig und jubelten: »Traumtor!«

Der Schütze Detlef, als er sich aus den Umarmungen seiner Kurzschlussfreunde endlich befreit hatte, präsentierte auf seiner Trikotbrust einen Schweißflecken in der Form eines Herzens. Genau so, mit Herz, so müsse gespielt werden, sagte der Greis aus Gelsenkirchen, nicht mit Ehrgeiz und Missgunst, und exakt so habe auch er noch am Ende des letzten Jahrtausends in Gelsenkirchen-Bulmke gegen den *Schalke*-Wahn die wahre Spielphilosophie gepflegt. Auch bei schleichender Vergreisung könne man doch wenigstens Herz zeigen, und wer meine, zum Fußball gehöre Laufarbeit, der solle halt seine Gören schicken.

Ob Holterhoff gar nichts trinken wolle oder ob er hier nur illegal herumstehe? Holterhoff studierte soeben die Körpertricks des Kaliforniers, der Zweimetermann beherrschte davon mehrere Sorten, behielt den Ball zum Beispiel dermaßen sicher im Nacken, dass die Wiener *Soccer-Sissis* an die Kugel gar nicht herankamen, so lange, bis die Schiedsrichterin pfiff, wogegen das Publikum protestierte, der Ball im Nacken sei legal, fanden alle *Aal Vibrators*, Bob jedenfalls gewann mit seinen Jonglagen hörbar Freunde, er und Undine galten bereits als unüberwindbar, als Teufels-Duo.

Willi Brauksiepe aber vertrat Gegentheorien und empfahl das Konzept der *Senilen Socken Solingen*. Die seien als blendende Verlierer bekannt, daran hapere es ja heutzutage, keiner wisse mehr Niederlagen lustvoll auszukosten. Holterhoff jedoch meinte sich zu erinnern, dass nach 1945 die Politik im Ruhrgebiet von einer Änne Brauksiepe dominiert wurde, dieser Willi hier, der war womöglich ihr Neffe oder gar Sohn und darum widersprach er nun nicht, sondern meinte, dass die Pointe im alternativen Fußball gewiss die sei, dass hier jeder recht habe. Dem stimmte Brauksiepe gerne zu, pries aber weiterhin *Senile Socken Solingen* und deren Spiel gegen *Durchzug Dresden*, diese Ostdeutschen, die seien sein Geheimtipp, *Durchzug Dresden* hätte das Eins-Zehn-System entwickelt, der Torwart spiele natürlich die Nummer 1, alle anderen aber hätten sich nie einigen mögen, wer die beliebteste aller Nummern und die beste Position besetzen dürfe, nämlich die 10, die Pele-, die Messi-, die Maradonna-Position, und so spielten halt alle außer dem Torwart die Nummer

10 und so mache dort jeder im Grunde alles, das sei eine Spätfolge des Kommunismus, und so demonstriere *Durchzug Dresden* seit 1989 von Spiel zu Spiel, wie man auch beim Unterliegen auf Augenhöhe bleiben und breite Brüste wahren könne, er, Holterhoff, solle sich jetzt von den *Aal Vibrators* und von deren Hacken- oder Nackentricks nicht irritieren lassen, entscheidend bleibe, wie hier jeder zum Zuge komme, auch Kinder und Barfüßige, auch Frauen und Bärtige und Saufnasen, auch ältere Damen, allein diese gelenkige Neue bei den *Vibrators*, die operiere geradezu kopflos erfolgreich, er, Brauksiepe, er als illegaler Malermeister aus Gelsenkirchen, er sei nie glücklicher gewesen als mit buntem Fußball, einzig jenseits von Abseits- und Strafraumregeln blühe wirkliche Spielfreude und verschwinde all der nervige Siegesstress.

Über Lautsprecher wurde mitgeteilt, der Torhüter von *Vorwärts Bethlehem* werde dringend von seinem Säugling erwartet, »Papa zur Seitenlinie«. Ja, da wurde viel gewechselt, meist unter heiteren Kommentaren, und als ein Zuschauer die Grundregel vergessen hatte und schreien zu müssen meinte »Kämpfen!«, klang das Gelächter badisch freiheitlich. So bot dieser sonnige Tag manche Erkenntnisse, rings leuchteten die hohen Wald- und Wiesenberge in Frühlingsfarben, die Luft strich immer noch sanft wie Seide, selbst Holterhoff nahm sich ein Bier, und kaum war der erste Schluck getan, da fühlte er sich von hinten und von langen Schlangenarmen umschlungen, Undine lockte ihn zum Platz 3, dort würden nun ihre siegreichen *Aal Vibrators* nach den *Soccer-Sissis* eine Männermannschaft überwältigen, nämlich die hemmungslosen *Grobmotoriker Eisenhüttenstadt*. Aber Holterhoff wanderte heimwärts und machte sich Notizen.

Notizen, 30. Oktober 2010 Einer ihrer Anrufe jetzt, fast um Mitternacht. Ob mir inzwischen klar werde, was wir eigentlich falsch gemacht hätten.

Du hast sehr gut versucht, in Distanz zu kommen zum Stalker.

Und du hast alles versucht, mit ihm ins Gespräch kommen. Wolltest ihn auf die »milden Wege« führen à la *Regina*. Und Bob? Was denkst du jetzt von Bob?

Es schien so, als wollte oder konnte er wenig ernst nehmen. Leider wohl auch nicht das, was in Tansel brodelte.

Noch in deinem Bücherraum, kurz bevor es passierte, flüsterte Bob *he is not amused.*

Wogegen Bob fast immer *amused* schien.

Bis Mitte November sollst du, sagt Irene, den Karlsruhern alles berichten, schriftlich. Machst du das?

Je länger ich das probiere, desto komplexer wird das. Umso unmöglicher. Zwischendurch erscheint mir sogar Frau Siebenrock verdächtig. Mir dreht sich inzwischen fast alles.

Schreibst du auch über uns?

Aber ja. Welche Ängste du hattest, das sollte ich unmöglich verschweigen. Auch deine Versuche, dich zu tarnen, abzutauchen, Distanz zu schaffen.

Denk dir, neulich hab ich von dir geträumt. Wir waren auf einer Reise. Mit der Musik vom zwanzigjährigen Schönen, die mit Disko-Ohren nicht zu hören sei, hast du gesagt. Wie läuft inzwischen *Regina*?

Die Vorstellungen bleiben ausverkauft. Eine Ballettfrau spielt jetzt deine Revolutions-Marianne. – Mit blankem Busen? – In der Eröffnungs- wie in der Schlussszene. Auch die mache das hinreißend, heißt es.

Ich hätte Mut haben sollen. Wenigstens im Finale. Warum war ich ausgerechnet in einer »Freiheitsoper« unfrei? Wo blieb da ein kleiner letzter Schritt, der Mut zu meinem »Extra«. Mut zu mir. Auch ich, verdammt, bin schützenswerte Minderheit. Stattdessen immer noch mal dieses Bravsein. Laut Holterhoff leidet die Menschheit an Unkenntnis. Stimmt. Wir Europäer kannten die Schwarzen nicht und die Indianer auch nicht, der orthodoxe Jude kennt den Palästinenser nicht, die Frau den Mann nicht und der Ami die Welt nicht. Und dieses alles jeweils auch umgekehrt. Wann endlich kommt die wahre Nachbarschaft. Im Finale hatte auch ich die Chance. Bei »Nun kommt der Freiheit großer Tag!«, bei »Heil Freiheit Dir!« Und hab gekniffen.

Was du in der Premiere gemacht hast, wurde bewundert.

Hätte total sein müssen. Wenigstens auf dem Theater. Feige war ich. Wusstest du, dass auch Bob in Oberndorf war? Oberndorf und Freiburg waren die Orte, die sie in Nienstedten vom Südwesten kannten. Tansel wie Bob. Bei den Korasmars ging es immer mal um Oberndorf. Das hat die Ermittler sehr interessiert. Hast du uns nicht vor unserer Wanderung erzählt, dass die Schwarzwälder nicht dumpf, sondern anders seien, gewitzt, clever, was alles sie Weltveränderndes erfunden hätten, auch in Oberndorf?

Waffen, auf der Basis von Uhren. Und von kalten Herzen.

Fast alles und jeden haben wir falsch eingeschätzt. Auch Bob. Mehr und mehr wird mir das endlich klar, wie ein Schiff, das aus dem Nebel kommt. Leider nicht als Traumschiff. Eher als Kriegsschiff.

Rückblick: 17. Juni 2010 Nach dem bunten Fußballturnier, das die *Aal Vibrators* Bremen als Sieger sah, rief sie erst Tage später wieder an, aus Bobs Wohnung, und erklärte, dass sie sich freigespielt habe, dass sie sich wunderbar fühle. Jedenfalls, solange Bob in der Nähe sei. Leider müsse der morgen wieder weg, ob sie dann zum Oberhaupt zurückkehren dürfe. Inzwischen arbeite sie in der Uni am romantischen Thema.

Und inzwischen hatte ich ein zweites Treffen mit Tansel.

Erzähl!

Nicht am Telefon.

Als wir heute früh aus dem Haus gingen, stand er wieder im Hauseingang gegenüber. Bob brachte mich zur Uni.

Wie wär's mit heute Abend? Mein Physiker Herbert bleibt bei seinem Angebot, zeigt uns eine neue Tarntechnik.

Komm zur Wagenburg, um siebzehn Uhr mach ich da Schluss.

Um siebzehn Uhr wartete er also an der oberen Allee im hochsommerlichen Nachmittagslicht. Vom Paula-Modersohn-Platz blickte er ins bizarre Gelände der Wagenburg, in pittoreske Improvisationen, immer neu ergänzt mit Balken, alten Kulissen, Fahrradgestänge, Autoblech und Restglas. Die neuromantische Burg türmte sich dort, wo ein Hochhaus hatte stehen sollen, der Bauplatz war nun verstellt und überbaut mit Hütten und Autos und Türmchen. Und zuoberst prangte das Wort »Besetzt« und wehten Fähnchen und Spruchbänder, demonstratives Grün und markige Belehrungen. »Für autonomes Leben! Gegen Staat und Kapital«.

Dort sah er sie nun heraussteigen, da winkte sie schon von weitem. Und dann musste er zuerst mit ihr ins Café *Limette*, dort gebe es das beste Eis. Beide löffelten einen Früchte-Eisbecher, so lange, bis sie ihn ansah und fragte, warum er sie so ungläubig betrachte. – Als wäre irgendwas an mir nicht okay?

Seit der Prinz von seinem Liebesfeuer gejammert hat und von seiner Sucht und dass du ein Zauberwesen bist, dem er verfallen sei, muss ich ab und zu nachschauen. Ob er womöglich recht hat.

Sie löffelte weiter. – Bin kein »Zauberwesen«. Und bin gewiss nicht dein erstes zu junges Gegenüber in einem Café.

Tansel aber tut, als hättest du magische Mittel. Und nun bin ich halt neugierig. Verfolge deine hexischen Bewegungen. – Und? – Sehe keinerlei Extra, keine Kunst, keine Magie. Nur den Silberring.

Sie löffelte ihren Becher leer und sah, dass er fast nichts aß. – Isst du das nicht? – Ich wäre dir dankbar. – Er schob ihr den Becher zu, sie aß nun auch seine Portion. Fast den ganzen Tag über habe sie mit einem »Jörn« verbracht. Der war hier von Beginn an »dabei«. Schon damals, als 1990 die Franzosen abzogen. Da hätten sie die Kasernen besetzt und hätte sofort der Streit mit der Stadt begonnen, die alles abreißen und das Terrain teuer vermarkten wollte. – Das weiß Jörn bis ins Kleinste. Überschüttet mich mit Anekdoten. Wann immer ich wissen will, wie lebt ihr hier wirklich, woher kommt ihr, wie einigt ihr euch, wie ist das mit der Hygiene, mit der Miete, den Finanzen, dann erzählt er neue Kuriositäten und lacht schon vorweg ähnlich los wie der Beat in Zürich. Und wenn ich ihn frage, wovon lebst du, dann kommt er mit schneidenden Urteilen zu Konsumterror und Kapitalismus. Ich muss hier auch noch mit anderen reden. Mit Jüngeren, mit Frauen, mit Müttern. Immerhin praktizieren sie Tauschkultur. Der eine repariert Räder, der andere Autos. Kriegt dafür Futter, Bücher oder PC-Hilfe. Jörn ist Autofreak, kennt sich aus in Motoren und Elektronik. »Gib mir zwei Wracks, ich mach daraus eins, das fährt.«

Ein Wrack, das fährt? Dein Thema scheint überirdisch.

Sie propagieren energiebewusstes Leben. »Gegen Banken und Staat«. Das will ich genauer wissen. Erzähl mir von deinem Physiker.

Mein Tarntechniker Herbert hat sich diesen Abend ab acht ganz für uns frei genommen. Verriet mir am Telefon, dass kürzlich auch andere Interessenten aufgetaucht seien, ebenfalls zu einer Kostümprobe. Militärtechniker. – Militär? – Tarnen ist nun mal Kriegstechnik. Herbert ist Bergmannssohn aus Bochum, war finanziell schon immer knapp, seine Versuche und Apparate sind teuer, und Förderung für »Spinner« ist schwer zu kriegen. Offiziere hätten sein Labor geprüft und nun wohlwollend beurteilt. Wollen ihn unterstützen.

Wie soll das funktionieren, das Tarnen?

Erklärt er gewiss auch dir. Ich hab's nur grundsätzlich kapiert.

Und wie geht es grundsätzlich?

Nach meiner Nibelungenlesung in Bochum beteuerte Herbert, dass Einsteins Erkenntnis von der Ablenkung des Lichts keine Idee sei, sondern Fakt, weil Licht Teilchenbewegung sei und zugleich Wellenbewegung und im Prinzip so verlaufe wie Materiebewegung im Atom. Schon damals erklärte Herbert, dass er es irgendwann schaffen werde. – Was? – Diese Wellen und Teilchen zu irritieren, zu verwandeln. Fürs menschliche Auge verschwinden zu lassen. Erst mal nur in Nanogrößen. Dunkle Materie, was immer das ist, sei nicht nur dem Weltall vorbehalten. Auch die Erde sei Teil des Weltalls, mitsamt den berühmten Schwarzen Löchern. So redete der, als ich mein Epos von der Tarnkappe gelesen hatte. Und seit kurzem versichert er mir, was die in Genf und Grenoble könnten, das sei auch im Kleinen machbar, auch in Freiburg.

Woher Amerika seinen Namen hat.

Vor gut dreißig Jahren pachtete Herbert eine fast hundert Meter lange Reihe fehlgeplanter Garagen und ist dort seitdem drauf und dran, einen »vollwirksamen Personenschutz als Sichtschutz« zu konstruieren. So heißt das, wenn staatliche Kontrolle was wissen will. Ordnungsamt oder Finanzamt. Kann sein, die Ämter haben das nun den Militärs verraten und plötzlich, im Alter, wird er zum begehrten, zum geförderten Mann.

Ein Professor Frankenstein?

Ähnlich verschrumpelt wie ich. Und auf seinem lebenslangen Steckenpferd gerät Herbert gern in Fahrt und würzt das mit Williams-Christ. – Du becherst mit dem? – He, fast alle von dir besiegten Fußball-Titanen waren Saufnasen. – Es macht unheimlich Lust, dicke Männer oder Frauen zu umdribbeln.

Grundsätzlich geht es Herbert um neue Sichtweisen. Er wird sich in Schwung reden über die Unwahrhaftigkeit alles Augenscheinlichen. Man müsse sich, sagt er, nicht sämtlichen Schrott, den man in seinem kurzen Leben optisch auszuhalten habe, gefallen lassen. Zum Glück erweise sich alles Augenfällige als verschiebbar, als von Grund auf zwielichtig, letztlich irreführend. Beschäftigt neuerdings drei Assistenten, alle zu strenger Geheimhaltung verpflichtet. – Vom Militär? – Frag ihn. – Dann fahren wir doch hin.

Nutzten nun Busverbindungen bis in den fernsten Freiburger Nordwesten, wo Professor Mönkenmeiers lange Garagenkette vom Forscher persönlich geöffnet wurde, in einer unscheinbaren Seitentür stand da ein Kleiner und Runder mit quicken Augen und einem großen Mund, begrüßte die Irenentochter als »ersten weiblichen Gast in meiner Unterwelt«. Führte sie durch lange dämmrige Gänge, in denen es blinkte und leuchtete. – Bitte erspart mir, hier irgendwas zu erklären, jeder Strahlteiler, jede Linse, jedes Interferometer, jedes

Cockpit und all dies Teufelszeugs hier braucht immer wieder eins: Präzision. Bei Wellenlängen und Lasertechnik geht nichts ohne Akkuratesse, Leute, seid willkommen, nur müsst ihr wissen, seit fünf Wochen gehe ich auf Wolken, Harry, um es deutlich zu sagen, melde ich's dir in der Sprache unserer Kindheit: Et wuppt!

Willst du etwa sagen, die Kappe funktioniert?

Ich sach, wie et is.

In einem fast leeren und stark erleuchteten Garagenraum drehte sich der gut gelaunte Herbert um und streckte die Arme in entgegengesetzte Richtungen, wies mit dem einen auf einige weinrot gepolsterte Kinositze, mit dem anderen auf eine kleine Bühne, hinter der, hell angestrahlt, eine garagengroße Fototapete glänzte. Die zeigte in klaren Farben und Umrissen ein Luftbild vom innersten und ältesten Freiburg, von schräg oben sah man da das Münster und das prachtvoll verwinkelte weinrot-grün-goldene Renaissance-Kaufhaus und zwischen beiden die Üppigkeit des täglichen Marktes, authentisch farbig, Freiburgs Zentrum.

Die Kinositze standen vor einem wandgroßen Spiegel. Holterhoff und Undine nahmen Platz und Freund Herbert fragte: Jetzt schon oder nachher?

Harry bat: Nachher. Dann ist ja wohl was zu feiern.

Der Gastgeber bestieg die Bühne und wurde feierlich. Ihm gehe es hier um nichts Verrückteres als um die Erfüllung eines der ältesten Menschheitsträume. Um den Wunsch, sich verbergen zu können vor den Zumutungen dieses Daseins, um einen Traum, von dem schon archaische Überlieferungen wüssten, griechische, keltische, germanische. Schon immer seien die Überheblichkeiten und Brutalitäten von Herrschaften wie Alexander oder Caesar, seien sogenannte Heldentaten für Hunderttausende Andere, die von den Oberen geschmäht wurden als Proleten, Tölpel, Barbaren oder Feinde, seien diese Heldentaten für die große Mehrheit der Menschheit nichts anderes gewesen als mörderisch. Was studieren Sie, Verehrte?

Unter anderem die Taten, von denen du jetzt geredet hast, also Geschichte, Politik, Literatur. Ich heiße Undine.

Fabelhaft, ja, sagen wir uns du. Ich bin Herbert. Bist also verwandt mit diesem Schreiber, sehr schön, und wenn du hier irgendwas für Zirkus hältst oder faulen Zauber, dann frag.

Grundsätzlich, sagt Harry, geht's um Wellenverwandlung.

Da hat er mal wieder grundsätzlich recht. Sogar das Sonnenlicht in unserer Solarhauptstadt ist konkret nichts anderes als ein unaufhörlicher Andrang elektromagnetischer Wellen, die zugleich winzigste elektromagnetische Teilchen sind. Und beide, Teilchen als Wellen und Wellen als Teilchen, beide bedrängen unsere ständig überforderten und getäuschten Augen und Hirne, und diese schon im Entstehen schizoide Zumutung, die sowohl schwingen will wie vorwärtsjagen mit der berühmten Lichtgeschwindigkeit, die ist es, die ich umlenke, aber nicht etwa mit plumpen Spiegelungen, sondern von Grund auf, in atomarer Verwandlung. Und nun: Wohlan!

Mit entschlossenen Schrittchen tappte er seitwärts, öffnete im Halbdunkel und mit Sicherheitsschlüsseln einen stabilen Schrank und zog da eine funkelnde Decke hervor, die Glitzerlast tat er sich über die Schulter und schleppte sie auf die Bühne, legte sie dort sacht über einen Stuhl und begann, dozierend hin und her zu schreiten und zu jeder Mitteilung eine Hand sanft in die andere zu legen. Und alsdann die andere in die eine.

Dieses beständige doppelgesichtige Anrennen des Lichts habe er aus seiner Milliarden Jahre währenden kosmischen Selbstgefälligkeit ins Wanken bringen wollen, ins Tanzen. Ein uraltes stures Geradeaus habe er irritieren wollen und umlenken zu Umwegen und Neuwegen, so wie Marx die alten besitzbürgerlichen Üblichkeiten habe verstören wollen und müssen, nämlich ins Straucheln bringen, ins Hüpfen und Walzertanzen, was zwischenzeitlich auch ganz gut geglückt sei, aber auch hier leider nur teilchenweise, Wahrheit gebe es wohl nur teilchenweise. Just so habe auch er, Herbert Mönkenmeier, diese verdammten, diese alles dominierenden Lichtwellenteilchen von Grund auf zu delirieren gesucht, umzuleiten in nie gesehene Kurven, Derivate, Geheimpfade und Verwirrwege, kurzum, dieses Glitzergebilde dort auf dem Stuhl, dieses vorerst noch ein wenig zu schwere Stück mit seinen knapp neun Kilogramm, dieses Kapuzen- oder Tarnkappenmonster habe in diesem Raum am 21. Januar des Jahres 2010 ihn selbst, also eine Figur von freilich geringer Größe, zum erstenmal vor menschlichen Augen, nämlich vor seinen eigenen, verschwinden lassen.

Und dann auch vor Militärs?, fragte die neue Duzfreundin.

Und dann, in der Tat, vor militärischen Kontrollköpfen. Und was die da zu sehen bekamen oder vielmehr nicht, das zeige ich nun auch euch. Und zwar realisiere ich das Wunder der abgelenkten Wellenmaterie mit mobiler Energie, das heißt: voll im Sinne Freiburgs, also mit einer fortlaufend erneuerbaren. Nämlich mit meiner seit nun fast achtzig Jahren abschöpfbaren Körperwärme. Vorweg seht ruhig mal kritisch ins Mantel-Innere. – Er zog an einem Klettverschluss, klappte das Gerät in der Mitte auseinander. – Ihr seht, das haftet aneinander wie bei den Geckos, die ja nicht nur Wände senkrecht hochsteigen, sondern mit ihren Klebefüßen auch unter Zimmerdecken wandern. Unter meinem Bühnenlicht beäugt mal schön sorgfältig die Innereien meiner Kappe.

Undine ging nah heran und meinte, so ähnlich sähe auch fast jedes Computer-Innere aus, nur sei dies hier weniger verschraubt und verlötet, sondern sei offenbar eine mobil verklettete Decke aus transparenten Teilen, ein Urwald aus Mikrochips und Regulatoren in pingeliger Verwicklung, offenbar sehr viel weitläufiger vernetzt als das Innere eines Rechners.

Für diesen Beschreibungsversuch lobte sie der Physiker. – Als Geisteswissenschaftlerin erstaunlich sensibel. Er, Herbert, sei keineswegs, wie Holterhoff gern behaupte, in der Stadt der Bücher und des Theoretischen zur Welt gekommen, nicht in der Uni-Stadt Bochum, also nicht in »Bücherheim«, sondern in dem seit je verkannten Badeort Eickel, von dem ständig ignoriert werde, dass zum Eickel das

Wort »Wanne« gehöre, also der Hinweis auf die gute alte Sitte des Badens in Wannen. Eickel liege halt im urigen Emscherbruch, an den Ufern jenes vormals moor- und schlammreichen Flusses, der das sogenannte »Ruhr«-Gebiet mittig durchquere, während sich die Ruhr dezent und zierlich im Süden vorbeistehle. Nur die zentrale Emscher hätte es verdient gehabt, den Namen zu stiften für Europas größtes Kohle- und Stahlrevier, für die Fünfzehn-Großstädte-Stadt Ruhr.

Während er so redete, hatte Mönkenmeier die beiden Hälften des Tuchs wieder aneinander geheftet und begann nun, sich damit zu bekleiden, so, als zöge er einen Mantel an, und es zeigte sich, dass es da um keine Decke ging, sondern um ein Cape, kaum anders als die Regenumhänge, die Arbeiter an Straßenbaustellen tragen. Die Kapuze freilich zog er sich nun nicht nur über den Kopf, sondern die Kopfkappe schloss er auch vor seinem Gesicht, so dass vorn nur drei kleine Öffnungen blieben, zwei für die Augen, eine für Mund und Nase.

Aus der Mundöffnung hörten die in den Kinositzen, dass es nun bereits gestartet sei, das Experiment, das die Welt verändern werde. Schon weil er, Herbert, ab jetzt seine Körperwärme bereitstelle. Er selber verfolge alles im großen Spiegel hinter ihnen, sie dagegen könnten das Wunder live sehen, er bäte um wenige Minuten Geduld, in denen er allerdings noch klarstellen könne, dass unser sehr beschränktes Auge samt sehr beschränktem Hirn immer nur Lichtwellenlängen wahrnehme zwischen vierhundert und achthundert Nanometern, nicht aber die kürzeren oder die längeren Wellenlängen.

Was ich also herzustellen hatte, waren die nicht sichtbaren Frequenzen von sogenanntem Megamaterial, das in jedem Atom Magnetfelder erzeugt, die irritierend wirken auf den Tanz der Lichtteilchen. Diese Umregulierung schafft jetzt diese Hülle aus elektromagnetischen Teilchen, im Inneren alle nano-winzig, aber unter schwarzlöchrigem Neutronenbeschuss, der das Licht, das jeder von uns ausstrahlt, zum Umsteigen zwingt in andere Schwingungen, so dass eine Aura entsteht, die den rasenden Tanzteilchen nichts weniger verpasst als diejenigen Wellenlängen, die wir nicht mehr wahrnehmen können. Es sei denn mit Hilfsmitteln.

Vor ihnen auf der kleinen Empore wurden die Konturen des glitzernden Schneemanns Mönkenmeier zusehends undeutlicher. Ja, die Umrisse der Kapuzenfigur begannen zu verschwimmen. Den Mann im Inneren hinderte das nicht am Weiterreden. – Was man seit langem Nano-Dispersion nennt, was bei Schallwellen seit je bekannt ist, das führt euch der zählebige Herbert nun im Optischen vor, indem er das Licht, das auch von diesem Umhang ausgeht, Haken schlagen lässt zu anderen Frequenzen, wodurch der Eindruck entsteht, den der Nichtfachmann »unsichtbar« nennt. Mich umgeben nahezu neunhundert untereinander pfiffig verschnallte Regulatoren, die Undine als Chips bezeichnet hat, die nützen als Energiesammler hemmungslos meine siebenunddreißig Grad Körperwärme aus und sind in der Tat nichts weiter als energische Mikrowandler aus neuesten, aus sauteuren Karbon-Lösungen. Aber man verheißt mir ja seit kurzem Geld, damit ich elegantere Wege nutzen kann, dann ist das Ganze nur noch halb so schwer, ach, schon jener junge Mann aus Xanten, schon Holterhoffs Siegfried hat ja, als er nicht mehr zu sehen war, vollkommen neue Ideen entwickelt, hat nie Gesehenes erblickt und sich überirdisch gefühlt und tatendurstig, von Stund an ohne Angst vor der Raffgier des Drachen in uns und in anderen Kapitalisten.

In der breiten Gestalt des Mönkenmeier wurde jetzt mehr und mehr das sichtbar, was die Fototapete zeigte. Statt des kurzen Mannes im immer unscheinbareren Umhang vervollständigten sich nun die Umrisse des Freiburger Münsters samt Marktgelände, zunächst noch vernebelt, die Kanten und Linien des einzigartigen Turms noch zittrig unsicher, heimgesucht wie von Hitzeschlieren. Aber auch die drei dunklen Löcher für Augen und Mund des Experimentators wurden zusehends kleiner, auch die schrumpften und zergingen in den Farben des großen Bildes von der prächtigen alten Stadt, von Deutschlands erster Stadtgründung der Bürger.

Als Mönkenmeier optisch nun tatsächlich ganz dahin war, da wurde auch Freund Harry feierlich. – Häi, Häbbät! Knorke, toffte! Ich sarret dich in Eickel-Deutsch, du biss den Größten! Du gehörß in Bronkse gegossen vorren tausendjährigen Dom von Essen, mittemang die Fünnef-Millionen-Fuffzehn-Großstädte-Stadt.

Habbich dochesacht, et wuppt. Auch im Spiegel bin ich jetzt einfach nich mehr da! und du, Mädel, beziehungsweise Undine, obwohl du mich nun nicht siehst, sehe aber ich dich, nämlich wie du deinen Mund fast nich mehr zubekommst. Aber keine Sorge, schon hol ich mich wieder zurück in die sogenannte Realität, es wird mir nämlich in diesem Tarnfrack schlicht sehr waam.

Riss sich den »Tarnfrack« vorn auf, und in der Öffnung wurde Mönkenmeier von oben nach unten sichtbar wie in einem aufgehenden Theatervorhang. Der Emeritus trat vergnügt daraus hervor. – Und? Wie findet ihr meine Ernte? – Ernte? – Der Zauber glückt nicht nur deshalb, weil ich genügend lang dran rumgedacht und rumprobiert hab, sondern auch übers Ernten, übers Umleiten von Energien. Hatte ich etwa elektrische Anschlüsse geschaltet? Sind hier irgendwo Batterien versteckt? Nichts dergleichen. Wenn die Kappe wirklich wirken soll, muss sie auch unterwegs funktionieren, erst dann wird sie ja zum Schatz und Schutz des Nibelungen. Oder einer schönen Undine. »Geerntet« hab ich »thermische Energie«, die eigene Körperwärme, durch neunhundertundelf Miniaturkraftwerke. Amis nennen das *Micro energy harvesting*. – Er legte das Cape sorgfältig auf den Stuhl, stieg herab und ließ sich in den Kinositz neben Undine sinken. – Man sollte doch alles nutzen, was unsere 37-Grad-Körper so hergeben, oder? – Betrachtete seine Nachbarin mit Behagen.

Herbert, bevor uns dein wissenschaftlicher Ansatz schwindelig macht, hol nun deinen heiligen Birnentrost. Wir feiern dich.

Die Sirenentochter sprang auf. – Ich nehm nur Wasser. Bin auch so schon aufgeregt genug.

Aufgeregt?

Herbert, mich verfolgt ein Stalker. Du weißt, was das ist?

Ich lese Zeitungen. Vor einem Stalker willst du verduften?

Deine endgültige Kapuze, die ist die Lösung.

Endgültige Kapuze, das finde ich gut.

Wahrscheinlich zehntausend Euro, oder?

Jetzt feiern wir erst mal mit Birnentrost. Danach geht's zum Praktischen. – Er schob ein Rollwägelchen heran mit kurioser Flasche und individuellen Gläsern, verteilte Williams-Christ, hob sein Glas und stieß mit Holterhoff an und mit Undine. – Auch Undinen müssen sich damit abfinden, dass wir nichts anderes sind als Irrlichter. Da kann die Wasserfrau noch so sehr Wasser trinken, wir alle sind optische Täuschungen. Getrost prost auf die endgültige Kapuze! Die kannst nun auch du probieren. – Wirklich? – Prompt sprang sie auf die kleine Bühne, griff sich das silbrige Geglitzer, hob sich das über die Schultern.

Auch die Militärs probierten hier begeistert und hatten zu lachen, weil mein Musterstück für Riesenbabys viel zu kurz ist. Nun auch für Undine. In Freiburgs City wäre sie die Sensation, denkt euch, auf der Kaiserstraße ihre wandernden Waden!

Unterdessen verwandelte sich auch die Brandestochter ins Unbestimmte, abermals setzte sich das prächtige Freiburgbild auf ganzer Linie durch, und aus der Öffnung für Mund und Nase war zu hören, nein, sie sei keine optische Täuschung, in der Spiegelwand registriere sie alles sehr genau, hiermit melde sie ihr heftiges Kaufinteresse. – Bravo, dies ist die Lösung!

Und bewegte sich nun auf dem Podium irritierend, da wanderten Unterschenkel, und weil sie's in der Spiegelwand gut kontrollieren konnte, wippte sie Stepptanz und Pirouetten, bot Michael Jacksons Mondschritte, die Alten lachten und hatten zu hören: Das Teil ist gekauft! Zehntausend? Ich pumpe Irene an und meinen Dichter. Und zahle doppelt, wenn du 50 Zentimeter Saum dranhängst!

Als sie dann wieder sichtbar war, maulte der Physiker, da reichten zehntausend nicht aus, nicht mal hunderttausend. – Von den Kriegern nehme ich für die Dubletten das Fünffache. Und ich kriege sie. Vorschuss kam schon aufs Konto. – Er verstehe ja Undines Begeisterung, aber dieses erste funktionierende Teil sei unverkäuflich, sei ihm viel zu wichtig und zu lieb, als dass er's je herausgeben werde, nein, aber hinten in seinen Werkstätten, da produzierten drei Assis täglich künftige Ware. – Ich versteh ja, Mädchen, so schön zu sein, klar, das ist nervig, du brauchst Tarnung, ach, wer braucht die nicht?

Und dann wuchsen im Birnentrost des heiligen Wilhelm kühne Ideen. – Herbert, ist dir deine weltverändernde Rolle klar? Du bist nun der einzige, der ungehindert agieren könnte.

Agieren? Und wo? Auf sogenannten Weltklimakonferenzen? Beim nächsten Treffen der Atom-Mafia?

Mit der kapitalen Kapuze fang erst mal klein an. Bei der nächsten Fußballweltmeisterschaft, da kickst du den Ball in das Tor der Mannschaft, die drauf und dran ist, unverdient zu gewinnen.

Herbert leerte sein zweites Glas. – Als jetzt das große Frankreich den Sieg gegen das kleine Irland nur illegal schaffte, nur mit der Hand des Müssjöh Henry, als da Irland mit Betrug aus dem weltweiten Weltwettbewerb gemogelt wurde, ja, da wäre die Kapuze hilfreich gewesen. Auch als bei der WM in Südafrika Ghana als letztes afrikanisches Team rausflog, ebenfalls mit Handbetrug, ja, weiß der Teufel, es gäbe viel zu tun. Alles im Sinne meiner alten Lieblingsoper, die ebenfalls weggefegt wurde: Oh heilige Gerechtigkeit, ich möchte rasen!

Er hatte sein Glas neu gefüllt, tat verlegen und gestand, dass er einiges durchaus schon experimentiert habe. Und hatte nun zu erzählen. – Mobile Mutproben, im Stadtzentrum. – Er zeigte auf die Foto-Tapete. Leerte das dritte Glas. – Musste doch wissen, wie verhält sich die Kapuze im Feldversuch. Und wahrlich, ich sage euch und ich sage das vor allem dir, Undine, stell dir das nicht zu einfach vor. Schlicht irrsinnig lebt der Unsichtbare. Im Gewimmel der Fußgänger kommen wir gewöhnlich gut aneinander vorbei, das Gesicht nach links oder rechts und eine, die mir entgegen kommt, weiß, ich gehe links vorbei oder rechts. Ich mach mich schmal oder mach mich rascher, schon fluppt es. Wobei Männer gern stur bleiben. Die bestehen auf gleichbleibendem Tempo und Geradeaus, als ginge es um Privatestes. Wogegen Frauen clever minimale Bögen nutzen, Kerls aber tun wie Marschall Vorwärts. Sind offenbar genetisch fixiert, verbinden mit der Richtung, in der sie angetreten sind, Würde, Ehre, Selbstachtung, Rang und Wahrheit. Nun aber das Ganze unsichtbar? Auf Freiburgs Konsumwalze Kajo unmöglich. Ständig musst du nachgeben, auch Frauen, sonst lieb und mobil, die sehen dich halt nicht, die rennen dich um, selbst wenn du reagierst wie ein Supermultispektrometer, bist du ständig auf Konfrontationskurs, wirst weggerempelt, stolperst gegen diesen oder jenen Bauch, was aber überhaupt nicht passieren darf, weil das Panik auslöst, Verwirrung, Empörung bis zur Prügelei! Ich sag euch, die liebsten Freiburger Friedensfreunde kriegen auf der Stelle die Tobsucht, werden handgreiflich. Lest nach bei Eulenspiegel, der die Dunkelheit nutzte so wie ich meine Nanoverwandler. Na hören Sie!, Was soll das?, Unverschämt, Können Sie nicht aufpassen?, Rrrrücksichtslos!, Herrschaft aber auch!, Sakra!, saudämliche Zicke!. Plötzlich proletet jeder gegen jeden, wird zurückgeboxt, getreten, gestoßen und kotzlästerlich geflucht. Mit Siegfrieds Tarnkappe durch Freiburg? Oohmääglich.

Mönkenmeier gönnte sich neuen Birnentrost, sinnend und mit Bedacht. Auf den zauberhaften Rheinkieseln der Freiburger Bürgersteige sei er im Nu vollkommen erschöpft gewesen, überfordert, weil sich die berühmte herzige Nettigkeit der Eingeborenen blitzartig verwandele in Rotzigkeit. – In Wanne-Eickel undenkbar. Schon nach zehn Minuten war ich platt, sportlich sowieso nie ein As, aber nun musste ich mich retten, flüchtete ins Münster, auf eine leere Bank. Und rang nach Puste. Weiß der Teufel, ich hatte die Bahn des Guten und des Lichtes verlassen. Herbert, was tust du da!

Und durfte doch auch im Münster nicht allzu laut schnaufen. Auch meine Lacher waren zu unterdrücken, die jedes Mal kommen, wenn ich den Ochsen sehe, der da oben im bunten Fenster dem kleinen Jesus in der Krippe das Windelchen wegfressen will, aber Joseph passt halt auf und kommt mit dem Knüppel. War freilich riskant, den Frischling in eine Futterkrippe zu legen, vors gefräßige Rindvieh. Ach, ich liebe es, dies gotische Wunder des Meister Erwin. Liebe aber Freiburgs Turm nicht erst, seit klar ist, dass Erwin nicht nur das Straßburger Ungeheuer baute, sondern auch dies viel elegantere, liebe das schon deshalb, weil das keine Kirche gestiftet hat und kein Fürst, sondern die Bürger selbst, nach 1100 die Frei-Bürger, in einer damals fast winzigen Stadt. Sah mich also wieder gerührt um in der hohen Halle und nahm nun wahr, was vorn, beim Altar, sich abspielte, im trüben Licht der bunten Scheiben: mal wieder der heiligen Messe feierliches Finale.

Da redete auf der höheren Ebene des Altars ein begabter neuer Prediger, sprach bewegend die sanftesten Himmelswörter, auf verhaltene Weise pfingstlich verzückt. Der wusste von all dem, was einst sein wird, plauderte vom Paradies und von der Verwandlung der Welt, die am Ende, so sei es verheißen, keine Schrecken mehr kenne und keine Kriege und keine Not, kurzum, der Junge da oben war spirituell groß in Fahrt und malte aus, was die schöne alte Sage verkündet: »Dein Reich komme«!

In seinem weiten Rock redete der dermaßen schön, dass es mich ergriff. Ging ergriffen durchs lange Kirchenschiff bis ganz nach vorn, bis zu der Stufe, auf welcher der Gute nun, zum Schluss, kurz vorm Amen, abermals die klangvolle Vokabel hören ließ, diese zauberhafte Silbenfolge Pa-ra-dies. Alsdann noch mal dieses »Dein Reich komme« und »Amen«, wonach er sich entfernte, gemessenen Schrittes, schwebend.

Ach. Eigentlich war's kein besonderer Akt. Nur ein überfälliger. Der hatte das Mikro nicht ausgeschaltet. Der bot mir das geradezu an. Bot mir die himmelstrebende Riesenhalle, Deutschlands allerschönsten Saal samt rund hundert Gemeindemitgliedern und zirka einhundertfünfzig Touristen. Allesamt mächtig bewegt von dem, was da kommen wird.

Freund Herbert nahm einen neuen Schnapsschluck. – Eine einzige Stufe war da zu erklimmen, eine Stufe aus rotem Granit, aus ältestem Erdgestein. Und als ich am Mikro stand und sah, dass niemand mich ansah, konnte ich unbehindert das Nötige ergänzen. Erhaben hallte das durchs Hochgotische. Wörtlich so, wie es mich die Studien gelehrt haben.

Freunde, nach Milliarden Jahren, kurz vorm Verglühen in der explodierenden Sonne, wird Freiburg wieder Sandstein sein in rötlicher Wüste. In einer Steinwand vielleicht eine abweichende Färbung. In glutheiß verbackenen Ablagerungen was Helleres oder Dunkleres, versetzt mit Zink und Plastikstaub, so wird er sein, der letzte Rest von Europas *Green City*. Ach Freunde, wann immer vom Ende zu reden ist, wie wär's mit mehr Genauigkeit. Und Mut. Wenn es denn einen Gott gibt, dann schuf er von all seinen Wundern als Wunderbarstes: Hirn und Wissen und Denken.

Da kam er nun zurückgestürzt, der wallende Mann, hatte in der Sakristei den Schall im Münster gehört, rechtzeitig sprang ich von der höheren Ebene zurück ins Niedere und sah, wie er nun das Mikrophon befingerte, ratlos erregt umherblickend und überzeugt, dass von irgendwoher sich jemand eingelinkt haben müsse, hineingegoogelt, inzwischen kamen viele nach vorn, ich musste ausweichen, fast alle Andächtigen wussten sofort Bescheid, kannten die Störenfriede, die sich »über Computer« einmischten nun auch ins Heiligste, Klagen hörte ich da über den Zustand in dieser kriminellen Stadt, Freiburg habe schon immer allzu viel Liberalität gestattet, die Freigeisterei schon immer auch mal als Gotteslästerei, nun sogar mitten im Haus »Unserer lieben Frau«, oh, man kannte ja diese wertfreien Wegelagerer, diese schamlosen Missbraucher. Einer in der Menge freilich, ein junger Glattgeschorener, der rief, wenn es Marienerscheinungen gebe, gebe es auch Teufelserscheinungen. Auf die Glatze starrten sie nun mit Erschrockenheit, auf der Stelle entwickelte sich da eine strenge Philosophenrunde, das Wort Teufelserscheinung wurde im Nu zu Teufelsterror und das schaffte mir Platz, wie weiland Eulenspiegel kam ich unbehindert davon und in einer Seitennische wurde ich sie endlich los, meine Monsterkapuze.

Auch die Studentin ließ sich nun ein Gläschen füllen und trank es halb leer. – Abgesehen davon, dass ich hunderttausend nie zahlen kann, abgesehen davon: eigentlich sollte ich es schaffen, das Nötige auch ohne Kapuze zu sagen. – Trank die zweite Hälfte.

So ist es, sagte Holterhoff und dann: Herbert, du hast das Münster zurückverwandelt in antikes Theater. Schon in Athen konnte nur im Theater das Nötige gesagt werden, freilich auch dort nur vermummt, unter Masken.

Mönkenmeier füllte alle Gläser neu. – Auch meinen anderen Ritt sollte ich gestehen. In Freiburgs Ratssaal hat jeder Rat am Tisch ein eigenes Mikro. Da ließ ich mich auf einem der vielen leer gebliebenen Sitze nieder. Und hab brav zugehört. Etatberatung. Bis plötzlich die Frage kam, ob noch einer der Räte das Wort wünsche.

Da drückte ich den Knopf an meinem Sitz und sagte deutlich »Ja«. Und redete dann, beflügelt. – Interne Kontrollen haben ergeben, dass sich einige Mitglieder dieses Hauses derzeit einer Genomkontrolle unterziehen müssen, weshalb sie an der heutigen Sitzung, wie wir deutlich sehen, nicht teilnehmen können. Die bisherigen Untersuchungen ergaben bedenkliche Befunde, nämlich erhöhte Risiken sowohl bei Rentenansprüchen wie beim Kranken- und Altersschutz. Im Interesse der Allgemeinheit werden nun auch die heute anwesenden Stadträte dringend ersucht, sich gleichfalls einzufinden im neu eingerichteten Genlabor am Fahnenbergplatz 4, bislang bekannt als Meldebehörde, bekannt jedenfalls all denen, die Steuern zahlen. Morgen ab neun Uhr als erste die größte Gruppe, also die Grünen, die CDU ab elf, die kleineren Parteien, beginnend mit der SPD, nachmittags ab fünfzehn Uhr, jeweils in der neu eingerichteten Stabsstelle *Innerstädtisches Consulting und Controlling*.

So sprach ich. Und hätte nie geglaubt, welche Aufmerksamkeit das fand. Anfangs deprimiertes Schweigen, resigniertes Bescheidwissen. Oh ja, unser aller Gesundheit. Nur beim erhöhten Platz, am Cockpit des Oberbürgermeisters wurde diskutiert, zunächst leise, dann erregter, schließlich kam über Lautsprecher die Frage des Oberhaupts an Stadtrat Fleischer, auf welche Informationen, bitteschön, diese Anweisung sich stütze. Offenbar hatte ich mich vom Platz eines Stadtrats Fleischer gemeldet. Als nun aber keine Antwort kam, erfolgten empörte Zwischenrufe und es wurde unheimlich, fix schlich ich mich weg, in eine von Freiburgs sinnreichen Katakomben, diesmal ins Pub *Inishfree*, zu ausführlichen Schlucken Traurigkeit und Trost.

Mönkenmeier stand auf und nahm ein silbern gerahmtes Bild von der Wand, etwa dort, wo Meister ihre Meisterbriefe hinhängen würden. – Dass mein Ding nicht nur im Labor funktioniert, sondern auch mobil und im öffentlichen Leben, das bescheinigte mir dann die *Badische Zeitung*. Harry, lies vor!

»Aufregung in Dom und Rathaus. Die Polizei bestätigt es, Leser meldeten es uns aufgeregt am Telefon. In Freiburg kam es wieder zu wundersamen Erscheinungen, so dass man glauben darf, sie sei zurückgekehrt, die große Epoche der Freiburger Parapsychologie und Geisterseherei. Auch diesmal handelt es sich um Vorgänge, die von den ermittelnden Beamten bislang nicht aufgeklärt werden konnten. Im Münster wie im Sitzungssaal des Rathauses muss es Hackern gelungen sein, sich in die dortige Software einzu(k)linken, bei laufendem religiösem wie politischem Betrieb. Altbewährte Sprechanlagen wurden hier wie dort missbraucht zur Verbreitung eigenartiger Ansichten. Im Münster kamen düstere Drohungen über die Lautsprecher, Deutungen zu Welt und Zeit und Zukunft, Freiburg sei am Ende aller Tage nur eine Wüste aus Plastiktrümmern. Und bei den Haushaltsberatungen im Rathaus überkamen die wenigen Stadträte, die anwesend waren, existentielle Schrecken, als ihnen in behördlichem Ton mitgeteilt wurde, dass ungute genetische Befunde Anlass gäben zu ernsten gesundheitlichen Kontrollen, die zu Konsequenzen führen würden bei der Alters- und Gesundheitsabsicherung. Polizeiliche Ermittlungen ergaben inzwischen, dass hier das Saalmikrophon des nicht anwesenden Stadtrats Fleischer benutzt wurde, auf dessen Sitz jedoch weder Herr Fleischer noch sonst jemand zu sehen gewesen sei. Sein Mikrophon indes erwies sich als eingeschaltet. Erste Vermutungen gehen dahin, dass digitales Einlinken durchaus auch von Nebenräumen hätte erfolgen können oder von der Besucherterrasse aus, die Etatberatung war öffentlich. Fingerabdrücke, die nicht von Herrn Fleischer stammen, wurden am Fleischersitz reichlich gefunden, führen aber ins Uferlose, denn der Ratssaal wird bei Führungen auch von Gästen der Stadt genutzt und gern auch von den Dichtern und Kritikern der berühmten »Freiburger Literaturgespräche«. Zündet unsere schöne Stadt abermals Zeichen und Wunder? Wie hilfreich wäre das beim kommenden Papstbesuch oder für die ernstlichen Mühen unseres Erzbischofs, ihn nun doch noch heilig sprechen zu lassen, unseren Türkenkrieger und Patron Bernhard von Baden. Wir sind voll schönster Erwartung.«

Chapeau! Holterhoff reichte dem Freund den silbern gerahmten »Meisterbrief«, der hängte ihn wieder neben die Tür, nahm Platz und kostete Williams Christ. – Undine, um deinem Stalker zu entkommen, wünschst du dir meine digitale Burka? Wie wäre es, du schnapptest dir mit deinem ollen Onkel den Verfolger und stellst ihn zur Rede? Am Telefon deutete Harry an, der sei keineswegs so verbohrt, dass mit ihm nicht zu reden sei. Mach Harry noch mal zu dem, was er Jahrzehnte lang war, zum Moderator. Und gemeinsam bringt ihr den Jungen zu der Vernunft, über die offenbar auch er verfügt. Was, zum Geier, soll bei dir die tolle Kappe? Und das ist die Frage, die ich auch mir selber stelle. Was nutzt nun dieser elende Frack. Fast lebenslang hab ich laboriert am Problem der Wellenverwandlung. Der Ehrgeiz ist gestillt, das Problem gelöst, der Nachweis erbracht. Dafür gibt es nicht nur von der Zeitung diesen kuriosen Meisterbrief. Dafür gibt es als Zeugen nun auch euch. Sogar die Militärs, die Tarnkappenbomber sind tief beeindruckt. Was aber, verdammt, nützt sie, die Kapuze? In der Welt laufen nicht bloß

Eulenspiegel herum, um Priester zu verwirren oder Politiker oder Fußballer oder Talkshows. Stellt euch vor, dies Ding bekämen die Militärs tatsächlich. Von mir jedenfalls, und das beruhigt mich am meisten, von mir bekommen sie das nie. Auch in digitalen Zeiten gibt es Gegenzauber. In meiner Kappe werden auf rätselhafte Weise einige der fast tausend Regulatoren wundersam ausfallen, über Zeitschaltungen. Und dann wird sich zeigen, dass ungefähr dort, wo die Lichtverwandlung auch die Herzgegend tarnen soll, dass dort nichts verhüllt ist, sondern dass da »die Brust dem Gefechte gelüftet« wird, wie es beim Schiller heißt. – Mönkenmeier holte tief Luft. – Ja, so wird das sein. Sichtbar wird es werden, das kalte Herz. Das Gemüt derer, die nicht reden wollen, sondern morden. Militärs haben mir meine Apparaturen bezahlt und meine immensen Schulden. Damit basta. Nun sollen sie nachdenken. Gepriesen sei der Zeitvirus.

Notizen, 31. Oktober 2010 Per Mail will sie wissen, ob auch bei mir in den BKA-Befragungen das Thema Waffen dominiere. Sie könne da fast nie Auskunft geben, nur über Bobs und Tansels Interesse an Oberndorf und Freiburg. Und dass sie sich habe wundern müssen über die Gästeliste in Nienstedten.

Inzwischen scheint nur eines klar, sage ich, dass wir beide mit dem Wundern zu spät anfingen. Beim Thema Waffen redete Tansel sich auf Dubai heraus. Als sei dort Schluss, als läge dahinter Nirwana und nicht Irak, Iran, Pakistan, Afghanistan, China, Afrika.

Nach einer unleidlichen Nacht, nach neuen verschiedenen Schreibversuchen ist mir klar, dass alles, was ich seit Oktober telefoniere, maile oder surfe, überwacht werden dürfte. Fragt sich, von welcher Seite. Vielleicht von mehreren. Und inzwischen zögere ich endgültig, den »Bericht« aus der Hand zu geben. Meine Versuche über den Besuch der Undine in *Green City*. So wie Mönkenmeier seine Kappe nicht rausrückt, so mache auch ich's.

Rückblick: 25. Juni 2010 Bob ist aus Berlin zurück, und so bleibt sie wieder bei ihm. Ruft heute aber aus dem Rieselfeld an, Bob habe in der Uni zu tun. – Von deinem Nanophysiker hab ich ihm nichts gesagt. – Warum nicht? – Ich ahne, er würde wütend, weil auch ihn das heftig interessieren dürfte. Alles, was mit Ortung zu tun hat, mit Peilung, Navigation, Tarnung und Mikromethoden. Und nun haben wir ihn nicht mitgenommen zu deinem Herbert. – Er war nicht hier. – Wird sagen, wir hätten auf ihn warten oder auch ihn vermitteln sollen, zu einer Visite dort. Er will dringend mit dir reden. – Warum? – Bei den Chorproben im Theater sei wenig bis nichts zu hören über das Ganze, über die Hintergründe der Arbeiteroper, die ja auch nach seiner Meinung einzig ist. Als Chorsänger höre man viel zu wenig, Historisches spiele im heutigen Theater offenbar keine Rolle, obwohl wir im Chor doch das Volk sind und das Volk in *Regina* die zentrale Rolle spielt.

Dann lade ich euch ein. Wie wär's mal nicht mit Vorortgesprächen, sondern mit einem Treff im Zentrum. Über der Innenstadt hängt das *Greifeneggschlössle* wie eine Kanzel.

Und dort treffen wir uns nun, am späten Mittag auf dem Schlossberg, wo auf markanter Felskante das Restaurant wie ein Adlernest über der Altstadt klebt. Bietet nicht nur die badische Küche, sondern von Terrassen und aus breiten Fenstern freien Blick über den Häuserstrom der Stadt, ein Strom, der sich wie ein Gebäudegletscher aus dem Dreisamtal hinausschiebt, inzwischen schon weit in die Rheinebene.

Bei gutem Spargel erzähle ich ihnen, dieser Schlossberg sei ein monströses Gelände, der zeuge von Jahrhunderten deutsch-französischer Verwirrung. Aber davon anzufangen, das würde Stunden dauern und sei gefährlich, weil ich gerade mittendrin sei in diesen Themen, in einem Vortrag, mit dem ich die Freiburger anspitzen wolle, sich als »Europas Kulturhauptstadt« zu bewerben, da sei ich bis obenhin gespickt mit Einzelheiten. – Erzähl! rief Bob. – Das würde endlos. All denen, die in Freiburg nun forsch das Wort Europa nutzen, will ich was auf den Weg geben, hier, wo es vom großen römischen Reich deutscher Nation noch immer Reste von der Dreiteilung gibt, für die schon die Söhne Karls des Großen sorgten. Da würde ich jetzt sehr gern die alte rheinische Mittelachse des Kontinents puschen zu neuem Selbstbewusstsein gegen die Angst, im Abseits zu leben. Die Region um Freiburg sollte von Grund auf Klarheit haben, dass dieses scheinbare Nebengelände nicht nur räumlich eine alte Mitte ist. Sondern dass sie spätestens seit dem Humanismus dem Kontinent die innere Zentrale lieferte, die berühmten »Werte«, die noch jetzt ständig neu gefragt sind. Aber das benötigte Stunden. Drum sag ich jetzt nur, dass wir hier exakt auf dem Punkt sitzen, an dem sich in der Kruste des Planeten zwei tiefe Brüche treffen. Im Rheingraben der große Nord-Süd-Riss quer durch Europa, von Skandinavien bis zum Mittelmeer, und quer dazu Ost-West-Spalten, die unter dem Dreisamtal bis zum Bodensee reichen, bis in die Alpen hinein. Exakt hier wird die Gebirgsbildung irgendwann neue Schritte tun. Erschütternde. Jedes zweite Beben in Deutschland, das zittert in Baden-Württemberg.

Und beschreibe dann zu Spargel und Gutedel vom Fass, wie nur wenig weiter südlich das schöne alte Basel vor geologisch sehr kurzer Zeit zerfiel, über Erdstößen. Da prustet die Brandestochter los und will, dass ich, statt Horror zu erzählen, die Hintergründe der Freiheitsoper beschreiben und sagen soll, warum dies Stück »einzig« ist.

Bob nickt, auch er bitte darum, er staune über den melancholischen Grundton. Der Tenor trage ja auch in dieser Oper die Botschaft und in *Regina* wohl nichts weniger als das weise »Einigkeit und Recht und Freiheit«. Doch Lortzings Robert-Blum-Tenor verbreite im Grunde Schwermut. – »Ich glaube kaum den schönen Traum«. So stürmt man keine Barrikaden. War Lortzing Melancholiker, wie alle Clowns?

In Kanzler Metternichs Zensur- und Polizeistaat war er Publikumsliebling. Wenn ich seinen irren Bürgermeister höre: »Ich möchte rasen, von früh bis spät lauf ich herum, das Wohl der Stadt bringt mich noch um«, dann scheint mir, dass ihm das insgeheim sehr ernst war.

Kennst alles von ihm?

Freunde denken, ich hörte ihn von früh bis spät, das wär idiotisch, natürlich liebe ich die Fülle der tollen anderen. Lortzing hatte lebenslang das, was heute Stress heißt, hatte Not und nur sehr beschränkte Möglichkeiten. Als er 1840 von einem Journalisten gefragt wurde, welche damals lebenden Musiker wohl in späteren Jahrhunderten noch verehrt würden, und dazu muss klar sein, auch um 1840 wirkten in Europa Tausende ehrgeiziger Komponisten, da nannte Lortzing 1840 zwei Namen. Schumann und Mendelssohn. Ich denke, es gibt viele Gründe, diesen »Clown« gut zu kennen. Gern höre ich seine Ouvertüren, am liebsten das traumhaft alpine Vorspiel zu *Andreas Hofer*. Auch das scheinbar heitere Schweben vor seinem *Hans Sachs*, aus dem Wagner die *Meistersinger* baute.

Sie essen mit Genuss. – Wärst du gern Komponist?, fragt sie.

Ich bin es ja. Heimlich komponiere ich ständig. Jeder Schritt gibt Takt, jeder Atemzug Akkorde. Gibt »nie gehörte« melodische Läufe. Aber keine Sorge, ich bleibe Schreiber.

Bob will wissen, ob ich dem Junior verschwiegen hätte, dass sie in *Regina* mitspielen. – Im Theater bleibt ihr ungestört und abgeschottet. Hab wieder lang mit ihm gesprochen. Von unbändiger Sehnsucht redet er. Krank sei er vor Liebe. Müsse stets wissen, wo seine Geliebte sei.

»Seine« Geliebte? – Bob amüsiert sich.

Eine Zauberfrau sei Undine und er ihr Opfer. Und er gibt zu, dass er unter Druck steht. Familiendruck. Seine Schwestern verhöhnten ihn.

Undine blickt ins blendende Sonnenwetter über den Freiburger Dächern. – Hört auf mit dem Tansel-Thema. Sag nun lieber endlich exakt, warum *Regina* »einzig« ist.

Nur Blinde und Taube konnten von Revolutionsoper reden. Aber dies Etikett brach ihr den Hals, weil es falsche Erwartungen weckt.

Revolutionsopern gibt es viele und schmissige. Aber Lortzing wagte sich 1848, aktuell und parallel zu den damals laufenden Katastrophen, an das viel Schwierigere. »Ich kann ihnen nicht helfen, sie müssen mein neues opus schlucken.« Das schrieb er seinem besten Freund. Statt an Revoluzzerei wagte er sich an Republik, Recht, Frieden, Freiheit. Von Freiheit hat bekanntlich sehr viel später Rosa Luxemburg gesagt, Freiheit sei erst dann Freiheit, wenn sie auch die der anderen sei. Exakt darum dreht sich das frühe, das ignorierte Politikspiel *Regina*. Gewiss nur ein erster Versuch, noch ungelenk, wenn da etwa der Tenor vor »zu heißem Blut« warnt. Zweierlei Haltungen lässt das aufeinander los. Radikalität gegen Besonnenheit. Die Radikalen (»Hinaus mit Stock und Reisesack das ganze Jesuitenpack!«) verbrennen die Fabrik und kidnappen Regina, die Tochter des Fabrikanten. Das Radikale steigert sich zum Terror, bis zum Selbstmordterror. Wenn die Gemäßigten und Besonnenen am Ende den Kidnapper umzingelt haben, dann will der Entführer sich und Regina und alles um sich herum in die Luft sprengen. Und Regina, obwohl sie oft Angst hat und betet, in letzter Sekunde greift ausgerechnet sie zur Waffe und erschießt ihn. Kann nur so alle anderen und sich selbst retten.

Bob will wissen, was mit den »milden Wegen« gemeint sei.

Statt Terror Verstand. Miteinander reden. »Verstand« beschwört der Robert-Blum-Tenor so: »Es peitschen Sturmeswogen nimmer das Schiff gefahrlos an den Strand«. Das wiederholt er dreimal. *Regina* kommt aus der Ursuppe der SPD. Jahrzehnte vor deren Gründung. Schon deswegen einzig.

Ein Lehrstück?

Ein früher Versuch. Mit Arbeitern als lernenden Akteuren.

Gingen denn Arbeiter in Opern?

Mozart war Lortzings angebetetes Vorbild. Schon Mozarts *Zauberflöte* war für alle gedacht und war auf Anhieb allseits beliebt. Den Publikumsliebling Lortzing liebte man vor allem als *Zauberflöten*-Papageno. Auf den billigen Stehplätzen und obersten Rängen trafen sich Handwerker, Vorarbeiter, Dienstmädchen, Grisetten, Putzmacherinnen, Facharbeiter. Und damals wurde ausgiebig gesungen, auch in der Unterschicht. Anders als heute, möglichst »schön«, auch Opernsachen. Zwar gern rhythmisch, aber noch weit vor und jenseits allen Beats. Melodiös und vielstimmig.

Was, will Bob wissen, hätten Arbeiter von dieser Arbeiteroper lernen sollen?

Die da unten waren im Politischen ungeübt, auch im Reden, hört mal an, wie hilflos 1847 die Offenburger »Forderungen des Volks« sind, die wollen »Ausgleichung des Missverhältnisses zwischen Kapital und Arbeit. Die Gesellschaft ist schuldig, die Arbeit zu heben und zu schützen«.

Süß, sagt sie. – »Schuldig, Arbeit zu heben und zu schützen«.

Jesuitische Kniffe, von denen Schopenhauer weiß, politische Tücken und Finten waren nicht geübt. Bekannt war höchstens der Vers »Als Adam pflügte und Eva spann, wo war denn da der Edelmann?« In *Regina* heißt das »Hinaus mit jedem schlechten Rat, der nie des Volkes Wohl vertrat«. Und obwohl *Regina* eine »ernste« Oper ist, fehlen hier die in ernsten Opern üblichen Figuren, Helden und Götter, und nicht mal Adel spielt mit. Schon das ist tatsächlich einzig. *Regina* versucht zum ersten Mal, zwischen arbeitenden Leuten das Thema Freiheit durchzuspielen. Politisch wie privat. Und den Kontrast von radikal und besonnen verkörpern die zwei Verehrer der Regina. Beide sind »Vorarbeiter«. Der eine wird ihr Entführer, ist am Ende der Selbstmordterrorist. Der andere, den Regina »Zweifler« nennt, der hat die Rednergabe des damals berühmten Robert Blum. Im Vorspiel zur *Regina* bringt er fertig, was auch Blum geschafft hatte, Streik und Aufruhr zu bändigen, auf vernünftige Bahnen zu bringen, auf die »milden Wege«, auf die klugen. Auf die einzig wirksamen. Zum ersten Mal Streik: ebenfalls einzig.

Bob hebt die Schultern. – Wenn das noch heute erhellend wirkt, dann sollte zur Premiere auch Prinz Korasmar kommen.

Er wird kommen. – Wie bitte? – Zur Premiere erscheint er mit seinen Eltern. Hab auch ihm von der Oper erzählt. Das hat ihn sehr beeindruckt, die Verschiedenheit der Verehrer und das Thema Versöhnung. Hat spontan drei Karten bestellt. Er wird seine Eltern aus Hamburg holen. Über dieser Oper, sagt er, könnte er sich vielleicht auch mit euch noch verständigen.

Die beiden schauen verstört. – Die Korasmars kommen? – Vielleicht wirklich eine Chance für freundliche Wege. – So rede ich und bestelle neuen »Gutedel«. – Ja, Gutedel, mehr Gutedel! knurrt Bob.

Seit 1848 gescheitert war, hatten bekanntlich die Großbürger freie Bahn in Richtung Reichtum, Fortschritt, Erfolg. Aber auch in Richtung Größenwahn und Nationalismus. Seitdem verschärften sich sämtliche Gegensätze. Nicht nur zwischen oben und unten, auch zwischen Europas Nachbarn. Und diesen Wahn, Bob, den suchst du doch in unserem Operngerümpel. *Regina* war wie ein letzter Versuch, Versöhnung zu stiften. »Auf eine dauernd schöne Zeit«! oder eben »blüh im Glanze dieses Glückes«. Oder, wie der Komponist zum Finale wörtlich verfügt, Recht und Friede für »Arbeiter von allen Klassen«.

Irre Formulierung, sagt Bob. Was steckt dahinter?

In Wien hatte Lortzing den Freiheitsrausch im März 1848 erlebt. Auch in der Realität wurden da Fabriken abgefackelt. In *Regina* spiegelt eine Oper zum erstenmal akute politische Gegenwart. Das *Theater an der Wien*, wo er Dirigent war, wurde von Studenten besetzt, wurde zum »Nationaltheater« ausgerufen, da durfte er nun mit begeisterten jungen Leuten Freiheitslieder einüben, mit Studenten und Arbeitern, zum Beispiel: »Sieg der Freiheit oder Tod. Allgemeines Volkslied der vereinigten großen deutschen Nation«. Das deutsche Staatsmonstrum aus sechsunddreißig Residenzen schien endlich zu verschwinden. Auch der Blum-Tenor beschwört: »Und einig seid!« Aber all denen, die sich nun berauschten, denen wollte Lortzing seine *Regina* zu denken geben. Wer denn auch von uns Heutigen ist je in der Lage, sich ins Gegenüber zu versetzen, ob privat oder politisch. In die anderen, in die Menschen hinter Grenzen. Oder auch in die Natur, in die Undinen. Die Reichen galten schon damals sofort als

Ausbeuter und Raubtiere und lieferten dafür reichlich Belege. Und die da unten galten als stumpfsinnig und faul, auch das war gut zu erzählen, und die Ursachen wurden glatt ignoriert. In *Regina* aber, da wollte Pazifist Lortzing, der kurz nach 1848 mit großer Familie in bitterer Armut starb, da plante der nun ein Fest zwischen denen, die einander fremd waren. Nach der ersten Beruhigung der Streikenden, nach der Lösung der direkten Konflikte (»Es handelt sich um höheren Lohn! Es handelt sich um noch weit mehr!«), da verspricht der Tenor oder Robert Blum, da beteuert dieser Vorarbeiter: »Ich vertrete eure Sache«. Da skizziert der bereits so was wie »repräsentative Demokratie«. Und preist »Verstand« und die »milden Wege«. Da soll, am Ende von Akt Eins, für alle Arbeiter eine Feier sein, die Fabrikantentochter und der Vorarbeiter wollen Verlobung und alle beschwören *a capella* und inbrünstig die »dauernd schöne Zeit!«, man beginnt zu trinken, zu tanzen, die Arbeiter haben ja vom Blum-Tenor zu hören bekommen »Frei geboren sind wir alle« und »Recht soll euch werden« und »leiden soll kein Mensch auf Erden«. Mitten in diesem Versuch in Sachen Freundlichkeit und Verständigung überfallen sie die Radikalen. Die nennen sich »Freischärler« so wie die, die später Rosa Luxemburg ermorden und Karl Liebknecht. Auch in *Regina* machen die nun kurzen Prozess, setzen die Fabrik in Brand und kidnappen Regina. Am Schluss, wenn Regina endlich befreit ist, in letzter Sekunde durch die Tat der Frau, heißt es: »Heil Freiheit dir, du Völkerzier!«

Wie verkraftest du das Pathos?, fragt Undine.

Immerhin, das ist kein Marsch. Auch dies Finale nutzt, was damals »angesagt« war, Dreivierteltakt. Das hätte zur deutschen Hymne werden können. Um 1848 entstanden sie ja, Europas Nationalgesänge. Da pumpten die Völker sich auf zu gewaltigem Wir, oft mit mythologischem Quatsch, im Missbrauch der alten wunderbaren Sagen, das heizte tief die Aggressionen auf gegen die Nachbarn, selbst die »milde« Oper *Regina* wurde 1899 unter Kaiser Wilhelm verfälscht zur Hass-Oper auf Frankreich, zu Lüge und Wahn, so dass aus all dem Nationalkrawall tatsächlich nichts anderes hat werden können als Europas Weltkriege. Unter Mitwirkung der Nordamerikaner, der Besatzer Amerikas aus Europa. Lortzings Schlusshymne jedoch preist keine Nation, sondern ausdrücklich »Völker«-Freiheit. Und ausdrücklich die Freiheit derer da unten, des »Volks«: »So kommt dem Volk die Herrlichkeit«, »Das Volk lässt sich nicht spotten«. Und in Sachen Freiheit soll das Vaterland vorangehen: »Voran, voran, voran!«, das sind die letzten Worte der Oper, notiert wie Schreie. Dieser in der Tat pathetische Schluss ist nach der Unterjochung durch das System Metternich nur zu verständlich, und hier fühlen und hoffen Volk und Oper kosmopolitisch, ja, auch das ist tatsächlich einzig im damaligen Vaterlandsgetöse. Nachbarschaftlich dachten damals auch die Klugen im ersten deutschen Parlament, in der Frankfurter Paulskirche, auch Blum. Blum war Lortzings politischer Freund. Mit Robert Blum hatte er einst eine indianische Befreiungsoper geplant, ein Musikdrama über das Unrecht an den Inkas. Blum war als faszinierender Redner so was wie ein damaliger Willy Brandt, und zweifellos meint Lortzing mit seinem melancholischen Tenor diesen Blum, der die streikenden Arbeiter zur Raison bringt. Auch Blum war, wie Lortzing, ohne Schule aufgewachsen und jenseits jeder Akademie. Auch der begann als Arbeiter, und Lortzing? Der war wahrlich ein Theaterarbeiter, als Regisseur, Dirigent, Schauspieler, Sänger, Komponist und Texter. Ein Ausgenutzter. Am Ende ein Ausgebrannter.

Danke, Erklärbär, sagt Bob. – Auch dafür, dass wir Amis also die Besatzer Amerikas sind. – Aus Europa. – Harry, du solltest Direktor werden in New Yorks Museen.

Das Freiheitsfinale in *Regina* preist Freiheit nicht nur für Deutschland, wie damals fast alle selbstbesoffenen Dichter, sondern Freiheit ausdrücklich für »alle«. Auch das ist einzig.

Umso übler, dass *Regina* ignoriert wurde, knurrt Bob.

Und umso erklärlicher. Umso bezeichnender. Lortzings letzter überlieferter Kommentar fand sich in einer Theaterchronik. »*Regina* wartet auf bessere Zeiten«.

Auf bessere Zeiten soll man nicht warten, sang Wolf Biermann.

Soll stattdessen handeln? Leiste mal Widerstand im Polizeistaat, wenn deine Frau elf Kinder gebar und alle irgendwie überleben mussten von Einnahmen aus deinen Opern.

Wie endeten die? So wie er? Verhungert?

Im Elend. Seine komischen Sachen wurden überall gespielt, er hatte nichts davon. Tantiemen gab's noch nicht. Wenig später wäre er Millionär gewesen. Am Abend seines Todes in Berlin boten vier Berliner Häuser Lortzing-Opern.

Das erste, was in *Regina* zu hören ist, das singen wir Arbeiter: »Was hätten wir davon!«

Zur echten Schwarzwälder Kirschtorte fragt dann die Brandestochter, ob Frieden je möglich sei mit so brausenden Tönen wie im *Regina*-Schluss. Bei Wagner werde das ja noch gewaltiger, und noch heute pilgerten vermeintlich friedliche Bürger wie besessen nach Bayreuth, um Heldenbombast zu hören. – Das ist für mich größenwahnsinniges Gedonnere. Wenn im Pankower Weg die Rede auf Wagner kam, murmelte Irene nur: »Im *Lohengrin* acht Hörner.« Auch mein Herr Vater schwärmt für Wagner. So wie seine Atom-Kanzlerin. Und ich frage dich, Harry, der du so ausdauernd vom Helden aller Helden erzählst, von Siegfried, wie denn je Frieden und Freiheit dort sein können, wo man den Starken preist, den Sieger oder wie immer der dann gefeiert wird oder bebrüllt.

Ja, wann endlich preisen wir den Freundlichen. Den gesellig Kompromissfähigen. Den prima Nachbarn. *Regina* versucht das ja, feiert die Besonnenen. Den Maßvollen als groß zu begreifen, als glänzend und hilfreich, es wäre phantastisch. Und ich bin sicher, dass die Schönheit des Solidarischen höchstens in Demokratien leuchtet. Und eben dies ist gemeint im *Regina*-Finale. Nicht irgendein Lohengrin wird da gefeiert oder ein Kriegersieger oder Führer, sondern das, wofür man damals das Wort noch nicht hatte: Solidarität. Respekt jedes Menschen vor jedem, der freundlich ist. Menschenfreund Lortzing ist von Grund auf Ensemblekünstler.

Seine besten szenischen Gesänge sind kompliziert vielstimmig. Sind demokratisch.

Nehme einen langen Schluck. – Das älteste überlieferte Deutsch heißt »idisi ... heri lezidun«, und das sagt nichts weniger, als dass einst kluge Frauen das Heer hemmten, das Militär. Ja, mit diesem Wunschzauber beginnt die deutsche Schriftsprache. Aber du hast ja recht, immer wieder feierten Lesebücher und Legenden die Mörderischen. Selten oder nie den Einsichtigen, den Klugen, den womöglich Melancholischen. Den, der Menschenrecht nicht nur preist, sondern praktiziert. Und nur deswegen hab ich den Siegfriedstoff nach den frühesten Quellen neu erzählen müssen, und siehe, die ältesten Quellen zeigen ihn keineswegs als Totschläger. Zeigen ihn sogar als witzig. Nicht umsonst hat schon sein Name den Anteil »Fried«. Und die Quellen sparen nicht mit Hinweisen, er sei geschickt gewesen, ein »Erfahrener«, ein Schmied, Feuerkünstler. Als Drachentöter sogar der Feuerbezwinger. Feuer haben wir ja wohl bis heute nicht im Griff. Der war einer, der Massaker vermied, indem er statt der Massaker Zweikämpfe verlangte mit den gegnerischen Anführern, die er prompt verprügelte und mit klugen Auflagen heimschickte, in dieser Epoche der »Völkerwanderung«. Der Siegfriedstoff ist nicht Nationalepos, sondern eine Menschheitsgeschichte. Krimhilds Liebhaber wurde entstellt zum Killer, zum Herrenmenschen, zur Leitfigur für Nazis und für ihre idiotische Rassereinheit. Die Zeitschrift *Unterrichtspraxis* nennt Siegfried in dem Jahr, in dem der Zweite Weltkrieg begann, »eine glückhafte Verkörperung rassischer Hochwerte«.

Mein Glas fülle ich neu mit *Gutedel*. – Und erstaunlich früh entstand gegen den Krieg ein Gedicht von einem, der heute nur noch bekannt ist mit seinem zauberhaften Abendlied, mit »Der Mond ist aufgegangen«, mit der wunderbaren Zeile »der Wald steht schwarz und schweiget«. Von diesem Matthias Claudius gibt es ein Gedicht, das ich mir ausgedruckt habe und immer bei mir trage, für alle Fälle.

Weil sie nun wohl fürchten müssen, dass ich ein Gedicht rezitiere, strecken sie ihre Köpfe vor. Aber ich schiebe ihnen einen Zettel hin, auf dem sie lesen können, wie sich Claudius in den Kopf eines Herrschenden hineingewünscht hatte, schon 1778.

's ist Krieg! 's ist Krieg! O Gottes Engel wehre
und rede du darein!
's ist leider Krieg – und ich begehre
nicht schuld daran zu sein!

Was sollt ich machen, wenn im Schlaf mit Grämen
und blutig, bleich und blass
die Geister der Erschlagnen zu mir kämen
und vor mir weinten, was?

Wenn wackre Männer, die sich Ehre suchten,
verstümmelt und halb tot
im Staub sich vor mir wälzten, und mir fluchten
in ihrer Todesnot?

Wenn tausend, tausend Väter, Mütter, Bräute,
so glücklich vor dem Krieg,
nun alle elend, alle arme Leute,
wehklagten über mich?

Was hülf mir Kron und Land und Gold und Ehre?
Die könnten mich nicht freun!
's ist leider Krieg – und ich begehre
nicht schuld daran zu sein!

Sie geht mit dem Zettel in den leeren Seitenteil des Gastzimmers, geht dort auf und ab, liest das still für sich. Als sie zum Tisch zurückkommt, sage ich, dass dieser Text von der »Todesnot« im Programmbuch zur *Regina* stehen wird.

Hab's geahnt, sagt Bob. Auch *Regina* will Pazifismus. – Ist das schlimm?, fragt sie. – Ist alles *Gutedel.* Ist herzensgut und half nie.

Höchste Zeit, dass er hilft.

Das Gedicht von Claudius hatte Lortzing schon als Kind öffentlich vorzutragen, und denkt euch, just hier in Freiburg. Als Zwölfjähriger sprach der kleine Berliner im Kornhaus-Theater am Münsterplatz Gedichte. Das Publikum war entzückt, wenn da zwischen den Akten »ein hübscher Lockenkopf« vor den Vorhang trat. Das waren die ersten Auftritte des Theatermenschen Lortzing. Es folgten mehr als zehntausend anderswo, quer durch die damals sechsunddreißig deutschen Staaten. In der Tat, ein früher Pazifist. Und schon darum hatte er in militaristischen und großdeutschen Zeiten bei denen da oben immer schlechte Karten. Nie jedoch beim »Volk«. Hundert Jahre lang war er hier der meist gespielte deutsche Opernmacher. Sein Waffenschmied ist lieber Arzt, seine Wildschützen schießen daneben und seine *Undine* endet mit Gesängen von »ewigem Frieden«.

Wehrkraftzersetzend?, fragt sie.

Seine Soldatenoper besingt Frieden und Liebe. Und in *Zar und Zimmermann* ist der Zimmermann tatsächlich Deserteur.

Undine will zwar mehr hören, vor allem über *Undine*, doch nun blendet die Sonne so rotgolden über die Terrassen in das Restaurant hinein, dass Bob dringend westwärts will, hinunter in die Ebene des Oberrheins, zu einem dieser »romantischen« Seen.

Rückblick: Noch 25. Juni 2010 Von meinem Westbalkon noch lange der Blick westwärts. Bin unsicher, ob sich da einer aus fünfzig und mehr Jahren Distanz hat verständlich machen können. Mit dem Claudius-Lied? Mit dem Unterscheiden von Revolutions- und Freiheitsoper?

Was treibt mich da? Die alte Bombenkriegskinderangst?

In der Dunkelheit sitzt sie plötzlich neben mir auf dem Abendbalkon. Und scheint keineswegs entspannt. Was ist passiert? – Unten in der Ebene hat Bob den Plan vom Schwimmen im Baggersee schon bald geändert, plötzlich wollte er nach Frankreich. Frankreich liege hier doch gleich hinterm alten Vulkan. Und so sind wir mit seinem VW-Oldie bei Breisach über den Rhein, sind drüben aber hängen geblieben in Neu-Breisach. In den kolossalen Festungsmauern des Herrn Vauban.

In der späten Sonne seien sie durch die künstlichen Schluchten und hätten dann auf einem der aberwitzigen und sommerheißen Steingewölbe gelegen wie auf riesigen Walfischrücken, wie auf einem menschenfernen Planeten. Und seien in der Hitze und im rötlichen späten Licht miteinander aktiv geworden, plötzlich aber seien hinter einer Mauerkante Besucher aufgetaucht, weswegen sie sich im Schreck tot gestellt hätten, unbewegt, wie die in Pompeji, die von der Vesuvglut Überraschten.

Der Führer der Besuchergruppe, sage ich, wird behauptet haben, dass Frankreichs königlicher Festungsbaumeister auch ein Meister der Skulptur gewesen sei. Schöpfer von lebensnah klassischen Leibern, von denen die besten noch jetzt dekorativ hier herumlägen, auf den Antikriegswällen von Neuf-Brisach.

Ach, du wärst nicht nur gut als Museumsdirektor in New York.

Seien dann über den Rhein zurück, obwohl Bob noch vom Isenheimer Altar in Colmar angefangen habe, hätten ja nur noch wenig weiter westwärts fahren müssen, aber sie, Undine, habe in der Hitze nun unbedingt schwimmen wollen, eine *Eisvögel*-Freundin hatte als Geheimtipp einen kleinen See beschrieben, wo man garantiert allein bleibe. – Den haben wir dann auch gefunden, hinter Büschen und Bäumen, idyllischer Tümpel wie auf Urgroßvaters Kitschbildern, mit Wonne sind wir da rein, aber als wir an Land wollten, es war schon dämmrig, da überfiel uns aus Büschen und Bäumen eine knurrende Wolke.

Muggen, Schnaken, Stechmücken?

Moskitos! Hättest uns sehen sollen, vor dem bissigen Überfall flohen wir ins Auto, klappten das Verdeck zu. Und haben dann doch noch Elsässer Flammenkuchen gegessen, hier, auf der Terrasse im

Süden, ohne Mücken. Hab dann aber dem Bob vom Herbert erzählt. Dessen Nano-Labor will nun auch er unbedingt sehen, plötzlich stritten wir uns, ums Tarnen im Militärischen und um das Gedicht vom Claudius, und als Bob darauf bestand, dass Freiheit mit Pazifismus nie gelinge, war er mir plötzlich zuwider und bin ich weg. Und nun bei dir.

Zünde die Kerze im Windlichtglas. – Hier oben um meinen Turm herum, da wehen auch in der Spitzenhitze milde Brisen. Und hierher traute sich in sieben Jahren keine einzige Mücke.

Ach Harry, du auf deiner Insel. – Und dann, nach einigem Schweigen: Sag mir was anderes. Musst gar nicht antworten. Es geht mich wahrscheinlich ja gar nichts an und ist wohl nur unverschämt. Aber ich hatte noch nie zu tun mit einem, der so alt ist. Neunundsiebzig, wie ist das? – Was? – Das mit der Angst? Vorm Sterben? – Die hatte ich als Kind. Unter den Bomben, auf die »Waffenschmiede des Reichs«. Nacht für Nacht die Flucht in diesen oder jenen Bunker, in Zechenschächte. »Wohlverwahrt«.

Und am Himmel die Kuh?

Trotz Himmelsrind und Mutter, am Anfang war Angst. Vor diesem unmöglichen Leben. Das im Dreck enden soll. Wo Menschen und Häuser plötzlich nicht mehr vorhanden sind. Menschen nicht, Häuser nicht. Von Grund auf Entsetzen. Schüchtern sei ich gewesen, verschlossen.

Ich überlege, wie ich noch genauer werden kann. Und sage: Ich will nicht kneifen. Manchmal, wenn wieder mal klar ist, dass ich statistisch schon in der Erde sein müsste, sage ich mir, dass ich schließlich ja doch noch in das hineingeriet, was als Leben gilt. War auch nicht anders möglich, mit Irene. Danach mit Olga. Und dann sage ich mir gar nichts Trauerndes, sondern zum Beispiel den Vers vom Quinquilieren. Oder auch einen Text von Ernst Jandl, einen Zaubertext. – Welchen? – »Jetzt sind wir die Menschen über der Erde. Bald sind wir die Menschen unter der Erde. Wir werden Wiesen. Wir werden Wald. Das wird ein heiterer Landaufenthalt.«

Sie streckt ihren Körper in den Mini-Jeans. Dehnt sich in der warmen Nachtluft. Aus den Hosen lappen seitlich wieder die grauen Taschen hervor. – Das, was du in der Ewigkeitsberechnung die Zeit bis zum Endknall genannt hast, und die, weil dann kein Bewusstsein mehr ist, »weniger als eine Sekunde« dauern soll, dieser Zustand ist also heiter, ein Landaufenthalt. Gedichte hab ich nie gelernt. Aber dieses, von Jandl, das finde ich kurz und gut. Luftig lustig.

Mit dem »Wir« ist es wie ein Zauberspruch.

Sie spricht den Text nach, und als sie ihn Wort für Wort weiß, strahlt sie, steht auf, sieht mich kurz an und hockt sich, im Nachtlicht, breitbeinig über mich. – *I try to explain,* bei mir biste schäin. – Gibt mir einen Kuss. Bleibt dann noch in aller Leichtigkeit auf mir, luftig. Und sagt noch mal den Text vom Landaufenthalt. Schwingt sich dann weg und verschwindet in der dunklen Wohnung, geht hinüber in den Olga-Bereich. – Übernachtet dann aber auch in dieser Nacht, wie immer, wenn sie nicht bei Bob ist, im hinteren Eck des Bücherraums. Am anderen Ende des L-Grundrisses.

Notizen, 3. November 2010 Gestern Abend, so mailt sie, habe über den Bäumen im Pankower Weg das Himmelsrind geleuchtet. – Da strahlte dein Traum nun auch für mich. Hier stört keine Lichtreklame, keine Laterne oder sonst »Teilchenwellen«, wie Mönkenmeier sagen würde. Über den Kleingärten und Bäumen dein Milch- und Kindertier. Eindeutig wie sonst kein anderes Sternzeichen. Wieso bekam das nie Anerkennung? Von den staatlichen Himmelsdeutern? He, ich höre dich antworten. Deutungshoheit am Himmel haben nicht die da unten, also laut Holterhoff die »diet«, die »Leute«, die »Deutschen«, das Volk. »Das Volk lässt sich nicht spotten« hatten wir am Schluss zu singen in der Freiheitsoper. »So kommt dem Volk die Herrlichkeit«. Kommt sie so?

Rückblick: Noch 25. Juni 2010 Nachdem sie hinübergegangen ist, bleibe ich noch eine Weile ohne Bewegung. Will den Moment »festhalten«. Ihren Sitz, ihren Kuss. Gehe dann, weil es kühl wird, vom Balkon hinein, zum PC. Schicke dem jungen Korasmar das Claudius-Gedicht. Und schreibe meine Tagesnotizen.

Und sehe im TV eine ältere Filmszene. Wim Wenders? Eine Szene mit dem sterbenden, dem uralten Rühmann, bleich, mit spitz gewordener Nase, in einem Sessel, und von hinten beugt sich über ihn wie ein junger Todesengel die unwahrscheinlich schöne, die schönäugige Kinski, blond, mit den dunklen Augen. Küsst den Alten auf den kahlen Scheitel, der, erstaunt, blickt sich unbeholfen um. Ja, Wim Wenders. Nastasja Kinski.

Und sehe, kurz vorm Ausschalten des PC, dass Tansel sofort geantwortet hat auf das Claudius-Gedicht.

»Lieber Freund Harry, das Gedicht vom Krieg finde ich stark, ich werde es lernen, du kannst mich abfragen beim nächsten Mal. Spätestens zur Freiheitsoper weiß ich es. Schon im *Colombi* haben wir uns gesagt, Besitzenwollen ist von Übel, das schafft Streit und Krieg, ist gegen alle *Hydra*-Weisheit. Wie sagen kluge Alte? Übrigens auch bei uns? »Das letzte Hemd hat keine Taschen.« Und erst recht Frauen kann und soll man nicht besitzen wollen, sagst du. Und ich soll nun ebenfalls Frieden wünschen? Soll aber ertragen und hinnehmen, wie Amerika seit je Besitz raubt. Und wie diese Herrenmenschen der Wallstreet immer wieder für Hunger sorgen in Afrika, in Südamerika, in Asien. Nein nicht für meinen Hunger, nicht für Liebeshunger, sondern für den Hunger im Magen, nämlich für Wüstenklima, für Raubklima. Zusammen mit China und Europa. Im Größenwahn der Herren.

Das Gedicht von Claudius ist ein mutiger schöner Traum, leider ein vergeblicher. Ich lerne es trotzdem, denn es ist gut. Danke, Dichter. Mit dem Kopf versteh ich es, begreif ich auch dich. Aber im Herzen und in den Nerven bin ich aus Familien, die als Kurden immer zu kämpfen hatten. Manche bis heute. Anfangs gegen

Hunger. Und immer gegen jeweilige Weltbesitzer. Wir sollten uns öfter treffen. Uns immer besser begreifen. – Dein Freund Tansel.«

Notizen, 5. November 2010 Aus Karlsruhe eine mahnende Erinnerung, meinen Bericht bitteschön bis Mitte November »einzureichen«. »Allerspätestens zum zwanzigsten«. Und bei der Bewertung der Tatbeteiligten zu berücksichtigen, dass es sich laut neuerer Auskunft der Irene Brandes bei ihrer Tochter um einen »ungewöhnlichen Fall« handele, »was sie spezifiziert hat als in geschlechtsspezifischer Hinsicht«. Merz bittet, diesen Aspekt zu berücksichtigen und entsprechende Beobachtungen »gegebenenfalls« mitzuteilen, da sie erhellend sein dürften für das »sehr verwickelte Motivgeflecht«.

Notizen, 6. November 2010 Neuer Anruf aus Berlin. Ihre Stimme wie unter einer dicken Jacke. Nein, es ginge ihr gut. Gesundheitlich sei alles heilbar. Aber es bedrücke sie, wie sehr sie mich in einem Punkt unwissend gelassen habe. Nein, nicht in der anatomischen Sache. – Das war gegen Ende Juni, an diesen extrem heißen Tagen. Da waren Bob und ich dann doch noch bei deinem Herbert. Der hat auch uns seinen tollen »Tarnfrack« vorgeführt. Für mich, das weißt du, war damals alles, was mit Tarnung und Abschotten zusammenhing, zentral. Aber Bob war ebenso stark interessiert. – Das hast du mir nicht verschwiegen. – Bob wollte ihn dann unbedingt und sofort besuchen, »diesen Kauz«. War empört, dass wir ihm nichts gesagt hätten. Und hat mich dann ausgetrickst. In seinem VW-Oldie standen wir plötzlich vor Mönkenmeiers Garagenlabor. Und der Prof war vor Ort. Und was sich dann abspielte, das solltest du wissen. Sollst ja einen Bericht schreiben.

Bob war in Hochform, hat mit dem Alten gefachsimpelt mit Kenntnissen, die ich ihm nie zugetraut hätte, konnte jedenfalls so tun, als kenne er sich aus auch in Quanten-Diskussionen, in kosmischer

Strahlung, Unschärfe-Relation, in allen Techniken, die atomare Vorgänge scheinbar sichtbar machen. Hat Herberts Kapuze mehrmals getestet, nicht nur ich musste auf die Bühne. Beredete mit Herbert Energiefragen, Mobilitätsfragen, ja, und wollte dann in allem Ernst ein Exemplar kaufen. – Verfügen Sie über so viel Geld? – Dein Wanne-Eickel-Mann blieb eisern beim »Sie«. Hat nun auch keinen Birnenschnaps serviert. – Nein, so viel Geld habe er natürlich nicht, aber er werde es besorgen. – Beim US-Militär?

Da fühlte Bob sich erwischt. Erschrak fast. Mit Politischem hatte er bei deinem Zausel nicht gerechnet. – Also gut, hat Bob schließlich gemurrt, warum drum herum reden, ja, vom US-Militär bekomme ich für eine solch phantastische Technik das nötige Geld. Denn dies Ding ist ungewöhnlich brauchbar. – Wozu brauchbar? – Wer die Frequenz-Modulation dermaßen beherrscht, ist in ungeheurem Vorteil. Weltweit.

Was er denn da höre, knurrte da dein sonst so gemütlicher Herbert. »Im Vorteil«? »Weltweit«? Mein lieber Goldberg, nächste Woche bekomme ich in diesem komischen Labor ebenfalls Besuch, und zwar von, na sag ich mal, von Kriegern. Von ziemlich hohen Pappkameraden. Ja, so ist das. Aber diese Herrschaften, die kriegen meine Kapuze genau so wenig wie Sie. Denn auch die machen daraus eine Kampfkapuze. Und meine Methode des Erntens von Softenergie, kombiniert mit elektromagnetischem Delirieren von Materiewellen, die beim gemeinen Erdenbewohner als »Licht« gelten, dieses beides erfolgreich vernetzt zu haben, das ist mein persönliches Know-how, meine private und meinetwegen total bekloppte und rein romantische Idee, in deren Realisierung ich fast fünfzig Lebensjahre investiert habe, das überlasse ich auf keinen Fall Leuten, die mir zutiefst zuwider sind, weil sie von »Vorteil« reden und von »weltweit« und dabei nichts anderes in der Birne haben als ihr arrogantes Amerika.

Und kehrte meinem Bob den Rücken. Mir aber blinzelte er zu. Ich wusste ja, dass er mit den anderen Militärs sehr wohl einen Verkauf verabredet hatte. Egal, was er auch mir dann noch ins Ohr zischelte, irgendwas von »Virus«. In seiner Software verkauft er offenbar einen Trojaner, einen Schläfer, kleine Zeitbomben, die irgendwann loshacken, die für Chaos sorgen oder für diese Lücke auf der Brust, dort, wo das Herz sitzt.

Bob konzentrierte nun all seinen verdammten Charme, dem ja auch ich. – Sie brach ab, das tue jetzt nichts zur Sache. – Verehrter Herr Professor, säuselte der, ich als Germanistikfreak, als unverbesserlicher Fan Ihres Freundes Holterhoff, ich wäre der Letzte, der kreative Lebensarbeit nicht zu schätzen wüsste, auch und gerade als Ami stufe ich in meinem Ranking Leute wie Sie dort ein, wo Platz ist für die Besten! Nannte dann Namen von Wissenschaftlern, die ich nie gehört hab, salbaderte sein »Ranking« derart dreist, dass der Alte sich schließlich die Ohren zuhielt und »Stopp!« schrie und »in die Tonne mit diesem Schmus!« – Darauf Goldberg sehr ernst: Professor, ist Ihnen eigentlich nicht klar, dass heute jede private Karriere geradezu gemeingefährlich ist? Weil es im gemeinsamen Boot längst gegen einen Terror geht, der dabei ist, sich A-Bomben zu besorgen? dass es nun um nichts weniger geht als um Leben und Freiheit auf diesem Planeten? – Ja, und genau aus diesen Gründen bekommt ein US-Boy meine Techniken weder jetzt noch zu Weihnachten!

Wortlos ist Bob aus dem Labor. Als ich ihm folgen wollte, hat Herbert mich noch beim Arm gepackt und vom Virus geflüstert. Solche wie diese Militaristen gehörten nicht auf den Mond geschossen, sondern auf den Mars, wo schon auf der Hinfahrt die kosmische Strahlung sie fräße. So hab ich ihn verstanden. – Bob wartete draußen im Wagen. Hat dann unterwegs nur geschwiegen, bei irrer Tempofahrt. Weg war sie, seine Lockerheit. Nach Hamburg müsse er jetzt. Und nach Berlin. Schwieg und fuhr stressig die kurvenreiche Strecke rund um den Kaiserstuhl. Bekanntlich sowieso Deutschlands heißeste Ecke. Blieb unansprechbar. Vor seiner Wohnung wollte ich dann wissen, ob er nun ein Wachbataillon vor Herberts Geheimlabor aufstellen lasse, ob Mönkenmeiers Erfindung wirklich strategisch so wichtig sei?

Da wollte er wissen, ob ich von der Kapuze auch dem Junior was erzählt hätte. – Von mir, hab ich gesagt, hörte Tansel als Letztes, was ich auf seine Wanze geflucht hab. Bevor Mi sie zertrampelte.

Hat sich dann zu beruhigen versucht und gesagt, dass es keinen Sinn mache, Herberts Labor zu bewachen. Was der entwickele, sei zu komplex. Diese Deregulierung von Wellenlängen stecke als Knowhow in Onkel Herberts Kopf. Geschickt gebe der sich als Prolet und habe trotzdem sofort rausgewittert, warum er, Bob, um ein Praktikum bat in seinem Labor. Auch das hätte ich dir damals sagen sollen. Ja, Bob wollte bei Herbert als Praktikant anfangen. Hat geglaubt, der Alte werde sich geschmeichelt fühlen von so einem Antrag, hielt den politisch für einen Deppen, der fünfzig Jahre an einer phantastischen Erfindung werkelt und nicht merkt, was für ein Ungeheuer er baut. Aber wie sagte Herbert dann beim Rausschmiss, nun mit klarem »du«? »Meinst du etwa, ich hätte nicht kapiert, dass du hier als lebende Wanze reinschnüffeln willst? Für deine weltbeglückenden Staaten? Dort drüben, Goldberg, hat mein Garagen-Architekt die Tür gelassen!«

Bin froh, dass nun auch das raus ist. Den Karlsruhern und den BKA-Leuten hab ich's verschwiegen. Mir war das alles nur noch unheimlich. Wusste nicht mehr, wie ich Bob begreifen sollte.

Rückblick: Notizen, 26. Juni 2010 Zieht sich erneut ihr T-Shirt vom Leib, ein farbiges, eines von den alternativen Fußballclubs, ein Sankt Pauli-Linnen mit violetten und grünen Totenköpfen. – Sie hoffe, Haut belästige mich weiterhin nicht.

Seit 1931 nicht.

Einunddreißig? Entstanden bist du in der Weltwirtschaftskrise?

Meine Eltern waren Optimisten. Und ahnungslos.

Ständig vergesse ich, aus welchen Zeiten du kommst.

Was war gestern mit dir und Bob?

Der Sonnyboy hat plötzlich erklärt, dass er nicht nur sofort nach Hamburg und Berlin muss, sondern auch wieder nach Santa Barbara.

Zur kalifornischen Verwandtschaft. Verpasst nun etliche *Regina*-Proben. Dummerweise auch weitere gute Touren durch Freiburgs Spelunken. Wie sagt er? Höchste Zeit, wieder freizukommen von dem verrückt schönen Katholikennest mit dem Alternativdrang. – Freizukommen auch von dir? – Hat er so nicht gesagt. Aber dass wir ihn nicht mitgenommen haben zum Mönkenmeier, das hat ihn ziemlich vergrätzt.

Notizen, 8. November 2010 Der Prozesstermin stehe nun fest, höre ich von Jonathan Merz. Ab dem dreißigsten Januar werde in Karlsruhe die Sache Korasmar verhandelt. Er fragt dann und mahnt, und ich versichere, dass ich meine Versuche wie verabredet abliefern würde, in einer Woche.

Dabei weiß ich noch immer nicht, wie das gehen soll. Beim Schreiben überlagern sich Sichtweisen, Zeiten, Blickwinkel. Die Zeit nach der Tat mit der Zeit davor, eins schiebt sich da ins andere. Und will dann mal so, mal so dargestellt sein. Erst aus Distanz und Unwissen, dann aus intensiver Tagebuchnähe und in ähnlich großer Ahnungslosigkeit.

Merz sagt, vor Gericht werde es weitere Fragen geben, von Verteidigung wie Anklage. Inzwischen habe das BKA ermittelt, dass der Tathergang, von dem man bislang überzeugt war, dass wenigstens der geklärt sei, sich anders darstelle. Danach sei unklar, wie die Messerstiche gegen Undine B. zu werten seien. Auf meine Bitte schickt Merz mir per Fax ein »vorläufiges Tatprotokoll«.

Das lese ich nun mehrfach. Danach scheint unbestritten, dass die Zeugin im Moment der Tat den Täter von hinten »angesprungen« habe, »mit umklammernden Armen«, um ihn an der Tat zu hindern, an weiteren Stichen gegen den G. .

Nach Aussage des Täters habe der sich aus dieser Umklammerung zu lösen versucht, habe sich umwenden wollen und dabei mit dem Dolch der Frau die Verletzungen beigebracht, »unabsichtlich«. Weil er beim Freikämpfen auch mit derjenigen Hand habe Bewegungen ausführen müssen, die das Messer hielt. Nach Ansicht der Studentin jedoch sei es »nicht ausgeschlossen«, dass es »gegen ihre Hüftregion auch gezielte Bewegungen« gab.

Dann wird gefragt, ob hierzu »Zeuge H.«, das bin also ich, einen Kommentar beizusteuern habe, eine Beobachtung, eine Erkenntnis.

Über diese Augenblicke habe ich mit der Zeugin bislang nie geredet. Über ihre »Hüftregion« durchaus. Aber das geht die Behörde nichts an. Und in den Sekunden der Tat war ich nicht anwesend.

Nach Aussagen der Polizei habe der Täter noch mit seinem Vater telefoniert, anschließend den Notarzt gerufen und die Polizei. Hätte dann aber vor deren Eintreffen doch noch versucht, zu entkommen, und zwar in äußerst riskanter Weise, außen am Gebäude hinunter, über den nördlichen der beiden westlichen Außenbalkone des Hauses 77. Also hinterm Bücherraum, von meinem Abendbalkon aus. Sei von Balkon zu Balkon, anfangs in fast dreißig Metern Höhe. Dort habe man ihn freilich bemerkt und unten gefasst. Hätte keinen Widerstand geleistet.

Spiel drei

Rückblick: 5. Juli 2010 An diesem abermals heißen Sommertag fand Holterhoff abends in seinem Rechner das, was er elektrische Post nannte, da mailte die Brandestochter, sie habe elenden Hunger, bis jetzt hätte sie viel gearbeitet, ob auch er Appetit habe, Lust auf ein Treffen im *Süden*, um neunzehn Uhr, umgehend mailte er ein Ja zurück und musste sich dann schon beeilen, schritt die Allee hinauf.

Beim Döblin-Platz waren die Terrassen auch diesmal gut besetzt, sie hatte einen Tisch erwischt auf der oberen Fläche, saß da barfüßig, trug zu den Kurzjeans nur ein T-Shirt, hatte Wasser bestellt und hielt Papiere bereit. Wollte aber als erstes dringend was essen, »was Richtiges«, am liebsten *provençal*, und danach von ihrer Arbeit reden. Müsse ihm ihre ersten Antworten vorführen auf die Frage, was denn in der frühromantischen Undine-Geschichte romantisch sei, was romantizistisch.

Doch das Gesumse und Gelächter der Gäste rings, der Leutelärm zwischen den Tischen und auf dem Döblin-Platz ließ genaues Sprechen nicht zu, Holterhoff hielt sich immer wieder die Hand hinters Ohr und fand, über Märchen und Opern redeten sie besser im siebenten Stock. – Genieß deine *Melange provençal*, ich bleibe beim Badischen Teller samt Spätburgunder.

Sie verstaute die Papiere und erzählte, mit Bob habe sie nicht nur Freiheitsszenen geübt, sondern nun auch zahlreiche Geheimtipps getestet. Nicht nur in Neuf-Brisach, auch über den kahlen Badberg des Kaiserstuhl seien sie gewandert. – Über die Mitte des alten

Vulkans. – Mit dem Kalifornier habe sie auch eine Altstadtführung gemacht mit einem witzigen Geschichtsstudenten bis tief in die Nacht, und nun wisse sie, hinter wie vielen Mauern hier Übles lauere, Schandtaten bis in die Nazizeit, nie sei das fromme Freiburg ausgekommen ohne Mörder, auch nicht ohne eingemauerte Opfer und Gespenster, und unter dem hässlichen neuen Kaufhaus an der kurzen Münsterstraße, da, so habe der Student erklärt, da liege in den Fundamenten eine Reliquie, ein heiliges Knöchelchen aus dem Grab des Königs Salomo, von dessen Gebeinen schon im Mittelalter immer mal wieder Morgenlandpilger was mitgebracht hätten, ohne zu wissen, dass von Salomos Knochen in der Bibel geschrieben stehe, dass, wo die entwendet würden, Unheil komme »bis in den Grund«, was in Freiburg ja wohl nichts anderes heiße als Erdbeben wie nebenan in Basel. Bei der Zerbombung Freiburgs 1944 jedenfalls, da sei das heilige Stück an dieser Stelle unter die Trümmer geraten und wurde nie mehr gefunden.

Für eine Strafe gäbe es gute Gründe. Als erste deutsche Provinz meldete das Land Baden sich »judenrein«. Dir geht es mit Bob wieder gut?

Seit gestern ist er in Berlin. Dann will er nach Santa Barbara. Sagt er.

Du glaubst ihm nicht?

Weiß zu wenig über ihn. War mir zuletzt eher fremd. Immerhin hat er mich ganz schön verwöhnt mit Freiburgs Attraktionen, von denen auch du sicher nichts weißt. *Freetown* ist nicht nur Klassikstadt, Sportsstadt, Kinostadt, sondern auch Multi-Kulti-Jazzstadt, Rock- und Popstadt. – Essen und Wein wurden serviert. Sie tranken, aßen und sie berichtete, wo überall »fetzig abzurocken« sei, im *Karma*, im *Extravaganca*, im *Nachtschicht* und *Wheit Räbbit*. Erzählte dann von Bobs Plan, auch Basel, Straßburg und Colmar zu erkunden, redete vom Jazzhaus, vom *Crash*, von der *KGB-Bar* und vom *Klub Kamikaze*, wusste von *Omas Küche* und von spanischen, indischen und russischen Absteigen, vom »tollsten Matjes« und vom *Jos-Fritz-Café*. – He, junger Mann, all so was verpasst du in deinem Turm, mit deinem Nachtblick aufs leuchtende Rindvieh.

Zum »französischen Mix« hatte sie ziemlich rasch gut getrunken. Im Abendlicht, beim Weg die Allee hinab war sie dann weniger gesprächig. Deutete Ängste an. Dass Bob verreist sei, werde dem Junior kaum entgangen sein. Noch immer traue sie sich morgens kaum durchs Treppenhaus. Schon wenn sie die Tür öffne, sei nicht sicher, ob da nicht der Stalker warte, wenn sie über den Flur zu ihm hinüberschlappe, halb schlafend, in verlotterter Nachtklamotte.

Schläfst weiterhin im Bücherraum. Mit Morgenblick auf die Vogesen.

Und so, mit Abendblick auf das Elsassgebirge, so saßen sie dann wieder auf seinem Westbalkon, im Schein der sinkenden, der umwölkten und umflammten Sonne. Auf dem Tischchen neben ihr türmten sich unter einem Stein die Papiere, offenbar Notizen zu *Undine* und zur Wagenburg. Ein Student habe ihr »gesimst«, das Zehn-Uhr-Seminar morgen falle aus, der Juniorprofessor habe sich am Wochenende ein Bein gebrochen an der »Rotwand«.

Rotwand, murmelte er. Vorarlberg. Oberhalb Schröcken. Dies Schröcken liegt in einer Schlucht, hat den einzig passenden Namen. Von dort sind einst auch Herbert und ich rauf zur Freiburger Hütte, von dort zur Rotwand. Geographische Exkursion. Rings in den Wänden Millionen Jahre alte Geschichten.

Mir ist jetzt weder nach Erdgeschichte noch nach Romantikreferat. – Wonach dann? – Sie räumte ihre Papiere beiseite. – Hm. Eigentlich eine selten gute Chance. – Wofür?

Diese Situation hier. Mit einem Mann reden. Über alles. Auch über Sex. Ohne dass Frau gleich mit Entsprechendem rechnen muss, gleich oder später.

Hm?

Frau muss an so was immer denken. – Sie blinzelte in die Sonne, ins starke Abendlicht, in die Strahlenkränze und Goldrandwolken. Und sprach dann so, als verfolge sie einen ganz neuen, einen noch halbfertigen Gedanken, für den die Wörter nicht gefunden waren. – Mir scheint, als wenn so gut wie jeder Zweite das Beste nie erlebt. – Jeder Zweite? Wer? – Die Männer. Was sich da tut, im Sex mit Männern. Keine Sehne, kein Muskel, kein Knochen, etwa ein Liebesknochen. Nein, alles dieses nicht. Sondern pure Lebensgier. Siebenunddreißig Grad heiß. Drängt sich dir in die eigene Lebendigkeit. Funkensprühend. Zu schade, dass ihr das nie erfahrt, diesen adernstarken Andrang. Sprüht nicht bloß Nervenfunken, sondern wirkt flammenwerfend. Hat denn nicht irgendein Großer philosophiert, alles was uns letztlich antreibt, sei »Wille zum Leben«? Hier ist es handfest vorhanden. Greifbar zu fassen. Und wird immer neu verunglimpft. Als unrein, als niedrig, wird verteufelt und ist doch zentrales Ereignis im kurzen Dasein. Ist dieses Verachten nicht verrückt? Pardon, aber bei einem wie dir kann ich so was endlich mal zu fragen wagen. Wieso wird das bei uns seit je erniedrigt? Ins Heimliche abgedrängt? So dass es sich insgeheim aufladen muss, nicht selten bis zur puren Gewalt? Und wo es Gewalt wurde, da singt am Ende so ein Gewalttätiger, sagt Irene, da singt so einer dann zur Rechtfertigung seiner Gewalt so wie bei Richard Wagner, mit großartig enttäuschter Gebärde: »Die Klinse klemmt.« – Die Klinse? – Klinse, wusste Irene, ist altdeutsch, ein Wort für »Spalt«. Davon singt einer der Riesen im *Rheingold*, dann, wenn's um die schöne Freya geht, eine UrFrau.

»Die Klinse klemmt«? Zum Glück sprichst du über Sex angenehm unverklemmt. Schon wieder ein schöner neuer Vorortvortrag. Danke!

Unter Bobs Vorortvorträgen war zuletzt ein sehr irritierender. Er hat behauptet, Schriftsteller, je besser sie sind, desto mehr lebten sie im Fiktiven. Das könne er beweisen. Zum Beispiel an Thomas Mann, der habe sein Schwulsein nie gelebt.

Wie will er das beweisen?

Auch an Goethe. Der große Liebesdichter, der habe erst sehr spät, erst als Vierzigjähriger mit einer Frau geschlafen.

Das Gerücht ist verbreitet. Erst in Italien hätte er einer Italienerin »Versmaße auf den Rücken gezählt«. Aber beweisen? Wenn schon, dann könnte man auch das Gegenteil beweisen. – Was? – Dass er sich schon sehr früh exakt auskannte. Punktgenau. Goethe.

Punktgenau?

Holterhoff sah Sonnenspiegelungen in ihren belustigt lauernden Augen. Er zögerte. Schenkte Wein ein. Und erzählte dann, gleichfalls mit Mut. – Vom ach so wichtigen Punkt im Frauen- und Männerleben, von der Klitoris wusste Goethe offenbar früh. Nachlesbar im *Urfaust*. In der *Faust*-Abschrift des Hoffräuleins Louise von Göchhausen. – Göchhausen? – Bei der vergeblichen Suche nach Schillers Schädel hielt man eine Weile Fräulein von Göchhausens Hirngebein für das des Schiller. Diese Louise hat als junge Frau Goethes früheste *Faust*-Fassung abgeschrieben. Lange bevor er seine Version veröffentlichte. Nur durch ihre Neugier blieb die früheste Form erhalten. Und schon in diesem *Urfaust* steht Folgendes. Da gibt Teufel Mephisto einem schüchternen Studenten Rat. »Die Mägdlein, ach, sie geilen viel!« Und dann: »Besonders lernt die Weiber führen. / Es ist ihr ewig Weh und Ach / so tausendfach / aus Einem Punckte zu kurieren.«

Und nun denkst du, gemeint ist da der bewusste Punkt?

Der wird inzwischen beschrieben als Organ, das ähnlich groß oder gar größer sei als die Parallele bei den Männern.

Größer?

Nicht umsonst schrieb das Fräulein damals das Wort »Punkt« mit »ck«. Auch für damalige Schreibweisen ungewöhnlich. Obendrein begann Louise das »Einem« in »aus Einem Punckte« mit überraschendem Großbuchstaben. Aus solch betonendem Schreiben des heimlich abschreibenden sensiblen Fräuleins könnte man Schlüsse ziehen. – Welche? – Dass eben der bewusste Punkt gemeint war. Mit dem sich gewiss auch Louises Wünsche verkuppelten. Vielleicht sogar Erfahrungen. Womöglich mit Goethe, mit dem tollen jungen Dichter aus begütertem Hause.

Und hat denn Mephisto recht? Alles »Weh und Ach« ist zu kurieren »aus Einem Punckte«?

Das fragst du mich? – Du giltst doch hier als der Erfahrene. –

Sexuelles Weh ist ja wohl kurierbar. Es gab aber, weiß der Teufel, seit je sehr viel mehr Weh. Vor allem für die damals sogenannten Weiber. All deren ganz anderes »Ach« spielte aber für Leute aus begüterten Häusern kaum eine Rolle. Damals.

Er spürte, wie genau sie ihn nun beobachtete. Blickte lieber wieder seitwärts, Richtung Frankreich.

Irene sagt, du wärst alles andere gewesen als ein Kostverächter.

Beachte das Entscheidende. »Gewesen«.

Ach ja? Wie praktisch. Da kann ich also mit einem wie dir punktgenau reden und sogar gefahrlos. Kann einem Mann jede Frage stellen, nach der »Natur des Mannes«?

Wir reden, glaube ich, seit April so ziemlich über alles, und bislang gefahrlos.

Dann frag ich aber doch mal was Gefährliches. Du hattest hier in Freiburg einst anatomisch eng zu tun mit einem damals sogenannten Fräulein, mit Irene Holterhoff.

Was daran ist gefährlich? Ich hatte und habe eine phantastische Nichte. Und du eine phantastische Mutter.

Und nun lebt der Liebhaber meiner Mutter neben mir, inzwischen fast 80-jährig. Schlappt hier die Allee rauf und runter, gibt Widerwörter, pichelt Spätburgunder und linst vergnügt hierhin wie dorthin. Sind ja im *Süden* auch zu lecker, die Serviermädchen. Und behauptet nun: »Gewesen«. – Sie zupfte an ihrem großzügigen T-Shirt, als seien da noch Reste vom *Menu provençal.*

Ich gestehe alles. Sehe und höre weiterhin ebenso gern hierhin wie dorthin. Und seit vielen Jahren sehr entspannt. Mit schönster, mit interesseloser Genauigkeit. Wie reimte Heine sehr real? »Gerne der Zeiten gedenk ich / da alle Glieder gelenkig. Bis auf eins. / Nie kehren sie wieder / Steif sind alle Glieder / Bis auf eins.«

Ach, und im Bett seit langem nichts? Nicht mal in Gedanken?

Schon deiner Mutter hab ich's am Telefon korrigiert. Nur noch! In Gedanken.

Aber Gedanken, im Sessel gedacht, taugen doch nichts.

Sagte der Hochgebirgsdenker. Und denk dir, inzwischen hab ich von dir sogar geträumt. Mehrmals. Du nicht mehr nur als Mitte einer rotierenden Pizza. – Erzähl! – Letzte Nacht. – Sie lacht. – Ich, deine Traumfrau? Wie war ich? – Sie stand auf, drehte sich zwischen Geländer und Hauswand einmal ganz um sich selbst. Und hockte sich dann hinter ihn. Auf eine Bank an der Wand. Ihre Stimme nun in seinem Rücken. – Du siehst, ich setz mich an die warme Hauswand, sitze dir im Nacken. Wie Freud. Also: Wie war ich? War's gut mit mir? – Märchenhaft. – Wie?

Sehr kurz vor dem sogenannten Entscheidenden, an das mich auch dieser Traum wieder präzise erinnerte, meldete irgendeine Synapse, die wohl noch nicht total weggeschlafen war, da signalisierte die, dass dies hier, dieses Entscheidende, dass dies streng genommen und auch altersbedingt gar nicht möglich sei. Oder nicht erlaubt. Ja, da kam von irgendwoher ein bremsendes Kommando. Weder erlaubt noch überhaupt möglich. Stopp, aufwachen!

Du Ärmster. Und dann? Beim Aufwachen?

Wie früher. Die alte, die immer neue Verwirrung. Trunkene Benommenheit. Gutes Schwindelgefühl. Der Trauer-Glück-Mix.

Interessant, hörte er hinter sich. Und dann folgte nicht nur ihr Nacken- und Wangenkuss, sondern diesmal auch ein sanftwarmer Druck ihrer vorschnellenden Hand. Mit klarem Bezug und Nachdruck aufs sogenannte Entscheidende.

Und danach, von hinten: Ich spür's doch, liebend gern würde auch einer wie du noch immer real, mit einer wie mir präzise sein.

Wäre ich zwanzig Jahre jünger.

Und dann? Und danach?

Na siehst du, genau das ist es. Dann wären wir für Sekunden wohl klaftertief glücklich. Und wenig später noch tiefer unglücklich. Aber worüber redest du hier. Mit deinem hochbetagten großväterlichen Schreiberling.

Mit meinem von präzisen Fakten träumenden Sippenhäuptling. Der ebenfalls leichtsinnig redet. Sogar zu bewussten Punkten. Sogar von seinen Träumen. He, Mann, wie hält einer das aus? Träumt Hitziges und danach nichts?

Du übertreibst. »Nichts« würde ich nie sagen.

Mit fast achtzig nur noch die reine, die edle Erotik? Traumhaft? Oder wie oder was. Erzähl!

Der Abbau in den Geweben ist weit gediehen. Deine Mutter war sehr klug, dich nicht nach Hamburg zu schicken oder nach München. Sondern hierher.

In die erzkatholische kleine Großstadt, mit dem streng mahnenden Münster? Wo das steile Bereitsein allein dem Himmel gilt?

Freiburg hat verschiedenste Gesichter. Ist als Kloster untauglich.

Immerhin schickte sie mich zu einem, von dem vielleicht wirklich was zu begreifen ist. Sogar für eine wie mich.

Wer ist eine wie du?

Gute Frage. Ich meine jetzt eine, die weiß, wie man den »Joy-Stick« handhabt. Auf Undinen-Wegen. Mit Ergötzen. Lust. Witz.

Holterhoff holte tief Luft. – Bislang hatte ich nicht das Gefühl, du wüsstest diese Wege nicht. Die klugen oder die witzigen, den Handhabungszauber. Der scheint doch dir und deinen Händen kein Problem. Oder? Beklagt sich Miriam?

Mi und ich halten uns an einen alten Schlager. Den lässt ab und zu Madame Irene hören mit ihrer Leander-Stimme. »So bin ich. Und so bleibe ich. So bin am ganzen Leibe ich.«

Schlager, nach siebzig Jahren noch im Kopf, haben zweifellos Qualitäten.

Deine präzisen Erinnerungen gewiss ebenfalls. Und darum, Harry, ist er jetzt einfach überfällig. Unser entscheidender Moment. Schluss mit Tarnkappe und Mogelei. Du weißt, es gibt das Gerücht, archaische Undinen hätten statt der Beine Fischschwänze.

Sie war aufgestanden und schien sehr vergnügt. Schien übermütig. Drehte sich in der tiefen rotgoldenen Sonne einmal ganz um sich selbst. Ließ dann die Minijeans fallen, streifte auch den grünen Slip hinunter. Und an ihrem sanften, an ihrem makellos weiblichen Körper prangte, im gleißend rötlichen Licht, umrissscharf, ein zweifellos männliches Gemächt. Und unter zwei oder drei Handgriffen wuchs das zu klassischer Größe.

Harry, dies ist mein »Punckt«. Der Punkt mit dem »ck«. Das Ding, das mein Vater zu gern aus dem Verkehr gezogen hätte. – Sah ihn an, sah seine erstarrte Sprachlosigkeit. Zog dann das grüne Linnen wieder über das stattliche Teil, das auch unterm Grün dokumentierte, worum es ihr und ihren Eltern gegangen war und ging, auch dem Junior, auch Bob und Miriam und –

Sorry. Nun hab ich dich geschockt?

Holterhoff holte die Atemluft von sehr viel tiefer als sonst. – Das gibt es nicht.

Doch, das gibt es. Und nicht mal selten. – Sie legte sich wieder in die Vogesensonne, in den dunkelroten Widerschein, und schloss die Augen. Die westliche Himmelshälfte leuchtete jetzt zinnoberrot. – Die meisten Leute können damit nicht umgehen.

Klar, die leiden dann unter Schwindel. So wie jetzt ich.

Hat der Junior dir nie was gesagt?

Nichts. Vielleicht aber doch. Wenn ich bedenke, was er alles gesagt hat, vor allem zuletzt. – Er versuchte, regelmäßig zu atmen.

Wie geht es dir jetzt? Was denkst du?

Versuche zu begreifen. Alles neu. In so vorgerücktem Alter noch mal alles neu. Und anders. Alles was bisher geschah.

Was jetzt ist neu?

Nicht nur, was Tansel gesagt hat, muss ich neu bedenken. Fast alles wendet sich jetzt. Dreht sich. In andere Dimensionen.

Wo genau hast du nun ein Problem? Sag mir's. Ich kann dir wahrscheinlich helfen. Hab einige Erfahrung mit überraschten Kerlen. Sogar mit Geschockten. Was ist jetzt das Verrückteste?

Der Kontrast. Dieses Männerding an einem Körper, der für mich eindeutig weiblich ist. Den ich nach wie vor für wunderbar weiblich halte, ja, weiterhin. Also dies Lustding an einem hinreißend femininen Körper, an einem, wie ich meinte und immer noch meine, gelungenen Frauenkörper. An einem umwerfend schönen. Und dennoch Schwanzlurch?

Fast alle *Ladyboys*, die ich kenne, sind in meinem Alter, ob Zufall oder nicht, sind fast alle wirklich schön. Viele sogar, wie soll ich sagen, himmlisch. Hat sich so eine oder so einer nie verirrt in deine wüsten Jahre?

Nie.

Unter den *Shemales* oder *Ladyboys* gibt's alle Varianten. Gibt es den klotzigen Männerrumpf mit üppigen Brüsten. Gibt es aber auch die zartesten Mädchenleiber, elfenhaft leicht und zierlich und dann, an graziösen Körpern, aller Zartheit zum Trotz, den Männerschwanz, voll ausfahrbar.

Verzeih, wenn mich das jetzt ziemlich überrumpelt.

Versteh ich. Kenne ich. Hab ja lang genug gezögert. Hab versucht, dich vorzubereiten, indirekt. Inzwischen reden wir ja tatsächlich über alles. Und diese letzte Offenheit, die war nun fällig. Notwendig. »O wende dich nicht ab«, singt die Opern-Undine, wenn sie dem Ritter gestanden hat, sie sei Nixe.

Ich wende mich nicht ab. Im Gegenteil, es ist sehr gut, dass ich endlich Bescheid weiß. Irene hatte was angedeutet, was ich prompt nicht kapiert hab. Nicht kapieren konnte. Und meine Versuche, den schönen Korasmar zu beruhigen, seine Probleme zu verstehen, das muss ich nun alles neu überdenken.

Sollte ich dich jetzt rausgerüttelt haben aus deiner Greisen-Balance, dann verzeih. Aber du willst ja Bewusstsein. Aufklärung, Zusammenhänge. Willst Hintergründe. Kenntnisse. Also musste auch dies nun endlich sein. Dachte ich. Mitten unter uns leben halt die unterschiedlichsten Minderheiten.

Voll *d'accord.* Die alle, die sollte man kennen. Und schützen.

Nun hast du das, was dir so wichtig ist, Aufklärung. Und nun?

Ist endgültig alles unklar.

War Romantik nicht definiert als Mut zur Anderswelt? Zum Abenteuer? Den »Schröcken« ins Auge blicken?

Alles an dir erschien mir entzückend weiblich. Was nur immer die Klischees da so vorgeben, auch die anatomischen.

Anatomie ist sehr launisch. Die ach so weise Natur, sie treibt's sehr gern irre. Macht Vulkankatastrophen, Erdbeben, Tsunami. Ruiniert, verbrennt oder legt lahm. Oder sie beflügelt. Und macht Leute wie mich. Denk dir, wenn ich wollte, könnte ich zeugen. Könnte Töchter oder Söhne zeugen. Oh, pardon, natürlich Helden.

Wirklich?

Muss ich's dir vormachen?

Lass mir ein bisschen Luft. Oh Mann! Oder wahrscheinlich Frau?

Keine Sorge, ich bin Frau. Mit 'nem Ding. Das toll und voll funktioniert.

Wie alt muss ich eigentlich werden, um alle Extras zu treffen.

Musst nun bitte nicht leiden. Musst auch mich kein bisschen bemitleiden. Mir geht's nämlich gut. Sogar sehr gut, gäbe es den Stalker nicht. Sauwohl fühl ich mich. Schon seit je. Denn zum Glück hatte und hab ich die passende Mutter. Eine in der Tat phantastische, eine in jedem Moment kompatible. Eine, die sich nie wirklich einmischt. Ohne unseren vernagelten und überdrehten Hanseaten wäre ich enorm glücklich. Wäre mit mir im Klaren. Auch mit dem cleveren Bob. Endgültig mit Mi.

Was sagt Bob?

Für Bob ist mein Extra fabelhaft, ein Spiel. Behauptet, das Ding könnten Frauen sowieso viel besser handhaben.

Menschen wie dich, dass es die gibt, das wusste ich nur theoretisch. Aber solche Leute dachte ich mir anders. Nicht so unternehmungslustig heiter. – Sondern? – Trübsinnig unglücklich. Ratlos im Reich des Tragischen. Dachte mir solche Menschen in Depressionen. Zerrüttet, verzweifelt, suizidgefährdet.

Gibt es, und in Mengen. Elende Lebensläufe könnte ich erzählen. Denn auch die Betroffenen meinen ja leider zu wissen, dass sie in die Ecke Krankheit gehören. In die Schublade Behinderung. Oder ins Igitt, ins Perverse. Irene schickte mir noch vorgestern was aus der *Frankfurter*, ich greife hier in meine Zettel und finde und lese dir vor, von Transgender, von bisexuellen, transsexuellen und intersexuellen Menschen, die seien »sexuellen Störungen, denen die Weltgesundheitsorganisation WHO Krankheitswert beimisst«. Auch für die sogenannten Sachverständigen ist das »sumpfiges Gelände«. Tja, und zum Glück gibt's dann solche wie mich. Denen es im Extra verdammt gut geht.

Tatsächlich?

Gäbe es nicht ab und zu Nervenbündel. Falsch Geprägte und Überforderte wie den Juniorchef. Die dann für Angst sorgen.

Deine wie seine Ängste sind mir nun schlagartig deutlich.

Für meine gibt's leider Gründe. Zum Beispiel dieses prima Turmhaus hier, das hat an vier Seiten Balkone. Für gut trainierte Leute geradezu eine Herausforderung. Dies Haus ist an vier Stellen erkletterbar, von Balkon zu Balkon. Man kann sich die günstigste Seite aussuchen. Und der Futsal-Sportsmann, der ist trainiert. Und bestens dressiert, auf Erfolg. Käme einwandfrei hier rauf.

Georg Harry Holterhoff saß in seinem Balkonsessel noch immer wie gebannt, vom Schlag gerührt. Alles nun ganz und gar anders? Dies also hatte Irene gemeint? »Eine auf jeden Fall«? Aber die junge Frau hier, die redete nun von Klettertouren. – Heute Nacht darf ich wieder in deinen Bücherraum? Auf die Liege mit Vogesenblick?

War abgemacht.

Du bist jetzt bisschen durch den Wind, oder? Überleg dir gut, was du wissen willst. Nun bin mal ich dein Erklärbär. War doch höchste Zeit, dass die Tarnkappe weg ist, wenigstens zwischen uns. Wann immer du Fragen hast, frag. – Stand auf, nahm ihre Papiere und ging dann davon, auch jetzt in »fließenden«, in »weiblichen« Bewegungen. Delphinisch.

Du weißt, Undinen haben Fischschwänze. Ich könnte Töchter zeugen, Söhne, Helden. Muss ich's dir vormachen? Erdbeben und Leute wie ich. Sauwohl fühl ich mich. Natur ist halt launisch.

Nachdem er lange unbewegt gehockt hatte, verzog er sich schließlich ins Dunkel seiner Wohnung, ging im L-Grundriss bis ans hintere

Ende. Lag dann dort auf dem breiten Lager noch lange wach, grübelte und sortierte. Das blieb ergebnislos. Meinte noch, hinter dem Wohnungsknick ihre Schritte gehört zu haben oder die Tür zum Treppenhaus. Und war dann wohl doch eingeschlafen.

So lange, bis er merkte, dass sie neben ihm lag. Auf dem breiten Lager. In gutem Abstand.

Und hörte sie flüstern, dicht neben sich. Nun könne sie ihn doch unmöglich allein lassen mit dem Schock. Nicht weit von seinem Ohr flüsterte sie.

Undinen waren doch schon immer anders als alle anderen. Und so sind wir nun beide, plötzlich und live, mitten drin im Opern- und Romantikthema. Aber über Romantik will ich jetzt gar nicht mit dir reden. Sondern über das, was dich nun plagt. Frag mich. Kannst mir alles zumuten. Zweifle! Los! Ich kenn das. Die meisten Männer, wenn sie's erfahren, womöglich vorgeführt kriegen, hauen ab. Einige immerhin stellen noch ein paar Fragen.

Stimmt es, dass du anfangs einen anderen Namen hattest? Nicht Alexa, sondern Alexander?

Stimmt. – Und redete dann leise weiter, mit vielen Pausen. In großer Entspanntheit. – Alexander der Große war stolz, einen Jungen gezeugt zu haben. Aber dieser Junge gab sich wenig jungenhaft. War ach so gern Mädchen. Ein Mädchen im Jungenskörper, verrücktes Gör. Dummerweise ohne jedes Interesse an Motoren, Autos, Panzern. Keine Lust auf das, was der Sage nach der richtige Junge will. Stattdessen Kichererbse, Getuschel, Geheimniskrämerin, Spielteufel, mit Witzen und Wortspielen. Alexanders Enttäuschung war endgültig, als das Gör zu seinem Pimmel Brüste bekam, und weiblichen Köperbau. Und hab dann auch selber sagen können, dass ich, dem Ding zum Trotz, auf keinen Fall ein Junge sein wollte.

Warst aber auch kein Mädchen.

Jedenfalls nicht das übliche. Aber wer ist schon üblich. Und zum Glück war ich nie ein Kind von Traurigkeit. Nicht mal in der Pubertät. Mir gefiel, was ich war. Dass ich weder dies war noch jenes, sondern deutlich was anderes als alle anderen. Und anders sein wollen doch insgeheim alle, oder? Mir jedenfalls gefiel und gefällt es, handfest einzig zu sein. Auch wenn das bei mir ein bisschen übertrieben ausfiel. Man weiß ja auch, Andersartigkeit wird heutzutage wieder rasch verdächtigt. Auch von sogenannten Denkern. Das Mindeste ist Hänseln und Mobbing. Dem allzusehr Andersartigen, dem droht Abschiebung. Aber ich hatte Glück, mein ständig gepriesenes Schönsein, das wirkte als Tarnkappe. Auch das Urteil »lesbisch« lenkte prima ab. Für Mi und mich müsste eine neue Bezeichnung her. Am besten zwitterig.

Gab's bei dir nie hormonelle oder chirurgische Maßnahmen?

Warum? Ich war ja mit mir einverstanden. Und bin es. Und Irene ebenso. Nur der Herr Vater verzog sich. Zum Glück. Alexander Brandes war irgendwie beleidigt. Hatte keinen Kronprinzen gezeugt, keinen Helden, sondern eine Mixtur. Irgendwas Unberechenbares. Missjöh konzentrierte sich aufs Regieren in Berlin. Und auf den Handel in Hamburg. Aufs tolle Leben der »Normalen«.

Auch von Irene kein Versuch, dich ganz zum Mädchen zu machen?

War zum Glück auf meiner Seite. Sah und sieht bis heute, was ich will und bin. Das ist mein Glück. Messer und Hormone blieben weg. Und so blieb mein Fall weit jenseits von Gram und Bitterkeit.

Nutzte Irene Psychologen?

Zweimal, in der Pubertät. Die Fachfrau und der Fachmann fanden aber alles so verwickelt, dass sie »leider nicht wirklich helfen konnten«. Oder nur so taten. Die wussten unendlich viel über Identität. Über das, was wie ein Schaden schien. Wie eine Behinderung. Und als ich dreizehn oder vierzehn war, begannen meine eigenen Forschungen. Wollte alles wissen, was es zu wissen gibt in Sachen *Ladyboys*, *Shemales*, *Transen*, MannFrauen, Zwitter, Hermaphroditen. He, Harry, in Sachen Mixsex gibt es tausend und drei Varianten. Garantiert noch mehr. Und ich hatte und hab, ich sag's noch mal, Glück. Benötige keine Drogen, keine Hormone, keine Chirurgie. Will unbedingt so sein, wie ich jetzt bin. Weder Frau noch Mann, sondern so was wie beides. Und das unter vollen Segeln. – Nach diesen Worten kam eine lachende Umarmung über ihn. Samt Kuss.

Aber wie schaffst du das psychisch. Pardon, irgendwann will doch jeder mal, wie heißt das dann?, sich eingliedern ins Gegebene. Oder? Will sich halbwegs definieren, mit Behelfsfloskeln. Mit diesen Vorstellungen »Mann«, »Frau«.

Gut, dass du das Vorstellungen nennst. Und Behelfsfloskeln. Ich find es fast immer unerträglich, wenn von männlich oder weiblich gelabert wird. Besonders hier hinken die Wörter kläglich der Wirklichkeit hinterher, das wusste doch schon DADA und das muss ich nicht ausgerechnet dir sagen. In Pass und Ausweis bin ich »Frau«. Für wen denn soll ich mich definieren? Für Behörden? Für die Uni? Hauptsache, meine Psyche fühlt sich so, wie sie ist. Nämlich heillos gesund. Es gibt allerdings alte Bestimmungen, wonach Namen übereinstimmen müssen mit den Geschlechtsorganen. Danach darf ich gar nicht Alexa und Undine heißen. Irenen kämpft dagegen an. Ach Harry, Depressionen kenne ich bislang nur bei anderen, als Qual, als Sackgasse. Und denen rückt das Definiertwerden dann hart ins Zentrum, bis zum Selbstmord. Ich sag dir, in den Selbsthilfegruppen in Berlin gab's elende Fälle. Jungs, die in Mädchenkörpern litten. Mädchen, die sich als Jungens fühlten und ebenso litten. Fälle, die manchmal unter Operation, Chemie und Hormonen noch verdrehter wurden, noch verunglückter.

Damals, am Freiburger Bahnhof, an Gleis drei, als ich dich zum erstenmal sah, da hab ich gedacht, die ist zuhause in sich, wohnt gern in ihrem Schönsein, kann das genießen, ohne ungenießbar zu werden. Ja, als Glücksfall erschienst du mir, auf Anhieb. Auf ansteckende Weise glücklich.

Stimmt ja. Und war nur möglich mit Mutz. Hast also nicht mal geahnt, wie extrem schön ich »untenrum« bin?

Irene hatte am Telefon geraunt, irgendwann sei eine Überraschung fällig. Genaueres erführe ich nur von dir. Oder gar nicht. Das sei dein Persönlichkeitsrecht. Da hätte nicht mal die Mutter einzugreifen.

Danke, Sirene Irene. Ja, so ist sie. Und nun sind wir endlich so weit. Und zusammenfassend können wir sagen: Ich bin tatsächlich einverstanden, voll *d'accord* mit meiner Besonderheit.

Als Frau, aber mit Männerlust?

Mit Frauenlustkörper und mit Männerlust. Nichts spricht gegen die wundertätige Zugabe. Fände ich sowieso für manche kaputte Beziehung die Lösung. Manchmal gibt's ja schon heute Utopien, in denen Männer überflüssig werden, wie Drohnen. – Sie lachte. Redete dann leise weiter, fast flüsternd. – Spätestens mit zwölf wollte ich nicht das Wonneding weghaben, sondern den Jungensnamen. Zum Glück hatte ich auch dafür eine überaus praktikable Mutter. Die kannte die Vorschriften. Die Behördenwege. Und aus Alexander wurde Alexa. Zusatz »Undine«.

Wozu die Zugabe?

Hinweis aufs Extra.

Der Erzeuger genehmigte das?

Nach der Scheidung hatte Big Alex nichts mehr zu melden. Als sein Wunsch nach einem erneuerten Brandes nicht erfüllt wurde, nur mit einer Nixe, da verzog er sich. Erst Jahre später sah er mich dann wieder, in den Nienstedter Gärten der Korasmars, im Park mit dem tollen Elbblick. Da stierte dieser Herr mir hinterher, spürbar geil, und da hab ich dem Stoffel stecken müssen, er solle sich hüten. Bei dem Gestell, das da auf hohen Hacken vor ihm her balancierte, bei dem handele es sich um seine eigene Tochter.

Hatte dich nicht erkannt?

Mit der dünnen Pipi Brandesstrumpf war keine Ähnlichkeit mehr. Schon ab sechzehn oder siebzehn war ich so ziemlich das, was vorgeschrieben ist in Shows, Film, Fernsehen, Illustrierten. Auch Alexander Salamander witterte da erst mal eine scharfe »Neue«, vielleicht als ständige Begleitung. Oder nur als Wichsvorlage. Den Jux kennt ja eine wie ich von beiden Seiten.

Wirklich? Wahnsinn.

Ist das nicht echt romantisch?

Lass mich Luft holen. Puh. Und erklär's mir genauer. – Was? – Diese Doppelseitigkeit. – Doppelt lustvoll. Jedenfalls für mich.

Und als Alexander der Große dich wiedersah, wie war das?

Was heißt da »mich«? Mein ihm ach so wohlgefälliges Äußeres nahm der zur Kenntnis, den Gang, den Arsch, die Figur, die Titten, alles was sich offenbar jeder Menschensalamander auch im reifen Alter noch mal unheimlich gern ins Bett wünscht, bei Bewährung und gehöriger Anpassung auch mal als neue »Frau an seiner Seite«. Oh, da reagierte der Ministerialdirigent verwirrt, als er schlucken musste, dass es sich um seine eigene Göre handelte. Hat mich dann aber überraschend rasch als treusorgender Vater akzeptiert und umzingelt, hat mich förmlich vorgeführt, wie eine neue geheime Wunderwaffe.

Wunderwaffe? Auch er kommt zur Premiere nach Freiburg.

Klar, will mich als Bühnenstar sehen. Dabei bin ich in *Regina* nur eine im »Volk«. Laut Libretto »Fabrikarbeiterin«.

Was meinst du mit Wunderwaffe?

Lockvogel. Manchen scheint eine wie ich bestens verwendbar. Als Köder. Fürs Geldmachen. Auch fürs Erpressen. Die List mit den sogenannten schönen Menschen, die übten schon die alten Chinesen. Selbst Bob macht manchmal Bemerkungen, die sind übel. Er müsse ja nur herauslassen, wie ich in Wahrheit gebaut sei, und schon fliege der komplette Korasmar-Laden in die Luft. Zum Glück meint er das nur spielerisch. Hoffe ich.

Während nun Georg Harry Holterhoff versuchte, die realen Konflikte neu zu sehen, redete sie weiterhin in großer Ruhe. In gleichbleibend leisem Tonfall, mit wohltuenden Pausen. Und in großer Gelöstheit. – Auch Brandes will seine tolle Tochter im Grunde verhökern. Natürlich nicht ans Pornogeschäft. Da gibt es feinere Methoden. Als äußerst weltfremd und unnütz gilt da ein Studium der Geisteswissenschaften, dem sich dummerweise dieses Ungeheuer hingibt, das ach so prima verwendbar wäre. Auch der Prinz hatte von Beginn an kühne Ideen. Irgendwo zwischen Lady Gaga und Shakira. Was ich ihm immer neu ausreden musste und was zu unseren Krisen führte. Ach, und als Porno-Queen hätte ich zweifellos rasch Geld gebracht. Und wäre heute kaputt. »Ruhm und Ehre, Freiheit, Geld« grölen sie schon in deiner Freiheitsoper, pardon, in Lortzings. Tansel fürchtete zum Glück, dass dann wohl auch er Schaden nähme, er oder sein Ruf. Wie unmöglich: Der Junior liebt eine Schwanzmaus. Das scheint ihm das Ärgste. Und zum Geldmachen gibt es Edleres. Als Model, im Film, als PR-Frau. Und als Lockvogel, der den Weg ebnet zu wichtigen Hamburg-Familien. Und hab dir ja schon früh verraten, dass Tansel erstaunlich begabt ist, sensibel. Und Sensibilität passt einfach nicht zur »Natur des Mannes«. Untragbar, dass er latent schwul ist.

Sie schwieg eine Weile. – Nun ahnst du, was es heißt, würde er durchdrehen. Wäre wunderbar, du könntest helfen. Mir wie ihm. Dem Nervenbündel Junior. Und dem Unding Undine.

Mit durchdrehen meinst du, dass er alles rauslässt?

Womit er sich und die Seinen ruinieren würde. Seit ich ihm abgehauen bin, muss ich damit rechnen, dass er im Kurzschluss alles rauskotzt, dass ihm im Zorn sekundenlang alles egal ist, auch wenn er sich damit aus jedem Verkehr zieht, in seiner Familie wie in seiner Umgebung. Wenn rauskommt, er war liiert mit einer Mannfrau, dass er Sex hatte mit einer Schwanzschwester, das ist für Muslime unerträglich. »Schwul« ist Versagen, ist Schande. Und dass er dir in euren langen Gesprächen nie was verraten hat, das spricht Bände.

Damit hat er ja wohl auch dich geschützt.

Vor allem sich selbst. Am meisten muss er fürchten, dass irgendwann Bob Goldberg ihn bloßstellt. Cool und gezielt.

Bob plaudert ja gern über fast alles. Aber von deinem Extra kam nie ein Wort. Nicht mal im Spaß.

Weil er sich das als letzte Möglichkeit wohl nicht verderben will. Das wäre Tansels Vernichtung. – So siehst du das? – Bob durchschaue ich immer weniger. Wie reden die Lebemänner? Genießen und schweigen? Vielleicht lässt Bob nur deshalb nichts raus, weil dann auch der Zorn des regierenden Alexander über ihn käme. Das

Ende seiner guten Drähte zum Ministerialdirigenten. – Seit wann kennst du Bob? – Seit meinem ersten Besuch im Park der Korasmars, als dort die Exgeneräle flanierten, die Kriegslobbyisten. So elegant Goldberg über Literarisches reden kann, seine wirklichen Gründe, seine Abgründe hält er verdammt gut getarnt. Und mein Extra nimmt er spielerisch. Manchmal scheint mir, Amis definieren sich nur noch übers Vögeln. Irene meint, so laufe das auch in der Literatur, von Updike bis Franzen, da dominiere Pornokratie. Sex als Wichtigkeits- und Leistungsnachweis. Bob findet mich phantastisch und nutzbar. Als Lustspielzeug ähnlich prima wie Freiburg. Bestens geeignet zum Abtauchen. He, Harry, und das spitzt sich nun zu. Die »Überflutung in der Morgenfrühe«. Tansels letzte Mails machen mir klar, wenn es kracht, dann wird es heißen, ich hätte ihn reingelegt. Hätte ihm meine besondere Bauweise verheimlicht. Erst im Bett sei rausgekommen, wie ich bin. Dabei hat er's fast zwei Jahre lang genossen, der Schuft. Der Lernfähige. Wenn alles vor Gericht landen sollte, dann werde ich hören, ich hätte bewusst getrickst. Und dann droht nicht nur Klage auf Schadensersatz, dann droht Familienrache. Schande muss bekanntlich getilgt werden.

Durch Ehrenmord?

Harry, sag so was nicht. Die Korasmars legen zum Glück Wert darauf, nicht provinziell zu sein, sondern westlich und ganz und gar »integriert«. Das ist meine Chance. Nur im schlimmsten Fall droht Idiotisches und totales Ausrasten. Es gibt da Verwandte, sehr aktive Vettern. Und wenn nach einem Outing Tansel nicht mehr weiß, wie alles je wieder ins Reine kommen soll, dann, so fürchte ich, gehen diese Vettern aufs Ganze.

Beim Reden hatte sie sich unter der Decke nah an Holterhoff herangerobbt. Nun drehte sie sich wieder zur Seite. – Entscheidend wird, wie die Alten reagieren, Kemal und Yasemin. Bin sicher, sie wissen bis heute nichts. Auch die Töchter nicht. Die hätten sonst ungeheuer gelärmt. Für die bin ich nach wie vor die Super-Berlin-Frau, die den Junior gigantisch schmücken würde und die der Trottel hat sausen lassen. Und die auch ach so wunderbar zu Seniors Geschäften gepasst hätte, schon wegen meiner vermeintlichen Nähe zum Ministerialdirigenten. Alexander war auffallend vergnügt, als er sah, wie der Junior mit mir balzte. Saubeutel Alex. Sollte die anatomische Wahrheit rauskommen, dann wären vor allem die Alten aus Adana entsetzt. Hölle, ihr Kronprinz ist schwul. Dann muss dieser Sohn »sauber« werden. Im schlimmsten Fall durch eine Tat. Schwul ist ein Abgrund an Schmutz. – Wieder knisterte es unter der Decke. – O Mann, lass mich heute Nacht hier. Darf ich?

Die Nacht ging dann noch lang. In den Zeugnissen und Notizen des alten Autors findet sich, dass er erst am Morgen Schlaf fand. Und dass zwischendurch die Frage auftauchte, wer denn eigentlich davon angefangen habe, dass die archaische Undine dort, wo Menschen Beine haben, »extra« sei. Bei Fouqué sei nur die Rede von fehlender Seele. Im Märchen *Undine* sei das Wassermädchen nur maßlos schön und lieb und verwöhne ihren Ritter mit »Ergötzlichkeiten«. Was für den Ritter freilich böse ende.

Holterhoff erzählte von einer Inszenierung der *Undine* des 1848ers. Als da der Knappe des Ritters zu singen hatte, sein Herr habe aus dem Zauberwald was Besonderes mitgebracht, »ein Weibchen«, da habe es im Publikum Ärger gegeben. Denn zum Wort »Weibchen« habe der Knappe nicht nur geträllert »O wie köstlich ist das Reisen«, sondern hätte sich auch zwischen die Beine gefasst. – Das hättest du hören sollen, wie da die feinen Herrschaften im Goldgepränge des Staatstheaters zu Wiesbaden brüllen mussten, zornbebend. Wie kann man nur, diese fürchterlichen Regisseure. Dabei hat auch Lortzing in Briefen an seine Freunde gern vom »Ficken« geschrieben. In den bisherigen Ausgaben war das sorgfältig gelöscht.

Und was meldet der alte Paracelsus?

Der alte Arzt bleibt mystisch. Raunt von Legenden, Sagen und Mythen, von archaischen Vorgeschichten. Seit ich weiß, dass du am Undinenstoff arbeitest, hab ich mir einiges rausgeschrieben, was zur Folge hat, dass ich das nun schon auswendig weiß. 1590 meldet Paracelsus, dass die Wasserfrauen »wie die Visch« seien, Sirenen seien »etwas entformet«, nämlich wider »die Frawische Art«, also nicht nach Art der Frauen. »Dieselbigen geberen nichts«. – Gebären nicht? – Sie »seind Monstra«, »Mißgewechs«. Noch Lortzing lässt immerhin singen von »Wesen, die aussehen fast wie ihr.« Was dieses »fast« sagen sollte, lässt er offen. Paracelsus wollte, dass wir auch in aufgeklärt denkenden Zeiten Elementares respektieren. Dass wir es überhaupt wahrnehmen. Zum Beispiel das Feuer, die Vernichtungslust des Feuers. Und Gerüchte über Elementarfrauen gibt es halt seit je und überall, Sagen von Sirenen, Melusinen oder Meerfrauen. Meerfrauen scheinen unverzichtbar für die Phantasien der einsamen Seeleute, die monatelang unterwegs sind in Männergesellschaften. Vorn am Bug immer diese blanken Busen. Unendlich die Gerüchte von lustvollen Frauen, von Tümpelnymphen, von Loreley und ihren Schwestern. Das ist wie ein ständiges Sehnsuchtsrauschen in den Segeln und Tauen und in Wind und Wellen.

Und dann fragte Holterhoff doch auch noch, wieso sich in der ersten Nacht nicht auch der junge Korasmar erschrocken habe, so wie jetzt er, der Großonkel.

Weil schon in der ersten Nacht alles wunderbar funktioniert hat. »Mundgerecht«. – Mundgerecht? – Das ist das, was meine Urgroßmutter Friedel mümmelte, wenn ich sie mit Häppchen fütterte in Ahlen in Westfalen, in ihren letzten Lebenswochen. Das Holterhoff-Ömmelchen.

Deine Urgroßmutter. Meine Tante. Die war in der Tat wunderbar. Die fand falsch, dass weibliche Kinder verkleinert würden mit dem Wort »Mädchen«. Darum nannte sie männliche Kinder konsequent »Jungchen«.

Das »mundgerecht« sagte sie in münsterländischem Platt, das hörte sich an wie »mundgesmort«. Wann immer es auch mir mal wieder gut schmeckt, schießt mir dies schöne Wort ins Hirn.

Wurde die Friedel nicht sehr alt?

Siebenundneunzig. »Mundgesmort«. Bis zuletzt eine fidele Frau. Eigentlich müsste ich sagen, noch auf dem Sterbebett lebenslustig. Und ganz im Sinne dieser fidelen Friedel lief das mit dem Jungchen aus Adana. Wonnig. Oder wie heißt es beim Woodie? *Whatever works*.

Ich beginne zu ahnen, wie sehr dieser Prinz irritiert sein muss. Von Grund auf besessen. Hin und weg. Und als Jungchen sowieso.

Hab nun alle zu fürchten, die schon immer wussten, was zu halten ist von zwei Schwänzen im Bett. Und HiTec-Tansel weiß jederzeit, wo ich mich aufhalte. Zuletzt hier vorm Freiburger Theater. Auch das sollte ich dir erzählen. Vor vier oder fünf Tagen, da gehen Bob und ich die Sedanstraße rauf, zur *Regina*-Probe, und ich mache den Fehler, öffne einen Anruf, höre die Prinzenstimme. – Du kommst die Sedanstraße rauf? Gehst brav zur Uni? – Und dann sagt er, im Moment sei ich also an der Ecke Milchstraße Sedanstraße. – Hast du was dagegen? – Nein, nur was gegen den SnobBob neben dir. – Ich drücke den Ausknopf und sage Bob, was Tansel gesagt hat. Der fasst mich beim Arm und zieht mich weiter, die Straße hoch, am Theater vorbei, Richtung Uni. Eigentlich hätten wir seitlich abbiegen müssen in den Musenbunker, aber Bob steuert weiter geradeaus und sagt, dem zeigen wir's. Prinz Tansel tut so, als könnte er nun auch mich überwachen. Aber seit kurzem hab ich eine Kontrollsperre, nun kriegt er nichts mehr raus über mich. Und jetzt täuschen wir ihn. Tun so, als hätte er die Sperre knacken können. – Aber er wusste doch, dass du hier neben mir gehst. – Warum wusste er's? Vor uns, schau jetzt nicht hoch, hat das Uni-Gebäude mindestens zweihundert Fenster. Aus einem davon sieht er, wie wir diese Straße hochkommen. Tun wir ihm den Gefallen, gehen in die Uni und verraten nichts von unserem Theaterleben. – Betraten dann unbeirrt unten den großen Sandsteinpalast, gingen im Erdgeschoss ganz durch und hinten wieder heraus und über die Bertoldstraße zurück ins Theater. Und spielten dort unser 1848.

Der sehr Alte und die Junge, sie redeten in dieser Nacht noch lange über den Junior. Dass der »zerpresst« werde zwischen Kapitaldruck,

Familiendruck, Gefühlsdruck. – Ich mag ihn trotz allem, sagte Holterhoff, dieses vielfach zerdrückte Jungchen.

Anfangs war ja auch ich verzaubert. Aber das ist vergangen, weil er nicht nur ein Jungchen ist, sondern vor allem eine geballte Sippenhoffnung. In Berlin tat er noch flehend, säuselnd, bittend. Schon damals schwer erträglich. Nannte mich nicht nur »Lola«, sondern »blauschwarze Rose«. Ich erklärte ihm, ich heiße Alexa Undine und meines Wissens existiert keine blauschwarze Rose. Darauf er: So was wie du existiert ebenfalls nicht, und dennoch bist du vorhanden, und darum bist du für mich diese unmögliche Rose. Und ging vor mir in die Knie, anbetend. Unerträglich. Hier in Freiburg klingt das inzwischen anders. Härter. Am Telefon droht er mit dem großen Outing. Hab ihn beschworen, er soll sich vorstellen, was er sich antut, vor allem bei seinen eigenen Leuten. Eine Frau, die ihm abhaut, und dann so eine. Zuletzt schrie er, das sei ihm egal, sollte doch sein Vater ihn enterben und verfluchen, sollten doch Freunde und Schwestern schwul sagen und Schande, schuld sei allein ich, die Brandeshexe.

Nach langem Schweigen ihre Stimme, auch jetzt sehr leise. – Schon früh faselte er von meinem Zusatzzauber. Es scheint, bei mir bekam er geheimste Wünsche erfüllt. Von denen er nun besessen ist. – Er sei süchtig, sagt er mir. – Sexuelle Hörigkeit, sagt Mi. Und falls er wirklich durchdreht, wird für viele einiges sehr neu. Im verdammt aufgeklärten Westen haben wir beinahe alles akzeptiert. Schwulsein. Lesbischsein. SexMix aber bleibt Igitt. Harry, sag mir, was ich machen soll. Soll auch ich sagen: Egal? Heil Freiheit?

Ich hab dem Tansel geraten, weit weg zu gehen. Schon Regina rät ihrem Kidnapper, zu fliehen »dorthin, wo freie Lüfte wehen, wo unbekannt dein Name«. 1848 hieß das Amerika. Regina empfiehlt also ihrem Stalker das, was damals Tausende taten: Flucht in die Neue Welt. Auch für den Junior wär's die Lösung.

Manchmal redete er über Kanada. Häufiger allerdings über Istanbul. Adana. Auch nach Beirut wollte er. Inzwischen könnte er mich auch von Adana oder Kanada aus überwachen. Mit dieser globalen Kralle *world wide web.*

Die beste Lösung wäre eine neue Flamme.

Ha, finde mal eine. Eine, die mich übertrifft. Im Ernst, ich bin für ihn tatsächlich einzig. Hab's ja versucht, auf Distanz zu gehen, in Deutschland so weit wie möglich. Pech gehabt. Ausgerechnet hinterm Schwarzwald stöbert er mich auf. Und ausgerechnet hier hat er Kundschaft. Auch Bob. He, Harry, wohin soll ich noch? Nach Innsbruck? Nach Zürich? Die Welt ist ein Irrenhaus.

Auch diese Erkenntnis findet sich wörtlich schon beim *Regina*-Macher. Sein letztes großes Opernstück, das beginnt 1849 mit »Wohin? Wohin?«. Und fragt: »Und das soll eine Weltordnung sein?« Und am Schluss: »Die Welt ist ein Narrenhaus«.

Tansel ist mir nur noch unheimlich. Nur hier in deinem Turm können wir ungestört reden, nur noch unter einer Decke. Vielleicht aber war er sogar schon hier, mit seiner Mikrotechnik. Er oder Bob. Ich wette, mindestens einer von beiden weiß, wo ich jetzt, um drei Uhr nachts, stecke.

Tollhaus.

Was denn hilft nun? Bobs Kontrollsperre kostet immens. Für mich unbezahlbar. Und der Junior erklärt, inzwischen könne er auch Autos blockieren. Schien geradezu stolz darauf. Könnte Auto-Elektronik ferngesteuert ausschalten, fahrende Autos lähmen. Harry, was wird das alles? *Unde Inde* ?

Schon Handys habe ich nie an mich rangelassen. – Warum? –Handys, hab ich gesagt, seien für Domestiken, für Sklaven. Nur Sklaven müssen ständig erreichbar sein. Kommandierbar, lenkbar. Inzwischen sind fast alle nur noch Sklaven, freiwillig. Unentwegt anrufbar, kontrollierbar. Der »Große Bruder« entpuppt sich als Minimaschine aus Digitalien. – Holterhoff pustete Luft und sagte dann: Aber das ist kein Grund, sich aufzugeben.

Woher holst du dir Mut? Nimmst dein Herz in die Hände?

Quinquilierend. Selbst das dickste Gemäuer kannst du immer

noch unterwandern. Nicht nur mit Musik oder Geschichten. Du selbst hast gesagt, das Internet hätte auch befreiende Seiten. In der Tat, Meinungen und Kommandos und Grenzen sind wunderbar unterwanderbar. Und nicht erst per Internet. Nach orthodoxer jüdischer Ansicht leidet Jesus ewige Höllenstrafen als Gotteslästerer. Nach alter Christentradition ist Prophet Mohamed ein satanischer Betrüger. Mao oder Stalin, im Westen sind sie Massenmörder, im Osten oft Kultfiguren. Wie viel Aufwand wird getrieben, Mauern zu errichten, Wissen zu blockieren, Verdammung zu organisieren. Für oder gegen die Ikonen der Weltgeschichte. Aber was lebt problemlos überall? Untergründig und unbezweifelt? Unausrottbar bleiben selbst jetzt noch die Elementargeister. Die Mythen, die Träume, die Geschichten und die Phantasien. Ich dachte lange, na schön, sind halt bloß Trolle und Gespenster. Träume, wilde Vorstellungen, von Kobolden, von Geistern. Gnomen. Feen. Elementarfrauen.

Und nun? In Wirklichkeit?

Lieg ich mit einer im Bett.

Notizen, 10. November 2010 Ihr Anruf aus Berlin. Die Stimme fest, fast wieder wie im Sommer. Seit Tagen surfe sie durch die klügsten Feuilletons, verfolge die Gedenkübungen zum 9. November. Von 1848 sei nichts zu lesen. Nichts von der Exekution des Robert Blum an eben diesem Tag. Der war doch, hätte ich gesagt, der Willy Brandt der frühsten deutschen Demokraten, und exekutiert am 9. November.

Mit Blum, sage ich, ermordete das Militär unseren ersten Republikversuch. Die Nachricht von seiner Exekution sorgte quer durchs Land für ohnmächtige Wut. In Essen kannte ich als Kind eine alte Frau, wenn die abends fertig war mit ihrer Arbeit, müde und erschöpft, dann murmelte sie, »nun bin ich erschossen wie Robert Blum«. Schließlich hab ich sie gefragt, wer denn der Robert Blum sei. Konnte sie mir nicht sagen. Nur: »Das sagt man doch so.« Ungeheuer finde ich das. Der Hoffnungsname von 1848 hat unter denen da unten, unter den »Leuten«, den ursprünglich »Deutschen«, da hat der weitergelebt. Schließlich nur noch gerüchtweise und in der Unterschicht. Und war doch auch die Hauptfigur gewesen in einer »Volks«- und Freiheitsoper. Hauptfigur als beredter »Zweifler«, als Befreier. Was ebenfalls ignoriert bleibt. Ach, die Medien.

Rückblick: Notizen 15. Juli 2010 Irene ruft an, »von Grund auf erleichtert«. Auch ihre Süße sei immens froh, dass sie mir endlich alles gesagt habe. Und der alte Dichter, sagt sie, der habe das gut »verkraftet«, ihre Göre wünsche sich, alle könnten damit so »umgehen«. Eine ganze Nacht habt ihr geredet?

Und vieles ist nun klarer. Und nichts ist einfacher.

Zum Nicht-Einfachen gehört, dass ich am neunundzwanzigsten September in eurer Nähe zu sein habe, in Karlsruhe. Einen Tag vor eurer Premiere bin ich beim Bundesgerichtshof. – Warum? – Denk dir, Undine heißt legal weder Undine noch Alexa. Heißt vor dem Gesetz noch immer Alexander. Letzter Rest NS-Diktatur. Leute mit Schwanz haben gefälligst männliche Namen zu tragen. Eltern »haben Sorge zu tragen«, dass Anatomie und Name »übereinstimmen«. Ergo, ihr Eltern, entweder männlicher Name oder Schwanz ab. Der Staat fordert Eingriff, »operativ oder hormonal«. Seit zehn Jahren laufe ich dagegen Sturm, denn klar, das verstößt haarsträubend gegen jedes Recht auf Selbstbestimmung, ergo gegen das Grundgesetz. Und das wurde nun endlich anerkannt als Problem und wird verhandelt am neunundzwanzigsten September. Am Tag danach komm ich zu eurer Freiheitsoper. Und werde dir hoffentlich melden können, dass ich »obsiegte«.

Rückblick: Notizen 16. Juli 2010 Auf dem Westbalkon mache ich mir Schatten unterm grünen Sonnenschirm, liege da besinnlich und habe wieder gut dreißig Seiten aus einer Vorwelt gelesen, aus

»Alexander der Große. Leben und Legende«. Da kommt sie, öffnet eine Mappe, bringt ihre Arbeitsthesen und schaut mich groß an. Die braunen Augen glitzern, diese Blicke scheinen wie befreit. Das ist nun seit einigen Tagen so. Als kennten wir uns erst jetzt.

Irene sagt, nutz ihn aus. Wenn du was wissen willst über die Medien, Harry war jahrzehntelang Literaturbetriebsgröße.

Größe? Eher Nudel, sage ich.

Mit welchen Leuten hattest du zu tun? Als Fernsehmolch?

Mit Rezensenten, Wissenschaftlern, Medienmonstern. – Namen! – Namen? Warum? – Ohne Namen bleibt alles abstrakt. Los! Namen von Leuten, mit denen du zu tun hattest. Dein Herbert tat so, als verachte er die Bücherstadt Bochum als Theoriestadt, der pries als Alternative seine Sumpf- und Praxisstadt Wanne-Eickel. Treibst auch du nur Theorie? Abstrakt? Haben Personen dich nie interessiert?

Böses Urteil. Ich müsste mich eigentlich rächen. Könnte dir nun ohne Weiteres Namen murmeln. Mindestens eine halbe Stunde lang Namen von all denen, die ich je vor der Kamera hatte. Nach der halben Stunde oder schon früher würdest du schreien. Und vielleicht ahnen, warum ich auf diese Insel Vauban musste.

Wahrscheinlich kenn ich dann von den Namen nur jeden Dritten.

Und jeder Zweite ist inzwischen »unter der Erde«. Beim Landaufenthalt. Das geht halt alles irre schnell. Zu schnell. Schon als Kind hab ich mich beschwert, die Züge führen zu schnell. Die Mutter nahm mich gern mit auf ihre Bahnreisen. »Man muss ihn ja nur ans Fenster setzen, da ist er still.« Aber dann hab ich hinterher oft gefragt und wollte erklärt bekommen, was ich alles gesehen hatte. Und klagte so lange, bis die Mutter mir versprach, dem Lokführer einen Brief zu schreiben, der sollte beim nächsten Mal langsamer fahren. Dies Versprechen hat sie dann ja nie gehalten. Daran muss ich oft denken. Irgendwer muss dem Lokführer nun unbedingt einen ernsten Brief schreiben. Rings dieses immer schärfere Tempo. Geht alles viel zu rasch. Und in den Bahnen ist die Aussicht immer mehr versperrt, mit Sichtblenden, die das Rausschauen behindern. Ganze Städte sind dabei, zu verschwinden, die soll man nie mehr sehen, auch so kuriose Städte wie Stuttgart nicht.

Möchtest du eigentlich für immer in diesem Turm wohnen?

Ich lebe hier wunderbar stadtnah. Waldnah. Wie wär's, ich würde Irene ignorieren und vermachte dies Stockwerk dir?

Sie starrt mich an, steht auf. Dreht sich dann um, hockt sich wieder zurück und sieht mich an, als erkenne sie Zeichen akuter Demenz. – Was sagst du da?

Ist doch nur normal, oder? Sobald auch ich der unterirdische Harry bin, holst du dir deine Miriam und dann zeugt ihr in diesem Turm Helden. Oder Menschen. Oder Monster.

Sie greift zum Handy am Hals, tippt eine Nummer, das braucht nur eine einzige Taste, schon hat sie die Mi am Ohr. »Hilf mir«. Und fragt und seufzt und lacht dann und muss sich wundern und freuen. – Und er tut so, als sei's ihm ernst. Zuckt nun nur die Schultern, wieso ich mich aufrege. – Und schaltet aus.

Was sagt sie? – Legt dort gerade ihren neunzigjährigen Freund trocken. He, Harry, du machst mich fertig. Eigentlich wollte ich dir mein Uni-Referat näher bringen. – Tu das. – Jetzt brauche ich Wasser. – Und geht und kommt mit Gläsern, aus der Leitung frisch gefüllt mit Schwarzwaldwasser.

Dies Stockwerk kann ich dir nur empfehlen. Ist bioenergetisch bestens durchdacht. Wärmegedämmt, im Winter perfekt fernheizbar. Die Heizkörper muss ich selten einschalten, weil alles klug abgedichtet ist und zugleich belüftet. Und in Freiburgs Hitzesommern gehen hier oben ständig frische Brisen. Die spürst du just jetzt. Sehe ich an deiner Gänsehaut.

Die hat mit den Brisen nichts zu tun.

Aber ich teile dir doch nur sachlich mit, welche Vorteile dies Stockwerk hat. Fast alle Zwischenwände blieben weg, die Außenwände sind fortschrittlich gedämmt, und ihr kriegt etwas, worüber auf dem überfüllten Planeten nur wenige verfügen, fließendes trinkbares

Wasser. Prost! Und habt dann diese Blicke in alle vier Himmelsrichtungen, phantastisch real.

Nach einem neuen tiefen Schluck starrt sie mich wieder an. – Phantastisch real.

Sprich mit Mi und Mama. Und nun, Undine, erklär mir *Undine*.

Da legt sie nun auf ihre Wagenburgnotizen einen irischen Korallenstein, nimmt eine grüne Mappe und zögert. Nein, sie könne sich jetzt nicht konzentrieren. – Hast mich aus der Spur geschubst. Außerdem hab ich Hunger, wie wär's jetzt mit Steak und gehörig viel Fritten, im *Süden*.

Kommt dann in knapper Turnhose und wieder in weitem Männer-Oberhemd, das helle Tuch in dem schmalen schwarzen Gürtel. – Die Männerhemden sind das Beste, was mir Alexander hinterlassen hat. Hemden und braune Augen. Bei Undinen rechnet man ja mit blauer oder grüner Iris. Ich lege Wert auf die braunen. Und seit ich sechzehn bin, trage ich Alexander Salamanders Männerhemden. In denen sah er immer viel zu spack aus, zu rund, geradezu dümmlich. – Im Lift schaut sie mich groß an, zweifelnd. – Bei dir ist man vor Neuem nie sicher.

Und bei dir?

Unterwegs, auf der Allee rennt mir der fünfjährige Naturforscher vor die Füße und sagt: Quinquilieren ist ein schönes Wort. – Da hast du recht. Vielleicht wirst du mal ein Wörterforscher? – Ich kann schon bis hundert zählen. – Undine gratuliert mir zu meinem neuen Freund. Auf der *Süden*-Terrasse verzehrt sie dann erstaunliche Mengen Fritten, auch Fleisch, obwohl sie sagt, dass Tierfabriken fatal seien. Ich halte mich an Gemüsemaultaschen. Sie legt schließlich das Besteck nieder, sieht mich wieder groß an und fragt, ob mir das mit dem Stockwerk ernst sei.

Seit drei Jahren ist das schuldenfrei.

Und gut fernheizbar, ich weiß. Und in den heißen Sommern immer in frischem Wind.

Allein die Balkone, die Blicke. Und kein Atomstrom.

Wenn aber Mutz Probleme macht? Dann wird's schwer, mit der Erbrechtlerin. In Gedanken hab ich sie schon auf meiner Seite.

Also ersetze ich im Testament Irene durch Undine.

Ich weiß gar nicht, warum du dauernd so gut bist.

Liegt am Vauban. Die Bewohner hier, die sind alle unheimlich gern gut.

Du machst mich fertig. Als älteren Mann kannte ich nur Alexander, und mit dem gab's Stress. Irene sollte gefälligst ihre Jura-Ausbildung nutzen und arbeiten. Obwohl er üppig verdiente. Aber seine Freundinnen. Geschenkt. Zuletzt gab's Ärger, weil ich den Korasmar zwar vernascht habe, aber nicht ehelichen wollte.

Den hätte er gern als Schwiegersohn?

Für mich als Gatte. Wie sich das anhört, »Gatte«.

Ich werde nachschauen, ob Gatte und Gatter verwandt sind.

So reden wir nun, reichlich locker, und dann, beim Rückweg auf der Allee und durch verschiedene Nebengassen, wo wieder Nachbarschaften und Nähen raunen und dampfen, da erklärt sie, auf meinem Nachtbalkon werde sie mir jetzt ihre Ansichten zu *Undine* erklären, ihre vorläufigen.

Im siebten Stock hole ich Wein und Gläser, zünde das Windlicht, sinke auf meinen Sitz und während sie ihre Papiere sortiert, zeige ich auf die neuen Häuser neben der Stadtbahnschleife. – Bevor du loslegst, was Wunderliches. Die schönen Neubauten dort, eben jetzt wieder edel vergoldet in der tiefen Sonne, diese »Punkthäuser« stehen genau dort, wo zuvor ein See war.

Wurden die ins Wasser gebaut?

Das Wasser wurde zugeschüttet, auf den Schutt kamen die Neubauten. Als Olga und ich einzogen, glitzerte da unten noch eine Wasserfläche. Und die wurde viel größer, sobald es regnete. Nach Regen fuhren da in Massen Kinder herum, staksten auf Türen und in alten Sesseln, auf Paletten und selbstgebauten Flößen. Und wenn die Kids morgens in der Schule waren, dann ruderten da auch Entenfamilien, kinderreiche Mütter, kampfbereite Erpel. Auch Graureiher, sogar

Störche stolzierten durchs Wasser. So ein lebendiger See, mal größer, mal kleiner, der bildet ja wohl auch den Anfang vom *Undine*-Märchen, oder? In Lortzings *Undine* jedenfalls singt die Nixe: »Da wurde unser See zum Meer«. Prost, Undine. Dich grüßt der Spätburgunder.

An ihren Papieren zerrt der seidensanfte Wind. Auch in ihrem Haar. Und dann beginnt sie, mit leisem Gemurmel. – Auch in Fouqués Märchen lässt sich der Ritter vom steigenden Wasser liebend gerne »umschließen«. Da lebt nämlich ein altes Fischerpaar mit einer überraschend jungen Tochter. Die in Wahrheit ein Elementarwesen ist. Undine.

Sie baut verschiedene Zetteltürmchen, legt auf jedes gegen den Wind einen meiner irischen Meeresbrocken, grauweiß gemusterte Korallensteine aus Galway. Und wie sie nun loslegt, vertrauensvoll und immer wieder mit verschmitztem Blick auf mich oder mit eher schmachtenden Augen hinüber in den Sonnenwolkentumult, da weiß ich bisweilen nicht, von welcher »Anderswelt« sie redet. Ob vom Zauberwald des Märchens oder von meinem Vaubanturm, ob von Fouqués erotischer Insel oder von meinem Quinquilier-Reservat, und wer hier eigentlich der Ritter ist und wer Undine.

Fouqués Ritter vergnügt sich mit dem »Blondchen« ziemlich ausführlich, aber immer »sittig«. – Sie zieht einen Zettel. – »Fing an, mit dem Ritter zu scherzen, auf eine recht sittige und ehrbare Weise«. Wenig später: »Der Ritter freute sich allemal herzinniglich auf die holdesten Liebkosungen.« Ja, so geht das da zu, »herzinniglich«, »holdest«, »artig« und »ergötzlich«. Mi und ich mussten ziemlich lachen und lästern. Von anatomischen Besonderheiten bei Undine ist keine Rede, vom »Missgewechs« nichts. Statt Fischschwanz oder anderer Fürchterlichkeiten hat die Nixe »keine Seele«. Eine Seele, so heißt es, bekommt sie nur in der Liebe. Die »Liebkosungen« des Ritters sind aber wohl keine Liebe, bescheren noch keine Seele, oder wie darf ich das verstehen?

Erst nach der kirchlichen Hochzeit wird das »Liebe«. Erst mit einem Priester stiftet das »Seele«. Und »sittig« und »artig«, das ist halt »nach Art« der Christenkirche. Für die Kirchengründer hat allein der Mann Anteil am Höheren, an Geist und Seele. Undine erleidet ein exemplarisches christliches Frauenleben. Für alle Jerusalem-Religionen ist die Welt geteilt, hier das Geistige des Jenseits, dort das Jammertal aus Materie, Erde und Frauen. Mütter sind im Lateinischen *mater*. Materie.

Sie seufzt und notiert »Jerusalem-Religionen«. Zieht dann einen Zettel mit Jahreszahlen. – 1811 Fouqués Märchen *Undine*. Danach zwei *Undine*-Opern, 1817 von ETA Hoffmann, 1845 von dem, der später die Freiheitsoper riskierte. Seine *Undine*-Oper, so schreibt's einer vom anderen ab, sei nicht romantisch. Ich seh's genau umgekehrt. – Wie? – Irene hat mal der Berliner *Tageszeitung taz* einen Leserbrief geschrieben, stell dir vor, in Sachen *Undine*. Überschrift: »Undine darf nicht beleidigt werden.«

Sie zeigt mir ein Zeitungsstück und ich lese mit Staunen. »*Regina* ist, anders als bei euch behauptet, nicht die einzige Oper von Lortzing. *Zar und Zimmermann* zeigt, wie ein Bürgermeister alle Fremden pauschal verdächtigt und am liebsten abschieben lässt. Der Zimmermann erweist sich als russischer Deserteur, der würde auch heute noch abgeschoben. In *Undine* wird, märchenhaft verfremdet, die Frage durchgespielt, ob eine Frau, nur weil sie fremdartig ist, betrogen und beleidigt werden darf. Lortzings Position ist eindeutig: sie darf nicht. Irene Brandes.«

Aus Fouqués Zeit hat Mutz mir jetzt am Telefon eine reale Scheidungsgeschichte erzählt. Als das *Undine*-Märchen entstand, da gab es eine Auguste Bussmann, die als Fünfzehnjährige vom romantischen Dichter Brentano geheiratet wurde. Auguste war aber überaus unternehmungslustig, für den Brentano unzähmbar. Schwer erziehbar. So dass sich am Ende fast alle sogenannten Romantiker gegen diese Auguste empören mussten und dem Brentano zur Scheidung rieten, männerbündisch. Nicht anders ergeht es Fouqués Undine. Wobei auffällt, wie ihr Ritter es anfangs bei den armen Fischern sehr gemütlich findet. Hör dir das an: »Der Ritter holte den Sessel achtsam herbei, ließ sich freundlich darauf nieder, und es war ihm zumute, als sei er mit diesem kleinen Haushalt verwandt und eben jetzt aus der Ferne dahin heimgekehrt.« Ist das romantisch? Der Ritter und der alte Fischer »liebten es, sich miteinander bei einem Kruge Wein zu ergötzen«. Schon morgens geht das so los: »Man brachte ein Frühstück unter die Bäume und setzte sich, von Herzen vergnügt.« Wo ist da nun das Erobern von Neuem und Anderem? Das Begreifen von Fremdem? – Sie zieht neue Zettel. – Dieser Ritter »sah oftmals mit innigem Wohlbehagen, wie der Waldstrom mit jedem Tag sein Bett breiter und breiter riss und die Abgeschiedenheit für immer längere Zeit ausdehnte«. Na prima, dem geht es mindestens so wie mir hier in Freiburg, so lange kein Tansel auftaucht. Im Fischerhäuschen turteln Ritter und Teenie Undine gar »allerliebst« und »artig« und so problemlos, wie sich heutige Spießer immer noch ein »Weibchen« wünschen, am liebsten eines aus Thailand, das bekanntlich alle Wünsche erfüllt, das zum Fernsehen Bier bringt und Puschen und dann auch Bettfreuden. Die von Fouqué natürlich nie geschildert werden. Für mich ist sein Märchen ein Urgroßvaterporno, für phantasiestarke Leser. Körperliches hat man sich »inniglich« auszumalen, mit Männer- oder Salamanderphantasien. Für die wahre Liebe muss also geheiratet werden. Dazu schwemmt das Wasser einen Pfaffen herbei.

Goethe und viele kluge Leute haben das aufmerksam gelesen. Goethes Ehefrau Christiane nennt sich in einem Brief an den berühmten Gemahl »dein kleines Naturwesen«.

Fouqués Naturwesen finde ich bestenfalls neckisch. Nix Nixe. Als Ehefrau zieht sie dann mit dem Ritter in die Reichsstadt, dort treffen sie auf Berthalda, auf seine Ex. Anfangs sind alle mindestens so nett zueinander wie die Leute hier in Freiburg, hör dir das an, das ist Freizeit pur im Vauban: »Die beiden jungen Eheleute hatten Berthalda noch spät zu einem Spaziergange abgeholt, alle drei zogen vertraulich auf und ab, es war ihnen so lieblich und heimlich zu Sinn; zwischen die Baumschatten durch stahlen sich die Lichtschimmer der nahen Häuser, ein stilles Gesums von spielenden Kindern und anderen lustwandelnden Menschen wogte um sie her; man war so allein und doch so freundlich in der heiteren lebendigen Welt mitteninne.«

Fouqués Undine ist halt die Frau, die von den drei Jerusalem-Kirchen im Höchstfall erlaubt ist. Eine wie du wäre total unmöglich. Ruinierst jedes kirchliche Aufwärtskonzept. Vermasselst alle Erlösungswege für den Mann.

Hm, ich hab da andere Erfahrungen. Mit schönsten Erlösungen. Auch für den Mann. Für unterschiedlichste Herren. Am *Undine*-Märchen stört mich am meisten, dass der Ritter sich nicht im Geringsten für die Nixe und ihre Welt interessiert. Umgekehrt interessiert sich die Nixe wenig für den Kerl. Nicht Undine war neugierig auf die Menschenwelt, sondern ihr Onkel, der »mächtige Wasserfürst Kühleborn«. Dieser ehrgeizige Alte hat sie per Hochwasser in die Welt der Seelenvollen geschleust. Und das hat das Mädel nun auszubaden. Am Ende turtelt ihr Ritter lieber wieder mit seiner Ex. Und Undine leidet und leidet.

Die Frau als Benutzte, als Betrogene. Insofern auch realistisch.

Erklärbär, jetzt sag mir doch mal, wie Kirchen es fertigbringen, Körperliches von Seelischem zu trennen. Mir gelingt das nie. Nicht mal meinem schlimmen Sexprotz Bob, selbst dem geht es nie nur um Sex. Ich sehe doch, wie begeistert der ist, wie entflammt, wenn er merkt, dass und wie auch ich ihn begehre. Was ja eine wie ich kaum tarnen kann. Nie ein Zweifel, woran er mit mir ist. Null »Körpertäuschung«. Und meine Glücksgier findet er wunderbar. Nicht nur, weil bei einer wie mir alles astrein klar ist. Körperliches macht den Wüstling Bob glücklich. Oder lebendig oder selig. Meinetwegen »seelenvoll«. Den Sex begeistert genießen, auch das ist doch Seele, oder? – Angriffslustig blinzelt sie mich an.

Die Trennung von Körperlichem und Seelischem erfanden keine Dichter, sondern Kirchengründer. Und die drei Jerusalem-Kirchen waren mit ihrer Trennung von Materie und Geist überaus erfolgreich.

Leibliches blieb niedrig, böse, sogar höllisch. Seelisches aber war gut, war Vorgeschmack aufs Paradies, förderte die Sehnsucht nach Himmlischem. Aber leider auch die Ignoranz gegenüber Irdischem. Sorgte für Angst, nicht nur vor der Hölle, stiftete Gehorsam. Staatstragendes Benehmen. Drum wurden und werden die Jerusalem-Kirchen von den Mächtigen seit je gern genutzt. – Sie notiert sich das. – Und wie siehst du die *Undine*-Opern?

ETA Hoffmann, der große Dichtermusiker, ließ sich das Libretto für seine Oper vom Fouqué texten. Der verdarb alles, schon mit seinen elenden Reimen. Wenn bei den beiden Romantikern die Naturgeister anrücken, um den untreuen Ritter zu holen, dann mault der: »Ich bin verloren, bin vernichtet, o lägen Tote rings geschichtet«. Kurz vorm Liebestod fragt er die Undine: »Nicht einen einen Kuss?« Und Undine hat zu antworten: »Ja, Lieber, weil ich muss.« Ich weiß nicht, wieso fast alle Musikkenner voneinander abschreiben, dies sei die romantische *Undine* im Gegensatz zu der des *Regina*-Machers. – Sie hebt ein Reclamheft. – Bei Lortzing läuft das so, wie es Irenes Leserbrief beschrieb. Eine Andersartige wird ausgegrenzt. Wird betrogen und verlassen. Und das, obwohl hier Undine dem Ritter funkelnd und geradezu poetisch zu singen weiß von ihrer fabelhaften Anderswelt, und das ganz ohne Reim:

So wisse, dass in allen Elementen / es Wesen gibt, die aussehen fast wie ihr / In Feuers Flammen spielen Salamander / Die Gnomen hausen in der Erde Tiefen / In Äthers Blau und in den Strömen lebt / der Geister viel verbreitetes Geschlecht / In den Kristallgewölben wohnt sich's schön / Hohe Korallenbäume leuchten dort / Gar lieblich anzuschauen sind, die da unten wohnen / und meist viel schöner als die Menschen sind / Manch einem Fischer ward es schon so wohl / ein zartes Wasserweibchen zu belauschen / wenn singend es hervorstieg aus den Fluten / Solch seltne Frauen nennt der Mensch Undinen / und solch ein Wesen siehst du vor dir stehn.

Das ist der alte Paracelsus-Zauber.

Der aber in ETA Hoffmanns und Fouqués Oper nirgends besungen wird. Die alten vieldeutigen Überlieferungen lässt der Fouqué als Operntexter ungenutzt.

Librettoschreiben hatte nie hohes Ansehen. Dabei gehört es zum Schwierigsten.

Ich hab mich gefragt, wer da die Salamander sind, die »in Feuers Flammen spielen«. Meyers *Lexikon in 24 Bänden*, sechste Auflage, München 1998, erklärt »Salamander« mit einem einzigen Wort: Schwanzlurch. Wikipedia bringt dasselbe Wort.

Dann ist ja klar, wer da mit dem Feuer spielt.

Sie glitzert mich an. – Also auch eine wie ich. Und nun weiß ich, warum Irene so gern von Alexander Salamander redet. Was er, sobald er's hört, sofort kontert mit »Irene Sirene«.

Und bei Lortzing nirgends Reime?

Reime nur für die komischen Typen. Wenn bei ihm Undine aus der Elementarwelt zurückkehrt, um den Ritter zu holen, fehlen nicht nur die Reime, da schweigt es ganz, das »Naturwesen«. Seine Undine singt nicht mehr, handelt nur noch stumm, und zwar in einem »blauen Licht«. Bei Lortzing haben sich zwei sogenannte einfache Leute aus dem »Volk« aus Mitgefühl mit der Betrogenen betrunken, und in ihrem Weinrausch sorgen sie nun handfest für Gerechtigkeit. Da besingen sie deftig die Wahrheit und den Wein. Auch Wein gilt ja als Natur pur, ist befeuernde Essenz. Die beiden Volkstypen jedenfalls bringen im Suff buchstäblich »den Stein ins Rollen«, heben vom Brunnen im Burghof den Brocken, mit dem der Ritter das Elementare hatte wegsperren wollen. Auch hier reißt »das Volk« eine Mauer ein, und aus dem Abgrund steigt nun als »Unter«-Welt die Natur, und rächt sich und überschwemmt und vernichtet die Neid- und Gierwelt. »Es rast der Sturm, die Mauern stürzen ein, Allmächtiger, du mögest gnädig sein!«

Sie ordnet ihre Papiere. Inzwischen ist es finster geworden. Ich murmele noch mal von »Feuers Flammen« und von all den Feuerspieltieren in der Literatur, und weil nun da unten durch die Dunkelheit wieder ein langer Doppelstockzug vorüberrauscht, erinnere ich sie an den See. – Dort haben sich nachts diese Doppelstockzüge in der Wasserfläche gespiegelt, so dass aus der vorüberrasenden Doppelreihe von hundert hell leuchtenden Fenstern eine vorüberjagende doppelte Doppelreihe wurde. Da stürmten nach Norden oder Süden vierfache Goldlichterschlangen.

Da sagt sie, Salamander seien schöne Tiere, Feuersalamander sogar schwarz und golden und hätten wunderbare Füßchen mit Zehen. Liebten auch eigentlich kein Feuer, sondern Feuchtgebiete. Der Länge nach streckt sie sich und schaut mir zu, wie ich im Windlichtglas eine neue dunkelrote Kerze zünde. Und will dann hören, wie denn ich nun den Tansel einschätze. – Sei ehrlich. Ist Hoffnung?

Seit ich weiß, dass auch du salamandrig bist, dämmert mir, was er mir dauernd hat sagen wollen. Was er mir aber unmöglich sagen konnte. Hat mir das Außerordentliche seiner Sucht verdeutlichen wollen, das Bannende. Er fühlt sich dir ausgeliefert.

Als nutzte nicht auch er Machtmittel. Männermittel.

Nannte sich krankhaft. Besessen. War schwer zu überzeugen, dass du keine Droge bist, sondern eine, mit der zu reden ist.

Im Grunde beherrscht ihn Yasemin. Das Familiendenken.

Hab versucht, ihm eure konträren Traditionen klar zu machen. Einen wie ihn, das fand am Ende auch er, leiten in der Tat Gruppengedanken. Uns im Westen das Individuelle. Auch mit Tansel ist bestens zu reden. Und so lang das so ist, ist Hoffnung. Zu seinen Traditionen gehört gutes Benehmen. Das trägt auch durch Hitziges, durch Brenzliges.

Mit dir hatte er kein Liebesverhältnis. Vor alten Herren hat er sowieso nur Respekt.

Spätestens bei der *Regina*-Premiere trefft ihr euch alle.

Und spätestens dann haben wir's, das Brenzlige. Dann sei du bitte anwesend.

Die Premiere würde ich ungern verpassen. Auf diesen Moment hab ich, könnte ich sagen, lebenslang hingearbeitet.

Lebenslang? Was heißt denn nun lebenslang? He, Harry. Du kannst uns unmöglich allein lassen. Kluge Leute sagen, es kommen keine besseren Zeiten, sondern hitzige.

Sie zieht sich die irische Wolldecke über den Leib. Jetzt, gut eine Stunde nach Mitternacht, kreist unten keine Stadtbahn mehr. Auf dem Wendeplatz sind die großen Lampen erloschen. Wir haben das Windlicht, wir haben den Spätburgunder. Am Himmel scheint es zu blinken.

Da sagt sie, in Berlin habe sie gehört, was eine Lehrerin aus dem Essener Norden erzählte. Schüler kennten wichtige Wörter nicht mehr. Wenn in einer Geschichte vom Regenbogen die Rede sei, zeige sich, dass kein Kind in der Klasse was wusste von Regenbögen. Obwohl die garantiert auch über Ruhr und Emscher leuchten. Schon gar nichts wüssten Kids von einer Milchstraße. Für die Bildschirmkinder sei der Himmel unbekannt. Und wenn in einer Geschichte eine Madonna auftauche, dann sei das ein Popstar. Den Flachbildkindern sei vieles kaum mehr zu vermitteln. Der Zauber von Wörtern, Gedichten, Geschichten. Das Quinquilieren.

Stimmt nicht. Der Vorleser muss seine Geschichte glauben. Ist »kindertechnisch nötich«. Dann funkt's. Bei allen. So wie die Magie »Was du nicht willst …«

In die Dunkelheit hinein fragt sie, ob ich die Fotos vom nächtlichen Europa kenne. – Wie stark da der alte Kontinent leuchtet. Ins Weltall hinaus. Dort, wo die Städte sind, da glühen London, Paris, Berlin. Deutlich auch das Ruhrgebiet. Herberts Teilchenwellen. In Berlin hatte ich in einer Hausarbeit ein chinesisches Sprichwort zu deuten. »Wer sich selbst ansieht, der leuchtet nicht.« Irene schlug vor, den Spruch umzudrehen. Wer sich selbst anleuchtet, sieht nichts. Daran denke ich auch jetzt, unter diesem Sternenhimmel. He, Erklärbär, sag, was genau ist eine Galaxie?

Unsere Galaxie ist die Milchstraße. Galaxie und Milchstraße

meinen dasselbe. In dieser riesigen spiraligen Sternenwolke ist unsere Sonne mit ihren Planeten nur eine von mindestens hundert Milliarden anderen Sonnen. Aber von solchen Sternwolken oder Galaxien gibt es im Weltall wiederum Milliarden.

Milliarden mal Milliarden?

Unsere Nachbargalaxie ist der Andromeda-Nebel. Millionen Lichtjahre entfernt. Um dort hinzukommen, muss man also Millionen Jahre unterwegs sein, mit Lichtgeschwindigkeit. Alle anderen Milchstraßen sind noch weiter weg. Die Andromeda-Galaxie kommt auf uns zu. Nähert sich unserer Milchstraße und wird uns in drei oder vier Milliarden Jahren erreichen. Und dann wird durch einige hundert Millionen Jahre ein unvorstellbares Feuerwerk sein. Werden atomare Katastrophen über uns kommen in kosmischen Dimensionen und unter tumultuarischen Materiemassen. »Feuers Flammen« werden dann allgewaltig sein und das wird nicht nur zerstören, sondern auch neue Sterne erzeugen, neue Sonnen und Sonnensysteme. Am Ende sind Milchstraße und Andromeda verschmolzen. Ähnliches ist mit den neuen Teleskopen schon jetzt zu beobachten, tief im All. Und unser einzigartiger Wasserplanet Erde, der wird dann wieder das, woraus er entstand, eine der vielen gigantischen Sternenstaubsäulen …

Ich breche ab. Sie ist eingeschlafen.

Rückblick: Notizen 17. Juli 2010 Weil Frau Siebenrock heute in Lörrach ihren Enkel taufen hilft, hole ich an diesem Morgen selber die Brötchen vom Bäcker, in der Allee schräg gegenüber. Der tut mir alles stumm in die Tüte, mit dem rede ich, wenn überhaupt, gern über Kunstsachen. Im Vauban sind alle Leute Künstler. Mein Brotmann malt und fotografiert. Auch von meinem Abendbalkon machte er Bilder in die Rheinebene hinab, zu den Vogesen hin, besitzt inzwischen eine wunderbare Sammlung Sonnenuntergänge, und ist immer zur Stelle, wenn Frankreich scheinbar mal wieder in Flammen steht. Die Lichtwolkentürme bannt er dann auf ungewöhnlichem Material, auf Leinen oder Seide oder Blech. Und es sieht so aus, als schaffe mein Bäcker Untergänge.

Die *Hubble*-Bilder vom Weltall ärgern ihn, diese schwebenden Türme und Säulen aus Sternenstaub und Wasserstoffgas, »Säulen der Schöpfung« würden die genannt und deren Höhe, so beschwert er sich, werde angegeben mit »Tausenden Lichtjahren«. Wer denn könne so etwas fassen. Auch seien die *Hubble*-Fotos ja wohl manipuliert, jedenfalls farblich. Er halte sich an das, was mit eigenen Augen zu sehen sei, in wenigen Kilometern Entfernung, das sei verrückt genug.

Diesmal steht neben ihm seine Freundin, die redet auch über anderes als Kunst, die beäugt mich nun kritisch und will wissen, wieso ich meiner Studentin schon so früh die Brötchen hole, ob das nicht eine schöne Aufgabe für die Schöne wäre. – Da meint der Bäcker, mein Morgenauslauf bekomme mir gut. – Sah Harry noch nie so proper.

Ich schlurfe heim und merke beim Gehen, dass mir seit unserer Nacht der Wahrheit bestimmte Töne durchs Hirn geistern, ein dreißig Minuten dauernder Ohrwurm, eine verrückte Doppelmusik, Berliner Philharmoniker mit Jazzband, ja, beides zugleich, ein kurioser Künneke aus den *Roaring Twenties*, Klassik mit Jazz, 1929, deutscher Versuch Richtung Jazz. Auch das wurde dann erstickt. Und das folgt mir nun, Takt für Takt, ein Tanzgewitter, betäubend, eine *roaring* Zwittermusik.

Notizen, 17. November 2010 Aus Karlsruhe per Mail eine energische Frage des Doktor Merz, wo in Sachen Korasmar/Goldberg/Brandes die für den 15. November verabredete »schriftliche Berichterstattung« des Zeugen Holterhoff bleibe. »Nur im Krankheitsfall und unter außerordentlichen und unvorhergesehenen Umständen hatten wir eine Fristverlängerung gewähren wollen. Ihre Darstellung für die Bundesanwaltschaft ist bis zum Ende des lfd. Monats November unabdingbar zu vollenden.«

Donnerwetter, unabdingbar. – Im Übrigen dürfte mich interessieren, dass inzwischen klar sei, wo die »in meinem Anwesen« entdeckten Kontrollgeräte herkamen. – »Dezidierte Untersuchungen von Methode und verwendetem Material ergaben, dass es sich um Produkte aus Kalifornien handelt. Freilich ist damit nicht geklärt, wer die Geräte platzierte. Zwischen Täter und Opfer gab es Wettbewerbe auf verschiedenen Ebenen.«

Ich sollte ehrlich werden und denen absagen. Aber dann würden sie hier alles umwühlen. Meinen Laptop greifen und alles, was nach Notizen und Unterlagen aussieht. Diesen Zugriff will ich so weit wie möglich nach hinten schieben, muss erst noch in Ruhe zu einem Ende kommen, schriftlich, allein für mich.

Notizen, 18. November 2010 Am Telefon höre ich ihre leise, fast verzagte Frage, ob mir das ernst gewesen sei, die damals auf dem Abendbalkon plötzlich herausgelassene Idee, wer einst mein Stockwerk haben soll. – Was sagt Irene? – Abgrundschön, sagt sie. – Und Miriam? – Ist begeistert. – Und du? – Sie schweigt.

Abgrundschön? Das trifft's. Und wenn du meinst, du kannst unmöglich dort wohnen, wo von uns offenbar nicht zu verhindern war, dass Grauenhaftes passierte, dann versteh ich das. Die Bücher G bis H, die mit den rostig roten Flecken, die stehen jetzt in der zweiten Reihe.

Wieder schweigt sie. – Mein Testament liegt im Sekretär links oben. Olga hat die Wohnung nie besessen, war ohne Erben. Es sei denn, es kommen noch welche aus dem Ural. Und, he, ich erinnere dich auch an einhundert und drei ganz andere Momente in derselben Wohnung. Im noch jetzt laufenden Jahr. An eine furiose Reise. Über gefrorene Seen. In Ahnungslosigkeit.

Rückblick: Notizen 19. Juli 2010 Die Brandestochter erscheint auf dem Morgenbalkon mit der Nachricht, »der amerikanische Schuft« habe sich gemeldet, per Mail aus Santa Barbara in Kalifornien, dort streune der seit zehn Tagen herum, obwohl er beteuert habe, erst Ende Juli dorthin zu müssen. Warum er nun so rasch dort sei, wisse sie nicht. – Nicht mal einen Großvatergeburtstag hat er sich einfallen lassen. Immerhin soll ich dem Chorleiter melden, dass er Anfang September zurückkomme zu den Schlussproben, als besonnener »Fabrikarbeiter«, aber auch als radikaler Räuber, Brandstifter, Extremist, als »Freischärler«.

Sie hebt die Zeitungen, die rings um meinen Sitz liegen, und fragt, was ich von diesem Herrn Sarrazin halte, überall gehe es derzeit um dessen Mahnung, Deutschland solle sich nicht abschaffen lassen von dummen Fremden.

Wovor er so missmutig warnt, das verkörpert er selber, finde ich. Fehlende Integration. Vor allem scheint ihm Artikel 1 Grundgesetz unbekannt. Da steht nichts von der Würde des »deutschen« Menschen. Steht nur, was auch viele andere nie registrieren. Da steht nur »des Menschen«.

Sie sieht mich groß an, prüfend. – Irene sagt, kleinen Amerikanern werde schmerzhaft die Vorhaut weggeschnitten, damit sie dann beim Masturbieren lebenslang Schmerz erinnern. Sagt sie. Tansel wie Bob sind beschnitten. Irene ist sich sicher, denen kommen dann untergründig Schmerz- und Schuldgefühle. Aber auch Rachegroll, gegen die Mutter. Die sie nicht beschützt hat vor der frühen Verletzung.

Ach, die kluge Irene. Aber es stimmt ja, Muslime haben mit Amis denkwürdige Gemeinsamkeiten. Da wurden die meisten beschnitten, als Kinder, schmerzhaft. Und mit feierlichem Bohei, mal aus religiösen Gründen, mal aus vorgeblich hygienischen. Ach, und nun trafst du auf zwei so früh Verstümmelte, und die fanden in dir eine wunderbar Unverletzte?

Sie holt tief Luft, will antworten, aber in diesem Moment klingelt es von der Straße herauf. Über den Hausapparat höre ich, ob es möglich sei, »von oben« Bilder zu machen vom Vauban. Seit Jahren gibt es solche kleinen Überfälle, Leute wollen das Viertel filmen oder fotografieren, Medienmenschen, Architekturstudenten. Undine verzieht sich, und nun kommen drei Japaner, besetzen mit freundlichem Gemurmel und Gelächel und optischen Apparaten den Morgenbalkon, filmen über die Solar- und Wiesendächer hin, ziehen Zooms zum Sonnenschiff und zu den Schwarzwaldhängen.

Als sie beim Weggehen exotische Visitenkarten hinterlassen, frage ich sie noch in der Tür, wie ihnen denn Freiburg gefalle. Oh, sehr gut, romantisch, sagt der Älteste, nur die Menschen hier, das sei sehr schwer. – Schwer? – Die sehen sich alle so ähnlich. – Sagt er und lacht. Kichert im Treppenhaus und noch im Lift.

Und sehe dann, dass an meiner Tür ein Briefchen hängt. Sie wolle von nun alleine arbeiten, in der Bibliothek. Ihre Undinen-Arbeit wolle sie selbstständig fertig stellen. »Ohne Irene und ohne dich«. Aber dann steht da auch noch: »Angst.«

So steht das da. Als Einzelwort. »Angst«. Wenig später schreibe auch ich ein Briefchen, schiebe ihr das unter die Olga-Tür. »Aus dem heutigen *Spiegel* schreib ich dir ab, was klarmachen kann, dass du doch auch Glück hast. Fremdheit zeigt sich oft ganz anders, im Ruhrgebiet oder in Berlin. Eine Kirsten Heisig schreibt da »Angst ist ein schlechter Ratgeber« und: »Es sieht alles sehr anders aus, wenn man verprügelt wird, weil man einen Araber angeblich zu lange angeschaut hat. Oder wenn eine alte Dame zu später Stunde um etwas Ruhe bittet und ins Gesicht geschlagen wird. Oder wenn der Polizeibeamte, der eine Anzeige aufnehmen muss, weil Jugendliche einen Zeitungsständer angezündet haben, zu hören bekommt: Du bist Dreck unter meinen Schuhen. Du bist tot. Ich scheiß auf Deutschland.«

Notizen, 21. November 2010 Handgeschrieben bekomme ich Post von Tansel. Da schreibt mir ein Untersuchungshäftling. Einen Brief aus dem Knast. Er wirkt verzweifelt. Suizidgefährdet. Umgehend versuche ich, der »Vollzugs«-Direktion das klarzumachen. Verlange einen Besuchstermin.

Sehr um Pardon bittet Tansel für sein »entsetzliches Versagen«. Es tue ihm alles »unsagbar leid«. Beschwört »unsere Freundschaft«. In all seinen deutschen Jahren sei ich neben einer Lehrerin in Hamburg-Othmarschen der einzige, der »geduldig« versucht habe, ihn zu verstehen. Inzwischen wisse ich ja wohl, »warum diese unmögliche, diese blauschwarze Rose« ihn dermaßen verdrehen konnte. »Verdrehen und verrückt machen.«

Nach dem Stück von 1848, in dem die Regina den Radikalen unter ihren Liebhabern erschossen habe, sei er sehr »aufgeregt« gewesen, »durcheinander«. Habe damals sowieso seit Wochen nicht mehr gewusst, wie er sich noch »vernünftig verhalten« sollte und noch einigermaßen verständlich machen, vor allem gegenüber Kemal und Yasemin. – Seit sie mit dem Amerikaner weg war, hab ich mich geschämt, habe um meine Ehre gebangt, ja, um meine Ehre. Aus verschiedensten Gründen ist meine Angst gewachsen und mein Zorn auf Bob Goldberg, der die einmalige Frau wie sein Eigentum sah und mich als Idiot und als Null.

Genau erinnere er sich, wie ich ihm zugesetzt hätte, ob man eine Frau besitzen könne, zumal eine so starke wie Undine, die er eigensüchtig »Lola« genannt habe. All das plage ihn seither. Im *Colombi* und im *Süden* habe er mir unmöglich sagen können, was ihn empörte, was ihn eigentlich irritierte. Zum Beispiel, dass immer wieder den Muslimen Fragen gestellt würden nach Besitz und Eigentum, selten aber oder nie denen aus USA oder Europa, deren Besitzjagd schon Jahrhunderte dauere. »Was Millionen Menschen das Leben kostete, nicht nur in Asien und der Türkei, auch in Afrika und in den drei Amerikas. Und fast immer unter christlichen Parolen, also scheinheilig, heuchlerisch.«

»Und einer aus dem aktivsten Jägervolk, aus dieser obersten Besitzer- und Besetzernation, der hatte sich auch in mein Leben gedrängt und hat sich an dem dreißigsten September in deiner

Wohnung wieder dicht neben die verzaubernde Frau gesetzt, da sehe ich ihn noch, wie er breit grinst, sehe seine Pranke über ihrer Schulter. Das heißt, nein, das mit der Pranke hat er so plump nicht gemacht, das habe ich so nicht gesehen, aber ich habe es gespürt. So etwas spürt man an den Blicken der beiden und man weiß, dass kurz vorher die Besatzungspranke über ihrer Schulter lag oder bald wieder dort liegen wird. Diese Anmaßung eines Menschen, dem ich anfangs alles Vertrauen geschenkt hatte, weil ich dachte, der ist mein Freund, nicht bloß mein Partner. Ach, ich merke schon, meine Bitte um Verstehen und Mitfühlen stößt auf Wände. Und nun auf Beton. Aber immer noch hege ich Hoffnungen, und besonders hoffe ich auf Dich.«

Sein Vater habe ihn, als sie nach Deutschland kamen, in einen teuren deutschen Kindergarten geschickt, sein Deutsch habe er aus diesem Kindergarten und dann aus der Schule und von einer wunderbaren Lehrerin, die, wenn ihm mal eine Sicherung durchgebrannt sei, gesagt habe: »Tansel, beherrsch dich«. Seit damals habe er sich immer mal wieder gefragt, was das heißen könnte, »beherrschen«. Das habe ja wohl zu tun mit »Herren« und auch mit »herrlich«, oder?

»Und nun habe ich in meinem Leben fünf Sekunden lang etwas gemacht, was nie mehr zu korrigieren ist. Da schoss durch meinen Kopf die Flamme, die alles frisst. Und nun frage ich Dich, wer kann mich jetzt noch verstehen, geschweige denn mir helfen.« Der Brief endet mit Klagen, beklemmend depressiv. Sich selbst zu »beherrschen«, sich und den Seinen kein Leid zu tun, nur Gutes, sei sein Ziel gewesen. Er habe versagt, habe alle enttäuscht. Seine Eltern, seine Geliebte. »Und bin nun für meine Familie weder ein Held noch wenigstens ein richtiger Mann. Und nicht mal ein humaner Mensch. Habe mich nicht beherrscht.«

Ich wisse ja wohl noch gar nicht, dass er mit diesem Bob Goldberg auch ganz andere Wettbewerbe auszustehen hatte, anfangs als Partner, dann als Konkurrent. Da sei es um Transfers und Transporte gegangen weit über Hamburg, Istanbul und die Türkei hinaus, in Richtung Beirut oder Dubai, auch für Israel, für den Nahen wie für den Fernen Osten, auch für das rasch wachsende Chinageschäft. »Das ging um neueste Techniken, um Infrarotmodule, digitale Zünder, Peilgeräte und um Methoden, von denen du, Harry, so wenig Ahnung hast wie ich von Opern.«

Dieser ökonomische Wettbewerb, der werde sich vor Gericht als sehr ungünstig erweisen. Wie könne man einen Konkurrenten so primitiv ausschalten, wie er das offenbar getan habe. Garantiert heiße am Ende das Urteil »Mord aus niederen Motiven, aus Besitzgier«. Ob ich von Dir mit einer Antwort rechnen darf? Vielleicht sogar mit einem Besuch? Oder stoppst Du nun alle Kontakte zu einem, der ganz sicher eines ist, ein Versager.«

Mit der Anstaltsdirektion kam es überraschend rasch zu einem Termin. In drei Tagen werde ich Tansel Korasmar treffen. In der Tat, was kann ihm jetzt noch wirklich helfen? Mein »Bericht«?

Am selben Tag ihr Anruf aus Berlin. Es gehe ihr gut, die Narben heilten wunderbar, zum Wintersemester hätte sie zu gern auch die Wagenburg-Arbeit abgeschlossen. Im Moment aber sei es ihr in der Tat unvorstellbar, wieder im Vauban zu wohnen. – In deiner phantastischen Wohnung.

Ich erzähle ihr von Tansels Brief und dass ich den Junior sehen werde. – Sie schweigt. – Ist es dir möglich, dich an die entscheidenden Momente zu erinnern? An die Minuten, bevor es zur Katastrophe kam, in meiner phantastischen Wohnung?

Was glaubst du, worüber ich seit dem ersten Oktober immer neu grübele. Auch über diesen letzten Wortwechsel.

Wortwechsel? Weißt du die Worte noch?

Schweigen war das. Erst allmählich und sehr verlegen kam es zu Worten. Und das wurden dann Stichworte. – Stichworte?

Bob hatte ja so seine besondere Art, Bemerkungen zu machen. Die Tansel fast nur gereizt haben. Ich fand das selten witzig, oft arrogant. Obwohl das häufig spielerisch gemeint war, sportlich, als spaßiges Angebot, wie eine Flanke, eine Vorlage für neue Kapriolen, Kunststückchen, Querdenken.

Worum ging es zuletzt?

Nach der Premiere waren wir abgefüllt mit dem, was da zu singen war, mit den Ohrwürmern der Musik, der Worte. Hast du mal in einem Chor mitgemacht? Du kriegst das Zeug, das du wochenlang geübt hast, nicht mehr aus dem Kopf. Und Bob zitierte nun aus seinem Terrortext irgendwas von »Waffen« und »Freiheit«. Dreistes aus dem Männerchor. »Hinaus, hinaus in schnellster Frist, was nicht dem Land zu nutze ist«.

Und Tansel bezog das auf sich?

Tansel hat gefragt, ob sich da Bob gemeint fühle. Darauf Bob, bislang sei er »dem Land« ziemlich nützlich gewesen. Worauf Tansel konterte, ob ein Amerikaner eine so menschenfreundliche Oper je verstehen könne. Ungefähr so hat er's gesagt. Hatte er das von dir? Bob blieb relativ freundlich und fragte, was denn die weltfernen Amis da nicht verstehen könnten. Darauf Tansel: Dass es bei Konflikten auch andere Wege gebe. Anderes als Waffen und Knopfdruck. – Du meinst, wir Herrenmenschen sind unfähig für die »milden Wege«? Für Wege »mit Verstand«? Für dich sind also in Wahrheit wir die, die Terror machen? – Darauf Tansel, sinngemäß, Waffen sollten allein da sein zum Schutz für das Menschliche. Wörtlich etwa so. Mir fiel auf, dass er nicht »Menschenrechte« sagte, sondern »das Menschliche«. Und dann kam Bob mit einer Äußerung, die ihn explodieren ließ.

Was kam da? Wörtlich? Auch den Tansel will ich fragen nach diesen letzten Momenten, nach den »Stichworten«. In nur drei Tagen kann ich mit ihm reden. – Du traust dich? – In meinen Augen ist er nun endgültig am Boden.

Ja, aber tot ist Bob. Und ich glaube nicht, dass Prinz Tansel noch gespeichert hat, was da zuletzt lief. Ob er das nicht gründlichst löschen musste. Was Bob ihm kurz vor dem Crash sagte, muss für den Junior unerträglich gewesen sein. Beleidigend. Das war die alte üble These, wonach im Islam automatisch der Islamist steckt, der

Extremist, der Terrorist. Was ja hierzulande nun nicht mehr bloß an Stammtischen zu hören ist. Als hätten Christen nie Kreuzzüge gemacht. Und nie Nato-Aktionen. – Was hat Bob gesagt, wörtlich? – Dass die muslimische Welt einige Jahrhunderte kultureller Entwicklung nachzuholen hätte, an Europas »Aufklärung« nie beteiligt gewesen sei.

Ach. Kultur war eher im Orient als in deutschen Wäldern.

Bob kleidete das in die Frage, ob es einem Menschen aus einem kaum entwickelten Kulturkreis je möglich sei, etwas so Vernetztes zu erfassen wie die Freiheitsproblematik. Also auch so ein frühes Freiheitslehrstück, diese erste Arbeiteroper, gebastelt aus friderizianischem Denken. So ungefähr hat Bob geredet. Und hat dann zu Tansels Herkunft ein Wort benutzt, das war die Härte.

Welches Wort?

»Unterbelichtet«. Hat das sogar wiederholt. Beim zweitenmal ohne »vermeintlich«. Ja, das war's. Für jeden von uns, in diesen Momenten nach der Freiheitsoper, so ist mir das inzwischen klar, für jeden von uns hieß »unterbelichtet« was anderes. Für mich wär's was gewesen, worüber wir hätten nachdenken können, von »unterbelichtet« zu »belichten« und von »belichten« zu »entwickeln« und »aufklären«. Anhand der *Regina*-Inszenierung. Was Bob wohl auch gemeint hatte, als Anstoß zur Diskussion über das Stück. Aber für den Junior war's ein Schlag vor den Kopf.

Sie schwieg eine Weile und sagte dann, zu einem wirklichen Gespräch waren wir eh nicht in der Lage. Kamen aus einem Spiel, in dem eine Frau zwischen zwei Männern steht und Gewalt auszuhalten hat. Und in dem sie sich am Ende retten muss mit einem Schuss. Schon als wir uns trafen unten vor der Allee 77, da war nur Verklemmtheit. Und auch im Lift: Schweigen. Noch in der Wohnung lief das so. Wir warteten auf dich, benahmen uns wie Schafe. Auch Bob dachte wohl krampfhaft, jetzt müsste ein Gespräch in Gang kommen. Ich ging in die Küche, wusste, im Kühlschrank ist Champagner. Kaum war ich hinter der Ecke, da begann dieser Wortwechsel. Am Ende mit

»unterbelichtet«. Für Tansel die Mitteilung, der Muslim sei weltweit der Depp, benebelt von Religion, von Tyrannei, und speziell er, der junge Deutschtürke, nur ein bemitleidenswerter Fall aus anatolischer Provinz, der weder Opern begreift noch Frauen. Frauen schon gar nicht. So suggerierte das allzu gern mein SnobBob. Ach, und den Stich »unterbelichtet«, den bekam er dann zurück. Mit Metall. Ins Herz. Der Dumme, der Große. Der Spieler, der Spaßvogel …

Wir schwiegen. Sie schien zu weinen. Ich versprach, über all dies mit Tansel zu reden. Und sie dann anzurufen.

Notizen, 24. November 2010 Das mittelalterliche Metallgerassel, das stählerne Wegschließen von Mitmenschen, inzwischen technologisch verfeinert. Doch immer noch eisig eisern. So wie schon bei meinen Lesungen im Knast in Bruchsal oder im Ruhrgebiet. Das steinharte Einmauern ist inzwischen digital verschlüsselt und noch bedrückender.

In einem Besucherraum Tansel. Bleich, schmal. Sein Dreiteiler scheint ihm zu groß geworden. Ich strecke die Hand aus, er beginnt, aufzustehen, auf mich zuzugehen. Fußfesseln. Für einen U-Häftling? Sitzen uns dann gegenüber. Neben die Stahltür setzt sich ein Uniformierter, bewaffnet.

Tansel ist es, dem das erste Wort gelingt. Wie es mir gehe. Wahrscheinlich hab ich geantwortet, es ginge mir zweifellos nicht so elend wie ihm. Er redet dann sehr gedämpft. In Bruchstücken. In alle Richtungen werde jetzt gewühlt, Privates ans Licht gezerrt. – Was bei euch ja das Wichtigste ist. Das Licht.

Mit »Licht« steuert er offenbar sofort auf das Mordwort hin, auf »unterbelichtet«. Aber mir ist das zu früh, ich frage: Inwiefern wird jetzt »gewühlt«?

Sie plündern und durchwühlen alles. Alle Geschäftsunterlagen. Auch Privatsachen. Jedes Export-Import-Papier. Alle Dateien der Firma. Das macht Stimmung. Sämtliche Adressen und Mails, alles wird kopiert. Das macht Laune bei den Kunden. Was Vater aufgebaut hat mehr als fünfundzwanzig Jahre, das geht kaputt. Alle seine Kontakte.

Ich sehe, der an der Tür macht Notizen. Krampfhaft überlege ich, was ich sagen soll. Da meint er, fast komisch: Harry, weißt du noch, ab Januar wollte ich dich managen. Da hat sich einiges gedreht.

Ja, gedreht hat sich allerhand, auch für mich, sage ich. Will aber nicht von mir, sondern von ihm reden. Will und muss zum entscheidenden Punkt kommen. – Die Katastrophe zu begreifen, das gelingt mir noch immer nicht, nicht annähernd. Es gab mit Bob seit je Spannungen, nicht wahr? – Er schweigt. – He, Tansel, zuletzt sahen wir uns in einem Theater. Unter Menschen in Hochstimmung. Die schienen beglückt. Da strahlten fast alle über etwas Gelungenes. Beifall, erfreute Gesichter. Auch deine Eltern schienen glücklich, dein Vater bedankte sich bei mir.

Er nickt. Im Theater sei Kemal begeistert gewesen, auch er selbst, aber zugleich verwirrt. Die schöne Undine, plötzlich als Freiheitsfrau. Und danach habe er die Reden, diese sicher wichtigen Reden kaum ertragen. Auch Bob und Undine hätten ja das Weite gesucht. Da sei schon wieder getönt worden von Aufklärung, auch von »gescheiterter Aufklärung«, nicht wahr? Von 1848 und 1849 und von den Grundwerten des deutschen Grundgesetzes, die in jenen Jahren geboren worden seien. Freiburg als Wiege des Rechtsstaats, des Demokratischen in Deutschland. Als hätte es nicht auch sonst in der Welt Entwicklungen gegeben und Orte und Werte und gute Taten und Daten und Vorbilder. Zum Beispiel Mevlana oder Atatürk oder die Sabancis und, ja, auch den Propheten. – Schwer zu ertragen, so eine Selbstfeier. In einem Volk, das zwei Weltkriege gezündet hat und mörderische Diktatur.

So redet er sich in Eifer. Als könne, als müsse er mich oder sich noch überzeugen. – Statt solche edlen Reden anzuhören, habe er lieber mit mir sprechen wollen, mich seinen Eltern vorstellen und mir dann das Claudius-Gedicht sagen, das er nun auswendig könne.

Aber als er bemerkt hätte, dass der Amerikaner und Undine die Feier verlassen hatten und dass die Väter, dass Kemal und Alexander sich mal wieder gut verstanden, da habe es auch ihn nicht länger gehalten, da sei er in die Nacht raus. – Und dann, unten, vorm Eingang Vaubanallee 77, da stieg ich fast im selben Moment aus meinem Wagen wie die beiden aus dem VW. Der Kalifornier und die Wahnsinnsfrau. Die sah ich sofort unter seiner Pranke. Unter der kalifornischen Besitzerpranke. Obwohl die Pranke da nicht lag. – Er nimmt seine Hände vors Gesicht. Seine geketteten Hände.

Erzähl weiter, hier läuft offenbar kein Tonband.

Und wenn schon. Sie haben Wanzen, und ich habe nichts zu verschweigen.

Wie lief es dann im siebten Stock?

Hob die Hände zur Seite, sein Zucken unter den Augen. – Hab die Tat nie abgestritten. Bereue sie und will sie selber begreifen. Mit dir.

Tansel, auch ich begreife die Tat nicht. Erzähl mir Einzelheiten, Schritt für Schritt. Ihr wart dann zu dritt in meiner Wohnung?

»Oh, mein Geschäftsfreund!« Mit diesem Spott unten vorm Eingang, so begrüßte mich Bob. Dazu ist mir leider kein Gegenwort eingefallen. Schon gar nicht so was wie »Und du, mein Menschenfreund?« – Sie seien in den Lift, stumm, alle drei in der spiegelnden Kabine, wortlos, hätten sich nicht angeblickt. Das sehe er alles noch sehr genau vor sich. – Und wenn ich mich weiter genau erinnere, dann hat als erste Undine etwas gesagt. Nämlich dass auch du, Harry, hoffentlich bald kommen würdest. Oben hat sie die Wohnung aufgeschlossen, hat im Bücherraum die niederen Lichter eingeschaltet. Unter den bodentiefen Fenstern ist noch die Stadtbahn gefahren, zurück zur City. Das seh ich noch. Und weiß, dass erst mal keiner geredet hat.

Ohne weiteres hätte sich Bob neben sie gesetzt. Wenn auch nur kurz, denn Undine sei da gleich wieder aufgestanden, um zur Küche zu gehen. Er, Tansel, habe in einer der Sesselschüsseln gehockt, habe sich hilflos Sätze zurechtgelegt, zum Beispiel: »Nicht dein Geschäftsfreund, und dein Freund schon lange nicht mehr.« Dann hätte er den Goldberg zu fragen angefangen, ob denn einer wie er aus der Vernunftoper irgendwas habe begreifen können. Da sei es ja wohl um Menschliches gegangen, um Alternativen, um »milde Wege«, die um Konflikte herumführten, um friedliches, um freundliches Miteinander, und dass eine Freiheitsoper tatsächlich eine sehr viel kompliziertere Sache sei als militärische Attacken für das, was Leute aus Texas für Freiheit halten. Auch das hätte er sich zurechtgelegt. Habe aber nicht richtig reden können. Nur wieder geschwiegen und deutlich die kalifornische Pranke gesehen, die gar nicht zu sehen gewesen sei.

Und als er dann angefangen habe, in seiner Verlegenheit auf dem kleinen Tisch einen der wunderbaren großen Äpfel zu schälen und zu zerschneiden und Undine aus der Küche gekommen sei mit Gläsern und Schampus, da hätte Goldberg gegrummelt, was er in der Oper als Terrorist zu singen hatte, »hinaus, hinaus in schnellster Frist, was nicht dem Land zu nutze ist«. Und dieses schreckliche »denn mit Waffen lässt sich schaffen alles, alles in der Welt«. Ja, auch »Geld«. Lange Zeit stand das da im Raum, »Welt« und »Geld«. Als Bob mit Knall den Champagner geöffnet habe. – Da war in meinem Kopf nur dieses »alles, alles in der Welt«, womit bei euch unterm Kaiser und unter Hitler der Nationalgesang anfing, Deutschland »über alles in der Welt«.

Vernünftiges Reden war da blockiert. Da half auch Schampus nicht, und ich hab mich so gefühlt, wie mein Name das will: unter einer Überschwemmung in der Morgenfrühe. Alles gelähmt. Sprechen und Denken im Stau.

Und dann sei diese Bemerkung gekommen. Die habe ihm die Sicherung rausgeschlagen. Die Beherrschung. Typische Äußerung aus Amerika. Goldberg habe auch jetzt nicht anders reden können als herablassend. Von sehr hoch oben, beleidigend. Mitleidig. Daran habe er nun ständig herumzudenken und komme immer zu dem Schluss, wie unendlich beleidigend das Herrendenken sei. Selbstherrlich.

Kannst du wörtlich sagen, was er geredet hat?

Er schaut zu dem Mann neben der Tür. – Zum Schampus meinte er wohl, nun müsste endlich geredet werden, und er gab sich einen Ruck und fing an. War ja sonst nie auf den Mund gefallen. Und sein Gerede ging um die Freiheits- und Arbeiteroper, was von der noch zu lernen sei. Hat mich gefragt, ob ich inzwischen mit dem alten Dichter genügend Crashkurse gehabt hätte in Sachen Aufklärung, Freiheitsproblematik, Vernunft. Ungefähr so fing er an, von oben runter. Bob konnte ja mit seinen Grübchen in den Backen richtig nett aussehen, aber ich fand, dies war reiner Hohn. Stets wird gesagt, wir Muslime hätten einige Jahrhunderte weniger Individualismus im Hirn. Weniger autonomes Denken. – Wörtlich so? – Wörtlich weiß ich nur, dass er sagte, da könne sich ein altersweiser Dichter noch so viel Mühe geben, diese Freiheitsoper sei auch von den opernverrückten Deutschen nicht umsonst weggeschoben worden. Weil die ältliche Musik, weil die nervöse und melancholische Musik um ziemlich komplizierte und aktuelle Konzepte gehe. Obwohl da viel gebetet würde, drehe sich das um akut Gesellschaftliches, viel zu heikel für den deutschen Untertan und zu komplex für Unterbelichtete. Die nur noch abfahren könnten auf Events, auf Alles-oder-nichts-Furor in Cyberkriegen, auf *heavy metal* und Revoluzzergebrüll und Schwarz-Weiß-Denken. – Tansel spricht rasch, sehr leise. Und sagt dann, was Bob als Letztes gesagt habe. »Zu komplex für die, die nach Mohamed eingezwängt blieben in Religion. Global unterbelichtet.«

Das war's?

Nun verstärkt, mit »global«. Ja, das war's. Da hat mein linker Arm aus einem Regal eine breite Ladung Bücher mitgenommen und durch den Raum gefegt. Die Bücher hab ich auf den US-Boy schmeißen wollen, aber die waren zu schwer, und ich hab schreien wollen »ach du Menschenfreund«, aber da kam kein Schrei mehr, kein Wort mehr, war alles zu schwer, nichts mehr hat die Stichflamme gelöscht und das Grinsen im Gesicht des Goldberg, das war's, in der rechten Hand hatte ich aber noch das Messer, das musste rein in das Grinsen, in die nette Grübchenfratze, doch da sprang der auf und da ging das nicht in sein Gesicht, sondern ins Herz, weil der hochsprang …

Schweigt. Schluckt. Bedeckt sein Gesicht mit den Händen in Fesseln, schluchzt. Ich sehe, dass der Aufpasser Notizen macht.

Korasmar, das Gesicht in den Händen, zittert. Schließlich holt er mehrmals tief Luft, hebt den Kopf dann ein wenig aus den Händen und sagt: Unbeherrscht, und sie hat sich dazwischen geworfen. Hat mich umklammert. Als ich sie hab abschütteln wollen, hab ich sie verletzt. Mit der Messerhand.

Ich sage ihm, aus Berlin kämen Nachrichten, dass die Verletzung inzwischen gut heile. Aber nun werde auch mir das Fürchterliche deutlicher. Und noch fürchterlicher.

Er hebt ein wenig die Arme. Es rasselt.

Tansel, so, mit diesen Schilderungen, exakt mit diesen Worten solltest du dich verteidigen.

Er schaut mich kurz an. – So ist es ja gewesen. Und so hab ich das auch dem Anwalt gesagt. Schon dem BKA. Auch dem psychologischen Gutachter. Aber der eine wie der andere, sie haben Probleme mit mir. Mit Romantik und Opern sowieso. Mit Aufklärung und all dem kann ich da nicht kommen. Da ist kein Sinn für politische Gefühle.

Beim Psychologen? Kein Sinn für politische Gefühle? Opern rühmt man als Kraftwerke der Gefühle. In *Regina* geht es nicht nur wie sonst um Liebe und Eifersucht, sondern zum ersten Mal auch um akut Politisches und dann um politische Gefühle, auch um Terror. Für Psychologen eine Fundgrube.

Der Uniformierte schreibt jetzt nicht mit.

Dein Wort »politische Gefühle« gefällt mir sehr, das trifft's. Ganz am Ende, nach viel Handlung und Hin und Her, da wird auch *Regina* zum Gefühlskraftwerk, für Wir-Gefühle. Für die wir Deutschen unter den Wilhelms und Hitlers extrem vernebelt und vernagelt blieben, im Politischen ganz und gar ungeübt. Wahrlich unterbelichtet, just auf uns Deutsche trifft das zu. Für die Wendung »politische Gefühle«, da danke ich dir, die werde ich nutzen. Wer wird dich verteidigen?

Kemal schickte einen Istanbuler Anwalt. Der kennt zwar deutsches Recht. Aber seine Strategie läuft anders. Und was er von Sex denkt, will ich lieber nicht wissen. Null Gefühl dafür, wie meine Sucht ist. Ach. Und von all dem wird Bob nicht lebendig.

Dann redet er wieder sehr leise, so dass ich mich über den Tisch beugen muss, um ihn zu verstehen. Was ihn am meisten bedrücke, außer Bobs Tod, das sei, dass er sein Versprechen nicht gehalten habe. Er jedenfalls achte Versprechen. Seinem verehrten Mäzen Sakip Sabanci, dem habe er als Zwölfjähriger bei der Familienfeier zu dessen siebzigstem Geburtstag feierlich versprochen, dass er, Tansel, ein kluger, ein erfolgreicher, ein tadelloser Türke werden wolle. Also das, was Sakip Sabanci selber war, unser Förderer und Vorbild. Und? Was bin ich geworden?

Du hast mir geschrieben, man würde ein Urteil begründen mit »Besitzgier«. Das kann ja wohl nicht wahr sein. – Ich sehe, wie der Wachmann auf seine Uhr blickt. Beuge mich über den Tisch noch weiter vor und rede so leise wie möglich. – Dein wahres Motiv ist dein Liebeswahn. – Er starrt mich an, unter dem rechten Augen das Zucken. Und habe dann Mühe, seine geflüsterte Antwort zu verstehen: Da ist eins so unmöglich wie das andere. Besitzgier bringt lebenslänglich. – Er zögert, er schluckt. – Und Liebessucht, das bringt Vernichtung.

Bitte laut reden! mahnt der Uniformierte und steht auf. – Aber jetzt ist sowieso Schluss. – Er zeigt auf seine Uhr.

Auch ich stehe auf, auch Korasmar erhebt sich, kommt um den Tisch herum, kettenrasselnd. Beginnt mich zu umarmen. Der Aufpasser protestiert, erinnert an Besuchsvorschriften. Wir bleiben in der Umarmung. »Bedenk das«, zischt er mir zu. – Lebenslänglich. Oder Vernichtung.

Umgehend beschwere ich mich beim Vollzugsdirektor, dass die Besuchszeit zu eng begrenzt sei und dass hier ein Untersuchungshäftling Fußfesseln trage. Da schüttelt der den Kopf. Was ich denn anderes erwarte. – Bis zu einer rechtsgültigen Verurteilung gilt auch hier die Unschuldsvermutung. – Da belehrt der mich, hier handele es sich nicht nur um einen geständigen Totschläger, höchstwahrscheinlich um einen Mörder, sondern hier gehe es um eine akute Gefährdung der Staatssicherheit. – Ich begehe keinen Geheimnisverrat, wenn ich Ihnen sage, dass in Sachen Staatssicherheit dringender Verdacht besteht. Und damit basta. – Er öffnet mir die Ausgangstür, raunt mir dann aber, in der Tür, noch was zu. – Oder wie würden Sie das nennen, wenn nachweislich ein CIA-Mann dran glauben musste. Ein Spezialist in Sachen Terrorabwehr. Und Waffenhandel.

Noch unterwegs, noch in der Bahn höre ich ihn, diesen Vollzugsdirektor. – CIA. Terrorabwehr. – Höre aber auch die Gelöbnisworte. – Erfolgreich. Klug. Tadellos. – Und bedenke Tansels verzweifeltes Geflüster. – Lebenslänglich. Oder Vernichtung.

Rückblick: Notizen, 20. Juli 2010 Anruf aus dem Freiburger Theater. Die Regisseurin. Man habe sich im Regieteam auf eine neue Idee verständigt und sei gespannt, wie sich dazu der Experte äußere, der Initiator des Ganzen.

Sie übergibt das Gespräch der Dramaturgin. In der ersten wie in der letzten Szene, sagt sie, da gebe es bekanntlich markante Momente, die damals, im Jahr 1848 noch deutlich an 1789 erinnerten. Wobei damals auch dem breiten Publikum noch geläufig war, wie blutig sie gewesen ist, Frankreichs Revolution. Nun aber, 1848 und in *Regina*, da soll nun alles Brutale und Grausige, sollen die Guillotinen umgangen werden, will man 1789 humanisieren. »Nur auf milden Wegen« könne Freiheit blühen, »des Aufruhrs Sturmgebraus« soll menschlich bleiben, »mit Verstand«, so heißt es ja wiederholt in unserem Stück, »Sturmeswogen« würden alles nur kaputt »peitschen«, singt der Robert-Blum-Tenor dreimal hintereinander.

Die Länge Ihrer Ausführungen sagt mir, dass Sie fürchten, ich könnte Ihre Idee ablehnen. Aber Sie argumentieren mit Worten aus der Oper, das kann ich doch nur gut finden, und als Regisseurin zeichnen Sie. Was wollen Sie also?

Zur rührend altmodischen und zwischendurch geradezu verzagten Musik liefert das Spiel, Sie wissen es, akut aktuelle Probleme. Das will schon 1848 beantworten, ob Gewalt hilft gegen Gewalt.

In der Tat, das Spiel geht heutige Probleme an mit einer Musiksprache, die noch von den Partituren Händels und Haydns lebt. Aber nun werde ich ungeduldig.

Wir wollen 1789 markant zitieren, bildlich. In der ersten Szene und in der letzten. Dort, wo anfangs die wütenden Arbeiter singen: »Beschlossen ist's, zu Ende sei die Knechtschaft und die Tyrannei!«, da, am besten zum Schrei »Tyrannei!«, da kommt es dann auf die Sekunde an, da wollen wir die im alten Stil aufbegehrende Musik Note für Note wiederholen und dazu soll eine junge Frau mit einem zerfetzten Schwarz-Rot-Gold unter den streikenden Arbeitern sein und dann, zum Klang von »zu Ende sei!«, da sollen die Männer sie auf eine Maschine heben, auf der sie oben die berühmte Revoluzzerpose der Marianne einnimmt. Da dachten wir an Ihre Verwandte.

Und? Nun streikt sie?

Ich frage jetzt Sie.

Die Idee finde ich richtig, aber meine Verwandte ist selber groß, ich werde den Teufel tun und den Kontroll-Onkel spielen.

Wir wollten wissen, ob Sie die Idee schlüssig finden.

Undine also als Frankreichs Marianne, mit blankem Busen?

Und danach unterm schwarzrotgoldenen Fetzen.

Kann sein, auch sie findet das aufregend und macht das.

Sie macht es. Sogar begeistert. Wir wollten nur noch den Forscher hören. Und wollen dann das gleiche Signal auch im Finale bringen, zu diesem auftrumpfenden »Heil Freiheit!«. Freiheit ist ja da gemeint als verbesserte Auflage von 1789. Jetzt, 1848, soll sie tatsächlich für »alle« gelten, der Robert-Blum-Tenor hatte ja gesungen: »frei geboren sind wir alle«. Im Finale wiederholt also die junge Frau ihre Pose aus der Anfangsszene und die Menge kommentiert: »In diesem Zeichen siegen wir!« Und unsere Marianne kommt nicht in Lumpen oder als Hure, sondern ist eine Freundin der Regina, vielleicht die rasante Gemahlin des Freiheitsdichters Herwegh.

Undine als Emma Herwegh? Na phantastisch. Nur zu!

Rückblick: Notizen 21. Juli 2010 Auf dem Morgenbalkon erscheint sie spät, bedankt sich für meinen Brief mit Kirsten Heisigs Schreckensfakten aus Berlin und dem Ruhrrevier und berichtet, was die *Regina*-Regie plant. – Weiß ich, finde ich gut. – Und erzähle ihr von Emma Herwegh.

Leider neigt unser Männerchor zum Zugriff. Wenn man sie ließe, sähe das aus, als rissen die mir die Bluse vom Leib. – Sie lege aber Wert darauf, dass dieser Moment nicht nur Bühnenrolle sei, sondern auch eigene Entscheidung. – Hab mich inzwischen durchgesetzt. Das Bühnenbild ist beherrscht von einem digitalen Monster, nein, nicht vom Zahnrädermoloch aus *Moderne Zeiten*, sondern von Innereien eines Rechners, an diesem Ding werde sie mit dem Fahnenfetzen hochklettern und ihr Oberteil werde sie im wüsten Augenblick dort oben in freier Entscheidung öffnen, auf die Sekunde genau zu »So kommt dem Volk die Herrlichkeit«.

In gehobener Stimmung gehen wir die Allee hinauf zum Döblin-Platz. Bummeln unter den Baumriesen durch den Bio- und Bauernmarkt mit neuen Obstqualitäten, mit Ökoweinen vom Dilger und anderen Könnern, mit neuem Sommergemüse, Kirschen, Himbeeren, Brombeeren, doch ich merke, dass sie unruhig ist.

Tansel schicke Mails mit nervenden Fragen. Mit Drohungen, mit Warnungen. Ihr werde nun fast alles zu eng. Ihre *Undine*-Arbeit habe sie abgeliefert, ein Exemplar liege auf meinem Schreibtisch. Sie will sehr bald und dringend zurück nach Berlin, zur Miriam.

Auf der *Süden*-Terrasse finden wir Platz unter den Sonnenschirmen, trinken Säfte, nein, so früh noch keinen Wein. Aber Flammenkuchen. Ihren Versuch über die Wagenburg, den kann sie erst im nächsten Semester fertig stellen, da fehlten noch Einzel-Interviews, und noch sei ihr nicht klar, aus welchen Schichten die wirklich kämen, die da »Lebensraum« verlangen und totale Antihaltung. – Du hast mir gesagt, der Name »Freiburg« sei wie ein Programm. Je länger ich hier hause, auf desto seltsamere Programme und »Sinnsucher« stoße ich. Bei den Wagenburg-Leuten wüsste ich zu gern, wie das abläuft, dieses Sich-Einspinnen in egomane Utopien. Aber auch, wie das de facto klappt mit der Finanzierung, ob nicht doch von daheim diese oder jene Überweisung kommt. »Gegen Staat und Kapitalismus«? Die blockieren und verhindern ein blödes Hochhaus am Eingang zum Vauban, verbreiten aber selber ebenfalls Blödes, belehren mich über das Leben »in autonomer Gemeinschaft«, in geldfreien Tauschgesellschaften und reagieren schon aggressiv, wenn nur mal Fußballfans vorbeilatschen mit Schwarz-Rot-Gold zur WM. Diese Wilden in der Wagenburg verachten Bürgerleben und nutzen es. Schon bei Fouqué schlappt der Ritter durch den Zauberwald in geistigen Puschen. Fremdes macht dem nur Sorgen und Angst. Anderswelten werden da nicht geöffnet, sondern verdächtigt. Ausgegrenzt. Bob und ich haben auf eurem alten Friedhof eine wunderbare Schrift gefunden. Da stand auf einem Stein von 1790: »Sie war ganz, doch nicht zu sehr, Mutter.« Haben lange davor gestanden und haben Regina Haegelin gegrüßt. Eine vielfache Mutter, so wie Lortzings Ehefrau Regina mit ihren elf Blagen. Ach, und wenn ich hier im Vauban so manche innige Mutter beobachte, dann wünsche ich der dieses Gedenken von 1790. Mit dem eingeschobenen »doch nicht zu sehr«.

Ihr Haar im Wind, im Sonnenglanz. Sie hört ihr Handy-Signal, erschrickt, das Display meldet Tansel. Und der sagt ihr nun, er registriere sie im Vauban, also wohl bei ihrem Großonkel, das bringe ihn in gute Laune. Im Übrigen beobachte er seit elf Tagen auch den Herrn Goldberg, und zwar am Pazifik, ja, der entkomme ihm selbst im »Wilden Westen« nicht. Freilich habe der Sonnyboy das bislang nicht bemerkt, weil er sich was einbilde auf seine »Kontrollsperre«.

Sie schaltet aus. Und verwünscht dann die GPS-Welt. Redet vom Cyber-Space-Terror. Vom Ende allen Sichverständigens. Schon im *Undine*-Märchen sei nirgends Kommunikation. – Insofern eine triftige Geschichte, sage ich. Vielleicht unfreiwillig. – Aber wer weiß denn heute noch Wege aus dem Digitaldickicht. Selbst mit ihrer Wagenburg bauen sie sich hier eine Insel in der Insel, »i(n)solieren« sich vor dem, was Sache ist. Wie sagte mir einer der Burgleute? Wir bauen hier, was bei den Paschtunen in Afghanistan »Jagistan« heißt. »Land der Freien«. *Land of the unruled*. Und dann hängen sie über ihre Insel in der Insel die Parole von Pipi Langstrumpf. »Ich mach mir die Welt, wie sie mir gefällt.« Das war auch mal mein Schrei. Aber da war ich zwölf. Irgendwann ist doch mal Erwachsensein fällig, oder?

Und dann strolchen wir durch die übergrünten Seitensträßchen des Vauban, schlappen und wippen wieder durch die schönen Nähen und Nachbarschaften. Sehen die Hunde mit den gelben Plastiktütchen im Halsband, für den häufigen Fall. Und lesen hier und dort, was da an den Häusern auf kleinen Schildern angeboten wird, oft sind die Schildchen handgetöpfert. Sie hat die besseren Augen, liest das immer als erste, oft ungeniert laut und fröhlich. Aroma Massagen Somatic Experience Ayurveda Kinesiologie Heilpädagogisches Reiten The art of being Stillberatung Craniosacraltherapeutische Motopädie Autobionomy Kreativer Kindertanz Heil-Eurythmie Venusraum Stockkampfkunst Alexandertechnik mit Balsamkosmetik für Leib und Seele.

Käm die Undine des Paracelsus ins Vauban, fände sie unter so viel Seelenkäse eine Seele? – Vielleicht Hilfreiches, sage ich, vergraben unter seltsamen Wörtern. »The art of being«, das wäre für meine alte Mutter, die als andere Sprache nur Platt konnte, ein chinesischer Teeladen gewesen. Wörtlich »Tee nach Art von Peking«.

Wie klug dagegen die uralte Inschrift der Regina Haegelin.

Rückblick: Notizen 22. Juli 2010 Auch in dieser Nacht will sie am anderen Ende des L-Grundrisses schlafen. Von dort kommt sie kurz nach Mitternacht. Und liegt dann neben mir. – Angst. – Wieder nur dies. Sorge vor den Nachstellungen des HiTec-Stalkers. Des potentiellen Erkletterers von sieben Stockwerken. Dem wir aber nicht ausweichen wollen, mit dem wir doch reden sollten, den wir verstehen müssten.

Liegen beide stumm, beide auf dem Rücken, schauen über die Fußspitzen in die offene Nacht hinaus. Auch drüben habe sie die Türflügel zum Abendbalkon zunächst offen gelassen, aber unmöglich schlafen können. Im Haus seien Geräusche gewesen. Wenn einer wirklich wolle, würde der den Aufstieg schaffen. – Im Stress ist er nicht zu bremsen. Immer auf der Überholspur.

In der Sommernacht stehen sie nun hier offen, die beiden Flügeltüren Richtung Süden. Unterm Sternenhimmel der Schatten des Schönbergs, der breitet sich aus wie eine große schwere Schildkröte. Das Schwarz scheint über unseren Zehen zu schweben.

Als Geologe müsstest du doch von jedem Berg und jedem Buckel, von jedem Knick in der Landschaft wissen, warum der so und nicht anders aussieht, warum so steil, so krumm, so hoch?

Müsste ich. Und könnte dir das in der Tat von vielen Bergen erzählen, mit Vergnügen.

Was für ein Berg ist der da? Der Schönberg?

Ist aus den obersten Höhen des Schwarzwalds in die Ebene gerutscht. Was Millionen Jahre dauerte. Und weil er schon ziemlich früh von ganz oben nach unten geriet, blieb oben auf ihm all das liegen, was einst auch auf dem Hochschwarzwald lag, was dort inzwischen längst weggespült ist. Solche Berge sind für die Geologen »Zeugenberge«. Die zeugen noch immer von dem, was einst war, sind Chronisten, steinerne Urkunden. Bis vor kurzem war der Schönberg Bergwerksberg. Steckt voller Eisenerz. Im letzten Krieg holte man aus dem Ruhrgebiet Bergleute, die mussten das da rausholen.

Unter dem düsterem Waldhang die helleren Wiesen. Der Wald scheint über dem Helleren zu schweben. – Der Wald schwebt schwarz, sage ich. – Und schweiget, sagt sie. – Aber längst weiß man ja nun, er redet, er warnt, ruft Alarm.

Durch die offenen Türen ist der Bergbach zu hören. Gelegentlich ein Knistern in der Schlafdecke. Ich hab mir eine wollene kleine Zusatzdecke um die Schultern getan. An Armen und Schultern wird's mir neuerdings kühl.

Liegt nun also neben mir. Und es ist klar, morgen fährt sie nach Berlin. – Tropische Nacht, sage ich. – Tropisch? – Nächte, die wärmer bleiben als zwanzig Grad.

Du bist mir zu nüchtern, Harry. – Und bald danach: Immer wieder mache sie die Erfahrung, dass mit Menschen, auch mit denen, mit denen körperlich nichts läuft, im Dunkeln und bei viel Zeit ganz anders zu reden sei. Wenn das gut geht, dann stundenlang. Zunächst von Bett zu Bett. Auch schon daheim, wenn die beste Freundin nachts habe bleiben dürfen.

Im Dunkeln werden wir halt nicht hinters Licht geführt, vom Beschuss der Wellenteilchen. Werden nicht getäuscht durch das, was für Mönkenmeier bloß augenscheinlich ist.

Und man hat Geduld, zu prüfen, ob das, was man sagt, halbwegs übereinstimmt mit dem, was man hat sagen wollen. Und wenn sich dann Wörter und Sätze mal wieder selbstständig machten, dann kann man in einer guten Schlafzimmernacht alles in Ruhe korrigieren. Da drängelt niemand.

In Berlin hatten wir einen Deutschlehrer, wenn der angefangen hat, Schwieriges zu erklären, Kafka, Celan, Bachmann, dann hat der beim Reden vor der Klasse zu blinzeln begonnen. Hat die Augen schließlich ganz geschlossen. Alle haben ihm gebannt zugeschaut. Später dann, auf dem Schulhof oder auf Partys versuchten fast alle, das zu imitieren. Die Konzentrationen des guten Deutschlehrers Jansen.

Sie fragt mich, wieso ich nicht in Berlin lebe. In Berlin gebe es in Mengen Theater, Museen und alle Sorten Musik. Und in allem Spaßterror auch interessante Leute.

Im Ruhrgebiet noch weit mehr. – Mehr Museen? Mehr Theater? – Sogar mehr Opernhäuser. Und alle Sorten Musik und ebenfalls interessante Leute. Und keinen Irrealismus, sondern das harte Faktenleben. – Und erzähle dann, wie nach dem Krieg der Trend der Deutschen gen Italien ging. Urlaub in Rimini, Ferien an allen Ecken des Stiefels, bis Sizilien, davon erzählten dann nach den Ferien die Klassenfreunde. Aber auch die scheußlichen Filme. Für mich war klar, auf keinen Fall Italien. Meine Traumländer waren Irland oder Rumänien. Schon als Kind fand ich Rumänien zauberhaft, im alten Atlas wunderbar rund, weil die Sowjetunion oben rechts noch nichts rausgebissen hatte. »BissArabien«. Und in dem runden Karpatenland gab's Ortsnamen wie Kronstadt, Klausenburg, Hermannstadt.

Warum nicht Berlin?

Weil ich der Querbesen bin. Nach der sogenannten Wiedervereinigung zogen in Massen die Schreiber nach Berlin. Vorher, in den Mauerzeiten war ich gern dort, in beiden Berlins. – Aber jetzt? – Zu meiner monatlichen Antibestsellerliste *Bestenliste* wollte ich eine Jury aus hundert Kritikern bauen, aber bei fünfunddreißig Figuren kam ein Stopp von oben; die Kritiker hatte ich sorgfältig ausgesucht aus allen deutschsprachigen Regionen samt Schweiz und Österreich. Und nach dem Mauerfall? Da wurden fast alle Berliner. Für mich war das mainstreamhörig, machtkriecherisch. Ein weiterer Grund, sich abzusetzen. Zur Ruhr hin oder nach Freiburg. In Berlin hausen einhundertachtundneunzig Leute vom Weltverband der Dichter und Essayisten, vom PEN. In München einundfünfzig, in Frankfurt dreißig. In Freiburg sieben. In Essen keiner.

Das spricht gegen Berlin?

Und für Essen. Hätte sich nicht in Freiburg diese Turmwohnung aufgetan.

Was spricht gegen die vielen Poeten und Essayisten in Berlin?

Dass die so sind wie ich. Unerträglich. Mit all denen spinnen, abstrahieren, träumen? Ich will mit Fakten träumen und das kann ich am besten und ungestört in diesem zentralen Abseits. Nicht unter lauter Parallelfiguren und Kopffüßlern. Unausstehlich. Nicht in Berlin, nur an Ruhr und Wupper war so was möglich wie Pina Bausch. Schon zum Literaturstudium wollte ich Geologie, brauchte ich Boden unter den Füßen. Sachliches. Ruhrrevier. Handwerk.

Ich sehe, dass du auch im Konsumzirkus nicht mitmachst. In Berlin fänden sie dich voll retro. Kein Auto, kein Handy, keine Krawatte, fast nur in kuriosen Plünnen, originell, aber alt. Hast du dir seit Olga mal was Neues gekauft?

Zwei Pulli. Weil die Klimaerwärmung so zögert. Auf einem Weihnachtsbazar in einer der vielen Freiburger Waldorfschulen gab's preiswert gut Gestricktes. Aber du, in Papas Hemden, solltest still sein. Voll retro?

Und deine Uhr, schon als Kind sah ich auf 'nem Foto diese Uhr.

Fürs alternde Auge bestens lesbar. Und seit mehr als zwanzig Jahren auf die Sekunde genau. Was soll der Flitter. Die in den Medienstädten Köln, Hamburg, Berlin, München, bei denen sehe ich doch, wie sie hörig werden im VIP-Sog, im Mode- und Trendsound. Zum Beispiel hat beim großen Spektakel um die wieder aufgebaute Dresdner Frauenkirche die kleine Wahrheit nie eine Chance bekommen, dass damals, bei der Zerstörung Dresdens, dass da dieser Kuppelbau erst Tage später einstürzte. Über einem Schwelbrand im Keller. Im Februar 1945 schwelte unten im Gotteshause ein Filmarchiv der Nazis.

Ach Harry. Verhinderter Politiker.

Es gibt ein Interview des Dichters Moravia mit der schönen Claudia Cardinale. Da will er wissen, welcher ihrer Körperteile ihr der liebste sei. Ich hätte Lust, auch dich zu fragen. – Frag doch. – Was ist dir lieber, deine sehr schönen Brüste oder das, was du »Ding« nennst und was, wenn ich richtig gesehen habe, die Winzigkeit des berühmten David in Florenz weit übertrifft.

Wenn ich da ein Teil vorziehen würde, wäre das wieder dieses

Zertrennen. Nicht Leib gegen Seele, nun Körper gegen Körper. Sorry, mach ich nicht. – Sie lachte und sagte, sie sei von Kopf bis Fuß mit sich einverstanden. Unzertrennbar. Unkaputtbar.

Und erzählt schließlich, wie in Erzählnächten, wenn sie mit Freundin oder Freund endlich lange und ungestört habe reden können, im Dunkeln, von Bett zu Bett oder auch schon unter derselben Decke, wie da fast immer irgendwann die Frage auftauche nach dem ersten Mal. – Wann und wie und wo und warum das so gewesen ist. Die Sache mit dem ersten gegenseitigen Einverleiben. Das wird dann Höhepunkt, in den Wahrheitsnächten. Zeigt, wie die oder der andere tickt.

Das willst du doch nicht auch mit mir altem Knochen?

Doch, will ich. Du redest von »präzisen Erinnerungen«. Was meinst du da?

Na was denn wohl. Auch in diesem Punkt faktische Fiktionen. Aber wenn schon, dann zuerst du. Wie war dein erstes Mal? Wahrscheinlich kompliziert, oder?

Sensationell.

Aha, und natürlich in Berlin.

Denk dir, das war in Essen.

Jetzt flunkerst du. Mir zuliebe, oder?

In solchen Nächten wird nicht geflunkert. Wenn die Nacht gelingen soll. Wir liegen hier unter einer dünnen gemeinsamen Decke. Sogar du hast fast nichts am Leib, nur dieses komische Wolltuch um den Hals.

An den Schultern wird's mir rasch kalt.

Soll ich dich wärmen? Die Schultern? Den Hals?

Weich nicht aus. Dein erstes Mal, wieso in Essen?

Klassenausflug Ruhrgebiet. Sozialkunde, Geographie, Geschichte, Politik. Essen als Modell deutscher Geschichte. In der Begleitung, als ortskundiges Elternteil, Irene. Die hatte schon in Berlin vorgeschlagen, wir könnten gut in einer der stillgelegten Zechen nächtigen. Zentral, mitten im Revier, im Stadtteil Kray, auf der *Zeche Bonifacius*.

Ziegelsteingemäuer, burgartig, »romantisch«. Frisch aufgeputzt rund um eine große Waschkaue, in der die Kumpels nach der Schicht duschten. Wo auch die Büros waren, wo gezählt wurde und gezahlt.

Gezählt, ob alle zurückgekommen waren, mit »Glück auf« aus tausend Meter Tiefe.

Rund um den großen Innenraum die Zimmer, pro Zimmer zwei Mädels. – Und du? – Ich mit Miriam. – Vermeintlich zwei Mädels.

Irene ließ es geschehen, hatte mir schon früh Kondome zugesteckt. »Mann weiß vorher nie. Und Frau genau so wenig.« Klar, und dann war es einfach fällig. Mi mochte ich seit langem.

Und? Was war nun sensationell?

Ja was denn wohl. Sekunden der Wahrheit. Bis dahin, nach dem Sport, beim Duschen immer in der Einzelkabine. Im Fall von Gruppenduschen: Slip. Als wäre ich da eigen. War ich ja auch. Irgendwie pingelig und seltsam. Und das wurde respektiert. Undine im Slip. – Und Miriam? – Seit Mai mit Pille. Rechtzeitig vor dem Trip an die Ruhr. Auch mit ihr ging nun lange das nächtliche Reden. So gründlich wie genau. Die Lehrer durchgekaut, die Jungs. Und dann, wenn klar ist, man ist auf gleicher Welle und es gelingt vor allem das Wichtigste, das gemeinsame Lachen, irgendwann muss es sein. Mi rüber in mein Bett, im Lachen das Kuscheln, Schmusen, klar, und dann. Ja. Die Sensation. Die Entdeckung. Und zum Glück mit Miriam. Mit meiner prickelnden Mi. – Wieso »zum Glück«? – Weil sie nicht geschockt war oder irritiert, sondern begeistert. – Begeistert?

Denk dich mal in so eine. Wenn eine fünfzehn oder sechzehn wird, dann, ob du das willst oder nicht, drängt immer akuter diese verdammte Frage, die am Ende fast alles durchquert, wie geht das eigentlich, wie wird das konkret, das mit einem »Jungchen«? Pornos gab's nicht oder kamen nicht in Frage. Aber die Phantasie war gestartet. Schon allein der Gedanke ans Küssen, welch eine Vorstellung: Zungenkuss! Und dann dieses unvorstellbar Andere. Mit dem Sven? Mit dem Dirk? Wie soll das verdammt gehen. Bücher lesen? Mit Irene reden? Mit Miriams Mutter war nicht zu reden, über so was schon gar nicht. Und meine Irene raunte, da helfe nur probieren. Üben. Mit der Neugier auf sich selbst. So sah die das. Und nun, in dieser seltsamen Zeche *Bonifacius*, die man mit »c« schreiben musste, nun plötzlich die Freundin, mit der ich sowieso schon so gern Arm in Arm ging und rangelte, mit der nun all dies und plötzlich ganz und gar. Wie hast du's gesagt: Faktische Fiktion?

Mehrfaches Geraschel dicht neben mir. – Bei der Irenentochter aber die Extrasorge, wie denn nur kann das bei mir laufen. Mit Mi lief das nun derart problemlos und selbstverständlich und hinreißend, dass sie im Nu weg waren, die Rätsel um die Kerle mit ihrem verdammten Ding und Drang. Entdeckungslust im Zechenzimmer. Überm Tausend-Meter-Schacht beim Sankt *Bonifacius*. Kein Schreck, sondern Wonne. Problem gelöst und lustvoll, mit der Liebsten. Und jetzt bist du dran, wie war's bei dir?

Huch. – Los! – Nicht annähernd wie bei dir. – Auch du in Essen?

In Freiburg. Hab ja hier studiert. – Davor nichts? als Schüler?

Undenkbar. Spaß und Lust waren verklemmt. In Fleiß und Pflicht. Es hatten ja alle nur ihre Pflicht getan. Fünfzig Millionen tot.

Hattest doch ältere Brüder, haben die dir nichts erzählt?

Die kamen aus dem blutigen Wahnsinn. Ostfront. Schocks in Knochen und Nerven. Das Mörderische, über das nicht geredet wurde. Über das auch unmöglich geredet werden kann. Von meinen Brüdern war da nichts zu lernen. Höchstens Angst. Und der kleine Heinrich, fernab und allein im schönen urigen Stadtwald, unter Buchenbäumen, Büchern und Klassik, für den blieben Mädchen Wesen vom Mars. – Tanzstunde? – Grauenvoll. Nachhaltig Fehlzündungen. – Aber dann? Freiburg?

Fleißig studieren. Gegen die Armut der Eltern »schnell fertig werden«. – Aber? – Mitten im Lernstress, plötzlich und unerwartet, eine Barbara aus Santa Barbara. Das Haar hell, so lang wie deins, aber ohne Wellen, glatt, wie ein Spaghettivorhang rund um den Kopf, das Gesicht fast nicht zu sehen. Diese Schöne schritt auf Ballettschuhen, auch durch Freiburgs Stadtmitte. Wie mit Katzentritten ging die über Freiburgs »Kajo«, als hielte sie Ausschau nach Opfern. Als hätte da ein schönes Gespenst vergessen, dass Mitternacht und Geisterstunde längst vorbei waren. Ein erstes Blumenkind war diese Barbara. *Flower power*. Die erklärte mir, dass es Völker gebe und Sprachen, in denen das Wort »Feind« unbekannt sei. Zum Beispiel in Indien. Gandhi hätte die Besatzer gewaltlos aus dem Land gezaubert. Da war nun enorm zu debattieren. – Lass die Debatte weg, was wurde mit euch beiden? – Schon Barbara wollte deutsche Romantik begreifen, vor Ort, im *Black Forest*. Fand in mir den Klassikfreak und fragte zum Beispiel, was ich von der Hexe denke in Humperdincks Hexen-Oper. Die hatte ich auf der Bühne so gesehen, dass die Sängerin der Hexe auch die Sängerin der Mutter war, die ihre Kinder bekanntlich abschiebt in den Wald, in Hunger und Gefahr. Darüber hatten wir nun zu reden, auch in den von dir gepriesenen Nachtgesprächen.

Da ist es dann passiert?

Ungeschickt, nicht so flammend, nicht wie in *Bonifacius* mit »c«. Immerhin war ich dann von Grund auf verwirbelt und begeistert. Wusste nun, wie das noch werden müsste. Hatte bis dahin nur fleißig studiert, abstrakt.

Wie war sie, deine erste Leibhaftige?

Barbara fand ungeheuer, dass im ältesten überlieferten Deutsch die Rede ist von den »idisi«, von den weisen Frauen, den Hexen, die das Heer blockierten, den Krieg. Ausgerechnet im ältesten Deutsch, da witterte sie *flower power*.

Du weichst aus, ich wollte was vom Leiblichen wissen. – In Sachen Musik kamen wir nicht zusammen. – Weichst schon wieder aus. – Das hat miteinander zu tun, verflixt. In Sachen Musik waren wir weit auseinander. Sie war tanzbesessen, klassisch wie rockpoppig. Ihr Leib war durchtrainiert. Ich dagegen philosophierte bedeutsam von der »magischen Sackgasse des Beat«. Da hänge die Massenmusik fest, erklärte ich, da verkomme das Musikalische. Das ließ sie nicht gelten, da nannte sie mich eingebildet, das Wort »eurozentrisch« hätte sie sicher gern genutzt, hätte es das schon gegeben. Dann hätte ich vielleicht gekontert mit »afrozentrisch«.

Findest du nicht, dass sie ein bisschen recht hatte? – Hatten wohl beide recht. Damals kannte ich viel zu wenig, wusste noch nicht, wie der Beatschlag auch frei macht zu Neuem. Bei Kommerz- und Massenmusik bin ich nach wie vor skeptisch. – Wegen der »magischen Sackgasse«? – Taktwechsel? Fast nie. Beatbann. Hab das nur fürs Tanzen gemocht, nicht als Musik. Synkopen bei Haydn oder Beethoven finde ich unendlich verrückter. Und fand dann viele alte Seufzer von berühmten Komponisten, Klagen quer durch die Jahrhunderte, schon immer darüber, dass alle Welt nur noch Tanzmusik wolle. »Dudelei« hieß das schon damals. Da waren es Walzer, Polka, Märsche, die uns die Ohren zugelullt haben. Halfen prächtig mit beim Vernebeln und Betäuben.

Sie wiederholt leise und staunend »Beatbann«.

Darüber kam mir die Zauberfrau abhanden. Diese muskulössomnambule Tanzfrau. Ich wurde krank, liebeskrank. Musste zurück nach Essen. Zur starken Mutter, dem wahren Stammbaum unserer Familie. Die mit meinen großen Brüdern, die mit ihren Soldatensöhnen und mit dem weltfremden Ehemann den Nazikrieg und die Hungerzeit knapp überstanden hatte. Mit ihrem Angstherzen, hart organisierend, praxisnah. *Wunschloses Unglück.*

Und jetzt sag, wie siehst du inzwischen mich? Als Mann? als Frau? – Höre wieder ihr Rascheln, dicht neben mir. – Als Frau. Aber mit dem Extra. Auch für dich gibt es keine Schublade, zum Glück. Bist »einzig«. Wie *Regina.*

Irene hast du erzählt von *Inondation.* Bin ich für dich eine Überschwemmung?

Die blieb aus. Weil du ein Glücksfall bist.

Mit Männern wird's für mich immer Probleme geben. Ausgerechnet mit dir schmalem alten Hemd versteh ich mich.

Kein Wunder. Feuers Flammen gelöscht, Vulkan tot. Mit Bob und Tansel hattest du anfangs doch ebenso alles andere als Gram, oder?

Raschelt sich in der Dunkelheit näher. Und dann nur ihr weißer Arm. Streift über meinen knochigen Leib. Und die Hand bleibt dort, wo es, unter dieser Hand, heiß wird und handfest.

Liegen beide eine gute Zeit ganz still nebeneinander. Nur der Atem ist nicht still. Und der Wald schwebt schwarz. Bis sie meine Hand nimmt und hinüberzieht in die Gegenrichtung, zum Überragenden.

Heitere Sommernacht. Tief einzuatmen wie in den alten Geschichten, in denen am Ende immer zu stehen schien: Und sie ließen sich alle Zeit für wenige Sekunden Ewigkeit.

Notizen, 25. November 2010 Nach den Mahnungen aus Karlsruhe, meinen überfälligen Bericht noch diesen Monat »einzureichen«, nach weiteren Anrufen und Mails, die sich steigern bis zur Ankündigung von »Kontrollbesuchen«, maile ich dem Merz heute Folgendes.

»Die von Ihnen einschränkend erwähnten außerordentlichen und unvorhergesehenen Umstände sind eingetreten. Sie hindern mich daran, Ihnen, der Anwaltschaft, dem VS, dem BKA und dem Gericht den verabredeten Bericht zu liefern. Was ich seit dem ersten Oktober zu formulieren versuche, das, so sehe ich das nun endgültig, eignet sich in keiner Weise für Ihre Ermittlungen. Nicht nur, weil diese Notate mich als betagten Autor ungewöhnlich berühren und belasten. Sondern vor allem, weil ich nicht sehe, wie meine Versuche je dienlich sein könnten für die mit so gutem Recht geforderte Wahrheitsfindung.

Meine Versuche sehe ich beherrscht von einer Subjektivität, die sie unbrauchbar machen für die von mir immer mit Ehrfurcht betrachtete rigorose Objektivität unserer Gesetze mit ihrer erstaunlichen Eindeutigkeit. Auch würden durch meine Art der Darstellung die Persönlichkeitsrechte der beiden Opfer wie die des Täters unzulässig verletzt. Seit langem bewundere ich jeden, der angesichts solch verwickelter Fälle scharf formulieren kann, wie eine Tat zu werten ist, wo da die Grenzen verlaufen zwischen strafbar und akzeptabel, Schuld und Unschuld.

Von mir erhalten Sie also nichts Schriftliches. Ich bitte um Nachsicht. Meine Notizen betrachte ich als mein privates literarisches Eigentum, jedenfalls nicht als Eigentum des Staates. Und das heißt für Sie, sparen können Sie sich Ihre Drohung, dennoch in deren Besitz zu gelangen.«

Noch am selben Tag war Razzia. Merz erschien persönlich, trat auf wie unter Strom, grußlos, knallte mir den Durchsuchungsbefehl auf den Tisch. Und machte sich mit Eggendörfer und mehreren Leuten gut zwei Stunden an die Arbeit. Hoben, wendeten und entwendeten Akten, Bücher, Papiere.

Wo ist Ihr Laptop? – In Sicherheit. – Holterhoff, geben Sie auf. – Merz, Sie sind es, der aufgeben muss. Ich habe Ihnen alles erklärt. Falls Sie hier nicht stoppen, folgt eine Dienstaufsichtsbeschwerde. – Zuvor werden wir das Nötige finden. Ich sehe, hier existiert weiterhin W-Lan-Anschluss, und wenn Sie uns nicht helfen, dann krempeln wir jedes Regal von Grund auf um. Ihre Haltung ist Widerstand gegen die Staatsgewalt. – Solche Widerstandsspiele gewinnen seit je die Schriftsteller. Nachzulesen bei Heine. – Wir finden alles. – Sie finden nichts. Übrigens schreibe ich seit langem wieder auf Papier und von Hand. – Wo sind diese Papiere? – Warum ich Ihnen das nicht sage, habe ich begründet. – Bislang fanden wir noch immer alles. – Fanden Sie vielleicht auch meine Fingerabdrücke auf der Champagnerflasche? auf dem Mordmesser? Und müssen nun ausrasten?

So foppte ich ihn, und er gab umso heftigere Kommandos. – Oh ja, diese Fingerabdrücke, die hätte ich gegen Sie von Beginn an nutzen sollen zur Vorratsdatenspeicherung.

Gut zwei Stunden arbeiteten die sich durch Sekretär, Regale und Unterlagen. Fanden wenig. Eggendörfer kam mit einer Kinokarte, beim türkischen Film *Bal* hatte ich auf die Rückseite notiert »Undine, liebes Bildchen«. Merz wollte wissen, was das bedeute. – Ach Doktor, die Brandestochter arbeitete hier über Fouqués *Undine*, dies hier ist eine Zeile von Fouqué, die mir im Türkenfilm einfiel. »Bildchen« ist *eidillion* und heißt »Idylle«. Das wollte ich der Studentin noch sagen. Die Zeile zeigt, wie Fouqué die Elementarfrau verharmloste. – Ich kenne einen Autor, der nicht verharmlost, sondern der verheimlicht, der kriminell tarnt.

Auch in den Akten, die sie mir drei Tage später zurückbringen mussten, fanden sie nichts. Denn es war und ist nun alles bestens ausgelagert. Laptop, Sticks, Großvaters Kontobuch und meine Einzelpapiere in den Vorher-Nachher-Kartons, unterteilt nach O und S, objektiv und subjektiv.

Anfangs hatte ich beim Wanne-Eickler Mönkenmeier unterschlüpfen wollen, aber den Lichtverwandler mochte ich nicht reinreißen in etwas, was ja auch hätte schief gehen können. Auch haust Herbert einfach zu weit weg, im Nordwesten der Stadt, jenseits der guten Stadtbahnen.

Mein digitaler Gewährsmann und PC-Künstler S. hat mir mit Vergnügen in einem seiner gut gelüfteten Keller Platz eingeräumt, unter seinem holzverschalten Rundhaus. Dort hocke ich nun unterm Fenster. – Haste mal ne andere Perspektive, spottete S. . Und schreibe hier nun auch dieses. Und meide das Online und bleibe unentdeckt.

Die Mail nach Karlsruhe hatte ich heute Vormittag noch aus dem Turm geschickt. Nur drei Stunden später erschien Merz mit den Schnüfflern. Alles Schreiben bleibt nun im abseitigen und sicheren Souterrain. »Unter der Erde«. Nur noch für mich.

Wobei ich tatsächlich gern zurückkehre zu Papier und Stift. Digitales Schreiben ist verführerisch, ist buchstäblich »leichtfertig«. Ist dann immer mal wieder auszudrucken und muss in die Korrekturmühle.

Rückblick: Notizen 23. Juli 2010 Rollt ihren roten Koffer auf den Morgenbalkon, trinkt vom *Morgentau*, schichtet noch einmal ihre Torte mit fruchtkugeliger Kirschkonfitüre, diesmal auf Körnerbrot, und isst. Ich schiebe ihr, im transparent blauen Geschenkpapier, eine CD über den Tisch. – Sie kaut, blickt fragend. – Der Waldhorn-Abschied. Ach wer da mitreisen könnte.

Bin sicher, dass du nun schreiben wirst. Über dich und mich. Seh schon den Titel. »Phyllis und der Philosoph«.

Wie wär's mit »Das füg!«? Oder mit »Leemstechnisch nötich«? – Ruhrpottstark lacht sie, nimmt das blaue schmale Geschenk, nickt und kaut. Und als sie dann mit dem Rollgepäck in den Lift will, umarmen wir uns in der Fahrstuhltür, länger als sonst, so dass die Tür sich mehrmals schließen will, als befehle sie Auseinander.

Nun quinquiliere mal schön. – So fährt sie dann weg. Geht unten zur Endschleife der Vaubanbahn, wo auch jetzt ein Fahrzeug wartet, eines der älteren, eines mit Tischchen. Von oben sehe ich keinen, der lauert. Kurz vorm Einsteigen schaut sie, wie verabredet, noch mal hoch, ich mache das Zeichen für »freie Bahn« mit beiden empor weisenden Armen.

Zurück komme ich, hat sie gesagt, wenn die pazifistische Arbeiteroper in die Schlussproben geht. Das »pazifistisch« hab ich noch korrigieren müssen, weil Regina ja den Attentäter in letzter Sekunde erschießen muss, in akuter Notwehr, weil nur so sie und alle anderen zu retten sind. »Ich würde retten, retten.«

Klar, Erklärbär. Das weiß ich nun alles punktgenau. Und das spielen wir am dreißigsten September für dich. Und für alle anderen.

Dann ist sie weg. Und ich flüchte mich, schmiege mich tief hinein in die rüttelnden Zwittertänze, in Klassik plus Jazz. Das hilft, das ist Narkose, Droge, Medizin.

Notizen, 26. November 2010 Grüße auf einer George-Grosz-Postkarte. Die berühmten specknackigen Schieber oder Bankräuber aus den Zwanzigern, die Kapital-Verbrecher. Dazu Undines Frage, wann endlich die Politik wahrnehme, wie die verbrecherischen Banker auch jetzt arbeiten, wie sie den wunderbaren Euro in den totalen

Pump ruinieren. Allein die Ruine *Real Estate*, sagt Irene, koste den Steuerzahler pro Tag zehn Millionen Euro. – Tag für Tag. Allesamt Verbrecher. – Und dann ihre Frage, wieso auch wir so wenig hätten wahrnehmen wollen. – So viele Hinweise. Wir aber? Wollten unter uns bleiben? Glücklich vaubanisiert? Im Inseltraum? Irene sagt, das ist bezeichnend.

Rückblick: Notizen 31. August 2010 Anruf bei Herbert, will von ihm wissen, wie er unseren Anprobebesuch hat verkraften können, ob er mir zürnt. – Im Gegenteil, er sei bester Laune und verstehe gut, dass eine wie Undine zu gern Frequenzen ändern würde.

In der Liebe, sinniert er dann, gehe es so zu wie in der Welt der Atome und Quanten. Schon erläutert er mir, wie es da zugeht. Und dass leider niemand Konsequenzen ziehe für die menschliche Variante. Und höre nun, dass Elektronen Wände spielend durchtunneln, Wände, die als undurchdringlich gelten, und dass Atome es in der Quantenwelt fertig bringen, sich an mehreren Orten gleichzeitig aufzuhalten. Oder dass Photonen sich auch über große Entfernungen miteinander so verquicken, dass sie sich wie eineiige Zwillinge benehmen, unzertrennlich, auch über große Distanzen. In der Welt der Quanten sei möglich, was im beschränkten Menschenalltag undenkbar scheine und was doch Realität sei. – Schluss mit unseren engen Perspektiven. Harry, vergiss die Atome nicht und nicht die Universen.

Kommst du zur *Regina*-Premiere?

Aber ja doch, das Ding ist ja von dem, dessen Bürgermeister ich liebe und immer wieder singe. »O sancta iustitia, ich möchte rasen, doch kaum schaut der Morgen in meine Kammer, so rufen die Akten, die Akten mein Genie«. Und von dem nun was aus 1848? Wie ist das?

Spielt mit dem Feuer.

Er werde kommen. Zwar witzelt er noch, auch ins Theater ginge er am liebsten in seinem Tarnfrack, denn wenn es da schrecklich werde, weil schon wieder kein Autor Thema sei, sondern ein Regisseur, dann könne er unbemerkt abhauen, dann sähe man von ihm nur die sich öffnende und laut zuschlagende Tür.

Notizen, 12. Dezember 2010 Kam heute aus Karlsruhe per Post die Anklageschrift. Zusammen mit dem Bescheid, dass in Sachen Goldberg/Brandes/Korasmar die Verhandlungen am dreißigsten Januar beginnen würden und ich mich ab diesem Tag als Zeuge »bereit zu halten« habe, »für mindestens drei Wochen«.

Fast fünfzig Seiten. Die Knackpunkte will ich meinem ausgelagerten PC eingeben, aber bevor ich dorthin radele, zeigt mir ein Blick vom Morgenbalkon unten an der Allee einen Wagen mit KA-Kennzeichen. Eigentlich darf der in der »Autofreiheit« des Vauban gar nicht stehen, wo bleibt die gebührenpflichtige Verwarnung. Ich gehe mit den fünfzig Seiten in die Tiefgarage und radele auf Olgas rotem Rad nach hinten hinaus zum Dorfbach, dort den engen Bachweg aufwärts und durch Hinterwege des Vauban in mein Versteck, durch Grünwege, die für KA-Autos verboten und zu schmal sind. Und lese nun, im Keller von Freund S., die Klage.

Die Korasmars stammen also aus Adana am östlichen Mittelmeer, »womöglich kurdischer Abkunft«. Der Großvater habe in einem ostanatolischen Dorf als Baumwollträger begonnen, habe seinem Sohn, also Tansels Vater, den Vornamen Kemal gegeben nach dem Staatsgründer Atatürk und habe ihm einiges hinterlassen können, ein kleines Haus, ein kleines Vermögen.

Dieser Kemal habe geschickt seine weitläufige Verwandtschaft genutzt, vor allem die mit Haci Ömer Sabanci, ebenfalls aus Adana, damals Millionär, später Milliardär. Nützlich für Kemal wurde dann auch die Holding von Sakip Sabanci, vom Sohn des Haci Ömer, der Konzern verband zuletzt sechsundsechzig Firmen. Die sehr erfolgreichen Sabancis hätten nicht nur kulturelle Einrichtungen unterstützt, nicht nur eine Universität gegründet, sondern seien auch sonst landesweit hoch angesehen als Förderer und Berater.

Vater Kemal zog wie die Sabancis von Adana nach Istanbul, wiederholte dort den Aufstieg der großen Konzernherrn in kleiner Dimension, mit Erfolgen bei Import und Export, freilich, im Gegensatz zu den Sabancis, von Beginn an auch bei der Ausrüstung des türkischen wie des persischen Militärs, unter anderem mit deutschen LKWs und Waffen, schließlich mit Panzern, importiert über den Militärhafen Derince bei Izmit, östlich Istanbul, im Marmarameer.

Kemal Korasmar zog gut drei Jahre nach der Geburt seines Sohnes Tansel nach Hamburg, wo weitere Kinder geboren wurden, »insgesamt vier Töchter«. In Hamburg habe er bei der Erziehung Wert gelegt auf das Erlernen der deutschen Sprache und auf die Aneignung westlichen Wissens, wiederum in der Nachfolge »des Unternehmers und Menschenfreundes« Haci Ömer Sabanci, der mit seinem Sohn Sakip die Öffnung der Türkei nach Europa propagiert und praktiziert habe, im Sinne Atatürks.

Freilich hätten sich die Erfolge der Korasmars zunehmend auf den Militärhandel konzentriert, von Hamburg aus sei es zu internationalen Kontakten gekommen, zu amerikanischen, auch zu asiatischen, auch zu bemerkenswert engen Verbindungen zu relevanten Schaltstellen in deutschen Ministerien und zur Aufsicht über den deutschen Waffenexport. Der mache bekanntlich gut ein Zehntel des weltweiten Waffenhandels aus. Deutschland liege mit seinen Rüstungsexporten hinter USA und Russland auf Platz drei.

Da sei es zu besonderen Beziehungen gekommen zwischen der Korasmar & Co KG und Staatsminister Dr. Alexander Brandes und durch den Sohn Tansel auch zu persönlichen Kontakten zur Brandestochter Alexa Undine. Dazu folgten in der Anklageschrift zahlreiche Mitteilungen, lange Listen von Familienfeiern, auch von offenbar geheimdienstlich beobachteten Treffen und Absprachen und »geselligen Ereignissen« in der Hamburger »Szene«, und zwar auf unterschiedlichen Ebenen, im bürgerlichen wie auch »eindeutig im Halbweltmilieu«. Die Anklage spricht hier von »einem der brisantesten Felder neudeutschen Wirtschaftslebens, insbesondere im Zuge der vermehrten internationalen Anstrengungen gegen den weltweiten Terror«.

Nur einer Fachwelt, so wird klargestellt, dürfte bekannt sein, dass der Waffenhandel zwar hohen wirtschaftlichen Ertrag liefert, dass er in Deutschland aber nach wie vor reglementiert sei, wenn auch »flexibel«. Da gelte das »Außenwirtschaftsgesetz« und das »Kriegswaffenkontrollgesetz«. Kontrollen durch das deutsche Parlament gebe es de facto nicht, die gebe es nur über den »Bundessicherheitsrat«, der ausschließlich geheim tage. Über die Tätigkeit dieses Sicherheitsrats werde das Parlament lediglich partiell informiert, nur von Fall zu Fall und immer nur nachträglich. Selbstverständlich streng geheim.

»Da es im Mordfall Korasmar offenkundig um Bestrebungen ging, nationale wie internationale Waffenembargos zu unterlaufen, sah sich hier die Bundesanwaltschaft veranlasst, die Ermittlungen zu übernehmen. Und es zeigte sich, dass auch US-Bürger Goldberg wegen seiner hervorragenden deutschen Sprachkenntnisse mit vergleichbaren Fällen befasst war, in Diensten des CIA, für den er unter anderem den Handel von Hamburg aus Richtung Nahost und Asien auszukundschaften hatte, aber auch entsprechende Kontakte in Europa, vor allem mit süddeutschen Firmen und mit der Schweiz. Spätestens seit sicher war, dass der Export der Korasmar & Co KG auch Asien betraf (Iran, China), verfolgten die US-Dienste hier essentielle Interessen.«

Es erweise sich, dass Goldberg, seit er mit diesem Bereich betraut war, »die Lösung dieser Aufgaben auch auf Wegen betrieb, die als unkonventionell gelten dürfen beziehungsweise als privat. Er fand nicht nur Zugang zum Juniorchef Tansel K., sondern auch »zur Tochter des Staatsministers B.«, habe auch auf dieser Ebene »zielgerichtet« zu operieren gewusst.

»Mithin lenkten Täter wie Opfer bei ihren Beziehungen zur Tochter des Doktor Brandes gleichgelagerte Motive, durften sie doch erwarten, auf diese Weise in die Nähe zu den Kontrollstellen in Berlin zu gelangen, zu brisanten Informationen. Was nach bislang vorliegenden Erkenntnissen auch beiden Männern gelang. Zu den Teilnehmern der fraglichen Treffen in Hamburg zählten nicht nur die Korasmars, Senior wie Junior, Kemal und Tansel, sondern auch Bob Goldberg und häufig auch Dr. Alexander Brandes selbst, und bei einigen Gelegenheiten (»orientalische Feste« im Hause Korasmar) die Brandestochter.«

»Folgenreich für Täter wie Opfer war, dass die Letztere, als sie auf Distanz zu Korasmar Junior gehen wollte, ihren Studienort von Berlin nach Freiburg verlegte, zunächst heimlich, in einer Art Flucht, und dabei, offenbar zufällig, in eine Region, auf die sich die Aufmerksamkeit beider Agenten auch aus anderen Gründen gerichtet hatte. Nicht weit von der Freiburger Wohnung der Studentin gab es für K. wie G. eine exquisite Adresse.«

Da handele es sich, so wird versichert, um eine Firma, die sich schon in ihrem Namen buchstäblich auf den Ortsnamen Freiburg beziehe, da gebe es seit langem die zentrale Forschungs-, Entwicklungs- und Handelsstelle eines Unternehmens, dessen Kerngeschäfte einst Minister Franz-Josef Strauß initiiert habe und wo »mit beachtlichem Erfolg« sensible Steuerungs- und Navigationssysteme entwickelt würden. Dieses »anerkannte und namhafte« Freiburger Unternehmen baue »Komponenten«, mit denen die *Starfighter*-Jets ausgerüstet wurden, alsdann auch die Kampfjets des Typs *Eurofighter*, zugleich die Kampfpanzer *Leopard* und die Spürpanzer *Fuchs* ebenso wie U-Boote und Torpedos mit ähnlich gelagertem Ortungsbedarf. Dabei werde von den Herstellern immer wieder betont, dass die entsprechenden »Navigationskomponenten« zwar neben den zivilen auch militärischen Zwecken dienen könnten, jedoch ausschließlich der Abwehr. Wiederholt wird beteuert, »dass es sich bei den militärischen Objekten seit je nicht eigentlich um Waffen handele, sondern um »defensive Komponenten«.

An der Entwicklung der dort gebauten, hoch empfindlichen Sensoren, Leitungs- und Spürgeräte seien auch die Forschungen anderer bedeutender Freiburger Institute in Sachen Messtechnik beteiligt. Ausdrücklich erwähnt wird die Entwicklung des B2-Tarnkappenbombers. Das entscheidende Unternehmen arbeite in »in auffallend räumlicher Nähe zum Stadtviertel Vauban, einem vormaligen Militärgelände der Franzosen, vormals einer Kaserne des Dritten Reichs«.

Lieferungen der Korasmar & Co KG gingen freilich nicht nur an Nato-Partner, sondern über Drittländer und Umwege mutmaßlich auch (»und diese Entwicklung geriet nun zum Gefahrenmoment«) nach Saudi-Arabien und Dubai und in weitere Regionen »mit problematischer Menschenrechtssituation«.

Beim Wettbewerb um die jeweils noch besseren Kontakte zu Staatsminister B. sei es darum gegangen, mit den jeweils neu entwickelten Technologien von Fall zu Fall gar nicht erst auf den umstrittenen Verbotslisten für Kriegswaffen zu erscheinen. Auf diesen Listen aufzutauchen sei gleichbedeutend mit dem Ausschluss von einträglichem Handel. Schon deswegen sei es bei jedem neuen Produkt auf möglichst große Nähe angekommen »zu den Entscheidungsträgern in Berlin«.

Auf den fast fünfzig Seiten der Klageschrift werden die Aktivitäten des Bob Goldberg eher beiläufig erwähnt. Hauptaugenmerk gilt dem jungen Korasmar, seinen Versuchen, der Kontrolle seines vormaligen Freundes und Partners Goldberg zu entgehen und stattdessen seinerseits Goldbergs Aktivitäten zu stören. Die sieben digitalen Funde in der Vaubanallee 77 seien »laut Aussage des CIA Sicherheitsmaßnahmen des G.« gewesen »zum Schutz der zuletzt stark gefährdeten Tochter des Staatsministers«.

»Schlussendlich ist davon auszugehen, dass es sich bei der Ermordung des US-Bürgers G. um sehr viel mehr als um eine emotionale Eifersuchtstat handelte, so wie das erste Aussagen des Zeugen H. nahelegten, auch Aussagen von Irene B. und der Tochter Alexa Undine. Allerdings liegen über die Brisanz der Beziehungen der jungen Frau zu ihren konkurrierenden Verehrern vorläufig keine klaren Erkenntnisse vor, da hier Zeugenaussagen nach wie vor fehlen.

Eindeutig scheint nur, dass es in jedem Fall um Rivalitäten ging in profitablen internationalen Geschäften mit bewachungsrelevanter Technik, an denen Täter wie Opfer mit unterschiedlichen Methoden beteiligt und erfolgreich waren. Unter erschwerten Bedingungen musste dieser Handel an Sanktionen auf nationalen wie internationalen Ebenen vorbeigesteuert werden. Täter wie Opfer, so ist zu schließen, arbeiteten von 2008 bis 2010, abgesehen von verschiedenen Verstößen gegen das Außenwirtschaftsgesetz, hoch intensiv, nämlich in diesen beiden Jahren auch nach der Methode Romeo, das heißt, mit persönlich hohem Risiko.«

Am Schluss wird empfohlen, den Angeklagten zu verurteilen wegen Mordes, zumal seine Tat offenkundig aus niederen Motiven erfolgt sei, und zwar weniger aus Eifersucht, sondern vor allem aus Habgier und Besitzgier, »unter akuter Gefährdung staatlicher Sicherheit«.

Rückblick: 28. September 2010 Schon die Generalprobe zur Freiheitsoper *Regina* hat sich Georg Harry Holterhoff nicht entgehen lassen. Im Halbdunkel des großen, des fast leeren Theaterraums fand er in den Zuschauerreihen ziemlich weit hinten einen Platz, auf dem er nicht abgelenkt zu werden hoffte von den letzten Anweisungen und Zwischenrufen der Regie aus dem Zentrum des Saals. Holterhoff war in beflügelter Stimmung. Seit Wochen schon wohnte die Berlinerin wieder bei ihm, von den letzten Proben hatte sie begeistert erzählt.

Gleich im ersten Akt, so schien ihm nun, wurde das Dokument aus dem Jahr 1848 über geschickte Wendungen von Regie und Bühne ebenso zum historischen Zeugnis wie zur politischen Aktualität. In Szene Eins überzeugte der Marianne-Moment. Glaubwürdig begeisterten sich die Fabrikarbeiter, wenn hoch über ihnen die junge Frau die Faust hob mit den schwarz-rot-goldenen Menschenrechtsfarben und dann das Tuch küsste und sich mit der deutschen Trikolore bedeckte. »Zu Ende sei die Knechtschaft«.

Gebannt beobachtete er im Finale I die terroristischen Freischärler, den Überfall auf das Versöhnungsfest. Dann aber, im mittleren Akt, in dem sie nichts zu tun hatte, saß sie neben ihm und schien dringend etwas mitteilen zu wollen, sie wies mit dem Kopf nach hinten. Dort, in der letzten Zuschauerreihe, da saß ein anderer Gast der Probe. Da saß Tansel Korasmar.

Das regele ich, zischelte er. Ohne zu wissen, wie das zu regeln sei. Er meinte, das sagen zu sollen, weil er spürte, dass sie dringend beruhigt werden musste. Und es ist ihm dann auch halbwegs gelungen. Jedenfalls gelang es nach der Generalprobe, die drei jungen Leute zum ersten Mal zusammenzubringen, Holterhoff lud Goldberg, Korasmar und die Brandestochter an einen gemeinsamen Tisch, lud sie in die beliebteste unter Freiburgs Theaterkneipen, zu einem Italiener neben der Oper, einem Mann mit markantem Profil und weißem Haar, dem Impresario in den *Bürgerstuben*, offenbar der eigentliche Intendant des Theaters.

Holterhoff gab vor, mit den jungen Leuten nun unbedingt über die Inszenierung diskutieren zu müssen, stellte ihnen Fragen, aber das Gespräch kam nicht in Gang. Bob und Undine saßen unter dem hellen Fenster zur Sedanstraße, ihnen gegenüber Holterhoff und der Junior. Und der war es, der sich als erster äußerte. Er fragte, ob Holterhoff es akzeptieren könne, dass die Fabrik, um die es in dieser Oper gehe, gekennzeichnet sei als digitale Waffenfabrik.

So eindeutig hab ich das nicht gesehen. Mir schien, die haben da in der Tat ein digitales Monster gebaut, bin aber wohl zu dumm, um alle Zeichen auf Anhieb zu begreifen. Für mich waren das beunruhigende, aggressive Signale, auch übermütige. Dies Luftfahrzeug, womöglich eine Drohne, war für mich wie ein Hinweis auf unseren riskanten globalen Aktionismus, gewiss auch auf das aktuelle Digitalien.

Auf den neuesten Steuerungskrieg, sagte Bob.

Wohl auch auf neueste Waffen. Waffen waren schon 1848 Thema, auch in *Regina*.

Fragt sich nur, meinte der Junior, ob da Abwehr gemeint ist oder Angriff.

Gewalt, sagte Holterhoff. Gewalt regierte 1789 wie 1848. Wie unsere Gegenwart.

Lauter Gründe, sagte Tansel, das alles sehr spannend zu finden.

Bob schwieg. Holterhoff sagte dann, dass in *Regina* das Wort »Waffen« zwölfmal zu hören sei. In dem Stück gehe es halt um Alternativen zur Gewalt, um die »milden Wege«.

Da erzählte Tansel, er habe in den letzten Tagen etwas über die wahnsinnigste aller Waffen gelesen. Auch das sei verdrängt. Gelesen habe er, wie die Methode, Atomwaffen zu bauen, zum ersten Mal verraten wurde, aus den USA an die Sowjetunion.

Den Verrat beging 1950 der Wissenschaftler Klaus Fuchs. Hingerichtet wurde aber nicht Fuchs, sondern das Ehepaar Rosenberg. Zwei bekennende Kommunisten. Dass sie je Pläne zum Bau der Bombe verraten hätten, dass sie überhaupt Kontakt hatten zu diesem Fuchs, konnte nicht bewiesen werden. Trotzdem kamen beide auf den elektrischen Stuhl. Zur Abschreckung. Weil die Rosenbergs sich öffentlich zum Kommunismus bekannten. Wofür sie elektrisch massakriert wurden. Bei Ethel Rosenberg reichten drei starke Stromstöße nicht aus. Sie atmete noch. Bekam einen verstärkten vierten Stoß.

Undine starrte ihn an. Tansel hielt ihren Blick aus und sagte: Weil sie anders waren. Weil sie gegen die amerikanische Sorte Freiheit waren. Gegen die besitzergreifende. Ja, weil die Rosenbergs anders waren. – Blickte dann mit seinen großen dunklen Augen auf Goldberg. Holterhoff beobachtete alle drei, blickte erschrocken hin und her und sah gegen das helle Fensterlicht, wie Bob nach Undines Hand griff. Der Alte fand die Situation schwer erträglich und fragte den Junior, was ihn am Fall Fuchs und Rosenberg so sehr bewege.

Die Arroganz. Bei den Richtern wie bei den Geschworenen. Denn das kommt mir unheimlich bekannt vor. Wer sich damals zum Kommunismus bekannte, klar, der warf auch Bomben. Der gehörte beseitigt. Das musste an diesen Rosenbergs mal ganz klar gemacht werden. Rechtsstaatliche Beweisarbeit war da störend. Wer kommunistisch dachte, gegen Privatbesitz, der war schon deswegen ein Feind der Besitzer- und Besatzernation.

Auch ich fand das damals erschütternd, sagte Holterhoff. Ein sehr übles Stück war das. Die Justiz wusste offenbar sofort, dass die beiden verurteilt werden mussten. Damals begann der Koreakrieg. Verschärfte sich der Ost-West-Konflikt, zum »Kalten Krieg«. Damals wurden auch wir Deutschen »wiederbewaffnet«. Die Rosenbergs kamen, soviel ich weiß, aus ärmsten Verhältnissen. Mit naivem Glauben ans kommunistische Paradies.

Der Wirt erschien mit vier Pizzen, Holterhoff war erleichtert, das lenkte ab. Die Spannung, hoffte er, würde sich beim Essen lösen. – Und er sagte dann noch, damals genügte es offenbar, dass die Rosenbergs den gesegneten *american way of life* öffentlich schmähten. Das genügte, um Präsident Eisenhower das Gnadengesuch der Rosenbergs ablehnen zu lassen.

Obwohl sich viele, sagte Bob, für die Rosenbergs eingesetzt haben. Weil kluge Leute das Unrecht ahnten. Die Willkür des Gerichts.

Eine Weile wurde gegessen, wortlos. Bis Bob sagte: Mal zurück zu den »Waffen«, mit Verlaub. Sobald es um Waffen geht, geht es bekanntlich um Sicherheit. Ums Überleben. Und wo es ums Überleben geht, reagiert man rasch gereizt. Waffengeschichten sind brenzlig. Vielleicht sind wir uns da einig?

Du lenkst ab, sagte Tansel. Das Brenzlige im Fall Rosenberg ist das Feindbild. Damals die Kommunisten. Ab 2001 die Moslems.

Bedenkenswert, was Tansel sagt, meinte Holterhoff. Und passend nach einer solchen Oper. Die zum ersten Mal versucht hat, an einer Gewaltgeschichte Grundrechte aufzuzeigen. Freiheit und Recht. Der Rosenberg-Prozess gehört zum Deprimierendsten der US-Geschichte. Grundregeln der Rechtsprechung galten nichts, angesichts der Glaubensfrage. Das war ein Beginn. Es folgten Korea. Vietnam. Irak. Afghanistan.

Damals gab es weltweit Protest, sagte Bob. Auch in den Staaten.

Das half den Rosenbergs wenig. – Der Junior aß nicht, schien wenig Appetit zu haben. – Für die Justiz wie fürs Weiße Haus war dieses Ehepaar des Teufels. Vier Stromstöße.

Bob schüttelte den Kopf, schien zu lächeln. – Und so verblendet und arrogant, so verfolgt der Westen nun auch die Moslems? – Als Islamisten. – Verfolgt nun auch dich? – Bei jedem Korasmar-Geschäft ist das so. Was du sehr genau weißt.

Unsere neue verfolgte Unschuld. Tansel, die männliche Undine.

Tischbeben, Gläserkrachen. Stürzende Pizzateller. Der Junior hatte den Tisch zur Seite gestoßen und war davon.

Der Wirt kam, beschwichtigte, machte nicht nur bewährte theatralische Gebärden, sondern bot einen anderen Tisch, neue Getränke, neue Speisen. Stühle wurden gerückt, Essensreste beseitigt. Und Bob sagte dann, eigentlich habe er exakt dies sagen wollen. Sobald es um Waffen gehe, sei alles verdammt gereizt.

Nein, sagte Holterhoff, jetzt haben nicht Waffen gereizt, sondern du. Hast ihm bestätigt, was er erkannt zu haben glaubt. Beleidigende Herablassung. Die Moslems als naive Unterschicht, als »unterentwickelt«. Und »männliche Undine« war als Anspielung weder witzig noch hilfreich.

Undine schien zu zittern. Und sagte dann leise, sie traue dem Junior zu, dass er das Theater in Brand setze. – Das fällt dann erst mal gar nicht auf. Im Finale I, das hast du ja nun gesehen, da wütet sowieso wildestes Theaterfeuer, beim Abfackeln der Fabrik.

Keine Sorge, meinte Bob. – Zur Premiere erscheint das Jungchen mit Papa und Mama. Da kommt sogar Doktor Brandes. Da benimmt er sich, unser Nervösling. Da geht er auf Samtpfoten. Ich kenn ihn doch. Beim Junior ist nicht der Koran das Problem oder sonst ein Glaubenskrieg, sondern die Mama- und Papadressur. Mit einer Vorstellung vom richtigen Mann, die das eigentlich Verheerende ist. Weltweit fatal. Auch ihr Deutschen wollt offenbar an eurer Spitze immer noch zackiges Personal, »schneidige« Aufschneider.

Da wuchs nun in Bob die Redelust, nun rühmte er den Kidnapper in *Regina,* dieses frühe Porträt eines Terrortäters sei einzig. Wer sich frage, ob in der Epoche der Atomwaffen denn je noch ein Weltkrieg möglich sei, dem werde inzwischen klar: oh ja, nach wie vor, und zwar durch Terroristen. Und dann werde umso wichtiger jeder Versuch, sich hineinzuversetzen in Terroristengemüter. Nicht genug zu rühmen sei dieser früheste Versuch, schon 1848 über Leute, von denen es da heiße »Stechen, Schießen, Blutvergießen sind den Leuten nur noch Spaß«. Wo Gewalt zur Lust werde, etwa in der großen Arie des Außenseiters und Kidnappers, der von seiner Geliebten singe »die mich erschauen ließ ein irdisch Paradies« und der sich dann selbst frage, »bin ich so bös geboren?« Ausgerechnet beim Komödianten Lortzing, ausgerechnet in einer Oper solche Gesänge, »mit Waffen alles schaffen«, »alles alles in der Welt, Freiheit, Ehre, Geld«. Nur noch »Schwachköpfe« fänden ihre Taten »freier als frei«. Bob hatte plötzlich das Libretto in der Hand und las vor, des Kidnappers Empörung über »der Knechtschaft Last, die mein Gemüt umdüstert, zerrissen Herz und Sinn, ein Wesen, nur zur Verzweiflung auserkoren. Fluch dir, Geschick!« Da schwele im Deutschen zum erstenmal dumpf der Terrorismus, mit Lust auf »tausendfachen Tod! Zünd ich ein Freudenfeuer an!«

Rückblick: Notizen, 3. Oktober 2010 Von der Premiere bleiben meine Erinnerungen zerstückelt. Zerstört von dem, was anschließend geschah. Zu diesem dreißigsten September nahte sich nun auch die »Großkritik«. Man hatte rechtzeitig Gutachten verbreitet, Freiburg als »Wiege deutschen Rechtsdenkens«, »frühen Demokratiestrebens«. Das Jahr 1848 und unser Grundgesetz.

Schon lange vorweg ging durch »Event«-Magazine und auch durch Feuilletons der Ruf von einem »denkwürdigen Dokument nicht nur des Musiktheaters«. Und der Verdacht, ästhetisierende Musikkritik habe sich für die politische Dimension des Stücks nie interessiert. Da liefen nun Gerüchte von einer überfälligen Richtigstellung, von *Regina* als seltenem Zeugnis früher deutscher Freiheitsversuche.

Zum Foto von der schönen Sängerin der Regina fehlte nicht, was ihr terroristischer Verehrer singend wünschte: »Tausendfachen Tod«, und zwar für »ein irdisch Paradies«. In werbenden Aktionen lockten Fotos auch vom »Marianne-Moment«, von Undine, die Blöße verhüllend mit den zerfetzten Farben. Und der Komponist als der erste komponierende Librettist. Freilich, in den gründlicheren Vorberichten fehlte nicht der Hinweis, dass in diesem verdrängten Fundstück aus dem deutschen Vormärz auch die Ursachen deutlich zu werden schienen, deretwegen 1848 habe scheitern müssen. Im Politischen ungeübt, handele es sich da um einen ersten Versuch zu einem aktuellen Lehrstück, auch in der Musik noch um frühe, fast zarte Romantik, als ob dieser Bewunderer Mozarts in Angst und Melancholie das Scheitern des Freiheitsversuchs geahnt hätte: »Ich glaube kaum den schönen Traum«.

Im Programmheft sehe ich nun auch das »Kriegslied« des Claudius, dieses ebenfalls verdrängte und für die preußischen Zeiten wüste Gedicht, das der Berliner Lortzing als Knabe ausgerechnet in Freiburg zu rezitieren hatte. Zweihundert Jahre später kehren die verstörenden Zeilen zurück an den scheinbar idyllischen Ort.

Vor Beginn, auf den Gängen und im Foyer die Erwartungen, das gemischte Gedränge, nach der »Einführung ins Werk« kommt Tansel auf mich zu, bittet fast flehend um Verzeihung für sein Ausrasten in der *Bürgerstube*. Darüber sei er unglücklich und sei nun aber sehr unkonzentriert, denn in den nächsten Momenten würden seine Eltern hier eintreffen, die werde er mir vorstellen. Schon muss er wieder hinunter zum Eingang. Seit Monaten ist das große, das hundert Jahre alte Theater ausverkauft. Neben den regionalen Sponsoren erkenne ich Meinungsmacher aus den Medienzentren, und, in guter Distanz, eine lebhafte Runde um Irene. Alte Freiburger Freunde umarmen sie. Und dann umarme auch ich sie lang und bewegt, und sie meint, sich bedanken zu müssen und zu fragen, was ich nur aus ihrer Tochter gemacht hätte, eine Opernfreundin? Ihre Miriam habe leider in Berlin bleiben müssen, sei vom stressigen Altendienst nicht frei gekommen. Und ja, vor dem hohen Gericht in Karlsruhe habe sie gestern tatsächlich »obsiegt«. Spätestens ab Jahresende heiße Undine nunmehr ganz legal Alexa Undine, die Nazivorschrift sei gekippt. Ob wir uns morgen in ihrem Hotel nicht ausführlich sprechen könnten? Das wird verabredet, wir küssen uns.

Nun erscheint auch Alexander der Große, Doktor Brandes kommt direkt aus dem regierenden Berlin. Um ihn herum der Junior, im Eifer ganz Schwiegersohn, stellt mich dem Undine-Vater vor und sagt, ich sei ein »politischer Kulturförderer«, Brandes betrachtet mich skeptisch, wir sahen uns vor Jahrzehnten, und dann meint auch er, Dank sagen zu sollen, Dank für die Sorgfalt, mit der ich mich ein Semester lang bemüht hätte um seine Tochter, um seine »nicht ganz einfache«.

Dann bringt Tansel mich auch mit Kemal und Yasemin zusammen, der Vater überraschend klein, die Mutter groß und schwer, beide ebenfalls mit Dankesgemurmel. Der Senior meint, sein Sohn habe sich bei mir sehr wohlgefühlt, Respekt und Freundlichkeit gegenüber Migranten sei noch immer nicht selbstverständlich. Und fragt, ob ich es wirklich geschafft hätte, die schöne Brandestochter für eine gute Sache zu interessieren, für demokratische Freiheit? Ich zeige tiefes Kopfnicken, und Kemal gesteht, zum ersten Mal eine Oper zu besuchen.

Seit Stunden sind Undine und Bob mit Chor und Extrachor hinter der Bühne, sind gewiss längst »Fabrikarbeiter«, »Freischärler« oder Emma Herwegh. Zuletzt fiel mir Undines angstvolle Aufregung auf, ich halte das gern für Lampen- und Rampenfieber.

Und dann beginnt das. Dann startet die Ouvertüre mit den vier herausgeschnellten Freiheitstönen der Trompeten, als würden sie rufen: »Das Volk ist frei!« Die Streicher sofort in zweifelnder Unruhe, nervös, »in großer Aufregung«, wie die erste Notiz im Libretto heißt, dann wenden sich die Trompeten- und Freiheits-Intervalle ins Moll und stehen so, als schwer trauernder Rhythmus, fast fünfzig mal quer zur Traummelodie des »Zweiflers«. Und es ist ja wahr, die Musik ist noch weit vor Wagner, ist so was wie eine Bescheidenheitsmusik, immer angemessen engagiert, dienend, im Grunde schwermütig, furchtsam, betend, mit dem Angstherzen.

Über das Bühnenbild, über die digitale Rüstungsfabrik und über den bewegenden Marianne-Moment im Vorspiel gelangt das Stück rasch zu schlüssigen Signalen, bleibt nicht bloß Museumsbild aus Europas denkwürdigem Jahr 1848, sondern wird zeitlos. Über allen drei Akten, der letzte ist durchkomponiert, schweben die Zeichen einer ungewissen globalen Zukunft, und es bleibt die Frage, ob er denn wirklich endlich kommt, »der Freiheit großer Morgen«, etwa jetzt, im globalen »Digitalien«? Ein traumhaft mutwilliges Luftschiff dominiert die Bühnenhöhe, eine Phantasmagorie, eine phantastische Montgolfiere, womöglich nur eine der neuen mörderischen Drohnen oder fliegenden Tarnkappen.

Als kurz vorm Finale I das Versöhnungsfest beginnen soll, entsteht eine bange Sekunde, da balanciert die unternehmungslustige Freundin der Regina in großer Höhe auf dem elektronischen Netzwerk, bewegt sich hoch oben im Takt eines zart beginnenden Biedermeier-Walzers, deutlich eine Parodie auf Webers »Jungfernkranz«, da sieht man gewagte Balancierschritte auf etwas, was Rakete sein könnte oder Gas- oder Ölpipeline. Die Verlobung zwischen Fabrikantentochter und »mittellosem« Arbeiter will zum Freundschaftsspiel werden zwischen Arbeit und Kapital, 1848 ein erster Versuch, kurz bevor brutale Gewalt hereinbricht, die Bande der Freiheitsbesoffenen als »Freischärler«, die das Fest überfallen, die Fabrik brandschatzen, die Braut entführen.

Nach heftigem Beifall die Pause, weiterhin gespannte Erwartung. Ich traue mich nicht hinter die Kulissen, nicht unter die Akteure, will niemanden stören. Im Foyer nimmt mich der junge Korasmar beiseite, seine Eltern seien auf den guten Plätzen in der vorderen Reihe geblieben, Oper sei ihnen fremd. – Auch dir? – Schon seit der Generalprobe habe er wissen wollen, ob er die aufbrausenden Arbeiter richtig verstanden habe. »Wir werden Recht uns jetzt verschaffen«? – Ja. – Und dann? – »Wenn nicht mit Worten, dann mit

Waffen.« – Also doch. Und wie hinreißend sie erschienen sei, seine Schönste. Als Freiheitsfrau, als Signalfrau, nicht wahr? Aber wofür oder gegen was?

Wenn sie erscheint, singen die Arbeiter »Beschlossen ist's, zu Ende sei, die Knechtschaft und die Tyrannei«.

Wie sie da hinaufkletterte, das gefiel sogar meinem Vater, auch der wollte den Wortlaut wissen und zeigte mir stolz ein Foto aus dem *Stern*, ein Foto von meiner Lola oder eben Undine. Nun hoffe ich, er wird ihr verzeihen, dass sie abgetaucht ist in dieses Freiheitsstück in Freiburg, die »Hexe«. – Auch das Stück, sage ich, endet mit einer guten, mit einer freundlichen Freiheit. Im Frühling 1848 hoffte nicht nur Lortzing auf »Verstand«, auch andere, auch Marx und Heine verwünschten das »Lumpenproletariat«, dem nur Kaputtschlagen einfalle, auch diese beiden, wohl die Klügsten damals, die wünschten sich Hirn und klügeres Volk, Vernunft statt Gewalt. Leider lief das dann nur in *Regina* so. Und die kam prompt auf keine Bühne. War schon 1848 sehr viel umsichtiger als die Regierenden. Und besang nämlich nicht Deutschland, sondern »Völker«.

Nach langem und stürmischem Schlussbeifall beginnt im Foyer die Feier mit den Reden, da muss nicht nur die Sängerin der Regina, nun muss auch die Brandestochter sich heftig umarmen und feiern lassen. Dann gelingt es ihr, mit Bob aus der Rundlobgesellschaft zu entkommen, hinüber ins Vauban. Dringend soll ich ihnen folgen.

Doch zuvor kommt es auch für mich zu viel Rührung, zur Umarmung mit Sirene Irene, sie will ebenfalls fort aus dem Trubel, zurück ins Hotel, ich verspreche ihr, am nächsten Morgen bei ihr zu sein, da wollen wir über alles reden, aber jetzt, sage ich, hätte ich den jungen Leuten versprochen, ihnen in meinen Turm zu folgen. Über die Inszenierung wollten die nicht mit Kulturmanagern palavern, sondern mit ihrem Erklärbär im siebenten Stock, Undine hatte mir zuletzt zugezischelt, ohne mich könne das schief gehen.

Irene kriegt noch mit, wie ich dann doch noch nicht fort kann, weil mich Tansels Eltern umzingeln. Während Yasemin umfangreich lächelt, erklärt Kemal, dass dies tatsächlich seine erste Oper gewesen sei und dass er bereit sei, »auch in Hamburg solche Veranstaltungen zu besuchen«. Was ihm besonders gefallen habe? Das sei, dass am Anfang der junge Vorarbeiter tatsächlich gesungen hätte, oder habe er sich da verhört?, dass von dem beteuert worden sei, der Vater der Regina, also der Fabrikant, der sei »der beste von der Welt«. – Das war das erste Mal, dass ich im Theater ein Lob hörte auf einen Unternehmer.

Als die Oper entstand, sage ich, gab es tatsächlich erste kluge Fabrikanten, die auf listige Weise sozial dachten und wirkten, zum Beispiel im Ruhrgebiet. So wie eure Sabancis. Der berühmte Krupp hat seine Arbeiter rundum versorgt mit sozialen Einrichtungen, seine Gartenstädte sind noch heute Touristenziele, so wie jetzt das Vauban.

Oh ja, das Vauban, sagt er, dort würde er mich mit Yasemin zu gern besuchen und zwar am liebsten, wenn's mir recht sei, gleich morgen. Überraschend rasch redet er von sehr konkreten Dingen und bewegt sich weit weg von Musik und Oper, plötzlich geht es um Grundstückspreise und um Fluglärm, denn seine wunderbare Villa in Hamburg-Nienstedten, wo ich sie ebenfalls unbedingt besuchen müsste, dieses einzigartige Anwesen, das wolle und müsse er verkaufen, was nütze ihm das kostbare Haus mit dem schönsten Blick auf die Elbe, wenn ständig vom anderen Elbufer riesige Airbusse starteten und dicht über sie hinwegdonnerten und Enkel wie Großeltern erschreckten, immer mal wieder Geschrei und Lärm, da sei gute Musik gar nicht zu hören, schließlich wolle jeder doch im Sommer die Fenster offen halten, er sei nun auf der Suche nach etwas Besserem, ja, und zwar im Ruhrrevier, denn seit sie mehr und mehr Geschäfte im Softwarebereich abwickelten, müsse das gar kein Seehafen mehr sein, da seien Rhein und Ruhr viel günstiger und zentraler, dort sei auch alles bezahlbarer, und im Süden Essens, im Tal der Ruhr in Richtung Düsseldorf, da hätten sie ein Haus gefunden, ein Schmuckstück, ähnlich prachtvoll wie das in Nienstedten, oh ja, das habe vormals wohl wirklich einem Krupp gehört, Eins-A stehe das über dem breiten Ruhr-See, zwischen Waldhügeln und Wasser, mit großem Garten, Blick auf die Landschaft und preislich viel günstiger als die Villen an der Elbchaussee. Aber dann, Schreck, sei klar geworden, warum so preiswert. Auch dies Paradies liege unter einer Einflugschneise. Alle zwei Minuten komme da Krawall aus Düsseldorf. – Auch über so was, Herr Doktor, sollte es eine Oper geben. Aber *Regina*, die merke ich mir, die ist ungewöhnlich. »Der beste von der Welt«? Obwohl diese Arbeiter dann seine Fabrik anzünden und seine Tochter entführen.

Und wir vereinbaren, dass die beiden Korasmars mich gleich am nächsten Nachmittag in der Vaubanallee besuchen werden, »um Tansels freundlichen Dichter richtig kennenzulernen«.

Endlich ins Taxi. Den drei jungen Leuten hinterher, in der Turmwohnung werde ich denen als erstes den Kommentar des Unternehmers Korasmar erzählen, werde die dort wahrscheinlich schwierige Stimmung auflockern mit dieser wundersam anderen Sichtweise des Seniorchefs, mit seiner Begeisterung über ein Musikspiel vom »besten Herrn der Welt«, und auch, dass er sich eine Fluglärmmusik wünscht, eine Einflugschneisenoper.

Heimkommen und schon von weitem die blau zuckenden Polizeilichter. Unten vor meinem Eingang. Schock, da ist was passiert. Im Kopf noch der Freiheitschor »Heil Freiheit!«, jetzt aber, von einem Uniformierten: Kein Zutritt.

Ich wohne hier. – Wo? – Im siebten Stock, hier sehen Sie meinen Namen, »Holterhoff«. – Thomas, dieser Herr sagt, er wohnt in sieben. – Bring ihn hoch. – Im Blaulichtgezuck zum Lift. – Bitte, was ist passiert. – Ich hab hier nichts zu sagen, schon gar nichts Falsches. Oben leitet Ben Funke, Hauptkommissar. Dies ist nun Stock sieben, also? wo wohnen Sie hier? hinter welcher Tür? – Hinter jeder.

Hat sich mir alles gedreht, ums Licht ein Hirn-Halo, im Kopf grell der Kreis aus Himmelsrind und Freiheitstrompeten, Frau mit Körpertäuschung, Tarnkappe, die »brüstetragende« Stadt, die Welt als Vorstellung …

Notizen, 21. Dezember 2010 An diesem kürzesten und dunkelsten Tag des Jahres scheint alles Aufregende über mich herzustürzen. Zunächst dies ganz und gar unpassende Wetter, ich erinnere keinen Dezember, der so kalt gewesen ist, so eisig und schneereich, selbst Freiburg gerät Tag für Tag unter tiefes Weiß, was vormals beruhigen konnte. Doch ich ertrage das nicht mehr. Und übers Wetter redet auch jetzt jeder und weiß Bescheid, aber weder in den »Kultur«-Radios noch in den anderen Medien wird die Ursache genannt, warum mitten in der vermeintlichen Klimaerwärmung das alte Europa unter Frostrekorden leidet, als verschiebe sich der Kältepol der Erde in die Zone zwischen Berlin und Freiburg. Schier niemand registriert die Ursache, die Zerstörung des kontinentalen Lebensquells, des wärmenden Golfstroms, in diesem Sommer schossen südlich der USA drei Monate lang Hunderttausende Tonnen Rohöl in den Golf und ruinierten unseren Wärmespender, Öl fließt halt anders, träger und sperriger als Wasser, schon seltsam, wie sehr mich auch dies als einzigen aufregt.

Und nun kommt der Anruf aus Berlin, von dort, wohin ich gerade jetzt fahren will, in knapp drei Stunden. Irene und Undine wünschen mir gute Reise, haben aber gehört, dass kurz vor Berlin die ICEs stecken geblieben seien im Eis, »Verkehrsinfarkt«, ich solle besser über Leipzig fahren oder aber über Hamburg, und obendrein sagen sie mir denkwürdige Neuigkeiten, im aufgeregten Wechselgespräch, das müsse ich schon jetzt wissen, noch vor meiner Abfahrt um 10.57 Uhr, damit ich das bis Berlin genügend bedenken könne. Undine habe in letzter Zeit oft mit Freiburgs Theaterleuten telefoniert und denen erklärt, sie könnten doch nicht am Ende eines Jahres, in dem Christoph Schlingensief und Fritz Teufel starben, da könnten sie doch nicht eine Freiheitsoper machen von den frühesten deutschen Demokratieträumen und darin die Botschaft »Das Volk ist frei!« folgenlos lassen. Von einem neuen Schluss habe Undine die Freiburger überzeugt, diese Neuerung, die sei so gut wie beschlossen. Und da gehe es um Folgendes.

»Zwischen den Jahren«, wie in Süddeutschland die Zeit heißt zwischen Weihnachten und Neujahr, am neunundzwanzigsten, dreißigsten und einunddreißigsten Dezember werde es in Freiburg je eine besondere *Regina*-Vorstellung geben, eine, in der Undine nun doch auch wieder mitwirke. Nicht nur gefährlich hoch oben in balancierenden Schritten zum parodierenden Biedermeierwalzer, sondern auch wieder in den »Marianne-Momenten«, also in Szene Eins und im Finale. Und dort, im Finale, da wirke sie nun so mit, dass sich das zur totalen Freiheit steigere, in der letzten der drei Hymnenstrophen gebe es ja, wie ich wisse, keinen Vorsänger mehr und sowieso keinen Lohengrin, der den Ton angebe und das Wort führe, da singe das Volk frei von »der Freiheit großem Morgen« und von des Volkes »Herrlichkeit«, ja, da schalle bloßer Gesang des großen Chors, also des »Volks«, der »Arbeiter von allen Klassen«.

Und da singen wir alle gemeinsam mit den Solisten, beschwörend und ohne Vorsänger und auch ohne Orchester, besingen die neue Zeit als Freiheitszeit und neue »Herrlichkeit«, ja, und da werde ich nunmehr die Klamotten ganz und gar fallen lassen, exakt zum Takt 519, zum Sext-Sprung aufwärts, zum Beginn der dritten Strophe, der, das hat die Dirigentin versprochen, mit angemessener Tempoverzögerung einsetzen wird, genau dort, am Beginn dieser letzten Strophe, das sage ich dir nun ein wenig atemlos, da singen wir nun nicht die öden Librettoworte, die Lortzing sich hier ausnahmsweise von einem anderen geholt hatte, da, mit dem Sext-Sprung nach oben, da wiederholen wir die Worte der ersten Strophe, also »Heil Freiheit dir, du Völkerzier« und »so kommt dem Volk die Herrlichkeit«, und zum Sext-Sprung, einem Wort, das die Dirigentin sehr gern betont, zu diesem Einstieg also, den die Dirigentin markant verlangsamen will, da werde ich nachholen, wozu ich in der Premiere zu klug war, zu ängstlich, zu feige, da werde ich für Augenblicke alles, in Worten *alles* fallen lassen. Miriam ist diesmal dabei, die wird mir beistehen, aus der Kulisse heraus. Und die furchtsam frommen Freiburger, falls es noch immer welche gibt, die dürfen dann gerne empört aufheulen, denn zum Schwarz-Rot-Gold senkt sich dann auch von oben eine Flagge mit der Aufschrift *Phallus Dei*, Schwanz Gottes, so hieß der Erfolg von Amon Düül 2 im Jahr 1969, Irene hat die Platte noch von den Essener Rocktagen, und dann wollen wir doch mal sehen, ob wir unser *urbi et orbi* vom dreißigsten September nicht sogar noch überbieten können und noch sinnvoller machen. He, du hast gesagt, eine Frau wie ich, die blockiert jeden Erlösungsweg. Das gefiel mir sehr. Und darum muss nun eine wie ich sich auch so zeigen, wie sie ist, mit dem Phallus Gottes, muss Mut haben zu sich selbst: Heil Freiheit!

Große Aufregung in mir. Stau ist das. Im Eis, im Golf, im Blut. Undine zurück auf der Bühne, und wie. Kühn und schön wahr, »Miriam wird mir beistehen«. Eine berauschende, eine erregend letzte Offenheit wird das sein für alles, was da erhofft war, und ach, hinter all dem agiert nun auch sie wieder, meine wilde Sirene von 1968. Und nun reise ich nach Berlin, eventuell über Leipzig oder sogar über Hamburg. In Berlin sprechen wir alles durch und dann auch meinen Bericht aus diesem verrückten Jahr, der muss nun doch raus, muss lückenlos raus, weil dieser Text »retten, retten« könnte, nämlich einen wie Tansel vor »niederen Motiven«, vor lebenslänglich, und vielleicht rettet das sogar vor »Vernichtung«, vor dem Erdrücktwerden unter übermenschlichen Regeln und Ordnungen, ach, »seliger ist es, Nymphen zu beschreiben denn Ordnungen« schrieb Paracelsus. Meinen sogenannten »Bericht« nenne ich nun »Roman«, und der Salamandertitel liefert, hoffe ich, ein hilfreiches Zeichen für alles elektrisierende Zündeln mit Feuer und Fremdkörpern, »in Feuers Flammen spielen Salamander« lässt Lortzing seine Undine singen, ach, gewiss ist dies mein letzter Roman, Kraft hat das gekostet, kostet das bis in diese jetzige Sekunde, nein, von Berlin aus, bevor auch ich dort hauptstadthörig werde, reise ich mit Vergnügen zurück, dann mit den Frauen, zurück zur Freiburger Freiheitsoper, zu diesen drei besonderen Vorstellungen, in eine andere Welt als Vorstellung, ach, es sieht so aus, als zündete das, was nun global kursiert, Freiheitsfeuer, *Empört euch!* ruft in diesem düsteren Herbst der dreiundneunzigjährige Stéphane Hessel, Mitverfasser der UNO-Erklärung der allgemeinen Menschenrechte, da darf ich junger Spund unmöglich kneifen, *indignez-vous!*, und nun sieht alles ganz so aus, als ob das Kommunistische doch noch, auf sehr eigene Weise, Wirklichkeit würde, nämlich nun in diesem neuen weltweiten »Digitalien«, die Welt als ganz andere Vorstellung, aber das geht nun immer schneller, viel zu schnell, »denn wahrlich, unser Weg ist weit« ist in *Regina* zu hören, noch immer schrieb meine Mutter den Brief nicht an den Lokführer, allzu vieles bleibt einfach unerklärt, doch zum Glück, das andere im Orion, dieses nie anerkannte Tier, das mahnt uns alle unbeirrt: Das füg!

im Hirn-Halo, im Spiel, im Schein, das lüg

hilf Himmelsrindvieh

Liebeserklärung

Den Roman Salamander fanden wir in Georg Harry Holterhoffs reisefertig gepacktem Koffer, als PC-Ausdruck. Am einundzwanzigsten Dezember wollte er mit der Bahn zu uns nach Berlin, obwohl die ICE-Strecken vereist waren. Am Telefon hatte er gesagt, er wünsche sich, dass wir den Roman kennen, bevor er ihn nun doch freigeben wolle. Der Text stütze Tansel Korasmars Verteidigung. Und der helfe vielleicht nicht nur dem Junior.

In Berlin wollten wir ihn ausführlich informieren über das erneuerte Finale der Freiheitsoper. Das hat er am Telefon noch zur Kenntnis genommen und wohl auch gebilligt, so entnehmen wir es seiner letzten Notiz. Diese Notiz schrieb er am Morgen der geplanten Abreise, das Papier lag neben ihm auf dem Boden. Schließt das mit einem Schreckensruf? Jedenfalls endet nun auch sein letzter Roman ohne Punkt. Wie schon sein erster.

An diesem einundzwanzigsten Dezember kam Frau Siebenrock in seine Wohnung, wie immer um 8.30 Uhr. Er lag im Bücherraum auf dem Berber. Neben ihm der offene Koffer mit dem Manuskript, daneben diese letzte Notiz. In seiner Jacke die Fahrkarte nach Berlin Ost. Rückfahrkarte.

Wir veröffentlichen seine Texte unverändert. Und exakt in der Reihenfolge, in der er sie hatte ausdrucken lassen. Fügen nur die Notiz vom einundzwanzigsten Dezember noch hinzu. Dies und die Titelseite waren das einzige Handschriftliche. Er hatte noch telefonieren wollen. Es ließ sich ermitteln, dass er seinen Hausarzt erreichen wollte. Es war ein Infarkt.

Auf dem Titelblatt des Manuskripts entzifferten wir mehrere Korrekturen. Anfangs hieß das Ganze »Das füg«. Dann bekam es den Salamander-Titel. Und hieß anfangs nicht »Roman«, sondern »Chronik sich widerlegender Ereignisse«. Das ersetzte er zwischenzeitlich durch »Bericht«, so wie Karlsruhe das verlangt hatte. Erst am Schluss wurde es zum »Roman«.

Zu stark offenbar waren die Aufregungen seiner letzten Monate, auch noch die seines letzten Tages. Frau Siebenrock sagt, er habe auf dem Berberteppich gelegen, zwischen Gesicht und Hand das mobile Telefonteil. Da sei noch ein Automatenton zu hören gewesen. »Kein Anschluss unter dieser Nummer«.

Wir lieben ihn. Wir bleiben seine Freundinnen. Und am Nachthimmel leuchtet nun, als einziges Tierbild für jeden klar erkennbar, sein Freundlichkeitsgedanke.

Berlin, 21. Januar 2011

Irene Undine

Fertigstellung des Romans: Januar 2011. Ähnlichkeiten mit vorhandenen Personen und Einrichtungen sind beabsichtigt. Sind aber nur Ähnlichkeiten. Schon die Tagesdaten sind manchmal jenseits von 2010.

Was Paracelsus schrieb, ist zitiert aus Theophrast von Hohenheim (das ist Paracelsus): »Das Buch von den Nymphen ... Salamandern und den übrigen Geistern«, Basilisken-Presse Marburg, 1996, mit dem Faksimile der Ausgabe Basel 1590, übertragen von Gunhild Pörksen.

Was Zarah Leander sang, ist ein Song von Ralph Benatzky aus dem Film »Zu neuen Ufern« (1937).

Was Lucia Popp sang, ist ein Gesang aus »Undine« von Albert Lortzing (»romantische Zauberoper«, 1845, 2. Aufzug, 4. Auftritt).

ISBN 978-3-86351-013-8

Lektorat: Petra Wägenbaur, Tübingen.
Umschlaggestaltung: Christiane Hemmerich
Konzeption und Gestaltung, Tübingen.
Herstellung: Horst Schmid, Mössingen.
Satz: Alexander Frank, Ammerbuch.
Druck und Einband: Pustet, Regensburg.

Mehr über das Verlagsprogramm von Klöpfer & Meyer
finden Sie unter: *www.kloepfer-meyer.de*